살별처럼 나타났다 사라진 시인,
평론가 고석규의 삶과 문학

고석규 평전

남송우 지음

국학자료원

■ 부산대학교 재학 시절(4년)의 봄나들이 때(부산법기 수원지에서)

부산대학교 졸업사진　　　　　청년 모습

제3회 시낭송회를 마치고(대신동 소재 부산대학 본관건물 앞) 중
간 줄 왼쪽 첫번째가 고석규이며 윤인구 총장과 조항 시인, 김일
곤 교수, 장관진 교수, 한봉옥 교수의 당시 모습도 보인다.

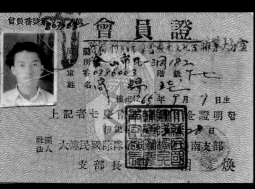
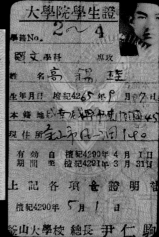

부산대학교 학생증

문우들과 함께(오른쪽 끝의 고석규, 장관진, 한봉옥)

詩와想像力

—〈知性〉과 關聯을 主로—

高錫珪

超劇

高錫珪
金載謦 著

實存主義

P. 푸울끼에 著
高錫珪 譯

Paul Foulquié
L'Existentialisme

曾文堂

■ 고석규 저작품

고석규 시인, 추영호에게 보낸 편지

■ 고석규 육필원고

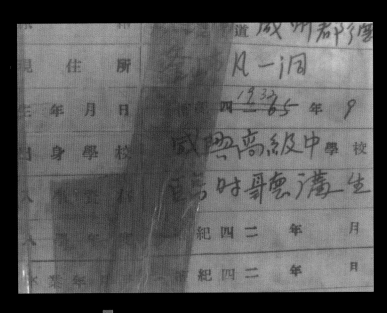

부산대학교 국어국문학과 학적부

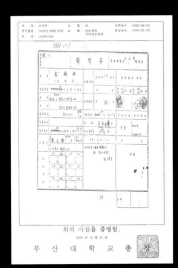

부산대학교 대학원 학적부

부산대학교 국어국문학과
성적일람표

책머리에

고석규! 아득한 이름이다. 그럴 수밖에 없는 것이 1950년대 한국문단에 잠시 살별처럼 나타났다가 사라졌기 때문이다. 한국문단에 비슷한 기록을 남긴 몇 문인이 있긴 하다. 이상이 27살, 윤동주는 28살에 세상을 떴다. 그런데 이 두 문인은 일찍 세상을 떴지만, 한국문단의 영원한 별이 되어 빛나고 있다. 그러나 고석규는 세상을 떠난 지 60년이 훨씬 더 지났지만, 그 이름은 깊이 묻혀 어둠 속에 있었다. 벌써 반세기가 흘렀다. 그동안 묻혀있던 그의 원고들이 빛을 보게 되고, 그가 남긴 글들이 새롭게 평가되기 시작했다. 1950년대 한국비평사에서 그의 이름이 자기 자리를 잡아 새겨졌다.

그렇다고 그의 삶의 총체적 전모가 많은 사람들에게 제대로 알려진 것은 아니다. 그의 평전의 필요성을 새삼 인식하게 된 연유이다. 평전을 준비하기 위해 그가 남긴 삶의 흔적들을 다시 찾아 나섰다. 참으로 막연했다. 요절한 그의 삶의 자리에 남은 흔적이 별로 없었기 때문이다. 삶을 재구성하기 위해서 활용할 수 있는 유일한 일상의 기록은 그가 남긴 일기와 미망인에게 남긴 편지, 그리고 그가 열정적으로 썼던 시와 평론이었다. 그런데 그 기록은 1951년도부터 그가 세상을 떠난 1958년도까지의 일부 흔적이었다. 고향 함흥에서 태어나 성장한 청소년기의 흔적이나 6·25 때 월남 과정을 세세하게 정리한 기록, 참전의 자취 등은 거의 찾을 수 없었다. 이는 일차적으로 그가 남긴 일기와 가족들의 전언을 통해 간접적으로 확인하는 수밖에 없었다.

다행히 유복녀인 고명진 선생과 미망인이었던 추영수 시인이 생존해 있어 가족들 사이에 전언된 드라마 같은 숱한 이야기를 엿들을 수는 있었다. 그러나 그 이야기들은 객관적 확인이 필요한 구전이었다. 또한 미망인인 추영수 시인이 노환으로 반세기 전의 기억을 정확하게 구술하는데는 한계가 있었다. 남겨진 유일한 방법은 당시 활동을 같이 했던, 아직 생존한 고석규와 활동을 같이 했던 친구분들을 찾아 잊혀진 기억을 더듬는 일이었다. 고석규와 함께 『초극』을 펴내었던 김재섭 옹이 살아있어, 그가 살고 있는 전남 장성군 북이면을 찾았다. 많은 기대를 안고 갔지만, 김재섭 옹 역시 노환으로 반 세기 전의 기억을 되살리는 데는 힘이 부쳤다. 홍기종 교수에게도 도움을 청했지만, 난청으로 소통의 어려움만 확인할 뿐이었다. 유병근 시인에게도 연락을 했지만, 중한 병으로 만남이 이루어지지 못했고, 유 시인은 자료 정리가 마무리되기도 전에 끝내 유명을 달리했다.

결국 고석규의 전모는 아니더라도 편모라도 재구성하기 위해서는 친구분들이 이미 남겨놓은 희미한 흔적이라도 부여잡고, 그의 삶을 온전하지는 않지만 나름대로 기워나가는 수밖에 없었다. 이를 위해 부산대학교에 남겨져 있는 대학과 대학원의 학적부를 찾았고, 고석규의 전쟁 참전을 확인하기 위해 국방부의 병적 기록을 확인할 수 있어, 그나마 자료의 불

충분함을 메울 수 있었다. 이를 위해 이복동생인 고태홍 원장과 유복녀인 고명진 선생의 노고가 많았다. 그녀의 도움이 없었다면 고석규 평전을 준비하기는 근본적으로 힘들었을 것이다. 얼굴을 한 번도 직접 본 적이 없는 아버지를 생각하면 늘 가슴에 뭔가가 맺혀있어 불편하기만 했던 지난한 세월, 아버지가 남긴 글을 보고 싶지도 않았다는 그 심정을 누가 제대로 이해할 수 있었을까? 이 평전이 그의 마음을 위무할 수 있는 매개가 될 수 있었으면 좋겠다는 바람을 가져본다. 그리고 여전히 힘든 병마와 싸우고 있는 추영수 시인의 가슴에 따뜻하게 안겨지는 마지막 선물이 되었으면 좋으련만 …

고석규 평전을 정리한다고 했지만, 완결된 형태의 평전이라기보다는 그와 관련된 자료들을 일차적으로 엮어내는 데에 역점을 두었다. 그러다 보니 고석규 개인사를 넘어 일제강점기와 해방, 6 · 25 등 한국 현대사의 질곡을 함께 관통할 수밖에 없었다. 그것이 어쩌면 고석규의 운명이었는지도 모른다. 남과 북이 하나가 되는 날, 그가 살아온 지난한 삶이 좀 더 세밀하게 밝혀지기를 기대해 본다.

차례

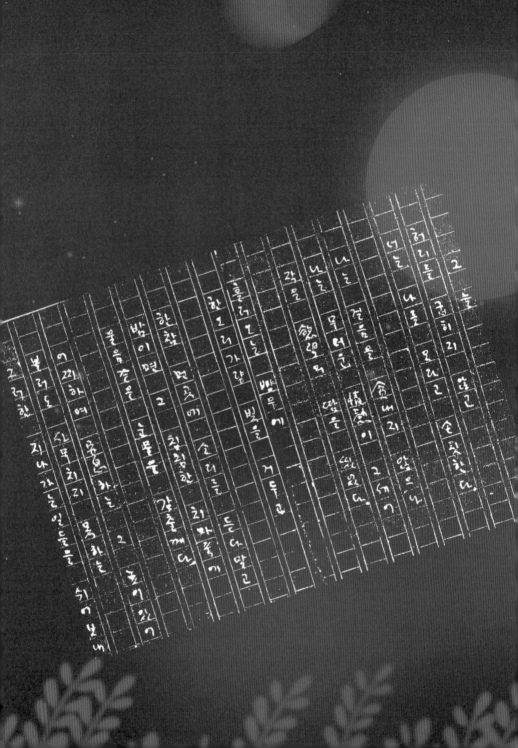

▍제1장 ▍

일제강점기에 태어나

고석규를 기억하는 사람들은 그렇게 많지 않다. 1950년대에 한국 문단에 잠시 등장했다가 살별처럼 사라졌기 때문이다. 또한 그 시대에 호흡을 같이 하던 많은 문인들도 이제는 거의 모두 저 세상 사람이 되어 그를 제대로 기억해줄 사람이 없기 때문이다. 이 땅에 왔다가 저 세상으로 가야 하는 모든 사람들의 삶이 그러하듯 시간이 지나면 사람의 족적은 조금씩 조금씩 소멸되기 마련이다. 그러나 그 족적을 다음세대에 전해주어야 할 대상도 있다. 고석규란 이름이 그 중의 한 사람이다. 26세에 요절한 고석규가 남긴 흔적은 1950년대 한국 문학사 속에서 독특한 모습을 하고 빛을 발하고 있기 때문이다. 한 인간의 정체성을 일시에 완전하게 재구성해 내기는 힘들지만, 하나의 살별로 나타났다가 살별로 사라진 그 순간의 전후를 총체적으로 살핌으로써 전모를 어느 정도는 이해할 수 있으리라고 본다. 특히 고석규의 문학을 향한 열정과 실천은 그 어느 문인으로부터도 찾아보기 힘든 예술혼을 남겨놓았기 때문이다. 이것이 고석규 평전을 준비하게 된 가장 큰 이유이다.

1. 고석규가 태어나던 시절

한 인간의 성장 과정에는 여러 요소가 작용한다. 그중 가장 원초적이고도 강력한 영향소는 그 사람이 태어나고 자란 시공간이다. 태어나 성장하면서 교섭하는 그 시대 시공간의 환경이 한 인간의 인격 형성뿐만 아니라 인생관과 세계관에 미치는 영향을 부정하기 힘들다. 이런 차원에서 고석규가 태어나던 시대적 배경과 그가 청소년기를 보낸 장소성에 대한 검토는 필수적인 과정이다. 먼저 고석규 비평가의 뿌리인 선대 제주 고씨의 흔적을 살펴본다.

1) 가족사

제주 고씨의 시조는 탐라(耽羅) 개국설화에 나오는 삼신인(三神人) 가운데 한 사람인 고을나(髙乙那)이다. 탐라 개국설화에 의하면, 한라산 북쪽 기슭 삼성혈(三姓穴)에서 양씨, 부씨와 함께 세 신인(神人)이 출현하였다. 그 후 제주도로 표류(漂流)해 온 상자에서 세 명의 여자, 오곡종자(五穀種子), 가축이 나와 이들과 함께 섬에 정착하였다고 한다.

고을나의 15세손 고후(高厚)·고청(高淸)·고계(高季) 세 형제가 배를 만들어 타고 바다를 건너 탐진(耽津 : 現 전라남도 강진군)에 이르렀고, 신라에 내조(來朝)하여 고후는 성주(星主), 고청은 왕자(王子),

고계는 도내(徒內)라는 칭호를 받았다. 처음 왔을 때 탐진에 정박하였기 때문에 탐라(耽羅)라는 국호(國號)를 받았다.

고을나의 45세손 탐라국주 고자견(高自堅)의 태자 고말로(高末老)가 938년(태조 21년) 고려에 내조(來朝)하여 성주(星主)·왕자(王子)의 작(爵)을 받았고, 자치를 허락받았다. 이후 조선 초기까지 후손들이 성주의 칭호를 계승하며, 탐라국을 세습 통치하였다.

고말로의 세 아들인 고유(高維), 고강(高綱), 고소(高紹)가 모두 과거에 급제하고 관직에 올라서 제주 고씨가 육지에 진출하게 되었다. 이에 후손들은 고말로를 중시조(中始祖)로 하고 시조의 발원지인 제주를 본관으로 삼아 세계(世系)를 이어오면서 가문을 크게 번창시켰다. 주요 종파로는 성주공파(星主公派)·전서공파(典書公派)·영곡공파(靈谷公派)·문충공파(文忠公派)·장흥백파(長興伯派)·화전군파(花田君派)·문정공파(文禎公派)·상당군파(上黨君派)·양경공파(良敬公派) 등이 있다. 이 중 상당군파(上黨君派)는 12세 고철(高哲)이 조선 태조조에 함남 북청(北靑)으로 옮겨가 자리를 굳혔던 이래 함경도와 청주(淸州) 등지에서 세거했다고 보고 있다. (네이버, https://ko.wikipedia.org/참고)

이러한 제주 고씨 문중사를 토대로 한다면, 고석규의 선대들은 시조는 고을라이고, 중시조는 고말로 그리고 문충공파에 속한다. 이 선대들이 언제 함경도에 거주하게 되었는지는 정확하게 추정하기는 힘들다. 그러나 제주 고씨인 점을 감안하면, 조선 태조조에 함남 북청(北靑)으로 가 자리를 굳혔던 이래 함경도와 청주(淸州) 등지에서 세거했다는 기록을 참고해 볼만하다. 그리고 개성으로 이주했던 선대들이 함경도 지역으로 퍼져나갔을 가능성도 있다. 또한 한반도 남쪽 지역에서 살다가 조선 세종 때 30만 가구가 집단이주 할 때, 이들의 선조도 같이 집단이주에 속하여 이곳 함경도에 정착하게 되지 않았을까 하는 추정도 해 볼 수 있다. 어떻든 고석규 부친 고원식은 남한에 내려 와 다시 고씨 문중에 합세했는데, 중시조 40대손으로 기록되어 있다.

고석규는 부친인 고원식(1911년 8월 7일생)과 모친인 이귀돌(1911 년 6월 23일생) 사이에서 장남으로 1932년 9월 7일 태어났다. 의사인 부친처럼 그의 할아버지 고승필도 의사였다고 전한다. 할아버지인 고 승필은 큰 아들은 의사의 길로 가게 했지만 둘째였던 고원식은 중학 교 시절부터 일제에 저항하여 문제아로 지목되었던데다 퇴학을 당하 고 감옥살이를 한 후에는 10대 후반의 나이에 결혼을 하여 쌀장사를 했다고 한다. 부친인 고승필의 판단은 집안에 의사가 한 사람이 있으 면 족하니 더 이상 학교에 진학할 수 있는 형편이 되지 못한 탓에 고원 식에게는 쌀장사를 시켰다고 한다. 그런데 이 일이 싫었던 고원식은 쌀장사로 모은 돈을 가지고 평양으로 야간도주를 했다. 그곳에서 평 양의전 부속학원 단기 코스로 의학 공부를 시작해서 한지의사(한 지 역에서만 인정되는 의사) 자격을 받아 활동하다가 나중에는 전국구 의사 면허증을 얻게 되었다. 그는 일제 때 서울 경성제국대학 병원 내 과 의사로도 잠시 근무를 했는데, 그때 병원에는 일본인과 한국인 진 료실을 철저히 구분했기에 추운 겨울인데도 한국인 진료실은 난방이 되지 않아 무척 고생을 했다고 전해진다. 부친 고원식은 6. 25 때 남한 으로 내려와 대한민국 의사 면허증을 받아서 활동하게 되는데, 그때 받은 의사면허 번호는 제419호였다(고태홍 원장 증언). 이런 가족의 상황을 보면 경제적으로는 대체로 유복한 가정이었으며, 해방이 되고 고석규가 남하한 이후 호적에 기록된 것으로 보면, 고석규 아래로 문 숙(1940년 2월 24일생), 계숙(1944년 9월 16일생) 두 여동생만 출생한 것으로 짐작된다.

그런데 고석규가 쓴 일기 중 1958년 새해를 맞으며 고석규가 아버님께 드린 편지에는 "석진, 문숙, 석수, 계숙이의 어진 네 형제를 길러주신 아버지와 어머님 앞에 삼가 세배를 드리오니 받으십시오"(「새해를 맞이하며」 제야에 불초자 모)라고 기록하고 있어, 월남 이전에 이미 네 명의 동생이 있었음을 확인할 수 있다. 두 남동생에 대한 호적 기록을 남기지 않은 것은 고원식이 남북한의 관계를 의식해 북한에 남은 아들들이 불이익을 받을까 염려한 결과로 추측된다.

고석규의 모친 이귀돌(李貴乭)은 특히 고석규에게 매우 자상한 어머니였음을 그의 일기를 통해 확인할 수 있다. 그래서 일기 이곳저곳에는 어머니에 대한 그리움을 진하게 토로하고 있으며, <영수에게>보낸 편지(1956년 8월 30일자) 속에도 "내가 한 대여섯 살 적에(물론 왜정 시절이었다) 어머니가 나에게 가르쳐 준 노래가 있으니 당신이 소학교 시절에 유희로 춤추었다는 「물새 발자국」의 노래다. 이상하게도 너는 그 노래를 바로 나의 곁에서 나지막하게 불러주었다. 나는 가슴이 막히어 차마 그 자리에서 이 사연을 말할 수 없었던 것이다. 세상에는 우연의 일치라는 것이 하도 많은가 본데 그런 것들 중에서 이것만은 으뜸가는 것이라고 생각한다"라고 기록하고 있다. 월남 이후 끝내 만나지 못한 어머니에 대한 애절한 마음은 그의 시(「어머니」, 「우리네 향수」, 「고향」)에서도 절절한 그리움으로 드러나고 있다.

2) 고석규가 태어나던 당시 시대적 상황

고석규가 태어난 날은 1932년 9월 7일이다. 이때는 일제의 강점기로, 1930년대는 특히 한국인들이 이전보다 더 심각한 강압을 받기 시작한 시기였다. 일제의 군국주의가 또 다른 차원으로 펼쳐지기 시작한 때였기 때문이다. 이런 상황 속에서 1932년 4월 29일, 중국 상하이 훙커우 공원에서 열린 일본군의 전승 기념식장에 윤봉길 의사가 폭탄을 던지는 의거도 있었으나 국내 지식인들은 일제의 강압에 어쩔 수 없이 현실타협의 길로 기울고 있었다. 이때의 상황을 단편적으로나마 읽어낼 수 있는 한 편의 기록이 『윤치호의 일기』이다.

> 1932년 9월 8일 하루 종일 구름
> 서울집, 군무 지도자들의 강력한 영향 아래 서울에 있는 일본인 관리들은 만주 구테타 발발 기념행사를 치밀하게 준비하고 있다. 이 행사에는 '만주사변을 기념하고 호국정신을 고취하기 위하여' 이달 17일과 18일 밤에 많은 연설이 있을 예정이다. 경성 부윤이 나에게 연설을 해달라고 부탁을 해와서 큰 걱정이다. 나는 따르고 싶지 않지만 감히 거절할 수도 없다.

이렇게 국내외적으로 격동의 시기였던 1932년 9월 7일 고석규(高錫圭)는 함경남도 함주군 덕산리 용봉리(함흥시 동문동 45)에서 태어났다. 그때의 국내외 형편을 좀 더 살펴보면, 이미 일본은 1931년도에 만주를 본격적으로 침략하여 만주 괴뢰정부를 세우고 있었다.

> "1931년 9월 18일 오후 10시 30분 중화민국 동북변방군의 한 부대가 봉천 서북쪽 부근에서 우리 일본 남만주 철도를 폭파하고 여세를 몰아 우리의 수비대를 습격했다. 적대행동을 개시한 것은 그들(중국)이며 스스로 화를 자초한 장본인이다. 원래 우리 남만주 철도는 지난해 조약에 근거하여 정당하게 획득했고 우리가 소유한 것으

로 다른 나라가 손댈 수 없다. 중화민국 동북군은 감히 이것을 침범
했을 뿐만 아니라 나아가 일본제국 군대에 발포까지 했다. 본관은
철도 보호의 중책을 지고 있는 바, 그 권익을 지키고 제국 군대의 위
신을 보호하기 위해 단호한 조치를 취하는 데 주저하지 않겠다."

1931년 9월 19일, 일본은 위와 같은 공식 입장을 밝히고, 도발자인
중화민국을 '응징'하겠다며 군대를 동원했다. 이른바 '만주사변'의 시
작이다. (곽홍무, 「만철과 만주사변(9, 18사변)」, 아시아문화(19), 2003,
참조)

일본군에게 점령당한 봉천은 외부와의 연락이 완전 두절되었다. 중
국 정부는 일본과의 직접 대결을 피하고 국제연맹에 이 문제의 해결
을 요구했다. 그러나 중국의 한 지역에서 발생한 무력충돌은 유럽의
더 큰 문제들 때문에 별로 주목을 받지 못했다. 특히 영국은 일본을 감
싸기까지 했다. 결국 국제연맹 이사회는 일본 정부의 주장에 가깝게
아래와 같은 결의를 하고 그 문제를 마무리해버렸다.

1. 만주에 대해 영토적 목적을 가지고 있지 않다는 일본의 성명을 중
   시한다.
2. 일본 정부는 그 국민의 안전 및 재산보호가 확보되는 대로 군대의
   철수를 가급적 빠르게 시행한다.

그러나 일본의 만주침략에 대해 중국인들은 격렬한 반대의사를 표
시했다. 전국 주요 대학에서는 '항일 구국회'가 결성되었다. 남경의 중
앙대학 학생 4,000여 명은 일본과 싸울 것을 주장하면서 항의 시위를
벌였으며, 외교부에 뛰어들어 외교부장인 왕정정에게 잉크병을 던지

기까지 했다. 그러나 장개석은 일본과 싸우는 것을 주저하고 있었다. 아직 공산당과의 싸움이 끝나지 않았던 것이다.

그래서 만주사변초기부터 중국 ≪중앙일보≫는 군사적 대응보다 외교적 경제적 방법을 이용하여 일본군의 침략을 무산시키려 했다. 9월 24일 자 신문은 동북지역에서 일본군이 저지른 만행을 낱낱이 보도하면서 그 잔혹성을 비난하였다. 아울러 외교부가 국제연맹에 항의서를 제출하여, "국제공법과 국제조약을 무시하고 동아시아의 평화를 파괴한 책임이 전적으로 일본에게 있다"면서 조속한 철군과 점령지의 완전 반환을 주장했다고 전하였다. 또한 외교부가 장차 일본과 직접 교섭할 것이란 추측에 대해 부인하면서 국제연맹의 공정한 처리를 기대하며 일본이 국제적 간섭을 회피하기 위해 퍼뜨린 유언비어라고 밝혔다. 그다음 날 ≪중앙일보≫의 사론은 국가적 위기상황에 맞서 두 가지 임무를 제시하였다. 첫째는 외교방침의 확정이요, 둘째는 국내의 일치단결이었다. 전자는 국제연맹에 중재를 요청하여 일본군을 동북지역에서 철수시킴으로써 사변 이전의 상태로 복구하는 것으로, 그 실현 가능성에 대해서 "세계에 공리(公理)가 있다면, 국제사회에 정의가 있다면, 지독한 일본제국주의는 최종적으로 전 세계인의 눈과 귀를 가릴 수 없을 것"이라고 믿었다. 이러한 시국인식을 바탕으로 ≪중앙일보≫는 국제연맹에 정의를 옹호할 것을 주장했다. (이재령, 「만주사변시기 중국 관영언론의 인식과 대응-≪중앙일보≫를 중심으로-」, Military history(104), 2017, 참조)

이렇게 중국 정부는 일본에 적극적으로 저항하지 않으면서 국제여론을 통한 압력으로 일본이 물러가기를 원했으나 일본은 국제연맹에서 결정한 사항을 이행할 생각이 애초부터 없었다. 그들은 만주지역에 일단 친일정권을 수립한 다음, 완전한 자국의 영토로 삼으려 했다.

만주사변을 통해 만주를 장악하려는 관동 주둔 일본군의 음모는 아주 치밀하게 전개되었다. 일본군부는 만주지역을 '만주친일괴뢰정권 수립→만주국 독립→일본의 영구 소유화'라는 3단계 과정을 거쳐 일본영토로 편입하려고 계획했다. 제1단계 친일 괴뢰정부의 황제로 낙착된 이는 청나라 마지막 황제 부의였다. 그는 만주족이었고, 한족에 의해 황제의 자리에서 쫓겨났기 때문에 만주족의 독립에는 가장 적절한 인물이라고 판단되었다. 관동군 사령관 혼조는 다음과 같은 만주지역 신정부 수립 3원칙을 일본 각의에 제시했다.

> 1. 만주·몽골을 중국 본토에서 분리시킬 것
> 2. 만주·몽골을 통일할 것
> 3. 표면은 중국인이 통치하지만 실질적으로 일본이 장악할 것

위의 내용은 만주·몽골을 일본의 영토로 만드는 것이 최종적인 목표이지만 국제사회의 이목을 고려하여 차선책으로 만주·몽골을 중국의 영토로부터 분리하여 독립국을 세운다는 것이었다. 물론 그 독립국은 명목상일 뿐이고, 일본의 조종과 지배를 받는 꼭두각시 정부를 기획한 것이었다.

이러한 괴뢰정부를 수립하기 위한 관동군(만주 주둔 일본군)의 계획은 차근차근 진행되었다. 우선 만주지역을 군사적으로 장악하기 위해 흑룡강성을 공격해 들어갔으며, 톈진에 있던 청의 마지막 황제 부의를 탈출시켜 만주로 데리고 갔다. 부의는 1912년 청조가 망하고 중화민국이 수립되면서 황제의 자리에서 밀려나 있었다. 그는 중화민국

정부로부터 일정한 생활비를 받고 자금성에서 생활하고 있던 중 1924년 쿠데타를 일으킨 군벌 풍옥상에 의해 쫓겨나 톈진에 머물고 있었다.

중화민국에 빼앗긴 황위를 되찾으려는 열망으로 만주국의 초대 황제 자리를 수락한 부의는 잃어버린 황제의 자리를 잊지 못하고 있었으며 언젠가는 되찾으려는 생각을 갖고 있었다. 그러던 차에 일본이 만주국의 황제 자리를 권유한 것이다. 부의에게는 이 이상 반가운 제의가 있을 수가 없었다. 이렇게 일본이 부의를 내세워 괴뢰정부인 만주국을 세우려하자 장개석은 마침내 일본의 만주침략에 정면 대응하는 단안을 내릴 수밖에 없었다.

그 방안으로 중국은 만주지역을 장악하려는 일본의 침략상을 국제사회에 호소했다. 이에 일본은 국제여론을 무마하기 위해 만주지방에 국제연맹의 조사단 파견을 제안했다. 국제연맹은 일본의 제안에 따라 조사단을 파견하기로 결정했다. 1932년 영국의 리튼 경을 위원장으로 하는 조사단이 만주에 파견되었다. 그러나 조사단이 활동하고 있는 중에도 일본은 연이어 상해를 공격했다. 이 전투에서 중국군의 피해는 사망 약 4,000여 명, 부상 7,000여 명에 이르렀다. 상해를 공격한 것은 국제여론이 만주에 집중되지 않도록 관심을 다른 곳으로 돌릴 필요가 있었기 때문이다.

일본의 만주 괴뢰정부 수립계획은 자신들의 계획에 따라 착착 진행되었다. 우선 만주지역의 옛 군벌과 지방의 유력자들을 모아 1932년 2월 18일 만주의 독립을 선언하게 했다. 어디까지나 만주지역의 토착세력에 의한 것으로 보이게 했다. 신국가의 이름은 만주국으로 정하고 3월 1일 건국하기로 했으며 국가의 형태는 공화국으로 결정했다.

그러자 황제의 지위를 바라고 있던 부의는 반대의사를 표시했다. 관동군에서는 공화국 원수의 직을 주겠다고 하여 반발을 무마하여 1932년 3월 1일 괴뢰 국가 만주국을 성립시켰다. 만주국의 영역은 봉천성·길림성·흑룡강성의 동북 3성으로 구성되었으며, 인구는 약 3,000만 명 정도였다. 이렇게 해서 일본군은 중국 전체를 공략할 전진 기지를 마련한 것이다.

일본이 이렇게 세력을 중국으로 확장시켜나갈 때, 국내적으로는 항일투쟁 단체였던 신간회가 해체되는 상황에 이르게 된다. 신간회 '해소' 문제를 둘러싼 언론에서의 논쟁은 1931년 1월과 4월 이후 크게 두 시기로 나누어진다.

1931년 1월 초기 국면에서는 신간회 해소 반대론이 공격적이며 우세한 위치를 점하였다. 조선일보사의 안재홍이 반대론의 선봉에 섰으며, 『삼천리』에서는 신간회 신임 간부진의 정책 전환과 관련하여 해소 반대 여론을 조성하는 데 힘을 기울였다. 사회지도층에 대한 설문조사의 결과도 신간회 해소 반대론이 절대다수였으며, 사회주의자들의 의견은 찬성, 반대, 유보로 나뉘어 통일되지 못했다.

1931년 4월 이후에는 신간회 해소 찬성론이나 신간회 지회의 해소론이 잡지에 본격적으로 소개되었으며, 사회주의자들이 해소 반대론을 반박하는 논설 활동을 활발하게 전개하였다. 조선일보사의 안재홍은 이 시기에도 꾸준하게 신간회 해소 반대론을 발표하였다. 다른 잡지에서 찬반 양론을 골고루 게재하는 경우에도 안재홍은 반대론의 고정 필자로 활동하다시피 하였다. 특히 『비판』은 창간호 권두언에서 신간회 해소운동을 정당화하는 등 신간회 해소운동의 의미를 긍정적으로 평가하는 데 앞장섰다.

4월 이후 후반기에 신간회 해소 찬성론이 언론에 많이 보도되었지만, 여전히 사회지도층의 여론 조사 결과는 반대론이 찬성론보다 우세하게 배치되었다. 이는 당시의 잡지사들이 사회 인사들의 지명도에 의거하여 기사를 편집했기 때문이라고 볼 수 있다. 그렇지만 사회주의 운동 진영 외부의 일반적 여론을 일정하게 반영하고 있었다. 신문과 잡지에서 대다수의 민족주의자들은 신간회 '해소'를 '해체'라고 부정적으로 평가하였다. 그들은 신간회와 같은 민족협동전선 조직이 다시 만들어지거나 더 큰 범위 혹은 새로운 형태의 민족협동전선이 형성되기를 바랐다.

특히 안재홍과 이인의 경우에는 사회주의자들이 내세운 대중의 혁명성에 토대를 둔 협동전선의 대의를 받아들여 민족주의 좌익이 새로운 협동전선을 준비하고자 하였다. 그러나 사회주의자들은 소부르주아 계급과 민족주의 좌파의 독자성을 부인하고 그들을 무산계급의 적대 세력으로 간주하였다. 사회주의자들의 신간회 '해소' 운동은 자신의 과거 동맹 세력을 적대 세력으로 간주하고 그들을 무력화시키는 전략전술이었다.(김기승, 「언론에 나타난 신간회 해체 논쟁의 전개과정」, 『한국독립운동사연구』 63, 2018, 참조)

신간회 해소론자들은 신간회를 대체할 만한 협동전선 조직이 만들어질 때까지 해소를 유예하자는 제안도 거부하였다. 구체적 대안이 없고 충분한 지지 여론도 확보하지 않은 상황에서 수개월 만에 조급하게 이루어진 '해소'는 일제의 공작에 이용당하여 '해체'되는 결과가 되었다.

신간회는 1927년 2월 15일 조직된 항일운동단체로서 민족주의계와 사회주의계의 통일전선체. <민족단일당 민족협동전선>이라는 표어 아래 조선민족운동의 대표단체로 발족했다. 사회주의계·천도교계·비타협민족주의계·기타 종교계 등 각계각층이 참여했으나, 자치운동을 주장하던 민족개량주의자들은 한 사람도 참여하지 않았다. 창립총회에서 회장 이상재(李商在), 부회장 권동진(權東鎭), 그리고 안재홍·신석우(申錫雨)·문일평(文一平)을 비롯한 간사 35명을 선출하고, 조직확대에 주력, 28년 말경에 지회 수 143개, 회원 수 2만에 달하는 전국적 조직으로 성장했다. 회원 중 농민의 숫자가 가장 많아, 31년 5월 3만 9천여 회원 중 농민이 2만여 명, 54%를 차지했다. 신간회가 합법적 단체라고 하지만 일제는 지속적으로 탄압을 가하였다. 신간회는 항일투쟁과 자립운동을 계속하였는데, 강연회를 통하여 총독부의 사업과 교통 정책을 비판하였으며, 언론 탄압과 집회금지에 대하여 규탄하는 강연회와 항일투쟁을 조직적으로 전개하였다.

일상 활동은 지회를 중심으로 전개되었고, 각 지회에서는 지방의 사회주의자들이 중심적 위치를 차지했다. 29년 6월 말 간사제를 없애고 집행위원회체제로 개편, 중앙집행위원장에 허헌(許憲)이 선임되었다. 그러는 중 1929년 11월 3일 광주학생항일운동이 발발하였다. 이 운동은 3·1운동 이후 최대 규모의 민족운동으로 발전하였는데, 신간회는 진상을 규명하기 위하여 광주에 조사단을 파견하였다. 이들이 상경하여 일제의 부당성을 규탄하려고 1929년 12월 13일 민중대회를 개최하기로 하였다.

그러나 경찰은 11일 이를 알고 민중대회 개최의 중지를 종용하였다. 이에 신간회가 거부하면서 비밀리에 대회를 준비하자 일제는 13일 오전 조병옥, 허헌 등 간부 44명을 비롯하여 90여 명을 체포하였다(민중대회 사건). 같은 해 12월 전국적인 민중대회를 준비하던 중 허헌 이하 주요회원이 대거 검거당하자, 김병로(金炳魯)를 중심으로 하는 신집행부가 구성되었다.

이에 신간회는 그 세력이 크게 약화되고 말았다. 민중대회 사건으로 신간회 간부들이 대거 투옥되면서 새로운 지도부를 구성하게 되는데, 새로 집행위원장이 된 김병로는 조직의 확대를 통해 세력을 확장하려고 자치론을 주장하던 타협적 민족주의자들과 제휴를 모색하였다. 이에 최린, 송진우 등 자치론자들이 신간회에 가입하면서 우경화(右傾化)의 길을 걷게 되고, 신간회가 타협적인 노선으로 기울게 되자 사회주의 세력들과 지방 지회들이 강력하게 반발하면서, 신간회는 급격한 쇠퇴의 길로 접어들게 되었다.

이때 코민테른은 제6차 대회에서 민족주의자와의 단절 및 적색노동조합운동 노선으로의 전환을 결의하고, 이른바 <12월 테제>를 발표했다. 신집행부의 개량화와 <12월 테제>에 영향을 받은 사회주의계는 각 지회를 중심으로 신간회 해소운동을 전개, 그 결과 31년 5월 전국대회에서 해소안이 가결됨으로써 신간회는 해체되었다. 신간회 해체로 사회주의계는 중요한 합법적 활동무대를 상실하게 되었으며, 그 후 국내에서는 통일전선운동이 전개되지 못하게 됐다.

고석규는 이렇게 일제강점기 중에서도 일본의 군국주의가 더욱 강화되던 시기에 태어나게 된 것이다.

3) 함흥이란 지역의 특성

고석규가 태어났을 때는 그의 고향은 함주군 덕산면 용봉리였다. 그러나 이후 행정구역의 개편으로 이곳은 함흥시로 바뀐다. 그러므로 그가 자라난 출생지의 물리적 환경과 대략적인 분위기를 제대로 파악하기 위해서는 함흥시의 지리적 형세와 역사를 먼저 살펴볼 필요가 있다.

(1) 함흥시의 역사

고석규가 태어난 곳은 함주군 덕산면 용봉리이지만, 이후 행정구역의 개편으로 그의 주거지는 함흥시 동문동 45번지로 바뀐다. 그러므로 함흥시는 그가 지니게 될 또 다른 기질의 토양이 되었다. 고석규가 태어난 함경도는 옛 선인들이 이 지역 사람들의 기질을 <泥戰鬪狗>라고 표현했다. 척박한 환경 속에서도 굴하지 않는 용기와 투지를 가지고 살아가는 함경도 사람의 억척스런 품성을 평하는 말이다. 이는 이곳이 한반도에서는 척박하기로 유명한 동토라 사람이 살기 힘든 지역이었기 때문이기도 하다. 그래서 세종 때에는 경상도인 30만 가구를 이주시켜 살게 하기도 했다. 함흥시는 면적 약 556㎢으로, 동쪽은 낙원군(락원군), 서쪽은 영광군·함주군, 북쪽은 신흥군·홍원군, 남쪽은 동해에 이른다.

북쪽에는 시의 진산(鎭山)인 반룡산(盤龍山: 318m)이 동쪽으로 능선을 뻗어 형제봉(兄弟峰: 373m)에 이어지고, 성천강(城川江)이 반룡산의 서쪽 산각(山脚)을 거쳐 남류하면서 시역을 동·서로 양분하나, 시가지의 태반이 동안의 반룡산 남쪽 기슭에 펼쳐진다. 시가지 남쪽을 호련천(瑚璉川)이 서쪽으로 흘러 성천강에 합류한다. 성천강은 망상(網狀)의 물길을 이루는 황천(荒川)으로 홍수 때에는 범람이 잦았으나 1921년의 하천개수 및 유역변경에 의한 장진강(長津江)·부전강

(赴戰江)의 물을 받아들이게 된 후인 31년의 제방개수로 물길이 정비되고 범람도 멎게 되었다. 성천강에는 조선 태조에 의해 만세교(萬歲橋)라고 명명된 유서 깊은 다리가 있다. 원산~회령 가도를 연결하는 이 다리는 함흥시의 가장 중요한 가로에 연결되는데, 당초 목조로 건설되었을 때도 한국 유수의 다리였고, 1930년 12월에 철근콘크리트로 개조한 때는 길이 500m로, 당시 한국에서 가장 긴 다리였다. 함흥평야는 관북지방 유수의 쌀 산지이고, 시가지 주변에는 과수원도 많아 양질의 사과를 산출한다. 위도상 북쪽에 있으나 해안에 가까울 뿐아니라 함경산맥을 등지고 있으므로 푄(Föhn) 현상으로 같은 위도상에 있는 다른 지역에 비해 기온이 높은 편이다. 1월의 평균기온은 -6.1℃이고, 8월 평균기온 22℃, 연 평균기온 9.1℃이다. 연평균 강수량은 804.7mm이고, 8월의 평균 강수량은 305.9mm이다.

함흥은 삼국시대에는 고구려의 영토였으며, 6세기 후반에는 신라 진흥왕의 북진정책에 따라 신라의 영토가 되었다. 그 뒤 발해가 건국되면서 발해의 5경 가운데 하나인 남경남해부(南京南海府)가 설치되었으나, 926년 발해가 멸망한 뒤에는 여진족의 거주지가 되어 오랫동안 우리 영토에서 벗어나 있었다.

1107년(예종 2) 윤관(尹瓘)이 이 지역의 여진을 정벌함으로써 비로소 우리 영토로 수복되었으며, 다음 해에는 9성 가운데 하나로서 함주대도독부(咸州大都督府)가 설치되었으나 1109년 여진에 환부되었다.

그 뒤 다시 수복되어 함주라 하고 북계에 속하였으며, 1258년(고종 45)에는 조휘(趙暉)·탁청(卓靑) 등이 몽고에 항복하고 몽고가 화주에 쌍성총관부(雙城摠管府)를 설치하자 쌍성총관부에 속하여 합란부(哈蘭府)라 하였다.

1356년(공민왕 5)에 무력으로 쌍성총관부를 수복함에 따라 다시 고려의 영토가 되었으며, 이때 함주라 하고 지주사(知州事)를 두었다가 곧 만호부(萬戶府)로 고쳤다. 1369년에 함주목으로 승격되었다.

1416년(태종 16) 9월 함주목을 다시 함흥부로 승격하여 함길도(咸吉道)의 관찰사영으로 삼고 토관(土官)을 설치하였다. 이때 함흥 지방을 중요시하여 영흥에서 관찰사영을 옮긴 것은 8년 전에 태조가 죽고 태종의 통치 체제가 확고해짐에 따라 출생지의 격을 높이기 위한 조처였다.

『세종실록』 지리지에 의하면, 1432년(세종 14) 현재 호수 3,538호, 인구 8,913인, 간전(墾田) 2만 7,774결(수전은 150결)이고, 군사 체제는 소윤(少尹)이 함흥도중익병마단련부사(咸興道中翼兵馬團練副使)를 겸하며 군정(軍丁)은 익속군(翼屬軍) 660인, 강군(剛軍) 150인, 수성군 76인이 있었다.

1467년(세조 13) 5월 길주에서 이시애(李施愛)의 난이 일어나 삽시간에 길주 이북을 점령하였고, 함흥에서도 같은 달에 이중화(李仲和)가 유향소를 동원하여 관찰사 신면(申㴐)을 죽이고 반란에 가담하였다.

그러나 이 반란은 같은 해 8월에 구성군준(龜城君浚)이 이끄는 관군에 의해 토벌되었고, 이 때문에 1470년(성종 1) 함흥부가 군으로 강등되고 관찰사영과 토관이 영흥으로부터 옮겨지면서 함길도를 영안도(永安道)로 고치게 되었다.

1509년(중종 4)에 다시 함흥부로 승격되고 관찰사영과 토관이 영흥으로 옮겨왔으며, 도명을 함경도로 고쳤다. 관원으로는 관찰사 1인, 윤(尹) 1인(관찰사가 겸함), 소윤 1인, 병마절도사 1인(관찰사가 겸함), 수군절도사 1인(관찰사가 겸함), 판관(判官) 1인, 교수 1인이 있었다.

1592년(선조 25) 4월 임진왜란이 일어나 가토(加藤淸正)가 이끄는 왜군이 이해 6월 관북 땅으로 밀고 들어오자 병마사 한극함(韓克諴)이 마천령에서 이를 막으려다 패함으로써 단천·명천·길주·경성·회령 등이 삽시간에 함락되고 관북지방이 모두 왜군의 손에 들어가고 말았다.

그러자 관북지방의 각지에서 의병이 일어났는데, 정문부(鄭文孚)는 길주에서 크게 세력을 떨치고, 함흥에서는 유응수(柳應秀) 등 12인이 왜병과 싸워 큰 전과를 올렸으므로 난 후에 창의공신(彰義功臣)으로 표창하고 창의사에 봉사되었다. 1636년(인조 14) 병자호란 때에는 청군의 일부인 몽고병이 함경도를 거쳐 돌아갔기 때문에 함흥도 많은 피해를 입었다.

『여지도서』에 의하면, 1759년(영조 35) 방리는 주남(州南)·주동(州東)·동명(東溟)·퇴조(退潮)·보청(甫靑)·덕천(德川)·덕산(德山)·천원(川原)·주서(州西)·천서(川西)·조양(朝陽)·하조양(下朝陽)·기천(岐川)·운전(雲田)·삼평(三坪)·연포(連浦)·주지(朱地)·선덕(宣德)·주북(州北)·기곡(岐谷)·가평(加平)·원평(元平)·동원평(東元平)·고천(高遷)·동고천(東高遷)·영천(永川)·원천(元川) 등 27개 사(社)로 이루어졌으며, 호구 수는 1만 1708호 5만 9159인(남자 3만 3956인, 여자 2만 5203인), 전결은 한전(旱田) 5,913결 50부 8속, 수전(水田) 1,295결 95부 2속이었다(1666년 통계).

1895년(고종 32) 5월 지방관제를 개혁하여 종래의 도·목·부·군·현제를 폐지하고 부군제 즉 23부 337군을 설치하여 부에는 관찰사, 군에는 군수를 둘 때 함흥은 부로서 함흥·정평·영흥·고원·문천·덕원·안변·홍원·북청·이원·단천의 11개 군을 관할하였다.

그러나 부·군제는 곧 불합리한 점이 많이 발견되어 다음 해 8월에 다시 전국을 13도 18부 1목 331군으로 개편할 때 함흥부는 함경남도에 속하여 관찰사청으로 되었다. 일제강점기에 들어와 1910년 10월 1일에 공포된 총독부 지방관제에 의하여 함흥부는 군으로 개편되었지만 계속 도청 소재지로서 함경남도의 행정 중심지가 되었다.

1914년 4월 1일 지방 행정구역 개편에 따라 함흥·홍원·장진군의 일부분이 신흥군(新興郡)으로 독립되었고, 홍원군의 서퇴조면이 함흥군에 편입됨으로써 20개 면으로 되었다. 1919년 3·1운동이 일어나자 3월 2일 최순탁(崔淳鐸) 등이 주동이 되어 만세시위를 벌였는데,『한국독립운동지혈사』에 의하면 집회 횟수 7회, 집회 인원 1만 200명, 부상 52명, 피체자 5,385명이었다.

고석규가 태어날 때쯤 함흥에도 상당한 변화가 있었다. 1931년 4월 1일 함흥부제 실시로 행정구역이 변경되어 북주동면(北州東面)의 일부를 함흥면에 편입하여 함흥부라 하고, 함흥군의 대부분이 함주군으로 되었다. 1937년 4월 1일 함흥부의 행정구역을 확장하여 함주군 운남면의 풍호리와 사포리, 동천면의 용흥리·회상리·신흥리, 그리고 주북면의 서상리·풍호리가 각각 편입되었다.

인구는 1934년 4만 4612명(남자 2만 2090명, 여자 2만 2522명)이던 것이 1943년에는 12만2760명으로 급증하였다. 이것은 당시 조선이 일제의 대륙 전진기지 내지 병참 기지로 각광을 받게 되면서 함경남도에 대규모의 공장이 곳곳에 세워지고, 특히 흥남에 조선질소비료주식회사가 설립되어 동양 굴지의 공업도시로 발달하면서 인접지인 함흥에 많은 영향을 미쳤고, 또 함흥에도 제사·주물·유리·고무·피혁·양주·장유 등 많은 공장이 들어섰기 때문이다.

예로부터 함흥은 관북의 행정 중심지였으나 교통이 불편하여 도시로서의 발달이 더디었다. 그러나 1914년 경원선 개통에 이어 1928년에 함경선, 1936년에 평원선이 완공됨에 따라 원산 · 서울 · 평양 및 함경북도까지의 교통이 편리하게 되고 1933년에 함흥에서 장풍에 이르는 함남선이 개통되어 장진 · 신흥군 고지대와의 물자 반출입이 활발해졌다.

1929년에 부전강수력발전소가 완공되어 함남공업 지대의 원동력이 되었고, 1931년에는 성천강 제방의 개수 공사가 완공됨으로써 함흥평야의 홍수 범람을 막게 되었을 뿐 아니라 시가지의 방수 시설이 완비되어 시가지 건설도 계획적으로 실시할 수 있게 되어 근대도시의 면모를 갖추게 되었던 것이다.

그리고 함흥은 유물과 유적을 포함한 문화적 유산도 상당한 도시였다. 관북지방 방위의 요충인 함흥성을 비롯하여 문소루(聞韶樓)가 있고, 시의 동쪽 설봉산(雪峰山)에는 31본사의 하나인 귀주사(歸州寺)가 경흥동에 있다.

또한, 조선 왕조의 발상지여서 경흥동에 정화릉(定和陵) · 덕안릉(德安陵) 등 왕릉이 있고, 귀루동에는 조선 태조 이성계(李成桂)가 태어난 곳이라 하여 경기전(慶基殿)이 유존하여 오고 있으며, 경흥동에는 이성계가 왕이 되기 전에 살던 집 가운데 하나인 경흥전(慶興殿)이 있다.

그리고 행정상으로는 현재 흥남시에 속하여 있는 함흥본궁(咸興本宮)이 있다. 함흥본궁은 이성계가 왕이 되기 전에 살던 곳으로 임진왜란 때 전소된 것을 1610년에 개수하였으며, 그 안에는 북한 측이 역사박물관을 만들어 놓았다. 만세동에는 조선시대의 지방 행정 청사인 선화당(宣化堂)이 있으며 반룡동에는 함흥향교(咸興鄉校)와 부속 건물로 2층 다락집인 제월루(霽月樓)가 있다. 이 건물은 1600년(선조 33)에 창건되었고, 1832년(순조 32)에 현재의 자리로 옮겨 지어졌다. 또한, 만세동선화당에 있던 창의사비(彰義祠碑)는 현재 함흥역사박물관 본궁 본관으로 이전, 전시되어 있다.

교육과 문화적 환경도 어느 지역 못지않게 조성되어 조선시대 교육기관으로는 반룡동에 함흥향교가 설립되어 유생들의 교육을 담당하였으며, 지방에는 서당이 설립되어 한문을 전수하였다. 조선 중기 이후 향교의 교육 기능이 약화되고 서원이 설립되었는데, 1563년(명종 18) 공자 등을 배향한 문회서원(文會書院), 1667년(현종 8) 정몽주(鄭夢周)·조광조(趙光祖)·이황(李滉)·이이(李珥) 등을 배향한 운전서원(雲田書院) 등이 설치되었다. 그러나 대원군의 서원 철폐령에 따라 모두 사라지게 되었다.

근대 교육기관으로는 1897년 함흥향교 내에 사립학교가 설립되어 이곳에 모인 학생을 외상생(外庠生)이라 부르다가, 1905년 사립풍흥학교라 하였다. 1909년 사립일신학교와 병합되었으며, 1918년 함흥고등보통학교라 하여 남자중학교의 효시가 되었고, 뒤에 함남중학교로 개칭되었다. 캐나다 장로교 계통의 학교로 1903년 영생여학교가 설립되어 1923년 영생여자고등보통학교로 되었고, 1907년에는 영생고등보통학교가 세워졌다.

그 뒤 1910년 함흥농업학교, 1920년 함흥상업학교, 1922년 함남고등여학교, 1937년 함흥사범학교·함남상업학교, 1944년 함흥의학전문학교 등이 계속 설립되었다. 1945년 해방이 될 때는 교육기관으로는 국민학교 8개교, 중등학교 10개교, 전문학교 1개교가 있었다.

종교 상황은 1894년부터 포교된 천주교가 가장 활발하여 1895년

운홍리에 성당이 건립되고, 1940년 함흥교구가 창설되었다. 개신교는 1898년 캐나다 장로교파에 의하여 전파되고, 학교를 설립하여 교육 사업에 힘썼다. 1945년 해방 때는 불교 사찰 2개, 천주교 성당 1개, 개신교 교회 4개가 있었다.

이 지역은 1925년 함흥체육회가 조직되면서 체육 활동이 더욱 활기를 띠었으며, 특히 축구와 씨름이 우세하였다. 또한 이 고장에는 이성계와 관련된 문화유산이 많은데, 반룡산은 장차 임금이 될 이성계가 도사리고 앉았던 산이라고 해서 갖가지 전설과 설화가 얽혀 있다. 이 가운데 「치마대설화」와 「정화릉 연기설화」 등이 전한다. 「치마대설화」는 다음과 같다.

> 이 산의 중턱에 치마대라는 비석이 있는데, 이성계는 항상 여기에서 말타기와 활쏘기 등의 무술을 닦았다. 이곳에서 남쪽인 본궁 방면으로 활을 당기고는 말을 타고 달리는데 치마대에서 본궁까지 약 20리가 되는 거리를 말이 화살보다 먼저 달리면 말을 쓰다듬어 주고 화살보다 늦게 닿으면 말의 목을 베었다고 한다.

「정화릉 연기설화」도 있다.

> 이성계가 임금이 되기 전에 선친인 환조(桓祖)의 장지를 구하느라 고심할 때 두 선사가 지나가면서 하는 말이 "아랫자리는 장상(將相)이 나올 자리요, 윗자리는 왕후(王侯)가 날 터로다."라고 하는 것이었다.
> 이성계는 그들을 10여 리나 쫓아가서 붙잡고 애걸하여 지금의 정화릉의 자리를 잡았다. 그때의 두 선사는 나옹(懶翁)과 무학(無學)이었다고 한다.

민요로는 「애원성」이 대표적인데 다음과 같다.

"우수 경칩에 대동강이 풀리고/정든 님 말씀에 요내 속이 풀린다/예 에 예 에/해는요 오늘도 보면 내일도 볼 것/임자는 오늘 보면 언제나 볼까/예 에 예 에/태산에 붙는 불은 만백성이 끄고/요내 속에 붙는 불은 어느 누가 끌까/예 에 예 에."

또한 「함흥아리랑」은 다음과 같다.

"문전옥답은 다 팔아 먹고/거러지 생활이 웬일이냐/양양의 길 같은 이내 몸도/내 짝 잃고서 이 꼴이라/십 리 길 멀다고 우는 임아/이 날이 지면은 어찌하리." 그리고 목동들이 부르는 동요로는 「다람쥐요」가 있는데, "다람 다람 손 비벼라/참가람 물에 잇밥 주마/다람 다람 손 비벼라/참가람 물에 잇밥 주마."와 같이 부른다.

버들피리를 꺾어 불며 부르는 「피리요」는 다음과 같다.

"피리야 피리야 늴늴 울어라/너의 아버지는 나무하러 갔다가/범의 앞에 물려서 죽어 버렸다/피리야 피리야 늴늴 울어라/너의 어머니는 소금밭에 갔다가/소금물에 빠져서 죽어 버렸다."

이 밖에도 「각씨요」·「널뛰기요」와 어린이들이 부르는 「집짓기」·「어깨동무」·「먹감는 노래」·「몸 말리는 노래」 등이 전한다.

민속놀이로는 예로부터 정월이 되면 횃불싸움·다리 밟기·널뛰기 등의 놀이를 하였으며, 5월 단오에는 남자들은 씨름을 하고 여자는 그네뛰기를 한다. 정월 대보름에는 밝은 달에 큰절을 하고 동네 소년들은 모두 횃불을 켜들고 횃불놀이를 한다. 다리 밟기는 예로부터 유명한데, 만세교에서 정월 보름날에 엿을 깨물며 자기의 나이만큼 다리를 왕복하면 장수한다고 해서 남녀노소 모두 밤을 새우며 밟는다. 이렇게 하면 일 년 내내 다리도 아프지 않고 이도 튼튼해진다고 믿었다.

동제로는 토지제가 있는데 그 땅의 무사무궁함을 감사드리며 그 은혜에 보답하는 제이다. 밤에 마을 중앙에 임시로 제단을 만들어 지방을 써 붙이고 고축하는데, 제물은 생육을 마을 공동으로 준비하고 그 밖에 생선·나물·술·과일·밥·떡 등을 각 가정에서 준비한다.

제관은 마을에서 가장 연장자로 정하는데 연장자는 며칠 전부터 제관과 집사를 정하고, 제관과 집사는 3일 전부터 목욕재계하여 부정을 타지 않게 근신한다. 제가 끝나면 제사 음식은 각각 집에 가져가서 가족과 함께 먹는다.

산업은 성천강 유역을 중심으로 비옥한 함흥평야가 발달하여 논농사 위주의 농업이 이루어진다. 경지면적이 넓지 못하여 생산량은 적지만 단위 면적당 쌀의 생산량은 비교적 많은 편이다.

주요 농산물로는 쌀·콩류·잡곡·채소 등이 있다. 또한, 과수 재배가 활발하여 사과를 비롯한 배·포도·복숭아 등이 생산된다. 공업은 식품·피혁·제사·주물·유리·고무·양조공업 등이 발달하였다.

한편, 이 시는 예로부터 물자의 집산지로 번영하여 우리나라 3대 정기시로 유명하였다. 상설 시장으로는 영동의 함흥동방어채시장, 본동의 함흥서방어채시장, 황금동시장, 유락동시장 등이 열리며, 정기 시장으로는 성천동의 가축 시장, 복부동의 신탄 시장, 일출동의 신탄 시장 등이 모두 2·7일에 개시된다. 특히, 신탄 시장은 함주군 상기천면 오로리와 덕산면 일대에서 집산되는 땔감으로 성시를 이루었다.

이와 같이 상공업이 발달하게 된 주요인은 교통의 영향이 크다고 할 수 있는데, 이곳은 1922년 함남선, 1928년 함경선, 1933년 함흥~흥남 간 산업 철도 등의 개통으로 교통의 요지를 이루고 있다.

이와 더불어 부전강·장진강 수력발전소와 연결되는 교통의 기점이며, 외항인 서호진과 부근의 흥남질소비료공장의 건설로 더욱 발전한 관북 제1의 문화도시이다. 이러한 함경도 사람들의 기질을 잘 보여주는 것 중의 하나가 함흥냉면이기도 하다.

함흥냉면처럼 그 고장의 특성과 기질을 잘 표현해주는 음식도 드물다. 질긴 면발과 맵고 강한 양념 맛은 함경도 사람들의 강인하고 끈질긴 기질을 나타낸다. 우리가 흔히 먹는 고기육수(조미료) 맛이 나는 물냉면은 평양보다 함흥냉면에 가까운 요리다. 평양냉면과 함께 냉면하면 대부분의 한국사람들이 떠올리는 음식이다. 비빔냉면이라고 부르기도 한다. 진주냉면, 평양냉면과 더불어 한국의 3대 냉면으로 여겨진다. 육수가 적거나 없는 것이 특징이다. 북한의 함흥에서 회국수라고 부르던 음식이 남한의 재료 사정에 맞게 현지화된 음식이다.

일제강점기 초기에 함흥에서는 개마고원에서 생산된 감자를 가공해 감자 전분을 생산하는 공업이 발달했다. 그래서 감자녹말을 이용한 국수 요리가 발달했는데, 물냉면인 농마국수와 회와 매운 양념장을 넣고 비빈 회국수가 생겨났다. 흥남 철수로 인해 함흥 출신의 피난민이 많아지게 되었는데, 서울이나 부산에 정착하거나 고향과 가까운 강원도 동해안의 속초에 많이 정착하였다.

피난민들이 고향의 요리를 판매하는 식당을 열면서 상호에 '함흥'이라는 이름을 사용했고 회국수가 냉면이라는 이름으로 정착되었다. 속초시의 아무개 냉면집이 처음 문을 열어 명태회를 올린 회국수를 팔았고, 직접 요리명에 함흥냉면이라는 이름을 사용한 것은 서울특별시 오장동에 1953년 개업한 비빔냉면 식당이었다. 그 밖에 부산의 국제시장에서도 회국수를 팔기 시작하여 최초로 함흥냉면을 시작한 가게에 이름을 올렸다. 남한에는 감자가 많지 않았기 때문에 감자 전분 대신 고구마 전분을 사용하게 되었다

고명으로 명태살무침을 올려주는데 위의 문단에서 언급된 속초의 아무개 냉면집에서 80년대에 개발한 것이다. 본래 가자미회 무침을 올렸지만 어획량 감소에 따른 재료 수급 차질로 인해 대안으로 명태살 무침을 사용하게 된 것이다. 이북의 원조 방식은 홍어나 간재미(가오리)를 쓰는 게 맞다. 꿩고기 회를 올려주는 집도 있다. 평양냉면만큼은 아니더라도 함흥냉면 역시 남한에 내려오면서 매운맛이 강해지게 개조가 된 편인데, 서울 오장동, 강원도 속초의 원조 함흥냉면 집은 양념이 적고 약간의 국물과 함께 나온다. 지금 우리가 맛볼 수 있는 냉면의 보편적인 맛이다.

함흥냉면도 우리에게 잘 알려져 있지만, 함흥은 역사적으로도 조선 건국의 중요한 공간이었다. 그래서 함흥의 남문 옆에 있던 풍패관(豊沛館)을 두고 동지였다가 서로 다른 길을 택한 정몽주와 정도전의 시가 남아 전해진다. 정몽주는 다음과 같이 노래했고,

> 떨어지는 나뭇잎 어지러이 흩날리고
> 그대를 생각하나 그대를 보지 못하네.
> 원수(元帥)는 변방 깊숙이 들어가고
> 날랜 장수는 멀리 군사 나누어 갔네.
> 산채(山寨)로 가던 길에 비를 만나고
> 성루에서 일어나 구름 바라보네.

방패와 창 온 나라에 가득하니
어느 날에나 학문을 닦으리오.

정몽주의 시를 이어 정도전도 시를 남겼다.

호수 빛과 하늘 그림자 함께 아득한데
한 조각 외로운 구름 석양을 띠고 있네.
이러한 때 어찌 차마 옛 곡조를 들으랴
함주 벌판은 원래 나라의 복판이었다네.

이성계가 조선을 일으킨 역사적 고도였기에 함흥을 두고 생겨난
'함흥차사(咸興差使)'라는 말이 있다. 이에 대한 일화가 『택리지』에는
다음과 같이 기록되어 있다.

태조께서 크게 노하여 공정대왕(恭靖大王, 정종)에게 왕위를 물
려준 다음, 가까운 신하를 거느리고 함흥으로 가버렸다. 그 후 오래
지 않아 공정대왕이 다시 공정대왕(恭定大王, 태종)에게 왕위를 물
려주었다.

태종이 왕위에 오른 뒤에 태조에게 회란(回鑾)하기를 청하는 사
신을 보내면 태조는 사신이 오는 대로 모조리 베어 죽였다. 이러기
를 무릇 10년이나 되니 임금이 걱정하였다. 그리하여 태조가 세력을
잡기 전 마을의 친구였던 박순을 사신으로 삼아 함흥에 보냈다.

박순은 먼저 새끼 딸린 암말을 구해 가지고 가서 망아지는 태조
가 있는 궁문과 마주 보이는 마을 어귀에 매어두고 어미 말만 타고
갔다. 궁문 밖에 이르러서는 말을 매놓은 다음 들어가 태조를 뵈었
다. 궁문은 그리 깊숙하지 않았다. 그러는 동안에 망아지는 어미 말
을 바라보면서 울부짖었고, 어미 말도 또한 뛰면서 길게 소리쳐서

매우 시끄러웠다. 태조가 괴이하게 여겨서 물었다. 박순이 따라서 아뢰었다. "신이 새끼 딸린 어미 말을 타고 오다가 망아지를 마을에 다 매어놓았더니, 망아지는 어미 말을 향해 울부짖고 어미 말은 새끼를 사랑하여 저렇게 울고 있습니다. 지각없는 동물도 저와 같은데 지극하신 자애를 가지신 성상께서 어찌 주상의 심정을 생각지 않으십니까."

태조는 감동하여 한참 있다가 돌아가기를 허락하였다. 그리고 덧붙이기를 "너는 내일 새벽닭이 울기 전에 이곳을 떠나서 오전 중으로 빨리 영흥의 용흥강을 지나도록 하여라. 그렇지 않으면 그대는 죽음을 면치 못하리라" 하였다. 박순은 과연 그날 밤에 말을 달려 되돌아갔다.

태조가 여러 번이나 사자를 베어 죽였으므로 태조를 모신 여러 관원과 조정의 여러 신하들은 서로 사이가 좋지 않았다.

이튿날 아침에 여러 관원이 박순을 베어 죽이기를 청하였지만 태조는 허락하지 않았다. 그래도 여러 차례 고집하므로 태조는 박순이 이미 영흥을 지나갔으리라 짐작하고 허락하면서 '만약에 용흥강을 지났거든 죽이지 말고 돌아오라'고 하였다.

사자가 말을 빨리 달려 강가에 도착하니 박순이 방금 배에 타는 참이었다. 사자는 박순을 뱃전에 끌어내어 베어 죽였다. 박순은 형(刑)을 받을 때 사자에게 이렇게 말하였다. "신은 비록 죽으나 성상께서는 식언(食言)하시지 말기를 원합니다." 태조는 그의 뜻을 불쌍하게 여겨서 곧 서울로 돌아간다는 명을 내렸다.

공정대왕이 이를 의리로 여겨서 박순의 충성을 정표(旌表)하고 그의 자손을 녹용(錄用)하였다.

이처럼 요즘도 널리 쓰이는 함흥차사라는 말은 갔다가 소식도 없이 돌아오지 않는 것에서 비롯하였다. 일설에는 태조가 차사를 모두 죽인 것이라 하나, 문헌에는 판승추부사 박순의 희생만이 알려져 있다.

그 뒤에도 태조는 여러 차례 간청에도 돌아올 생각을 하지 않다가 그해 12월 무학대사가 찾아가자 서울로 돌아왔다고 한다.

(2) 조성식 교수의 「망향기」에 기록된 1930년대 함흥생활

고석규가 태어났던 당시 함흥의 생활환경을 그곳에서 살았던 조성식 교수가 남긴 망향기를 통해 알아본다.

1932년에서 1938년초까지 만 6년 동안 우리는 함흥에서 살았다. 매우 평화스럽고 행복한 시절이었으나 몰아닥친 풍파가 전연 없었던 것은 아니다. 그러나 무엇보다도 모친께서는 이 함흥 시대에 대해 가장 많이 정든 사연들을 간직하고 계실 것 같다. 해주에서 떠나 두 번째의 보금자리를 차린 곳이 바로 이곳이었고 젊은 가정주부로서 마음껏 삶의 진미를 음미한 곳도 바로 이곳이었기 때문이다.

함흥은 어느 면으로 보나 해주보다는 훨씬 크고 개명된 곳이었다. 인구는 말할 것도 없고, 문화시설 면이나 도로망의 발달, 상업의 융성 등 나의 고향보다 확실히 한발 앞선 도시였다. 시내의 간선도로는 모두 포장이 되어 있었고 공회당, 「미나까이 (三中井)」백화점도 있었다. 군사적으로 중요한 곳이라 이곳에는 일본군 1개 연대가 주둔하고 있었다.

27세란 젊은 나이로 함흥농업에 부임한 부친은 학생들로부터 열광적인 환영을 받았다. 경성제대 영문과를 나온 인텔리로, 외모가 단정하고, "스포츠맨" 다운 곧곧한 체격을 갖춘 부친의 인기는 대단할 수밖에 없었다. 조선인 선생이라 학생들이 따르지 않을 수 없었다. 당시 함흥농업의 학생들에게는 부친이 하늘 높이 솟은 하나의 우상이었다.

동족 학생들을 열심히 가르쳐야만 되겠다는 의무감도 있었겠지만, 부친은 전도가 창창한 젊은 학도들이 농업학교를 마친 후 면서기나 군서기 등 말단 공무원에 머무는 것을 원치 않았다. 후에 함흥농업 졸업생들에게 들은 이야기가 있다. 부친은 냄새나는 똥통만 등에 지고 다닐 생각을 말고, 수학이나 영어를 열심히 공부하여 상급학교에 진학하라고 독려했다는 것이다. 사실 부친이 그곳에 재임하고 계실 무렵 많은 함흥농업 졸업생들이 상급학교에 진학하였다. 동경대학을 나온 사람을 포함해서 수많은 인재가 배출되어 지금도 각계각층에서 활약하고 있다. 부친의 소망이 일부 이루어진 셈이 된다.

함흥에서 원산에 이르는 해안선을 따라 서쪽으로 전개되는 함흥평야가 있었으나 함흥 이북으로는 고원지대여서 평야가 없었다. 따라서 쌀을 주로 생산하는 평야의 넓이는 황해도를 당할 수는 없었다고 생각한다. 황해도에는 평야가 많아 쌀을 많이 생산해서 자연히 식량이 풍부하였다. 쌀 생산량을 제외하고서는 함경남도나 황해도나 모두 물자가 풍부한 편에 들었다. 따라서 인심도 좋았던 것 같다.

생선이 많은 것도 비슷하였다. 황해도에서는 조기가 무진장 잡혔으나 함경남도에서는 철이 되면 명태가 산더미같이 쌓였다. 정어리 같은 물고기는 너무나도 흔해서 먹지 않고 비료의 원료가 될 정도였다. 지금 생각하면 꿈만 같은 이야기다. 황해도나 함경남도는 다 같이 수산물이 풍부했지만, 어종의 다양성에서는 함경남도가 단연 앞서는 것 같았다.

생선류가 너무나도 흔해서 큰 생선을 제외하고 명태나 도루묵 (일명 은어) 같은 것은 마리로 팔지 않고 「두름」으로 거래했다. 20마리가 한 두름이었다. 모든 종류의 생선이 너무나도 흔해서인지 우리 식구들이 함흥으로 갔을 무렵에는 함흥 사람들은 길다란 갈치나 네모난 홍어는 사가지도 않았다. 이 갈치나 홍어가 얼마나 맛있는 생선들인데!

4) 함흥 출신 문인들

조지형은『關北詩選』「氏名事蹟」수록 관북 지역 문인들의 특성」에서,『關北詩選』「氏名事蹟」에 수록된 문인 62명을 대상으로 함경도로의 이주와 정착 과정, 거주 지역과 혈연관계, 과거 급제 정보와 관직 이력 등을 검토하여 분석하였다. 이는 이 지역의 문화적 토대를 파악하는 데 유용한 자료이다. 「씨명사적」에는 16~17세기에 활동한 관북 지역 출신 문인 작가 62명을 생몰연대와 활동시기를 고려하여 정렬하고, 각 인물의 인적 사항을 기술해 놓았다. 「씨명사적」 소재 문인들의 인물 정보를 통해 16~17세기 관북 지역 문인들의 특성을 크게 세 가지로 나누어 살펴보고 있다.

먼저 관북 지역 문인들은 본래부터 함경도에 세거한 것이 아니라 선대에 특정 국면을 계기로 이주하여 정착한 경우가 대부분이었다는 점이다.『관북시선』에 수록된 문인들은 여말 선초 관북 지역으로 이주와 정착을 통해 지역 안에서 토착화 과정을 거친 사족의 후손으로서, 16~17세기에 이르러 학문 활동과 과거를 통해 지역의 문인으로 성장한 인물들이었다. 다음으로 16~17세기 관북 지역 문인들은 대부분 함흥을 중심으로 하는 南關 지역에 집중되어 있다. 이는 실제로 관북 지역의 문인 계층이 남관 지역을 중심으로 성장하였음을 보여주는 것이기도 하다. 한편 「씨명사적」에 수록 인물 중에는 함흥에 세거하고 있던 전주 주씨와 청주 한씨 가문의 인사들이 절반 가까이를 차지하는데, 이 두 가문은 혼반 관계를 형성하고 있었다. 다른 인물들의 경우에도 혈연과 혼맥으로 맺어진 사례가 대부분이었다. 따라서 「씨명사적」은 혈연과 혼맥으로 연결된 관북 지역 문인들의 특징을 보여준다. 관북 지역에서는 16세기 중반부터 과거 급제자를 배출하였는데, 『관북시선』의 편찬은 16~17세기에 이르러 많은 과거 급제자를 배출하게 된 관북 지역의 자긍심을 표출하기 위한 시도였다.

하지만 관북 지역 출신 문과 급제자 중에 당상관 이상으로 오른 사례는 거의 발견되지 않으며, 대부분 하위직을 전전하다가 지방 수령으로 관직 생활을 마쳤다. 또 관북 지역 출신 급제자를 다시 함경도 지역의 지방관으로 보내거나, 함경도 지역에 있는 陵殿의 참봉직을 맡게 하였다. 『관북시선』 수록 문인들의 관직 이력을 통해 이러한 차별적인 요소가 존재하고 있었음도 확인할 수 있다. 『관북시선』 「씨명사적」은 위에서 언급한 16~17세기 관북 지역 문인들의 특성을 보여주고 있는 만큼, 『관북시선』 수록 작품들에도 이러한 특성이 잘 반영되어 있을 것이라 추정할 수 있다고 분석하고 있다.

이러한 역사적 문화풍토의 토대를 바탕으로 발전해온 함흥은 다른 도시에 비해 상대적으로 많은 문인을 배출했다. 대표적인 문인은 김은국, 한설야, 안수길, 한하운, 박조열, 이정호 등이다. 김동욱 교수가 펼쳐놓은 「'순교자' 작가 김은국의 행적을 찾아서」를 통해 먼저 김은국의 면모부터 살펴본다.

(1) 재미작가 김은국(1932~2009)

『순교자』한 권으로 김은국은 1967년 한국 작가 혹은 한국계 미국 작가로서는 처음으로 노벨문학상 후보에 오르는 영예를 안았다. 한국 현대문학사에 굵직한 획을 그은 문인들이 노벨문학상 후보에 오르기 시작한 것이 그로부터 10여 년 뒤인 1970년대 중반 이후임을 감안하면 이 무렵 그가 얻은 문학적 명성이 얼마나 대단한지 미루어 짐작할 수 있다. 처녀 장편『순교자』처럼 큰 인기를 끌지는 못했어도 1968년에 출간된 두 번째 장편소설『죄 없는 사람(The Innocent)』이나 1970년 출간된 논픽션 소설『잃어버린 이름(Lost Names)』도 적잖은 관심을 불러일으켰다.

이제부터 밝히는 내용은 필자가 그동안 연구한 것에 김은국 본인이 이메일을 통해 들려준 내용을 덧붙여 정리한 그의 삶의 궤적이다. 식민지에 태어나 한국전쟁을 겪고 미국으로 건너가 세계적 작가 반열에 올랐다가 지금은 세상과 인연을 끊고 타향의 시골 마을에서 투병 중인 한 사내의 인생과 문학을 담은 글이다. 불분명한 부분에 대해 본인의 확인을 거쳤기에 그간의 다른 설명에 비해 한결 정확할 것이다. 이러한 작업을 통해 김은국의 문학세계와 세계관이 보다 정확하게 평가될 수 있다면 충분히 값진 일이 될 것이다.

우선 그의 부친에 관련된 내용부터 바로잡기로 하자. 김은국의 부친이 독립운동을 한 것은 사실이지만, 그 이름은 '김창도'가 아니라 '김찬도(金燦道)'다. 만주에서 활동한 김창도 옹과는 달리 주로 국내에서 활약한 김찬도 옹은 수원고등농림학교에 다니던 1926년 여름에 같은 학교 학생들과 항일 비밀결사인 건아단(健兒團)을 조직한다. 이 일로 1928년 일본 경찰에 체포되어 18개월간 옥고를 치르는 동안 고문을 당하기도 했다. 1930년 치안유지법 및 보안법 위반 혐의로 징역 10월에 집행유예 3년을 선고받고 석방됐다. 광복 후 항일운동의 공로로 1980년에 대통령 표창, 1990년에 건국훈장 애족장을 받았다.

김은국은 1932년 함경남도 함흥에서 태어났다. 할아버지가 장로교회 목사이던 기독교 집안이었다. 테너로 이름을 날리고 연세대 음대 학장을 지낸 성악가 이인범(李仁範)씨와는 고종사촌간이다. 이인범씨가 평안북도 용천 출신인 점을 고려하면 김은국의 집안은 주로 북한 지방을 기반으로 생활해왔다고 할 수 있다.

아버지의 고향인 황해도에서 자란 김은국은 비교적 유복한 어린 시절을 보냈다. 그러면서도 그는 일본 식민지시대에 대해 적잖이 울분을 느꼈던 것 같다. "남의 나라 식민지에 살면서 공부는 해서 무슨 소용이 있냐"며 공부를 게을리했다고 한다. 그럴 때마다 그의 할머니는 나이 어린 손자에게 이렇게 말하곤 했다.

> "우리 은국이, 이 할미 얘기 좀 들어보라우. 일본놈들이 아무리 흉악해도 말이야, 우리한테서 못 뺏어가는 거이 있어. 그거이 바로 네 머릿속에 들어 있는 지식이야. 지식은 아무도 못 뺏어가. 기리니끼니 고저 열심히 공부하라우."

할머니의 말을 명심한 그가 그 뒤 공부를 게을리하지 않았음은 두말할 나위가 없다. 수십 년이 흐른 뒤 김은국은 우즈베키스탄의 고려인 3세 학생들에게 이 이야기를 들려주며 눈물을 글썽이기도 했다.

광복을 맞기 한 해 전 김은국은 한강 이북에서 최고 명문으로 평가받던 평양고등보통학교에 입학했다. 조광인쇄사 사장을 지낸 정광헌 씨와는 입학동기다. 노신영 전 국무총리와 조류학자 원병오 경희대 명예교수의 1년 후배이고, 강인덕 전 통일원 장관과 신일철 고려대 명예교수의 1년 선배다. 김은국은 37회 졸업생에 해당하지만 이 학교를 졸업하지는 못했다. 38선 북쪽에 공산주의 정권이 들어선 1947년, 독실한 기독교도였던 집안 전체가 남한으로 내려왔기 때문이었다.

이후 가족은 남쪽 멀리 목포에 삶의 터전을 마련했고, 그는 목포고등학교에서 학업을 계속하였다. 흥미롭게도 '광장'의 작가 최인훈과 김은국은 이 학교 동기 동창생으로 제5회 졸업생이다. 최인훈은 함경북도 회령 출신으로 김은국 집안과 마찬가지로 광복 후 월남해 목포에 생활터전을 잡았다. 문학과 예술의 도시로 큰 자부심을 가지고 있는 목포 시민들은 이 도시가 낳은 인재를 언급할 때 두 사람을 빼놓지 않지만, 엄밀히 말하면 최인훈과 김은국은 목포의 적자(嫡子)라기보다는 서자(庶子)에 가깝다고 할 것이다.

목포고등학교를 졸업한 김은국은 1950년 서울대 상과대학 경제학과에 입학했다. 그러나 그해 6·25전쟁이 일어나는 바람에 학업을 중단하고 인천으로 도피해 숨어 있다가 유엔군이 상륙하자 군에 입대했다. 처음에는 한국군 해병대에서, 나중에는 육군에서 통역장교로 5년 가까이 근무했다. 1954년 육군 보병 중위로 제대한 그는 이듬해 2월 아서 트르더 장군의 도움으로 부산에서 미국으로 건너갔다.

이후 그는 1955년부터 1959년에 걸쳐 버몬트주에 있는 사립명문 미들베리대에 입학해 역사학과 정치학을 전공했지만 학사학위는 받지 못했다. 이 또한 김은국에 대해 잘못 알려진 사실 가운데 하나다. 국내 문헌뿐 아니라 외국 자료에도 그가 미들베리대에서 문학사 학위를 받은 것으로 기록돼 있다.

비록 문학사 학위는 받지 못했지만 그는 미국 명문대학의 대학원과정에 쉽게 입학할 수 있었다. 1960년에는 존 홉킨스대에서 문학석사학위를 받았고 1962년에는 아이오와대 '작가 워크숍'에서 창작석사학위(MFA)를 받았다. 또한 1963년에는 하버드대 극동언어 및 문학과에서 문학석사 학위를 받았다. 그러니까 학사학위 없이 석사학위를 무려 세 개나 받은 셈이다.

그의 이름을 전세계에 알린 처녀작 『순교자』는 바로 아이오와대 창작 프로그램 석사학위 청구작품으로 제출한 것을 다시 고쳐 쓴 것이다. 이 작품 덕분에 그는 한국 사람으로서는 두 번째로 1966년 존 사이먼 구겐하임 재단으로부터 창작기금을 받았다. 이 권위 있는 기금을 처음 받은 한국인은 앞서 밝힌 바와 같이 작가 강용흘이다. 1934년 『초당』을 출간한 강용흘이 아시아인 최초로 이 기금을 받았을 때 큰 화제가 됐다.

김은국이 이렇듯 명문대를 옮겨다니며 잇따라 석사학위를 받은 데에는 그럴 만한 까닭이 있었다. 이 무렵 미국에서 삶의 터전을 마련하고 싶었던 것이 그 이유 중 하나다.

처음 미국에 올 때만 해도 그는 한국에 다시 돌아가 살 계획이었다. 귀국한 뒤에는 직업군인으로 일할 생각도 없지 않았다. 젊은 나이를 군대에서 보낸 그는 앞으로 한국의 정치나 경제에서 군이 맡아야 할 역할이나 중요성을 일찍부터 깨달았던 것이다.

하지만 1961년의 5 · 16군사정변과 독재정권의 등장으로 그의 인생계획은 송두리째 바뀌었다. 1964년의 한 인터뷰에서 그는 "한국에서 앞으로 군이 행사하게 될 권력을 감지했으며, 그래서 (미국에) 남아 있고 싶었다"고 술회한 적이 있다.

적지 않은 작가가 그러하듯이 김은국이 작가가 된 것은 필연이 아니라 우연에 가까웠다. 미국에 건너갈 무렵만 해도 작가가 될 생각이 전혀 없었기 때문이다. 1993년의 한 인터뷰에서 그는 이 점을 분명히 밝힌다.

> "나는 작가가 될 생각이 전혀 없었습니다. 역사학도가 되고 싶었습니다. 나는 과거에, 우리가 잃어버린 것 모두에 대해 강박관념을 가지고 있었지요. 나는 그것들을 기억해내고, 그것들을 기록하며, 그것들에 대해 생각하고 싶습니다."

김은국은 1960년 2월 덴마크계 미국인 여성 페닐로프 앤 그롤과 결혼했다. 1960년대 중엽 풀브라이트 재단 업무차 매사추세츠대를 방문한 김용권 교수는 이 대학 영문학과장의 주선으로 김은국 부부와 함께 점심식사를 한 적이 있다. 김 교수는 페닐로프가 뛰어난 미모의 여성이었다고 회고한다. 1960년에는 아들 데이비드가, 1962년에는 딸 멜리사가 태어났다. 미국에서 발행한 '죄 없는 사람' 초판의 재킷 뒷날개에는 김은국씨가 행복한 표정으로 데이비드, 멜리사와 함께 찍은 사진이 실려 있다.

하버드대 대학원에서 석사학위를 받은 뒤 김은국은 소설을 집필하며 대학 강단에 섰다. 1963년부터 1964년까지 캘리포니아주에 있는 롱비치주립대 영문학과에서 강사로 일했다. 1964년부터는 매사추세츠대에서 조교수로 창작강의를 맡았다. 이밖에도 뉴욕주의 시러큐스대와 캘리포니아주의 샌디이에고주립대 등에서 강의했다. 1981년 여름부터 1983년까지 2년간은 풀브라이트 교환교수 자격으로 서울대 영어영문학과에서 강의하기도 했다.

'순교자'는 미국에서 출간되자마자 외국 태생의 작가로서는 보기 드물게 상업적 성공을 거뒀을 뿐 아니라 비평가들로부터도 주목을 받았다. 소설 한 권으로 하루아침에 세계적인 명성을 얻게 된 것이다.

이 소설이 미국과 한국에서 베스트 셀러가 되어 날개 돋친 듯 팔려 나가는 가운데 비평가들은 이 작품의 문학적 성과와 가치에 관심을 쏟았다. 김은국을 도스토예프스키, 조지프 콘래드, 솔 벨로, 미겔 데 우나무노, 알베르 카뮈와 견주는 비평가도 적지 않았다.

마침내 '순교자'는 '내셔널 북 어워드'의 최종심사에 올랐고, 스웨덴 한림원은 이 작품을 노벨문학상 후보에 올려놓았다. 이 무렵 미국 언론에 실린 몇몇 서평만 보아도 이 작품이 얼마나 큰 관심을 받았는지 쉽게 짐작할 수 있다. 가령 '뉴욕타임스'는 "'순교자'는 놀라운 성취로서…구약성서 '욥기', 도스토예프스키, 알베르 카뮈의 위대한 도덕적·심리적 전통에 서 있다"고 평가했다. '어소시에이티드 프레스'는 "'순교자'는 예수 그리스도가 십자가에 못 박혀 마지막으로 절규할 때와 같은 절망에 처해 있을 때 기독교인의 신앙과 고뇌를 다룬 작품이다. 치밀하게 그림을 그리는 듯한 기법으로 쓴 김은국의 이 소설은 인간의 정신적인 시련 과정을 잘 포착했다"고 평가했다.

일찍이 강용흘의 소설에 찬사를 아끼지 않았던 펄 벅은 이 소설에 대해서도 역시 "훌륭한 작품이다. 하나의 사건을 소재로 신에 대한 인간다운 믿음의 보편성을 표현하고 신을 믿으려고 갈망하는 데에서 비롯하는 의혹과 고뇌를 다룬다는 것은 정말로 어려운 작업이다. 그런데 김은국은 이 어려운 작업을 해냈다"고 격찬했다.

성공한 소설이 흔히 그러하듯 '순교자'도 구체성과 보편성, 특수성과 일반성 사이에서 절묘한 균형과 조화를 꾀한 작품이다. 이 작품은 언뜻 작가의 상상력에서 나온 순수한 허구처럼 보이지만, 실제로는 구체적이고 특수한 경험에 그 뿌리를 박고 있다. 김은국은 이 작품의 스토리를 한국 현대사의 한 장면에서 빌려왔다. 주인공 신 목사의 모델이 된 사람은 바로 작가의 고모부이자 이인범씨의 부친인 이학봉 목사다.

'순교자 송정근(宋貞根) 목사전'(1976)에 따르면 북한의 몇몇 원로 목사는 기독교자유당을 결성할 계획을 세우고 있었는데, 북한정권이 1947년 6월에 창당 발기인들을 검거하기 시작해 당수인 김화식 목사를 비롯해 김진수, 송정근, 이피득, 이학봉 목사 등을 반동이라는 명분으로 체포했다.

이 가운데 송정근 목사는 6·25전쟁이 일어나기 하루 전 연행되어 생사가 확인되지 않고 있으며 이학봉 목사를 비롯한 몇몇은 가까스로 풀려났다. 그러므로 개신교 목사들을 둘러싸고 벌어지는 죄와 벌, 그리고 양심과 고뇌라는 '순교자'의 인간드라마는 6·25전쟁을 전후해 실제로 일어난 역사적 사건을 작가가 재구성한 것이다.

한 작가의 처녀작이 대성공을 거둔다는 것은 한편으로는 축복이지만 다른 한편으로는 저주이기도 하다. 처녀작의 성공이 때론 작가에게 걸림돌이 되기도 하는 까닭이다. 문학사를 들여다보면 데뷔작품이 곧 그 작가의 최대 걸작이 되고 만 경우를 심심찮게 볼 수 있다. '앵무새 죽이기'라는 소설로 일약 세계적 관심을 받은 미국의 여성 소설가 하퍼 리만 해도 처녀작을 출간한 지 수십 년이 지나도록 두 번째 작품을 쓰지 못하고 있다. 친척인 리처드 윌리엄스가 "왜 두 번째 작품을 쓰지 않느냐"고 묻자, 그녀는 "그렇게 한번 히트하고 나면 그 다음에는 아래로 떨어질 수밖에 없지 않느냐"고 말했다고 한다.

처녀작이 크게 성공한 작가가 실패가 두려워 감히 붓을 들지 못하는 경우는 '호밀밭의 파수꾼'을 쓴 J. D. 샐린저나 '보이지 않는 인간'을 쓴 랠프 엘리슨도 마찬가지다. 그러나 작가란 작품의 양이나 작품 수준의 평균치로 평가받는 것이 아니며, 오로지 훌륭한 작품으로만 평가받는다. 오직 한 편의 작품만으로 문학사에 불멸의 이름을 남긴 작가도 얼마든지 있다.

김은국의 경우 후기로 올수록 작품의 수준이 떨어진다. '순교자'가 나온 지 4년 뒤에 출간된 '죄 없는 사람'은 외국 독자는 물론 국내 독자로부터도 별다른 반응을 얻지 못했다. 특히 이 작품이 5·16군사정변을 정당화하고 있다고 생각한 국내 독자들은 작가에게 의혹의 눈길을 보내기 일쑤였다. 지나치게 우파적이고 보수주의적인 시각을 갖고 있다는 것이었다. 작가가 아무리 이 작품이 5·16을 다룬 소설이 아니라 보편적인 인간문제를 다룬 작품이라고 주장해도 사정은 크게 달라지지 않았다.

1970년에 나온 세 번째 작품 '잃어버린 이름'에서 김은국은 일제강점기, 특히 1932년부터 해방을 맞이한 1945년에 이르기까지 한 소년이 겪은 일련의 사건을 다룬다. 그런데 이 작품은 앞의 두 작품과 비교해볼 때 장르가 분명치 않다.

이 점과 관련하여 작가는 "나는 이 책을 허구적 소설로 썼는데 독자나 비평가들은 하나같이 자서전이나 회고록으로 읽고 있다"며 불편한 심기를 숨기지 않는다. 허구와 사실, 창작과 역사의 경계란 우리가 흔히 생각하듯이 그렇게 뚜렷하지 않다는 지적이다. '순수한' 논픽션 자서전이나 회고록이 없는 것처럼 '순수한' 허구적 소설도 없다는 것이다. 그러면서 그는 이 작품에서 "모든 소설가의 꿈, 즉 허구적 작품을 가능하면 '사실'처럼 만들려는 그 꿈을 실현시켰다"고 자조 섞인 목소리로 말한다. 식민주의의 경험을 다룬 이 책은 외국 독자들에게는 '죄 없는 사람'보다 오히려 더 낯설게 느껴졌다.

독자들의 반응에 실망한 때문인지 김은국은 1980년대 이후에는 픽션보다는 오히려 번역과 논픽션에 관심을 기울이기 시작했다. 1980년대에 그는 무려 여섯 권의 책을 한국어로 번역했다. 그가 번역한 책 가운데는 최근에 다시 개정판이 발간된 인류학자 제이콥 브로노스키의 '인간 등정의 발자취'를 비롯해 어니스트 헤밍웨이의 '에덴동산', 솔 벨로의 '죽음보다 더한 불행' 등이 있다.

한편 그는 1981년부터 1989년까지 KBS의 TV방송용 다큐멘터리 원고를 집필하며 리포터와 내레이터로 활약하기도 했다. 한국의 기독교, 6·25전쟁, 일본, 중국과 러시아에 거주하는 한인, 만주, 시베리아 대륙철도 등 그 내용도 무척 다양하다. 1989년에 나온 '중국과 소련의 잃어버린 한인'은 중국과 구소련에 살고 있는 한민족의 애환을 다룬 포토 에세이집이다.

김은국은 한 세대 전의 강용흘과 마찬가지로 예술지상주의에 가까운 문학관을 견지했다. 이 두 사람에게 문학은 정치나 윤리, 도덕이나 철학에 '양도할 수 없는' 나름의 가치와 존재이유를 지닌다. 바꾸어 말해 자기목적성을 지니는 문학은 그 자체로 목적이 될 뿐 다른 어떤 것을 성취하기 위한 수단이나 도구가 될 수 없다고 생각한 것이다. 이와 관련해 김은국은 "문학을 한다는 것 자체가 하나의 참여"라고 밝힌 적이 있다.

이러한 문학관은 조국을 등지고 머나먼 이국땅에서 소수민족의 일원으로 작품 활동을 해야 하는 이른바 '이산(離散)' 작가들에게서는 보기 드문 현상이다. 백인 중심의 미국 사회에서 '타자(他者)'로서 주변인의 삶을 영위하는 소수민족 작가들은 흔히 예술 그 자체보다는 역사적이고 사회적인 문제에 관심을 기울이게 마련이다.

1970년 6월 18일부터 7월 4일까지 제37차 국제펜클럽대회가 서울에서 열렸다. '동서 문학의 해학'을 주제로 열린 이 대회에 강용흘은 귀빈자격으로, 김은국은 한국 측 대표로 참석했다. 이때 한 계간지가 마련한 좌담회에서 강용흘은 "나는 한국문화나 한국적인 것을 지리적으로 소개하려는 의도는 없었어요. 다만 내가 한국에서 태어났고 한국 사람이니까 자연히 그렇게 된 거지요. 어떤 선전을 위해서 작품을 쓴 것은 아닙니다"라고 잘라 말한다.

김은국 또한 이 말에 동감을 표하며 "당시에 동기 같은 것을 생각하며 쓴 것 같지는 않습니다. 내가 한국에서 나고 자랐기 때문에 아무래도 한국적 소재가 작품에서 자연적으로 우러나는 것이지 특별한 동기는 없어요"라고 말했다. 그러면서 그는 '한국적' '비한국적'이라는 문제보다는 작품의 예술성에 평가기준을 두어야 한다고 역설한다.

뛰어난 작가라면 굳이 특정한 지역이나 민족에 얽매여서는 안 된다는 것이 김은국의 생각이었다. 그는 우리나라 기자와 가진 한 인터뷰에서 "'뉴욕타임스'의 서평이 '한국 작가 리처드 김'으로 시작됐습니다. 그러나 그때까지 나는 스스로 미국 작가라고 생각했어요. 영어로 쓴 소설 '순교자'로 미국에서 작가가 되었고, 계속 그곳에서 활동했으니까요"라고 말한다. '한국 작가 리처드 김'이라는 표현이 마치 쇠망치처럼 그의 머리를 강타했다는 것이다.

그는 작품을 쓴 언어나 출간된 나라보다는 오히려 작가의 태생에 따라 분류하려는 이 무렵 미국언론의 관행을 아주 못마땅하게 생각했다. 그는 자신이 '한국 작가'보다는 오히려 '미국 작가', 그보다는 '세계 작가'로 인정받고 싶어 했다. 이러한 그가 자신에게 그림자처럼 붙어다니는 '한국 작가 리처드 김'이라는 꼬리표에 실망한 것은 어쩌면 당연한 것인지도 모른다.

이 같은 그의 태도는 앞서 언급한 좌담회에서 좀 더 뚜렷이 드러난다. 사회자가 펜클럽대회에 대한 소감을 묻자 그는 이렇게 답했다.

"처음에 참 어색했어요. 저는 공식적으로는 한국 대표단인데 미국 대표단이 '당신은 왜 거기 있느냐'고 묻지 않겠어요? 저는 작가대회에는 생전 처음 나와 봤어요. 미국 시민권을 가지고 있었지만 국적이 없는 사람이라는 느낌이 들더군요. 작가나 예술가는 기성상태에 대해 언제든지 도전하고 현상에 만족하지 않는 사람이니까 국경을 초월한다는 느낌도 들었어요."

그랬다. 김은국은 그의 말대로 '기성 상태에 대해 도전하는' 작가요 '국경을 초월하는' 작가였다. 지금은 미국 북부 한적한 시골 마을에서 병마와 싸우고 있지만 그의 작가정신은 '순교자'를 집필할 때처럼 아직도 꿋꿋하다. 전화를 통해 울리는 그의 목소리를 듣고 또 그가 보내온 편지를 읽으며 필자는 그의 속에 자리하고 있는 예술혼의 불꽃이 아직 꺼지지 않았음을 느낄 수 있었다.

잿더미에서 다시 살아나는 전설 속의 불사조처럼 그 불꽃이 다시 활활 타올라 작품활동을 할 수 있기를 바라는 마음 간절하다. (김동욱, 「'순교자' 작가 김은국의 행적을 찾아서」 출처 : 신동아 2005년 3월호)

(2) 소설가 한설야(1900~1963?)

한설야는 1900년 8월 3일 함경남도 함흥군 주서면 하구리(현 함주
군 주서리)에서 1894년(고종 31) 진사시에 급제하여 삼수 군수를 지
낸 바 있는 지주 한직연(韓稷淵:1863.4.1~1926)과 전주 이씨 이병호
(李炳浩)의 딸 사이의 2남 2녀 중 차남으로 태어났다. 그의 집안은 청
주 한씨 예빈윤공파로 대대로 함흥 인근에 세거하였는데, 직계 10대
조 이후로 1대도 거르지 않고 벼슬을 했을 정도로 명문가였다. 아버지
한직연은 1909년 2월 삼수 군수에서 해임된 이후 1914년 진남포부에
서 의사로 개업하였고, 1915년과 1916년 두 차례 다른 사람의 철광산
을 양도받는 등 광산업을 경영하기도 하였다. 이런 사실들을 통해 한
설야의 집안은 명문 양반가로서 가세가 매우 풍족했음을 알 수 있다.

1915년 아버지를 따라 상경해서 경성제일고등보통학교에 입학하
였다. 후일 정적이 되는 박헌영과는 아이러니하게도 동기 사이. 그러
나 새어머니와의 극심한 갈등으로 인하여 경성제일고등보통학교를
떠나 전학, 졸업은 함흥에 위치한 함흥고등보통학교에서 하였다.

함흥고보 졸업 무렵 전국을 뒤덮은 3·1 운동에 참여하였고, 동맹휴
학을 주도했다고 한다. 그 결과로 3개월 정도 옥고를 치루었다. 함흥
고보 졸업 후 함흥법전으로 진학하였지만 반일운동을 주도한 혐의로
제적되었다. 이후 일본의 니혼대학 사회학과에 입학하여 유학생활을
하였다. 이 시기 일본의 사회주의자들과 교류를 하며 사회주의에 본
격적으로 입문하였다. 1923년 관동대지진 이후에 귀국, 고향으로 돌
아와 귀국 후 북청사립중학교(北靑私立中學校) 강사로 지내며 교사생
활을 하였다.

1925년 1월 단편소설 「그 날 밤」(『조선문단』)으로 문단에 등단하였다. 아이러니하게도 『조선문단』 창간호부터 1925년 1월호까지 주재하였던 이광수의 추천을 통해 등단하였다. 이 가운데 1926년 아버지를 잃고 가족과 함께 만주로 이주, 현 랴오닝성 푸순시에서 생활하였다. 그리고 1927년 다시 조선으로 돌아오고, 카프에 가맹하였다. 그리고 그의 글에 따르면 이 시기 이기영과 조명희를 알게 되었다고 한다.

> 말하자면 그 때 포석(조명희)와 민촌(이기영)과 나는 한 가지로 문학에 뜻을 둔 청년이었다. (중략) 사실 나는 그들의 문학론보다도 그들의 작품보다도 인간으로서의 그들을 더 좋아하였던 것이다.
> ─「포석과 민촌과 나」(1936)

당시 한국의 문단을 주도한 흐름은 소위 '경향주의'라 불리는 사회주의 계열이었고, 이 경향주의 성향의 작가들이 한 데 모인 조직이 바로 카프였다. 이윽고 한설야는 카프의 주요한 멤버로 발돋움하였고, 1927년 카프의 새로운 강령에 초안이 되는 「프로 예술의 선언」(동아일보, 1926년)을 발표하였다.

> '사회를 위한 예술.' 이것이 우리 프로(프롤레타리아) 작가들의 기치에 새겨져 있는 선언 강령이다.
> ─「프로 예술의 선언」의 마지막 부분.

이 시기부터 사회주의적인 성향을 본격적으로 발산하며 카프 논쟁에 주도적으로 참가하였다. 그리고 1928년 창작을 위하여 자신의 눈으로 직접 노동자 생활을 보고 경험하려는 목적으로 자신의 고향인 함경도로 돌아가 1년간 생활하였다. 이를 통하여 「과도기」, 「씨름」 등의 작품을 창작하였다. 또한 이 시기 조선일보 함흥지국에서 기자로 활동하였다. 이후 활발한 사회주의 운동과 창작활동을 벌이다가 1934년 사회주의를 본격적으로 탄압하기 시작한 일제에 의해 극단 <신건설사> 사건으로 투옥되었다가 집행유예로 석방되었다.

1935년 석방 이후 자신의 첫 장편소설인 『황혼』을 발표하는 등 왕성한 창작활동을 벌였다. 태평양 전쟁이 한창이던 1943년에도 비밀결사 조직 혐의로 체포되었다가 이듬해 병보석으로 석방되었다. 1940년 국민총력조선인연맹(國民總力朝鮮人聯盟) 등 단체 활동을 하였다.

해방 이후에는 북한 문학계와 정치계의 중심인물이 되었다. 1945년 광복 당시 이기영(李箕永)과 함께 조선프롤레타리아예술동맹을 조직하였다. 1945년 북조선 문학예술 총동맹 중앙위원회 위원장을 맡았으며, 당시 북조선 임시 인민위원회의 함경도 대표를 지냈다.

다음해인 1946년 북조선문학예술총동맹을 조직하여 북한공산당의 문화예술계의 주동적 구실을 담당하였다. 초기 김일성(金日成) 체제 아래에서는 문화선전상 등의 요직을 거쳤다. 그리고 정권이 수립된 이후에는, 조선작가동맹 중앙위원회 위원장을 지내면서, 최고인민회의 대의원, 교육문화상(장관급) 등의 고위직을 역임하였다. 이는 박헌영이 숙청당하면서 남로당 계열의 문인이었던 임화, 김남천부터 이태준에 이르기까지 숙청당한 것에 비하면 대조적이다.

하지만 1960년대 당시 사석에서 김일성을 비판하는 말을 했었고, 이로 인하여 사정없이 팽당한다. 이후 자강도의 수용소로 추방되었다가 1976년 사망했다. 말 그대로 토사구팽. 그래도 오늘날까지 북한에서 완전히 '친일반동분자'로 매장된 남로당계열 작가들과는 달리

1980년대를 넘어가면서는 어느 정도 복권되었고, 북한의 국립묘지격인 애국열사릉에 안장되었다. 이러한 점은 그만큼 그의 문학이론과 작품이 북한의 문예이론 형성에 크게 기여했기 때문이라고 볼 수 있다. 사실상 그를 제외하면 북한에서 문학이론을 설명하기 힘들어지기 때문이다. 그의 작품은 공산권 국가에 조선문학을 대표하는 소설로 번역되어 널리 알려졌고, 일본에서도 마찬가지이고 사실상 1950년대 북한의 국민작가였다.

초기 작품에서 주목을 받은 「그릇된 동경(瞳憬)」(동아일보, 1927.2.1.~10.)에는 민족의식을 문제 삼는 작가의 창작적 지향이 보인다. 다음으로 비평가들의 화제가 된 작품 「과도기 過渡期」(朝鮮之光, 1929.4.)에는 농촌이 공장 지대로 바뀌어 가는 문제와 일제의 강압적인 정책에 의하여 농민이 공장 노동자로 전업할 수밖에 없었던 당시대의 사회적 고통을 고발적으로 다루고 있다.

이어 「인조폭포 人造瀑布」(朝鮮之光, 1928.2.), 「홍수 洪水」(朝鮮文學, 1936.5.) 등을 발표하여 노동자와 농민들의 궁핍한 삶을 묘사하여 현실의 구조적 조명을 꾀하였다. 장편 『황혼 黃昏』(永昌書館, 1939)은 작자의 이념지향적 소설로서 평가받은 작품이다. 여자 주인공 박여순은 여고 출신으로 방직회사의 비서로 근무하다 한준식의 사상적 감화를 받고 여직공이 된다. 이러한 이념의 실천적 인물을 묘사하여 이념지향적 작품으로서 일정한 공헌을 하였다. 그러나 그의 작품에 설정된 주인공들은 미적 성숙성을 꾀하지 못하였는데, 그것은 인물의 점진적 형상화의 적절한 과정을 무시하고 이념적으로 완성된 인물을 설정함으로써 고정적이고 도식적인 인물형이 되고 말았기 때문이다.

작자 자신의 자평에서도 감각과 사상의 융합에 미흡했음을 자인하기도 하였다. 장편소설 『탑』은 ≪매일신보≫에 연재(1940.8.1.~1941. 2.14.)되었는데, 함경도 지방의 한 가족을 중심으로 개화의 과정을 거치면서 조선시대의 봉건적 유습이 청산되는 과정을 그려 보이고 있다. 광복 후 북한에서 발표한 작품으로는 장편소설 『설봉산』(1956)이 있다. 이 작품은 일제 식민지시대 악덕 지주와 이에 대응하는 농민 계급의 성장 과정을 그려놓고 있다.

작품집으로 『청춘기 靑春期』(中央印書館, 1939), 『귀향 歸鄕』(永昌書館, 1939), 『한설야단편선 韓雪野短篇選』(博文書館, 1940), 『한설야단편집』(人文社, 1940), 『초향 草鄕』(博文書館, 1941), 『탑 塔』(每日申報社, 1942), 『이령 泥濘』(建設出版社, 1946) 등이 있다.

(3) 소설가 안수길(1911~1977)

아호는 남석(南石). 함경남도 함흥 출생. 안용호(安鎔浩)의 장남으로 태어나 함흥·흥남·간도 등지에서 성장하였다.

1926년 간도중앙학교를 졸업하고 함흥고등보통학교에 입학하였으나 2학년 때 맹휴사건과 관련되어 자퇴하고, 1928년 서울의 경신학교(儆新學校) 3학년에 편입하였다. 1929년 광주학생사건이 일어나자 이에 호응하였다가 퇴학당하였다.

이듬해 일본에 건너가 교토(京都)의 료요중학(兩洋中學)을 거쳐 1931년 3월 와세다대학(早稻田大學) 고등사범부 영어과에 입학하였으나 학비 관계로 중단하고 귀국하였다. 1936년 간도일보사 기자로 근무하다가 1937년 『만몽일보』와 병합되어 『만선일보』로 발족되자 염상섭(廉想涉)·신형철·이석훈(李石薰) 등과 같이 일을 했다. 1932년부터

1945년까지 간도에서 소학교 교원을 지내기도 했다. 1945년 6월에 『만선일보』를 사직하고 함흥으로 돌아왔다가, 1948년 월남하여 『경도신문』 문화부 차장으로 활동하였다. 1950년 한국전쟁이 발발하자 대구·부산 등지로 피난하였다가 해군 정훈감실 문관으로 근무했다.

이후 서라벌예대 교수, 이화여대 강사, 한양대 교수, 국제 펜클럽 한국본부 중앙위원, 한국문협이사를 역임하였다. 제2회 아세아 자유문화상, 서울시 문화상 등을 수상하였다. 1977년 4월 18일 사망했다. 그는 1935년 단편 「적십자병원장」과 콩트 「붉은 목도리」 등이 『조선문단』에 당선되어 본격적인 문학활동을 했다. 그리고 박영준(朴榮濬)·김진국 등과 함께 문예동인지 『북향』을 간행하기도 하였으며 1940년 재만조선인 작품집인 『싹트는 대지』에 「새벽」을 발표하였다.

1940년부터 단편 「사호실」(1940), 「한여름 밤」(1940), 「원각촌」(1942), 「목축기」(1943), 중편 「벼」(1940)를 발표하는 등 꾸준한 창작활동을 했다. 1944년에는 처녀장편 「북향보」를 『만선일보』에 5개월 동안 연재하였다. 이 시기 작품들은 대개 자신의 만주 체험을 바탕으로 만주에서 정착하고 살아가는 조선인들의 이야기를 다루고 있다. 작가의 현실적 체험을 바탕으로 동족에 대한 인간적 시선과 더불어 개척의 어려움, 삶의 뿌리내리기 과정들을 형상화하고 있는 것이다.

해방공간에 「여수」(1949), 「밀회」(1949), 「상매기」(1949) 등을 발표하였고, 한국전쟁 이후 「나루터 탈주」(1951), 「제비」(1952), 「역의 처세철학」(1953) 등 지식인의 무력감과 자의식적 반성을 다룬 일련의 작품들을 발표하였다. 이 시기의 작품들은 만주체험에서 벗어나 새로운 소설 영역을 확보해 가는 과정이라고 할 수 있다. 광복과 한국전쟁이라는 민족사적 격변과 만주→ 북한→ 남한이라는 배경적 이동은 원체험 공간으로서의 만주를 어느 정도 벗어날 수 있게 한 계기가 되었던 것이다.

작품의 경향은, 첫째, 망국인의 삶과 통한을 그린 것으로 「새벽」(싹트는 대지, 1940), 「벼」(만선일보, 1940), 「북간도(北間島)」(사상계, 1959~1967), 「아기(萌芽期)」(신태양, 1958), 「삭발(削髮)」(사상계, 1967), 「라자(羅子) 머자니크」(아세아, 1969), 「망명시인(亡命詩人)」(1976) 등이 이에 속한다.

「새벽」, 「벼」 등에서는 간도에 건너가 황무지를 개간한 농민들의 갈등과 비애를 그렸고, 「맹아기」, 「삭발」은 일제시대 학생과 교원이 겪었던 아픔을 그린 소설이며, 「라자 머자니크」와 「망명시인」은 조국을 잃어버리고 방랑하는 사람의 이야기이다.

둘째, '어떻게 사느냐' 하는 문제를 다룬 것으로 「여수(旅愁)」(백민, 1949)」, 「제비」(문예, 1952), 「역(逆)의 처세철학(處世哲學)」(문예, 1952), 「제삼인간형(第三人間形)」(자유세계, 1953) 등이 여기에 들어간다. 6·25 전후를 배경으로 지식인들의 삶을 조명하면서 어떤 것이 인간다운 삶인가를 추구한 소설들이다.

셋째, 산업사회의 문턱에서 인간이 점차 왜소하여가는 과정을 그린 작품들로 「서장(序章)」(1961), 「새」(1968) 등이 이에 속한다. 기능과 능률을 강조하는 시대에 인간이 어떻게 소외되어가는가를 그린 소설이다.

넷째, 이데올로기의 갈등 속에 살고 있는 한국인의 피해망상을 그린 것으로 「Iraq에서 온 불온문서(不穩文書)」(문학춘추, 1964), 「동태찌개의 맛」(신동아, 1970) 등이 이에 속하며, 분단시대를 살고 있는 한국인의 아픔과 갈등을 그린 소설이다.

그의 작품 세계는 소설의 배경을 시간적으로는 한말부터 1970년대까지, 공간적으로는 만주일대까지 확대시키면서 현대사와 국토의 문제를 제기하면서 망국인들의 통한을 그린 것과 어떻게 사느냐 하는 문제를 다룬 것이 주류를 이룬다. 「효수(梟首)」가 중역(中譯)되었고, 「제삼인간형」이 일역(日譯)되어 각각 중국과 일본에 소개되었다.

(4) 시인 한하운(1920~1975)

한하운은 1920년 3월 20일 함경남도 함흥군 덕천면 쌍봉리(현 함흥시 쌍봉리)에서 지주 한종규(韓鍾奎)의 2남 3녀 중 장남으로 태어났다. 한하운의 집안은 유복한 양반 가정으로, 고조부 한국보(韓國輔)는 1860년(철종 11) 정시 문과에 급제하여 정6품 홍문관수찬에 올랐으며, 조부 한전채(韓甸埰)는 대한제국 때 순릉참봉을 지낸 바 있다.

그는 7세 때 함주군 함흥면으로 이사하여 함흥 제일공립보통학교에 입학하여 졸업하였고, 13세에 이리농림학교 수의축산과에 입학하였다. 그러다가 17세 되던 1936년에 한센병을 진단받았다. 하지만 학업에 계속 전념하여 이리농림학교 졸업 후 일본으로 유학, 세이케이(成蹊)고등학교를 졸업하였고 22세 되던 1941년 중국 베이징으로 가서 왕징웨이 정권 치하 '북경대학' 농학원 축목학계에 입학했다.

대학 졸업 후 1943년에 함경남도도청 축산과에서 근무한 것을 시작으로 공무원 생활을 하다가 1944년 사직하고 한센병 치료에 전념하게 되었다.

1948년에 월남해서 서울 명동 등을 떠돌다가 1949년에 시인으로서의 삶을 시작한다. 1949년 잡지 『신천지』에 나병의 고통과 슬픔을 노래한 「전라도 길」 등 시 3편을 발표하면서 그는 죽음이 아닌 시인의 길을 가게 된다. 절망에 빠진 그를 그야말로 '신천지'로 안내한 사람은 이병철(李秉哲)이란 인물이었다. 이병철의 소개로 일약 문단의 주목을 받기 시작한 한하운은 1949년 첫 시집 『한하운 시초』를 펴내면서 더욱 문둥병 시인으로 세상에 널리 알려지게 된다.

1949년 8월에 수원 세류동의 한센인 정착촌인 하천부락(河川部落)에 입주하였다. 그리고 6·25 전쟁이 발발하기 3개월 전인 1950년 3월에 인천 부평의 공동묘지 골짜기의 한센인 정착촌인 성계원으로 옮겨왔고, 1952년에 한센인의 자녀들을 위한 신명보육원(십정동 577-4)을 창설하고 원장으로 취임하였다. 1953년 8월에 한 주간신문이 「문둥이 시인 한하운의 정체」라는 제목 하에 그의 시를 '붉은 시집'으로 규정하고 한하운은 실존 인물이 아니라 '문화 빨치산'이라고 매도하면서 그가 계획하던 사업들이 일시 타격을 받기도 했다. 하루아침에 '빨갱이'로 몰리며 국회에서까지 논의된 소위 '문화 빨치산 사건'은 그해 11월 '한하운은 공산주의자가 아니다'라는 당시 이성주 내무부 치안국장의 발표가 있은 연후에야 잠잠해질 수 있었다.

1955년에는 현재의 용인시 어정역 북쪽 동백 지구 일대에 동진원(東震園)을 세웠고, 1955년에는 그의 이름을 한국 역사에 영원히 남긴 두 번째 시집 『보리피리』를 발표했다.

그가 시인으로 전국에 알려지자, 같은 병을 앓던 환자들이 '구걸하지 말고 같이 모여 살자'고 제안했고, 그 제안을 받아들여 1949년 경기도 수원시 세류동 수원천 근처 나환자 정착촌에서 8개월간 지냈다. 나병 환자들에 대한 차디찬 시선이 가득하던 시절, 정부는 경기도와 강원도 일대에 사는 한센병 환자들을 집단 수용하기 위해 인천 부평에 새로운 나환자 수용소를 만들고자 하는 계획으로 한하운과 교섭했다. 한하운은 수원천변에 함께 거주하던 나환자 가족 70여 명과 함께 1950년 새 정착지인 '부평'으로 옮겼다. 한하운은 나환자 정착촌인 '성계원'으로 이주해 1950년 3월 자치회장이 됐다.

1959년에 그는 한센병 음성 판정을 받아 사실상 병을 털어냈음에도 불구하고, 한센병 환자들의 인권을 위한 사회활동을 계속하였다. 1975년에 인천 부평구 십정동에서 간경화로 사망하여 김포에 묻혔다.

그의 시는 2천년대 들어 국어 교과서에 수록되었다. 소록도에 있는 그의 시비(詩碑)에 더해 2017년 12월 14일에 인천 부평구 십정동에 위치한 백운공원에도 시비(詩碑)가 세워졌다. 십정동 백운공원은 그가 숨을 거둔 장소이자 살던 집인 십정동 산 39번지 인근이다.

(5) 극작가 박조열(1930~2016)

함남 함주군 하조양면(下朝陽面) 기회리(岐會里)에서 출생했다. 1948년 함흥고급중학교를 나와 1949년 원산공업학교에서 문학을 강의했다. 흥남철수 때 월남했다. 월남 후 군에 입대하였고 1963년 육군에서 예편한 뒤 창작에 전념하였다.

1963년부터 3년간 드라마센터 연극아카데미(현 서울예술대학)에서 극문학(劇文學)과 연극사(演劇史)를 수학, 1965년 희곡 「토끼와 포수」(극립극장 공연, 1965)를 발표했다. 같은 해 이 작품으로 동아연극대상을 수상했다.

박조열의 작품은 분단 현실을 배경으로 군대 생활과 관련된 것이 많다. 박조열의 삶의 과정 자체가 한국전쟁 당시 월남한 실향민으로서 민족 분단의 현실을 뼈저리게 체험한 바 있으며, 월남 후의 군대 생활이 그러한 체험 위에 겹쳐져 있다. 그에게 있어서 민족분단이라는 상황은 삶의 기반을 모두 붕괴시킨 비극이었다.

따라서 그에게는 이데올로기와 민족분단의 한(恨)이 남다를 수밖에 없다. 그의 작품 가운데 분단 현실의 문제성을 다루고 있는 경우를 살펴보면, 자칫 관념적으로 빠질 수 있는 소재들을 지적이고 해학적인 방법으로 다루고 있어 예술적 성취를 거두고 있다. 그는 또한 풍부한 상상력과 희극성, 그리고 문제의식의 포착 등에서 뛰어나며 현대인의 위선과 어리석음을 부조리적인 특성으로 잘 드러내 준 작가로 평가되고 있다.

박조열은 모든 작품에서 분단 현실을 다뤘다. 1963년 쓴 처녀작 「관광지대(판문점 명도소송)」의 무대는 판문점이다. 주인공은 육군 일등병인 한남북. 주인공 이름부터 다분히 비유적이다. 남북이 갈라지기 전까지만 해도 판문점 일대는 그의 집이었다. 지금은 남과 북의 영토라고 하는 곳이 이전에는 아버지와 어머니가 부부싸움을 하면 서로 자기 자리라며 차지하던 공간이었다. 한남북은 아버지를 공산군에 잃고, 어머니를 미군의 폭격에 떠나보냈다. 북에 누이를 두고 온 그는 월북을 종용받기도 한다. 한남북의 소송사연과 남북 회담이 시작되면서 극은 소극(笑劇)적 성격을 강하게 띤다.

이 작품은 80년대까지 대학가의 단골 레퍼토리일 정도로 큰 인기를 누렸다. 당시 삼엄한 검열 탓에 한 대학에서는 40분짜리 공연이 25분으로 단축되기도 했다. 하지만 정작 작가는 이 작품으로 인해 고초를 겪었고 이후 작품은 현실과 거리를 둔 은유를 통해 이야기를 펼쳐나가게 된다.

두 번째 작품이자 공식 데뷔작인 「토끼와 포수」(1964)는 겉으로는 사랑 이야기를 그리고 있다. 혜옥의 집에 세를 들게 된 장유의 밀고 당기는 사랑 이야기와 혜옥의 딸 미영과 곤충학도인 기호의 연애담이 맞물린다. 모든 작품에서 분단 상황을 잊지 않은 작가는 이들이 사랑 싸움을 할 때 쳐놓은 빨래줄처럼 분단이 어렵지 않게 사라질 수 있음을 암시한다. 물론 이 작품도 검열에선 자유롭지 못했다. 하지만 당시 유일한 연극상이었던 동아연극상 대상, 연기상, 희곡상을 휩쓸며 그를 유명작가 반열에 올려놓았다.

대표작인 「오장군의 발톱」(1974)은 전쟁 중인 두 나라와 그 사이에서 희생되는 순수한 청년의 이야기다. 한국전쟁을 겪은 세대로서는 당연히 남북을 대입시키게 되지만 정작 작가는 "전쟁과 평화의 이야기일 뿐 이데올로기가 들어가면 다른 작품이 된다"고 확대를 경계한다.

당시로선 드문 토론극 형식을 도입한 「가면과 진실」(1975)은 박정희 대통령과 이후락을 비롯, 북한 외무상 허담, 딘 러스크 전 미 국무장관 등이 등장해 각자가 구상하는 통일방안에 대해 토론하는 내용이다. 비슷한 형식의 「조만식은 지금도 살아있는가」(1976)는 좀 더 극적 상상력을 동원했다. 조만식을 대표로 한 북한의 조선민주당 세력이 공산주의자들에 의해 어떻게 희생됐는가를 조만식의 정치적 활동을 중심으로 엮었다.

박조열은 한국의 대표적 극작가의 한 사람으로 꼽힐 뿐만 아니라 연극 시평 논객으로서, 또한 대학 강단의 교육자로서 우리 연극 발전을 위해 헌신하였다. 「토끼와 포수」, 「오장군의 발톱」의 작가로 더 유명한 박조열의 위상은, 국내학자들의 연구논문과 석·박사 학위 논문 목록만으로도 짐작할 수 있을 것이다.

과작인 박조열은 작품마다 고유한 희극정신과 새로운 양식의 시도로 우리 극문학의 표현 영역을 넓혔다. 연극 논객으로서의 박조열은 1986년 공연법의 위헌성을 최초로 공개 제기하고, 이후에도 수년간 그 강도를 높여가면서 꾸준히 공연법 개폐운동을 주도함으로써 1991년의 공연법 개정에 기여하기도 했다. 70년대에는 한국극작 워크숍을 통해서, 80년대 말기부터 20년 가까이 후진 양성을 위해 노력해, 많은 문하생들이 지금 신진 극작가로 활동하고 있다.

(6) 여류소설가 이정호(李貞浩. 1930.11.30.~)

함경남도(咸鏡南道) 신흥군(新興郡) 원풍면에서 출생했다. 1947년 함흥 영생여고(永生女高)를 거쳐 1958년 성균관대학 국문과를 졸업하고, 1962년 ≪현대문학≫에 단편소설「인과(因果)」「잔양(殘陽)」으로 추천받아 데뷔했다. 한국소설가협회 자문위원, 한국 여성문학인회 이사로 활동했으며, 국제펜클럽 회원. 성동여중·경기여중·천호여중 교사 등을 역임했다. 한국소설문학상(1975), 대한민국문학상(1988), 성균문학상(1990) 등을 수상하기도 했다. 장편소설『움직이는 벽』은 6·25를 전후한 북한 사회의 구조적 변화, 특히 교육 현장을 매개로 교사와 청소년의 의식동향을 차분하게 그림으로써 6·25전후사에 대한 우리의 시각을 보다 공정하고 예리하게 하는데 기여 할 만한 사료가 되는 작품이다.

작가 이정호는 관북에서 태어나 그곳에서 청소년기를 살아온 몇 명 안되는 작가 중의 한 사람이다. 작품 계열은 첫째 북한 생활과 무관한, 남한에서의 생활만을 다룬 작품, 둘째 월남 뒤의 생활을 그리되 북한 생활과 연결되는 작품, 셋째 월남하기 전 북한에서의 삶만을 다룬 작품, 그렇게 세 가지 계열로 나누어 볼 수 있다. 이들 작품 중에서 둘째와 세 번째 계열의 작품이 첫째 계열의 작품보다 우수하다.

이정호는 1961년에 등단하여 구순이 넘었다. 그러나 그녀는 그동안 문학사에 등재되지 못한 것은 물론 여성문학 연구자들에게도 전혀 그 존재를 드러내지 못했다.

『움직이는 벽』과 『그들은 왜 갔을까』는 전쟁 전후 북한의 사회상을 배경으로 가족의 이산과 월남, 결혼 등이 파노라마처럼 그려진 연작 장편이다. 『움직이는 벽』은 1949년 7월부터 1950년 12월까지 1년 반 동안에 벌어진 북한의 현실태를 적나라하게 묘파한 작품으로, 한 여교사의 눈에 비친 북한의 교육 현실과 사회상을 구체적으로 서술하고 갑작스레 맞이한 전쟁의 순간순간을 담담한 어조로 복원해 내고 있다. 후속작 『그들은 왜 갔을까』는 전형적인 후일담 소설로서 시공간적 배경이 달라진 새로운 좌표에서 전작의 인물들이 어떻게 적응하고 살아왔는가를 기억과 회상에 의존해 반복재생하고 있다.

『움직이는 벽』과 『그들은 왜 갔을까』는 전쟁 전후 북한과 남한의 사회상을 총체적으로 들여다볼 수 있는 색다른 창 역할을 한 소설이다. 특히 전편에 깔린 관북 사투리는 생생한 현장감과 함께 독자들을 새로운 지방의 공간으로 안내하고 있다. 이정호 소설은 작가의 고향인 관북과 그곳에서 겪은 해방과 전쟁의 참상들, 그리고 월남 이후의 삶에 대한 이야기로 가득하다.

이정호 소설에 대한 연구는 그동안 문학사에서 누락된 작가에 대한 관심을 불러일으켜 여성문학 연구의 영역을 확장하고, 손소희, 임옥인 등 월남 여성작가들의 소설적 특성을 함께 연구하는 계기를 마련해 줄 것으로 기대된다.

이렇게 볼 때, 함흥은 한국 문학사 속에서 적지 않은 문제의 작가를 배출한 공간이라 할 수 있다. 이러한 함흥이 지닌 문화적 풍토 역시 고석규의 문학에의 지향과 전혀 무관한 것은 아니었을 것이라고 본다. 고석규가 남긴 일기에 의하면, 그는 16살 때에 이미 일본의 석천탁목(이시카와 다쿠보쿠(石川啄木, 1886~1912)는 당시 일본에서 사회주의 성향의 가인(歌人)·시인·평론가로 이름을 떨친 인물이다)의 문헌집에서 단시(短詩)를 번역하였다. 이러한 문학적 열의와 기량은 이후 고석규가 문학을 공부해 나가는 데 커다란 밑바탕이 되었을 것이다.

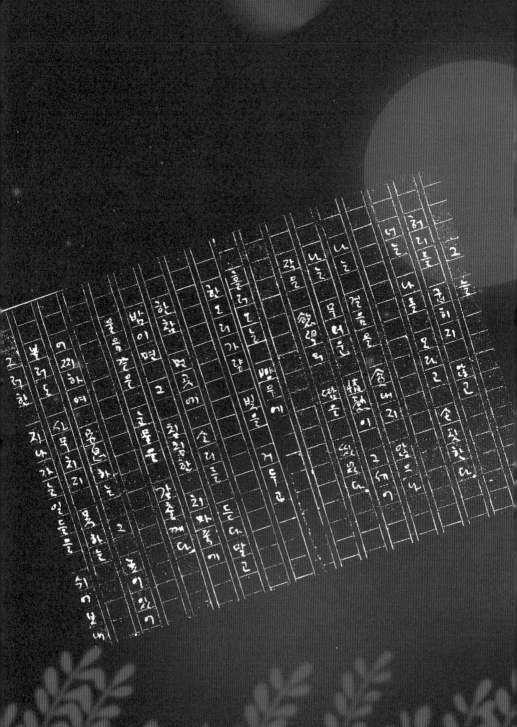

그늘 길이 잠들고

네를 내틀 오버 그
손 찟댔다

나는 걸음을 옮겨
歡喜의
情熱이 그 없다

나는 무서워
땅을

나는 歡喜의
情熱이 그 없다

각오
빛으로
거두다

나는 빛으로
밤으로
거두다

한곳 더 가양
빛으로
들다 말고

홀거나는
술 다르는
리화들께

한참 묘곳의
철석한
갈증들께
보이 있네

밤이면 그
그무들
몽하는 그
볼이 있네

때우던 전우던
그무치기
몽하는
수이보스

에 끼하여
신무가니 인데를
몽하는

너러도
지사가니 인데를
수이보스

그윽한
지사가니 인데를
수이보스

제2장

해방과 러시아 진군

1945년 8월 15일 해방과 함께 세상이 바뀌었다. 남한은 미군이, 북한은 소련군이 진주하였다. 북한에서의 소련군의 점령은 갑작스럽게 이루어졌다. 6·25전쟁 당시 함경북도 내무서원(경찰관)으로 복무했던 탈북자 이천 명의 고백 증언에 의하면, 북한에서의 해방도 주민들에게는 갑자기 찾아들었던 소식이었다.

하루는 일본 경찰들과 조선인 관리 몇 명이 부락에 나타나더니 사람들을 다 모아놓았다. 그들은 소련이 일본에 선전포고를 하였으니 최후를 각오해야 한다며, 모두 칼을 몸에 지니고, 맞닥뜨리면 싸울 준비태세를 갖추라고 하였다. 그러나 백성들은 몸에 칼을 준비하기는커녕 무사태평이었다. 며칠이 지나자 일본 사람들은 2열 3열로 줄을 지어 늘어서서 저녁 9시경부터 청진 시내를 벗어나 어디론가 가버렸다.

이틀 후 소련 군대가 청진 앞바다에 포 몇 방을 쏘더니 상륙하였다. 주민들은 조선독립 만세!를 부르며 소련 국기와 태극기를 들고 거리에 떨쳐나섰다.

노동자들은 일제가 가면서 부수고 간 공장을 복구하러 나갔고 농민들은 자기 밭에 나가 여물어가는 곡식을 가꾸었다. 고향을 이남에 두고 북한에 온 사람들은 광복이 되자 고향으로 갈 차비를 서둘렀다.

일제 식민치하에서 고통당하며 서로 같이 살다가 헤어지는 슬픔을 달래려 송별연이 벌어졌고 눈물의 헤어짐이 온 강토를 휩쓸었다.

잘 가세요, 잘 있어요, 눈물지으며 떠나는 사람들의 행렬은 시작과 끝을 분간하기 어려웠다. 어른들은 마주앉으면 이제 이남에는 美軍(미군)이 들어온다, 미국은 소련보다 발전하였다고 말하면서도 강토가 갈라질 줄은 누구도 예견 못했다. 다만 소련은 공산주의다, 네 것 내 것 없이 공동으로 일하고 먹고사는 나라다. 그러니 소련이 좋으냐, 미국이 좋으냐 하는 이야기뿐이었다. 소련 군대가 청진시에 주둔하여 소련군 위수사령부를 설치하고 질서를 유지하기 시작했다.

소련군 병사들은 거리와 골목마다 돌아다니면서 마음에 드는 물건은 다 집어갔다. 특히 집집을 이곳저곳에서 본격적으로 수색해 나갔다.

일제가 항복함으로써 조선 천지에 해방이 찾아온 것이다. 초등학교 졸업반이었던 고석규도 희망의 빛이 그의 가슴에 비쳐들었다. 일본어로 공부하던 학교에서 벗어날 수 있게 된 것이다. 그런데 해방은 그에게 희망을 안겨주기보다는 탈북과 함께 한국전쟁을 겪어야 하는 역사의 질곡을 다시 건너게 했다. 1954년 3월 5일 자 고석규의 일기장에는 해방 후 부산에서 처음 만나는 그의 초등학교 동창생에 대한 기록이 남겨져 있다.

진실히 다방에서 맛본 이 헤아릴 수 없는 충전의 비극은 그만큼 꺾을 수 없는 것이었다. 4, 5년 만에(1945년 해방 후를 말함 필자주) 처음으로 초등학교 동창인 박봉섭(朴鳳燮)을 거기서 만날 수 있었다는 것은 아무래도 기적 같다. 클로바(다방 이름, 필자주)를 위해 사의를 드려야겠다고 웃어 대었다. 박은 순덕(順德)의 이야기를 꺼내었고 나는 오른편 어깨 위로 관통 부상한 박흥배(朴興培)의 이야기를 시작했다. 순덕은 확실히 한쪽 다리가 좀 팽대하였을 뿐 저는 것은 아니라고 하였다. 순덕은 오리정 사도에서 눈물을 머금고 바라보던 여학생의 이름인 것과 5학년 때 관절염으로 인하여 수술을 받은 다음 약간의 불구가 된 것을 다시 상기하였다. 방과 후 당번이 끝나서 여자 학급의 소제 검열을 들어가면 맨 뒤편에 있는 나무 걸상 아래 또 하나 짤막한 목침 같은 것을 발견한 일이 새삼 생각났다. 그것은 순덕이 아픈 발을 올려놓는 나무 받침이었던 것이다. 00헌병대 통역으로 지내고 있는 봉섭은 순덕의 사진 두 장을 아직도 갖고 있다 하였다. 대청동을 거닐면서 몇 번이나 환상의 비애를 그에게 하소연하는 것이었다.

해방은 맞았지만 북한은 1945년 8월 13일 이미 소련군이 청진에 상륙하였고, 이어 다음날 소련군이 평양에 진주했다. 소련군이 북한에 진주하면서 북한 사회는 다시 혼란에 휩싸이게 되었다. 북한 사회의 체제가 새롭게 바뀌면서 일어나게 된 상황이었다. 우선 38선을 마음대로 지나다닐 수 없는 상황이 벌어졌다.

소련군 진주 직후인 1945년 9월 미군정청은 38선 이북여행은 자유지만 이 지역으로의 여행은 절대 삼가지 않으면 안 될 것이라고 경고했다. 미소 양군은 여러 가지 이유로 38선 통행에 제약을 가했고 소련군은 월경자들에게 약탈과 총격을 서슴지 않았다. 소련은 이미 9월 초부터 38선에 대한 엄중한 통제를 실시하기 시작했고 남쪽으로 향하는 짐을 실은 모든 교통수단들을 차단했다. 미군의 경비초소가 설치되기 이전에 소련군에 의해 남북한을 연결하는 철도는 운행이 중단되었다. 법령으로 38선 통행을 금한다고 공포하지는 않았지만, 미소 양군에 의해 38선 월경은 엄격히 금지되었다. 미소 양군에게 한국인들의 자유로운 이동을 막을 법적 근거는 없었다. 한국인들의 38선 이동문제에 대한 최초의 공식논의는 1946년 초 제1차 미소공동위원 개막에 앞서 열린 미소공위 예비회담(1946.1.16.~2.5.)에서 이루어졌다. 여기에서 한국인의 자유로운 왕래문제는 이렇게 규정되었다.

> 남북 양측 한국인의 왕래, 이 항목은 일반적인 여행뿐만 아니라 무역이나 상업 활동으로 하는 여행, 시민들의 과거 거주지로의 귀환, 학생과 개인이 가정의 일이나 급박한 일로 하는 여행도 포함, 모든 사람은 특정허가와 세부적 규제를 받는다.

그나마 이러한 왕래규정은 전혀 실행되지 않았다. 38선 월경에 필수적인 요건이 북조선 소련군사령부에서 허가한 통행증명서라는 사실이었다. 월남자, 월북자를 막론하고 소련군의 통행허가증이 없으면 월경이 허가되지 않았다. 한편 강릉지역 명지리, 서림리, 대치리 등의 마을에는 현재 38도선 표지가 38도선 남쪽 600야드 지점에 설치되어 있었다. 따라서 38도선 표지지점과 38도선 사이의 농지의 추수가 문제가 되고 있었다. 소련군이 북한경비대와 함께 이 지역으로 넘어와 농부를 납치하고 곡식을 수확해 간다는 것이었다. 뿐만 아니라 그들은 농부들에게 미군 초소의 상황을 심문하기도 하였다. 따라서 이 지역을 정찰한 미 제7사단 기병정찰부대는 즉시 동해안 지역의 38도 선을 재설정할 것과 38도 선 표지를 600야드 북상시킬 것을 사단장에게 건의하였다. 그러나 38도 선 분계선 설정의 혼선은 소련군의 비협조로 계속되고 있었다.

1. 해방 이후 북한에서의 소련군에 대한 인상

1945년 8월 22일경, 구 철원 역전으로 구경꾼들이 몰려들었다. 철원역 광장에 원숭이 같은 소련군이 모였기 때문이다. 소련군은 얼굴에 털이 많아서 원숭이 같아 보였다. 어느새 군중들은 '소련군 만세'를 외쳤다.

소련 군인들은 생각보다 키가 별로 큰 편이 아니었다. 얼굴색은 희다기보다 붉은 편이었다. 소련군의 장교 복장은 멋이 있었다. 어깨 혁띠엔 권총을 찼다. 당꼬바지는 무릎까지 올라온 가죽구두로 더욱 멋이 있었다. 그러나 장교들만 빼면 소련 병사들은 복장이나 행동이 패잔병 같아 보였다.

선발대 소련 군인들은 기타를 잘 쳤다. '댄스'라는 춤도 추었고 이런 광경을 보고 역광장으로 모인 군중들은 또다시 '소련군 만세'를 불렀다. 환영 일색이었다. 점령군들인 줄도 모르고 그저 남들이 만세를 부르니까 따라서 만세를 부르는 사람들이 더 많았다.

소련 여군들도 있었다. 그녀들은 앞가슴도 컸다. 엉덩이도 둥근 떡판 같았다. 그 뚱뚱한 몸을 둥둥 흔들며 춤추는 모습은 꼴불견이었다. 커다란 앞가슴과 넓적한 엉덩이를 잘도 흔들어댔다. 소련 여군들은 노래를 불렀다. 남자 군인들은 아코디언을 어깨에 걸치고 탱고, 브루스 곡에 맞춰 잘도 켰다.

원숭이 같은 소련 군인들과 소련 여군들은 엉덩이를 서로 맞대고 춤을 췄다. 신나게 흔들며 서로 손을 잡고 원형으로 뺑뺑 돌며 춤추는 것을 구경하느라 철원 군민들은 넋이 빠져 있었다. 소련 여군들의 구두창은 딱딱 소리도 잘 냈다. 음악에 맞추어 이들이 춤을 추는 모습에 군중들은 최면에 걸린 듯했다.

기차 정거장 화물칸에는 탱크와 말마차가 실려 있었다. 말 두 마리가 끄는 마차는 둥근 천막 호로를 씌웠다. 서부 영화에 나오는 마차같이 생겼으나 좀 긴 편이었다. 마차 속에는 전쟁 때 쓰는 군용품이 하나도 없고 말먹이 마초뭉치만 있었다. 자세히 보니 그 속에서 잠을 자는 것이었다.

철원 시내로 말을 끌고 다니면서 조선 사람만 보면 손목을 잡았다. 시계를 차고 있으면 빼앗았다. 소련군들이 조선 여자만 보면 무조건 잡아간다는 소문이 돌자 집집마다 문을 꼭꼭 걸어 잠그고 지냈다. 나중에 들은 이야기로는 소련 군인들은 자기네 감옥에 있던 죄수들에게 군복을 입혀 조선땅 선발대로 진격시켰다고 한다.

겨울엔 땅에 끌릴 듯한 긴 오버를 입고 있었다. '후레이빵'('홀레바리빵')은 옆구리에 꼭 끼고 다녔다. 잠잘 때는 그 긴 빵을 베고 잔다고 했다. '홀레바리 빵'을 먹어봤더니 술빵같이 시큼털털한 맛이 났다. 그런대로 먹을만했다.(－유용수,『고향 철원 실버드나무꽃 한 쌍』중에서)

2. 해방 이후 평양의 모습

개인적인 기록이긴 하나 평양 출신 우형주 서울공대 교수(1914~

2009)의 「일제시대 및 광복 후 평양 회고」도 그 당시의 상황을 이해하는 데 도움이 된다. 이를 소개한다.

건국준비위원회가 구성되고 학생들이 치안대로 거리 질서를 정리하였으며 일부 용감한 학생은 동촌에 있는 일본군 부대에 들어가 부대장을 만나 무장해제를 명하기도 하였다. 그리고 평양시 주변 곳곳에 저장해 놓은 일본 군수물자를 운반해다 시민들에게 분배하기도 하였는데 이때의 개가죽 파카와 순모 내복은 평양의 겨울 추위에 큰 도움이 되었다. 이들 일본군의 막대한 군수물자는 소련군에 의하여 완전히 몰수되고 말았다.

소련군이 진주하며 질서가 문란해지기 시작하였는데 이들은 시계를 처음 보는 무식한 군인들로 상점의 물건도 죄의식 없이 집어가 다 빼앗으면서 씩 웃고 가는 정도였다. 시골길을 지나는 여자를 집단 겁탈하기가 보통이었으며 지나가는 사람 손목시계를 뺏어 차다, 멎으면 또 빼앗고 하여 몇 개씩 차는 경우도 있었다. 시계태엽을 틀 줄 몰라 멎으면 그대로 버리기도 하였다.

소련군이 진주하여 옛날 일본 병사에 주둔하였을 때, 일본의 젊은 여자애들을 징발하여 일도 시키고 겁탈도 하였는데, 여자애들은 전쟁에 졌으니 할 수 없다며 그 옛날의 자존심을 싹 버리고 그 수치를 달게 받고 있었다. 한편 일인들 수용소에는 만주에서의 피난민들도 합류하였는데 식량부족과 병들어 죽은 사람을 리어카에 실어내가는 모습도 가끔 보였다. 그런데 일인들이 미인 정책으로 소련군을 매수하여 우리에게 불리한 정책을 쓰기도 하여 건국준비위원회에서는 이에 대한 대응책으로 기생들을 동원하기도 하였다.

소련군의 수가 많아지며 이들의 행패가 심하여져 동리마다 깡통 등을 매단 줄을 연결하여 소련군이 침입하면 이 줄을 흔들며 집집마다 놋대야를 두들겨 쫓아버리곤 하였다. 한번은 시장에서 소련 군인이 물건을 훔치는 것을 평양의 명물인 머리 박치기로 받아넘기므로 소련 군들과의 싸움이 벌어져 대혼란이 발생한 경우가 있었다.

그 후부터 소련사령관의 특명에 의하여 이들의 도둑질이 적어졌으며, 한편 북한공산당 간부는 소련 도둑을 막기 위하여 동리마다 깡통 줄을 다는 것은 큰 실례라며 강제 철거시켰다.

한편 건국준비위원회가 소련군의 압력으로 해체되고 북조선인민위원회가 구성되어 자체적으로 필요한 정책을 세우고 집행하기 시작하였다. 처음에는 지주와 소작인의 분배를 4:6에서 3:7로, 그리고 2:8로 하며 지주에게 토지의 소유를 인정하였다. 어느 날인가 대동강 하류 용강 부근의 소작인이 와서 2만 평짜리 논을 20만 원에 사겠다고한 일이 있었다. 부친과 상의한 결과 왜정 때 공출로 쌀 구경을 못했지만 2:8제라도 쌀을 구경할 수 있으니 그대로 두자고 하시어 팔지 않기로 하였었다. 그러나 김일성이가 집권하며 모든 농토는 다 빼앗기고 말았는데 만일 그때 20만 원을 받아가지고 서울에 와 토지를 구입했었으면 어쨌을까 하는 생각을 가끔 해본다.

김일성이가 소련군의 후광으로 정권을 장악한 후, 공산당을 조직하며 민주진영으로 민주당과 청우당도 창당되었는데 이 두당의 당수는 공산당에서 배당하였다. 이들이 정권을 잡은 후 제일 먼저 자본주의 체제를 파괴하기 시작하였는데, 시골에서는 근검절약하여 모은 농토와 집을 장만한 소위 지주를 내쫓고 소작인을 입주시키는 일에 착수하여 농촌을 개혁하였다.

그리고 도시에서는 비판의 능력을 가진 지식층을 소시민이라 하며 탄압하기 시작하였는데 그 중에서도 각급학교 선생들에 대한 압력이 가장 심하였다. 한번은 연안파에 속하는 김창만이가 수백 명의 선생들을 해락관 극장에 모아놓고 소리소리 지르며 공산주의에 대한 비판을 하려면 이불 속에서나 하라고 야단하여 모든 사람이 벙어리가 되어 아무 말 없이 돌아온 일이 있었다. 따라서 마음 맞는 친구끼리 주위의 눈치를 살피며 수군거렸는데, 그중에 배신자가 있어 밀고하면 말한 자는 행방불명되고 밀고자는 출세의 길을 달리는 공포의 사회가 되고 말았다. 당시 소련군 및 공산당의 횡포에 대하여 비판하는 벽보를 붙이며 항거하다 체포된 중학생 등 젊은이들이 소련군의 재판을 받고 시베리아 또는 아오지 탄광으로 끌려가 중노동으로 연명하다 40여 년 만에 돌아와 기행문을 발표한 것을 보면 그 당시의 상황을 확인할 수 있다.

다음은 상인들에 대한 탄압인데 초기에는 왜정이 남기고 간 물자가 풍부하여 그 유통이 잘 되고 있으므로 별반 제재가 없었지만 차차 탄압이 심하여져 그들 대부분이 월남하여 거리에는 문닫는 상점이 많아져, 거리가 극히 한산해졌으며, 소련군을 상대로 하는 변두리 몇 곳의 소위 암시장이 붐빌 정도였다.

토지개혁으로 농토를 농민들에게 무상분배하여 농민들이 처음에는 무척 좋아했지만 차차 농토에서의 소출을 전부 공출시킨 후 일정한 양을 배급하는 식이 되어 농민들의 기쁨도 잠깐이 되고 말았다. 그리고 일반 시민들에 대한 양곡의 배급제는 왜정 때와 같이 다시 시작되었는데 10일분씩 배급했다. 대학교수들에게는 가족 한 명당 한 말씩의 백미를 배급해 주어 부족한 생계 물자를 백미와 물물교환으로 충당하기도 하였다.

한편 급격한 사회개혁에 순응치 못하는 젊은 세대의 스트레스 해소를 위하여 모란봉 옛날 신궁 앞에 야외무도장을 만들고 시내 곳곳에 실내 댄스장을 개설하여 젊은층의 정력을 성적 향락에 소모하게 하였다. 이때 젊은 남녀 특히 지방에서 진출한 젊은이들의 무절제한 행동으로 평화스러운 가정이 파괴되어 버린 경우가 많았다.

그리고 경재리 등 옛날 기생촌에 대소 음식점을 권장시켜 밤이면 이러한 술집들이 흥청거렸으며, 불고기집도 대성황이었다. 술로 스트레스를 해소시킴과 동시에 정보수집의 수단으로 이용했던 것으로 생각된다.

그 당시 중견 노동자의 15일 봉급이 약 1,500원이며 대학교수의 한 달 봉급이 4,000원 정도인데 술집에서 기생 2명 부르고 네 명이 밤늦도록 노래하며 즐기면 약 4,000원의 비용이 지출되었다. 따라서 지방에서 진출하여 봉급으로 생활하는 사람은 엄두도 못 냈으며, 평양 본토배기로 사업하며 그날그날을 무사히 살았구나 하는 자포자기로 그날을 술로 보내던가, 소위 고위급에 속하는 사람들이 이러한 곳에 다녔을 정도였다.

1946년 봄 내가 근무하던 평양공전 경리과장이 아무 연락없이 결근하여 걱정하던 중 2~3일 후에 피곤한 모습으로 출근한 일이 있었다. 사연인즉 국민학교 2~3학년 애가 숙제로 우리 아버지에 대한 작문을 쓸 때 평소 집안에서 공산주의와 김일성에 대하여 나눈 이야기를 그대로 써버려 공산당에 불려가 심문을 받았는데 마침 그 집 딸이 학교에서 열성분자로 활약하여 반동에 걸리지 않고 나왔다는 사연을 듣고 집에서도 마음 놓고 말할 수 없는 시대가 된 것을 실감하였다.

3. 북조선 임시인민위원회의 수립

제1차 미소공동위원회 개막 이전에 북한의 사회주의 세력과 소련 측이 세운 목표는 두 가지였다. 첫째, 북한에서 수립되는 '정권' 형태를 미소공위를 통해 수립될 조선 임시정부에 확대 적용시키며, 둘째, 미소공위 문제를 차치하고라도 북한 체제를 확고히 굳힘으로써 장차 통일정부 수립은 물론 남한의 단독정부 수립에도 대처하는 것이었다.

북한에서는 이미 1945년 11월에 사법국 등 10개 행정국이 세워지면서 국가기구의 토대가 마련되어 있었기 때문에, 중앙주권기관을 수립하는 일은 정치권의 결단만 남겨둔 상황이었다.

1946년 2월에 들어서 조선공산당 북조선분국을 비롯한 정당 사회단체 대표들은 북한지역에 중앙주권기관을 세우기 위한 발기위원회를 조직했다. 발기위원회 위원장은 김책이 맡았으며, 부위원장은 강양욱, 주영하, 위원은 김용범, 최경덕, 김달현, 이주연 등으로 구성되었다.

발기위원회는 2월 5일에 북조선 임시인민위원회를 수립할 것을 결정했으며, 같은 날 개최된 조선공산당 북조선분국 중앙상무집행위원회도 북한에 이미 통일적 중앙정부를 수립할 수 있는 기초가 마련되었다고 확인한 뒤, 북조선 임시인민위원회를 수립하기 위해 당의 모든 부서와 당원을 동원하기로 결정했다. 이 자리에서 김일성은 북조선 임시인민위원회를 수립하기 위해 정당 사회단체 대표들과 도·시·군 인민위원회 위원장, 행정국 국장 등이 참가하는 예비회의를 개최한 뒤 대표협의회를 소집하여 선언서와 당면 과업을 채택하고 인민위원들을 선거할 것을 지시했다고 한다.

2월 7일에는 '북조선 임시인민위원회를 수립하기 위한 정당 사회단체 대표들의 예비회의'가 열렸다. 예비회의에는 북조선공산당 2명, 민주당 2명, 독립동맹 2명, 노동조합 2명, 농민조합 2명, 여성동맹 1명, 민주청년동맹 1명, 종교단체 1명, 조쏘문화협회 1명 및 도·시·군 인민위원회 위원장들과 행정국 국장들이 참가했다. 회의에서는 북조선 임시인민위원회의 당면 과업을 토의하고, 인민위원 선거에 관해 논의했다.

다음 날인 2월 8일엔 북조선 임시인민위원회를 결성하기 위한 '북부조선 각 정당·각 사회단체·각 행정국 및 각 도·시·군 인민위원회 대표 확대협의회'가 평양에서 개최되었다. 대표단은 정당 대표 6명, 사회단체 대표 8명, 행정국장 11명, 각급 인민위원회 관련자 등 137명으로 구성되었다.

개회 제1일에는 김일성의 「목전 북부조선 정치 형세와 북부조선 인민위원회의 조직 문제에 관한 보고」와 그에 대한 토론이 있었다. 그리고 다음 날 북조선 임시인민위원회 위원 선거가 이루어졌다. 인민위원으로 23명이 선출되었으며, 그중에서 김일성이 위원장을 맡고, 김두봉과 강양욱이 각각 부위원장과 서기장을 담당했다.

북조선 임시인민위원회는 '북조선 최고행정주권기관'으로 간주되었다. 사법권은 재판소와 검찰소가 담당하도록 되었지만, 이들은 북조선 임시인민위원회 사법국이 관할하므로 엄밀한 의미의 사법권 독립은 아니었다. 입법권 또한 북조선 임시인민위원회가 장악했다. '최고 행정주권기관'이기는 하지만 별도의 독립된 입법부와 사법부가 없는 상태에서 임시인민위원회는 행정권뿐만 아니라 입법권·사법권까지 장악한 명실상부한 국가최고기관이었다.

북조선 임시인민위원회가 입법권과 행정권을 모두 장악했던 것은, 민주적 선거에 의해 조직된 독자적인 인민 대표기관이 존재하지 않았기 때문이었다. 북조선 임시인민위원회는 최고행정주권기관이었을 뿐만 아니라 입법권과 사법권까지 장악한 명실상부한 국가최고기관이었다.

「북조선 임시인민위원회 구성에 관한 규정」에 따르면, 임시인민위원회는 "북조선의 인민·사회단체·국가기관이 실행할 임시법령을 제정·발포할 권한"(3조)을 지니며, 임시인민위원회의 "각 국과 각 도 인민위원회 등의 옳지 못한 결정을 시정하며, 또는 정지"(4조)할 수 있는 북조선 최고행정주권기관이었다. 그렇다면 임시인민위원회와 소련군의 관계는 어떻게 조정되었을까?

위의 규정에 따라 "쏘련 군사령부에 속하여 있든 각 국(局)은 북조선 임시인민위원회의 지배를 받으며 그 기관으로 편성"(8조)되었다. 그렇기는 하지만 임시인민위원회는 "붉은군대 총사령부가 행하는 모든 행사"를 도와주어야 했다(2조). 그리고 인민위원회의 각 국은 임시인민위원회에 대해서만이 아니라 "쏘련 군사령부에 제출할 법령과 결정의 초안을 작성"하며, 임시인민위원회와 "쏘련 군사령부에서 발포한 모든 법령과 결정을 실시"해야 했다(10조). 이처럼 임시인민위원회 출범 이후 중앙의 권위는 임시인민위원회와 소련군 양자에 의해 공유되고 있었다.

임시인민위원회 내에는 상무위원회를 두어 임시인민위원회 폐회기간 중 최고행정주권기관의 역할을 하도록 했다. 상무위원회는 임시인민위원회 위원장, 부위원장, 서기장 3인에 2인의 위원을 추가하여 5인으로 구성했다. 임시인민위원회 산하에는 10국과 3부를 두었으며,

각 국장들은 인민위원 중에서 선임되었다. 보안국장 최용건, 산업국장 이문환, 교통국장 한희진, 농림국장 이순근, 상업국장 한동찬, 체신국장 조영렬, 재정국장 이봉수, 교육국장 장종식, 보건국장 윤기영, 사법국장 최용달 등이 임시인민위원회의 첫 국장이 되었다. 그리고 기획부장에는 정진태, 선전부장에는 오기섭, 총무부장에는 이주연이 임명되었다.

7월 10일에는 "행정 각 기관 간부에 관한" 인사 문제를 관장하는 간부부가, 9월 14일에는 노동부가, 12월 23일에는 "계획 및 통계 사업"을 관장하는 기획국이 각각 신설되었다.

선출된 북조선 임시인민위원회 위원들은 1946년 2월 9일 김일성이 제안한 「북조선 임시인민위원회의 당면 과업에 대하여」를 토의한 뒤 이를 만장일치로 통과시켰다. 통과된 11개조 '당면 과업'은 친일 잔재의 청산, 토지개혁, 주요 산업의 발전 지원, 중소 상공업 육성, 노동운동 지원, 민주주의적 교육·문화 정책 등을 주 내용으로 했다.

이는 북한 정치, 사회 세력들이 자신의 신국가 건설 노선을 구체화한 것이라기보다는 '당면 과업'이라는 명칭 그대로 미소공동위원회를 앞두고 북한 지역에서 우선적으로 실행되어야 할 정책 과제들을 천명한 것이었다. 인민민주주의적 개혁 과정에서 핵심적인 사항이 되는 중요산업 국유화 방안이 제시되지 않은 점은, 아직 국가 수립의 단계가 아니라는 점과 함께 소련군이 장악하고 있던 주요 산업의 향방이 이 시기에 아직 미정 상태였음을 보여주는 것으로 해석할 수 있다.

'당면 과업'에서 제시된 토지개혁은 다음 달인 3월 5일에 전격적으로 시행되었다. 그 후 3월 20일에 열리게 되는 제1차 미소공동위원회를 전후하여 북조선 임시인민위원회의 국가 건설 노선이 보다 정교화되었다. 위원장 김일성은 1946년 3월 23일에 「20개조 정강」을 발표했다.

20개조 정강

1. 조선의 정치 · 경제생활에서 과거 일본 통치의 일체 잔여를 철저히 숙청할 것
2. 국내에 있는 반동분자와 반민주주의적 분자들과의 무자비한 투쟁을 전개하며 팟쇼 및 반민주주의적 정당 단체 개인들의 활동을 절대 금지할 것
3. 전체 인민에게 언론 출판 집회 및 신앙의 자유를 보장할 것. 민주주의적 정당 · 노동조합 · 농민조합 및 기타 제 민주주의적 사회단체의 자유롭게 활동할 조건을 보장할 것
4. 전 조선 인민은 일반적으로 직접 또는 평등적으로 무기명 투표에 의한 선거로써 지방의 일체 행정기관인 인민위원회를 결성할 의무와 권리를 가질 것
5. 전체 공민들에게 성별 신앙 및 자산의 다소(多少)를 불구하고 정치 · 경제생활 제 조건에서의 동등한 권리를 보장할 것
6. 인격 주택의 신성불가침을 주장하며 공민들의 재산과 개인의 소유물을 법적으로 보장할 것
7. 일본 통치 시에 사용하며 그의 영향을 가진 일체 법률과 재판기관을 폐지하며 인민재판기관을 민주주의 원칙에서 건설할 것이며 일반공민에게 법률상 동등권을 보장할 것
8. 인민의 복리를 향상시키기 위하여 공업 농업 운수업 및 상업을 발전시킬 것
9. 대기업소 우수기관 은행 광산 삼림을 국유로 할 것
10. 개인의 수공업과 상업의 자유를 허락하며 장려할 것
11. 일본인 일본 국가 매국노 및 계속적으로 소작을 주는 지주들

의 토지를 몰수할 것이며 소작제를 철폐하고 몰수한 일체 토지를 농민들에게 무상으로 분배하여 그들의 소유로 만들 것. 관개업(灌漑業)에 속한 일체 건물을 무상으로 몰수하여 국가에서 관리할 것

12. 생활필수품에 대한 시장가격을 제정하여 투기업자 및 고리대금업자들과 투쟁할 것

13. 단일하고도 공정한 조세제를 규정하며 진보적 소득세제를 실시할 것

14. 노동자와 사무원은 8시간 노동제를 실시하며 최저임금을 규정할 것. 13세 이하 소년의 노동을 금지하며 13세로부터 16세까지의 소년들에게 6시간 노동제를 실시할 것

15. 노동자와 사무원들의 생명보험을 실시하며 노동자와 기업소의 보험제를 실시할 것

16. 전반적 인민의무교육제를 실시하며 광범하게 국가경영인 소·중·전문대학교를 확장할 것. 국가의 민주주의적 제도에 의한 인민 교육 제도를 개혁할 것

17. 민족문화, 과학 및 기술을 전적으로 발전시키며 극장, 도서관, 라디오 방송국 및 영화관 수효를 확대시킬 것

18. 국가기관과 인민경제의 제 부문에서 요구되는 인재들을 양성하는 특별학교를 광범히 설치할 것

19. 과학과 예술에 종사하는 인사들의 사업을 장려하며 그들에게 보조를 줄 것

20. 국가 병원 수를 확대하며 전염병을 근절하며 빈민들을 무료로 치료할 것

이상의 「20개조 정강」은 미소공동위원회에서 논의하게 될 통일 임시정부가 지향할 바를 천명한 것으로서, 북조선 임시인민위원회가 천명한 전국적 범위의 국가 건설 노선이라는 성격을 지녔다. 일제 잔재

의 청산뿐만 아니라 "팟쇼 및 반민주주의적 정당 단체 개인들의 활동을 절대 금지"하며 전 조선 인민이 인민위원회 결성의 의무와 권리를 가지는 것 등, 북한 지역에서 실현한 인민민주주의적 개혁 노선을 전국적으로 확장하는 내용을 담고 있었다.

특히 주목되는 점은, 무상몰수 무상분배의 토지개혁 방안과 함께 개인 재산을 법적으로 보장하며 개인 수공업, 상업의 자유를 허락, 장려하는 한편 대기업소, 은행, 광산 등 주요 산업은 국유화할 것 등 인민민주주의적 경제 정책론을 명확히 천명한 점이다. 이상의 정강은 역사적으로 일제하 사회주의 계열의 신국가 건설론을 계승·발전시킨 것임과 동시에, 국제적으로는 제2차 세계대전 이후 소련군이 주둔한 지역에서의 일반적인 인민민주주의 국가 건설의 길이 한반도의 특수사정 속에서 구체화된 것이기도 했다.

북조선 임시인민위원회는 「20개조 정강」을 작성하면서 소련 측과 사전에 협의를 했던 것으로 보인다. 정강이 발표되기 직전인 3월 16일에 소련 본국으로부터 연해주군관구에 「조선 임시정부 수립에 대한 소미공동위원회 소련 사령부 대표단에의 훈령 초안」이 전달되었다. 이 훈령 초안은 한반도의 현지 사정을 면밀히 반영하고 있는 것으로 보아, 북한 주둔 소련군이 김일성 등과 사전 협의하여 올린 보고서를 토대로 소련 본국에서 지침을 세운 것으로 보인다. 이 훈령 초안에는 18개의 정치강령도 들어 있었다. 일제 잔재의 청산, 인민위원회 선거, 토지개혁 등의 내용을 담은 이 정치 강령은 위의 20개조 정강과 상당히 유사하다.

'정치 강령'과 「20개조 정강」사이에 차이점이 있다면, 먼저 중요산업의 국유화와 관련해 당시 북한지역에 대한 소련의 경제적 이해관계를 반영한 부분, 즉 "직접적으로 일본의 군사력을 제공하기 위하여 작동한 전시공업 부분의 일본인 기업과 일본인-조선인 합작주식회사는 소련과 미국 군대의 군사적 전리품으로서, 국유화의 영향을 받지 않는다"라는 '정치 강령'의 조항이 북조선 임시인민위원회가 발표한 「20개조 정강」에 포함되지 않은 점을 들 수 있다.

소련이 노골적으로 자국의 국가이익을 노리고 삽입한 조항을 북조선 임시인민위원회가 그대로 받아들여 정강에 포함시킬 수는 없었을 터이다. 소련 외무인민위원부는 1945년 말까지도 북한지역의 광공업 시설을 일본의 전시(戰時) 시설로 간주하고 이를 '전리품'으로 처리할 생각을 하고 있었으며, 실제로 광산물을 아무런 보상 없이 반출한 사실이 소련 자료에서 확인된다.

미소공동위원회에서 주민들의 지지를 획득해야 할 입장에 처한 사회주의 진영 및 북조선 임시인민위원회는 이런 입장을 공공연히 지지할 수 없었을 것이다. 임시인민위원회는 정강 제9조에 "대기업소 우수기관 은행 광산 삼림을 국유로 할 것"을 명시하여, 일본인이 남긴 주요 시설은 전리품으로 반출하지 않고 국가 소유로 함을 분명히 했다.

두 번째의 차이점은, '정치 강령'이 '소작 제도의 근절'을 목표로 하면서도 모든 소작지가 아닌 "일본인 그리고 조선인-인민의 배신자, 대지주의 토지"만 몰수대상으로 규정하고 중소지주의 소작지 등 기타의 토지에 대해서는 이를 어떻게 수용하여 농민에게 분여할 것인지 명확한 방침을 제시하지 않은 반면, 「20개조 정강」은 "계속적으로 소작을 주는 지주들의 토지를 몰수"한다고 밝혀 모든 소작지의 무상몰수 무상분배 방침을 명확히 한 점이다.

북조선 임시인민위원회는 중요산업 국유화 문제에서 주민들의 확고한 지지를 창출하기 위해 일본 제국주의가 남긴 산업시설을 처리하는 데 있어 소련 측의 생각과 달리 보다 자주적인 모습을 보이고자 했으며, 토지개혁 문제에서도 북한이 3월 초에 이미 실행한 토지개혁의 기본 원칙을 그대로 준수하면서 통일정부 수립 문제에 임했다.

1946년 2월 북한에서 북조선 임시인민위원회가 수립되는 동안, 남한에서는 미국의 후원을 받은 '남조선 국민대표민주의원'이 수립되었다. 후자는 미군정에 대한 일종의 자문기구 성격에 국한되었지만, 전자는 소련 주둔군을 대신해 사실상 국가권력기구의 역할을 수행했다. 이 두 기구는 미소공동위원회가 순탄하게 진행될 경우 통일 임시정부의 토대로 수렴될 수 있겠지만, 만약 공동위원회가 결렬된다면 남북한에서 각각 분단국가 수립의 토대로 작용할 수 있는 과도적 국가기구였다.

북조선 임시인민위원회가 사회주의자들과 그들에게 우호적인 인물들을 중심으로 구성되면서, 여기서 소외된 자유민주주의, 자본주의 지향적인 인물들은 때로는 개별적으로, 때로는 조직적으로 소련군 및 조선공산당 측에 저항하는 각종 행동을 표출했다. 기독교계에서는 평양 장대현교회 사건(1946.3.1), 일요 선거 거부사건(1946.11.3) 등이 발생했다. 장대현교회 사건이란, 교회 측이 북조선 임시인민위원회가 주관하는 3·1절 기념행사에 동참하지 않고 별도로 3·1절 기념 예배를 열자, 이를 방해하는 좌익 측과 교회 측이 충돌한 사건이다.

일요 선거 거부사건은 북조선 도·시·군 인민위원회 선거가 일요일에 실시되자 상당수의 교회와 그 신도들이 선거 참여를 거부한 사건이다. 『쉬띠꼬프 일기』에 의하면, 선거를 앞두고 개신교회 대표들이 김일성을 방문하여 일요일 선거의 부당성을 주장했다고 한다. 이에 김일성은 종교가 민주개혁 사업에 방해가 되어서는 안 된다고 비판했다. 그는 강양욱을 따로 불러 민주개혁 사업을 지지하는 기독교인들을 결집시키도록 촉구했다.

일요 선거 거부사건은 기독교계가 반공과 친공으로 분열되는 중요한 계기가 되었다. 그 외에도 우익 측이 김일성과 강양욱의 목숨을 노린 저격사건(1946.3)이 발생했으며, 반공 학생들이 궐기한 함흥 학생 사건(1946.3.13)도 있었다. 그러나 이런 저항은 북한에 사회주의 중심의 권력구조가 형성되는 것을 막기에는 역부족이었다.

4. 한국전쟁 전 북한의 토지개혁

북조선 임시인민위원회는 1946년 3월 5일 토지개혁을 출발점으로 하여 남녀평등권법령 공포, 중요산업 국유화, 노동법령 공포, 사법재판기관 개혁 등 제반의 '민주개혁'을 통해 인민민주주의적 국가 건설의 사회경제적 토대를 구축해나갔다.

그중에서도 사회경제적 대변동을 초래한 것은 토지개혁이었다. 1942년 당시 북한지역에서 논과 밭의 소작지 비율은 각각 64.3%, 49.6%였다. 또한 1945년의 통계에 의하면 북한지역의 총 농가 가운데 4%에 불과한 지주가 총경지 면적의 58.2%를 차지하고 있었으며, 농가 호수의 56.7%에 달하는 빈농들은 총경지 면적의 5.4%만을 차지하고 있었다. 북조선 임시인민위원회는 토지개혁을 통해 이런 불평등한 토지소유 관계를 해체하고 지주제를 청산함으로써 농민들의 지지를 얻어내고 농업경제의 발전을 도모했다.

토지개혁의 구체적인 방법은 2월 말, 3월 초까지도 확정되지 않은 상태였다. 토지개혁 논의는 일제강점기에 이미 다양하게 이루어지고 있었지만, 사회주의 계열과 민족·자본주의 계열이 하나의 방안으로 수렴되지 못한 채였고, 사회주의 계열 내부에도 다양한 편차가 있었다. 1945년 10월 이후 조선공산당 내에서 일정한 합의가 도출되었지만, 그 또한 1946년 초 '탁치정국'과 극심한 좌우대립의 상황 속에서 재론의 필요성이 대두되고 있었다.

문제를 더욱 복잡하게 한 것은 북한지역에 군사를 주둔시키고 있었던 소련 측 내부에도 이견이 있었다는 점이었다. 소련 외무성의 방안은 토지를 무상몰수하되 중소지주는 일정량의 토지를 그대로 소유하도록 하며 농민에게는 토지소유권을 유상분배하는 것이었다. 이 방안은 동유럽에서 시행된 토지개혁과 유사했다. 반면 연해주군관구 측은 모든 소작지를 무상몰수, 국유화한 뒤 농민에게는 경작권만 제공하는 급진적인 방안을 주장했다. 연해주군관구의 방안은 조선공산당 측의 방안과 상통하는 것이었다.

결국 토지개혁 논의는 1946년 2월 말에 개최된 '북조선 농민대표대회'에서 최종적으로 확정되었다. 이 대회에서 농민들은 모든 소작지를 지주에게서 무상몰수한 다음 소유권 자체를 농민에게 분여하는 방안을 채택하여 북조선 임시인민위원회에 제출했다. 1946년 3월 5일, 북조선 임시인민위원회는 북조선 농민대표대회의 결의를 존중하여 무상몰수 무상분배 방침에 입각한 토지개혁 법령을 통과시켰다. 소유권은 농민에게 부여되었는데, 매매와 소작, 저당이 금지되고 경작하는 전제에서만 소유권이 인정되는 근로농민적 토지소유권이었다.

소작을 주는 모든 토지가 개혁 대상이 되었으며, 특히 5정보 이상의 토지를 소작 경영하는 지주는 '지주 계급'으로 간주되어 토지는 물론 가축, 주택 등까지 몰수당한 채 다른 군(郡)으로 이주하도록 했다. 몰수한 토지는 고용 농민, 토지가 없는 농민, 토지가 적은 농민에게 가족별 노동력 점수에 따라 분배되었다. 북한 전체 경지면적(과수원, 대지 포함) 182만 98정보 가운데 55.4%에 해당하는 100만 8,178정보가 몰수되었다. 이 가운데 95만 5,731정보가 78만 8,249호에 분배되었다.

토지개혁의 집행은 리(동) 단위로 조직된 농촌위원회들이 담당했다. 먼저 농민대회를 소집하여 빈농, 고농(농업 노동자) 중심으로 농촌위원들을 선출한 다음, 이들로 구성된 농촌위원회가 도-군-면 인민위원회의 지도하에 토지몰수와 분배를 진행했다. 토지개혁은 농민들의 적극적인 열의를 끌어올렸다. 일부 지역에서는 지주에 대한 농민들의 폭력성이 너무 강해 북조선 임시인민위원회 측이 당황할 정도였다. 다음은 평안북도 선천군의 심천면 분주소에서 보고된 사례이다.

당 지방은 5정보 이상의 지주가 수다(數多)하고 또 기독교, 천도교 등의 종교가 매우 강주하고(종교의 수뇌부도 지주 측) 그 신도의 수가 1,247명에 달한다. 그래서 본래부터 지주 측과 소작인 간에 계급적 대립이 매우 강하였던 바, 역사적인 토지개혁이 실시되자 해방된 농민들은 극도히 흥분하여 지주 측에게 일대 강압을 주기 시작했다.

인민정권기관에 대한 인식이 박약한 반면 너무 적개심이 심한 관계로 인민정권기관을 오해하고 믿을 수 없다는 주의로(농민들은 자체에서 한 조직을 가지고 자체 사법) 지주들을 소탕하는 것이었다. 작년 5월 1일 메이데이에만 해도 농민들은 조직적으로 각 과거 착취 계급들에 일대 폭동이 있어 강한 이 화력을 용히 소화할 수 없었다고 한다. 이렇게 당 지방 기본 군중들은 계급적 의식이 매우 강한 반면에 극좌도 초월하여 맹동 같은 정황이었다.

선천군은 평양과 더불어 '조선의 예루살렘'이라 불릴 정도로 기독교 세가 강한 곳이었고, 사회주의운동은 찾아보기 힘들었다. 그런데도 억눌렸던 농민의 지주에 대한 불만이 해방 이후 급속히 폭발한 것이다.

위의 자료에서처럼 농민은 인민정권기관, 즉 인민위원회조차 믿지 못했으며, 자체 조직을 가지고 지주들을 공격했다. 이는 북한 정권의 입장에서 봐도 "극좌도 초월하여 맹동 같은 정황"이었다. 선천의 농민과 사회주의자들은 조선민주당에 대해서는 적대적이었다.

5월 1일의 메이데이 집회에 조선민주당 대표가 나섰을 때, 군중들 속에서 그를 타도하라는 공산주의자, 농민동맹원, 청년동맹원들의 고함소리가 들렸다. 그날 심천면에서는 농민동맹원들이 지주의 집 두 채를 파괴했다. 보안대는 이 농민동맹원들을 체포해 심리를 진행해야 할 정도였다. 일제하에 선천군은 농민운동이나 사회주의운동이 활발한 지역이 아니었지만 지주제 아래서 농민층의 불만이 누적되고 있었고, 그것이 해방 이후 소련군의 주둔이라는 외적 조건 아래서 급속히 분출되었다. 토지개혁을 통해 농민은 더욱 혁명화, 조직화되었다.

그렇다면 토지개혁에 직면하여 지주층과 우익세력은 어떻게 대응했을까? 그들의 저항은 강하지 않았다. 다만 각 지역에서 산발적으로 소련 주둔군 기관, 공산당 건물에 대한 공격과 토지개혁 실무자들에 대한 테러, 학생들의 반대 행동, 선전문, 전단, 유언비어 등의 사례가 발생했다. 또한 임시인민위원회 내부에서도 조선민주당원 등 민족 자본주의 진영의 비협조 사례가 있었다.

소련 주둔군 및 북조선 임시인민위원회의 사법기관에서 입수한 각 지역의 동향 보고문에 따르면, 지역별로 다음과 같은 저항 사례들이 발생했다. 평양시에서는 토지개혁 발표 이틀 뒤인 3월 7일 밤에 공산 당 위원회 건물에 수류탄이 투척되었다. 평안남도에서는 강서군의 위 수사령부 건물 옆에 있는 이층집에 방화사건이 있었다. 평안남도 인 민위원회에서 토지개혁 법령을 심의할 때 조선민주당원들은 소극적 으로 행동했고, 회의가 시작될 때 인민위원회 회의장에서 퇴장하기도 했다. 강동군에서는 지주 그룹이 그들끼리 의논해 토지개혁 사업에 적극 참여한 읍 경찰국장을 구금했다.

평안북도의 경우, 3월 11일 도 인민위원장 정달헌이 신의주에서 열 린 학생집회에 나아가 법령을 해설했지만, 150명의 학생들 중 단 한 명도 이 법령을 지지하지 않았다. 법령에 반대하는 지주 출신 인민위 원회 지도자들은 직무 수행을 거부했다. 지주들 사이에서는 "누가 토 지개혁 법령을 채택한 인민위원회를 선거하고 조직했는가? 나는 토지 를 내놓지 않겠으며, 힘이 남아 있는 한 투쟁하겠다"는 이야기가 돌았 다. 부농들 중에도 "이 법령은 결국 농민들에게 큰 이익을 주지 못할 것이다. 농민들이 아무리 열심히 일한다 해도 그들은 아무것도 소유할 수 없고, 수확물은 모두 적군이 가져갈 것이다"라는 반응이 있었다.

황해도 해주에서는 200명의 중학생들이 며칠씩 수업을 거부했고, 분배받은 토지에서 농민들이 거둔 수확이 전부 몰수될 거라는 소문이 확산되었다. 학생들의 집회에서는 "공산주의자들은 누구를 위해 일하 는가? 소련을 위해 일하는가, 조선 인민을 위해 일하는가"라는 질문이 나왔다. 3월 10일 학생들은 임시인민위원회와 공산당 지구위원회를 습격하기로 결정했고, 3월 12일 밤 장교 숙소 중 하나가 공격을 받았다.

사리원에서는 토지개혁과 김일성을 비판하는 전단이 살포되었다. 신막에서는 월남한 지주들의 아들 여덟 명이 무장 조직을 만들어 토지개혁 사업에 적극 참여하지 못하도록 지방 주민을 협박했다. 안악군에서는 지주 한 사람이 농민위원회 위원 한 명을 구타했다. 금천군에서는 소작인들을 계속 장악하려는 마름들의 행동이 있었다. 재령군에서는 토지개혁 직후 전단사건이 발생했는데, 혐의자들이 중학생이었다. 그 학교 학생들은 반수 이상이 지주·자본가 집안 출신이었다.

강원도에서는 '금화 반공·반소 토지개혁 반대 선전문사건'이 있었다. 강원도 검찰소 보안부는 이 사건을 수사해 증거를 수집한 뒤 '소련군 반혁명자취체소(反革命者取締所)'로 사건을 이송했다.

토지개혁에 저항한 사건들을 살펴보면, 강원도의 금화 정도를 제외하고는 황해도·평안남북도의 서부 평야지대에서 주로 발생했음을 알 수 있다. 반면 황해도·평안남북도의 동부 산간지대, 함경남북도에서는 저항 사례가 거의 보고되지 않았다. 지주제가 발전한 지역에서 상대적으로 저항 강도가 높았던 것이다. 그렇지만 토지개혁은 전반적으로 일정에 큰 차질 없이 마무리되었다. 대다수 지주들은 저항보다 월남의 길을 택했다. 특히 38도 선과 가까운 황해도와 강원도에서 월남이 두드러지게 나타났다.

부분적이긴 했지만, 북조선 임시인민위원회의 시책을 따르는 지주층도 존재했다. 토지개혁에 대한 해설 등에서 북조선 임시인민위원회는 토지개혁 이전에 미리 토지를 농민에게 분배한 지주 가호를 '애국지주'로 인정하여 주택·농기구 등을 몰수하지 않았다. 5정보 이상 소유한 지주로서 토지를 몰수당한 지주 29,683호 중 3,911호는 다른 군으로 이주해 농민이 되었다. 5정보 이상 지주의 13.2%가 농민으로 전환된 것이다. 이들에게는 총 9,622정보가 제공되었다. 일부 지역에서는 지주들의 산업자본 투자를 유도했다.

북한에서 토지개혁에 대한 지주층의 저항이 미약했던 데는 첫째로 남북분단의 조건이 작용했다. 토지개혁에 반대하는 지주층은 소련 주둔군에게 저항하기보다는 남한 지역으로 이주해 새로운 활로를 모색한다는 선택을 할 수 있었다. 남북분단, 그리고 소련군 주둔이라는 조건이야말로 지주층의 저항을 약화시킨 가장 주요한 원인이었다.

둘째, 토지개혁 시점에 지주층은 이미 조직적으로 저항할 수 있는 기반이 취약해져 있었다. 해방 직후부터 각 지역에서 친일파에 대한 공격이 일어났다. 예를 들어 고성·양양에서는 사법기관이 조직되지도 않은 상태에서 주민들이 '민족 반역자'를 '인민재판'에 회부했으며, 인민위원회가 친일파의 재산을 몰수하기도 했다. 또한 지주층은 소작료 3·7제와 미곡성출 제도로 이미 경제적 타격을 받고 위축된 상태였다. 우익 민족주의자들은 반탁운동 과정에서 소련 주둔군과 충돌하면서 토지개혁 이전에 이미 약화되고 있었다.

셋째, 토지개혁을 통해 농민들이 조직화되면서 지주층을 압도할 수 있었다. 사회주의 세력과 결합하여 성장 중이던 농민층은 토지개혁을 통해 북한 농촌사회의 주역이 되었다. 토지개혁에는 공산당, 민청 등 정당, 사회단체는 물론 도시 노동자들도 동원되었다. 이들의 지원하에서 실제로 각 농촌에서 토지개혁의 실행을 담당한 조직은 농촌위원회였다. 토지개혁에 앞서 각 동리마다 '농민총회'가 개최되었으며 여기에서 빈농·소작인·농업노동자 가운데 열성적인 인물들을 중심으로 농촌위원회가 구성되었다.

북한 전역에 걸쳐 11,930개의 농촌위원회가 조직되었으며, 이 농촌위원회에는 197,485명의 농민이 참가했다. 또한 농촌에는 18세 이상 35세 이하의 청년을 중심으로 한 '농민자위대'가 조직되었다. 「농민자

위대 장정」에 의하면 분대원은 8~10명이었으며, 1개 리에 3~5개의 분대를, 면에는 3~4개의 소대를, 군에는 3~5개의 대대를 두었고, 도에 대대부가 설치되었다.

토지개혁으로 농촌에서 지주층은 소멸하게 되었고, 농촌의 계층 구성은 부농 2~3%, 중농 62~63%, 빈농 25% 내외로 재편되었다. 토지개혁 이후 농민은 생산물의 25~27%에 해당하는 양곡을 농업현물세로서 국가에 납부하게 되었으며, 농업생산에서 유통까지 국가가 세밀하게 관리하는 국가관리 소농 체제가 만들어졌다. 토지개혁을 거치면서 농민, 특히 빈농들 중 상당수는 사회주의 세력의 지지기반이 되었다. 토지개혁 당시에는 농민동맹원 수가 108만 3,985명이었으나, 개혁 후에는 144만 2,149명으로 증가했다.

1945년 12월 4,530명(농민이 34%)에 불과했던 북한의 조선공산당원 숫자는 1946년 4월에는 2만 6천여 명으로, 1946년 8월에는 36만 6천여 명으로 크게 증가했다. 북한 토지개혁은 단지 지주제의 몰락을 초래했을 뿐만 아니라, 불교계·천주교계의 재정 기반을 약화시키고 평안남북도 지역을 중심으로 거대한 세력을 형성하고 있던 기독교적 민족·자본주의 진영 전체를 약화시키는 결과를 초래했다.

토지개혁은 분단의 조건에 의해 촉진된 측면이 강했다. 일제 식민지 지배의 주된 기반이었고 농민생활 압박의 주요인이었던 지주제를 해체해야 한다는 요구는 우익조차 거부하기 힘들 만큼 하나의 대세였다. 그리고 사회주의 국가 소련은 물론이고, 당시 미국 역시 토지개혁을 통해 농촌을 안정화하는 것이 반공주의 강화에 유리하다고 인식하고 있었다.

이런 상황에서 먼저 토지개혁을 주도한 쪽은 북한이었다. 해방 후 1

년도 안 되어 이토록 급진적인 토지개혁이 실행된 데는, 미소공동위원회가 열리기 전에 북한 지역에 우선 인민권력의 기반을 강화해두려는 정치적 의도가 작용했다. 분단 상황의 경쟁의식이 이른 시일에 급진적인 토지개혁을 실시하도록 영향을 끼친 것이다. 북한의 급진적 토지개혁을 목도하면서 미군정도 토지개혁 요구를 수용하지 않을 수 없었다.

그러나 북한당국의 선전과 달리, 토지개혁 후 현물세는 규정상 소출량의 30%만 내는 3 · 7제이었지만, 실제로 농작물 판정과정에서 50%~60%으로 결정되었고, 농약대, 비료대 찬조금 등이 공제되어 더욱 경제적인 어려움이 가중되었다. 북한의 공식통계에 따르면 노동자 1가구당 세금 비중이 4%에 불과하였고, 사회조직회비 1.7%를 합해도 10%에 미치지 못했지만, 실제는 각종 잡세가 농민에게 부담이 되었다. 시나 면 유지세 외에 각종분담금이 부과되었다. 학교부담금, 남한동포구제비, 애국투사후원회비, 조 · 소문화협회비, 농민동맹비, 탱크나 비행기 헌납비 등이 강제부담이 되었다. 주한미국대사관에서 피난민을 통한 정보에서 북한사람들이 북한정권에 불만을 품는 이유가 개인별 연 40일간의 강제노동과 높은 세금인 것으로 파악하였다.

5. 확산되는 학생의거

1) 신의주의 당시 상황

신의주는 국경지대에 위치하여 공산당들의 세가 가장 심하였고, 이 사건은 그들의 조직적 탄압이 학원에까지 침투하자, 학생들이 학원의 신성화와 자유를 수호하기 위해 일어난 것이다.

20세기 후반 한국을 대표하는 개신교 지도자로 꼽히는 한경직(1902~2000) 목사가 광복 직후인 1945년 9월 26일 소련군이 점령한 평안북도 일대의 정황을 미국에 알리고 도움을 요청한 영문(英文) 비밀청원서가 발견됐다고 조선일보가 보도했다.

보도에 따르면 해당 문서에는 한경직 목사가 당시 미군정 정치고문이었던 베닝호프에게 신의주 지역에서 소련군이 벌이는 공산주의 정치활동에 대해 알리고 도움을 요청한 내용이 적혔다. 베닝호프는 이를 미 국무부로 보내며 "38도선 이북을 점령한 소련군의 정치 활동에 관한 최초의 믿을 만한 목격자 증언"이라고 평가했다.

비밀청원서에는 당시 신의주 제1 교회에 시무했던 한경직·윤하영(1889~1956) 목사가 겪었던 상황이 기록됐다. 내용에 따르면 일본 패망 이후 신의주로 진군한 소련군은 당시 이북 지역의 정부기관·언론사·공장·농지 등의 소유권을 공산당에 넘기며 통제력을 높여나갔다. 이에 대응하기 위해 개신교 지도자를 중심으로 '기독교사회민주당'이 조직됐으나 공산당은 소련군이 대량 학살할 것이라고 위협했다.

당시 상황에 대해 한경직 목사는 "9월 16일 대낮에 거리에서 공산주의에 반대하는 발언을 한 사람이 공산당원인 경찰의 총을 맞고 죽었다. 살인자는 풀려났고, 평상시처럼 일하고 있다. 사회민주당 지도자들이 이에 항의하자, 다음 날 경찰이 몰려와 체포했다"고 증언했다.

또 비밀청원서에는"사람들은 압도적 다수가 공산주의에 반대하지만 공포와 테러 분위기에 사로잡혔고, 다음에 무슨 일이 일어날지 아무도 알지 못하고 있다. 이런 상황이 계속되면 공산주의자를 제외하고는 살 수 없게 될 것이다. 소련군은 철수하기 전 북한 전역을 공산화하려고 결심한 것이 분명하다"고 적었다.

그는 "상상을 넘어선다"며 소련군의 만행을 자세히 기술했다. "신의주에서 소련군은 (은행에서) 120만엔을 탈취했다. 가정집에 침입해 시계부터 여성복까지 귀중품을 약탈하고 부녀자를 강간한 사례는 셀 수조차 없이 많다. 이런 절망적인 상황을 피해 남쪽으로 내려가는 사람은 38선을 넘으면서 소련군에게 약탈과 강간을 당한다"고 폭로했다.

이 문서는 한국기독교사를 연구하는 박명수 서울신학대 교수가 최근 미국 국립문서기록보관소(NARA)에서 찾아냈다. 박 교수는 "이 비밀청원서는 평안북도 개신교 지도자들이 소련군 진주 후 한 달간 직접 목격한 증언이라는 점에서 높은 평가를 받아 미군정이 소련군과의 관계를 재고하는 데 영향을 미쳤다"고 밝혔다.

한편, 한경직 목사는 1932년 미국 프린스턴신학교에서 유학을 마치고 신의주 제2교회에서 목회를 하다가 일제식민 통치 말기에 사임하고 고아원과 양로원을 운영하며 긍휼사역에 힘썼다. 이후 광복을 맞이하면서 신의주 자치위원회 부위원장, 기독교사회민주당 부위원장으로 활동하며 미군정에 비밀청원서를 제출하고 평양으로 돌아갔지만 공산당의 탄압에 못 이겨 10월 말 윤하영 목사와 함께 탈북했다.

2) 신의주 반공학생의거

1945년 11월 16일 평안북도 용암포(龍巖浦)에서 열린 기독교사회당 지방대회에서, 평북자치대 용암포 대표는 기념사를 통해 폐교조치된 수산기술학교 복구를 촉구하고, 공산당 용암포 대장 이종흡(李宗洽)의 만행을 규탄하자 이를 지지하고 나선 학생들이 만세를 외치며

'학원의 자유'를 부르짖었다.

이에 소련군과 공산당측은 이들을 공격하였고, 평안교회의 장로를 현장에서 사살하고, 12명의 학생 및 시민 또한 중상을 입었다.

이 소식은 신의주시 평안북도 학생자치대 본부에 전해졌고, 격분한 신의주시의 6개 남녀중학생들은 11월 23일 상오 9시 학교 강당에 집합하여 '공산당타도'를 결의한 뒤, 3개 조로 나뉘어, 제1조인 신의주동중학교와 제일공립공업학교 학생들은 평안북도인민위원회 보안부를, 제2조인 사범학교와 제2공립공업학교 학생들은 평안북도공산당 본부를, 제3조인 평안중학교와 신의주공립상업학교 학생들은 신의주보안서를 공격하기로 결정하고, 하오 2시 정각을 기하여 일제히 행동을 개시하였다.

제1조가 평안북도인민위원회에 도달하자 보안부에서는 기관총을 난사, 치열한 공방전 끝에 13명이 사망하고 수백 명이 부상을 입었다.

제2조는 평안북도공산당 본부의 앞뒷문을 부수고 진입, 공산당의 무차별사격을 받으면서 당사 점령에 성공하였으나, 10명의 사망자와 수십 명의 부상자를 내었다.

제3조는 목표 지점으로 시위행진을 하던 중, 미리 대기하고 있던 소련군의 집중사격을 받고 물러났으나 뒤늦게 신의주 학생들의 봉기소식을 들은 사범학교의 부속 강습생들과 신의주 남공립여자중학교 학생들이 시인민위원회를 습격, 기밀문서 등을 빼앗고 공산당원들로부터 그들의 과오에 대한 사죄를 받았다.

이 사건을 통하여 피살된 학생은 23명, 중경상자 700여 명이었고, 사건 이후 검거 · 투옥된 학생과 시민은 무려 2,000여 명에 달하였다.

신의주 학생 사건을 다룬 또 다른 기사를 보면, 그 과정이 좀 더 상세하게 재구성되고 있다.

　북한당국은 해방 후 북한에서 발생한 신의주 학생들의 반공투쟁시위에 대해 반동들의 사촉을 받은 학생들이 일으킨 불법데모였다고 가르치고 있다. 북한 텔레비전 연속극 "첫기슭에서"가 신의주 반공학생사건을 다룬 드라마인데 내용을 보면 반공성향의 불량학생들이 일으킨 사건이라는 것을 강조하고 있다.

　신의주 반공학생사건은 1945년 11월 23일에 평안북도 도소재지인 신의주에서 북한을 점령한 소련군과 공산당을 반대하여 저항한 학생운동이다. 신의주 학생폭동사건 혹은 신의주학생시위라고 불리는 이 사건의 근저에는 기독교 정신이 깔려있다. 우리나라에서 기독교가 가장 활발하게 움직인 고장이 평양과 신의주라고 해도 과언이 아니다.

　옛날부터 농사를 짓기 좋은 환경과 서해바다를 끼고 중국대륙과 연결된 철도노선인 경의선으로 장사가 잘되던 평안북도는 자작농이 많았다. 일제강점기에 일본이나 중국에 유학을 가장 많이 간 지역이 평안북도의 신의주였다는 사실이 이것을 잘 말해주고 있다. 그만큼 교회도 많았고 기독교의 영향이 컸다.

　해방이 되자 신의주 제1교회 윤하영 담임목사와 신의주 제2교회 한경직 담임목사가 중심이 되어 평안북도의 기독교인들을 기반으로 '기독교사회민주당'을 결성하고 민주주의정부의 수립과 기독교정신에 의한 사회개혁을 정강으로 내세웠다. 그리고 전국적으로 교회를 중심으로 지부를 조직하여 소련공산당과 김일성이 제창하는 프로레타리아 독재에 맞섰다.

　북한에 진주한 소련군 정부는 이러한 움직임에 대해 예민하게 반응하였으며 다른 지방의 공산당원들을 동원하여 방해 공작을 하였다. 그러나 그들은 북한 전역에 민주사회를 건설하려는 방대한 목표를 내세우고 기독교사회민주당의 명칭도 사회민주당으로 바꾸었다. 그리고 기독교의 영향으로 우리청년회가 조직되었는데 이 조직이 신의주학생

사건의 배후로 지목되기도 하였다. 1945년 11월 18일에 평안북도 용천군 부내면의 용암포에서 발생한 공산당의 폭력사건이 신의주학생사건의 도화선이라는 주장이 있다. 신의주에서 경의선을 따라 남쪽으로 약 16km(40여 리) 내려오면 용천군 읍이 있고 용천군 읍에서 서남방향으로 약 10km(25리)정도 가면 용암포가 있다. 당시 평안북도 용천군 공산당지부책임자였던 이용흡은 용천군인민위원회 위원장도 겸하고 있었는데 그는 북한에 진주한 소련군에 아부하면서 소련군정의 지시대로 사회민주당의 활동을 제압하려고 하였다. 그러는 이용흡을 용천군 주민들은 점차 멀리하였고 이것을 눈치챈 그는 자기한테서 멀어지는 민심을 달래고 소련군정을 통해 소련공산당에도 신임을 얻고자 11월 18일 오후에 시민대회를 열었다. 당시 용암포에 있던 수산학교가 공산당소속의 정치훈련소로 강제로 이전되면서 이에 대해 울분에 차 있던 학생들이 오히려 이 시민대회를 이용흡과 그 일당을 성토하는 기회로 만들기로 계획하였다. 당시 학생대표로 연설을 하기로 결정된 수산학교 4학년 최병학 학생은 그 전날인 11월 17일 밤늦게까지 기숙사 생활지도교원(사감교사)과 학생후원회를 맡은 선생님의 도움으로 연설문을 완성하였다.

1945년 11월 18일 시민대회장을 꽉 메운 시민들과 학생들은 학생대표로 연설한 최병학의 연설구호에 호응하여 "공산당은 수산학교를 내놓으라! 소련군의 앞잡이 이용흡과 그 주구들은 물러가라!"는 구호를 목청껏 외쳤고 결국 '공산당 타도' 구호로 번졌다. 급해 맞은 공산당은 무장한 보안대원들을 동원하여 시위군중을 해산시키려 했으나 오히려 시위대회 현장은 주민들과 보안대원들 사이의 난투장으로 변했다. 이용흡은 주민들로부터 민심도 얻고 소련공산당의 신임도 받으려고 했으나 자기의 목적을 이루지 못하고 소련군이 주둔한 부대 내에 피신하였다. 그리고 겁에 질린 보안대원들은 무기도 버린 채 도망쳤다. 그날의 충돌로 수십 명의 중경상자들이 발생하였다. 결국 그날 시위는 학생들과 시민들의 승리로 끝났고 긴급대책회의를 열어 보안대원들이 버리고 간 무기들을 돌려주고 질서를 유지하기 위해 공산당과 협상하기로 하였다.

그러나 그 이튿날인 1945년 11월 19일 새벽에 용천군 공산당지부 책임자인 이용흡은 용천군 부라면(府羅面)에 소재하고 있던 동양경금 속 노동조합산하 적위대원들과 북중면(北中面)의 농민 등 2,500여 명을 트럭에 태워 용암포로 들이닥쳤다. 새벽에 수산학교 기숙사에서 잠 자던 학생들은 몽둥이세례를 받았고 이 소식을 전해들은 용천군 내의 학생들이 현장으로 달려왔다. 그러나 그들도 용암포 진입로에서 잔혹 한 폭행을 당했다. 이러한 참상을 지켜볼 수만 없어 항의했던 제1교회 의 홍석황 장로마저 그 자리에서 몽둥이에 맞아 숨졌다.

삽시간에 이 소식은 신의주에 전파되었고 신의주시에 있는 3,500여 명의 학생들이 궐기해 나섰다. 각 학교의 학생대표들은 21일 밤에 신 의주 동중학교 강당에 모여 회의를 열었다. 당시 신의주시에는 동중학 교(東中)를 비롯하여 제1공업학교, 사범학교, 상업학교, 평안중학교, 제2공업학교, 의주농업학교 등 7개 학교와 1개의 여학교가 있었다. 회 의에서는 학생조사단을 용암포로 파견하여 용암포참사 진상을 규명하 고 사태수습을 위한 다음 행동으로 넘어갈 것을 합의하였다. 용암포에 서 수산학교를 공산당의 정치훈련소로 만들었던 당시에 신의주에서도 재판소 청사가 공산당 당본부로 이전되어 신의주 시민들은 물론 학생 들마저 몹시 분개하던 참이었다.

선출된 5명의 조사단 학생들은 용암포로 내려가 용암포사건의 실태 를 샅샅이 알아보았다. 조사과정에 북한에 주둔하고 있던 소련군 병사 들의 약탈행위를 비롯하여 공산당의 학원 간섭, 평북도 보안부장 한웅 의 관료행위, 신의주에 집결한 중국 귀환 동포들에 대한 비인도적 처우 등 보고만 있을 수 없는 사안들이 드러났다. 모든 것이 공산당과 소련 주둔군에 있다는 것이 명백해졌고 반공산당 투쟁으로 번졌다.

다음날인 11월 22일 밤에 다시 모인 각 학교의 학생대표들은 연약한 여학생들이 희생될 수 있다는 것을 고려하여 남학생들로만 시위를 하 려고 했으나 여학생들도 자진해서 궐기해 나섰다. 학생대표들은 11월 23일 오전 9시에 제1공업학교 강당에 다시 모여 전날 회의에서 결의한 사항들을 재확인하는 한편 공격목표, 인원동원, 공격개시 시간 등을 구체적으로 협의하였다. 최종적인 공격시간은 정오 사이렌신호로 일제히 행동을 개시하기로 결정하였다가 다시 오후 2시 별동대가 압록강가의 목재소에 불을 질러 타오르는 연기를 보고 일제히 공격하기로 재결정되었다. 공격목표로는 동중학교와 제1공업학교는 평안북도 도인민위원회가 들어있는 도청과 평안북도 보안부를, 사범학교와 제2공업학교는 평안북도 공산당 본부를, 상업학교와 평안중학교는 신의주시 보안서를 일제히 공격한다는 것이었다.

사범학교와 제2공업학교가 공격하기로 되어 있는 평북도 공산당본부는 재판소였던 것을 공산당이 강압적으로 틀고 앉은 상태였다. 학생들은 이런 공산당의 행태를 두고 가장 분격을 표출하였던 것은 당연한 일이었다. 11월 23일 공격신호가 나기도 전에 공산당본부 주위를 천여 명에 달하는 학생들이 벌써 둘러싸고 있었다. 그들은 이미 주머니에 자갈들을 품고 있었다.

공격개시를 알리는 '진격'신호와 함께 함성이 터져 올랐고 학생들은 3층까지 물밀듯이 쓸어 들어갔다. 당시 북한에 진주하여 소련공산당의 지시로 북한을 통치하는 소련군정 간부들인 소련장교들도 공산당본부 청사에서 사무를 보고 있었는데 그들이 먼저 권총을 꺼내서 학생들을 쏘기 시작하였다. 공산당의 지시로 이미 건물지하실에 대기하고 있던 백여 명의 무장보안대도 달려들어 학생들을 마구 총으로 쐈다. 여기저기서 학생들이 피 흘리며 쓰러졌고 다른 학생들은 모두 정신없이 도망갔다.

당시 신의주학생사건에 참가했다가 월남한 증언자들에 의해 당시의 사태에 대한 자세한 내용들이 밝혀졌고 소련이 붕괴되면서 1990년대 소련정부가 당시의 사건을 기록한 자료들이 대한민국에 제공되어 북한에서 감추고 있는 신의주 학생들의 정의로운 시위의 진실이 밝혀졌다.

－글/ 배진영 월간조선 기자

3) 함흥 학생운동의 뿌리

함흥의 학생운동은 오랜 역사적 뿌리를 지니고 있다. 일제강점기부터 이곳 학생운동은 활발하게 이루어져 왔다. 일제하 한국 학생운동의 일반적인 형태는 가두시위·동맹휴학·비밀결사·문화계몽운동 등의 항일 민족운동을 감행하였다.

가두독립만세시위는 1919년 3·1운동이 전국적으로 확산되자, 함흥에서도 함산학우회(咸山學友會) 주동으로 영생고등보통학교·함흥농업학교·함흥고등보통학교·영생여자고등보통학교 학생들과 일반인 등 1,000여 명이 참가한 가운데, 같은 해 3월 3일 서함흥 역전에서 전개되었다. 이 날 만세시위로 학생 88명, 일반인 46명이 검거되기도 하였다. 함흥에서의 학생 만세시위는 1929년 전라남도 광주에서 일어난 광주학생운동 때 가장 치열하였다.

광주 지역 학생들의 항일 독립 시위 소식이 알려지자, 함흥의 학생들도 동요되어 같은 해 12월 16일 함흥고등보통학교·함흥농업학교·영생고등보통학교·영생여자고등보통학교 등에서 궐기하였다.

그러나 함흥고등보통학교와 함흥농업학교의 만세시위는 사전에 일본 경찰에 발각되어 30여 명의 학생들이 구속됨으로써 성공을 거두지 못하였고, 또한 영생고등보통학교와 영생여자고등보통학교의 시위운동도 학교 당국의 휴교 조치에 따라 좌절되고 말았다.

그러나 1930년 1월 11일 영생고등보통학교에서는 아침 조회가 끝난 뒤, 학생 대표가 광주학생들의 민족운동 지원 연설을 하자, 학생들은 시내로 뛰어나와 만세시위운동을 전개하였다. 학생 시위대는 영생여자고등보통학교로 달려가 궐기를 촉구, 양교 학생들의 가두시위가 격렬하였다. 함흥상업학교 학생들은 영생고등보통학교와 영생여자고등보통학교 학생들의 만세시위에 자극되어 광주학생운동 지원과 총독정치 반대 투쟁을 결의하였다.

그리고 같은 해 1월 11일에서 14일 사이에 여러 번 회합을 가지고 "모여라! 싸워라! 피압박 민중이여! 삼천리강산을 붉은 피로 화장하더라도 싸워라. 조국을 위해서" 등의 격문을 작성하였다. 1월 14일 조회가 끝난 뒤, 학생들은 일제히 만세를 부르고 교문을 뛰쳐나와 깃발을 휘두르고 격문을 뿌리면서 가두시위를 감행하였다. 그 결과 일본 경찰에 의해 학생 20여 명이 현장에서 붙잡히고 주동 학생 최예진(崔禮鎭) 등 5명이 재판에 회부되기도 하였다.

또한, 민족운동의 한 방편으로 학생들이 학원 내에서 전개한 동맹휴학은 1919년 3·1운동 후 1920년대에 들어오면서 전국적으로 확산되며 격렬하게 전개되었다. 이와 같은 추세에 함흥지방의 학생들도 동맹휴학을 통해 좁게는 학원 문제, 넓게는 식민지 교육·총독정치철폐 등을 내걸고 민족독립운동을 단행하였다.

함흥 학생들의 동맹휴학은 1926년 6·10학생운동 후인 1927년과 1928년 사이에 가장 치열하게 일어났다. 1927년 6월 17일 함흥상업학교에서는 2학년생을 중심으로 일본인 교사 배척, 학생의 대우 개선 등 6개 요구 조건을 내걸고 맹휴에 돌입하였으며, 1928년 5월 7일에도 맹휴를 단행하였다.

함흥농업학교에서는 1927년 6월 25일 일본인 교사 배척 등 8개 요구 조건을 제출하고 맹휴에 들어갔으나, 이들의 요구 조건이 관철되지 않자, 1928년 5월 3일 재차 동맹휴학을 감행하였다. 그런데 이들 학교 학생들의 맹휴에 이어 함흥지방에서 동맹휴학을 가장 격렬하게 감행한 학교는 함흥고등보통학교였다.

1927년 7월 2일 함흥고등보통학교 2학년생 약 100명은, ① 일본인 교사 3명 배척 ② 학생 대우 개선 등을 요구하면서 동맹휴학에 들어갔다. 이에 7월 4일 3·4학년 학생들도 호응하며 맹휴에 참여하자, 학교 당국은 2·3·4학년 전체 맹휴생에 대해 무기정학을 시켜버렸다.

그러나 학생들은 교내에 격문을 살포하고 맹휴 목적의 관철을 주장하면서 시위에 들어갔으며 학교 당국에 진정서를 제출하였다.

내용은 식민지 교육을 비판하면서, 학교는 민족 탄압의 요새이며 교사는 헌병이고 밀정이라고 규탄하여, ① 학교를 자유로운 학문 선도의 장소로 만들 것 ② 무자격 교사의 추방 ③ 1명의 희생자도 처벌하지 말 것 등을 주장하였다. 그 뒤 1928년 5월 초부터 또다시 2·3·4학년생들이 전년도의 요구 조건을 제시하며 동맹휴학에 들어갔다.

이에 학교 당국은 5월 14일까지 등교하지 않은 학생은 전원 퇴학시킨다며 위협을 가해 왔지만, 오히려 5월 23일부터는 1·5학년생도 동맹휴학에 가세하여 전교생의 맹휴로 확대되었다.

학교 당국은 경찰과 협력하여 학생들의 등교를 기도하였으나 실패하자, 도학무국과 수습책을 논의하였다. 이에 학무국은 경찰의 적극 개입을 요청하였고, 결국 경찰에 의해 전교생 500명 중에서 50여 명을 검속되고 약 100여 명이 취조를 당하였으며, 이 중 주동학생 이민호(李敏鎬)·강금봉(姜金鳳) 등 14명은 공판에 회부되어 유죄 판결을 받았다.

함흥고등보통학교 맹휴 주동학생들은 운동에 통일을 기하기 위해 맹휴생들에게 강력한 통제를 가하는 한편, 선전문을 통해 학생의 위치에서 식민지 차별 교육에 항거하고, 나아가 민족적 차원에서 항일운동의 전개를 주장하였다.

이때 국내 각급학교와 재일 한국인 제단체에 보낸 격문에서, ① 조선인 본위의 교육을 획득하자 ② 식민지 차별적 교육을 타도하자 ③ 선일공학에 절대 반대하자 ④ 군사교육에 절대 반대하자 ⑤ 교내 학우회의 자치제를 획득하자 등을 주장하였다.

이에 자극을 받은 국내 학생들뿐만 아니라 재일본단체들도 적극적으로 함흥고등보통학교 맹휴를 지지하며, <전조선학생제군에 격함>이라는 격문을 재동경조선유학생학우회·재일본조선청년동맹·신흥과학연구회 등의 3단체 공동 명의로 국내에 발송하여 전국적인 동맹휴학을 선동하였다.

이때 발송된 격문의 주요 내용은, ① 전제 교장을 축출하자 ② 학교와 경찰의 야합을 절대 반대하자 ③ 검속 학생을 석방하라 ④ 교내 자치제를 확립하라 ⑤ 식민지 노예교육을 철폐하라 ⑥ 조일공학제 실시를 절대 반대하라 ⑦ 학생의 전체적 단일체를 수립하라 등이었다.

함흥 지방 학생들의 동맹휴학은 1929년 광주학생운동을 계기로 시위운동과 함께 계속 전개되었다. 1931년 1월 26일 함흥농업학교생 140명은, ① 교우회 자치 허용 ② 수업료 인하 ③ 식대 인하 ④ 일본인 교사 배척 ⑤ 희생자 복교 요구 등을 내걸고 동맹휴학을 단행하였다.

또, 1931년 5월 16일에는 함흥고등보통학교 3학년생들은, ① 희생자 복교 ② 수업료 철폐 ③ 학우회 자치권 약탈 반대 ④ ××교육제도 절대 반대 ⑤ 학교에 경찰 간섭 반대 등을 요구하면서 동맹휴학에 돌입하였다. 그 뒤 맹휴는 더욱 확대되어 5월 21일에는 함흥상업학교생과 연합하여 격문을 살포하면서 시위운동을 전개하였다.

같은 해 5월 23일 영생고등보통학교 2·3학년생의 맹휴가 있었고,

6월 1일에는 영생여자고등보통학교 2~4학년생의 맹휴가 잇달았으며, 6월 3일에는 함흥농업학교 2~4학년생들이, ① 교우회 자치권 허용 ② 수업료 5할 감하 ③ ××××교육 철폐 ④ 교내 경찰권××을 엄금 ⑤ 실습의 노동화 반대 등의 요구를 내걸고 맹휴에 돌입하였다.

함흥 지방 학생들의 비밀결사는, 1920년대 후반기부터 전국 각급 학교 내에 독서회(讀書會)가 조직되었던 것처럼, 1930년 함흥고등보통학교, 1931년 함흥상업학교에서도 독서회가 사회과학연구를 목적으로 조직되었다.

이어 같은 해 함흥고등보통학교·함흥농업학교·함흥상업학교·영생고등보통학교·영생여자고등보통학교 등 학생 대표들이 학생공동위원회를 결성하였다. 그리고 1932년 6월 15일을 기하여 대대적인 학생반전운동을 전개하기로 계획하였다.

그러나 일본 경찰에 발각되어 영생고등보통학교 학생 78명, 영생여자고등보통학교 학생 4명, 함흥고등보통학교 학생 6명, 함흥농업학교 학생 2명 등이 구속되면서 계획은 수포로 돌아갔다.

1940년대에 들어오면서 함흥 학생들의 비밀결사는 더욱 조직화되었다. 1941년 함흥농업학교 졸업생 모리타(守田守成, 창씨명)는 3월 14일 동지들과 협의하여 기존의 비밀결사인 강서친목회(江西親睦會)·주서친목회(州西親睦會)·지경친목회(地境親睦會)를 결합, 철혈단(鐵血團)을 발족시켰다.

철현단은 행동 방침을, '① 민족의식의 앙양에 노력하고 독립사상의 선전에 주력한다. ② 조선어를 연구하여 이를 애용한다. ③ 조선역사·조선어 소설을 구독하여 민족의식을 높인다. ④ 조선인 청년학생들에게 민족주의를 선전하고 동지 획득에 노력한다.' 등으로 정하고 민족주의를 지향하는 민족운동을 전개하려고 하였다.

그러나 그 뒤 1941년 12월 28일 함흥농업학교 졸업식이 끝난 뒤 전개된 시위 항의가 빌미가 되어 일본 경찰에 발각되었으며, 함흥고등보통학교·영생고등보통학교·영생고등여학교·함흥농업학교·함흥사범학교 학생 98명이 붙잡히면서, 철현단의 정체가 세상에 알려지게 되었다.

한편, 1940년 10월경 함흥고등보통학교 5년생 마쓰야마(完山秀雄, 창씨명)가 동급생 3명과 한국 독립을 위한 비밀결사를 조직하기로 결의하고 히틀러의 7인조를 모방, 동지 4명을 더 규합하여 동광사(東光社)를 조직하였다. 그러나 이 역시 1941년 일본 경찰에 발각되어 조직원 7명이 붙잡힘으로써 실패로 끝나고 말았다.

함흥 지방 학생들의 민족운동에 있어서 또 하나의 특징은 민중의 무지를 깨우치고 민족의식을 고취하며 민족의 실력을 양성하기 위한 문화계몽운동을 적극적으로 전개하였다는 데 있다.

1920년대 전국적으로 여름방학을 이용하여 학생들의 농촌순회강연이 활발하게 전개되자 함흥의 각급학교에서도 이에 적극 가담하여 한글보급·농사개량·생활향상을 위한 농촌활동에 힘을 쏟았다.

1929년 6월부터 조선일보사가 '아는 것이 힘, 배워야 산다.'는 구호 아래 귀향학생문자보급운동을 일으키자 함흥에서도 함흥농업학교·영생고등보통학교 등이 이에 적극 가담하였고, 1931년 동아일보사의 학생하기 브나로드(vnarod) 운동을 전개하자 여기에도 적극 가담하였다.

이상과 같이 함흥지방의 학생들은 식민지하의 조국의 광복을 위하여 줄기차게 다방면에 걸쳐 항일민족운동을 전개하였던 것이다.

4) 함흥 반공학생의거

1945년 8월 소련군에 의하여 점령된 북한에 소련군정이 실시되면서 각 도의 도청은 소련군의 군정청으로 사용되고 있었다. 그러다 1946년 초에 소위 인민위원회가 조직되었는데, 도인민위원회가 들어설 도청은 이미 소련군이 점거하고 있었기 때문에 그들은 함남중학의 교사(校舍)를 청사로 차지하였다. 그러자 학생들은 모교사수(母校死守)를 외치며 이에 항거하였다. 한편, 이 무렵 흥남 비료공장을 비롯한 큰 공장의 기계가 어디론지 뜯겨가고, 식량배급이 끊기면서 시민들의 불평은 심각한 상태에 이르렀다.

이러한 상황하에서 3월 11일 마침내 함흥공업학교 학생 200여 명이 '학원의 자유를 달라!' '우리의 쌀은 어디로 갔는가?' 등의 구호를 외치며 가두시위에 나섰다. 이에 호응한 600여 명의 함흥농업학교 학생들도 거리로 뛰어나와 합세하였다. 사태가 이에 이르자 인민위원회는 긴급대책으로 3월 20일 예정이던 학년 말 방학을 3월 13일로 앞당겨 실시하도록 각 학교에 시달하였다. 그러자 각 학교 학생대표는 12일 밤 비밀회합을 가진 다음, 이튿날 방학식이 끝나자 함흥의전(咸興醫專)·함흥중학·함흥농업·함흥공업·영생고녀(永生高女)·실과여학교(實科女學校)·함흥고녀 등 약 5,000여 명의 학생들이 일제히 궐기하였다. 시민들도 이에 호응하여 약 1만 5,000여 명이 거리로 쏟아져 나왔다. 결국은 보안서원과 소련군이 동원되어 일대 격돌이 일어났는데, 보안서원의 발포로 학생 1명, 시민 2명의 희생자가 나고, 보안서원 3명이 사망하였으며, 학생·시민·보안서원 120여 명이 중경상을 입었다. 사건진압 후 많은 학생·시민이 검거되었다. 함흥 학생

반공 의거 또는 함흥 학생 반소 의거는 1946년 3월 11일. 함경남도 함흥시에서 남녀 학생들이 반공, 반소 의거를 일으킨 사건이다.

그런데 이때 함흥고급 중학생이었던 고석규도 이 항거에 참여했다는 사실이다. 그래서 고석규는 감화원 생활을 하기도 했으며, 부친은 그를 보호하기 위해 병원에 억지로 입원시키기도 했다고 전한다. 고석규가 생활했던 감화원의 내력은 일제의 산물이다. 일제는 1923년 감화령을 발표하고 1924년 10월 1일 함경남도 영흥에 조선총독부 직속의 감화원으로 영흥학교를 설치하였다. 영흥학교의 설립 목적은 8세에서 18세의 소년으로 불량행위를 하거나 불량행위를 할 우려가 있는 자를 감화시킨다는 것이었다. 그런데 사실은 여기에 불량행위나 가벼운 절도뿐만 아니라 항일독립운동도 포함되었으며 일반학교와 동일한 교과 수업을 진행함과 동시에 식민지배 정책에 철저히 순응할 수 있도록 하는 교육을 실시했다. 1938년 10월에는 전라도 목포의 고하도에 목포학원이라는 감화원을 설치하였으며, 1942년에는 감화령을 보다 강화시킨 조선소년령을 발표하면서 안산의 선감도에 선감원이 설립되었다. 해방 이후에도 북한에서는 이 감화원에 반공학생의거에 참여했던 학생들을 수감했던 것으로 보인다.

그래서 지금도 함남도민회는 함흥학생반공의거의 날을 기념하고 있다. 함남도민회는 지난 3월 11일(2016년) 오전 서울 구기동 이북5도청 통일회관 강당에서 제70회 3·13함흥학생반공의거 기념대회를 거행하고, 1946년 3월 13일 반소반공에 항거하며 함흥지역의 젊은 학생들이 자유조국을 쟁취하기 위해 총궐기한 역사적 사건을 재조명했다.

이날 박태극 회장은 "스탈린의 정복군과 점령군의 꼭두각시인 김일성의 반인륜적인 만행에 대항해 피 끓는 민족적 정의감으로 분연히 맞서서 싸웠던 당시의 함흥학생반공의거야 말로 스탈린과 김일성의 공산독재 만행을 만 천하에 폭로하는 산 증거가 되었다" 강조하고 "이러한 정의를 구현하고자 하는 함남인의 항거정신과 패기는 오늘도 우리들의 심장에서 고동치고 있다"고 말했다.

김덕순 함남지사는 "세월은 지났어도 오늘을 사는 우리들의 가슴속에는 반소반공에 맞선 젊은이들의 용기와 절규가 남아있을 것"이라며 "대한민국 발전의 원동력 뒤에는 자유민주주의를 지키기 위해 아까운 청춘을 목숨으로 대신한 정의로운 함남인들이 있었다는 것을 후계세대는 결코 잊지 말아야 한다"고 밝혔다.

한편 이날 참가자 전원은 결의문을 채택하고, 3·13의거의 반공투지를 통일의지로 승화시켜 통일 민주건설에 모든 역량을 경주할 것을 다짐했다.

6. 함흥고보 출신 최용달의 북한에서의 역할

1904년 양양군 양양읍 사천리에서 출생한 최용달은 1925년 함흥고보를 졸업한 뒤 가족과 고향사람들의 기대 속에 경성제대 제2회 학생으로 입학했다. 1927년 법문학부에 진학한 최용달은 삶의 근본적인 전환기를 맞이한다. 마르크스주의자인 미야케 교수의 사회주의 강론과 경제연구회 활동을 하면서 도덕적 계몽주의는 환상이라는 것을 깨닫게 되었다.

어릴 때부터 경성의 도시 정서에 익숙해져 있던 유진오와는 달리, 최용달은 고향의 안온함과 인간적 정리를 바탕으로 하는 농촌공동체의 회복을 가장 중요한 문제로 생각했다. 삶과 역사의 옳은 방향을 제시해주는 실천적 세계관으로 최용달은 마르크스주의를 받아들인 것이다. 1930년 법문학부 졸업과 동시에 최용달은 경성제대사법연구실 조수로 근무했다. 유진오의 알선으로 보성전문대학 강사가 되었다.

1932년 김성수는 재정난에 허덕이던 보성전문학교를 천도교로부터 인수하면서 인적, 물적 쇄신을 꾀하게 된다. 이때 경성제대의 강좌 연구실 조교로 근무하던 유진오, 최용달, 김광진을 교수로 임명한다. 최용달이 쓴 글 몇 편이 일본법학계에서 최고 권위를 자랑하던 사법 협회잡지와 법률학연구에 실릴 정도로 최용달의 학문의 깊이는 상당한 수준이었다.

1937년 중일전쟁 이후 일제 파시즘이 극으로 치달을 때 많은 지식인들이 일제의 사상전향 정책에 걸려들어 실천운동을 포기하거나 아니면 친일로 돌아서던 무렵, 최용달은 이강국, 이주하와 함께 조선공산당 재건운동에 나섰다. 1938년 10월 적색노동조합 원산위원회 사건으로 체포되어 큰 고초를 당했다. 1944년 8월에는 이강국, 박문규와 함께 여운형이 비밀리에 조직한 건국동맹과 연계를 맺었다.

8·15 해방을 맞이하면서 평양은 사회주의 운동의 중심지로 부상하였다. 이런 사정은 서울에서 박헌영 중심의 조선공산당 측에게는 달갑지 않은 상황이었다. 어쨌든 1945년 10월 9일 조선공산당 북조선분국 설치문제로 박헌영과 김일성이 회동한 후 최용달, 이순근 등 박헌영의 측근 인물들이 월북해 북조선분국에 참여하기 시작한다. 북조선분국 5도 행정국 사법부 차장, 북조선(임시)인민위원회 사법국장으로 활동하면서 북한의 법적 기초와 법질서 확립에 이바지했다. 1946년 3월에는 토지개혁을 실시했다. 토지개혁법을 작성하고 집행한 최용달

은 봉건적 자본주의 수탈체제를 일소하고 인민민주주의 근대화의 기반을 창출한다는 역사적 의미를 강조했다. 사법국은 법제와 감찰, 사법행정의 세 가지 기능을 담당하였다. 당시 김일성 그룹엔 최용달 만한 사회주의 법학자를 찾기가 어려웠다. 1947년 2월 북조선인민위원회가 전국적인 인민위원회 선거를 통해 공식적으로 출범했다. 그해 11월 북조선인민위원회는 제3차 인민회의에서 북조선 임시헌법의 제정을 결정했고, 최용달은 조선법전초안 제정위원회 위원으로 참가했다.

북조선인민위원회 사법국장 최용달은 북조선 임시헌법이 시급하게 필요하다고 주장했다. 북조선을 통일의 민주기지로 강화해야 한다는 그의 '민주기지론'의 내용은 이렇다. 토지개혁과 주요 산업 국유화를 통해 식민지적 착취수단과 독점자본의 착취관계를 근절할 수 있는 기초가 마련되었으니 이러한 인민의 승리를 헌법적으로 공고화하여야 한다는 것이다. 민주개혁은 고사하고 미군정의 방조 아래 친일파, 민족반역자, 지주, 자본가들이 설치고 다니는 남한의 실태에 비추어 볼 때 북조선만이 통일 민주조선의 기지가 된다는 것이다. 한편 최용달은 인민민주주의 개혁의 성공은 두 가지 역사적 조건이 결합되어서 가능했다고 보았는데, 하나는 소련군의 점령이며, 또 하나는 인민위원회의 존재였다. 그에게 있어 소련군은 프롤레타리아 국제연대의 정의로운 중심이었다.

최용달은 사법기관의 책임자로서 인민민주주의 국가로 나아가는 계급투쟁을 최전선에서 진두지휘하였고 동시에 박헌영-남로당 계열의 핵심인물이기도 하였다. 인민정권의 기초가 거의 확립되어 가는 시점에 최용달, 이순근 등 박헌영 계열의 국내파 간부들은 김일성 그룹으로부터 종파분자로 몰려 자아비판을 당하기도 했다. 김일성은 원산지역을 종파분자의 온상으로 지목했는데, 이곳은 이주하가 최용달, 이강국과 연계하여 1930년대 후반 적색노동조합 운동, 조선공산당 재건운동을 전개했던 지역이었다. 최용달은 박헌영 계열의 핵심인물 이었기에 한국전쟁 후 숙청당한 것으로 추측된다.

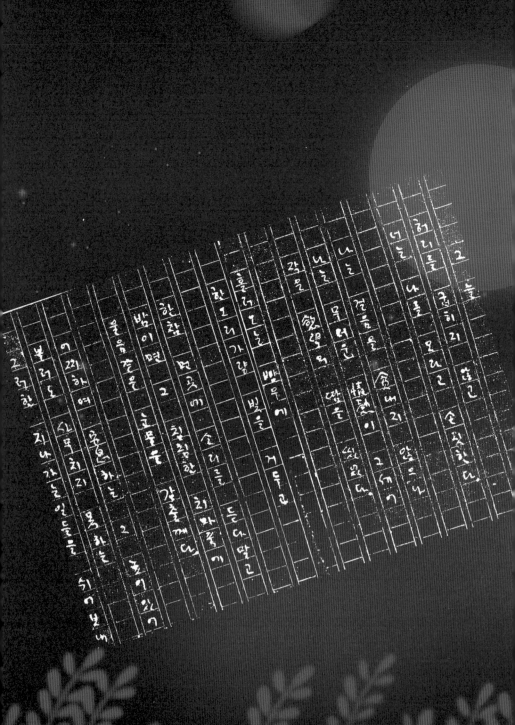

| 제3장 |

홀로 38선을 넘어서

1. 의사였던 고석규 부친의 월남과 북한의 의료상황

고석규 부친이 의사로서 북한에서 계속 활동하지 못하고 월남을 할 수밖에 없었던 상황은 해방 이후 북한의 의료상황과 직접적으로 관련되어 있다. 그래서 당시 북한의 의료실정을 살펴볼 필요가 있다.

해방 직후 북한에는 정치를 포함한 모든 부문에서 거대한 변화의 소용돌이가 일어났다. 그 내부에는 식민지 잔재의 청산과 새로운 사회체제의 수립이라는 두 개의 중심축이 존재하고 있었다. 바꾸어 말하면, 사회주의 국가로 나아가기 위한 일련의 개혁 조치가 일제가 남긴 유산의 제거를 시작으로 광범위하게 전개되었던 것이다.

보건의료는 급진적 변화가 추구된 대표적인 분야의 하나였다. 무엇보다 사적 의료체계를 공적 의료체계로 바꾸려는 움직임이 일어났다. 사회의 주력 계급으로 여긴 노동자와 농민들이 의료 혜택을 많이 받을 수 있도록 여러 조치를 취했다. 사회에 만연되어 있는 전염병 퇴치에 필요한 중앙집권적인 대응체계도 갖추려고 했다. 이를 뒷받침할 의료인력을 대대적으로 양성하기 위해 의학교육의 확대에도 관심을 두었다.

이러한 조치가 효과를 거두려면 의사를 포함한 의료인들이 북한이 추진하는 사업에 적극 참여하거나 협력을 해야 했다. 의료인력이 많이 필요할 뿐만 아니라, 그들의 전문성이 뒷받침되어야 했던 것이다. 그런데 당시 북한 상황은 우수한 의료인들을 확보하고 그들을 정치적으로 개조하는 것이 녹록하지만은 않았다. 의료인력이 크게 부족한 상태에서 이들은 여전히 북한에서 개업의로 활동할 여지가 남아 있었고 나아가서는 남한으로 내려가는 선택을 할 수도 있었다. 결국 북한의 새로운 조치에 의료인들을 적극 동참하게 만들 대책이 요구되었다.

북한에 있던 의사들의 수는 정확히 알려져 있지 않다. 많게는 북한이 1947년 통계자료에서 밝힌 1천 7~8백 명에서부터 적게는 최제창이 추산한 3백 명까지로 그 편차가 매우 크다. (북조선 인민위원회 기획국, 1947) 그 이유는 의사들에 대한 정확한 통계자료가 부족한 데다가 짧은 기간에 상당한 변동이 일어났기 때문이다. 이 기간에 적지 않은 의사들이 월남을 했고 한편으로 북한에서는 새로운 사람들이 의사 자격을 받았으므로 조사 시점에 따라 그 인원이 달라진다. 현재 연구자들은 당시 북한의 의사들을 약 1천 명으로 추산하고 있으나 실제로는 시기에 따라 그보다 적었을 가능성이 높다. 왜냐하면 김일성은 1947년 보고에서 의사의 수가 몇 백 명에 지나지 않는다고 밝혔고 실제로 통계자료를 보면 1947년의 의사 수가 737명으로 집계되어 있었기 때문이다. 통계자료에 따르면 보건국장 윤기녕이 1946년에 북한의 의사 수가 1천 7~8백 명이라고 밝힌 것은 의사 1,305명과 한지의

사 534명을 합친 것으로 보인다.

의사확보를 위한 하나는 단기 방안으로 이전의 의료인력을 북한체제가 요구하는 방향으로 그들의 의식과 활동을 바꾸는 것이었고, 다른 하나는 장기방안으로 새로운 의학교육을 통해 북한이 바라는 젊은 세대의 의료인력을 양성하는 것이었다. 그러므로 의대의 교수인력은 후대의 의료인력 교육을 책임진 존재로서 그 누구보다 정치사상적으로 단련되고 학문적으로 우수한 모범적 의료인이어야 했다.

그동안 북한의 보건의료에 대한 연구는 비교적 활발히 이루어져 오고 있다. 해방 직후의 시기만 해도 다양한 주제에 대한 연구성과가 지속적으로 발표되고 있다. 그런데 초기 북한이 직면한 주요 딜레마였던 의료인력에 대해서는 상대적으로 연구가 미흡한 실정이다. 박윤재·박형우는 선구적으로 북한의 의학 교육기관을 소개해 그 개요를 보여주었고, 최근에 허윤정·조영수는 해방 직후 북한의 의학교육에 실질적으로 영향을 미친 교육정책의 맥락에서 그 전개 과정을 다루었다. 한편, 이 연구와 밀접히 관련된 연구성과로 박형우는 평양의학대학의 교수진을 추적해 시기별 변동 내역을 살폈고, 김근배는 김일성종합대학과 이것에서 분리된 평양공업대학, 평양의학대학의 교수진 심사 및 충원을 개관하며 그 속에서 드러나는 주요 특징에 주목했다.

이 연구는 북한에서 의대 교수진을 새로운 사회체제에 부응해 어떻게 구성해 갔는가를 함흥의과대학을 사례로 들어 구체적으로 밝히고자 한다. 함흥의대는 평양의학대학과 더불어 중심적인 고등의학 교육기관으로 북한 대학의 의학교육을 이해하는 데 유익한 주요 대상이다. 중앙정부의 보건의료 시책이 전방위적으로 펼쳐지고 있었으므로 함흥의대의 사례는 다른 의대의 이해에도 중요한 시사점을 줄 것이다. 그 시기는 북한이 새로운 보건의료체계와 더불어 의료인상을 만들어가고 있던 해방 직후의 1946년부터 정부 수립기인 1948년까지이다. 사회주의 보건체제로 나아가는 과도기로 예상치 못한 어려움을 만나고 그것은 보건의료 방향에 적지 않은 영향을 미치는 역동성이 드러난다. 이는 의학사의 측면에서는 북한이 내세운 인민의 의사를, 전체 역사의 측면에서는 사회주의 인텔리를 시대적 맥락에서 어떻게 만들어갔는지 그 복잡한 양상을 세밀하게 보여주게 된다.

당시 북한은 의료인력이 크게 부족한 터라 질적으로는 물론 양적으로도 의학계 교수인력을 확보하는 것이 쉽지 않았다. 게다가 이들은 높은 수준의 정치사상 의식까지 갖추어야 했기에 그 수급에서의 어려움은 더 커지게 되었다. 그렇다면 의료인력이 부족한 현실에서 사상성과 전문성을 겸비한 교수인력의 확보라는 이상을 어떻게 실현해 나갔을까? 특히 함흥의대 교수진에 대한 세 차례에 걸친 내외부의 심사 및 검열 과정을 들여다봄으로써 그 변화를 세밀하게 추적할 수 있다.

첫 번째 시기는 1946년 중순까지로 함흥의학전문학교로 존재하고 있을 때 추진된 교수진 충원과 판정을 살핀다. 함흥의대 교수진의 심사와 충원 과정을 연구함으로써 의학계 교수진 창출이 구체적으로 어떤 방향으로 진행되었고 그것이 보건의료 변화에서 지니는 의미가 무엇인지를 밝히게 된다.

이 연구에 활용한 자료는 미국 메릴랜드 주에 위치한 국립문서보관소(NARA)에 보관되어 있던 문건들이다. 이곳에는 전쟁 시기에 미군이 북한지역에서 노획한 함흥의대를 포함한 주요 대학들의 자료가 풍부하게 소장되어 있다. 물론 이 자료들은 특정 시각이 반영되어 있을 수 있으나 함흥의대 내부를 세세히 엿보기에는 아주 유용하다. 이러한 자료에 바탕하여 함흥의대의 교수진 심사와 구성에 대한 미시적, 동태적 연구가 가능하다. 무엇보다 당시 함흥의대의 공식 문서와 교원들의 개인 자료는 이 연구에 아주 중요하게 활용되었다.

다른 교육기관의 사례에 따르면 이는 지역별로 주요 정당과 사회단체 대표들로 구성된 교육심사위원회의 주도로 이루어졌다. 이때의 중점은 일제의 고위직에 있었거나 적극 협력했던 친일파와 함께 북한정권의 주요 개혁 조치에 저항하는 반동세력들의 제거에 두어졌다. 당시는 대외적으로 모스크바삼상회의의 결정에 따라 소군정의 신탁통치가 시행되고 대내적으로는 지주들의 토지를 몰수해 소작농들에게 나눠주는 토지개혁이 실시되고 있을 때여서 그에 반대하는 세력을 몰아내려고 했던 것이다. 또한 사회주의적 교육체제로 방향을 잡아나가기 위한 새로운 교육개혁을 추진하고 있을 때라서 그것을 저해하는 방해 세력을 사전에 차단하려는 의도도 있었다. 많은 의사들은 대표적인 자산가 집단에 속했으므로 그 여파로부터 자유로울 수 없었다

북한에서 모든 국가사업을 강력히 추진하게 된 것은 합법적인 최고 권력기관으로 북조선 인민위원회가 1947년 2월 등장하면서부터였다. 전국적인 선거로 지역의 인민위원회가 구성되고 이들이 참석한 가운데 김일성을 수반으로 하는 북조선 인민위원회가 공식 출범했다. 공산당과 신민당의 합당으로 탄생한 북조선로동당은 이때부터 최대의 주도 세력으로 떠올랐다. 인민위원회 산하에는 14개의 국과 4개의 부가 설치되었고 보건국은 민주당 소속의 의사 리동영이 맡았다. 일부의 국에서는 학력과 경험이 우수한 전문인력을 충원하고 소련 제도의 도입을 주도할 소련계 한인을 부국장으로 임명했다. 보건국에도 차장으로 리 와씰리 표도로비치가 임명되었다. 당시 보건국은 위생감독

부, 모자보건부, 요양소·휴양소 감독부가 추가되고 직원은 66명으로 늘어났다. 보건의료에서도 새로운 조치가 잇달아 취해졌다. 국영 의료기관을 확대하고 개인 병원과 개업 의사들을 억제하며 의료인들에 대한 정치교양사업을 강화해 나갔다. 그럼에도 보건의료에서의 개혁 조치는 잘 진척되지 못했다. 1947년 5월 인민위원회 회의에서 김일성은 특별히 <인민보건사업을 강화할 데 대하여>라는 지시를 내렸다. 그는 "지금 보건사업이 잘 된다고 볼 수 없다"며 보건의료 일꾼들의 새로운 양성과 함께 사상교양사업의 강화 등을 제기했다. 모든 의사들이 진정으로 "국가와 인민을 위하여 복무하는 진보적 의료일꾼"이 되도록 해야 한다는 것이었다. 아울러 인민위원회는 1947년 8월 <보건일꾼의 의무와 권리에 관한 규정>을 제정하여 의사를 포함한 보건의료인들을 중앙에서 적극적으로 관리 통제할 법적 근거를 마련했다. 예로서 의사들이 지역을 옮기거나 근무처를 바꿀 때는 시도 인민위원회의 허가를 받도록 했다. 또한 새로이 의사가 되는 사람들은 국가연구원을 제외하고는 2년간 중앙에서 지정하는 지역의 의료기관에서 근무할 의무를 지니게 되었다.

특히 1946년 11월 말에 추진된 건국사상총동원운동은 정치사상 의식을 강화하는 결정적 계기가 되었다. 지역에서 인민위원회 선거가 이루어진 직후 김일성은 <인민위원회의 당면과업>의 하나로 인민정권이 추진하는 개혁 조치를 강력히 펼치기 위해 건국사상총동원의 전개와 그 일환으로 사상의식의 개조를 제시했다. 이때부터 북한의 모든 지역과 부문들로 사상운동이 확대되며 본격적으로 펼쳐졌다. 이 운동은 보건의료에서 크게 몇 가지 방향으로 전개되었다. 하나는 의료인 대상의 정치교양 교육이 강화되었다. 수시로 개최된 강습회에서

는 그 일부로 "마르크스-레닌주의 기본"을 필수 강좌로 열어 교육시
켰다. 둘은 진보적인 당이나 단체에의 가입이 장려되었다. 1946년 4월
에 창립된 북조선보건연맹(위원장: 최응석)은 그 중의 하나였다. 셋은
지도적 위치에 있는 의료인들을 대상으로 철저한 검열사업이 이루어
졌다. 함흥의대는 중추적 의학교육기관으로서 그 주요 대상이 되었다.

이 학교는 북한의 고등교육 확장 시책에 따라 1946년 10월에 함흥
의과대학으로 승격되었다. 고등학교에 해당하는 고급중학교 졸업 자
격을 갖춘 신입생 160명을 받아들여 수업년한 5년제로 운영되는 북
한의 대표적 대학으로 발돋움했다. 당시 평북과 함북에서 지역 자체
적으로 추진하고 있던 의대 설립 움직임에 대해서는 제동을 걸고 평
양과 함흥의 의대 설립에 집중할 것을 지시했다. 이로써 함흥의대는
북한 전체적으로는 평양의 김일성종합대학 의학부와 거의 동시에 의
학분야의 최고 고등교육기관으로, 함남 지역에서는 최초의 고등교육
기관으로 세워졌다. 당시 함흥은 산업시설들이 운집해있는 북한 최대
의 공장지대로서 이곳에 세워진 의대는 주력 계급인 노동자들의 보건
의료를 중시한다는 상징적 의미도 지녔다.

무엇보다 당시 북한에 자격을 갖춘 의학분야의 교수인력이 많지 않
았던 데다가 많은 의사들이 심하게 동요하고 있었기 때문이다. 자산
가 집단으로서 의사들은 토지개혁을 필두로 중요 산업 국유화, 반대
세력 제거, 종교활동 제약 등의 조치로 신분의 위협과 생활의 불안을
느끼고 있었다. 더 직접적으로는 중요 산업 국유화에 편승하여 일어
난 개인 병원의 인민병원으로의 전환 움직임은 많은 의사들의 존립을
위태롭게 했다. 이러한 사정으로 북한체제에 협력하는 것을 꺼리거나
거부하는 의사들이 적지 않았고 그 일부는 서둘러 월남하기도 했다,

(김근배, 「북한 함흥의과대학 교수진의 구성, 1946 – 48 : 사상성과 전문성의 불안한 공존」, 『의사학』 24(3), 2015. 참조)

해방 이후 북한의 의료계가 이러한 상황이었기에 고석규의 부친 고원식도 6·25와 함께 남한으로 삶의 방향을 찾아 움직일 수밖에 없었다.

2. 첫사랑 영(羚)과의 만남과 이별

고석규는 그의 일기에서, 1948년 10월 24일 밤 8시, 그가 16살 때, 영(羚)이란 자기보다 한 살 아래인 여성을 만난 사실을 자세하게 회고하고 있다. 이 여성은 그가 남으로 월남한 이후에도 잊을 수 없는 한 여성으로 그의 마음을 사로잡고 있었던 여성이다. 그의 많은 글들은 이 한 여성을 향한 일종의 뮤즈라고도 할 수 있을 정도이다. 그의 기억에서 재현된 선명하고 세밀한 두 사람의 만남과 사랑의 고백을 살펴보자.

> 시월 스무사흗날, 밤 여덟 시
> 이만하면 나의 기억에 거짓말이 없다. 내 나이가 열 여섯, 영은 그보다 한 살 아래─지난 어느 날 나는 책상에 엎드려 잠자고 있는 그의 어깨 위에서 눈을 옮길 수 없었다. 윤에 빛나는 머리카락과 코실코실한 어깨머리가 진한 사랑으로 가슴의 불을 이르게 하였는데 가둬있는 마음은 쇠사슬을 보라는 듯─영! 나는 그 밤이 이슥하여 잠들어버렸고 아침에 눈을 뜨니 너는 간 곳이 없다. 이날이 가고부터 나는 물들인 나의 온갖 감상에 대답도 없는 슬픔에 피었다.
> 영(羚)! 나는 이태 전부터 너를 생각하고 너와 꼭 결혼하리라 결심

을 하였었다. 다시 그 밤이 다가왔다. 세상에서 우리의 영혼이 처음으로 이야기한 그 푸르른 전등불에 어린 사조 넓이의 방과 벽과 어둠에 지켜선 유리창이 가슴에 그대로 남았구나.

여덟 시가 지나서부터 시계를 갖고 있지 않는 나에겐 시간이 흐르는 밤임을 통 알 수 없었다. 나는 석천탁목(이시카와 다쿠보쿠(石川啄木, 1886~1912)는 당시 일본에서 사회주의 성향의 가인(歌人)·시인·평론가로 이름을 떨친 인물이다)의 문헌집에서 단시(短詩)를 번역하여 앉은대로 기다렸다. 바람은 쉴 새 없고 어수선한 야기(夜氣)가 스며들어 자리를 펴고 숯불을 놓았다. 약간의 숭늉을 데워 얼어붙은 가슴에 흘려보냈다. 신기한 꿈이 시작되는 밤 이상하게도 나는 조롭지 않았다.

시간이 다하여도 아주머니는 돌아오지 않았다. 어스름 머리를 틀어박고 화롯불에 얼굴을 비치어 기대었다. 몹시 고단한 것만을 물리칠 수 없다. 바람에 전선이 흔들어 아웅거리는 소리가 들리고 전등이 한참 나갔다가 다시 들어온다. 방안이 갑자기 밝아진 듯하다.

문득 달려오는 걸음 소리가 앞문 앞에서 머뭇거리다가 문을 열어젖히고 들어서는 순간이었다. 문안에 들어선 사람의 인기척이 잠잠하다.

―누구시오?

말하지 않은 남자 구두 켤레와 뜻하지 않은 나의 목소리가 더욱더 영(玲)에게 철석 같은 놀람과 소름을 주었을 게다. 몇 분이 지났을 게다. 결심한 듯이 마루에 올라오는 소리와 미닫이를 열고 들어선 그의 두 볼뺨이 임금처럼 얼어 붉다. 머리에서 아래턱에 내려 검은 엷은 수건을 벗어던지고 손에 끼인 장갑을 끌인다.

―어떻게 되었어요?

―오늘밤 돌아올 줄 알았는데 아주 사정이 있어 떠나지 못하였어요. 그보다 짧은 답변이었다고 생각한다. 정읍으로 갈 예정이던 영이 아주머니보다 먼저 돌아왔다. 그리하여 나의 옆에 다른 아무도 없는 방안에 단 둘이 마주 앉았다. 얼어붙은 손가락과 임금 같은 뺨

이 화기에 어리어 녹아내리는 빛이 더욱 곱다. 머리가 헝클어진 모양이 그에게 휩싸여갈 나의 전신에 힘을 주고 그를 미인이라고 생각하게 한다. 얼굴이 희어 둘과 같이 아름답고 그가 도화꽃 마냥 연붉은 웃음에 방글인다.

영은 얼마 전부터 나의 사랑의 맹세를 받을까 하는 짐작을 하고 있다. 그는 두렵다고만 생각하고 나를 곧잘 피해가면서도 나와 접촉하여 내가 지껄이는 이야기에 정직하게 귀를 담았다.

－밖은 춥지?

추워. 몹시 추워! 내일은 눈 내릴까 싶어! 몇 마디 대답이 수그린 그의 머리 앞에 보이지 않는 입술에서 흘러든다.

자시끼에 놓는 일본식 사기 화로다. 곱다란 문이 그려있고 위에 둘러간 가장자리만이 전등에 빛나고 있다. 그 가장자리에 손끝을 펴가며 꽁꽁 주물어가며 손가락을 폈다 가뒀다 한다. 나는 그런 것을 보고만 앉았다.

나는 조롭지 않고 나는 정신이 맑아짐을 또렷이 느낄 수 있다. 한참 말없이 새어가는 동안 우리는 가슴의 열을 피웠다. 그의 발길과 나의 발길이 자리 속에 들어 있었다. 그의 숨결이 나의 입술에 닿을 듯한 사이에 있다. 나를 주저케 하던 그가 어린 소녀라는 생각이 도무지 믿어지지 않을 만치 영은 나보다 거룩한 어머니처럼 보였다. 어머니 뵐 듯 보이는 여자에게는 독특한 사랑이 간다. 거짓말 없도록 애를 태운다. 영이 똑 그런 감을 주었다. 움켜쥐는 손 위에 다른 사람의 손길이 가도 아무 대꾸도 없이 잠잠하다.

－영! 아직 싸늘해, 녹진 않았어?

두 손을 가져다 움켜쥐었는데 영에겐 대답이 없다. 나는 다시 말 못하고 만지던 손을 움츠렸다. 그러나 이번엔 그의 손이 나의 손목을 잡는다. 그와 같이 나도 말없이 그대로 맡긴다. 두 손을 움켜 입술 가까이 가져가려다가 그만 둔다. 그대로 나는 맡겨둔다. 좀 지나친 듯이 영은 부끄러워 나의 손을 놓아버린다. 나는 빙그레 웃어본다. 영은 실죽해한다. 미안한 생각이 든다. 눈이 다시 아래로 갔을 때 네

두 손이 회로 긋듯 가장자리를 어루만지지도 못하고 얌전하게 한 자리에 놓여있다. 손의 장난은 이로써 끝난다.

형용할 수 없는 마지막 감정이 불쑥 솟아나 어리광스러운 그의 얼굴을 쳐다본다. 가느스름 뜨고 있는 그의 눈앞에 무엇인가 싸늘히 맺히는 것이 있다고 생각된다.

─영! 드디어 머리를 무겁게 아래로 떨어뜨리고 죄를 비는 낮은 짐승처럼 그의 대답을 기다린다. 머리를 흔들며 그의 눈동자에 깊이 파묻혀간다. 스러지는 사람처럼. 영은 내 머리를 떠받들어 자기 무릎에 앉힌다. 그는 나를 어린 아이처럼 쓰다듬다 손을 깊은대로 한참 머문다. 생각하는 모양이다. 나의 얼굴은 그의 무릎 위에 묻힌대로 있다. 나는 아무것도 몰랐다. 생각할 수 없게 되었다.

몸을 일으키면서 거의 동시에 그의 목을 껴안았다. 허리를 당겨왔다. 내 뺨을 두 손으로 움킨대로 그의 입술이 바르르 떠는 것을 엿볼 수 있었다. 분명히 우리는 죄를─죄를 짓는 것이었다. 온몸이 닿을 수 있는 곳까지 자리를 더듬어 나의 눈앞에는 그의 눈물 고인 두 눈이 바로 비치고 나의 입술은 곧 그의 입술과 닿았다. 최상의 법열! 나는 한없는 순간을 체험하는 것이었다. 뜨겁기보다 싸늘한 입마춤이었고 튀는 듯이 울렁거리는 것은 심장있는 가슴만이다. 나는 나를 지탱할 수 없어서 옆으로 쓰러지고 말았다. 그러나 팔을 풀지 않았다.

─영! 내 말을 듣게?

아, 나는 울고 있었다. 눈물이 아롱아롱하여 영의 얼굴이 그믈어졌다.

무슨 말?

그녀의 음성은 가늘게 맺히고도 투명하였다.

영영! 우리 사랑할까? 나는 영을 사랑해! 응?

나는 눈물 고인 눈자위를 훔치는 얇은 손수건이 지나갔다.

울어? 왜? 울지 말고 말해봐!

영은 나를 걱정 없이 나무라고 있다.

─영(羚)! 네가 이 말을 들어 안 준다면 나는 죽고 말테야! 그러나

−머? 끼리 좋아하는 여자가 있잖아? 있다던데?

그는 태연히 이야기를 골라 한다. 나의 막힌 숨결이 취하고 터져나왔
다. 눈을 버쩍 뜨고 그를 바라보았다. 그게 무슨 말? 너는 내가 싫단 말이
지? 좋아 싫다면 내가 죽을 걸! 그의 손을 뿌리치고 나는 돌아앉는다.

−아니야! 아니. 그는 나의 팔을 끌어 자기 앞으로 돌아앉게 한 다
음 입을 연다.

−여자하고 친한 일 있지? 또 묻는 것이었다. 그는 심각한 염산을
잃지 않고 있다.

−없어!

−나라고 속일 수 없잖아?

−그럼

−나는 믿을 수 없어, 곧이 들을 수 없어. 땅이 꺼져가는 순간이었
다. 다시 영더러

−딱 결판해라, 너는 내가 싫지. 그러면 나는 쓸쓸하여 앓다가 그
만 죽어버릴 께다, 영은 혼자 잘 살고, 그렇지? 영도 대답을 안 하고
고개를 숙인 채로 울고 있다. 영의 하얀 손이 눈물을 닦는다. 어깨가
들석이며 슬피 운다. 영은 태어난 자기 운명에 대하여 곧잘 우는 약
한 비둘기. 이름없이 자란 고아였던 것이다. 그는 세상 사람을 믿지
않으려는 관습에 살았고 영은 나이 어린 나에게 거만하다는 치욕을
느꼈을지도 모를 일이라고 생각한다.

그러나 영은 그날 밤 드디어 나에게 영원한 약속을 맺었다. 영혼
을 같이 맺으려는 우리들 앞날에 다짐하였었다. 영은 나의 아내가
되는 것이 제일 기쁘다 하였다. 영은 처음에는 나의 말이 거짓이 많
고 농락이라 생각하였다. 앞으로도 영은 자기를 버릴지 모르는 나를
믿을 수 없다고 하였다. 마음만은 변치 말자고 영은 울고 있었다.

고석규와 영(羚)이 맺었던 영원한 이 약속은 시대가 이를 보장해주
지 못했다. 더 이상 북에서 살아가기가 힘들다는 판단을 한 고석규는

3.8선을 넘어 남하할 수밖에 없었기 때문이다. 둘이 만났던 마지막 이별 장면은 개인적 아픔을 넘어 민족적인 아픔이었음을 보여준다. 그리고 이 이별의 사건이 한국동란 중에 일어났다는 사실을 통해 그의 월남이 한국동란 중에 있었음을 추정해 볼 수 있다. 고석규는 이를 그의 일기 <마지막 밤>에다 기록해두고 있다.

하늘에서 지줄기는 빗소리가 멎지를 않았지만, 길에는 숱한 사람들이 떠들고 걸어가는 저녁이었다.

푸성가시 밭 언덕을 휘저으면서 걸어나가던 다섯 살 남짓한 석진이가 아버지의 바지 깃에 매달리면서 무어라고 일러바치는 양을 보고, 아버지는 같이 데리고 가겠다고 약속하였다. 그러나 이날 밤 철부지 어린아이들은 어머니가 탄 수레 안에서 코를 골면서 이십 리 못 되는 남리(南里) 쪽을 먼저 가버렸던 것이다.

그래도 길에는 북으로 가는 군사들과 아낙네들과 젊은 여직공들이 쉴 새 없이 걸어가고 수레나 마차에는 짐짝과 어린아이들을 태워 싣고 가는 것이었다. 아늑한 북쪽 황초령이 내려보이는 산맥과 물줄기를 이어 그들은 얼마나 먼 곳에 찾아갈 수 있겠는지를 도무지 헤아릴 수 없는 일이었다.

저녁을 먹고 난 우리들은 밖으로 나와 이와 같은 광경을 보고 이제 어둡기 전에 떠나야 한다고 서두르는 것이었다. 그날까지 우리가 소개하여 살던 이 집은 H 교수의 외사촌 되는 친척인데, 집주인과 안댁이 퍽 젊은 데다 마음씨가 좋아서 스산한 걱정(그 사회에 있었던)까지는 안 하더라도 서로 마음에 여기는 대로 싸움이 시작하여 그날까지 겨우 넉 달 남은 세월을 보내온 것이었다. 우리가 떠나는 날 정세는 이미 기울어진 것 같았고 심한 폭격기의 애처러운 소리도 자주 들리지 않았다.

두 번째 수레가 돌아와서 가구 전부를 몽땅 실어 보내고 한 시간도 못 되어 떠나기를 차비하고 우리는 마당에 나섰다. 아버지를 버리려고 마을의 늙은 할머니와 아낙네들이 때 묻은 치마를 걷어쥐면서 허리를 굽히고 인사를 하였다. 까만 왕진 가방을 든 아버지가 앞서고 육촌 되는 B 누나와 나와 그리고 영(羚)이 있었다. 푸성거리 밭 언덕을 올라서면서 큰 길에 나설 때 그 집 옆에 까맣게 입을 벌리고 있는 방공 대피호가 떠나는 우리와 하직하는데 말이 없었다.

길에 나오니 비도 차차 멎어오는 것 같고 우리와 반대 방향으로 가는 사람들의 지나가는 대열들도 드물게 만났다. 북으로 가는 사람들이 우리를 보고 "왜 어디로 가는 거요, 거기는 위태한대" 분명 그들은 그들의 적이 멀지 않은 곳까지 밀려오는 두려움에서 하는 말이다. "먹어야 살지 않겠소. 배급타 논 쌀이라도 메어 와야지 살 것 아니요" 우리는 이렇게 대답하여 넘기곤 슬쩍 지나치곤 하였다.

부상병들이 수백 명 줄처 오는데 그들이 옆을 지날 때마다 피비린내와 후줄근한 땀 냄새 같은 무언지 모를 탐탁지 못한 취기가 코를 찌르는 것이었다. 그들은 피곤에 지쳐 비명을 치면서 걷고 있었다. 지금쯤 나는 그들의 살아 있는 운명을 도무지 믿을 수 없다. 나의 마지막 그들과의 결별이었고 내가 살아온 그 저주받을 세계와의 깨끗한 하직이었다고 생각한다.

오, 그러나 어찌할 것인가 나는 이날 밤 내가 맑게 다시 살아나는 기쁨을 누리는 마지막 공포와 환희에 끓는 억제할 수 없는 흥분의 길에서 나의 또 하나 생명의 지표였고, 나의 아득한 인생에 다시는 꽃필 수 없는 영혼의 벗인 영(羚)을 버린 밤이 되었다.

며칠 전에 나는 영에게서 중대한 고백을 들었다. 나는 이제 영을 잊어버리고 영을 생각지 않기로 작정하였는데 어젯밤 나는 영의 자리에서 나도 모르게 풀어 안긴 대로 잠잤다. 영은 나에게 거절함도 치워버렸지 흥분하지 않는 가슴과 어깨 안으로 나를 끌어안고 있었다. 눈감고 나는 풍겨오는 육체의 냄새와 보드라운 입술에 맞추고 있었다. 영에 대한 나의 죄악은 나도 모를 이러한 밤에 우리를 황홀케 하였다. 영은 어둡게 커버 씌운 불빛을 누워 있는 머리 옆으로 받으면서 "인제 마지막이요, 마지막! 이런 일이 또 있을까 해요" 하면서 눈물을 훔치고 있었다. 머릴 박고 나는 듣고만 있었다.

나는 오늘날까지 우리네 죄악에 대하여 알지 못할 절망에 돌아선다. 영은 이와 같은 나를 극진히 사랑하였고 그 대신 나는 영을 극진히 아까워했던 것이다.

아버지는 어둔 길의 자갈돌 깔린 섶을 훨씬 멀리 앞서가고 B 누이는 그 다음에 우리 둘을 피하여 걷고 있었다. 영은 그때 조그만 봇짐을 손에 들고 있었는데 폭격당한 집을 떠난 날부터 늘 가지고 다니던 봇짐이었고, 그 속에는 보지 않아도 간단한 화장품과 호만 백곡집 같은 책들이 들었고, 소중한 분홍색 칠한 앨범 첫 장엔 작년 찍혔던 나의 반신상(半身像) 사진이 꼭 붙어 있었을 것이다. 영은 칠칠한 머리에 기름을 약간 발랐는지 윤나는 머리채를 두 어깨 앞으로 내려 뜨리고 푸른 스웨터와 까만 치마에 보드라운 주름을 잡힌 것을 골라 입고 있었다. 아무거나 입어도 보긴 상하지 않는 그의 옷차림 중에서도 이러한 차림이 나에겐 제일 만족하여 늘 그렇게 권해왔던 것이다. 어둠 속에서도 더 캄캄하게 타버린 마을의 복판을 지나갈 때마다 영은 나의 가까이 다가와서 몸을 으스대었다. 분명 무서운 느낌이 있어 그리하였으리라.

한참 가다 먼 남쪽 하늘에 터지는 조명탄이 환하게 비치자 비행기 소리가 머리 위에서 나는 듯하여 얼른 옆에 밭이랑 같은데 내려섰다가 비행기가 지날 때까지 비에 젖은 채로 있는 풀 위에 우리는 앉기로 하였다. 영의 봇짐을 내가 무릎 위에 놓고 영은 좀 낮은 땅 위에 종이를 깔고 앉았다.

"S, 이렇게 복잡한 전쟁 중에 우리 다시 만날 수 있을까" 영의 묻는 말이다.

"만날 거야, 좀 편하게 되면 내가 인차 찾아올 테이니 그때까지 살기만 하면 돼"

"헛 헛! 거짓말이야 그건, 선전이야."

"정말 그러질 말았으면−."

영의 낮은 한숨 소리를 듣고 나는 영이 있는 앞으로 몸을 굽히었다. 영은 놀라면서 나를 바라보는듯하다가 나의 두 귀를 잡고 얼굴을 당겨다 자기 입술에 비벼 문지르는 것이었다. 우리는 서로 껴안고 있었는데 "이게 마지막 같아" 하는 영의 눈에는 눈물이 돌고 나는 벌써 울고 있었다.

이날이 1950년 10월 17일이었음이 그가 성당을 찾았던 날 적어둔 다음 기도문에서 밝혀진다.

예를 줄이옵고
나의 애처로운 기억이 나를
울리고 있습니다. 다만 그대의
확실한 문방을 고대할 뿐입니다
나의 존재와 나의 헌신은 그대가
적어둔 한 여인의 이름 세 자에
끊어집니다

1950년 10월 17일 밤까지 분명히도
하얀 그의 얼굴이 나를 바라보고
눈물지은 것입니다. 그리고
이날까지 바이 생사조차 막연합니다

그대를 받아들일 용의가 있습니다
어떤 불행이 나를 다시 놀라게 하여도
하루바삐 그대와 만나고 싶습니다
　　　　－(고석규 일기 「녹원의 길」 중 <가톨릭의 밤>에서)

이 기도문에 나타나는 그대는 고석규가 북한에 있을 때 사랑한 영

(粹)이다. 이 사실을 근거로 한다면, 고석규와 그 부친의 월남은 한국 동란 중에 이루어졌음이 확실하다. 소련군의 진주 이후 북한의 체제가 1948년 9월 9일에는 북한 조선민주주의인민공화국으로 출범했다. 공산체제에 부정적이었던 많은 사람들이 탈북을 시도했다. 고석규도 역시 그 길을 택할 수밖에 없었을 것이다. 학생 반공의거에 참여한 그로서는 더 이상 북한에 남아서 미래를 보장받을 수가 없었기 때문이다. 추정해보면, 북에서의 상황이 좋지 않았기에 가족을 두고 먼저 남한으로 내려와 근거지를 마련하고 가족을 다시 데리러 오겠다는 계획이었지 않나 하는 생각을 한다. 그러나 고석규 부친은 그 꿈을 제대로 실행하지 못했다. 남북한의 왕래가 그만큼 힘들어진 상황이었기 때문이었다.

김일곤 교수가 고석규로부터 전해들은 바에 의하면, 그가 혼자 월남하면서 겪은 상황은 참담한 현실이면서도, 영화의 한 장면처럼 느껴진다.

나중에 안 일이지만 해방된 이후 그의 아버지는 의사 자격증만 달랑 들고 먼저 단신 월남하셨다고 한다. 그 후에 고석규는 어머니와 동생을 남겨두고 중학생의 몸으로 혼자 남쪽으로 내려왔다. 당시 돈을 주면 남으로 길을 안내해주는 장사꾼이 있어 따라나선 것이다.

그런데 오다가 38선을 넘기 전에 빈 집에서 쉬고 있다가 고석규 일행은 내무서원에게 잡히고 말았다. 그리하여 월남하다 잡힌 사람의 임시 수용소에 들어갔는데 밤 중에 화장실의 판자문을 밖으로 밀어 고석규는 도망쳤다. 그는 혼자서 남쪽으로 넘어가는 얕은 냇가까지 찾아왔는데 또 한번 같은 내무서원에게 잡히고 말았다. 그러자 그는 자기도 모르게 엉엉 울었다고 한다

그러자 우는 모습을 가만히 쳐다보고 있던 그 내무서원은 "너 남쪽으로 가고 싶으냐?"하고 묻더란 것이다. 고개를 끄덕이니까 "좋아 가라"하면서 그 사람은 건너가는 길목까지 안내해주고 돌아가더라는 것이다. 그 내무서원의 인간 본래의 감정이 그를 살린 것이다.

서울까지 내려온 고석규는 아버지를 만날 수 없었다. 그래서 고생을 얼마나 했는지 잘 모른다. 6·25 때에 자진 입대했고, 일선에서 놀랍게도 군의관인 아버지를 기적적으로 상봉했다. 제대 후 고석규의 부친은 부산에 정착하게 되고, 그는 부산대학 국문학과에 입학한 것이다.

-(김일곤 교수의 「낭만이 깃들었던 시절-
오랜 옛날에 잃은 벗 고석규」)

김일곤 교수의 전언은 고석규와 그의 부친이 각기 따로 월남한 것으로 기록되어 있으나, 고석규의 일기에 의하면 한국동란 중 함께 남하한 것으로 보인다. 남하 중 서로 헤어진 것으로 보는 것이 타당할 것으로 보인다. 그런데 불행하게도 그가 어떤 경로를 거쳐 남으로 내려왔는지는 기록을 찾을 수가 없다. 그 당시 함흥에서 남으로 내려올 수 있는 길은 7번 국도가 있었다. 이 국도는 북의 온성군에서 경흥, 경흥에서 나진으로, 나진에서 청진으로, 청진에서 북천으로, 북천에서 함흥으로, 함흥에서 원산으로, 원산에서 통천으로, 통천에서 속초로, 속초에서 양양으로, 양양에서 강릉으로, 강릉에서 동해로, 동해에서 삼척으로, 삼척에서 울진으로, 울진에서 영덕으로, 영덕에서 포항으로, 포항에서 경주로, 경주에서 울산으로, 울산에서 울주로, 울주에서 기장으로, 기장에서 양산으로, 양산에서 부산으로 이어져 있었다. 38선이 그어져 있던 양양까지는 어떻든 국도를 이용하지 않았을까 하는 추정을 해본다.

1927년 평안북도 정주군 덕언면 덕성동 726번지에서 태어나 월남했던 윤홍규 옹의 회고록을 보면 당시의 탈북 상황을 어느 정도 이해할 수 있다.

　21세기가 시작된 지도 십수 년이 흐른 지금 20세기 초엽에 태어난 나는 역사 교과서에서 볼 수 있는 인물인지도 모르겠다. 하지만 나는 영욕의 대한민국 근현대사의 한가운데를 온몸으로 겪으며 오늘에 이르렀다. 일제강점기와 해방, 그리고 분단과 한국전쟁이라는 거대한 민족사적인 격동기 이후에 태어난 세대가 훨씬 더 많아진 지금 우리 시대의 일을 이야기하는 것이 현실적으로 들릴지 모를 일이다. 하지만 불과 100여 년 전 우리는 한반도를 활동영역으로 삼고 만주대륙을 오가며 시대적, 역사적 사명을 논했던 시절이 있었다. 나는 소위 '이북' 출신이다.

　중학교 5학년 때 해방이 되어 한 학기 동안 휴학을 하고 있는 동안 해방 후의 혼란스러운 상황이 시작되는 것을 눈으로 볼 수 있었다. 갑자기 인민위원회와 인민군이 우리 집에 들어오더니 지주 집안 운운하면서 우리 재산을 모두 압류하기 시작했다. 그러더니 우리 집 사랑채에는 민주청년동맹 사무실이, 안채는 여성동맹 사무실이 생기게 된 것이다. 우리 집안은 지역사회에서 부유한 집안이었지만 주민들과 원만하게 잘 지냈기 때문에 큰 불만이 없었다고 생각했는데 민심도 싸늘해지면서 졸지에 아버지는 민중의 적이 되어 있었다. 정말이지 어이없는 상황이 전개된 것이다. 하루아침에 평화롭게 살던 집에서 쫓겨나 초라한 집에서 온 가족이 내몰려 숨죽이며 살아야 하는 신세가 된 것이다.

　나는 1년만 더 공부하면 중학교 과정을 마칠 수 있었기 때문에 부모님께서는 어떻게 해서든지 학업은 마치라고 하시어 겨우 중학교를 졸업할 수 있었다. 지금으로서는 고등학교 과정까지 마친 셈이다. 나도 사회주의 운동에 대하여 귀동냥으로 들은 바가 있었지만

이 정도로 사람을 계급으로 나누고 가진 자들의 재산을 폭력적으로 빼앗을 줄은 몰랐다. 우리뿐 아니라 이북에 있는 수많은 지주들과 종교인들, 자본가들이 순식간에 무슨 민족의 반역자가 된 양 죄인 취급을 하며 모욕과 핍박을 하기 시작하였다. 눈치가 빠른 이들은 분위기가 심상치 않음을 느끼며 빠르게 고향을 떠나 이남으로 내려가기 시작했다. 아버님은 그저 황망하게 갑자기 찾아온 재앙과 같은 상황에 망연자실 하실 뿐이었다.

필자는 갑자기 찾아온 폭력적인 상황 속에 분노하며 이남으로의 탈출을 결행하고자 했다. 해방이 되면서 사실상 38도 선을 중심으로 이남과 이북은 두 개의 체제가 자리잡아가는 상황이었다. 하나의 조선이 둘로 갈라지고 있는 가운데 점점 통행도 어려워지고 있었다. 저자가 탈출을 감행하는 48년은 남한에서 단독정부를 수립하고 곧이어 북에서도 단독정부를 수립하는 등 한반도에 두 개의 정부가 생기는 긴장국면이었다. 따라서 통행도 자유롭게 할 수 없어 사실상 '월남'을 해야 하는 모험이 시작된다. 이때 북한을 떠나 남한으로 탈출한 분들이 탈북 1세대라 할 수 있겠다.

남쪽으로 가기로 결심이 굳어지자 어머님께 말씀드려야겠다고 생각했다. 내내 속마음을 표현하지 않던 내가 어머님께 내일 월남하겠다고 말씀드리니 좀 놀라시면서도 한편으로는 올 것이 왔다는 느낌으로 아들의 뜻을 존중해 주셨다. 나는 이러한 상황이 곧 정리될 것이라 생각했고 잠시 고향을 떠나 있다가 상황이 나아지면 다시 올라와서 가족과 함께 살아야겠다고 생각했다. 대대로 평안북도에 살던 우리 집에서 이남에서 산다는 것은 상상도 할 수 없는 일이었다. 다만, 젊은이의 패기와 열정도 있으니 서울에도 가보고 이남의 상황도 보고 싶었다. 그래서 한 2, 3년간 다녀올 요량으로 말씀드리고 월남을 결행하였다. 어머니께는 새벽 한 시에 깨워달라고 하고 일찍 잠자리에 들었다. 당시 우리 집안은 요주의 대상이었고 월남하는 인구가 적지 않았기 때문에 감시가 점점 삼엄해졌다.

일제시대에서도 경험해 보지 못한 상황이 해방 이후에 우리나라 사람들끼리 서로 감시하는 처지가 되니 얼마나 아이러니 한가! 결국 내부 분열과 분쟁은 다른 나라 배를 불러주고 국력이 약화되어 다른 나라에 의해 내 운명을 맡길 수밖에 없는 비극적 결말을 가져오게 된다. 불과 수십 년 전 조선 말기에 그렇게 당했으면서도 우리는 다시 서로를 감시하고 분열과 분쟁을 일삼는 민족이 되었던 것이다.

우리 고향인 정주에서 이남으로 가는 길목은 '해주'였다. 황해도 해주에서 바다를 건너 조금만 내려가면 38선을 넘을 수 있었다. 육로를 버리고 해로를 선택한 것은 그만큼 육로의 경계가 삼엄했기 때문이다. 38선은 3년여 만에 거의 국경선이 되어있었다. 나도 직접 해주에 가 본 적은 없었다. 정주에서 해주까지 거리는 거의 300km 정도 되었다. 거의 서울에서 대구까지의 거리이다. 사실, 이 정도 멀리 여행을 떠나는 것은 당시에는 그리 흔한 일이 아니었다. 물론 국경을 넘어 만주로 가서 장사하는 경우도 있었지만 그건 소수에게나 허락된 일이었다. 나같이 중학교를 졸업한 20대에겐 월남은 일생일대의 큰 모험이 아닐 수 없었다.

정주읍에 가서 귀동냥으로 월남하는 방법을 듣고 실행에 옮길 계획을 세워 보았다. 일단, 현금을 확보해야 했다. 문제는 이북돈과 이남돈이 어느새 서로 사용할 수 없게 되었다는 것을 알게 되었다. 참으로 기가 막힌 일이었다. 돈이 달라지면 나라도 다른 것 아닌가? 하나의 나라가 갑자기 둘로 쪼개지더니 왕래도 못하고 거래도 못하는 것은 정말 받아들이기 힘든 현실이었다. 하지만 이남하기 전까지는 사용해야 하니 현금을 일부 챙겨서 내려왔다.

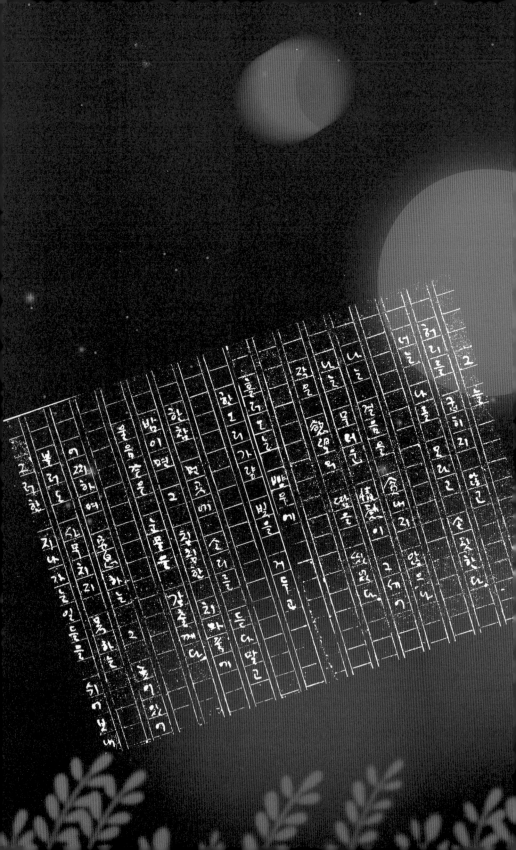

제4장

한국전쟁에 뛰어들다

고석규가 정확하게 언제 남한으로 내려왔는지 기록을 찾기는 힘들다. 그러나 그의 병적 기록부에 의하면, 군에 입영한 날짜는 1951년 1월 2일 자이고, 군번은 0386003이다. 그러므로 이 날짜 이전에는 남한으로 내려왔음이 확실하다. 한국전쟁이 일어난 지 반 년 정도 만에 군에 입대한 것이다. 그는 육군으로 전쟁에 참여했고, 상병이었으며, 1952년 3월 5일 날 의병으로 전역했다. 의병 전역과 관련된 병역법의 근거는 병역법 65조 1항 1호인데, 병사로 입대하여 만기 전역이 아닌 조기에 전역할 수 있는 근거가 되는 병역법의 법령이 몇 가지 있다.

(1) 병역법 제63조 1항 본인이 아니면 가족의 생계를 유지할 수 없는 사람

즉, 군복무 중에 생계곤란을 이유로 당사자가 원한다면 전시

근로역에 편입
  (2) 병역법 제63조 2항 부모 · 배우자 또는 형제자매 중 전사자 · 순직자가 있거나 전상(戰傷)이나 공상(公傷)으로 인한 장애인이 있는 경우의 1명

즉, 군복무 중에 부모나 형제가 국가유공자가 있는 경우 당사자가 원한다면 복무기간을 6개월로 단축할 수 있고 복무기간을 마친 사람은 보충역 편입 또는 소집해제.
  (3) 병역법 제65조 1항 1호 전상 · 공상 · 질병 또는 심신장애로 인하여 병역을 감당할 수 없는 사람

즉, 군복무 중에 군병원에서 의무심사를 받고 신체등급과 상이등급을 받고 의병 전역한 사람

이렇게 전역하는 경우 병적증명서에 전역사유가 "본인 전.공상" 혹은 "의병"으로 나온다.

고석규의 의병 제대는 (3)에 해당한 것으로 판단된다. 그의 첫 일기인 와습기(臥拾記)의 기록이 1951년 10월부터 11월 25일 자까지 남아 있는데, 이 기록은 후방 병원에 입원하고 있을 때 쓴 일기이다. 병원에 있으면서 흉열을 느끼고 출혈을 했다는 기록을 보면 그가 결핵을 앓고 있었음을 확인할 수 있다. 그리고 의병 제대 후 기록에도 폐결핵과 관련된 증상을 많이 남기고 있기 때문이다. 고석규의 일기 속에서는 그가 참여했던 전쟁터에 대한 이야기는 그렇게 많이 기록해 두고 있지 않지만, 자신이 전쟁 중에 지나갔던 양양지역의 기록을 특별히 남겨놓고 있다. 고석규는 그가 쓴 1954년 3월 23일 자 일기에는 다음과 같이 당시를 회상하고 있다.

나는 재작년(1952년 필자) 이맘때 강원도 양양군의 한 부락에 진

주하였던 우리 부대의 정보실에서 억울한 고문을 당하는 한 부인의 애원과 분노 그리고 눈물에 섞인 까만 표정을 생각하였다. 부인은 며칠토록 자리에서 일어나지 못하였고, 그 부은 얼굴을 한 여인의 집 앞까지 — 여인의 남편은 산으로 갔고, 여인은 두 어린애를 달고 그대로 남아 있었던 것인데 거기에 혐의가 있었던 까닭이다. — 바깥에 물을 담으러 갔을 때의 무어라 형용할 수 없는 적재의 가책과 동정이 이러한 그 날을 다시 생각한 것이다. 비참이라고 단정하기 어려운 이 지경의 사료(思料)를 나는 무엇 때문에 머리에 떠오르게 하였던 것일까.

남편이 산으로 갔다는 것은 인민군에게 협력했다는 혐의를 받을 수밖에 없다. 그래서 집에 남아있던 그 부인은 국군이 양양에 진주하자 심문 대상이 될 수밖에 없었고, 사상과는 무관한 이 부인은 억울하게 군인들에게 붙들려 와서 심문을 받았던 것이다. 그 비극적 상황이 극심했기에 심성이 예민했던 고석규는 가책과 동정이 발동해서 다시 떠올리고 있는 것이다. 한국동란 중에 있어서 양양지역의 전투는 한국전쟁의 비극사를 대표하는 하나의 지역이다. 양양이 처한 지리적 위치에서 기인된 기구한 운명이었다.

양양은 1945년 8·15 광복과 더불어 남북이 분단되어 속초읍, 토성면, 죽왕면, 양양면, 강현면, 손양면 전역 및 서면 대부분이 북한 치하로 넘어가고, 남한에 남은 현남면, 현북면, 서면 일부는 강릉군에 편입되었다. 한국전쟁 휴전으로 양양군 전 지역이 수복되고, 1954년 11월 수복지구임시조치법 시행에 따라 강릉군에 편입되었던 지역이다. 이러다 보니 전쟁으로 인한 피해도 많았지만, 사상적인 대립으로 인해 민간인의 피해가 극심했던 지역이다. 양양군 문화원에서 펴낸『6·25

한국전쟁 시기 양양군민이 겪은 이야기 Ⅱ』에 실린 일부를 통해 당시의 상황의 일부를 살펴볼 수 있다.

(1)

서면 용천리에 살았었는데 6·25 한국전쟁 당시 중학교 3학년이었는데 그때 기차에는 군수물자만 실어 나르고 사람들은 태우지 않았다. 아버지가 월남하려는 자들을 안내해 주는 일을 한 월남방조사건에 연루되어 원산 감옥에 1년간 수감 되었다가 50년 6월에 만기 출소하였는데 군수 물자수송으로 기차를 태워주지 않아 걸어서 나오셨다.

우리 형제들이 월남하였으니 아버지를 믿고 월남을 결심한 사람들이 안내를 부탁했던 것이다. 아버지는 한번에 2~3명씩 7~8번 안내해 주었다고 한다. 그러다 내무서원이 우리 집을 감시하고 있다고 마을 사람들이 알려주었지만 잠복하고 있었던 내무서원에 잡혀 양양 내무서에서 재판을 받고 원산형무소에 갇힌 것이다. 1950년 5월 이전부터는 인민군들이 기차에 군수물자를 싣고 와서 월리아카시아 밭에 탱크를 숨겨놓고 밤에는 38°선 근처로 옮겨갔다. 동네 사람들이 자연히 흰 패와 빨간 패로 나뉘었다. 우리는 형과 사촌들이 서울로 공부하러 갔기 때문에 흰 패라 하였다. 작은형은 인민군에 입대하여 전쟁에 나갔는데 포로가 되어 거제도수용소에 있다가 반공포로 석방할 때 돌아왔다. 그러니 형제가 형은 국군, 동생은 인민군으로 전쟁터에서 싸운 것이다.

1·4후퇴 때 우리는 용천에 살았는데 국군 대대 본부가 우리 집이었다. 군인들이 곧 후퇴를 하는데 인민군이 집을 사용하기 때문에 이 집은 우리가 태우고 나갈 테니 먼저 나가라고 했다. 벌써 양양 읍내는 화재가 나서 밤하늘이 벌겋게 밝아있었고 주인을 잃은 짐승들의 울음소리가 밤하늘에 메아리쳤다. 소등에 질매를 얹어 짐을 싣고 남은 곡식들은 땅에 묻고 소 3마리를 끌고 피란을 떠났다. 첫날밤은 현남 광진리까지 가서 어두워서 어떤 기와집에 들어가니 주인은 없

고 쌀도 놔두고 떠나서 우리는 주인처럼 밥을 해 먹고 경포까지 갔다. 주문진에 가니 인민군이 벌써 와 있었다. "어디서 사는 사람인데 여기까지 왔소. 인민들이 자기 고향에 있어야지 왜 여기까지 왔소. 고향으로 가시오." 우린 겁을 먹고 북으로 가는척하다가 강릉 경포까지 나갔다. 산에서 내려다보면 비행기가 폭탄을 투하하는 모습도 볼 수 있었는데 인민군에게 폭격을 해서 인민군이 쓰러지면 몇이 그 부상한 동료를 끌고 도망가는 모습도 보았다. 폭격에 다 죽을 것 같았지만 숨으니까 많이 죽지는 않았다. 모두 귀한 집 아들인데 폭격으로 죽이는 모습이 너무 불쌍했다. 총에 맞아 죽는 사람도 많지만 전염병에 걸려 죽는 사람이 더 많았다.

이번엔 헌병을 만났다. 헌병은 심부름을 시키고 군인들의 잔일을 하는 쑈리를 하라고 했다. 우리가 따라가면 건빵을 많이 주었다. 배가 고플 때 그 건빵 맛은 참 좋았다. 아버지는 우리는 배가 고파도 한군데 있어야 한다며 못 가게 했다. 강릉에서 식량이 모자라서 소 두 마리는 식량과 바꾸어 먹었다. 밥 얻으러 다니지는 않았지만 평소에는 초상집에는 가지 않다가 피란을 가서는 그런 집이 있으면 꼭 찾아가서 한 끼라도 해결하였다. 다시 국군이 양양을 탈환하여 고향으로 남은 황소 한 마리를 끌고 오는데 주문진 교황리 청년 몇이 쫓아와서 자기네 소라고 빼앗았다. 그쪽이 숫자가 많다보니 어이없는 일이 벌어졌다. 마침 서울 있던 사촌 형님이 주문진에 경찰로 와 있어서 고발하여 소를 찾아 올 수 있었다. 그들도 인민군에게 소를 빼앗기고 다른 사람에게 떼를 쓴 것이다. 그 사람도 억울해서 그런 것이니 혼내지 말라고 부탁하고 왔다. 집은 타 없어지고 묻어둔 곡식들은 모두 파 헤쳐져 있었다. 우선 집 탄 자리를 치우고 온돌에 흙과 돌을 섞어 쌓고 지붕은 솔가지나 풀을 이어 비를 가리게 하고 살았다.

국군이 양양에 입성하여 마을마다 부역이 배당되었다. 우리는 아버지가 병약하여 내가 대신 나갔다. 군용차로 도착한 곳은 고성 건봉사 근처 공병 대부대였다. 도로 보수나 길을 닦기도 하지만 탄약과 보급품을 지고 산 위로 운반하는 일을 했다. 몇 번을 나르고 있었는데 내가 나이가 어리다고 철모에 벗겨진 글씨를 칠하고 잔심부름을 시켰다. 껌, 비스킷 등 과자도 먹을 수 있어 좋았다. 약 1개월을 있었는데 동료가 집에 가지 말고 같이 다니자고 했지만 돌아왔다.

집에 돌아와 얼마 있으니 학교에 가라고 해서 학교에 가니 벌써 다른 아이들은 학교에 다니고 있어 중학교 3학년에 들어가니, 군인을 갔다 온 학생도 있었는데 나보다 나이가 3~4살이나 더 많았다. 교실은 서성용이네(현재 구교리 태산연립 앞 헬스장)불탄 방앗간에서 멍석을 깔고, 군인들 쓰고 남은 포탄상자로 만든 책상에서 공부를 했다. 고등학생은 거의 인민군 나가고 살아서 돌아온 학생은 몇 명 되지 않았다. 고등학생부터는 깎은 목총을 내주고 제식 훈련과 총검술을 가르쳤다. 이승만 대통령이 물치 비행장에 왔을 때 학생들이 행사에 참가하였다.

－노재춘/ 남, 83세, 양양읍 구교리. 면담일 : 2015. 6. 13.

(2)

양양보통학교 5학년 때 해방이 되었고 북한 정치에서는 학교에 다니지 않고 집에서 농사일을 도왔다. 할아버지가 공산당을 아주 싫어했기 때문에 아버지도 나도 공산당을 싫어하게 되었다. 벼농사는 논이 빠지는 수렁논이라서 소로 갈지 못하고 쇠스랑으로 논을 일구어 농사를 지었다. 그렇게 힘들게 농사를 지어 놓으면 인민군이 다 가져가고 남는 것이 적으니 싫어했다. 또 17세인 누나는 민청에서 밤을 세워가며 학습을 시키고 새벽에 집에 돌아왔다. 나는 15살로 조국보위 훈련을 한다고 목총을 가지고 총검술을 배웠는데, 남자만 하는 것이 아니고 여자들도 섞이어 같이 훈련을 했다. 1950년 초엽에는 약 500여 명이나 되는 청년들을 조산국민학교에 모이게 한 다음 옛날 목욕탕 솥처럼 생긴 큼직한 솥을 걸어놓고 밥을 해 먹여가며 각개전투 훈련을 받았다. 그러면서 이제 부산만 남았으니 남조선도 곧 해방을 시킬 수 있으니 우리 모두 전투에 나가자! 고 선동했다.

얼마 후 훈련 받은 500여 명의 청년들은 원산으로 올라가서 열차

를 타고 낙동강 전선으로 내려갔는데 그때 우리 동네에서도 15명이
나 갔지만 나는 어리다고 내년에 나가라고 하면서 집으로 보내주었
고 그때 낙동강 전선으로 내려간 형들은 한 사람도 돌아오지 못했다.

10월이 되자 국군이 양양에 들어왔을 때 나는 청곡리 김기환과
함께 치안대에 입대하여 양양 감리교회 마당에서 약 50여 명의 청년
들과 함께 제식훈련과 총검술을 받았다. 후에 대원들이 150여 명이
되자 소대를 편성하여 양양국민학교 교실에서 침식을 하다가 다시
중고등학교 운동장에서 6개월간 다니며 훈련을 받았다. 그 후 방위
대에 편입되어 설악산에 파견되어 민가에 내려와 민간인들을 괴롭
히는 공비들을 잡는 임무를 받았다. 그해 국군은 압록강까지 진격했
다가 중공군이 쳐내려오자 12월 말 국군이 후퇴를 하면서 북에서 다
시 내려오는 인민군이 들어가 사용한다고 집집마다 불을 싸 놓으면
서 1·4후퇴가 시작되었다.

그때 어떤 부대 소령이 불을 놓으라고 해서 강현면 방아다리, 적
은리, 방축리를 태우고 내일은 감곡리와 우리 마을을 태울 차례인데
우리 집은 남에 손에 맡기느니 차라리 내 손으로 태우겠다고 마음먹
었다. 그러나 하루 전날 미리 태울까도 생각하였지만 이튿날 태우려
고 했다. 그런데 무슨 사정이 생겨서인지 우리 마을은 태우지 않고
바로 후퇴하여 우리 집은 화재를 면하였는데, 그때 미리 태웠더라면
큰 일이 날 뻔 했다. 그러나 불을 태웠던 다른 집들은 논바닥에 터를
잡고 문짝으로 가리고 생활을 하니 안타까웠지만 우리 집은 다행이
라 했다. 1·4후퇴 당시 국군부대는 우리에게 말도 없이 후퇴하여
우리 대원 7명은 나중에 후퇴하여 인구에 나가서 본대에 합류할 수
있었고, 나는 이때 우리 부대 이름이 4863 방위부대라는 걸 거기서
알았다. 우리 부대는 강릉까지 후퇴하였다가 전열을 갖춰 다시 북진
명령이 떨어졌다. 그때 피란민들은 계속 남쪽으로 내려갔지만 우리
부대는 북쪽으로 진격해 갔다. 그러나 그해 눈이 많이 와서 바닷가
동호리에서 밥을 해먹으면서 묵게 되었는데 북으로 들어오면서 보
니 동호리 기차 굴속에 피란민들이 많이 모여 있었다.

당시 대원들에게는 부대 소대장이 수류탄 2개와 M1 소총과 탄알 40발을 부대원들에게 지급해주어 어깨에 메고 동료 6명(청곡리 추두엽과 임명우, 감곡리 김순응, 송암 이기한, 상운리 윤상덕, 양혈리 김희중)과 북진을 하는데 눈이 많이 내려 힘들게 감곡리로 들어오니 눈은 가슴께까지 찼다. 대원들은 눈을 헤치고 감곡리를 지나 청곡 5반(당시 간동리)에 있는 남영이네 집과 무만이네 집에 나누어 들어가 묵고 있었는데 아침 절에 7명의 인민군들이 국군 옷차림으로 위장하고 총에는 태극기를 꽂고 신발에는 설피를 신고 무만이네 집으로 들이 닥쳤다. 그때 우리 대원들은 막 아침밥을 먹으려는 참이었으나 우리는 그들을 향해 손들어! 하고 소리를 지르니 위험한데 총을 치워, 국군 동무인데 총을 겨누지 마라! 우린 증명서 다 있어! 하는 그들의 기만술에 속아 넘어가 국군이 왔다면서 좋아했다. 그런데 순간 동무하는 소리를 듣고 임명우가 수류탄 핀을 뽑으려는데 그자들이 먼저 총을 쏴서 수류탄을 안고 앞으로 꼬꾸라져 죽었고, 윤상덕도 총에 맞아 죽었다. 그때 안방에 있던 무만이 작은 아버지는 남자의 낭심에 파편을 맞아 다치고 조카는 손가락이 절단되었다. 다친 조카는 나중에 닭을 두 마리나 잡아 절단 된 손가락에 생닭 살을 처매고 치료를 하였다. 그때 나는 재빨리 눈치를 채고 깊은 눈 속으로 파고 들어가 숨었지만 다른 한 명은 총에 맞아 죽었다. 그리고 남영네 집에 있던 다른 대원 3명은 총으로 개를 잡아먹고 까마귀 등을 잡는데 총알을 다 쓰는 바람에 총알 3발밖에 남지 않아 총을 제대로 쏴보지도 못하고 잡혀갔다. 인민군들은 대원 3명을 끌고 가다가 감곡리 방면의 굴속에서 총으로 쏴 죽인 것을 나중에 확인 할 수 있었다. 결국 인민군들의 위장술에 속아서 전부 몰살당하고 나만 눈 속에서 살아났다. 그때 내 나이 17세였다.

사고 후 우리 대원이 당한 것을 알고 삽존리에 주둔하고 있던 김기한이 찾아와 상황 파악과 사고 경위를 조사한 다음 나와 같이 부대장에게 상황을 보고했다. 그리고 며칠 후 대장이 나를 보고 "너 이북에 한번 갔다 오라고 하면서 만약 못 간다고 하면 총살이다."라고

하며 상관의 권위로 명령을 하면서 겁을 주려고 한 것인지 호통을 친다. 그리고는 부대가 삽존리에서 금풍리로 이동하더니 나에게 민간인 복장을 하고 북한 증명서도 만들어주고는 무기인 총과 대검은 주지 않고 북으로 침투해 들어가서 인민군이 어디에 몇 명 있는지, 포가 몇 문인지 알아오고 사람까지 데리고 나오라고 했는데 그때 최전방은 속초 청대리였다. 나는 청대리에 가서 함석집을 찾아들어가 그 집 아이를 데리고 가겠다고 하니 밥을 잘 해주면서 주인 아주머니가 큰 절을 하며 잘 대해 주어 그 집 아이는 못 데리고 가고 바로 그 옆집으로 가니 마침 14살짜리 남자 아이가 있어 그 아이를 보고 "내가 길을 모르니 나를 안내해 달라"고 하고 그 아이를 데리고 나오는데 그 집 엄마가 맨발로 산 중턱까지 쫓아와서 애를 못 데려간다고 하여 애를 먹었다. 나는 그 아이와 부대에서 같이 지냈는데 두 번째 명령이 떨어졌다. 이번에는 내가 데리고 나왔던 14살짜리 아이와 그리고 부대원 1명을 더 데리고 3명이 고성 운봉산 근처로 들어가니 인민군 집결지와 사방으로 인민군초소가 즐비하다. 그리고 몸을 가볍게 하려고 옷도 벗어 버리고 간편하게 하고 신평리까지 뛰어 국군 1중대에 내려가니 초소에서 "손들어!"라고 할 때 내가 어물어물하니 "왜 어물어물하느냐? 인민군이야." 하며 소리를 쳤으나 그 초소병은 바로 우리 신분을 알아차린 것 같았는지 들어오라고 한다.

나는 바로 보초와 같이 가서 대장에게 적의 주둔지 규모와 동태를 보고하자, 국군 1중대에서는 인민군의 대부대로 확인이 되었는지 천진리로 후퇴하고 바닷가까지 철조망을 치고 그 앞에서 암호만 틀리게 대면 위협사격을 해댔다.

세 번째 명령은 미시령과 진부령 사이인 신평 위에 있는 새이령에 가서 적정을 탐지하고 오라고 하여, 오후 4시에 저녁을 먹고 청곡리 정춘영과 감곡리 최돈자와 함께 갔다. 부대에서는 최종 목적인 적의 주둔지의 인민군병력의 숫자와 보유하고 있는 각종 무기종류와 수량 등을 알아 오는데 꼭 그 증거가 되는 표식을 가져와야 한다고 했다. 부대원들은 인적이 없는 길을 따라 새이령으로 올라가니 집들은 썩어서 문패도 없어 증거를 구할 수가 없어 또 다른 곳을 수색하니 마침 집 한 채에 사람이 있는 것 같은데 엎드려 숨어서 지켜보니 아이를 업은 아주머니가 내려온다. 그 아주머니에게 물어보니 인민군 9명은 지금은 보초를 서러 나가고 방에는 다친 환자들이 있다고 했다. 우리는 그 아주머니를 막 드려 보내자 방안에서 "밖에 누구요?"하고 소리가 나자 아주머니는 "아무 것도 아니래요."하고 대답한다. 우리는 작은 소리로 저 놈들의 총이라도 빼앗아 가려고 숨어서 살피니 그들은 손으로 총을 잡고 있었다. 그래서 나는 공연히 문제를 일으켜 사고를 당하지 말고 그냥 갑시다. 하고는 밤중이라 앞이 잘 보이지 않고 혹시 지뢰를 매설했거나 방향감각을 잃어 우리도 모르는 사이에 인민군이 지키고 있는 곳으로 갈까봐 오던 길로 내려 왔다. 가랑잎이 가슴까지 차고 여우가 짖어 개울에 빠져 옷이 젖고 산길을 달리다 보니 밤이라 앞이 잘 보이지 않아 눈앞에 서 있는 회초리 같은 나무 가지가 눈을 때려 눈이 아플 때도 있었다. 그러나 캄캄한 야밤이라 쉬지도 못하고 산 아래까지 정신없이 내 달려 HID 제2 지대에 도착했다. 이렇게 몇 번의 죽을 고비를 넘기고 적진에 침투하고 돌아오니 집에 가라고 보내 주었다.

지금까지 적지에 침투했던 것은 군번도 없이 임무를 수행했기 때문에 집에 와 있다가 다시 국군에 입대 영장을 받고 논산 훈련소 제22연대에서 훈련을 받고 6사단에 부대 배치되어 말년에 연대 주번 사관까지 하고 제대하였다.

－추두엽/남, 88세, 양양읍 청곡 1리, 면담일: 2017.11.14.

이렇게 양양 지역은 한국전쟁 시기에 남북한의 이념 갈등의 폐해가 극심했던 곳이었다.

1. 와습기(臥拾記)에 나타난 고석규의 사유와 글쓰기

한국전쟁에 참여했던 고석규는 후방 병원(그의 1954년 10월 11일 자 일기에는 상통병원으로 기록되어 있음)에 입원해서 자신의 지친 몸과 영혼을 수습하는 시간을 가졌다. 그때의 기록을 고석규는 와습기(臥拾記)라는 제목의 일기로 남겨두었다.

1951년 10월로 기록되어 있는 일기의 첫 문장은 다음과 같이 시작하고 있다.

> 나의 현실은 끓고 있었다. 나는 끓는 현실이 사치가 아니었다는 것을 자랑한다.
> 어떤 열정의 방패로 시를 해석하고 싶다. 그러면 표현의식이란 나다. 주제는 나에게만 있는 것이다. 곧 내가 제2의 현실로 삶하는 것이다.

고석규는 1950년 한국전쟁에 참여한 자신의 현실을 '끓는 현실'로 이미지화하고 있다. 그 현실은 전쟁의 현실이었기 때문이다. 그 현실을 넘어서는 제2의 현실을 삶하고 싶어 시를 해석하고 싶다고 한다. 이는 시를 통해서 끓는 현실을 넘어서고자 함이다. 그러면서도 전쟁에 대한 회의를 풀어놓는다.

> 영국의 생동력 산문인 D.H 로렌스는 모든 혐오를 무릅쓰고 고국을 노래하는 가운데 "생존의 가장 큰 도표는 고국이다. 사람은 고국에 있어서 협력하고 생명력을 발생하여야 한다."고 적었다. 그리고 나에게는 조국이 삶의 도표를 떠나서 삶의 집결이라는 절실한 경험

이 있다. 나는 이름을 해석하지 않겠다. 그 이름은 천재가 아니요, 그 이름은 끝끝내 순수하지 않았으니까 …어려서 내가 생각한 것은 열렬한 풍경으로 전개되는 싸움이란 것이다.

전쟁은 싸움이 아니다. 국가는 고국이 아니다. 장구적인 쇠퇴와 피폐의 기만적 미명(美名)이다. 그러므로 전쟁에 있어서 나의 번뇌는 역급의 회의였던 것이다. 회의는 무력하고 머너먼 것이다.
일류전(환각)! 허무가 있는 공간에 전쟁이 연달아 가면 일류전은 꽃보다 많았었다. 개방되지 않은 지옥의 웃음… 전선으로 가는 선상에서 어느 학도병은 투신을 꾀하였는데 실상은 어려운 일이었다고 한다. 저항하지 못한 난립을…
전쟁은 악몽이라는 것이다. 전쟁은 생사의 단애와 같다. 아! 투신은 자실과 다른 것이다. 어떤 철학이 곤란한 고민을 대답할 수 있는가. 나는 깨치고 싶다.
　　　　　　　　　　　　－고석규 일기, 「와습기」, 1951년 10월

고석규에겐 조국이 삶의 도표인 것보다 제약 없는 삶의 집결을 만족시켜주는 제3의 존재로 남았던 것이다. 그래서 그는 조국에 광분하여야 했다고 말한다. "귓머리에는 분명히 꺼지지 않는 이름, 조국의 이름이 구출을 아우성치는 것이었다. 나는 이를 '아버지의 나라'라고 불렀다"는 것이다. 그래서 "죽어도 애착하며 이밖에 아무런 아부도 나를 움직이지 못하니 부패한 현실의 수립은 '아버지의 나라'의 신성한 이름"을 부르게 하였다. 이때에 주혈(注血)은 희생이 아니요 아프지 않은 의무인 것을 나는 알았다. 그것이 『차탈레이 부인의 사랑』의 작가와 다른 점이다. 고석규가 한국전쟁에 뛰어들 수밖에 없었던 그의 마음의 저변을 이해할 수 있는 장면이다.

병사(炳含)에 누워 시간을 보내는 고석규에게서 떠나지 않는 사념은 전쟁과 전쟁이 남긴 잔상에 대한 사유들과 북에 두고 온 영(羚)에 대한 상념이다. 먼저 전쟁이 남긴 잔상들을 살펴본다. 그 장면들은 1951년 10월 26일 자 일기에 시적 사유로 기록되어 있다.

'일류전'－전쟁 중에 많은 것이 이것이다. 전쟁 종식에 허무가 탄생하여 만연하던 공간의 엄청난 괴멸이 또한 일류전을 빚어내었다.
'총성은 평화를 갈구하는 천사의 음성이다." 이같이 부르짖으며 빙그레 웃던 어린 학도병이 00고지 탈환 전투에서 전사당하였다. 또한 전선으로 가는 선상(船上)에서 자살을 꾀하는 미숙한 농촌 청년의 나약한 의지를 잊을 수 없다.
전쟁은 모든 '의지에 환멸'을 주고 이것이 잔유하며 사랑의 총량으로 만들어졌다. 이 때에 정신이란 석고이며 이미 개방되지 않은 지옥의 힐문으로 허덕이게 된다.
싸움의 의의는 여기에 대답을 못하여 오히려 자체를 감추어 숨겨버렸다. 무의 사유도 대답할 수 없어 그대로 가버려 남은 것은 저항하지 못하는 육체만이어서 총성이 평화를 갈구하는 천사의 음성이었다고 비명에 보태어 새길는지 나도 모른다.
그러나 싸우는 자신이 비열하게도 전쟁의 성공을 바라지 않았고, 오히려 진통없는 종군이 계속되는 것을 양심 있게 체험하였을 뿐이다.
싸우는 일은 끝끝내 악몽의 피력이며 행복없는 생별의 단애와도 같이 번민된다. 전장에서는 평화신의 군림을 갈구하지 않는다. 피터지는 자각이 이것을 제패하는 것이다.
오히려 사신이 쫓는 가벼운 싸움의 의미를 나는 해득하지 못하였다.
부러진 비목이 침묵하고 범연히 세상이 감사하지 않는 불시의 죽음을 나는 노래하고 싶다.
"투신(投身)은 자살과 다른 것이다."

전쟁이 거듭되는 때에 많은 연상이 출몰한다. 전진(戰塵) 속에 피어나는 참다운 고뇌의 종적이며 그 힘의 보증인 것이다.

제 스스로 절망에 이르는 간격에는 극기(克己)의 기선(岐線)이 가로 놓인다.

투쟁의 현실은 심리의 변화한 난무에 비할 수 있다. 서투른 사랑이 그들에게만 있어질 것을 기쁘게 희구하였다.

—고석규 일기 「와습기」 중, 1951년 10월 26일

다양한 전쟁의 잔상을 떠올리며, 고석규는 그 전쟁이 지닌 의미를 사유하고 있다. 그 의미는 하나의 결론에 이르는 사유가 아니라 다양한 생각들의 난무에 가깝다. 전쟁과 평화, 전쟁과 죽음, 전쟁과 자살 등 죽음을 눈앞에서 경험한 자의 극한 상황들이, 삶의 부조리들이 사유의 길을 내고 있다. 그의 <현대시의 전서(傳書)>에는 이러한 전쟁을 다시 나름의 입장에서 규정하고 있다.

전쟁은 체념을 낳지 않고 전쟁은 비롯함으로부터 이 체념과 같이 통과하는 돌변한 '의지의 위치'에 앉아 있다. 강렬하게 심오하도록 체념을 불어 이루는 것은 전쟁이요, 전역의 계속함이요, 삶의 현대적 구속이며 평화의 맹목적인 해설과 기구이며 나아가서는 죽음의 진정한 위협이었다. 그것은 오늘 기일도 없이 진전도 바랄 수 없는 우리나라 사변이 뚜렷이 말하는 것이다.

고석규가 인식하는 전쟁은 결국 '죽음의 진정한 위협'이었음을 밝히고 있다. 이는 어쩌면 너무나 평범한 진술 같지만, 전장에서 동료의 죽음을 경험한 자만이 토로할 수 있는 내면의 목소리이다.

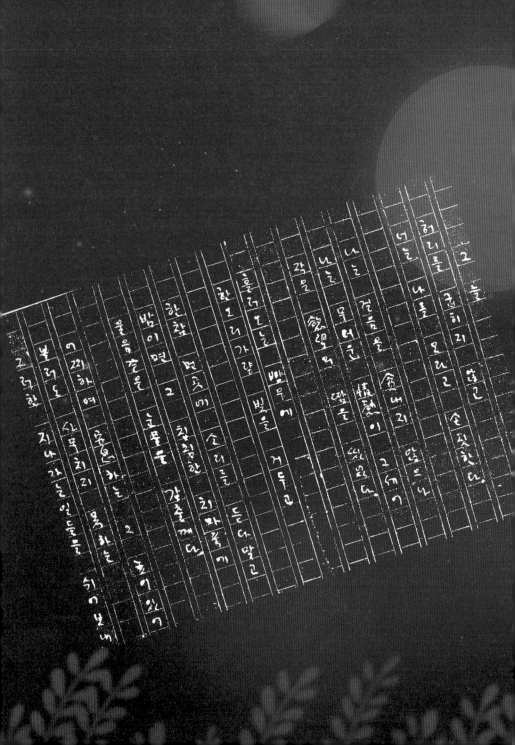

▋ 제5장 ▋

부산에 정착하여
부산대학 국어국문학과에 입학하다

전쟁터에서 발병하여 전선에서 후송되어 병원 생활을 하던 고석규는 1952년 3월 2일 조기 제대한(군번 0386003) 후 부산대학에 진학하게 된다. 대학 진학을 준비하면서 해결해야 할 과제가 하나 있었다. 대학입학을 위한 학력의 문제였다. 그는 1932년 9월 7일 태어났다. 그러므로 일반적인 경우로 산정해 본다면, 초등학교 입학이 1940년이고, 1946년에 초등학교를 졸업한다. 그 후 1946년에 흥남초급 중학교에 입학(당시 3년제)하고, 1949년 초급중학교를 졸업하고, 1949년에 흥남고급중학교에(입학당시 3년제) 입학한 것으로 보인다. 그런데 1950년 말 한국동란 중에 월남하면서 고급중학교를 졸업하지 못했다. 2학년 학력밖에 되지 않았다. 당시로서는 대학입학에 필요한 고등학교 학력이 없었다. 북한에서 고급중학교를 졸업하지 못한 채 월남했기에, 학력이 인정되지 않아 임시 청강생으로 있다가 1952년 4월 21일

대학에 정식으로 입학하게 된 것이다. 그의 부산대학 학적부에 나타나 있는 최종학력은 흥남고급중학교로 나타나 있고, 입학자격은 임시청강생으로 기록되어 있는 것이 이 사실을 밝혀준다. 입학 당시 주소는 부산시 범일동이었고, 부친은 그곳에서 개업의사로 활동하고 있었다. 부산대학 입학을 위해 치렀던 면접장에서 처음 만났던 장관진 교수의 기록은 당시 고석규의 면모를 생생하게 들려주고 있다.

내가 고석규를 처음 만난 것은 1952년이다. 지금 대신중학교 자리에 있던 부산대학교 대신동 교사 백강당에서, 윤인구 총장이 직접 면접시험을 보고 있던 대기실에서였다.

수험번호는 내가 9번이고 그가 7번이었던 것으로 기억된다. 앞뒤로 모두 여학생들이었고 가운데 서 있던 우리 두 사람은 군복차림이었는데 나는 그때 현역 일등중사의 계급장을 달고 있었다. 그 자리에서 그는 대학 시절이나 그 이후까지도 그의 독특한 용모로 기억되지 않을 수 없는 아무렇게나 벗어 넘긴 텁수룩한 머리 모양새로 나에게 "형씨, 아직 군인이요? 라고 말을 건네왔다. 그 날 면접을 마치고 나오다가 우리 두 사람은 경남상고 벽쪽에 붙어 있었던 어느 막걸리 집에서 금세 의기투합한 사이가 되어 많은 이야기를 했다. 주로 전쟁 이야기를 했던 것으로 기억된다.

그는 "수아자야 무으로 가져 오라" 하고 소리치는 순 함경도(함흥) 친구다. 6·25가 나자 병원을 경영하던 그의 부친이 그를 단신 피난시킨 것이 가족과 헤어지게 된 동기가 되었다고 들었다. 그는 생사조차 묘연하던 그의 부친을 뜻밖에 어느 전장터에서 만나게 된다. 그리하여 이 부자는 함께 부산으로 오게 되었고 그의 부친이 자성대 근처에 소아과 병원을 개업함으로써 생활의 안정을 되찾게 된다. 그러나 북에 두고 온 어머니와 여동생을 늘상 그리워했던 그는 술을 마실 때면 우수에 찬 모습으로 전축에 '겨울나그네' 판을 올려

놓고 눈을 지그시 감기 일쑤였다. 그의 노래 솜씨는 그다지 뛰어난 편은 못 되었지만, 그의 18번은 강한 바이브레이션이 들어간 <솔베이지의 노래>였다.(장관진의 「고석규의 편모」 중에서)

고석규는 부친과 만나 부산에 정착한 후 곧 부산대학교 국어국문학과에 1952년에 입학하게 된다. 학부를 졸업한 후 그는 연이어 대학원에 입학했다. 활발한 문학 활동을 하다가 점차 문학평론과 시연구에 관심을 두기 시작했다. 그의 시연구 상황을 살피기 전에 부산대학 국어국문학과의 초창기 역사를 먼저 둘러보기로 한다. 그 내용은 『부산대학교 국어국문학과 50년』(부산대학교국어국문학과50년사 편찬위원회, 1998)에 근거한다.

1. 국어국문학과의 태동과 초창기의 발자취

1) 태동기

국권회복을 기화로 하여 우리나라의 교육계는 식민통치로 인해 억압되었던 교육열이 되살아났다. 이와 함께 일제 시대의 억압적이고 폐쇄적인 정책과는 전혀 다른 미군정의 고등교육 권장 정책에 힘입어 부산에도 고등교육기관을 설립하기 위한 열기가 가득했다. 그러한 노력의 산물이 1946년 5월 15일 기존의 수산전문학교에서 대학으로 승격한 수산과대학과 새로 설립한 인문과학대학의 양대 단과대학을 갖추고 개교한 국립부산대학교이다. 부산대학교는 그 해 9월 2일 시험을 통해 각각 150명의 예과 학생을 모집하고, 9월 24일 부산수산대학

강당에서 입학식을 치르게 되었다.

그러나 출발 당시부터 불협화음을 보였던 인문과대학과 수산과대학은 1948년을 고비로 완전 결별을 선언하고 인문과대학을 주축으로 한 새로운 부산대학이 설립되었다. 이리하여 1946년 9월에 개설되었던 부산대학 예과는 1948년 7월 8일 132명의 수료생을 배출함과 동시에 학제의 개정에 따라 발전적으로 해체되고 문리학부와 상학부를 중심으로 한 새로운 학부가 개설되었다. 문리학부는 크게 인문학과와 사회과학과, 자연과학과로 나누어졌는데, 인문학과에 국문학전공, 영문학전공, 사학전공, 철학전공으로 나뉘었다. 1948년 9월 20일 국문학전공 학생으로 강인선, 박태권, 이상대, 이정호, 정운철, 정학영이 입학함으로써 오늘날의 국어국문학과는 비로소 탄생되었다.

2) 요람기

개교 후 비록 예과이기는 했지만, 국어국문학과의 산파역을 맡은 이로는 <한글맞춤법> 강의를 담당한 강성갑과 <국어>를 담당한 유열, 그리고 초빙강사였던 박지홍 등이 있었으나, 아무래도 실질적인 국어국문학과 교수로서는 연희전문을 중퇴하고 1947년 9월에 조교수로 부임한 허웅에서 시작되었다고 볼 수 있다. 허웅 교수는 부임 당시 본과가 없었고 예과만 있을 때여서 교양과목인 <국어>를 주로 담당하였다.

그러나 인문학과에 국문학전공이 개설되면서 국문학전공 교수가 된 허웅은 1948년부터 본과 강의가 시작되자 문학과목은 자기가 가르칠 수 없다고 판단하여 당시 동래고등보통학교 선후배 사이로 8월에 서울대학교를 막 졸업한 정병욱을 전임강사로 초빙하였다. 실제로 당시 개설된 국어국문학전공의 과목은 <국문학사>, <국문학연습>, <국어학연습>, <현대국문학론>, <국어강의> 등으로 문학이 압도적으로 많이 개설되어 있었다. 그 결과 최초의 학과장인 허웅의 추천과 고등학교 은사 추월영의 격려를 얻어 부임한 정병욱은 부산 동대신동 2가 411번지에 허웅과 한 지붕 두 가족의 보금자리를 마련하고, 초창기 국어국문학과의 기반 조성에 심혈을 기울였다.

광복 후 각 대학은 미 군정청 문교부가 제정한 법령에 따라 180학점제를 실시하였는데, 1학년은 학기당 33학점 이내, 2학년은 학기당 29학점 이내, 3·4학년은 학기당 25학점 이내에서 각각 이수할 수 있게 되어 있었다. 그러나 부산대학은 외국의 교내 개방강좌(university extension) 제도를 도입해서 야간대학처럼 연장 강의가 있었으므로 학점 취득에 구애가 없었다. 초기 국문학과 학생들은 대부분 더 많은 강좌를 듣기 위해 애를 썼고 실제로 대부분의 수강자들은 200학점 이상을 이수하였다.

1949년 9월에는 법학부가 신설됨과 동시에 인문학과도 사학전공과 철학전공이 사회과학과로 자리를 옮기고, 국문학과 영문학전공만이 남는 등 약간의 변화가 있었다. 그리고 1950년 6월 1일에는 일본 와세다대학부설 제일고등학교를 졸업한 뒤 1936년 조선일보 신춘문예에 「寺下村」으로 등단하면서 본격적인 작가의 길을 걸어왔고 1949년부터 강사로 출강해 온 김정한이 조교수로 부임하였다. 이로써 국어학(허웅), 고전문학(정병욱), 현대문학(김정한)의 교수진이 온전하게 갖추어진 국어국문학과의 틀을 확립하게 되었다.

그러나 모처럼 참신한 분위기로 면모를 갖추었던 학과의 분위기는 한국전쟁으로 말미암아 위기에 봉착하였다. 징집 등으로 어수선한 데다 학교 교사(校舍)마저 미군의 전시 후방기지 병사로 접수되어 서대신동 교사로 복귀할 수밖에 없었고, 11월 하순경에야 서대신동 간선도로가에 있던 옛 경남자동차 학원을 임시교사로 차용해야 할 정도로 정상적인 학교활동을 위해 우여곡절을 겪지 않을 수 없었다.

이러한 가운데에서 1951년 5월 4일 '대학교육에 관한 전시특별조치령'의 공포로 세계교육사상 유례가 없는 '전시연합대학'이 이 지역 부산대학을 중심으로 설치되었는데, 이는 그나마 불행 중 다행으로 대학간 교류가 활발히 이루어지는 계기를 마련하였다. 그것은 대구에 정착한 고려대학교를 비롯한 2~3개 대학을 제외한 서울의 대부분 대학들이 부산으로 피난을 했고, 학생들은 근거리의 타 대학에서 강의를 듣고 수업을 이수한 것으로 인정을 받을 수도 있었으며, 대학교수들은 소속대학의 학생이 취학하고 있는 타 대학의 요청이 있을 때는 특별한 사유가 없는 한 수업을 담당하여야 하는 것이 법령으로 정해졌기 때문이었다. 특히 대신동 공설운동장 뒤편 대신중학교 옆 숲 속에 임시로 마련된 천막교실에는 서울대 문리대와 부산대학이 합동수업을 하게 되었으므로 <방언학>을 담당한 방종현 교수와 <한문학>을 담당한 이가원 교수 등 서울의 교수들과의 강의교류가 많았다. 이와 같은 사정은 김계곤(51)이 그 당시를 "부산대학 국어국문학과에는 국어학에 눈뫼 허웅 선생님, 현대문학에 요산 김정한 선생님, 고전문학에 백영 정병욱 선생님께서 솥발처럼 튼튼하게 받치고 있었을 뿐더러 서울에서 피난살이 하던 권위 있는 교수들이 강사로 출강하고 있어서 더욱 좋았다"(정병욱 선생과 나, 『백영 정병욱의 인간과 학문』, 신구문화사, 1997)고 회고하고 있는 글에서도 확인된다.

전시연합대학 시절의 교과과정으로 특이한 점은 매 학기 매주 6~8시간씩의 군사훈련이 부과되고 군사훈련학점으로 3~4학점을 이수했다는 점이다. 군사학과 군사훈련은 합동으로 송도 해안통 광장과 대신동의 동신초등학교 운동장에서 행해졌는데, 실제 48학번의 한 동문의 성적표를 살펴보면 1950년에 12학점, 1951년에 6학점 등 2년 사이 이수한 총 105학점 중 군사훈련 학점만도 무려 18학점으로 전체학점의 17%나 되고 있다.

1951년 9월에는 부산대학이 전시연합대학으로부터 독립하면서 피난 대학교수들의 강사초빙이 활발히 이루어져 국어국문학과도 국문학을 전공하는 김용호와 국어학을 전공하는 이희승을 초빙하였다. 1952년 3월 31일 전쟁의 와중에서도 국어국문학과 첫 졸업생 6명이 배출되었고, 1953년 2월에는 고전문학을 강의하던 정병욱 교수가 연희대학으로 자리를 옮겼으며 대신 9월에 장덕순 교수가 전임강사로 자리를 잡게 되었다.

그 해 6월 27일에는 당시 강사였던 김용호와 52학번의 고석규, 장관진 등이 주축이 되어 부산대학교 대신동 교사 백강당에서 제1회 시낭독회를 개최하였다. 이날 시낭송회에서는 자작시 13편과 이육사의 「청포도」, 한하운의 「삶」, 윤동주의 「별헤는 밤」 등을 윤송하였다. 이 행사는 문학인으로서의 자질을 유감없이 발휘하고 대학 내 문학적 기풍을 확립하는 계기가 되었다.

3) 기반 조성기

1953년 4월 3일 부산대학은 문과대학을 비롯한 6개 단과대학으로 구성된 종합대학교로 승격됨과 동시에 국문학과 모집 정원도 35명으로 불어났고, 8월 17일 대학원 개설이 인가됨으로써 1954년 4월 1일 17개 학과와 함께 석사과정을 개설하여 첫 대학원생 고석규(52학번)의 입학이 이루어지게 된다. 당시 대학원 석사학위과정은 24학점(전공과목 20, 부전공과목 4)을 이수하도록 되어 있고, 학과마다 3명 이상의 지도교수를 두었는데, 2명 이상은 반드시 부교수급 이상이어야 했으며, 입학시험의 과목은 전공·영어·제2외국어였다. 4월 30일에는 정병욱 교수의 뒤를 이어 국문학과의 산 증인이던 허웅 교수마저 성균관대로 자리를 옮겼는데, 당시 이들을 흠모한 김영송(50)·최응철(52)·고석규(52) 등은 국립대학끼리는 어느 대학에 가서 학점을 따도 인정을 받는 전시연합대학 법령을 이용, 끊어진 한강 다리를 배를 이용해 건넌 뒤 서울대 문리대에서 한 학기 강의를 받기도 했다. 돈독한 사제관계를 엿볼 수 있음과 동시에 당시 학생들의 끊임없는 학구열을 잘 보여준 예가 된다. 전시 연합대학체제가 사라지게 되자 이후 국어국문학과도 새로운 모습으로 틀을 다시 가다듬은 체제로 접어들게 되었고 그 결과 김정한 교수가 학과장의 보임을 비교적 오랫동안 맡을 수밖에 없었다.

1954년 새학기부터는 4년 과정 중 전반 2년은 일반 교양학과 장차 전공할 학과의 기초과목을 이수하고 후반 2년에 있어서는 전공과목을 이수하되 매 학기당 취득 학점을 24학점 이내로 제한함으로써 이전의 180학점제에서 160학점제로 변경되었다. 7월에는 서울대 중어중문학과를 졸업하고 경남고등학교 교사로 있으면서 50년 6월부터 출강했던 이경선이 전임강사로 부임하였다.

1955년에 동래캠퍼스 곧 장전동 효원캠퍼스 시대가 열리면서 문창대에서 처음으로 입학식을 치렀다. 4월 15일에는 일반 비사범계 졸업 자 가운데서 소정의 절차를 마친 자에게는 사범대학 졸업자와 동등하 게 중등학교 2급 정교사 자격을 부여하고, 교원 검정고시 합격자에게 는 중등학교 준교사 자격을 부여하는 교직과가 설치 인가되어 국어국 문학과에도 사학과 등과 함께 교직과가 개설되었다. 물론 이전 졸업 생의 경우도 그 진로는 다양하고 쉬운 편이었지만, 이를 통해 국문과 졸업생들의 교원 취업기회가 더욱 확대됨으로써 오늘날 부산·경남 의 중등학교 국어 교육계의 기초를 마련하는 데 큰 공헌을 하게 된다.

1956년 8월에는 중국상해 신화예술대 예술교육과를 졸업하고 자 유중국 대만사범대 국문연구소 연구원을 지낸 독립운동가 한형석이 국문학과에 전임으로 부임했고, 1957년 12월에는 동문교수 1호가 탄 생되었는데, 그 주인공은 국어국문학과 최초의 학번인 48학번 박태권 이었다. 박태권은 54년에 시간강사로 출강하고 55년에 법학과 전임 강사로 있으면서 국어국문학과에서 <교양국어>와 <국문법> 등 을 가르치고 있다가 졸업 후 직장(경남상고)까지 알선해 주었던 허웅 교수의 적극적인 추천에 의해 모교의 교수가 된 것이다.

1957년에는 부산대 총학생회에 의해 ≪효원≫이 창간되었는데, 김 정한, 이경선을 비롯한 교수와 황성록(54)을 비롯한 국문과 학생들이 필진으로 참가하는 등 국문학과가 중심축으로 활동하였다. 특히 이때 유치환·김현승·송욱·고석규 등과 함께 시동인지 ≪시연구≫를 창 간하기도 하였던 김춘수가 국문학과 강사로 초빙되어 활발한 시작활동 을 펼쳐 나감으로써 이에 힘입어 당시 학생들의 창작열은 고무되었다.

1958년 3월에는 드디어 국문학과 최초의 석사학위 취득자가 나오 게 되었는데, 그 주인공이 「시적 상상력」을 주제로 석사 학위 논문을 쓴 고석규(52)였다. 고석규는 시 창작 외에도 ≪부산대학보≫에 「해동기 작가의 연구－도스또예브스끼이와 그의 조국」(4호, 1957.7.10.)을 싣는 등 활발한 문학활동을 펼쳤다. 그리고 모교의 시간강사로 발령받아 2주간을 강의하고는 그 해 4월 19일 심장병으로 급작스런 죽음을 맞게 된다. 당시 고석규의 영결식은 윤인구 총장의 지시에 따라 대학원 광장에서 거행되었고, 현 동래구 명륜동 용인고등학교 옆에 묻혔다. 그해 10월 12일에는 고석규 시비 제막식도 거행되었는데, 참석한 윤 총장은 테니슨의 시구를 인용하며 추도사를 읽었다. 고석규의 죽음은 우리 국문학과뿐 아니라 우리 국문학계의 큰 손실로, 김춘수는 "한국 평론계는 한 사람의 진지한 아카데미상을 잃은 셈"이라고 안타까와 했다. 최근 고석규는 50년대의 대표적인 문학비평가로 재조명되고 있고, 유고집 『여백의 존재성』의 발간(1990, 도서출판 지평)과 함께 그의 업적을 기리는 <고석규문학상>도 1995년에 제정되어 현재까지 수상자를 배출하고 있다.

2. 학생 활동

문단 활동으로는 고석규(52)와 김학(56)의 활동이 두드러진다. 고석규는 1952년 11월에 <부대문학회>를 조직하고, 제1회 시낭독회를 개최하는 등 부산대학교 내의 문학창작의 기풍을 조성하였다. 1956년 1월에는 <부산문예비평회>를 조직하기도 하였고, 57년에는 『문학예술』에 평론 「시인의 역설－이상론」을 발표하여 평론가로서 본격적인 활동을 하기에 이르렀다. 그리고 1958년에는 손경하, 하연승,

장관진, 김일곤 등과 함께 ≪시조≫, ≪시연구≫ 등의 동인지를 만들기도 했다. 그의 이러한 활동에 대해서 동문이자 문학평론가인 이유식은 "고석규가 재학하고 있을 당시가 효원 문단으로서는 제1의 문예붐이 불었던 시대"(효원 14집, 1971)라고 평하기도 하였다. 또한 그의 석사학위논문이었던 「시적 상상력 – 시인의 역설」이 『현대문학』지에 연재되기도 했다. 그는 짧은 생애에도 불구하고 매우 많은 작품을 남겼다. 문학인으로서 고석규의 이와 같은 왕성한 활동이 오늘날 부산대 국어국문학과가 수많은 평론가를 배출해낼 수 있는 원동력이 되었을 것이다.

≪부산대학보≫에서는 고석규가 사망했던 58년도에 고석규 특집을 내어(14호, 1958.6.20.) 그를 기렸다. 여기에는 자작시「손」과 평론「현대시법의 반성 – 유추와 비유」가 실려 있고, 김정한 교수의「요절한 혜성 석규군을 생각한다」와 김소파의「젊은 날의 성좌 – 석규와 제1회 시낭독회」가 게재되어 그를 추모하고 있다. 당시 학과장이었던 김정한 교수는 글에서 "고석규에 대해서 이야기를 해달라는 것은 마치 애인을 잃은 사람에게 애인에 대한 이야기를 해달라는 것과 같고 자식을 잃은 부모에게 자식을 여읜 슬픔을 되씹으란 말과 같다"라는 말로 애제자를 잃은 슬픔을 드러내고 있다.

한편, 고석규와 같은 시기에 중앙문단에 등단한 이가 있으니 그가 바로 김학(56)이다. 김학은 57년『현대문학』지에 소설을 발표하면서 중앙문단에 정식으로 등단했으며, 58년에는 ≪부산대학보≫(12호, 1958. 4. 30)에「雷雨」를 발표하기도 했다. 그는 등단 이후 삼사 년간 활발한 창작활동을 하였으나, 그 이후는 거의 활동을 중단한 것 같아 아쉬움을 자아낸다.

50년대 국어국문학과 학생들의 활동상을 이야기하면서 빼놓을 수 없는 게 있으니 그것은 대학원 석사과정의 신설과 석사학위 취득자의 배출이다. 1958년 3월 고석규가 최초로 석사학위를 취득한 이후 59년 3월에만 모두 6명이 학위를 받았는데 이를 구체적으로 살펴보면, 김영송(「방점고」), 최두고(「김동인고」), 노재찬(「김동인 연구」), 장관진(「민속학의 수용에 의한 고전문학연구시고」), 한봉옥(「한국시의 현대성」), 김무조(「서포 김만중 연구」) 등이다. 이들 중 김영송·노재찬·장관진 등은 본교에 남아 연구와 후학 양성에 힘씀으로써 오늘날 부산대학교 국어국문학과의 발전에 크게 기여하였다.

50년대 국어국문학과의 학생 활동은 어려웠던 시기였음에도 불구하고 그 어느 때보다 순수와 열정이 강했다. 학과와 문학에 대한 그들의 뜨거웠던 열정은 이후 국어국문학과의 자양분이 되기에 부족함이 없었다.

많은 학부 학생들과 대학원 학생들이 초창기 국어국문학과의 구성원이었지만, 이렇게 고석규는 초창기 부산대학 국어국문학과의 문학 활동과 문학 연구의 토대를 마련한 분명한 흔적을 남기고 있다. 그것이 본격적인 평론 작업과 대학원 석사학위 논문이다.

그 들 은 우리의 밤을 수 십 했다

허리를 나를 오히 고 밤이 되면

너 는 나를

나 는 걸음을 걷너어 價値이 있었고

나 는 무거운 愛인의

각목 愛인의 빛우에 거두리

홀 로 더 가 깝 빛을 들더 말고

한 그 더 가 깝 빛을

먼 곳 의 숲 나를 리 바늘에

한참 그 조의 집착한

밤 이 되면 그 순물을 감추어께다

웃음 속 은 호흡하는

에 끼 하여 산무지기

별 리 는 지나가는 인들을 쉬 기 부 ㅅ

그 리 한 의

| 제6장 |

시동인 활동에서
평론 활동으로

1. 열정적인 시문학 동인활동

부산대학교 국어국문학과에 진학한 후 고석규의 문학활동은 전방위적이고 열정적이었다. 1952년 10월『시조(時潮)』를 발간하고, 11월 '부대문학회'를 조직하였으며, ≪부대신문≫ 창간호를 내는 데도 관여했다. 1953년에는 기관지『부대 문학』을 펴냈다. 뿐만 아니라 고석규는 1954년 동인지『산호(珊瑚)』를 발간한 데 이어 김재섭과『초극(超劇)』을 발간하고, 동인지『신작품(新作品)』의 회원이 되었다. 여기에서 끝나지 않고 1956년 3월 대학을 졸업한 뒤 동인지『시연구(詩研究)』를 발간하였다. 한국현대평론가협회에 가입한 데 이어 4월에 부산대학교 대학원에 진학하였고 1957년 6월에는 부산예술비평회를 조직하였다. 이러한 그의 문학 활동의 내용을 좀 더 자세히 살펴본다.

당시 부산대학 경제과에 다니면서 함께 동인활동을 했던 김일곤 교수가 고석규가 요절하고 난 뒤에 ≪부산대 신문≫ 1958년 6월 20일

자에 발표한 회고는 좀 더 구체적인 활동상을 전해주고 있다.

　딸기의 미각과 더불어 유월로 접어든 지도 벌써 며칠이 되었다. 그리고 해마다 우리 대학교에서 열리는 시낭독회가 어느새 제6회라는 숫자를 헤아리면서 올해도 그 막을 올리려 하고 있다.

　생각해 보면 꼭 어제 일 같은 다섯 해 전의 여러 가지 일들이 새삼스럽게 눈에 삼삼하게 떠오른다. 1953년 6월. 대신동의 일우(一偶)에서 당시 우리 대학교는 목조로나마 외양을 갖추고 의욕에 찬 군상들을 맞아 동란 속인데도 끊임없는 학구에의 터전을 닦고 있었다.

　생기에 찬 젊은 군상들이 서성대는 좁은 교정에서 그리하여 다정다감한 젊음을 문학에로 기울이는 몇 몇 사람들의 모임이 생겨났고 그러한 젊은 성좌(星座) 속에 장세호, 고석규, 홍기종, 하연승, 손경하, 김연수, 남진희, 장관진, 박채규 등이 끼어 있었다.

　그러나 이러한 동인들의 문학 운동이 이루어지기 수 개월 전에 석규와 나는 교정의 화단 옆에서 어느 날 서로 알게 되어 며칠 뒤에는 백년지기(百年知己)처럼 친해지고 일 주일 뒤에는 벌써『산호(珊瑚)』라는 조그마한 프린트로 된 시동인지를 발간하였고, 그것이 2집까지 발간되다 다시 비록 프린트이기는 하지만 국판 62매의 종합지『부대문학』을 발간하였던 것이다.

　이『부대문학』제1집에는 한효동, 김정한, 정병욱, 김용호 제선생(諸先生)들이 찬조 집필해주셨고 시 7편, 에세이 3편, 창작 번역소설 각 1편이 실리어 그해 정월에 발간을 보았던 것이다.

　그러나 불행히도 이『부대문학』은 인쇄로 해서 수백 매나 되는 당당한 대학 문예지로서 발전을 꿈꾼 우리의 포부와는 달리 1집으로서 더 발간되지 못하고 말아버렸던 것이다. 그것은 우리의 의욕이 줄었다거나 원고가 없었다거나 하는 이유에서가 아니다. 경비난으로 하여 속간이 불가능하게 되어버렸던 것이다.

　『산호(珊瑚)』며『부대문학』의 발간에 소요된 모든 경비는 기실

동인들의 호주머니에서 푼푼이 끌어모아서 충당된 것이 아니라 석규의 희생적인 부담으로 이루어져 왔던 것이며 한 푼 수익이 없는일에 그 이상 석규의 출손(出損)을 바랄 수는 없었던 것이다.

이리하여 한동안의 휴식 상태가 지난 후 우리는 다시 학교 학예부의 연중 행사의 하나로서 시낭독회를 구상하고 이의 추진을 꾀하여 오다가 드디어 6월 27일(토) 그것의 결실을 보게 되었던 것이다

학교에서의 경비가 미처 나오지 않아 다시 석규는 자기 호주머니에서 우선 급한 비용을 꺼내어 활동을 시작하였고, 6월 24일 겨우일금 오천팔백 환이라는 학교에서의 경비에다가 석규의 사비를 보태어 작품 비평회를 몇 번 거친 낭독시 작품집 인쇄며, 포스터 제작, 신문기사 프로그램 작성, 기성 시인들의 찬조부탁, 무용, 음악 등의 찬조 부탁 등의 여러 일을 하였던 것이다.

25~26일 양일 간 초대장 인쇄 발송을 하는 한편 새로운 낭독 형식으로서 합송(合誦)·윤송(輪誦)의 멤버를 짜서 연습을 시키고, 26일 오후에는 총연습을 하였다. 당일인 27일 일어나보니까 어찌된 셈인지 이슬비가 내리고 있었다. 푸시시한 머리로 이발도 할 겨를 없이 쏘다녔는데 비가 오는 하늘에 속이 얼마나 상하였는지 모른다.

그러나 연기할 수도 없는 일이라 프린트사에 가서 작품집을 찾아가지고 대신동 정병욱 선생댁에 가서 기다리고 있던 학생들과 '리리안'으로 작품집을 매고 준비를 하는데 비는 더욱 본격적으로 내려석규랑 둘은 어이없이 하늘을 쳐다보고는 서로 마주보며 안타까운기분을 어쩔 수 없어 다 픽 웃곤하였다.

그러나 실패하더라도 좋으니까 하고 마음을 돋구어 우리는 일을다 해치우고 학교로 갔다.

무대를 정리하고 청중석 의자를 정리하고 마이크 녹음기 등의 장치를 해놓고는 다시 한 번 연습을 하고 … 하는 가운데 시간이 어느새 가버려 2시가 가까웠다.

다행히 비는 멎었는데 하늘은 여전히 찌푸린 표정이고 강당은 그래도 차츰 관객들이 들어앉기 시작하여 정각 2시에는 거의 빈자리

가 없을 정도로 메꾸어졌다.

그러나 찬조를 부탁하였던 기성 시인들이 나타나지 않고 제1부의 낭독할 사람 넷이 처음부터 소롯이 빠져 잘못하다가는 큰 창피를 당할 판이 되었다.

그리하여 석규는 기다리다 못해 시내에 가서 찾아보겠노라고 택시를 잡아타고 내려갔고 청중들은 빨리 시작하지 않는다고 박수를 치고 야유를 하고 야단이 났다.

하는 수 없이 2시 반 정각에 시작하겠다고 알리고 대독할 사람을 구하고 하느라고 무대 뒤에는 갈피를 잡지 못할 정도로 혼란했다. 그러자 얼마 후에 양명문 시인이 나타나고 곧 이어 택시 두 대에 분승한 문단인들이 나타났다. 당시 시문학 강사를 나오고 있던 김용호 씨가 김동명·조연현·이경순 등 제씨를 안내하여 도착했던 것이다.[*]

겨우 안심을 하고 두 시 반 정각에 막을 올려 낭독회가 시작되자 화기애애한 가운데 예상했던 것보다 훨씬 좋은 효과를 거두면서 프로가 진행되고 강당은 초만원을 이루어 창문 밖에까지 주렁주렁 청중이 매달리는 대성황이었다.

이날 낭독회는 13편의 자작시와 이육사의 「청포도」, 한하운의 「삶」, 윤동주의 「별헤는 밤」을 윤송·합송했는데, 이 때 고석규는 「암역(暗域)」이란 시를 낭독했다.

나의 숨결마다 조여오는
검은 바다

그 바다 속에는
나를 찾지 못한 나비가
파월(破月)처럼 침몰해 누웠소

목을 돌려 안은 까아만 밀벽(密壁) 위
나를 따라 열 끓는 눈망울 속에도

사나운 슬픔의 연기가 흐르고

낡은 지연(紙鳶)처럼 곱게 바래어버린 가슴에는
암류(暗流)로 지나는 검은 먹내가
어둡고 쓰오

부서진 나비의 살잎들이
흐늘져 사는 검은 바다 속에는
청동빛 나의 이름도 숨겨져 있을 텐데

나를 지우려 하는 물결의 소리는
들리지 않으오, 들리지 않으오

고석규의 학내 문학활동은 시 낭송 활동으로 끝나지 않았다. 동인지 활동이 더 활발했다. 고석규와 함께 「신작품」 활동을 한 송영택은 「감상과 야심 속에서 간 고석규」(현대문학, 1961년 2월)에서 다음과 같이 회고하고 있다.

대학 1학년 때(1952년), 우리들은 부산에서 「신작품」을 하고 있었다. 동인은 권오일, 김동일, 김일곤, 김재섭, 손경하, 송영택, 조영서, 천상병, 하연승 등에다가 지금은 애기 어머니가 된 문학소녀 4~5명(후에 김성욱, 김춘수 두 분도 같이 하게 되었다) 매일 같이 우리 집에 모여서 문학론에 핏대를 올리고 있었지만, 밤을 새우며 술 마시고 노는데 더 열중했던 것 같다. 이 지음에 경제학과인 김일곤의 소개로 고석규가 동인이 되었다. 키는 작은 편, 기름기 없는 머리를 아무렇게나 올백으로 넘기고, 검고 둥근 얼굴에 쭈빗한 코, 때때로 살기가 번쩍이는 눈, 전장에서 돌아온 지 얼마 되지 않는다고 하며, 군복차림에다 무슨 훈장 같은 것을 달고 있었다. 결코 미남은 아니었다. 그러나 싹싹하고 감상적일 만큼 잔정이 있는 인정가였다. 그래서 다른 동인들과 곧 친해질 수가 있었다. 고향은 함남 함흥인 줄로 나는 알고 있다. 해방 직후에 소아과 의사이신 그의 부친이 단신 월남하시고 석규는 거기에서 반공지하운동을 하다가 6개월의 감화원 생활을 치루고서, 어머니와 동생들을 남겨두고 역시 단신 월남, 얼마 후에 6·25 사변이 일어나서 즉시 군에 입대하여 줄곧 전장 생활을 하다가 부상으로 제대하여 부산대학교 국문과에 입학, 거의 친구를 사귈 틈이 없었던 것이다. 이렇게 정에 굶주리고 있을 즈음에 우리들과 알게 된 것이다.

그는 「신작품」에 시를 발표하기 시작했다. 그러나 별로 신통한 것 같지 않았다. 그래서 우리들은 그에게 평론을 권한 것이다. 우리들이 모여서 문학론을 할 때 그의 이야기를 들어보면 꽤 논리가 서 있었기 때문이다. 「신작품」 7집에서 그가 처음으로 시도한 에세이 「모더니티에 대하여」가 상당히 호평을 받게 되자, 그는 그 후로 줄곧 평론만을 쓰게 되었다. 시작도 물론 계속하고 있는 것 같은데 우리에게 보여준 적은 없다.

그는 굉장한 정력가였다. 모든 면에서 그러했다. 그의 독서량도 놀랄만했다. 노란 색연필로 줄을 그어가며 마구 읽어 넘기는 것이었다. 하루에 한 권쯤 쉽사리 읽어내는 것 같았다.

이 다독 경향이 그의 글에서 상당한 마이너스를 주지 않았나 한다. 독서량 못지 않게 그의 집필계획도 굉장했다. 방학에 부산으로 내려가면, 나는 즉시 그에게로 달려갔다. 그러면 그 해의 집필 계획표라는 것을 보여주는 것이었다. 엄청난 계획이었다. 나의 일생 계획과 비슷한 양이었다. 그는 부지런히 글을 썼다. 그러나 그 당시 그에게는 발표기관이라고는 동인지밖에 없었다. 그래서 그의 글 대부분이 햇빛을 보지 못하고 말았다.

그는 지독한 감격파였다. 무엇이든 한 번 마음에 들면 거의 그것에 미쳐버리는 성격이었다. 한 가지 테마를 잡으면 자기 자신이 그것에 도취되어, 앉으나 서나 그 이야기뿐이었다. 연애에도 마찬가지였다. 한 번 시작하면 물불을 가리지 않았다. 재미있는 에피소드가 두서너 개 있다. 그러나 지금은 아직 이야기할 때가 아닌 것 같다. 그의 감격성을 가장 잘 나타내는 에피소드로, 'At that night …'로 시작되는 편지 이야기가 있지만, 이것도 역시 보류하는 것이 좋겠다. 나이가 좀 들어서 기회가 있으면 해볼까 한다. 그야말로 앉으나 서나 날이 새나 지나 윤동주 타령이었다. 시작은 윤동주의 시 「별헤는 밤」이었다. 술잔을 들고 「별헤는 밤」을 읊조리며 그는 눈물을 글썽거렸다. 이북에 계신 어머니와 어린 동생들이 죽도록 보고 싶다는 것이었다. 그는 윤동주의 시를 거의 다 외우고 있었다. 석규의 윤동주 열(熱)은 예외적으로 근 1년 이상이나 계속되었다. 그가 착실하게 준비하고 있던 윤동주론을 썼는지 어떤지는 나는 모른다. 윤동주열이 가시기 시작하자, 이번에는 서정주의 시가 그의 입에서 오르내리기 시작했다. 그때의 우리들에게 있어서 서정주의 시는 거의 고전이었으며, 모두가 열중하고 있었지만, 유독 석규만은 그 도가 보통이 아니었다. 그는 즉시 서정주론을 위한 준비에 착수했다. 어느 정도 노트가 되었는지는 알 수 없지만, 아마도 노트가 완성되기 전에 세상을 떠났지 않나 한다. 그러나 그 동안만은 거의 미치다시피 하며 그것에 대한 뿌리를 완전히 뽑아버리는 것이었다.

그는 야심가요, 활동가였다. 잠시라도 가만히 쉬고 있을 수가 없는 성격이었다. 동인지 활동만 하더라도 그랬다. 우리들은 『신작품』 하나를 고수하고 있었는데 그는 그것만으로는 만족할 수가 없었던 모양이다. 부산대학의 문학 청년들을 모아서 별도로 『산호(珊瑚)』를 시작했다. 그러나 몇 권으로 그만두고 다시 『시조(詩潮)』를 시작했으나, 이것 역시 3, 4집으로 그만두었다. 별로 도움이 되지 않았던 것 같다. 뿐만 아니라 봄, 가을철마다 그의 대학에서 소위 '문학의 밤'이라는 것을 열었다. 이것도 역시 석규가 앞장 서서 한 것이다. 그는 잠시도 쉬는 적이 없었다. 언제나 무슨 일을 꾸미고 있었다. 거기에다 또 독서, 집필 …그리고 연예, 몸이 두서넛 있어도 모자랄 지경이었다. 이러한 무리가 그의 건강에 얼마나 해가 되었을까!

그는 언제나 야심에 불타고 있었다. 한국문학을 자기가 리드할 꿈을 가지고 있었던 것이다. 그러나 야심은 큰 데 글을 발표할 지면은 제한되어 있고…. 그래서 재섭이와 함께 단행본 형식으로『초극』을 시작했으나 1집으로 끝나고, 이어서『시연구』를 시작했으나 이것 역시 2집이 햇빛을 보지 못했다. 이러는 동안에 그에게 차차 지면이 생기기 시작했다. 그러나 지면이 생기기 시작하자, 이번에는 그만 그가 세상을 버린 것이다.

　송영택의 증언에서도 고석규의 전방위적인 문학활동의 한 면을 살펴볼 수 있지만,『신작품』동인이었던 하연승 시인의 증언도 또 다른 고석규의 한 면을 비추어주고 있다.

　1952년 초봄, 대신동 공설운동장 뒤편 촘촘히 들어선 집들의 담장가에 목련화 꽃이 한창 어우러져 피고 있을 즈음 우리는 부산대학에 입학을 하였다. 그때 부산대학은 대신동 운동장 바로 뒤에 있었고 구교사가 용도폐지 되어 사용을 못하게 된 사정으로 충무동에서 이곳으로 옮겨온 지 얼마 되지 않았던 때였다. 주변에 엉기덩기 인가가 널려있는 사이를 비집고 경사진 돌밭 부지에 몇 동의 강의실과 강당 등이 땅의 높낮이에 따라 배열되어 있었고 건물은 대부분 목조의 판자로 되어 있었으나 그 중 일부는 천막으로 된 강의실도 있었다.
　그리고 이 판자 건물의 외벽에는 대부분 타르의 검은 기름칠이 배어져 있었는데 햇살을 받고 은은히 번져나가기도 하던 그 타르의 기름 냄새가 레일의 침목 냄새처럼 이상한 화약냄새의 느낌을 불러일으키기도 하여 캠퍼스 전체가 마치 어느 병영의 막사 같다는 느낌을 갖게 하였다. 아직도 정전이 되기 전 6. 25의 참상이 눈에 선연했던 그때 남쪽의 끝의 땅인 부산은 피난민들로 미어져 있었고 서울에서 피난을 온 대학들도 이곳에 임시 가교사를 지어 여기저기 분교를 개설하여 전시 연합대학 체제를 이루고 있었던 때였다. 이곳 공설운동장 뒤 구덕산 자락 일대는 부산대학교뿐만 아니라 동아대학교와 또 많은 중.고등학교가 들어서 커다란 학교촌을 이루고 있었고 그런 사이를 비집고 서울대학교의 문리대 · 상대 · 법대 등도 판잣집 신세로 이곳에 문교를 개설하여 함께 뒤섞이고 있었다.

그러다 보니 대신동 일대는 미어들고 미어나는 학생들로 여울을 이루었고 그래서 그곳은 낭만과 꿈과 고뇌가 함께 술렁대는 여울의 한 복판 같기도 하였다. 스무살 안팍의 약관의 나이들로 대학이란 새 배움터에 모여든 우리들은 새로운 희망과 꿈에 부풀기도 하였지만 나는 그간 어렵고 암담했던 현실에 부딪히면서 고등학교 시절부터 빠져들었던 문학에의 길을 그만 버릴 생각으로 학과도 의도적으로 경제과를 택하였다.

전란으로 피폐될 대로 피폐된 그 때의 삶의 현실, 미군과 유엔군의 구호물자나 군수품이 바로 생필품이 되고 정부가 있다해도 무엇부터 어떻게 수습해야 할지 갈피를 못잡고 있던 임시수도 부산, 부두노동과 지게벌이, 양담배와 껌팔이, 그리고 슈사인 등이 마치 난장판의 풍물같이 피난살이의 하루벌이 수단의 대종이던 그런 부산, 그러한 와중에서도 우리들은 상아탑의 꿈을 키워갔고 학교생활에 차차 정들어져 가는 사이 학교 안에는 물론 학교 밖에서도 하나 둘씩 새로운 동류들과의 교유가 이루어져 가고 있었다.

학기가 시작되면서 일반적으로 얼굴이 먼저 익혀지는 것은 아무래도 서로의 접촉 기회가 잦은 같은 강의를 듣는 동류들이었다. 특히 취미 과목의 수강 시간에는 동료끼리의 호기심도 컸었다. 그간 시에의 상념을 버려야 하겠다는 나의 겉마음과는 달리 그 미련을 훌쩍 버리지 못하고 있던 나에게 대학의 문학강좌는 대단한 매력이 아닐 수 없었다. 나는 김정한 교수의 문학개론과 김용호 선생의 시문학 입문 등의 강의를 설레이는 마음으로 들은 기억이 지금도 남아 있는데 나는 이런 강의들을 교양과목으로 수강하거나 아니면 시간 나는 대로 청강하기도 하였다. 이름 있는 현역 작가의 강의를 직접 듣는다는 것이 정말 신나는 일이었다. 그러는 사이 나는 같은 문학

강의를 듣는 고석규를 한 교실에서 더러 만날 수 있었다.

그는 자그마한 체구에 눈매가 매우 예리하였을 뿐만 아니라 금새 무슨 생각엔가 빠져버리는 것 같은 첫인상을 주었는데 처음 그의 억양 높은 윗녘말은 주위에 다소 이질감을 주기도 하여 그는 말수를 거의 줄이고 있었고 그래서 처음은 매우 고독하고 외톨이같이 보이기도 했으며 그는 또 늘 시간에 쫓기고 있는 느낌을 주었는데 수업시간에도 시작 직전이나 중간에 헐레벌떡 들어와선 자리를 찾아 앉고 손수건을 꺼내 자주 땀을 닦던 모습이 지금도 떠오른다. 또 곧잘 그는 어려운 질문을 하기도 하였는데 그 질문은 어쩌면 굳이 답을 얻으려고 하기보다는 오히려 자기자신에 던지는 독백 같은 인상을 주기도 하였다. 이렇게 달이 흐르는 동안 교내에서 몇 가지 써클 활동이 이고 있었던 것으로 기억된다. 그것은 대개 음악 감상, 문예활동, 학술연구활동 등으로 나타났다. 내가 뚜렷이 기억되기로는 음악감상회와 엠. 알. 에이(MRA)라는 그룹활동 등이었다.

마치 읍(邑)자처럼 생긴 캠퍼스를 꼬리 부분에서 들어서면 경사진 진입로 왼편, 조금 꺼진 곳에 흰 페이트가 칠해진 강당(백강당)이 자리잡고 있었고 정면 쪽에는 판자 교가 몇 줄 가로로 줄지어 서 있었다. 그리고 그 맨 앞쪽 건물 중간쯤에 이층으로 된 방송실이 밋뚝 솟아있었다. 이 방송실에서는 휴식시간이면 아름다운 선율이 흘러나오곤 하였는데 6 · 25 동란으로 학생의 거의가 1,2학년이었을 뿐 아니라 여학생들도 상당수 섞여 있었으므로 캠퍼스 안은 그런대로 낭만과 친근감이 있기도 하였다. 이런 분위기에서 교내에서 활발한 써클 하나가 생겨났는데 그것은 당시 각 대학 사회에서 일고 있던 엠. 알 에이라는 도덕 재무장 운동이었다. 이 써클은 또 부산대학 학예반과 연결되어 부산대학교의 학생 문학활동으로 발전하여 갔다. 6 · 25 전란을 겪고 그 엄청난 정신적 고뇌와 실존적 절망을 가누지 못하고 있던 때였으므로 이를 연소시킬 마음의 공감대가 이런 운동 등으로 나타났으리라 생각되어진다. 그 멤버들은 대개 다음과 같은 사람들이었다. 김일곤, 홍기종, 장관진, 남진희 박용숙(이상 경남상고 출신), 김영복, 이재기(이상 경남고교 출신) 그리고 고석규, 손경하, 김균, 김영송(이상 기타고교 출신) 등이었다. 그리고 이들의 대부분이 고등학교 시절 문예반에서 활동한 사람들이었다.

그러는 사이 어언 한 해가 가고 1953년 새학기에 들어선 그 어간으로 기억된다. 53년 초『부대문학』이란 교내문예지가 앞서 나온 뒤 새 학기에 들어선 사월 초에 교내 시동인지가 또 나왔다. 그것이 고석규 등에 의하여 주도된『시조』였다. 나는 이 글을 쓰면서 새삼 확인해본 일이지만 그 시 동인지『시조』1집에 작품을 실은 사람은 고석규, 김연수, 남진희, 김일곤, 등이였고, 그 다음 달에 제2집도 나오고 있었다.

이러한 어느 날 점심 시간쯤이던가 고석규와 송영택이 나를 찾아와서 문학활동을 같이 하자는 것이다. 그래서 시를 쓴 것 있으면 내어 달라는 것이었다. 이 무렵 나는 고교 시절부터 진주의 개천예술제 또는 그 자매 지인『영문』(嶺文)지를 통하여 이미 연이 닿아 있었던 송영택과 김재섭 등과 연결되어 있었고 고석규는 이미 그런 문우들과도 사귀고 있었던 연유로 나를 찾았던 것으로 안다. 송영택은 그 때 서울대학교 문리대 독문과에 다니면서 문학활동을 활발히 하고 있었고, 그는 엠·알·에이의 연합 멤버로서 나를 그 멤버들과 연결시키는 몫도 하고 있었다. 이 무렵 부산은 피난지였던 입지적 여건 때문에 오히려 기라성과 같은 문인 교수 등을 각 대학에서 포용하고 있었는데 당시 저명한 문인, 교수로서는 부산대학교의 김정한 외에 김용호 선생과 그리고 조금 늦게 강의를 맡은 김춘수 선생, 동아대학교의 조향 선생, 동국대학교의 조연현, 백철 교수, 서울대학교의 이숭녕 교수 등이 자리를 굳히고 있었으므로 그 교수들의 지도와 영향을 받으면서 많은 문학도가 배출되고 있기도 하였다. 그 당시 이미 문명을 얻었거나 교내외에 작품을 발표하고 있었던 서울대 문리대의 이어령, 송영택, 상대의 천상병, 동국대학교의 이형기, 김재섭, 동아대의 박철석 등이 뿜어내던 문학적 분위기는 서로를 촉발하고도 남음이 있었고, 이러한 분위기들은 모두 나를 그 문학적 언저리로 빠져들게 하고 있었다.

앞질러 먼저 말하고 싶은 것은 지나온 내 젊음의 한 토막 역정 속에서 더없이 넘실대는 꿈과 낭만의 나래, 그 나래짓을 힘껏 부추겨 주던 연인 같은 친구들! 그 중에서도 남달리 풋풋한 정과 사랑으로 나를 뜨겁게 데워주던 한 문우와의 만남, 그것은 실로 나에게 있어 더없이 소중하고 값진 것이어서 지금도 나는 그 때를 생각하면 미어져 오든 그리움에 가슴이 절여진다.

1953년 2월 27일 토요일. 우리는 부산대학 제1회 시낭독회를 백강당에서 가지기로 하였다. 나는 그때까지도 문학을 다시 시작하여 그것을 끌어나간다는 것에 회의가 있었을 뿐만 아니라 정신적인 고뇌만 더하는 문학하는 일에 다시 말려들지 말아야 한다는 생각도 겹쳐 유야무야 하고 있었는데 석규 형이 나에게 원고를 자꾸 다그쳐왔다. 나는 혼자 외로울 때 찾아가곤 했던 화단의 강가, 들꽃이 피고 갈대밭이 펼쳐진 그곳에서 시상을 얻어 다듬어놓았던 시 한 편을 석규에게 건네주었다. 그리고 나는 어떤 사정으로 6월 27일의 그 시낭독회에 참여를 못하게 되었다. 그때 이 시낭독회의 준비는 고석규 등에 의하여 주도되고 있었고 고석규는 내가 불참하는 것에 대하여 여간 안타까워하지 않았다.

여하튼 그 다음 월요일에 내가 학교에 등교하여 석규를 만났는데, 그는 나를 보자 어찌나 반가워하면서 다짜고짜 방송실로 가서 녹음이 되어 있는 시낭독회의 강평을 들어보자는 것이었다. 낭독회에는 조연현 선생이 초대되어 강평을 하였는데 이 낭독회가 대성공이었다는 것이었다. 강평의 요지는 대략 부산대학에서 처음으로 그것도 전쟁의 폐허 속에서 학생들에 의해 이런 시낭독회가 개최된 것이 얼마나 뜻있는 일인지 모른다는 격려와 축하 뒤에 중반 부분에서 개인별 시평이 곁들어 있었고 거기에는 나에 대한 과분한 칭찬이 상당히 길게 이야기되고 있었다. 무엇보다도 좋은 시인 하나를 발견한 것이 매우 기쁘다.… 하는 평이었다. 나는 생각지도 않았던 일에 어안이 벙벙해 있었는데 막상 석규는 가히 흥분이 된 상태로 "하형 됐어",

하형 됐어!" 하고 좋아 어쩔 줄 몰라하던 모습이 지금도 눈에 선연하다. 이리하여 그와 나와의 사귐은 서로가 마음으로 아끼는 사이로 자라갔다.

이로부터 나는 고석규가 주도하던 여러 문학 활동에 참여하게 되었는데 교내 시동인지『시조』를 위시하여『신작품』,『시연구』외에 싸롱활동으로서『시와 감상』등이 그것이다. 특히『신작품』은 당시 임시수도 부산의 범대학 시운동의 성격을 띤 본격적 시 추구의 젊은 세대들에 의해 상당한 무게를 싣고 출발한 시동인지로 이는 뒤에 그 영역을 넓혀 문단적인 주목을 받았다. 참고로 1953년 9월 25일 간행된『신작품 별책』을 보면 고석규, 송영택, 천상병, 김재섭, 조영서, 손경하, 김소파, 하연승 등의 작품이 실려 있다. 그리고 1956년 5월에 간행된『시연구』는 1950년대 초반의 시운동의 바른 물줄기를 굳건히 잡아 나가고자 한 야심어린 시운동지적 성격을 띠고 있다. 이런 문학 활동에는 언제나 고석규가 앞장을 서거나 뒷바라지를 하고 있었다. 나는 그와의 교유를 통하여 처음 문학강의실에서 그를 보았던 인상과는 매우 다른 그의 따스하고 낭만적이기도 한 인간미를 쉽게 발견하고 속으로는 얼마나 좋아하면서도 그 당시 벌써 자기의 시론을 전개해가리만치 박식하고 실력있던 동료에 대한 일변의 두려움 같은 것 때문에 오히려 외경하고 있은 정도여서 내 마음의 정을 다 주지 못하고 그를 영영 떠나보낸 것이 지금도 뉘우쳐지고 가슴 아파진다. 그는 정말 좋아하는 친구에게 한 사람의 연인같이 정과 사랑을 있는대로 쏟아놓는 그런 사람이었다. 특히 그는 전란의 그 엄청난 정신적 충격과 고뇌를 누구보다도 강하게 짊어지고 몸부림치고 있었던 사람이다. 실로 폐허가 된 부산, 남쪽의 마지막 땅이 된 신 황무지에 50년대 문학의 지평을 열어보고자 했던 시대의 파이오니어 고석규! 당신은 먼저 가 잠들었다 할지라도 그 불씨는 삼십 년이 훨씬 지난 오늘에 다시 뭉게뭉게 살아나고 있는 것을 본다.

부산대학 국문과에 입학하여 교내에서 혹은 전시연합대학에 속해 있던 문학도들과 시 운동을 활발하게 전개하던 고석규는 본격적인 문학 공부를 하면서, 시연구 쪽으로 방향이 점차 잡혀 가기 시작했다.

2. 『시조』에서 『초극』으로

고석규가 참여한 동인지가 여럿 있지만, 대표적인 것 하나가 『시조』(詩潮)이다. 『시조』는 1953년 4월 1일 창간한 동인지이다. 여기에는 고석규의 평론 「상징의 편력」, 김소파의 <시 · 단장>이란 제목으로 시에 대한 정의들이 제시되어 있고, <VARIETY> 란에는 일종의 시집평이 실려 있다. 그리고 동인들의 시 작품이 함께 자리하고 있다. 창간호에 실린 시 작품은 김연수의 「꽃」, 「체온계」, 남진희의 「환」, 「모성」, 김소파의 「옛날」, 「가슴」, 고석규의 「울음」, 「거미」 등이다. 제2호는 다음 달 5월 1일 나왔는데, 고석규는 여기에 시 「파경」, 「반」과 함께 <NOTE> 란 항목에 「不可視의 焦點」을 발표했다. 이후 제3호에 시 「침윤」, 제6호에 시 「11월」이 실려 있다.

『시조』에 나타나는 고석규 문학 활동의 모습은 시와 산문 쓰기를 병행하고 있다는 점이다. 시에서도 다른 동인들의 작품과 비교해보면, 문제의식이 뚜렷하게 드러나고 있다. 그러나 그의 관심은 시가 무엇인가라는 근원적 질문에 답하려는 문제의식을 강하게 지니고 있었다. 그것이 「상징의 편력」과 「不可視의 焦點」이다. 이러한 고석규의 관심은 해를 넘겨 나온 『초극』(삼협문화사, 1954.6.15)에서는 청동의 계절이란 제목 아래 5편의 평론으로 드러난다. 시창작과는 일정한 거리를 가지면서 시 연구로 기울어진 것이다. 『초극』에는 김재섭의 시집 「말과 암초」가 같이 자리하고 있다. 2인 공저를 통해 <모든 인간 정신이 패배하고 남은 위기의식의 무서운 극간(隙間)에 우리는 새로운 교량을 놓으려한다>(후기)고 밝히고 있다. 여기에서 고석규는 「돌의 사상」, 「해바라기와 인간병」, 「여백의 존재성」, 「서정주 언어서설」, 「윤동주의 정신적 소묘」 등을 발표했다.

홍래성은 「전후 세대의 비평가의 독특한 한 유형 – 고석규 비평의 형성과정 및 성격, 특질에 관하여」에서 고석규의 『초극』에 나타난 비평의 특징을 다음과 같이 해명하고 있다.

> 『초극』 속 고석규 비평은 총 다섯 편이거니와, 다분히 묘사적으로 쓰여진 탓에, 심지어 미완인 것도 있는 탓에, 모두가 정제되지 않은 느낌을 준다. 「徐廷柱 言語 序說」, 「尹東柱의 精神的 素描」는 제외하기로 하고, 「돌의 思想」, 「해바라기와 人間病」을 간단히 소개하는 순서를 거친 후, 가장 많은 주목을 받아온 「餘白의 存在性」을 상세히 분석하는 순서로 논의를 진행하기로 한다.[1]

---

[1] 본문에서 제시한 것처럼 『초극』에 수록된 고석규 비평은 「돌의 思想」, 「해바라기와 人間病」, 「餘白의 存在性」, 「徐廷柱 言語 序說」, 「尹東柱의 精神的 素描」이다. 이 중에서 앞의 세 편은 주지하다시피 릴케의 영향 및 실존주의의 자장 아래서 쓰여진 것이고, 뒤의 두 편은 제목에서 드러나는 것처럼 시인에 대한 분석을 수행한 것이다. 다만, 「徐廷柱 言語 序說」은 마지막에 "未完"이라는 문구가 붙어있으므로, 또, 「尹東柱의 精神的 素描」는 고석규가 지닌 윤동주에 대한 기본적인 해석 관점을 보여주되, 추후 심화된 사고와 함께 「詩人의 逆說」에서 다시 다뤄지므로, 이 절에서는 다루지 않고자 한다. 한편, 고석규는 윤동주와 서정주를 특히 좋아했는데, 이와 관련된 기록을 발췌하여 소개하면 다음과 같다. "음력 정월 보름. 연희고지를 산책. 생각하니 윤동주가 옥사한 일자 같은데 나는 그의 유작을 카피하고 있었다. (…) 윤동주의 얼굴(사진)을 처음 대하였는데 나의 상상은 거의 그와 알맞은 것 같았다. 그에겐 종합 이전의 광물적 결벽이 너무나 많다."(「1954년 2월 17일 일기」, 『전집』 3, p.268.), "<귀촉도>는 읽을수록 새삼스러워지는 으뜸가는 시집이다. <나는 밤이

먼저, 「돌의 思想」은 제목 그대로 돌을 주제로 삼아서 특정 관점을 끌어내고자 한 글이다. 다만, 전체적인 흐름이 매끄럽지는 못하다. 20세기가 주는 불안을 "돌의 密集한 運命"이라고 이야기하더니, 방향을 틀어서 이집트의 역사, 인도의 탑파(塔婆), 미켈란젤로, 로댕 등을 언급하여 돌의 아름다움을 이야기하고, 또다시 방향을 틀어서 카뮈의 시지프 신화를 언급하며 돌과 부조리를 연관지어 이야기한다. 그런 까닭에, 말미에 기술되어 있는 "돌은 被造物의 아우성이다. 스스로 지닌 慾望과 뜻, 그리고 榮光과 苦惱를 滅하여버린 者는 다시 울기 始作할 것이며 어느듯 바위 위에선 꽃들이 피어날지도 모른다", "돌은 오래전부터 表象의 材料였는데 오늘엔 反射的 意義에서 다시<歸依的 實在>로 變하여 간 것이다." 등이 고석규가 염두에 둔 의도를 담아낸 핵심 구절이 아닐까 짐작해볼 따름이다.

다음으로, 「해바라기와 人間病」은 니체, 고흐, 랭보 등을 하나의 관점으로 묶어서 설명한 글이다. 니체, 고흐, 랭보 등은 해바라기로 비유되며, 이들의 사상은 해바라기가 그러하듯이 태양을 지향하는 열망으로 이해된다. 그런데, 이들의 사상, 곧, 태양을 지향하는 열망은 늘 좌절될 수밖에 없다. 니체는 광기에 휩싸이고, 고흐는 "永遠히 不健康한 自己를 抛棄하지 않을 수 없었"으며, 랭보는 "太陽의 마지막 罰을 받은 限없는 砂漠"에서 "쓰러져 누"운 것이다. 그러나, 이후에도 태양을 지향하는 열망은 여전히 포기되지 않는다. 여전히 "해바라기의 狂氣는 또스도이엡스키이와 푸로벨과 보오트렐르와 갈씬

깊으면>에 있어서의 '결국 너의 자갈 위에서……' 하는 대목을 울지 않고는 읽을 수 없다. '혹은 혹은 혹은' 하는 것도 매양가지다."(「1954년 2월 20일 일기」, 『전집』 3, p.269.), "나는 시인 서정주와 역사적 대면을 하였다. 나는 이만큼 공통한 인간과 스승을 맞이한 적이 있었던지 싶지 않다./ 그는 인간이 최대 노력을 경험하고 있는 일종의 종관(宗官)이었다. 나는 그의 빈 뜨락과 누추한 집 세간과 그의 불건강한 건강을 무엇이라고 표현할 것인가. 나는 세상에서 울음의 가장 중대한 실례와 그 방법을 배운 것 같았다. 사실 정주는 자기를 우는 것이 아니었다. 그는 우주를 울음 우는 것이었다. 그만큼 비극은 그의 것이 아니라 세상의 소유였다."(「1954년 4월 22일 일기」, 『전집』 3, p.279.)

과 넬르발과 또 그 밖의 모든 人間病患者들"에게 "아름다운 氣盡이
며 神祕"로 다가오는 까닭이다.

이렇게 대략적인 얼개를 그려보았거니와 전체적인 맥락은 소박
한 편이다. 태양을 지향하는 열망이 무엇인지가 불분명하지만, 삶의
충실성을 추구하는 행위 정도로 해석이 가능하다. 끝으로, 고석규의
대표 평론으로 꼽히고 있는 「餘白의 存在性」을 구체적으로 검토해
보자. 「餘白의 存在性」은 전쟁 체험으로부터 창작의 계기가 주어졌
음이 분명히 드러나는 글이다. 또한, 「餘白의 存在性」은 릴케의 이
름을 거론하며 릴케의 미학을 설명하고 있되, 그 제목과 같이 '여백'
을 거론하며 '있는 것/없는 것'에 대한 사유를 보여준다는 점에서 실
존주의와의 관련성을 다분히 내보이는 글이다.

L에게!/ 時間에 뒤쫓기며 살아가는 우리들은 가끔 停止된 空間을
눈이겨 봅니다. 그것은 볼수록 움직여가는 어떤 內在의 畫面이 올시
다. 그 畫面에는 무수한 物象들이 位置하고 있읍니다. 구름과 비둘
기와 시내와 果樹園들이 그리고 벙카─와 步哨와 鐵網과 주검들이
무슨 必要가 있어서가 아니라 各其 마련된 자리에 머물러 있는 것입
니다./ 그들은 말할 수 없는 靜寂에 싸여 있읍니다. 靜寂! 그렇습니
다. 지금은 아무런 音韻도 들을 수 없는 것이나 事實 그들의 沈默은
우리에게 무엇인가 傳하고 있는 것입니다./ 그들의 孤獨한 位置와
敬虔한 姿勢를 바라볼수록 靜寂이란 다만 들을 수 없는 소리에 절로
狀態한 것입니다. 그들은 저마다 소리와 같은 波紋을 던지며 저 無
限한 空白속에서 스스로의 位置를 떠나기 위하여 울고 있는 것인지
도 모릅니다. 分明히 들려올듯한 그들의 환한 울림, 그것은 차라리
이름할 수 없는 빛깔이라고도 할 것입니다./ 보일 수 없는 內部에서
자꾸 흘러가는 빛깔의 苦悶이 있을지언정 왜 빛깔은 저 餘白의 하찮
은 部面에 自己를 물들이는 것입니까.한결같이 밝은 빛과 보염하게
울리는 빛과 또는 얼룩진 빛과 그밖의 많은 빛紋을 생각할 수 있읍
니다. 이 빛깔이란 우리들 눈으로 가리지 못할 調和속에 이루어진

것입니다. 한마디로 말하여 그것들은 모다 괴로워하는 表現이라 할
수 있읍니다.

「餘白의 存在性」의 도입부이다. 의미를 파악하기 위해 핵심 단어
위주로 요약, 정리해볼 필요가 있다. "停止된 空間", 다시 말해, "어
떤 內在의 畵面"에는 "무수한 物象들이 位置하고 있"다. 이 물상들
은 "靜寂에 싸여 있"다. 하지만, 이 물상들은 침묵으로 "무엇인가 傳
하고 있"다. 이 침묵은 물상들이 "스스로의 位置를 떠나기 위하여 울
고 있는 것"이기도 하다. 그러면서 침묵은 "환한 울림"과 같은 것으
로, 다시, "이름할 수 없는 빛깔"과 같은 것으로 계속해서 치환된다.
이와 같은 치환은 "빛깔은 저 餘白의 하찮은 部面에 自己를 물들이
는 것"으로 마무리된다. 곧, '소리(침묵)―색채(빛깔)―공간(여백)'으
로 이어지는 연쇄이며, 이에 따라, 물상들을 이해하는 방식은 여백
에 집중하는 것과 동의어가 되기에 이른다.[2]

이렇듯 릴케의 詩는 아름다움을 모셔오는 最高의 純潔이였습니다.
마음대로 지울 수 없는 感動의 波紋을 조심히 엿듣는 일이였습니다.
릴케는 그러한 波紋을 내는 物象의 周邊을 하나의 深淵이라고 생각
하였습니다. 深淵은 두려운 것입니다. 어두운 것입니다. 그러나 그 어
둠은 얼마나 밝은 어둠이였던 것입니까. 深淵은 絶望과 같은 것입니

---

[2] 이러한 고석규의 서술은 릴케의 <로댕론>을 자기 방식으로 전개한 것이다. "표면
을 아주 명료하게 결정함으로써 빛을 획득하여 제 것으로 삼을 수 있다는 사실을 로
댕은 사물의 본질적인 특성으로 다시 인식했던 것입니다. 고대와 고딕 시대는 각기
자기 방식으로 이러한 조형적 과제의 해결을 추구했습니다. 그리고 로댕은 빛의 획
득을 자기 발전의 일부로 삼음으로써 태고로부터 내려오는 전통 속에서게 되었습니
다. (…) 그렇게 거의 형언할 수 없는 진보 속에서 로댕의 작품은 고조되었습니다. 그
리고 빛을 정복함과 아울러 그 다음의 위대한 극복도 벌써 시작되었습니다. 이 극복
이 있었기에 그의 사물들은 형상을, 어떤 척도로도 측량할 수없는 종류의 위대한 모
습을 갖게 된 것입니다. 제가 말하려는 그것은 바로 공간의 획득입니다."[라이너 마
리아 릴케, 안상원 역(1998), 『릴케의 로댕』, 미술문화, pp.124~125.]

다. 그러나 形像에 가까운 絶望은 어찌 絶望일 수 있겠읍니까. 마침내 深淵의 神祕로운 音律을 릴케는 놓지지 않았읍니다. 모든 本質은 이 外延의 빛갈속에서 더 또렷한 것이었읍니다. 따라서 릴케의 絶望은 絶望에서 떠나는 것이었읍니다./ '없는 것'에서 '있는 것'으로 릴케의 시선은 말할 수 없이 투명해졌읍니다. 그리하여 그의 '물상 Ding'은 있는 물상이 아니라 변하는 물상으로 되었읍니다. (pp.26~27.)

그리고, 위의 대목을 통해 "마음대로 지울 수 없는 感動의 波紋"을 내는 "物象의 周邊", 그러니까 "여백"은 "하나의 深淵"으로 또다시 치환된다. 그런 다음, 심연은 "두려운 것", "어두운 것"으로 정의된다. 하지만, 심연은 "밝은 어둠"이라는 점에서, "形像에 가까운 絶望"이라는 점에서, "神祕로운 音律"이 발생한다는 점에서 부정적이지 않은 것, 오히려 긍정적인 것으로 설명된다.

이상의 서술은 다분히 하이데거의 영향 아래 쓰여진 대목이라고 짐작되지만,[3] 여기서 무엇보다 중요한 것은 물상과 여백(심연)을 나란히 세워놓는 구도이다. 물상은 '있는 것'이고, 여백(심연)은 '없는 것'이다. '있는 것'(물상)만으로는 아무것도 구성될 수 없다. 그 반대

---

3) 이와 관련하여 부연 설명을 붙여두면 다음과 같다. 하이데거에 따르면, 세계의 밤이란 이른바 '궁핍한 시대'이다. 이 시대는 너무도 가난하고 구차해져서 신의 결여를 감지할 수조차 없는 상태에 놓여있다. 또한, 이 시대는 세계의 근거를 이루는 근본 바탕(Grund)까지도 무너진 상태에 놓여있다. 그런 까닭에, 이 시대는 하릴없이 심연(Abgrund)에 매달리게 된다. 이때, 심연은 그저 막막한 어둠(혹은, 좌절, 절망)을 의미하지 않는다. 만약 궁핍한 시대에서 전향할 여지가 남아 있다고 한다면, 이의 가능성은 심연으로부터 주어지기 때문이다. 세계의 밤에서 심연이 감내되어야 하는 이유가 바로 여기에 있다. 그런데, 심연이 감내되기 위해서는 무엇보다도 심연에 이르는 사람이 있어야 한다. 하이데거는 시인이야말로 심연에 이르는 가능성을 지닌 사람이라고 여겼으며, 그 사례로 횔덜린과 릴케를 들었다. (여기서 논의와 직접적인 연관이 없는 횔덜린은 차지하고서) 하이데거는 릴케가 시를 통해 심연에이르는 길을 제시했다고 보았고, 또, 이로부터 몰각된 존재 인식을 탈ー은폐시켰다고 보았다.[마르틴 하이데거, 신상희 역(2008), 『숲길』, 나남, pp.395~470. 참고;이동하(1990),『아웃사이더의 역설』, 세계사, pp.55~61. 참고]

도 마찬가지이다. '없는 것'(여백(심연))만으로는 아무것도 구성될 수 없다. 따라서, '있는 것'(물상)은 '없는 것'(여백(심연))과 늘 어우러져야 한다. 다만, 여태까지는 '있는 것'(물상)에만 집중하기가 일쑤였다. '없는 것'(여백(심연))은 도외시되기에 십상이었다. 여기서 릴케의 탁월성이 드러난다. 릴케는 '있는 것'(물상)만이 아니라 '없는 것'(여백(심연))에까지 시선을 준 것이다. 이로부터 물상에 대한 새로운 이해의 지평이 열릴 수 있는 것이다.

그리고, 전체적인 얼개로 보았을 때, 이 정도면 「餘白의 存在性」이 담지한 함의는 대체로 제시된 듯하다. 그러므로 「餘白의 存在性」은 여기서 마무리가 되었어도 괜찮았으리라고 판단된다. 그렇지만, 고석규는 자신의 사유가 아직 충분히 전개되지 못했다고 생각했는지, 혹은, 자신의 사유를 다른 설명 방식으로 보충해야 한다고 생각했는지, 아래처럼 릴케에 이어서 노자를 언급하는 대목을 덧붙이며 글을 계속해서 전개해 나간다.

이미 알려진 것과 이미 알려지지 못한 것이 한 點에 모일 수 있는 그러한 마당에서 그는 모든 個別性을 抛棄한 것입니다. 그 內部에 있어서 「關繫가 實存인 것과 같은 存在」를 그러한 變轉을 東洋의 老子는 또한 九十五言의 <視之不見>으로 말하고 있습니다. (…) 大槪 理念의 選擇을 위한 東洋畵의 背景은 이 思想에서 비롯한 것이였읍니다. <無明>이란 한결 即自로부터 對自로 옮아갈 그 實現的 過程에서 더욱 完全한 有의 體系입니다. 意味의 體系입니다. (p.28.)

꼼꼼히 읽어보면, 노자만 거론된 것이 아님을 알 수 있다. 문면에 적시되지는 않았으나 "即自", "對自"라는 개념어로 보아 사르트르도 함께 호출되었음을 알 수 있다. 기묘한 것은 "無明"이라는 노자의 개념어와 "即自", "對自"라는 사르트르의 개념어가 "<無明>이란 한결 即自로부터 對自로 옮아갈 그 實現的 過程에서 더욱 完全한 有의 體系입니다."라는 한 문장 안에서 함께 활용되고 있다는 사실이다.

어찌하여 이런 식의 문장이 도출될 수 있었을까. 요주의 문장을 풀어보기로 하면 다음과 같다. 우선, 노자의 무명(론)은 공자의 정명(론)에 대한 비판으로 제출된 것이다. 공자가 형식 논리를 따르는 반면, 노자는 형식 논리를 배격하고 대립의 공존을 인정한다. 그래서, 범박하게 정리해본다면, 공자의 정명(론)은 'A=A'라고 표현될 수 있고, 그와 상반되는 노자의 무명(론)은 'A=not A'라고 표현될 수 있다.4) 그렇다면, 여태까지의 맥락을 염두에 둘 때, 노자의 무명(론)이 제시된 까닭은 있는 것(물상)과 없는 것(여백(심연))의 상관성을 설명하기 위함으로 판단된다. 'A=not A'는 논리적으로 모순되는 명제이지만, 있는 것(물상)과 없는 것(여백(심연))이 서로가 서로에게 필수 불가결하여 어우러질 수밖에 없음을 설명해 주는 또 다른 근거로 삼아지기에 충분하기 때문이다. 곧, 'A=not A'는 있는 것(물상)과 없는 것(여백(심연))이 떼려야 뗄 수 없는 '표면―이면'의 양상임을 재차 알려주는 것이다. 그리고, 노자의 무명(론)을 이렇게 이해한 다음이라면, 요주의 문장을 해석하는 일은 별로 어렵지가 않게 된다. 즉자는 있는 것(물상)으로, 대자는 없는 것(여백(심연))으로 각각 치환시켜 이해하는 작업이 가능해지기 때문이다. 애초부터 사르트르는 즉자를 '존재'라는 존재적 범주에서 나열된 것으로, 대자를 '무(無)'라는 존재론적 범주로부터 연역된 것으로 규정지었던 바, '즉자―대자'의 짝패를 '있는 것(물상)―없는 것(여백(심연))'의 짝패로 등치하는 행위는 나름의 설득력을 지닌다.5) 따라서, 요주의 문장은 있는 것(물상)에서 없는 것(여백(심연))로까지 인식을 넓혀야 "完全한 有의 體系"가 가능하다는 설명을 담은 것이며, 더불어, 이는 앞서 보았던 릴케 관련 대목과 그 의미가 상통하는 것이다. 결국, 표현은 달라졌으되, 있는 것(물상)과 없는 것(여백(심연))이 다시금 나란히 맞

---

4) 손영식(1989), 「공자의 正名論과 노자의 無名論의 비교 : 그 논리와 사고방식의 대립을 중심으로」, 『철학』 31, 한국철학회, pp. 184~197. 참고.

5) 리처드 커니, 임헌규 · 곽영아 · 임찬순 역(1992), 『현대유럽철학의 흐름』, 한울, p.87. 참고.

세워진 셈이고, 이 둘을 모두 고려해야 한다는 성찰이 다시금 제시된 셈이다.6) 이처럼 있는 것(물상)과 없는 것(여백(심연))의 동시 공존을 인정하는 사유란, 들뢰즈의 용어를 빌린다면 '포괄적 이접'7)이라고 명명될 수 있거니와, 일반적인 표현을 따른다면 '역설'이라고 명명될 수 있다.

이렇게 「餘白의 存在性」을 찬찬히 독해하면서 '역설'을 도출해낼 수 있었으되, '역설'은 고석규가 언제이고 강조해 마지않은 개념으로 「餘白의 存在性」뿐만이 아니라 고석규 비평 전체를 관통한다는 점에서 아주 큰 중요성을 지닌다(『초극』(에 실린 고석규 비평)이 고석규 자신의 실존주의를 바탕으로 한 세계 인식─세계 대응의 산물로 이해될 수 있는 실질적인 근거가 다름 아닌 '역설'로부터 주어지는 것이다).『초극』이후 고석규 비평은 실제적인 영역, 곧, 시(인)론으로 뻗어 나가는 양상을 띠는데, 이때, 어느 글이든 간에 '역설'은 가장 아래에서 기저를 이루고 있음이 확인된다.8)

이는 고석규가 「여백의 존재성」에서부터 그가 펼쳐나갈 「시인의 역설」의 토대를 이루는 시적 사유의 바탕을 이미 마련하고 있었음을 말해주고 있다.

---

6) 한편, 「尹東柱의 精神的 素描」에서도 "不在者는 存在하는 것이며 不在者에 對한 <昏約的侍從>을 그가 覺悟한 것이다."[고석규(1954), 앞의 책, p.49.], "人間 尹東柱에 있어서 밤은 宇宙와의 交流이며, 不在者와의 凝視이며 對話의 連續이였다."[고석규(1954), 앞의 책, pp. 55~56.] 등의 서술이 발견되는바, 여기에도 동일한 사유가 내장되어 있음을 알 수 있다.
7) '배타적 이접'은 선택지의 한 항이 참이고 동시에 남은 다른 항은 그럴 수 없다는 사실
8) 이와 같은 '포괄적 이접' 혹은 '역설'은 「여백의 존재성」의 끝자락에서 "여백은 존재를 증명하기 위한 유일한 방법으로 이것을 택한 것입니다. 여백은 존재를 증명하기 위한 부재의 표현에 지나지 않습니다. 우리들 부정 속에 내재되는 새로운 긍정을 위하여 L여! 우리는 다만 진실한 우리들의 작업을 멈추지 않아야 할 것입니다."라는 문구로 집약되어 한 번 더 강조된다.

3. 시작 활동과 고석규의 시 세계

고석규의 시작 활동은 언제부터 시작되었는지는 명확하게 규정하기는 힘들다. 그러나 그가 유년시절부터 ≪유년그룹≫, ≪고학교 친구≫ 등의 잡지를 구독하면서, 서울의 경성일보에 작품을 투고하기도 했다는 전언을 감안하면, 일찍 시 창작의 길에 들어섰다고 할 수 있다. 그가 대학에 입학하여 시활동을 하기 전에 이미 시작을 계속하고 있었음을 확인할 수 있는 장면이 일기에 엿보인다. 한국전쟁에 참전하여 후방 병원에 있을 때 남긴 「와습기」 중 1951년 10월 24일 자에는 그의 시작과 관련된 기록을 남기고 있어 참고해 볼만하다.

> "프랑스 시인은(적어도 시인에겐) 생활이 없고 현실이 없다. 인생과 별개의 '시의 진실'만이 그들이 사는 세상이다.
> 또한 과거 칼 샌드버그의 계승자들이 운위한 바와 같이 시인이 난잡한 감각의 소유로부터 정당한 직감의 활용으로 시상한다고 주창한 두 가지 기억이 떠오른다.
> 이때 시작(詩作)에 열광한다는 것은 곧 복잡하고 민감한 계기에 부닥쳤다가 그것을 손쉽게 적당히 정리하며 구상하는 천재적 활용의 기능을 의미하는 것이며, 생활을 적어도 초월하려는 독단의 노력이 열광하는 나머지 정열의 패배를 방패할 수 있을 것이다. 그러나 과거 반 년 이상을 겪고 난 오늘에서 도무지 진지하게 시작을 계속할 수 없는 단편적인 우울감이 어쩌면 비애롭다.
> '표현의 의장(意匠)'이 이제는 단순한 주제 앞에서도 절망하고 말았다. 자기연소의 투철한 관념이 이제는 아까운 희생을 거역하는 것이다. 단순한 주제는 영원한 것이다. 단순한 주제란 감각 또는 정신의 지극히 안전한 곳에서 바라볼 수 있는 완성의 충동을 해석하는 것이다.

유명한 독일의 교육자인 아우구스트 프로빌은 "포에지는 인격을 만들고 예술로 하여금 철학의 용사로 만든다"라고 말한 바 있다.

내가 간택한 포에지는 차라리 나로 하여금 훨씬 떨어진 객관인으로만 돌아가게 하렴. 나의 번민 없을 자유가 마음대로 새겨질 수 있는 넓은 곳에서 인생의 용사로 출진케 하렴.

시작이 하나의 신앙으로 변하여 그러한 신앙 가운데서 불타는 것이라면 나는 생활도 현실도 있는 진정한 열광으로 실망하지 않을 것이다.

이상의 내용을 참고해 본다면 고석규는 분명히 시작을 계속해 왔음을 드러내고 있다. 그런데 지금은 반 년 이상 진지하게 시작을 계속할 수 없는 단편적인 우울감에서 벗어나지 못하고 있음을 고백하고 있다. 그래서 "시작이 하나의 신앙으로 변하여 그러한 신앙 가운데서 불타는 것이라면 나는 생활도 현실도 있는 진정한 열광으로 실망하지 않을 것이다."라고 희망하고 있다. 이러한 자각으로 인해서 1951년 10월 25일 일기에는 「우수 부인(憂愁夫人)」, 「하늘이 흐려 별이 보이질 않아」 두 편의 시를 일기에 남겨놓고 있다.

대학 입학 전에 쓰여진 시들과 입학 이후에 쓰여진 고석규의 시들은 그가 요절한 이후에 그의 유고 시집 『청동의 관』으로 발간되었다. 『청동의 관』 유고시집의 발간과 함께 부산에서는 그를 기억하는 조촐한 모임이 있었다. 고석규에 대한 논의를 가장 활발하게 전개했던 김윤식 교수를 모시고 유고 시집 『청동의 관』 출판기념 강연회를 가진 것이다. 기념강연의 내용은 그의 시의 저변에 흐르는 바탕을 이해하는 데는 좋은 매개가 된다. 이에 그 내용을 다시 정리해 본다.

전후문학의 원점

―6 · 25와 릴케 · 로댕 · 윤동주 · 고석규

1. 『청동의 관』―유고시집 출간

지난 5월 24일 부산에서는 고석규 유고집 간행위원회 주최로 강연회 및 시집 『청동의 관』 증정식이 부산일보사 10층 대강당에서 하오 두 시에 열린 바 있다. 유고평론집 ≪여백의 존재성≫(지평사, 1990)이 나온지 두해 만에 유고시집까지 간행된 바 있는 고석규(高錫珪, 1932~1958), 그는 누구인가. 어째서 부산 소장 비평가들의 동인지인 「오늘의 문예비평」이 이미 34년 전에 죽은 한 문인에 대해 이토록 지속적이고도 열정적인 관심을 보이는 것일까.

나를 이 강연회에 초청인사로 부른 것은 『여백의 존재성』을 두고 논의한 졸고 「고석규의 정신적 소묘」(≪시와 시학≫ 1991, 겨울~1992, 봄) 때문이겠지만, 내가 이에 응한 것은 위에서 말한 그 '어째서'에 관련된다.

수도 서울 다음의 거대한 항도 부산의 문학적 자존심의 일단이 ≪오늘의 문예비평≫을 가능케 한 원동력의 하나라면 그 '어째서' 속에 담긴 의미도 이 자존심에 걸려 있는 것이 아닐까. 어떤 의미가 문학적 의미를 띠려면 신화가 깃들여야 하는 법. 이 신화를 창출하는 노력의 일단이 그 '어째서'일 것이다. 그러한 장면을 조금 엿보고 싶은 것은 나만의 호기심이었을까.

2. 6 · 25―근대의 파산과 폐허

문학에 관심을 가진 전후세대라면 휴전된 지 채 일 년이 안 된 1954년 6월, 부산에서 간행된 『초극』(삼협문화사)을 기억할 것이다. 사슴의 뿔이 달에 걸려 있는 수화(김환기)의 수채화를 색깔 그대로 속표지로 삼은 『초극』은 특이한 겉모양을 하고 있었는데 고석규

·김재섭의 두 사람의 동인지인 까닭이다. '청동의 계절'이라는 표제를 단 5편의 산문이 고석규의 것이었고, '달과 암초'라는 표제의 15편의 시가 김재섭의 것이었다. 산문과 시로 구성된 동인지였던 것이다. 그들이 이를 두고 '초극(超劇)'이라 부른 이유를 알아내기 어려운데, 이 동인지 어느 곳에서도 밝혀져 있지 않기 때문이다. 다만 후기에서 "모든 인간정신에 패배하고 남은 위기의식의 무서운 간극에 우리는 새로운 교량을 놓으려 한다"고 한 것으로 미루어볼 따름이다.

이 동인지에서 고석규는 5편의 산문만 실렸는데, (1)「돌의 사상」, (2)「해바라기와 인간병」, (3)「여백의 존재성」, (4)「서정주 언어서설」, (5)「윤동주의 정신적 소묘」가 그것이다. 내게 흥미로운 것은 어째서 표제를 '청동의 계절'이라 붙였는가에 있었다. 주의 깊게 살펴보면 목차에서 (1)·(2)·(3)을 나란히 붙이고, (4)·(5)를 나란히 붙여 그 사이에 상당한 간극을 둔 것이 발견되거니와 (1)·(2)·(3)이 릴케의 <로댕론>에 연결되었음을 쉽사리 알아낼 수가 있다. 로댕의 조각을 구경도 한 바 없는 구덕산 피난지의 한 대학생을 무엇이 그토록 로댕에 빨려들게 만들었을까. 이 물음 속에는 개인사적이자 문학사적 의미가 깃들어 있을 것이다.

6·25가 나기 전의 일이다. 함흥의 개업의 고원식 씨가 당시 게릴라부대(백호부대)에 군의관의 신분으로 참가 월남하였다. 중학생인 아들 석규는 단신으로 3·8선을 넘어 남하였다. 6·25가 터지자 군에 입대한 아들과 아버지의 극적인 상봉이 전지에서 이루어졌다. 군에서 나온 아버지는 부산에서 개업하였고, 아들은 구덕산 기슭의 판자를 얽은 대학에 들어갔다. 4천여 권의 장서가 쌓인 판잣집 골방 속에 앉은 이 대학생은 실상 서구 형이상학으로 벽장을 쌓은 서재의 주인격이었다. 전쟁을 체험한 이 대학생에게 최초로, 그리고 본격적으로 말을 걸어온 것이 릴케였다. '빛은 언제나 돌 속에 숨어 있다'라고 말하는 릴케의 목소리를 들을 수 있는 귀를 그는 갖추고 있었던 것이다.

릴케의 목소리를 들을 수 있는 '귀 갖추기'란 무엇인가. 어째서 그것이 하필 그에게 가능했던가. 그것은 개인사적 측면에서 살펴볼 수 있는데 함흥에서의 단신 월남 6·25 입대 등의 전쟁체험이 이에 해당한다. 그는 폐허를 보았던 것이다. 죽음의 표정을 엿보았던 것이다. 이것만으로 릴케의 목소리 듣기와 귀 갖추기가 이루어지는 것이 아님은 물론인데, 문학사적 개입이 그것이다. 문학사적 개입이란 곧 정신사적 개입일 터인데, 항도 부산이 임시수도였음이 이 문제에 관련된다. 임시수도 항도 부산이란 김동리의 『밀다원시대』(1955)의 표현을 빌면 '땅의 끝', '끝의 끝'에 해당한다. 다시 말해 6·25란, 그동안 인류사가 전력을 기울여 구축해온 이른바 근대성의 총파산에 해당되는 것이다. 근대의 파산이란 근대가 놓였던 자리가 폐허로 변했음이며, 폐허의 잔해만이 쌓인 장면이 바로 항도 부산이었다. 이 폐허에서 새로이 돋아날 생명체가 있을 수 있을까. 있다면 어떤 모양을 한 생명체일까. 불의 시련을 내세운 화전민의식(이어령)이 그 하나라면, 토착어의식(유종호)이 그 다른 하나일 수 있다. 화전민의식과 토착어의식이 각각 문화사적인 개입임은 모두가 아는 일이다.

고석규가 선 자리는 토착어의식도 화전민의식도 아닌 특별한 자리였는데, 청동시대의식이 그것이다. 그는 이를 두고 '청동의 계절'이라 불렀던 것이다. 이것들이 근대가 파산한 그 폐허에 돋아날 세 가지 생명체의 가능성이었다. 전후문학과 그 비평의식은 이 세 가지 범주에서 크게 벗어나지 않는다.

3. 청동시대―근원의 탐색

청동시대 의식이란 무엇인가. 릴케가 이렇게 속삭이고 있지 않겠는가. 여기 태곳적 인간의 나체상이 있다. 이를 '청동시대'(1877)라 부른다. 이 사나이는 태곳적의 암흑 속에서 잠이 깨었다. 그리하여 성장해가면서 몇천 년을 지나온 우리를 훨씬 넘어 장차 오리라 생각되는 인간세계로 걸어가고 있다. 머뭇거리며 그는 들어올린 팔에 몸을 뻗쳐가고 있다. 그런데 이 팔은 아직 무거운지라 한쪽 팔의 손은 다시금 머리 위에서 쉬고 있다. 정신을 집중시키고 있다. 뇌수 꼭대기의 더없이 높은 뇌수가 고독해 보이는 데서 일할 준비를 하고 있다. 오른발은 헛걸음을 내딛고자 하는 참이다.

릴케의 이러한 속삭임이 로댕의 성숙기의 대표작 <청동시대>에 대한 비유(해설)이다. 로댕이 창출해낸 최초의 사나이의 모습을 두고 릴케는 표현할 말을 잃고 있었다. 미란 공포의 시작이며 우리를 침묵케 하는 것이라고. 임시수도 항도 부산의 대학생에게 이것은 어떤 의미로 다가왔던가. 근대가 철저히 파산당한 그 폐허에 서야될 최초의 사나이의 모습이 릴케의 속삭임 속에서 떠올라왔다. 이를 직감적으로 알아차릴 힘이 고석규에게 있었다. 벽처럼 둘러쌓인 4천여 권의 형이상학이 그의 성채였으며 그는 성주였다. 아무것도 들려오지 않는 이 성채 속에서 인류 최초의 사나이가 탄생하고 있었다. 이 성채의 계절이 청동시대였으며, 인류 최초의 사나이를 꿈꾼 것은 그 자신이었다.

그렇다면 어째서 그것이 『여백의 존재성』이어야 했을까. 보일 수 없는 내부에서 자꾸 흘러가는 빛깔의 고민이 있을지언정 왜 빛깔은 저 여백의 하찮은 부면(部面)에 자기를 물들이는 것입니까. 한결같이 밝은 빛[……]

한마디로 말하여 그것들은 모두 괴로움의 표현이라 할 수 있습니다. 정적은 하나의 표현이올시다. 그리고 그것은 하나의 빛이올시다. 빛은 아름다운 것입니다. 무한한 것입니다. 저 많은 빛깔의 아름다움은 얼마나 직관적이며 신비적이며 또 원시적인 것입니까. 이 화면의 여백에 엷고 강한 감동을 남기면서 몸부림치는 그들의 자세를 열심히 볼 것입니다.

어째서 빛깔은 저 여백의 하찮은 부면에 자기를 물들이는가. 어째서 빛깔은 모두 괴로워하는 표현인가. 어째서 정적이 하나의 표현인가. 어째서 여백에 빛깔의 몸부림이 있는가. 어째서 여백에서 몸부림치는 빛깔에 주목해야 하는가. 이 '어째서'야 말로 릴케 · 로댕의 예술본론에 해당된다. 인간이란 그 누구도 미를 창조할 수 없다는 것. 다만 물건<Dinge>을 만들 수 있을 따름이라는 것. 왜 물건을 만들고자 하는가. 인간은 그렇지 않고는 배기지 못하는 족속인 까닭이다. 태초부터 인간은 눈앞에 있는 자연을 본 삼아 힘들여가며 사물을 만들었다. 사물이 만들어져 그것이 다른 자연물의 반열 속에 놓이자 말자 돌연 자연물이 고유하게 갖는 침착성과 품위를 가져, 언젠가 사멸할 운명을 지닌, 자기를 만든 그 인간을 가련한 듯이 물끄러미 바라보고 있지 않겠는가. 이런 기막힌 장면의 체험이란 무엇이겠는가. 최초로 신을 만든 인간의 체험이 바로 이것이 아니었을까.

이 때문에 인간은 사물 만들기의 형언할 수 없는 체험을 포기할 수 없다. 어떤 물건이겠는가. 아름다운 사물과는 전혀 무관하다. 단순한 사물 만들기였던 것이다. 그렇다면 미란 무엇인가. 그런 것은 인간과 무관하다.

인간이 할 수 있는 것은 다만 미가 머물 수 있는 조건 만들기뿐이다. 사물 만들기가 이에 해당된다.

누구 하나 미를 만들어낸 사람은 없습니다. [……] 미란 어디서 생기는가에 관해 속인과 마찬가지로 예술가도 거의 아는 바가 없습니다. 자기를 넘어서는 유용성(有用性)을 충족시키고자 하는 충동에 이끌려 예술가는 자기 작품에는 어쩌면 미가 찾아오게 되리라는 어떤 조건이란 것이 존재하고 있음을 알고 있을 뿐입니다. 그러기에 그의 사명이란 이 조건에 능통하는 일이며, 또 이 조건을 만들어낼 수 있는 능력을 기르는 데 있는 것입니다.

미가 깃들 수 있는 조건 만들기, 이것만이 인간의 가능영역이라면, 진짜 존재성인 미(진실)란 일종의 환각이 아닐 것인가. 여백(조건)이야말로 미의 등가물이 아닐 것인가. 이것은 일종의 오해라고 릴케는 보고 있다. 등가물일 수 없다. 속류 미학자(예술가)들이나 그렇게 생각한다고. 이 대목에서 문득 나는 저 헤겔의 『미학』 한 대목을 떠올린다. 미란 그 본질상 왕자(王者)적인 것이라는 대목이 그것이다. 세계의 가장 이상적인 상태가 다른 시기들보다 어떤 특성 시기들과 잘 어울리듯 예술 또한 그것이 자리잡아주는 형상들을 위해 다른 처지들보다는 어떤 특정의 처지를 선택하는데 그것은 다름 아닌 왕자들의 처지라는 것이다.

릴케의 목소리 속에 들어 있는 이러한 미에 대한 사상이란 결국 무엇인가. 내성(內省)의 철학이라 할 수 없을까. 폐허 앞에 선 태초의 나체상이라 할 수 없을까. <청동의 계절>의 사상이라 할 수 없을까.

이 사상을 근원(Urspring)의 탐색이라 부를 것이다. 인간의 근원적인 곳의 탐색, 그것이 릴케의 사상이자 작업인데, 릴케는 그것을 다만 시라 불렀다. 창조 행위의 근원 탐색이란 인간의 본질 탐색 바로 그것이다. 감추어진 것을 드러내게 하는 것이다. 하이데거가 진리를 감추어진 것(Unverborgenheit)이라 해석한 것에 따르면 이것을 드러내는 (entbergen)행위가 릴케의 시였다. 하이데거 자신이 자기 철학을 두고 릴케가 시적으로 표현한 것의 철학적 진술에 지나지 않는다고 말했다는 점을 믿는다면 (J. F. Aengelloz : R. M. Rilke, Paris, p. 3.) 릴케의 시적 영위와 그 언저리란 넓은 뜻으로 실존주의적인 것이라 불러도 될 것이다. 실존철학이란 모든 분야를 포괄하는 정신적 활동의 근저층에 작용하고 있는 공통성의 명칭이라고 저명한 실존주의 철학자 O. F. 블르노가 말해놓고 바로 이어서 키에르케고르가 릴케에 끼친 영향관계를 W. 콜슈미트와 더불어 강조하고 있음은 인상적이라 할만하다.(블르노.『릴케』, 1951 참고) 유고시집의 표제가 어째서 '청동의 관'인가에 대한 의문도 이로써 조금 풀리지 않았을까. 고석규 자신이 생전에 표기해놓았던 시집 명칭 중의 하나를 그대로 사용했음이 편집후기에 밝혀져 있다. 이로 보면 '청동의 계절'과 '청동의 관'이란 둘이 아니고 하나였다. 릴케·로댕에 대응하는 명칭이었다. 그가 릴케·로댕의 그늘에서 벗어나 순종 한국인임을 어렴풋이 알아차리고 괴로워하는 계절이 또한 <청동의 계절>이고 『청동의 관』이기도 하였다. 태초에 눈뜨는 인간의 표정, 그것이 릴케·로댕이라면 순종 한국인의 눈뜨는 원상 그것은 윤동주였고, 관념 배격의 육체, 문둥이와 벙어리로 표방되는 미당이었다.

4. 비평—운명과 형식

　<청동의 계절>과 <청동의 관>을 두고 그 우열이랄까, 정신의 높이를 문제 삼아도 되는 일일까. 이런 물음도 있을 수 있다면 그것은 실상 고석규 자신이 제기한 물음이다. 『초극』에서 그는 <청동의 계절>만을 문제 삼았고, 『청동의 관』을 감추었거나 버리고 있기 때문이다. 아직도 『청동의 관』이라 부를 만한 것이 만들어지지 않았거나 발표할 만한 형편이 못되었던 까닭이 아니었을까.

　<청동의 계절>이 표상하는 것을 물을 수 있는 장면에 이제 우리가 이르게 된 셈이다. 그 계절을 운명과 형식이 또렷한 구분을 갖추는 기간이라 부를 것이다. 어떠한 몸짓에 의해서도 표현될 수 없으면서 그래도 표현을 갈망하는 체험이 있다. 감상적·직접적인 현실, 삶의 동력으로서의 적나라한 순수한 성격을 띤 비전이다. 삶이란 무엇인가. 인간은 무엇인가 하는 직접적 물음이 그것이다. 이를 운명에의 물음이라 한다. 이러한 물음은 어디까지나 물음으로만 존재하는데, 해결점이란 그 어디에도 없는 까닭이다. 그것은 상징이고 운명이고 비극이다. 이 운명이 표현을 갈망한다. 표현이란 형식인 것이다. W. 벤야민 식으로 말하면 운명이 진리내용이라면 형식이란 진리내용의 표현에 해당되는 것이다. 이 운명과 형식의 관계만을 문제 삼는 것이 <청동의 계절>의 몸짓이다. 다른 어떤 외부적 조건이란, 또는 일상적 의미란 끼여들 수 없는 공간, 그것이 '에세이 비평'이라 부를 것이다. 그러기에 형식 속에서 운명적인 것을 보는 사람을 두고 비평가라 부른다. 비평가란 형식 속에서 운명을 보며, 형식이 간접적으로, 또 무의식적으로 자기 속에 감추고 있는 혼의 내실(內實)을 더없는 강렬한 체현으로 음미하는 자를 가리키는 것이다. 루카치가 비평가의 운명적 순간이란 '사물의 형식으로 되는 순간'이라 말한 것은 이 때문이다. (『혼과 형식』, 반성완·심희섭 역, 심설당, 1988) 그것도 시도 아니고 소설이나 희곡일 수도 있다. 그것은 '자외선으로 글쓰기'에 해당된다. 무지갯빛이 스며들 수 없는 영역,

그것이 <청동의 계절>의 진면목이라는 사실을 고석규만이 어렴풋이 알아차리고 있었다. 전후비평의 감수성의 한 가지 기원이 여기에 있었다. 물론 그는 조만간 <청동의 계절>에서 벗어나, 로댕의 '청동시대'의 사나이가 대지에 첫발을 딛는, '설교하는 세례 요한'으로 발전하듯 발전해나갔다. 「시인의 역설」이 그것이다. 소월에서 윤동주에 걸치는 시인의 내면 탐구의 마지막 대목인 윤동주의 죽음의 의미를 우나무노의 말로 맺지 않으면 안될 만큼 그는 <청동의 계절>에서 멀어져갔다. 우리들은 추위로 말미암아 죽는 것이지 결코 어둠 때문에 죽는 것이 아니다라고. 이 때문에 그의 <청동의 계절>은 그 자체로 찬연하다.

- 「문학사상」, 1992년 7월호

<청동의 계절>에 써두었던 시가 사라져버릴 운명에 처해 있었지만, 다행히 『청동의 관』으로 살아났다. 깊이 묻혔던 그 청동의 관에 쌓였던 먼지를 털어내며 유고시집 원고들을 만지면서 받았던 고석규 시에 대한 첫 인상을 기록해 놓은 남송우의 시 해설을 다시 읽는다.

고석규가 유고로 남긴 시편들을 읽으면 젊은 날의 순수한 열정, 두고 온 고향에 대한 향수, 어머니에 대한 그리움 등이 드러나기도 하지만 우선 강하게 와 닿는 이미지는 1950년 전쟁이 안겨다 준 핏빛과 검은색 이미지다.

모두 불붙은 산이며 바다며 꽃나무였다
피 붉은 잔을 든다

아름다운 죽음과 만나는 것이다

- 「식화(飾花)」 중

죽은 피를 마시다 검게 외로운 나의 강아지여

　　　　　　　　　　　　　　　－「절교(絶橋)」 중

피에 열리는 새벽

　　　　　　　　　　　　　　　－「시간」 중

칼금에 피가 흐르는
나의 가슴

　　　　　　　　　　　　　　　－「파경(破鏡)」 중

나의 숨결마다 조여오는
검은 바다

　　　　　　　　　　　　　　　－「암역(暗域)」 중

알알이 죽어 맺힌 검은 바다 위로

　　　　　　　　　　　　　　　－「야원(夜原)·1」 중

내 손에는 검은 피가 자꾸 맺혀 흐르는 것이니……

　　　　　　　　　　　　　　　－「방(房)」 중

　전장의 현실을 떠올리게 하는 핏빛 이미지와 피 흘림의 결과로
나타나게 되는 죽음을 연상케 하는 검은색의 두 색체 이미지가 고석
규 시편의 한 주류를 이루고 있는 것은 말할 것도 없이 1950년 전쟁
때문이다. 전쟁에 참전하여 생명이 순식간에 죽음으로 이어지는 광
경을 무시로 경험한 고석규의 머리와 가슴에는 죽음으로 꽉 차 있어
이로부터 결코 자유롭지 못한 것이다. 삶이 죽음과 결코 멀지 않다
는 전쟁의 경험은 고석규 자신을 늘 죽음의식에 시달리게 하고 그의
이러한 의식은 생명의 표상처럼 여겨졌던 핏빛이 그에게는 쉽게 죽
음의 색조인 검은 색깔로 변하고 있다. 즉 붉은 피가 검은 피로 인식
되고 있음이다. 이러한 그의 죽음의식을 이해하기 위해서는 그가 경
험한 죽음의 현장으로 가보아야 한다.

①
그날 대피(待避)에 시달린 너의 몸으로 짜작짜작 학질균이 유황불처럼 괴로웠다 지옥으로 떠맡기며 서러워 아끼는 웃음 속의 이빨은 곱게 희였는데, 어쩌다 흙 묻은 손을 얹으면 철창에 든 슬픈 짐승처럼 너는 긴 하품만 토하였다
마구 우거진 기나(幾那)의 밀림 속으로 흔들어 자빠진 눈물 어린 살결에 부비며 그 멀어져가는 번락(番樂)의 자취를 듣는 것이나 너는 나에게 쑥빛 같은 입술을 사양하는 것이며 열기에 운 너와 나는 그림자 없는 벽과 수렴의 대조 속에 차차 살아 있는 또 다른 너와 나를 믿는 것이었다.

②
수만 리 지역에서 너를 업고 달려온 내 허벅살에 보이지 않는 피며 넝마의 깃을 꾸며보는 내 수척한 동작이 사실은 어둠 속에서 우는 것이었다
온 하늘이 자주색 피를 널릴 무렵, 영악한 모기 울음에 눈을 뜨면 투탄 목표가 아직도 먼 잠잠한 굴 속에서 나는 한 대의 촛불을 푸른 지하수를 훔쳐선 입가에 몇 번이나 흘리는 것이었다
한 서너 알! 그 약(藥)도 우리에겐 바랄 수 없었다 너의 숨소리! 부슬내리는 모래소리! 그리고 물방울소리! 암야(暗夜)의 지층에서 나는 피흘리는 당신의 시종이었다.

③
또다시 눈을 떠 새벽이 밀려오는 하늘소리, 가까워오는 소리가 아닌가
아아, 그러나 우리들 머리 위에 떠 바람처럼 스쳐간 것은 기총소사와 시한폭탄의 진동이었을 뿐 내 곁에 열 식은 너의 머리채가 유난히 부드러운 것이었다
마지막 남은 질병의 벌꿀을 드릴 때 빛 누런 액체를 가쁘게 가슴으로 흘리고선 그 가늘어 취한 눈을 내게로 열던 너의 선한 눈빛! 그리고 밤바람처럼 굴러가는 수없는 지진을 눈으로 듣다 말며 문득 시들어 웃었다
꿀물에 번질거리는 당신의 입가는 꽃처럼 피어 녹아, 젊은 목숨의 불

을 바라보는 새벽 어둠 속에 내가 당신의 '현재'를, 그리고 당신이 나의 '현재'에 기대어 피곤히 잠든 것이었다.

―「1950」 전문

어느 날 나는 강으로 갔다 강에는 폭탄에 맞아 물 속에 뛰어든 아주 낭자한 아이들의 주검이 이리저리 떠가고 있었다.

물살이 어울리면 그들도 한데 어울리고 물살이 갈라지면 그들도 다른 물살을 타고 저만치 갈라지면 그들도 다른 물살을 타고 저만치 갈라져 갔다 나는 그때가 팔월이라고 생각한다.

어떤 나무에선 수지(樹脂)가 흐르고 화약에 쏠린 잡초들이 소리를 치며 옆으로 자랐다 불붙는 지대(地帶)가 하늘로 부옇게 맞서는 서쪽 강반(江畔)에는 구릿빛처럼 기진한 여인들이 수없이 달려오는 것이었다 그리고는 가릴 길 없는 의상들을 날리며 한결같이 피묻은 손을 들어.

"야오―"
"야오―"

높은 여운 속에 합하여 사라져가는 저들의 이름을 내가 듣는 것이었다 신이 차지할 마지막 자유에 스쳐내리는 연분홍 길을 눈 감고 내가 그리는 것이었다

"야오―"
"야오―"

이제는 아주 보이지 않게 떠나간 하직을 차라리 우는 것이 아니라, 먼 나라 홍보색(紅寶色) 그물 속으로 생생한 고기와 같이 찾아가는 하많은 저들의 희망을 불러보는 것이었다

목소리 메인 공간의 말할 수 없는 고동(鼓動)에 사로잡혀 나도 몇 번
이나 아름다운 환호에 손을 저었다

은(銀)비 내리는 구름 속까지 강은 굽이쳐 내리기만 하고 노을에
서는
바닷녘에 가지런히 당도하여 돌아 부르는 아이들의 고운 목청이
이제는
다시 물살을 타고 저만치 울려오는 것이었다
산란한 곡조로 그 소리는 바람 속에서도 연연히 들리었다.

―「강」 전문

「1950년」은 전장에서 부상당한 한 동료 병사를 대피소로 데리고
와서 그의 마지막 순간을 지켜보았던 고석규의 생생한 이야기이고
「강」은 전쟁으로 인해 죽은 아이들의 주검이 강에 흘러내리고 있던
모습과 그 아이 어머니들의 애절한 외침들을 들려주고 있는 사실성
이 돋보이는 작품이다. 전쟁으로 인해 경험하게 된 멀고 가까운 공
간적 구별 없이 산재해 있는 죽음현상을 통해 결코 자신도 이 죽음
으로부터 자유로울수 없다는 사실을 깨달았을 때 고석규는 무엇을
생각할 수 있었을까. 그것은 일차적으로 살아 있음 자체가 단순히
다행으로 와 닿기보다는 부끄럼으로 인식될 수밖에 없었을 것이다.
같은 전쟁터에서 동료는 죽어가고 자신은 살아남아 있다는 것이 욕
된 부끄럼이며 아픔으로 다가설 수밖에 없다는 것이다. 그래서 고석
규의 시에서는 그와 함께 전쟁을 치르다 죽어간 뭇사람들이 그의 마
음판에 선명한 상처 자국으로 자리하게 된다.

밤마다 찾아간 어둠 속에
싸늘한 피 흐르는 가슴과 만난다
보랏빛 눈이 쏟아지는
꽃처럼 환한 유리 앞에
나의 다짐한 슬픔은 참고 어리어

부픈 눈에 아롱진
오히려 고운 추억이 익는 것은
속으로만 자라난 비밀이
날아오지 못하는 까닭이다
살풋한 가슴의 입김을 지워
그 하얀 이름을 녹여보아도
너는 나비처럼 얼어서 죽어가던 것을

－「영상」 일부

이렇게 죽어가던 자들에 대한 영상에 밤마다 시달리고 있을 뿐
아니라 새벽마다 고석규는 죽어가던 자들의 환영에 사로잡힌다.

불 꺼진 새벽마다
먼 나라에 별똥이 져간다
덮지 않은 가슴 위에
얼었던 이름을 남기며
그 한 모습이 이제
세상을 떠나가는 것이다
바람이 오는 허공에
마지막으로 사라진 얼굴은
산한 눈 속에 흔들리는
웃음만 버리고 떠나갔다

－「모습」 일부

죽어간 자들에 의해 자신의 의식이 점유당할 때 산 자는 어쩔 수
없이 그 죽음을 넘어서기 위한 질문을 시작하게 된다. 이는 산 자의
가슴에 남아 있는 부끄럼을 근원적으로 넘어서는 삶의 방법적 서설
이기 때문이다.

깜박 잊을 듯한 세상에서
나를 부르는 그대는 무엇이오
가늘게 맺힌 피주름과
부서진 그늘의 웃음조각과
그 모든 하늘도 잊어버려
이름도 없이 곡절도 없이

그대는 어이하여 나를 부르는 것이오
나를 바라보다 우는 것이오
나에게 맡겨오는 것이오
깜박 잊을 듯한 세상에서
그 먼 하루 하루의 고개를 지나
그대는 어이하여 나에게 목마른 것이오
나에게 불붙는 것이오
새까만 칠 칠한 벽에 가뭇없이 흐르는
그대는 그대는 무엇이오.

―「그대는 무엇이오」 전문

밤마다 새벽마다 살아나는 사라져간 자들에 대한 선명한 영상은 '그대'로 상대화되면서 '그대는 무엇이오'라는 질문을 낳게 된다. 이때 그대는 바로 현존하는 존재들이 아니라 죽음 저편의 존재라는 점에서 죽음 자체로 이해해도 별 무리는 없다. 즉 '그대는 무엇이오'라는 질문은 바로 죽음은 무엇인가라는 질문과 같은 선상에 놓이게 된다는 것이다. 이렇게 고석규는 자신의 의식을 강하게 억누르고 있는 죽음 자체에 대해 더욱 적극적으로 대응하는 자세를 엿보이게 된다. 그것이 죽음에 대한 이차적 반응 즉 존재에 대한 자의식으로 나아가게 된다.

내 마음의 깊은 산골

아침도 해 비치지 않는 파란 어둠 속에는
뼈마다 아슬한 무엇을 쪼아내는
은밀한 소리가 있다

숨이 흘러가는 사이
그 사이로 간간이 울리는 소리에 젖어
마음은 눈 감고 머리를 풀어드린다
보이지 않는 높이에서
내 몸의 가엾은 부분들이
발간 분(粉)처럼 떨어져갈 때에는
아, 깊은 산골의 어디메서
강한 연기가 가득차 밀리고
연연(年年) 아픔 없이 찍힌 내가
혼자 취하여 잠이 든다
새는 날아가고 밤은 더욱 맑아오는데
달빛 어리는 내 가슴 위에는
파란 상화(傷花)가 꿈처럼 피어 있다.

           -「침윤(浸潤)」전문

 고석규는 자신의 의식 속에 탁목조를 한 마리 키움으로써 늘 살아있음을 확인할 수 있었다. 그러나 자신의 가슴에 간직한 탁목조는 자신의 몸을 끝없이 쪼아대고 갉아먹는 존재였다. 고석규가 죽음에 적극적으로 대응하기 위해 마련한 탁목조를 통한 실존의식은 결국 살아있음을 의식하면 할수록 죽음의식도 동시에 존재해 있음을 알아차리게 한다. 그래서 탁목조는 날아가고 밤이 맑아온다 할지라도 그의 가슴 속에는 탁목조가 남긴 상화(傷花)가 꿈처럼 피어 있는 것이다. 살아있음의 의식이 결국은 죽음의식으로 이어지고 죽음은 살아있음의 의미를 다시 고쳐 세우게 한다면 죽음과 살아있음은 결코 단절된 두 극단이 아니라 하나로 이어져 있는 연속사임을 고석규는

이미 바라보았는지도 모른다. 이승과 저승 사이의 길을 「십일월」에
서 풍경을 바라보듯 자연스럽게 응시하고 있었으니.

　　오늘 한 대의 마차가
　　하늘로 가오
　　돌아보아도 빈 얼굴
　　당신은
　　추운 눈물을 흘리시는구려
　　저리 서 있는 나무들은
　　모두 언 그림자요
　　내가 모르는 신이요
　　당신이
　　벙어리처럼 또 웃으시는구려
　　구름 속으로
　　비단에 젖은
　　한 대의 마차는 가오.

　　고석규는 죽음의식에 남달리 시달리기도 했지만 실향민으로서
고향에의 그리움에 가슴 아픈 순간들을 시로써 달래야만 했다.

　　우리네 향수는
　　마른 땅에 바람처럼 날려
　　우리네 향수는

　　불사른 집터에 날아가느니
　　예진 날 밝은 빛이 서로 반가워
　　부여안고 울어볼
　　어머님 사랑을 알고 모른
　　고아처럼 가난한 우리네 향수

냉랭한 달빛이 바다로 오는
슬픔의 항구에서 부르는 노래
아
고아처럼 가난한 우리네 향수.

—「우리네 향수」 전문

고향은 있지만 갈 수 없는 고향, 그래서 고석규는 그러한 고향에
대한 그리움을 고아처럼 가난한 향수로 이름짓고 있다. 고향은 가졌
지만 그 고향이 고향으로서의 현재적 의미를 잃었기에 이를 어머님
의 사랑은 알았지만 이제는 그 사랑을 받지 못하는 고아에 비유하고
있는 것이다. 이러한 그의 고향의식은 두고 온 가족들에 대한 애달
픔으로 구체화한다.

바람에 식은 하늘가
무너져간 노을 뒤에
고향산 등성이에 걸음 놓으면
뉘엿거리는 성천강
비단 얼굴 부비며
저녁이 서러워 하늘 아래 떠갔고
초사월 눈에 녹는
황초령 바라보는
눈자위가 옛말처럼 잠겼었다
문 안에서 잔뼈 굵은
나의 어느 젊은 날
흰 눈이 퍼붓는 칠흑한 밤에
어머님 방의 마지막 문을 닫고
낮은 발걸음이 쫓겨온 것을
한 줄기 피에 사는 아우들 얼려두고
입술을 깨물며 쫓겨온 것을

아, 꿈엔들 내가 잊지 않으이
목숨을 갈아도 잊지 않으이
바람에 자는 구천각산 기슭에
울녕스런 전설을 엿듣고
텅 빈 하늘 아래
모두 살아버린 터전에서
마른 눈을 뜨지 못할
모두 끝 맺힌 길들을 찾아가며
내가 걸음을 놓아보는 날
내가 타는 노을에 다시 서는 날
거친 세월에 목놓아 울어
눈먼 희망처럼 불러볼거나.

- 「고향산」 전문

고향산천을 그리며, 가슴 깊은 곳에 간직하고 있는 어머니와 동생들에 대한 그리움에 입술을 깨물고 있다. 그들은 꿈에도 잊지 못할 뿐만 아니라 목숨을 갈아도 잊을 수 없다는 피맺힌 혈연의 정을 토하고 있다. 두고 온 형제들과 어머니를 생각할 때 그들에 대한 그리움이 피울음이 되어 목을 메우고 있다. 그래서 고석규는 그 고향산천을 다시 찾아갈 수 있기를 목놓아 고대하며 그들을 불러보고 있는 것이다. 이러한 강한 고향의식은 무엇보다도 남겨진 가족들에 대한 혈연의 정 때문이다.

바람을 부르며
언덕을 거닐 때
아, 까풀처럼 남아야 할
형제의 피, 어머니의 피

- 「고향」 일부

두고 온 형제와 어머니의 피는 까풀처럼이라도 고향에 남아 있어야 한다는 고석규의 바람은 이들이 없는 고향은 이미 고향으로서의 의미를 상실한 것이나 마찬가지라는 것이다. 인간이 지닌 고향에의 그리움은 바로 모성애로의 회귀와 맞닿아 있다. 그래서 고석규는 늘 어머니에 대한 상념에서 벗어나지 못하고 있다.

그 산 속에 바다가 있고
바다에서 어머니는 배를 타셨다
물결도 바람도 없는 가을날
어머니는
불붙는 단풍들을 울음으로 보시리
순하던 구름
비둘기 나래 접듯
시들어간 그늘 스쳐 한 해를 보내고도
홀로이 홀로이 물 위에 떠 계신……
오늘도 산 속엔 바다가 있고
나뭇잎들은 곱게 바다로 지고 있다.

—「어머니」전문

산 속에 있는 바다는 바로 고석규 자신의 마음 속에 있는 바다와 다름없다. 그 마음 속에 있는 어머니는 시들어간 한 해를 보내고도 홀로 물 위에 떠 계신 모습으로 자리하고 있다. 그래서 고석규는 그 어머니에 대한 그리움을 오늘도 자신의 가슴 속을 가득 채우고 있는 바다에 배를 타고 계신 어머니를 확인함으로써 달래고 있는 것이다. 고석규는 전쟁의 경험으로 인한 죽음의식과 고향상실로 인한 향수에 시달리면서 이로부터 벗어나는 새날을 또한 고대하고 있었다. 그래서 그는 나에게 그 새날을 달라고 노래한다.

나에게 그날을 다오

바람과 또 태양의
눈부신 아침을 다오
밀봉(蜜蜂)이 집을 짓고
가을하는 농터의
끝없는 사색을 다오
별처럼 영롱한
눈물과 사랑의
행복을 다오
그날을 고대하다
말없이 잠들게 하여다오.

─「나에게 그날을 다오」 전문

고석규가 희망하는 그날은 죽음의 빛이 드리운 밤이 끝나고 밝은 태양이 빛나는 눈부신 아침의 날이며, 밀봉이 집을 짓고, 가을하는 농터가 있는 낙원의 상태가 회복되는 날이다. 그래서 그날은 별처럼 영롱한 사랑과 행복이 펼쳐지는 날이다. 죽음과 고향상실이 지워주는 무거운 짐을 벗어버릴 수 있는 날인 것이다. 그러나 고석규가 이 아침을 맞기 위해서는 「전야」를 거쳐야 했다.

불꽃을 흘리며 온다
나의 걸음은 핏빛이 되어
어디로 가는가
끝내 동결된 나의 집은
어찌하여 나의 어디메에도
보이지 않는가
가느다란 음성과
그 소리하는 자유를 허락할 것인가
아로새긴 눈과 눈의 이슬만을
나는 믿어도 좋은가

바람비 속에서도
아름다운 수회(繡繪)의 그림자 속에서도
우리는 어찌하여
가는 약속을 어기지 못할까
불꽃을 흘리며
별 없는 지평선 가로
또다시 너의 모두가 사라지는 동안
내 동결(凍結)에도 달빛이 왔으면
파아란 파아란 달빛이 왔으면.

-「전야」 전문

새로운 아침, 빛나는 아침을 맞기 위해 고석규는 핏빛 걸음으로 가야 하는 <전야>를 넘겨야만 했다. 그러나 고석규가 안식해야 할 그의 집은 동결되어 있었고 어디에도 보이지 않았다. 끝내 자신의 '동결(凍結)'을 풀지못한 채 그는 가는 약속을 어기지 못하고 가버리고 말았다. 그의 말처럼 행복한 그날을 맞기 전 말없이 잠든 것이다. 이제 남은 것은 '내 동결에도 달빛이 왔으면 파아란 파아란 달빛이 왔으면'하고 노래했던 그의 소원을 풀어주는 일이다. 그의 유고시집 발간이 그의 동결에 햇빛을 비추는 일이 되길 빈다. 밝은 아침 햇살이 비치면 동결은 풀려질 수 있기 때문에.

이후 고석규 시 세계에 대한 연구들이 이어져 왔다. 이에 그의 시 세계를 논의한 논자들의 글들을 통해 고석규 시의 특징을 좀 더 넓게 파악해보고자 한다.

김경복은 「자폐와 심연에서의 빛 찾기」에서 그의 의식이 궁극에 도달한 끝에 보여주는 이 시들의 죽음의식은 그의 삶이 결국 한 걸음도 죽음에서 자유로울 수 없었다는 것을 말해 준다고 보았다. 그는 살아

있는 것이 죽음이고 죽는 것이 어쩌면 진정한 삶을 얻으리라는 역설을 줄곧 생각하고 있었던 것은 아닐까? 비록 그가 심장마비로 요절하기는 했지만 그의 시적 의식의 경로를 볼 때 그의 죽음은 예비돼 있었다는 생각이 든다는 것이다.

그것은 결국 역사적 폭력 앞에 내적 염결성과 형이상학적 구원의 길을 치열하게 모색하였지만 불구적 삶을 살면서 역사적 구속성으로부터 자유로울 수 없는 한 인간의 소진 과정을 고석규가 온 몸으로 보여준 것이라고 해석한다. 때문에 고석규의 삶, 그리고 그의 문학은 역사와 인간, 그리고 구원과 절망의 대서사이며 오늘의 우리에게 삶의 한 전범을 제기하는 문제적 전언이라고 평가하고 있다.(≪오늘의 문예비평≫, 1993, 겨울)

이렇게 김경복은 고석규 시가 지니는 의미를, 1950년대라는 시공간 속에서 경험한 한계적 상황 속에서 그가 왜 실존적인 몸부림을 계속할 수밖에 없었는지를, 그리고 그의 시가 지니는 내적 염결성과 형이상학적 구원의 길의 모색이 지니는 현재적 의미를 파악하고 있다.

이에 비해 조영복은 「공포체험의 시적 변용과 그로테스크의 시」에서 고석규 시에 나타나는 특징의 하나로 그로테스크 이미지에 주목하고 있다. 이를 위해 조영복은 1950년대 시에서 가장 본질적으로 다루어져야 할 부분은 '전쟁 체험'에 관한 것이라고 보고 있다. 그것이 시의 소재주의적 측면으로서가 아니라 인간 내면의 문제, 곧 시의 깊이의 문제와 관련되어 있다고 보았다. 문제는 그 체험을 어떤 방식으로 의미화하는가가 매우 중요하다고 보고 현대 시사라는 통시적 관점에서 있다. 1950년대 시를 1960년대 시의 전사라고 인식하는 경우에 그것의 내재적 원동력이 이미 1950년대 시의 의미화 방식과 밀접한 관련을 맺는다는 관점에서 고석규 시를 바라보고 있다.

이런 관점에서 고석규의 시에서 두드러지게 나타나는 것은 그로테스크 이미지인데, 이것은 그의 전쟁 체험이 '공포'에 대한 인식으로 나타나고 있음을 말해 준다고 해석한다. 이는 공포주의적 시각에서 보면 '동일자' 의식이라는 폐쇄적인 사유 방식을 드러냄으로써 당시 1950년대 모더니즘 시의 일반적인 경향과 그 맥을 같이 하는 것이지만, 무의식과 내면의 집착에서 얻어진 초현실주의적인 경향으로 깊이를 추구하고 있다는 점에서 그의 시는 1950년대 시사에서 독특한 위치를 차지한다고 평가하고 있다.

조영복의 고석규 시 연구는 몇 가지 점에서 한국 현대 시사적 의미를 획득하고 있다. 첫째는 고석규 시에서 나타나는 그로테스크한 이미지이다. 이는 1950년대 시에서 드러나는 '공포체험'의 문학적 변용 방식으로 그로테스크 이미지가 나타난다는 것은 필연적이면서도 본질적인 것이라고 보았다. 고석규의 경우, 이것은 인간 내면의 가장 깊은 지점까지 투사해 들어가 일종의 병리적인 이미지를 낳기에 이르는데, 이 점에서 만큼은 1950년대 시인 중 그 어느 누구도 그 깊이에 있어 그를 따르지 못하는 듯이 보인다는 평가는 귀담아 들을 만하다.

둘째는 고석규의 시에서 두드러지게 나타나는 것은 그로테스크 이미지인데, 이것은 그의 전쟁 체험이 '공포'에 대한 인식으로 나타나고 있음을 말해 준다는 것이다. 공포주의적 시각에서 보면 '동일자' 의식이라는 폐쇄적인 사유방식을 드러냄으로써 당시 1950년대 모더니즘 시의 일반적인 경향과 그 맥을 같이 하는 것이지만, 무의식과 내면의 집착에서 얻어진 초현실주의적인 경향으로 깊이를 추구하고 있다는 점에서 그의 시는 1960년대 시사의 전사로서의 독특한 위치를 차지

한다고 평가하고 있다. (『한국문학과 모더니즘』, 한양출판사, 1994)

하상일은 「전쟁체험의 형상화와 유폐된 자아의 실존성」에서 고석규의 시는 한국전쟁의 현장에서 파괴와 살육이 자행되는 역사적 충격으로부터 시작된다고 보았다. 즉 그의 시는 소용돌이치는 전쟁의 현장, 그리고 전쟁이 할퀴고 지나간 폐허의 공간에서의 비극적인 체험으로부터 비롯되는 것으로 살육이 아무렇지도 않게 자행되고 피로 얼룩진 주검이 여기저기 흩어져 있는 비인간적인 상황, 그것을 두 눈으로 바라보아야만 하는 인간의 정신적 상처, 그리고 이러한 초토의 공간을 현실적으로 수용할 수밖에 없는 '폐허의식'의 형상화가 그의 시의 풍경을 이루고 있다는 것이다.

따라서 그의 시는 '어둠'과 '피'의 이미지로 가득 차 있는데, 전장의 현실을 떠올리게 하는 핏빛 이미지와 죽음을 연상케 하는 검은 색의 두 색채 이미지가 고석규 시편의 주조를 이루게 되는 것은 너무도 당연한 결과라고 해석한다. 전쟁에 참전하여 생명이 순식간에 죽음으로 이어지는 광경을 생생하게 경험한 고석규의 머리와 가슴은 죽음으로 꽉 차 있어 이로부터 결코 자유롭지 못했다는 것이다.

그리고 고석규는 전쟁 체험으로 인한 폐허 의식과 고향 상실에서 비롯된 그리움과 향수에 시달리면서, 이로부터 벗어나는 새로운 날을 그의 시에서 고대하고 있었다고 보았다. 고통과 죄의식으로 뒤덮인 부정적 현실 앞에서 유폐된 자아의 무기력함에 시달리던 그는, 보다 근본적이고 적극적인 삶에의 열망을 모색하게 되고, 이러한 그의 확고한 의지는 부끄럽고 비겁한 자아로 살아온 지난 시절의 모습이 아니라 당당하고 자신있는 모습으로의 실존적 전환을 통해 명징하게 드러난다는 것이다. 그래서 시 「浸潤」에서 살펴봤듯이 죽음의 역설을 통한 실존적 삶을 노래한 그의 마지막 시의 모습은, 그가 시에서 비평으로의 장르적 전환을 모색할 수밖에 없는 정신사적 흐름의 세계이고, '역설'은 '부정'에 대한 '부정'으로서 그의 비평세계와 자연스럽게 만나고 있다는 해석을 하고 있다. 여기에서 '죽음'은 '부정'과 하나가 되고 있는 장면을 만난다는 것이다.(부산대 대학원 석사학위논문(1999)에서 발췌)

박태일은 「전쟁 속에 얼어붙은 꽃봉오리」에서 고석규는 열정적인 시인일 뿐 아니라 뛰어난 시인이었다고 평가한다. 그는 말길을 한 곬로만 파지 않았고, 앞 시대의 이미지스트들이나 윤동주 같은 이들의 영향을 자연스럽게 녹여가며 그는 한 새롭고도 이채로운 풍경을 널찍이 마련해 놓았다는 것이다. 그것은 전쟁 체험과 향수 그리고 죽음으로 칠해진 긴 그림자를 남기고 있다고 보았다.

고석규 시는 무엇보다도 전쟁의 도가니 속에 내던져졌던 50년대 젊은이들의 막막하고도 절망스러운 마음 바닥을 고스란히 드러내고 있다고 그의 시를 해석했다.

전쟁은 무엇보다 삶과 죽음이라는 맞선 명제를 무너뜨리고, 삶이 죽음이고 죽음이 삶이라는 어처구니없는 역설과 혼돈만을 진실인 양 정당화시키는데, '난데없이' '생명(生命)의 구도(構圖)'를 짓밟혀버린 채 성큼 웃자라버린 젊은이 고석규는 그러한 역설과 혼돈 속에서 그래도 살아남아야 한다는 다짐을 끝없이 되풀이한다는 것이다.

그러나 '포성이 지나는 푸성가시 밭언덕' 또는 '허물어진 흙담 위/화염이 스쳐간 나뭇가지'(「석류화(石榴花)」)를 거쳐 '폭탄(爆彈)에 맞아 물속에 뛰어든 아주 낭자한 아이들의 주검이 이리저리 떠가고' 「강(江)」 있는 전장을 돌아나오면서 차라리 살아남은 자신이 짐스러운 듯 그는 강한 자학 속으로 휩싸여들고 있다는 점에 주목한다.

고석규 시에서 또 하나의 밑그림은 짙은 향수가 마련하는데, 그의 향수는 범상한 것이 아니라고 해석한다. 그는 일찍이 식민지 조선의 어린 노예로 자라면서 어찌보면 삶의 처음에서부터 진정한 고향을 갖지 못한 세대에 드는데, 그의 고향에의 그리움이 구체적인 고향의 정황이나 유년 체험에 깃들지 못한 채 막연하게 '어머니'에 대한 호명에만 기대고 있는 까닭이 여기에 있다고 보았다. 게다가 그의 고향은 이데올로기와 전쟁이라는 무자비한 폭력에 의해 쫓겨나온 곳이고, '불꽃이 여내 꺼지는/숨 막힌 속에서', '죽지 않고 눈 뜬' 채(「꿈」) 바라본 참상이 뚜렷이 새겨져 있는 곳이기에 그의 고향에 대한 그리움 속에는 두 겹의 고통이 얽혀 있는 셈이라고 해석한다.

그리고 그의 예기치 못한 죽음은 한 뛰어난 젊은이가 막다른 현실 속에서 이룩한 마지막 역설이라고 해석한다. 왜냐하면 '염염(炎炎)하는 화약산(花藥山) 프로메테우수'(<연안(沿岸)·Ⅲ>)처럼 절망을 뛰어넘고자 글쓰기에 매달려 '철의 예화(藝花)'를 피우기 위해 활활 타올랐던 그에게 있어 죽음은 이미 예견되었던 일이었고, 스스로 선택한 일인지도 모르기 때문이란 것이다. 더 이상 전쟁이라는 극한상황에 의한 소멸이 아니라 스스로의 뜨겁고도 자유로운 선택에 의한 소멸을 그는 꿈꾸었는지도 모른다고 보았다. 그래서 전쟁의 '벌판' 속에 얼어붙은 한 '꽃봉오리', 그의 죽음은 경인년 전쟁문학 위에 쳐진 첫 쉼표였고, 그의 주검 위에 차디찬 '청동의 관'을 씌워둔 뒤 1950년대 문학은 천천히 그리고 따로따로 전쟁의 실밥을 뜯어내며 제 길로 제 집으로 슬슬 몸을 빼기 시작했다는 시사적 의미를 부여하고 있다.

오주리는 「고석규 시에 관한 존재론적 연구 마르틴 하이데거(Martin

Heidegger)의 존재론적 관점으로」(『한국시문학 연구』, 65, 2021)에서 고석규의 비평연구에 상대적으로 가려져 연구가 부족했던 시를 존재론적으로 해명하고 있다.

우선 고석규가 전기적으로 전쟁체험을 겪으며 죽음의식에 예민할 수밖에 없었고 그러한 실존적 상황이 하이데거의 존재론에 관심을 갖도록 했다는 결론을 전제로, 고석규의 시「1950년」에 나타난 피난 상황이 역설적이게도 시인에게는 실존의 현재성, 즉 인간 존재자의 현존재로서의 의미를 깨닫게 했다고 해석한다.

그리고 고석규의 시「거리와 나와 밤」을 통해 시인이 시간적으로 유한한 존재임을 인식하면서 죽음을 향한 존재로서 생의 본래적 의미를 추구하게 된다는 것을 밝혔다. 즉 시인이 전쟁체험을 통해 현존재와 죽음을 향한 존재로서의 의미를 각성하게 됨을 밝히고 있다. 다음으로는 반신으로서의 시인의 존재 의미를 고석규의 시「시신이여」를 통해 밝히고 있다. 이 시를 통해서는 세계의 밤에 인간과 신의 중간적 존재로서의 시인의 임무가 반신으로 규정될 수 있는 "시신"을 통해 밝혔다. 이어 표현존재의 의미를 고석규의 시「서술」1, 2를 통해서 풀어냄으로써 존재의 본질을 사태 자체로 언어를 통해 드러내 보이는 현상학적 기술이 시론으로 채택되었다고 규정하고 있다.

이와 같은 논증 과정을 거쳐 이 논문은 그의 비평에 나타났던 하이데거의 존재론의 영향이 시에도 거의 동일하게 나타났음을 밝혔다. 그러나 고석규의 시는 하이데거의 존재론이 전유되어 있으면서도 한국사의 비극이 삼투되어 그의 시만의 아름다운 비애미를 창조하였다고 평가한다. 그러한 의미에서 고석규의 시는 하이데거의 존재론적 시론의 다시 쓰기를 넘어 한국 전후 문학의 특수성과 고석규 문학의 독자성을 확보하는 데까지 충분히 나아갔다고 평가한다.

그리고 최종적으로 고석규의 시에 대한 하이데거의 존재론의 영향에 대한 연구는 문학적 가치뿐 아니라 철학적 가치도 있다고 판단하고 있다. 이에 고석규의 시는 한국시사에서 철학함으로써의 시 쓰기 즉 형이상시의 전례를 남긴 시인으로 그 가치가 제고되어야 할 것으로 본다. 그러한 이유는 전후 시단에서 다수의 시인이 전쟁 체험을 바탕으로 한 죽음의식을 시로 표현하였다는 점이나 사상적으로 실존주의의 영향을 받았다는 점은 일반적인 현상이었음에도 불구하고, 고석규만의 차별화된 문학사적 성취가 있다고 판단되기 때문이란 것이다. 그가 전후의 김춘수, 김구용, 박인환, 전봉건 등의 시인들과 공유하는 에피스테메(episteme)가 있다는 것은 분명하지만, 그럼에도 불구하고 고석규는 「지평선의 전달」, 「R. M 릴케의 영향」, 「상징의 편력」, 「현대시의 형이상성」과 같은 시론에서 보여주듯이, 자신의 시가 세계시 문학사에서 횔덜린 – 릴케 – 말라르메 – 발레리 – T.S. 엘리엇으로 이어지는 철학적인 시의 계보 안에 있다는 분명한 자의식을 가지고 그러한 방향의 시를 철저히 추구해 갔다는 점에서 다른 한국의 전후 시인들과 차별화되기 때문이라는 것이다. 고석규의 형이상시에 대한 분명한 지향은 「서정의 순화」에서 서정은 철학함으로써 순화되어야 한다는 주장에서 극명하게 드러났다고 보았다. 나아가 그가 철학함으로써 서정을 순화하고자 하는 시도는 전문적인 철학서인 푸울케의 『실존주의』를 번역하는 데까지 나아갔다는 것이다. 즉 그는 철학자의 역할로의 도약까지 감행했다는 것이다. 이런 그의 철학적인 학문적 모색은 그의 시에 충분히 삼투되어 있다는 것이다. 이러한 점은 그의 시가 한국현대시사에서 상당히 희귀한 형이상시의 계보에서 한 획을 그었다는 데 문학사적 의의가 있다고 본다. 한국현대시사에서 형이상시의 계보를 잇는 시인으로는 한용운, 유치환, 김수영, 김춘수, 김구용, 허만하, 김경주, 조연호 등이 있는데, 고석규는 비평가로서뿐만 아니라 당당히 시인으로서 이러한 시인의 계보로 재고되어야 한다고 평가하고 있다.

고석규 시를 대상으로 최초의 학위논문을 쓴 정원숙은 『1950년대 공포와 죽음의 시학』에서 고석규 시의 특징을 다음과 같이 해명하고 있다.

첫째, 고석규 시의 특성은 6·25전쟁으로 인한 공포와 불안, 그리고 죄의식의 세계, 공포체험의 내면화와 산문형식의 서술방식, 특히 산문시의 장중하고 극적인 묘사와 육체의 일그러진 모습, 그리고 섬 뜩함에 대한 묘사를 들 수 있다. 전쟁에 대한 묘사는 '폭탄', '포성' 등과 같은 용어로 구체화되고 있으며, 전쟁은 자연적인 삶과의 대립이나 그것을 억압하는 기제로 표상되고 있다.

둘째, 고석규의 시에 나타나는 공포체험은 전쟁의 직접적인 체험으로 인한 공포이기 때문에 더욱 극심한 공포감을 유발하며, 그로 인해 그는 시 속에 공포체험을 내면화한다. 또한 전장에서의 인간의 폭력성과 휴머니즘의 상실로 인한 절망과 부정의식을 웃음과 울음의 양가적 이미지로 구체화한다. 이러한 이미지는 전쟁의 상황을 더욱 효과적으로 표출하는 데 기여한다.

셋째, 고석규는 분단이 고착화되면서 고향의 혈육과 연인을 그리워하고 죄의식에 시달리면서 상실감에 괴로워한다. 이러한 상실감으로 인하여 그는 죄의식을 느끼고, 스스로를 처단하는 자기형벌의 수인이 된다. 또한 그는 스스로를 '고아'라고 인식하게 되며, 이러한 인식이 더욱 심화되면서 유폐의 길로 나아간다.

넷째, 고석규는 죽음의 실체를 자각하고 유한한 삶 속의 죽음을 직시한다. 그리고 즉자적으로 바라보던 세계를 대자적으로 바라보면서, 문명의 자연 파괴현상과 휴머니즘을 상실한 인간의 모습을 통하여 폐허와 허무의식에 사로잡힌다. 그 속에서 그는 자신을 불구자로 인식하며 죽음을 자아화한다. 그리고 삶과 죽음이 공존하는 세계의 부조리와 불안을 통하여 결단을 감행하고 반항으로서의 기획투사를 하게 된다.

다섯째, 반항으로서의 기획투사는 고석규로 하여금 과거의 세계로 회귀하고자 하는 본능을 끝없이 추구하게 하고, 이는 실존의 글쓰기로 이어진다. 그에게 실존의 글쓰기는 공포와 죽음을 재인식하는 것이며, 이를 통해 자신의 본래적인 존재 가능성을 재인식하는 것이다.

여섯째, 실향의 주체로서 촉발된 고아의식은 타자에 대한 관심과 사랑으로 전환되면서 고석규는 죽음을 능동적으로 수용하는 '죽음의 역설'이라는 사유에까지 이른다. '죽음의 역설'은 곧 그의 비평의 핵심인 '여백'의 사상의 출발적이자 지향점이 된다.

인간은 선택의 여지없이 세계에 내던져진 '세계내존재'이다. 현존재인 인간은 공현존재인 타자와 더불어 살아가면서 더 나은 공동체의 세계를 함께 노력하여 만들어 나가야 한다. 현존재인 인간은 어진 것을 그대로 받아들이는 수동적인 존재가 아니라 주어진 것을 자신이 떠맡아야 할 과제로 받아들여 그것을 좀 더 나은 것으로 바꾸어 나가는 능동적인 존재이다. 인간은 끊임없이 자기 밖에 있으며, 자기 외부로 스스로를 투시하고 스스로를 잃어버림으로써 존재한다. 고석규에게 있어서 시는 단순한 문학작품을 넘어선 '자신의 영혼을 담은 그릇'이다. 그가 추구한 내면성의 발견은 자신의 내부로 향하는 내면세계의 심화이며, 실존의 글쓰기이다. 고석규의 시 정신은 주체에게 반성의 의미를 부여하고 그것을 통하여 자기주체성을 확고히 형성해 나가는 것이다. 고석규의 시는 부정적인 현실공간이 촉발하는 대립과 화해라는 시적 사유의 과정을 함축한다. 이러한 시적 사유를 통하여 시적 긴장을 높이고 불안과 공포와 죽음으로부터 벗어나 보다 높은 정신적 세계를 모색한다. 이러한 모색의 지향점이 그가 한국 시문학사에 기여한 공로라고 지적하지 않을 수 없다.(정원숙,『1950년대 공포와 죽음의 시학』(시지시, 2016), pp. 293-295)

이상과 같은 고석규 시에 대한 해석과 시사적 의미추구는 앞으로 다양한 연구자들에 의해 새롭게 논의될 수 있는 가능성을 열어두고 있다.

4. 평론활동

고석규의 글쓰기는 시 창작에서부터 시작하지만, 한 동안은 시작과 평론 쓰기가 병행되기도 한다. 그러다가 점차 평론으로 기울어지기 시작한다. 그의 평론 작업의 목록을 살펴보면 다음과 같다.

상징의 편력,『시조』제1호, 1953.4.1.
不可視의 焦點,『시조』제2호, 1953.5.1.
윤동주의 정신적 소묘,『초극』, 1953.9.16.
돌의 사상,『초극』, 1953.10.7.
해바라기와 인간병,『초극』, 1953.12.16.
여백의 존재성,『초극』, 1954.1.20.
서정주 언어서설(미완),『초극』, 1954.6.15.
모더니티에 관하여, 1954.
지평선의 전달,『신작품』6집, 1954.11.
문학현실 재고, ≪부대신문≫, 1955.
윤동주 조사─다시 하늘과 바람과 별과 시, ≪국제신문≫, 1955.2.16.
문학과 문학하는 일─사이비성의 극복, ≪부산일보≫, 1955.3.30.

문체의 방향-일반적 서설,『연구』제1집, 1955.12.

불안과 실존주의-현대의 특징을 해명하는 시론, ≪국제신보≫, 1956.3.24.

현대시와 비유,『시연구』제1집, 1956.5.

문학적 아이러니, ≪국제신문≫, 1956.

언어의 명징성-의미로서의 현대시, ≪국제신문≫, 1956.10.7.

서정의 순화-우리 시의 당면 과제, ≪부산일보≫, 1956.10.25.

비평가의 문체, ≪국제신보≫, 1957.2.24.

이상(李箱) 20주기에-모더니즘의 교훈,≪국제신보≫, 1957.4.7.

시=청중=이해(상), ≪부산일보≫, 1957.6.21.

시=청중=이해(하), ≪부산일보≫, 1957.6.22.

시인의 역설, ≪문학예술≫ 연재, 1957년 2월호부터 8월호까지

모더니즘의 감상, ≪국제신보≫, 1957.8.

비평적 모럴과 방법 문제(상), ≪부산일보≫, 1957.9.18.

비평적 모럴과 방법 문제(하), ≪부산일보≫, 1957.9.21.

부조리와 시의 경계(상), ≪부산일보≫, 1957.11.25.

부조리와 시의 경계(상), ≪부산일보≫, 1957.11.26.

현대시의 형이상성-discordia concors를 중심으로, ≪부대학보≫, 1957.12.7.

방황하는 현대시, (1957년을 넘기는 마당에서)

현실과 문학인의 자각-플레처 여사의 한국기행을 읽고, ≪부산일보≫, 1958.

시와 산문, ≪부산일보≫, 1958.3.9.

시적 상상력, ≪현대문학≫, 1958.6.-11월호

비평가의 교양-모더니티의 탐색을 위한, ≪사상계≫, 1958.7.

민족문학의 반성-8·15와 사상의 문학, ≪국제신문≫, 1958.

R. M. 릴케의 영향, ≪국제신문≫, 1958.

시의 기능적 발전, (미완성)

시의 히로이즘-히로이즘과 사랑, ?

소월 시 해설, 제4회 부산대 시낭송회 강연

이상과 모더니즘, 『시연구』

위의 목록에서 보이듯 그의 평론은 1953년에서 그가 요절한 1958년까지의 활동이다. 『시조』에 발표한 「상징의 편력」(『시조』 제1호, 1953. 4.1.)과 「不可視의 焦點」(『시조』 제2호, 1953.5.1.)을 처음의 평론작품으로 볼 수도 있지만, 사실 따져 읽어보면, 『초극』에 발표한 「윤동주의 정신적 소묘」(『초극』, 1953.9.16.)를 그의 문제작으로 삼는 것이 좋을 것 같다. 이 글은 윤동주란 시인을 대상으로 한 실제비평이기도 하고, 윤동주 연구사적으로 보면 최초의 본격적인 윤동주 연구이기 때문이다. 고석규는 윤동주의 시를 거의 다 암송할 정도로 윤동주에 빠져 있었고, 윤동주의 친구였던 정병욱 교수와 윤동주의 동생인 윤일주 씨를 만난 인연으로 윤동주에 더 관심을 가지지 않았나 하는 생각이 든다.

윤동주는 1917년 만주 명동 땅에서, 고석규는 1932년 함경남도 함흥에서 태어났다. 둘 사이의 물리적 나이만 하더라도 15년 차이가 난다. 고석규가 소년으로 문학에 눈을 뜨기 시작할 때, 고석규는 후카오카 감옥에서 옥사하고 말았다. 1948년 윤동주 시인의 유고시집 『하늘과 별과 바람과 시』가 나오기까지 고석규가 윤동주의 작품을 만날 가능성은 전혀 없었다. 해방 후 6·25가 발발하고 난 뒤 1950년 단신으로 월남한 고석규는 부산에 근거지를 마련한다. 그가 부산대학교 국어국문학과에 입학하고 난 후 문학에 열을 올리고 있을 때, 부산에서 윤동주의 동생 윤일주를 만난다. 그리고 윤동주와 친구였던 정병욱 교수를 통해 알게 된 윤동주는 고석규에게 혼불을 질렀다. 살아생전한 권 시집도 내지 못한 윤동주의 시가 보여준 시의 순수성과 서정성은 고석규를 그냥 둘 수가 없었다. 한 동안 고석규는 윤동주 시를 항상 입에 달고 다녔으며, 외우고 다녔다고 한다. 결국 그가 윤동주 연구사에 첫 번째의 주자가 될 수 있었던 이유이다.

1954년 2월 17일 고석규의 일기에 보면, "음력 정월 보름, 연희고지를 산책, 생각하니 윤동주가 옥사한 일자 같은데 나는 그의 유작을 카피하고 있었다.… 윤동주의 얼굴 <사진>을 처음 대하였는데 나의 상상은 거의 그와 알맞은 것 같았다. 그에겐 종합 이전의 광물적 결백이 너무나 많다.『인간의 정신』이란 책에서 의식의 관련을 다시 살펴보다. 이 책은 <윤동주론 서설>에 충분히 이용되어야 할 것이다. 렘케라는 사람의 것이다." 그가 윤동주 시를 만나 펼쳤던 비평의 실체를 파악함으로써 20대에 요절한 윤동주와 고석규의 인연과 운명에 대한 생각들을 떠올려보고자 한다.

고석규의 1953년의 평론「윤동주의 정신적 소묘(精神的素描)」는 윤동주(尹東柱)의 시에 대한 최초의 본격 논의로서, 윤동주 시의 내면 의식과 심상, 그리고 심미적 요소들을 일제 암흑기 극복을 위한 실존적 몸부림으로 파악, 윤동주 연구의 길을 열어놓았다. 르네빌레의 '아주 캄캄한 시간 속에서 무한내전을 피할 수 없을 때 의식은 한층 절대적 반항에 가까운 것이다.'를 인용하면서 시작된 그의 글은 여섯 토막의 글로 구성되어 있다. 첫째 토막은 고석규 특유의 에세이적 비평으로 윤동주 시인의 시집이 지닌 가치를 개관하고 있다. 우선 그 전문을 한번 읽어보자.

시집『하늘과 바람과 별과 시』는 1940년에서 45년에 걸친 우리
문학의 가장 암흑기에 마련된 것이다. 전 50여 편의 유고시는 거의

표백적인 인간 상태와 무잡(無雜)한 상실을 비쳐내던 말세적 공백에 있어서 불후한 명맥을 감당하는 유일한 ≪정신군(精神群)≫이었었 다. ≪두려움≫을 청산하기 위한 내면의식과 이미지의 이채로운 확산, 그리고 심미적 응결과 우주에의 영원한 손짓은 그의 28년 생애를 지지한 실존이었으며 겨레의 피비린 반기에 묻힌대로 그 암살된 시간 위에 종식하는 날까지 그의 ≪정신의 극지≫로 말없이 옮아가며 불붙는 사명에서 떠나지 않았던 것이다.

≪부재자≫에 대한 위협이 암흑적 영역으로 문을 열었을 때, 거기서 윤동주는 무한행렬(行列)의 한 사람이 되어 지변(地邊)도 변화도 없는 거리를 눈과 입과 귀를 막고 그대로 걸었다. 영원의 해결이란 절대의 소산(消散)이란 이미 부정 이전에 있어야만 할 것이었다.

누가 그에게 아름다운 잔을 바쳤으며 비정의 합창을 그에게 불러 준 것인가.

고석규가 평가하는 윤동주 시인의 유고 시집에 대한 가치는 첫째 우리 문학의 가장 암흑기에 마련된 작품이란 점이다. 그래서 그의 작품은 거의 표백적인 상태와 무잡(無雜)한 상실을 비쳐내는 말세적 공백에 있어서 불후한 명맥을 감당한 유일한 정신군(精神群)이라 명명하고 있다. 이러한 시대적 두려움을 청산하기 위한 시인의 내면의식과 이미지의 이채로운 확산, 그리고 심미적 응결과 우주에의 영원한 손짓이 이 시집이 내장하고 있는 고갱이란 것이다. 28년 생애가 끝나는 순간까지 윤동주는 이 정신을 이어갔으며, 이것을 자신의 소명으로 받아들였다는 것이다. 끝나지 않을 암흑의 시간 속을 무한행렬의 한 사람이 되어 눈과 입과 귀를 막고 걸어간 시인이었다는 것이다. 이런 시인에게 누가 아름다운 잔을 바쳤으며, 비정의 합창을 불러줄 것인가라고 자문하고 있다. 어쩌면 고석규는 이런 시인의 삶을 살다 산화한 윤동주 시인에게 아름다운 첫 잔을 헌사하고 있는 모양새이다.

두 번째 토막에서는 산문 「종시」와 동요 「소년」, 「거리에서」를 두고, 윤동주의 정신을 파악하고 있다. 그 중심 텍스트는 산문 「종시」이다. 매일 통학하는 전차를 타고 가면서 그의 눈에 비쳐드는 세상을 스케치하며 그 의미를 자문하고 있는 이 산문은 윤동주의 시선이 개인의 삶에서 사회적 자아로 바뀌면서, 그가 눈뜨고 있는 세상을 내보이고 있다. 윤동주가 세계를 하나의 정경으로써 시종의 의미를 통일하고, 원의 동일적 배회 위에 더 나갈 수 없는 거리의 절망을 드러내고 있다고 보았다. 그런데 윤동주가 바라본 이 세계 양상은 황홀과 투시로써 더욱 미화된 하나의 정경이었다고 본다. 그리고 그러한 정경의 중심에서 그는 언제나 자기 스스로의 조응과 영상을 반사해내는 직관의 추출을 게을리하지 않았다고 본다. 그래서 여기서 시간이란 다만 미래적 기점에서 파악되는 연달은 흐름이었다. 영원한 유동의식이 미화의 표현이었다는 것이다. 이렇게 고석규는 시종적 회의에서 비롯한 윤동주의 미래적 세계상이란 아름다움과 연합한 정경의식이었음을 확인하고 있다.

세 번째 토막에서는 윤동주의 시 「병원」을 두고, 그의 이중적 부정 정신을 해석해 내고 있다. 「병원」에서 말하고 있는 병이 존재하지 않는다는 정신의 이중적 부정은 존재하지 않는 병을 더 확실히 존재하게 하는 불가지적 동의의 실재를 밝힐 수 있는 커다란 증거라는 것이다. 그래서 부재자는 존재하는 것이며 주재자에 대한 혼약적 시종(昏約的 侍從)을 그가 각오한 것이라고 판단한다. 즉 윤동주 시인은 자신을 전적인 부재자로 동일시 했다는 것이다.

네 번째 토막에서는 「못자는 밤」, 「돌아와 보는 밤」의 작품을 통해 윤동주 시인의 밤에 대한 인식을 해명하고 있다. 윤동주 시인에게 있어, 밤은 한 상태이며 부재자의 존재를 증명하는 것으로 본다. 이러한 윤동주의 밤의 인식은 밤의 향도를 전폭적으로 수태한 최초의 시인이 되었다고 평가한다. 그리고 낮의 연장을 피하여 밤을 영접하는 데도 투명한 신령은 최초로 돌아갈 것을 한사코 시도하여 자기 추방을 엿보는 '안'의 절규를 윤동주는 숨기지 못했다고 본다. 방의 어둠을 응시하면 할수록 부재자의 존재가 더 또렷해짐으로써 「무서운 시간」에 오면 윤동주의 밤의 의식은 죽음을 의식하게 되었다고 본다. 서럽지도 않은 아침에 선선히 윤동주는 부재자 앞에 자기를 양도할 것을 다짐하고 있다는 것이다. 이때부터 윤동주의 시에서는 상(喪)의 빛깔이 나타나기 시작했다고 본다. 시 「새벽이 올 때까지」는 죽음과 삶을 흑백으로 나누고 그 두 가지를 한 자리에 눕힐 수 있는 생사공액(生死共軛)의 자의식을 드러내고 있다는 것이다. 그리고 이러한 윤동주의 내면의식은 시 「간」에서는 극단과 극단 사이에도 애정이 관통할 수 있다는 기적적 표본에 지나지 않는 것으로의 허무적 분신(分身)을, 그리고 그러한 운명의 바다로 향하여 서서히 떠나가고 있는 윤동주를 발견하고 있다.

다섯 번째 토막에서는 윤동주의 시 「별헤는 밤」이 내보이고 있는 시적 의미를 해석하고 있다. 「별헤는 밤」은 윤동주의 초기시가 보여주었던 순환적 자연과의 조화를 넘어 하늘의 경이와 심미를 상징한 경지로 나아왔다는 것이다. 즉 인간 윤동주에 있어 이제 밤은 우주와의 교류이며 부재자와의 응시이며, 대화라는 것이다. 특히 「별헤는 밤」 마지막 두 연은 심미가 심미 자체로 소멸하여 버릴 수 없는 것과 같이 영원의 회귀를 비는 우주적 신념에 거의 근접한 것으로 평가한다. 그래서 이「별헤는 밤」은 언어적 음악과 회화적 구현에 있어서 가장 완벽한 작품의 하나로 평가한다. 40여 행의 울음은 인간 투영의 비정한 손짓과 정신 조국에의 결사이며, 영원의 최후를 목적하는 피문은 '개시'를 고별하는 것이었다는 것이다.

마지막 여섯 번째 토막에서는 시「또 다른 고향」을 통해 윤동주가 떠나간 정신의 극지는 먼 피안에서 자꾸 멀어져 갔고, 영원히 고갈된 눈으로 바라보면 황혼의 바다가 되어 아니 세계는 바다가 되어 불붙는 것이고 까맣게 저무는 것이지만,「또 다른 고향」은 여기에서도 보이지 않는 깃발을 흔들고 있다고 보았다. 끝내 트여올 새벽을, 어느 세상의 여명을 윤동주는 믿었을까라고 질문하면서, 아름다운 고향의 문을 열었다는 것이다. 그래서 고석규는 윤동주 시인을 희박한 우주에의 부단한 대결로 말미암아 끝내 제명된 젊은 수인(囚人)이었다고 결론짓는다. 그래서 '우리들은 아무런 체계도 수립도 없이 무한행렬을 기피하지 않았던, 그의 무자비한 내전을 어떤 정신적 의미에서 이야기할 더 많은 자리를 사양치 말아야 한다'고 부언하고 있다.

고석규는 1955년 다시『하늘과 바람과 별과 시』를 떠올리며, 윤동주에 대한 두 번째 글인「윤동주 조사」를 쓰고 있다. 이글은 ≪국제신문≫에 1955년 2월 16일 자에 실려 있다. 2월 16일이 중요한 의미를 지닌다. 이날은 윤동주가 1945년 8월 15일 해방을 맞기 몇 개월 전 일본의 후쿠오카 형무소에서 옥사한 날이기 때문이다. 옥사한 윤동주의 10주기를 맞아 고석규가 윤동주 시인에 대한 조사를 쓰고 있는 것이다.

이 글에서 고석규는 윤동주가 옥에 갇혀 있으면서, 자작시의 일역을 계속하고 있었으며, 강독성 주사를 맞고 있었다는 점을 지적한다. 결국 이 강독성 주사가 윤동주를 죽음으로 몰고 갔음을 명시하고 있다.

그리고 윤동주는 의식의 양극을 부여잡고 그 하나에도 하직할 수 없는 저의 결백을 다만 울었을 뿐이라고 말한다. 이 자의식의 운명적 예고를 내재화시킨 것이 『하늘과 바람과 별과 시』란 것이다. 즉 전쟁이 마지막으로 화염하던 질식 공간에서 하나의 초월과 하나의 신앙적인 시문에 귀의하여 있었던 미결수의 신화같은 자취를 윤동주의 유고 시집을 통해서 확인할 수 있다는 것이다.

고석규가 다시 윤동주론을 선보인 것은 1957년이다. 「시인의 역설」이란 제목으로 ≪문학예술≫에 연재한 글에서다. 한국 현대시의 뿌리를 파헤쳐보고자 했던 야심찬 기획물이었다. 그는 이 비평에서 역설의 개념을 광범위하게 규정하고는, 김소월의 시를 부정이란 역설로, 이육사의 시를 죽음의 역설로, 이상의 시를 반어의 역설로 다루고, 이어 윤동주 시를 어둠의 역설로 다시 소환하고 있다.

고석규는 1941년 4월에 ≪문장≫과 ≪인문평론≫이 폐간당하고 난 뒤의 한국문학을 시대의 한 여백이 그늘처럼 밀려오는 시대로 명명하고, 이 시대의 한 여백에 남과 같이 쾅하니 처한 것이 아니라 끝까지 도전하고 저항한 박명의 시인 윤동주를 발견한 것은 우리들의 기껍고도 한편 엄엄한 추억이라고 기록한다. 그리고 1948년 1월에 비로소 조국에 뿌려진 『하늘과 바람과 별과 시』는 '거의 표백적인 인간 상태와 무잡한 상실을 비쳐내던 말세적 공백에 있어서 불후한 명백을 감당하기 유일한 정신군이었다'라고 이미 「윤동주의 정신적 소묘」에서 평가한 자신의 말을 그대로 인용하고 있다.

그리고는 윤동주가 「돌아와 보는 밤」에서 노래하고 있는 '하루의 울분을 씻을 바 없어 가만히 눈을 감으면 마음 속으로 흐르는 소리, 이제 사상이 능금처럼 익어 가옵니다'에 주목한다. 여기서 윤동주가 말하는 밤에 익어가는 '사상'이란 어떤 사상이었을까에 관심한다. '사상'에는 분명히 사상하는 이유가 있을 것인데, 그 사상하는 이유를 고석규는 '사상'을 익게 한 사상의 밤, 즉 어둠을 통해서 캐묻고 있다. 왜냐하면 고석규가 볼 때, 이 어둠은 사상하는 존재의 심연이며 미래며 또한 허무라고 보기 때문이다. 그래서 그 어둠의 정체를 고석규는 윤동주의 수필 「별똥 떨어진 데」에서 우선 찾고 있다.

> 나는 도무지 자유롭지 못하다. 다만 나는 없는 듯 있는 하루살이처럼 허공에 부유하는 한 점에 지나지 않는다. 이것이 하루살이처럼 경쾌하다면 마침 다행할 것인데 그렇지를 못하구나! 이 점의 대칭 위치에 또 하나 다른 밝음(明)의 초점이 도사리고 있는 듯 생각된다.

이 수필을 통해 고석규는 윤동주는 자기 존재를 하루살이 같은 허공의 일 점에 비유하고 이 일 점의 대칭 위치로서 밝음을 예지했는데, 그렇게 나와의 대칭 위치에 있는 것이 밝음이라면 나는 곧 어둠이라는 인식을 하고 있다고 보았다. 그래서 윤동주는 나는 곧 어둠이 될 것이요, 어둠은 나의 소유로서가 아니라, 나의 전체를 지배하는 나가 된다는 것이다. 이런 연유로 윤동주는 '나는 어둠에서 배태되고 이 어둠에서 생장해서 아직도 이 어둠 속에 그대로 생존하나보다' 라고 탄식하고 있다는 것이다. 그러나 이는 단순한 탄식이 아니라 어둠으로써 자기 존재를 애써 부정하며 타소(打消)하려는 생생한 노력이라고 본다. 윤동주는 '오로지 밤은 나의 도전의 호적이면 그만이다'라고 말하고 있기 때문이다. 이른바 '사상'이란 어둠으로서의 자기 존재를 밝음으로서 자기 존재와 대칭시키는 '나의 염원'이라고 생각한다. 그럼에도 불구하고 윤동주는 끝내 밝음으로서의 자기 존재를 터득할 수 없었다고 본다. 오히려 어둠은 계속해 자기 존재를 위협하며 속박하는 것이어서 윤동주는 마치 '슬픈 선창' 속에 앉아서 '홀로 침전하는' 것과 같은 착각에 싸이곤 했다는 것이다. 이러한 윤동주의 의식은 그의 시 「간」에서는 '불도적한 죄로 목에 맷돌을 달고 끝없이 침전하는 푸로메디어스'라는 냉혹한 표현에서도 나타나고 있다고 고석규는 보고 있다.

이러한 윤동주의 어둠의 사상은 죽음의 사상이 되었다고 고석규는 해석한다. 즉 윤동주에게 있어 어둠이란 죽음의 대명사에 불과하였으며, 어둠으로서의 존재란 죽음으로서의 존재가 되며 어둠 속에서 익어간 사상이란 바로 죽음 속에서 익어간 죽음에의 사상이 되었다는 것이다. 그래서 윤동주는 어둠과 대칭되는 밝음을 예지한 것과 다름없이 죽음과 대칭되는 삶 이상의 것을 선택하지 않을 수 없었다고 본다. 그런데 어둠이란 부정되고 타소됨으로써 밝음으로 번질 것이었으나, 죽음을 부정하고 타소한다는 것은 도무지 믿지 못할 일이었다는 것이다. 죽음과의 대칭을 바로 잡으려는데 있어서 시인 윤동주는 정신적인 참형을 받은 셈이 되었다고 본다. 그래서 윤동주는 그의 시 「새벽이 올 때까지」에서 '다들 죽어가는 사람들에게 검은 옷을 입히시오. 다들 살아가는 사람들에게 흰 옷을 입히시오. 그리고 한 침대에 가지런히 잠을 재우시오'라고 하여 생사공존을 믿으려 했다는 것이다. 이는 죽음과 삶이 대칭으로 비비적거리는 위협에서 순간이라도 자기 존재를 소외시키려는 목적이었다고 본다.

이런 윤동주의 죽음의 사상을, 고석규는 윤동주가 가장 영향을 많이 받은 릴케의 시 「Morgue 시체수용소」와 비교하고 있다. 릴케는 시체 상호간의 친화며 상항과의 교섭을 원하였던 것이나, 윤동주는 오직 생사자들을 가지런히 눕혀 잠재우기 위한 보전의 수단을 강구하려 했다는 것이다. 그리고 릴케는 이 시의 종언에 이르러 시체들의 열린 눈시울 아래서 내부에의 처참한 응시를 발견하는 데도 윤동주는 나팔소리 들리는 새벽까지 기다려 보자는 무거운 심산을 표했을 뿐이라는 것이다. 또한 릴케의 체험에는 죽음에 대한 아무런 공포도 있지 않았다는 것이다. 릴케에 있어서의 생사공존이란 '가지런히' 눕혀 잠재우는 것이 아니라 그의 안에서 향기로운 과육처럼 원숙하는 것으로 알려졌기 때문이다.

이어서 고석규는 윤동주의 시 「병원」과 릴케의 「말테 수기」를 비교한다. 줄창 '나한테는 병이 없다'든가, '이 병에는 별로 일정한 증상이 없는 까닭이었다'라고 되풀이 할 때 건강과 증상없는 병과를 동일시한 의사들의 오진은 그대로 상상에 대한 시인 자신의 시니컬한 감정처럼 해석된다고 고석규는 말한다. 즉 윤동주 시인이 말하는 '그에게 있어서 병이 존재치 않는다'는 정신의 이중적 부정은 존재치 않는 병을 더 확실히 존재캐 하는 이유가 될 것인즉 바야흐로 존재 속에 내섭된 비존재를 강조한 것이나 다름없다는 것이다. 비존재란 무의 형태이면서도 존재에의 끊임없는 부정력이 되는 것으로, 본질에 있어서는 '죽음'이라 고석규는 명명한다.

그런데 윤동주 시인은 시 「무서운 시간」에서 '어디에 내 한 몸 둘 하늘이 있어 나를 부르는 것이오… 나를 부르지 마오'라고 노래함으로써 윤동주 시인이 지닌 생사공존 의식은 역설적인 체험이 아니라 죽음을 기피하는 죽음에의 공포에 불과하였다고 본다. 시 「무서운 시간」을 '새벽이 올 때까지'의 어둠의 연장이라 한다면, 젖을 먹여서까지 보전하려던 '위조'의 수단이 마침내는 비존재에의 굴복이며 겸양이라는 것이다. 그리고 끝내 「쉽게 씌어진 시」에서 '나는 나에게 작은 손을 내밀어 눈물과 위안으로 잡는 최초의 악수'는 죽음에 대한 역설적인 보복을 선택하지 못한 결과가 아닌가 하고 고석규는 문제를 제기한다.

이에 비해 릴케는 「말테 수기」에서 비존재인 죽음이 존재에 대하여 공포로서 군림한 가지가지를 그의 유년의 기억을 더듬어서, 죽음을 동경하여 마지않던 스스로를 인식하고 죽음을 통한 죽음에의 의지가 강렬하여 '사랑'에까지 변용되는 실존의 승리를 보여주고 있다고 본다, 릴케는 죽음의 공포 내지는 죽음 자체를 삶과의 동질로서 '체험'함으로써 '물상'(Ding)에의 시력을 길렀고, 그것이 로댕 조각의 비밀을 캐는 열쇠가 되었다는 것이다. 뿐만 아니라 죽음과 사랑과를 동시에 구가하며 실천한 규수 시인 싸포오에의 찬미를 아끼지 않았던 「말테 수기」 제2부에 이르러 보면 고독과 죽음의 공포가 끝없는 사랑의 지속으로 번져가서 종당에는 신의 동정을 누리게 되었다고 보았다. 즉 죽음이 사랑으로 변용되는 경지에까지 이르렀다는 것이다.

그러나 윤동주 시인의 경우에는 「십자가」에서 '괴로웠던 사나이, 행복한 예수, 그리스도에게처럼 십자가가 허락된다면 모가지를 드리우고 꽃처럼 피어나는 피를 어두어 가는 하늘 밑에 조용히 흘리겠습니다' 라던 소박한 희생 관념이 '슬픈 족속'에 대한 사랑으로 번지고 마침내는 「화원에 꽃이 핀다」에서 노래하는 '온정의 거리에서 원수를 만나면 손목을 붙잡고 목놓아 울겠습니다'라는 차원으로 변용되고 있다고 본다. 그러나 윤동주는 변용을 위한 시간적 여유와 사상의 자유를 좀체 누릴 수가 없었다고 고석규는 지적한다. 죽음에 대한 공포가 드디어 사랑에의 절망으로 기울어지는 파국에 있어서 윤동주 시인은 혼자 「바람이 불어」라는 시에서 '내 괴로움에는 이유가 없다. 내 괴로움에는 이유가 없을까'라고 뉘우칠 따름이었으니 짐짓 괴로움의 이유를 캐내어서 괴로움 이상으로 변용한 릴케의 시적 상황에는 미치지 못한다고 고석규는 보고 있다.

그래도 윤동주는 「또 다른 고향」에서 죽음에 이기지 못하여 죽음과 분열된 '또 다른 고향'에의 사랑 같은 것을 그려보고 있다고 고석규는 해석한다. 윤동주는 어둠과 대칭되는 밝음에로의 길 차비를 부렸다는 것이다. 이는 시인으로서의 그의 순수의 결백이었는지도 모른다고 보고 있다. 지조 높은 개가 나를 짖게 되는 광란의 어둠 속에서 윤동주는 또 다른 도전을 하고 있다는 것이다. 그런데 이 개는 릴케가 '어떤 해후'라는 부제가 달린 그의 「개」란 작품에서 인식한 개와는 다른 모습을 보인다는 것이다. 릴케의 개는 릴케의 불가능을 구하고 있었으니 데구로오빼가 말한 바 '열려있는 것에 대한 개의 침투성이며 우리를 위해 개가 치루는 영매의 역할'에 관해서 그는 무심한 것이 아니었다고 본다. 즉 릴케의 운명으로 공존하였다는 것이다. 릴케의 개는 어둠에의 의지였으며 죽음에의 실행이었다고 본다. 어둠으로서의 존재가 아니라 존재로서의 어둠이 바로 크리스톱 데돌후의 죽음을 예고한 울쓰고올촌의 개들이었다는 것이다. 거듭 어둠으로서의 존재가 역설적으로 존재로서의 어둠으로 의지해가는 변용의 가능성을 릴케는 이 하찮은 동물에의 애정을 통해 체험했다고 보았다.

여기에 비해 「또 다른 고향」에서의 '지조 높은 개'는 어둠을 짖는 것이 아니라 실상은 '나'를 쫓는 것이었으니 개는 '나'의 가족도 '나'의 벗도 '나'의 운명도 아니었다는 것이다. 그래서 이 밤의 개는 어둠으로서의 존재했던 '나'가 역설적으로 존재로서의 어둠으로 의지해가며, 어둠에 대하여 도전하고 저항하는 '나'의 변용을 끝내 허락하지 않았다는 것이 고석규의 입장이다. 윤동주가 읊은 「또 다른 고향」은 완전히 릴케와의 동시대적인 불안은 빚어내고 있지만, 릴케 사상의 어두운 일면에만 수렴된 비극을 윤동주 시인에게서 보게 된다는 것이다. 결국 윤동주 시인은 어둠으로서의 존재가 존재로서의 어둠으로 역전할 기로에서 그의 시작은 끝나고 있다고 보았다.

고석규는 윤동주의 「서시」를 마지막으로 인용하면서, 그를 두고 능금마냥 '사상'을 익게 한 어둠이며 죽음에 대한 투기가 이다지도 순결할 수가 있었던가 라고 자문하고 있다. 그리고 윤동주 시인은 내일의 계시를 위하여 순신한 종교 시인이었다고 명명한다. 그러나 본고에서는 신앙으로서의 승리보다는 시인으로서의 한계를 먼저 이야기했다고 고백한다. 이는 아직도 윤동주 시인에 대해서 하고 싶은 많은 비평적 사념들이 머리에 맴돌고 있었음을 의미한다. 그 과제를 다 이루지도 못하고 고석규는 26세의 나이에 불귀의 객이 되고 말았다. 윤동주보다도 더 짧은 생애를 마감한 것이다.

이렇게 요절한 시인과 비평가 두 사람의 글 속에서의 만남은 결코 우연이었을까? 28세에 옥사한 윤동주를 한국 문단에 제일 먼저 본격적으로 소개했던 고석규도 자신의 앞에 놓인 죽음의 문을 사랑으로 변용하지 못한 채 그의 생애에 마침표를 찍었다. 이제 고석규가 남긴 미완의 비평적 행로를 또 누가 이 땅에 제대로 소환해줄 것인가?

윤동주론으로 시작된 고석규의 본격 비평론은 ≪문학예술≫에 연재된 「시인의 역설」로서 빛을 발휘한다. 당시의 비평론으로서 이 정도의 비평적 고도를 보여준 평문을 쉽게 찾아볼 수 없기 때문이다.

고석규는 이 평론의 서두에 <문제의 출발>이라는 소제목으로 「시인의 역설」이란 평문을 집필하게 된 이유와 목적을 먼저 제시하고 있다. 그는 우리 현대시에 대한 문제의식을 먼저 제기하고 있다. 즉 최근 우리 현대시를 이모저모로 손질하려는 원예사들의 성긴 그림자가 날로 불어가고 있지만, 대개가 고르지 못한 잎사귀나 처져버린 꽃송이들을 다스릴 뿐 뿌리의 병고를 걱정하는 이는 적다고 평가한다. 근본적인 문제의 근원을 제대로 파악하고 진단하고 있는 평론은 찾아보기 힘들다는 것이다. 그래서 고석규는 한 그루의 현대시라는 식물이 그의 근원으로부터 어떻게 뻗어나며 숨 쉬고 있는가에 대한 자상한 관찰이 필요하다는 입장이다. 그래서 그가 이 관찰을 위해 파라독스라는 역설을 도구로 사용하고자 한다.

그가 파악한 역설의 동의어로는 첫째로 Antinomy라고 불리워지는 모순이다. 이는 철학용어인 이율배반과 동일한 것으로서 대개 같은 사실과 같은 조건으로부터 정확히 추리된 두 가지 법칙, 두 가지 원리, 내지는 두 가지 결론 중에서 일어나는 반박(Contradiction)을 의미한다. 둘째는 필연성에 반대되는 생물학에 있어서의 변이(Anomaly)를 들고 있다. 이는 비단 생물학뿐만 아니라 정신 부면에 있어서까지도 시대착오니 파격이니 하는 것들의 죄다를 포함하는 것이라고 하였다. 이에 비하여 역설은 어디까지나 대내적이며 고유한 반박을 표현 제시하는 사상을 포함한 것으로서 부정을 나타내는 어떠한 내용이라도 할지라도 그것은 반드시 현실과 공인에 배치되는 것이 아니라고 본다. 즉 크게 보면 역설은 실존한다고 믿어지는 한 상태일 것이라는 것이다. 모순이 두 가지 사실 또는 두 가지 극단을 전제로 하여 말해지는 상대적 반박임에 대하여 역설은 보다 넓은 전체로서의 새로운 상태, 실존할 수 있는 상태로 번질려는 절대적 반박 내지는 초월적 반박이라고도 말해질 수 있다는 입장으로 본다.

그리고 수사학적 차원에서의 반어(Irony)도 고려되어야 한다는 입장에서 R.P 왈른 교수의 『현대수사법』에서 말하고 있는 "반어는 언제나 서술상에 있어서의 문학적 의미와 실제적 의미와의 사이에서 벌어지는 상위(Discrepancy)를 나타낸다"고 본다. 이러한 반어의 범주엔 기지, 풍자, 비꼬임, 익살(해학), 받아엎기 등이 포함되어 있는 것으로 이들은 역설과 무관하지 않다는 것이다. 그래서 모순과 변이와 반어니 하는 것들은 다만 역설의 기능이나 범주를 윤곽짓기 위한 목적에서 빌려온 동의어라고 생각한다. 고석규가 중요하게 생각하는 바는 역설 자체보다는 역설의 가능성, 다시 말하면 역설정신을 문제삼고자 한다. 이런 입장에서 첫 논의 대상이 된 시인은 김소월이다. 그는 부정의식에 투철한 시인이었다는 것이다. 부정을 지탱하는 부정의식이야말로 부정의 부정 즉 긍정을 예상하는 우리들의 고도한 사고기능을 확인할 수 있다는 것이다. 김소월 시를 이미 논한 서정주와 백철의 평가를 넘어설 새로운 방식을 고석규는 여기에서 찾았다. 그 논의 대상의 첫 작품이 「먼 후일」이다.

그는 이 시에서 '잊었노라'라는 자명한 의식으로 충만되어 있는데, 이 충만한 의식의 뿌리는 '믿기지 않아서' 라는 다만 한가지 이유에 의하여 길러지고 있다고 본다. '믿기지 않는' 의식과 '잊었노라'의 의식과를 묘하게 콤플렉스하여 다시 일정한 율조로써 가다듬었다는 것이다. 즉 소월은 제목이 알리는 바와 같이 요즈음에 아니잊고, 먼 훗날에 잊었다는 것이다. 잊지안음 기억을 부정하고 다시 요즈음 현재를 부정하는 그 모든 부정 속에 자신의 시작을 온통 묻어버렸다는 것이다. 이는 부정의 대상을 이미 부정화한 조작 속에서 가능한 것이며, 부정의식이 부정의 대상을 안으로 잉태한 것으로 해석한다. 고석규는 이러한 김소월의 부정의식의 극치를 「진달래꽃」에서 발견하고 있다. 「진달래꽃」에 나타난 '죽어도 아니'라는 최대부정은 한국서정의 원래적인 성격으로서 불려지기 이전에 벌써 소월의 인간의 내부에 선명히 조각되고 있었다는 것이다. 그러나 김소월에게는 서정의 보편화가 시도된 반면에 서정의 이념화는 조금도 시도될 수 없는 한계를 지닌다고 평가한다. 자기의식을 어디든지 넓혀갈만한 이념 내지 신앙의 조건이 끝까지 결여되어 있는 우리 전통의 한계성을 그대로 반영하고 있다는 것이다. 그 결과로 자기한계의 지평선이 마구 다가감을 바라볼 때에 심정의 전변(역설화)을 지탱하지 못한 인간 소월에겐 차차로 설박(雪雹)의 오한(惡寒)과 죽음의 까마귀들이 휘몰아치고 있었다고 보았다. 소월의 부정의식이 죽음이라는 한계조건에 직면한 이후 고석규는 이육사의 시를 통해 죽음의 문제에 다가서고 있다. 이육사 시인의 「교목」을 문제삼고 있다.

이 시는 교목의 생장을 거절함과 아울러 호수 속의 그림자를 투시한 끝에 교목의 죽음을 풍자하고 있다고 보았다. 세월이란 시간에 의하여 교목은 불모화되었으며 오히려 죽음과 같은 처량에까지 수렴되고 말았다는 것이다. 스폰타니타(유기성)을 폐기한 교목은 그림자로서만 짙게되고, 한 시인의 직관 속에 대상은 이미 없거나 마찬가지인 비존재로 변한다고 보았다. 이런 스폰타니티의 폐기를 「꽃」에서도 읽어내고 있다. 이육사는 「꽃」에서 절망적인 개화의 사실을 노래하고 있다는 것이다. 스폰타니어스한 꽃은 오히려 스폰타니티를 폐기한 스스로의 상황을 반문하고 있다는 것이다. 교목은 어느 호수 깊이 거꾸러져 있었고, 꽃은 모진 사막 중에 혼자 떨고 있었다는 이상한 조건들이 더욱더 처절한 상황을 감지할 수 있다는 것이다. 그러한 상황의 교목이며 상황의 꽃이란 것을 헤아려보면, 교목과 꽃은 교목 아닌 교목과 꽃이 아닌 꽃으로 발현되었다고 보았다. 즉 비존재로 아니면 죽음 그것으로 발현되었다는 것이다.

그리고 고석규는 스폰타니티의 폐기와 관련된 T.S 엘리어트의 『황무지』를 논의의 장으로 끌어들이고 있다. 스폰타니티의 폐기라는 죽음의 형태를 20세기의 고전처럼 말해오는 『황무지』의 초장 <시체의 매장>을 통해 논하고 있다. 여기서 엘리어트는 무엇보다 죽고싶다는 감정 또는 의식을 그의 온전한 주제로서 선택했다는 것이다. 이 정신을 '부정력'이라 명명하고, 이 부정력은 생물의 스폰타니티를 폐기하며 죽음의 생태를 요구하고 있다고 본다. 이러한 정신은 엘리어트의 시극 『교회의 살인』 중 제2부에서 들리는 합창 속에서 계절의 스폰타니티의 폐기를 원하는 부정력의 동기가 고스란히 드러나고 있다는 것이다. 엘리어트의 시를 통해 스폰타니티의 폐기를 논했던 고석규는 브룩스의 역설 개념까지 동원하고 있다. 소월 시에 비해서 육사시엔 훨씬 형이상학적인 기려(奇慮 Conceit)가 드러난다는 것이다. 이 점은 육사로 하여금 기교파 시인으로 몰아세울 구실도 된다고 보았다. 육사 시의 경우 모든 역설의 조건을 지극히 심미적이었다는 결함이 짙게 된다는 것이다.

육사는 심미에 의하여 엄폐돼 행위를 개탄하였으되 끝까지 심미가 무엇으로 반성되어야 하는가를 미처 깨닫지 못하는 사고의 연대(年代)에 머물러 있었다는 것이다. 따라서 육사는 심미적 파토스에 대한 실존적 파토스의 개조를 의식할 수 없었던 것으로 평가한다.

다음으로 반어라는 관점에서 이상 시를 논하고 있다. 이상은 문학 그것을 둘러싼 외부와의 갈등과 초조보다 문학하는 의식 내에서의 갈등과 초조에 더욱 시달린 편이었으며, 자기의 허약한 생리와 부조리한 의식을 조성한 한 때의 테두리를 끝내는 헤칠 수 없어, 다만 아이러니컬한 투기와 부정으로서 도전하며 모험해 갔다는 점에 있어서 온전히 이질적이었다고 본다. 우선 고석규가 관심한 것은 이상 시가 내보이는 형태상의 변혁이었다. 이상 시의 형태상의 변혁은 무엇보다도 그가 전문한 설계(기하)학에서 빌린 기호와 수식들을 구사하여 표현의 시각적인 반응을 목적하는데서 시작되었다고 본다. 1931년 7월 처음으로 발표한 「이상한 가역반응」에서부터 「3차각 설계도」와 「건축무한 육면각체」를 아울러보면 형태의 바레이션이 대부분 설계학에서 유추된 이미지의 연속임을 확인하고 있다.

그리고 이상의 절망에 대해서 분석한다. 이상의 절망은 '표현하는 절망'으로서 아니면 '절망의 형태'로서만 짙게 되었으니 절망이 기교를 낳고 기교 때문에 또 절망한다는 그의 존재 이유는 확실히 절망에의 의지가 결여되었음을 변증하는 것이라고 본다. 여기에는 두 가지 절망이 있다고 본다. 하나는 기교를 선택할 수 있게 한 절망이며 또 하나는 기교에게 선택당한 절망이다. 이 두 가지 절망은 서로 모순되는 계제 위에서 다만, 혼돈의 위장을 꾸몄을 따름인데, 이상은 이것들을 하나의 절망으로 착각함으로써 마침내는 절망의 이유에 대하여 아주 몰라보게 되었다는 것이다. 고석규는 이 이상의 절망을 각각 최초의 절망과 최후의 절망으로 명명하고 있다. 최초의 절망이 기지의 절망인데 반하여, 최후의 절망은 미지의 절망이라는 것이다. 기지의 절망이 형태 속의 절망인데, 미지의 절망은 형태 밖의 절망이라고 명명한다.

그런데 이상의 초기 시를 밑받침한 것은 오로지 기교를 낳게 한 최초의 절망이라는 것이다. 그는 이 절망 속에서 자기 시의 뭇 형태를 좋게 합리화했으니, 그것은 형태의 파괴라기보다 오히려 그 자신에게 있어선 형태를 유지하는 일이었다고 보았다. 반형태라고 할만한 형태를 통하여 그는 비합리화한 절망을 다시 합리화한 것이다. 그래서 이상 시의 형태란 다름 아닌 합리화의 방법이었다는 것이다. 그래서 최초의 절망은 형태의 절망이 되고 다시 합리화의 절망이 되고 말았다는 것이다. 이상은 형태만 있으면 절망이 있고 다시 절망하는 자기가 얼마든지 분화한다는 해이감을 저버리지 않았기에 형태가 늘어가듯이 이상이 늘어가고 이상의 절망이 늘어갔으니 형태의 수효만큼 절망의 수효가 있어도 그는 무방했다는 것이다. 그러나 형태 속에 안둔하던 최초의 절망은 점점 스스로 변조와 위기를 조성할 수밖에 없었다는 것이다. 그것이 시의 형태를 압축하는 방향으로 나가 최초의 절망에 대하여 절충을 가했다는 것이다. 즉 그가 철저한 산문인 소설을 쓰기까지 시에 있어서의 반산문적인 요소를 차츰 산문화해가면서 반대로 반시적인 충동을 애써 시화한 그 잠재적 노력이 최후의 절망에 대하여 최초의 절망이 응당 지닐 바 하나의 방법적 아이러니라고 명명하고 있다. 그런데 형태를 낳을수록 모름지기 기교에 침해당하던 이 어수선한 방법적 아이러니야말로 이상의 성격적 아이러니와 더욱 깊이 연유되어 있다고 보았다. 그래서 최후의 절망에 물든 「오감도」의 일부와 그보다 뒤진 후기시들을 통해 이를 논의하고 있다. 「3차각 설계도」를 쓸 무렵 이상은 절망에 대한 눈을 뜨며 다시 절망함으로써 새롭게 탄생한다고 넋두리하였으나, 그의 절망은 이유가 바른 온전한 절망이 아니라 다만 절망에의 심리적 고조에 불과하였다고 분석한다. 여기에서 이상이 말한 '기분'을 문제시 삼는다. 기분의 본질을 해명하기 위해 칼 A 멘닝거의 『인간의 심리』, 프로이드의 학리, 쟝. C 휘루우의 『심적 긴장력』, 카런 호오니의 『정신분석에 있어서의 새로운 방법』 등을 참고하여 이상의 절망의 기분을 정리하고 있다.

　이상에게 있어서는 초자아가 문제되지 않고 자아와 갈등하는 대상적 위험만이 문제가 되었으니, 절망적 기분의 절망을 밑받침한 것은 보다 적극적으로 관심하며 반항하는 기분이 아니라 차라리 위험 상태를 기피하며 장애에게 패배당하는 일종의 신경적 공포에 지나지 않았다는 것이다. 그런데 이 신경적 공포인 불안은 억압을 승화시키지 못할 경우 자아는 이질적 증후로서 가장하게 된다는 멘닝거의 견해를 차용하여, 이 신경적 공포를 해명하기 위해 반동형성과 동일시 개념을 제시한다. 「날개」에서 확인되는 반동형성은 자아와 대상 간의 갈등을 모름지기 원자아와 동일시된 자아 간의 갈등으로 변이하며, 점점 대상을 경멸하며 박해하는 가학성이 마침내는 대상 아닌 동일시된 자아를 대상처럼 경멸하고 박해하는 가학성의 경향으로 나타나므로 하여 반동형성은 한마디로 나르시시즘에의 퇴행으로 나타났다는 것이다.

　그런데 이상은 반동형성하는 도중에 있어서 오직 애증(행위)의 대상을 일류전화함으로써 애증의 대상을 초월함이 없이 그 대상에 관한 애증(행위) 자체를 은폐하든가 혹은 가장하는 것보다 소극적인 자아의 테두리에서 벗어나지 못하였으니 애증 결과(죽음)에 대한 변해만을 가지고서라도 모든 애증은 구제될 수 있다고 착란한 모양이란 것이다. 대상의 일류전이 반동형성에 충당될수록 그는 존재를 잃는 거세의 위험 중에 점점 사로잡히게 되었다는 것이다. 「홍행물천사」에서와 같이 행위 아닌 행위의 대상만을 알레고리화하여 일종의 감상적 자유를 느낀다고 보았다. 그런데 알레고리화하는 감상적 자유에 의하여 대상은 일류전화되었으며 이때의 감상적 자유란 검열도 억압도 모르는 오직 기분과 다름없는 것으로 간주하고 있다. 이에 고석규가 파악하는 문제는 알레고리는 보이지 않고 알레고리의 결과인 대상의 일류전만이 짙게 나타난다는 점이다.

그래서 「홍행물천사」의 내용을 랭보의 산문시 「Delires 1」의 내용과 서로 비교해보고 있다.

랭보의 천사는 랭보의 실존을 의미하고 있지만, 이상의 천사는 '신발을 떨어뜨리고 도망한다'는 것이다. 이상의 천사는 행위하는 이유를 은폐하면서 둔주하여가는 부정적 환각에 지나지 않았다는 것이다. 다만 알레고리하는 이유에서 벗어난 알레고리의 산물 즉 무력한 일류전에 불과했다는 것이다. 그가 천사를 초월할 수 없듯이 그의 천사는 그를 구제할 수 없었다는 것이다. 바꾸어 말하면 이상의 천사는 이상의 의식 속에서 여내 방종을 거듭하지만 속수무책하는 것이 이상 자신이었다는 것이다. 이를 고석규는 대상 아닌 것으로서 동일시되려다가 실패하고만 원대상의 보다 쓰라린 참상을 바라보게 되는데, 차라리 그것은 대상 자체의 실패라기보다는 대상과의 관계에서 대상 자체를 초월하지 못한 채 실패 당한 이상의 성격적 아이러니라고 명명하고 있다.

이상의 행위는 행위의 대상을 복합함으로써 행위 자체를 면해하는 가장의 방법에서 끝까지 벗어날 수가 없었다는 것이다. 대상을 초월하지 못할 바엔 애써 대상을 복합하려는 심리적 기제가 종당에는 쓸쓸한 저항적 양상까지 띠었다고 보았다. 고석규는 이상의 행위를 반동형성의 결과로 보고, 그의 복합된 대상을 동일시의 작용이라 판단했다.

그리고 이상이 지닌 오이디푸스 콤플렉스를 해명함으로써 그의 성격적 아이러니의 또 다른 측면을 해명하고 있다. 이상의 오이디푸스 콤플렉스는 짐짓 불감생의(不敢生意)하는 극단을 나타내고 있다고 보았다. 즉 아버지를 단순히 저주하는 데만 그치지 않고 직접 암살하고야 말겠다는 것이다. 이런 살부의 의식을 해명하기 위해 고석규는 제임스 조이스의『율리시즈』와 관련지어 이상의 '부자성'을 논하고 있다.

『율리시즈』의 경우, 아버지에의 반동형식은 아버지와의 동시성을 수립함으로써, 즉 아버지와의 동체를 자각하는 가운데서 자연히 승화되었다고 본다. 그래서 무의식적인 정착으로 알려진 오이디푸스 콤플렉스를 보다 의식적으로 전면(纏綿)하였을 때 모든 자아의 불안은 맑게 해소되고 지양될 수 있었다는 것이다. 일상적 대상이었던 아버지를 초일상적인 동시성의 지평에다 투입하여 '부자성'의 근원을 본질로부터 요해함으로써 오히려 그는 오이디푸스 콤플렉스란 어떠한 모순물도 아니라는 것을 증명해주었다는 것이다. 그러나 우리의 시인 이상의 경우는 '나는 왜 나의 아버지를 껑충 뛰어넘어야 하는지'를 전혀 몰라보는 사이에 그의 당착은 부질없이 격화하는 불안 속에 스스로를 휘몰아뜨렸으며, 이미 아버지를 통하여 누려보려던 '나 자신'의 권위며 실존 같은 것은 죄다 와해되는 지경에 이르고 말았다는 것이다. 이상의 오이디푸스 콤플렉스는 승화와는 역방인 왜곡으로 전이되자 이와 병행하여 기학(嗜虐)의 열도는 더욱 심화되었다고 보았다. 그래서 이상의 반동형성으로 말미암아 부정적으로 양성된 오이디푸스 콤플렉스가 어떻게 의식적으로 보상되었는가 또는 보상되려 하였는가를 융의 이론으로 해명하고 있다.

이상은 융이 지적한 대로 무의식적인 오이디푸스 콤플렉스에 기초한 양성적 소질을 통하여 '나 자신'을 새로이 의식하지 않을 수 없는 계제에까지 옮아왔으며, 옮아오고 난 뒤에 있어 어떤 방법으로 그것을 승화시킬 것인가에 대하여 무척 긴장한 한 기색을 보인다는 것이다. 즉 무의식적인 것을 의식적으로 보상해야 되겠다는 긴장감에 '나 자신'을 유달리 억제한 것만은 틀림없다는 것이다. 이는 이상이 행위 대상을 즉물로서 복합하든가 아니면 행위결과를 변해함으로써 행위 자체를 애써 가장하며 있었던 그의 성격적 아이러니를 어디까지나 '나 자신'으로부터의 비밀을 가지고 '나 자신에로의 비밀을 가장한 데 지나지 않는다고 보았다. 즉 '나 자신'을 '나 자신' 아닌 것으로서 가장하듯이 의식적이며 현재적인 '나 자신'이 무의식적이며 잠재적인 '나 자신'에 의하여 가장되어 왔다는 것이다. 이 가장을 고석규는 방법적 아이러니가 빚어낸 모순성과 조금도 다름없는 성격적 아이러니의 분열성으로 명명했다. 그래서 고석규는 '최초의 절망'에 대하여 '최후의 절망'을 추리하듯이 '최초의 자신'에 대한 '최후의 자신'을 추리하고 있다.

이상은 행위의 가장으로서 피로해진 그의 생리며 변절적이던 심리의 타격은 결국 '나 자신'의 의식적인 보상에 대하여 눈을 비비면서 신념과 의지를 드러낸다는 것이다. 그러나 신념의 보장이라든가 의지의 출구를 '나 자신' 아닌 데서 편취하려던 가장성의 되풀로 말미암아 이것들은 공염불이 되고 만다고 보았다. 그토록 의식적인 보상을 요청하면서도 거기에 이상은 투철할 수가 없었다는 것이다. 그래서 고석규는 이상의 아이러니와 역설 감정은 모두 나 자신을 위조하며 가장하는 표호(表號) 또는 방패에 불과하였다고 결론짓고 있다.

5. 고석규가 번역한『실존주의』

　고석규는 국어국문학과 학부생이면서 1950년대 당시에 사상사적
으로 가장 민감하게 논의되었던 실존주의에 관심을 가지고 있었다.
이 관심은 고석규로 하여금 폴 풀기에의『실존주의』를 번역하기에 이
른다. 학부생으로서는 넘보기 힘든 번역 작업을 했고, 이를 출판하기
에 이른다.

　폴 풀키에(Paul Foulquié, 1893~1983)[9]는 예수교 소속 카톨릭 사
제이며 철학자였다. 그는 1927~1945년 프랑스 툴루즈(Toulouse)의
르 카우수(Le Caousou)고등학교[10]에서 철학을 가르쳤다. 그의 강의
는 매우 명료하였다는 제자의 증언이 남아있다. 또한 그는 40여 권
의 많은 저서를 남겼다. 기념비적인『철학용어사전』(1962)과『교육
학용어사전』(1971)에서부터『실존주의』(1946),『변증법』(1949),『인
식』(1961),『행동』(1961),『의지』(1949) 등과 같은 다양한 철학적 주
제에 관한 입문서, 그리고 많은 바칼로레아 준비를 위한 많은 철학 교
재들이 있다. 그의 철학 교재와 입문서들은 프랑스에서 오랫동안 그
명성을 유지했다.

　1946년 프랑스대학출판사(PUF)[11]의 크세주(Que sais-je) 총서로 출
판된 이 책은 실존주의에 대한 소개서이다. 크세주 총서는 몽테뉴의
'나는 무엇을 알고 있는가'라는 말에서 따온 것으로 1941년에 출판되

---

9) 프랑스어 발음은 '뽈 풀끼에'에 가깝다. 한글의 외래어 표기법에 따르면 '폴 풀키에'
　가 된다.
10) 프랑스 툴루즈(Toulouse)에 있는 카톨릭계 사립고등학교. 1874년에 개교한 전통있
　는 학교이며 풀키에는 이 학교 교수들 중에 가장 알려진 인물이다.
11) 이름과는 달리 대학 부설 출판사가 아니라 일반 출판사이다.

기 시작한 문고판으로 일련번호가 4,000번을 넘겼고, 현재 출판되어 판매되고 있는 책은 1,400종이 넘는 방대한 규모이다. 어떤 주제에 대한 핵심적 내용을 교양 수준에 맞춰 128페이지의 분량에 정리하는 것을 원칙으로 하며 전체 주제는 백과사전적인 지식체계를 구성하고 있다. 책의 내용이 세월의 흐름에 따라 더 이상 지식의 발전에 부응하지 못하는 경우 절판되거나 동일한 주제를 새 저자에게 맡겨 신간을 발행한다.

풀키에의 『실존주의』는 3부로 구성되어 있고 실존주의를 '본질' 개념과 '실존' 개념의 대립을 통해 설명하고 있다. 1부는 본질주의 철학, 2부는 실존주의 철학 그리고 3부는 본질주의적 실존주의를 다루고 있다.

1부에서는 본질주의를 플라톤, 아리스토텔레스, 아우구스티누스, 토마스 아퀴나스는 물론이고 현상학자들까지 포함시켜 분석하고 있다. 실존주의 철학을 본격적으로 다루는 2부는 실존주의에 대한 전반적인 소개에서 시작하여 무신론적 실존주의와 기독교적 실존주의를 하이데거, 카뮈, 사르트르, 메를로 퐁티, 키에르케고어, 가브리엘 마르셀, 칼 야스퍼스 등의 사상을 통하여 분석한다. 3부에서는 루이 라벨과 조르쥬 귀스도르프의 철학을 소개한다. 우리나라에는 잘 알려지지 않았지만 프랑스 철학사에서는 꽤 중요한 위치를 차지하고 있는 이 두 철학자의 사상을 잘 정리하고 있다.

이 책은 크세주 총서가 지향하는 일반인을 위한 교양적 입문서라는 성격과 문고판이라는 제한된 분량에도 불구하고 실존주의를 서양 철학사의 흐름과 맥락 속에서 매우 체계적이고 압축적으로 소개하고 있다. 더구나 이 책의 초판이 출판된 시점이 1947년임을 고려하면 당시로서는 실존주의에 대한 가장 뛰어난 소개서였다고 이야기할 수 있을 것이다. 이 점은 영어 번역본이 1948년에 바로 출판된 사실로도 알 수 있다. (Existentialism, translated from the French by Kathleen Raine, Roy Publishers, Dennis Dobson, 1948) 풀키에의 책은 1980년대 초까지 계속 출판되었다.

우리 말 번역본은 고석규의 1956년 번역본이 최초이고, 그 후에 2종의 번역본이 더 출판되었다.『實存主義』/P. 풀끼에 著, 朴恩受 譯 (正音社, 1976, 185p, 正音文庫 114)와 『실존주의』/P. 풀끼에 著, 김원욱 譯,(탐구당, 1983, 207p, 탐구끄세즈문고 12)이다. 고석규가 번역한 텍스트는 불어판을 구하지 못해 영문판을 번역했다고 번역후기에 밝혀놓고 있다. 영어판『실존주의』의 번역이 가능했던 것은 기본적으로 그가 지닌 영어원서를 읽어낼 수 있는 외국어 능력이었다. 당시 같이 활동을 했던 홍기종 교수의 기억에 의하면 그의 어학력은 상당한 수준이었음을 확인할 수 있다. 고석규는 영어판 원서를 읽다가 문맥이 잘 이해되지 않으면 언제나 홍기종 교수에게 달려왔다고 한다. 둘이서 논의를 하다보면 영어영문학과 학생인 홍 교수 자신보다 이해력이 훨씬 뛰어났다고 한다. 이러한 외국어 실력이 번역을 가능하게 한 원동력이었다고 할 수 있다.

6. 고석규에게 일기란

고석규는 시나 비평쓰기에 못지않게 상당한 분량의 일기를 남기고 있다. 일기들을 모아 유고집으로 『청동일기』가 출간되었다. 그런데 그의 일기는 일상적인 삶의 일기라기보다는 그의 사유를 기록으로 남긴 사유록이라 할 정도로 사색의 장이다. 즉 고석규의 내면이 드러나고 있는 일종의 정신적 흔적으로 남겨져 있다. 고석규는 자신이 쓰는 일기를 다음과 같이 변명하고 있다.

> 일기는 특히 자기 자신을 위하여 적는 것이다. 일기에는 한 가지 세계가 방황할 수 있으나 지극히 진실할 수 있다. 나는 많은 정신의 혼란을 위하여 심각한 밤에 일기를 적는다. 그러나 어찌하여 이것들은 나를 위한 글이 되지 못하고 말았다. 나는 어느 날엔가는 이들을 불살라버릴 것이리라. 아, 단순한 것만을 적었는가? 나는 나의 소리를 이미 듣지 못하고 말았구나. 거센 그리고 숨찬 나의 파들거리는 심경의 소리가 들리지 않았던 까닭이다. 나는 나와 친선할 수 없는 거리에 있으며, 나는 나의 얼굴을 씻을 수 없다.

이 일기를 처음 대한 김윤식 교수는 고석규의 일기가 지니는 의미를 다음과 같이 정리하고 있다.

유고전집 중 내게 제일 관심이 가는 곳이 제3권인 『청동일기』였다. 다른 것은 오래 전에 읽어본 것이었으나 이 일기만은 처음인 까닭이다. 일기에 대한 말을 내가 처음 들은 것은 『청동의 관』 출판기념회 및 초청강연 때(1992.5.24)였다. 강연이 끝난 다과회 자리에서 미술을 전공했다는 고석규의 딸로부터였다. 나는 그 일기가 보고 싶었는데, 그의 문학의 원점이랄까 바탕이 거기 있을지도 모른다는 짐작 때문이었다. 동시에 그 일기는 집중적이고 단속적, 부분적일 것이라는 짐작도 들었다. 지드나 릴케모양 그는 어른이 아닌 까닭이다. 내 관심은 당연히도 군복을 갓 벗고 대학생이 된 한 젊은이의 그리움의 대상에 있었다. 내 머리 속에는 이러한 그의 모습이 오래 전에 잡혀 있었음에 이

사정이 관여된다.

> 대학 1학년 때(1952), 우리들은 부산에서 <신작품>을 하고 있었
> 다. [···] 매일같이 우리집에 모여서 문학론에 핏대를 올리고 있었지
> 만 밤을 새우며 술마시고 노는데 더 열중했던 것 같다. 이 즈음에 지
> 금은 경제학 교수인 김일곤의 소개로 고석규가 동인이 되었다. 키는
> 작은 편. 기름기 없는 머리를 아무렇게 올백으로 넘기고 검고 둥근
> 얼굴에 쭈빗한 코, 때때로 살기가 번쩍이는 눈. 전장에서 돌아온 지
> 얼마 되지 않는다고 하며 군복차림에다 무슨 훈장 같은 것을 달고
> 있었다. 결코 미남은 아니었다. 그러나 싹싹하고 감상적일 만큼 잔
> 정이 있는 인정가였다. 그래서 다른 동인들과 곧 친해질 수가 있었
> 다. 아마도 그가 퍽 외로웠기 때문일 것이다.
> —송영택, ≪현대문학≫, 1963. 2, p.309.

과연 일기는 단속적이자 부분적이었음이 드러났다. 모두 4토막으
로 되어 있거니와 (A) 1951년 10월 24일에서 11월 25일까지 (B) 1952
년 4월 17일에서 8월 3일까지 (C) 1953년 6월 12일에서 11월 5일까지
(D) 1954년 1월 15일에서 같은 5월 30일까지가 그것. (A)에서 주목되
는 것은 그가 군복을 입고 있을 때라는 점. 부상으로 병원에 있는 동안
의 내면의 기록이란 점에서 흥미롭다. "어떤 열정의 방패로 시를 해석
하고 싶다."고 그는 첫줄에 썼다. 만 19세의 중학졸업생인 이 청소년
의 출발점은 당초 시쓰기에 있었는데, 그렇지 않으면 그의 주체할 수
없는 열정이 온통 그와 그의 주변을 태울 기세였기 때문. 조국도 군복
도 전쟁도 심지어 죽음까지도 시로 수렴된다. 말을 바꾸면 그의 주체
할 수 없는 열정을 달래고 길들이고 쓰다듬는 일이 시이며 시에 대한
논의이며, 시를 둘러싼 사색이다. 이때 시란 그에겐 물을 것도 없이 일

류전(환각)이 아닐 수 없었다. 이를 두고 <표현의식>이라 불렀고, <나> 자신이 <표현의식> 자체로 된다.

<나>란 그러니까 육체라든가 육신과 관련된 그 어떤 것과도 관련없는 <의식자체>라는 선언이 아니겠는가. 의식자체(시)만을 문제삼는 이상, 다른 어떤 것도 안중엔 없다. 가족도 조국도 전쟁도 고향도 깡그리 사라진 자리, 거기서 일기가 시작되고 있다. 그러기에 그가 왜 군병원에 입원하고 있다든가 그때 누가 찾아왔다든가 「拾血記」(시)를 써서 투고했다든가는 별 의미가 없다. 심지어 그의 일기 전편에 지속적으로 등장하여 그의 의식을 괴롭히는 그의 혼의 심층에 박힌 고향에 두고 온 애인 <羚>조차도 그러할 터이다.

(B)에 와도 사정은 여전하지만 조금은 차분해졌다고나 할까. 대학 일학년생이 된 시점에서 시작되고 있거니와, 조금은 지적인 면모를 드러낸다. "열광은 지극히 아름다운 것입니다. 그러나 교양없는 열광은 유혈입니다."라는, 릴케의 가르침이 그의 주체할 수 없는 열정을 다독거린 형국이라고나 할까. "가난한 지성을 다듬어야겠다."(일기, p.63)라고 다짐하고 있었다. 이 무렵 그에게는 부산의 풍경이 비치고, 릴케, 꼭도, 카롯사 그리고 김소운의 수필이 오르내렸다. 고향에 대한 그리움, 羚에 대한 생각, 카톨릭 성당의 미학, 미스 손에 대한 생각도 섞여 있다. 카톨릭에 대한 그의 친근감은 내겐 의외였다.

(C)에서는 다시 (A)에서처럼 격렬해지고 있어 인상적이다. 자기과장, 스스로 비극의 주인공이고자 하는 충동이 새로운 일류전을 분출케 한다.

(가) 나는 남을 철저하게 교양시키거나 시대를 추상하거나 상태

를 겸허하게 시사하는 소설가 따위의 자긍을 가질 수 없다.

나는 죽고 살아야 할 것이며 나는 모질거나 슬퍼하고 노래하

여야겠다.(p.107)

(나) 나의 생활에는 극히 변화가 없다. 나는 고통을 무척 조작할

줄 아는 습성에 살게 되었다. (p.109)

(다) 「오후 두시경 병원복도에서 돌연 각혈이 심하여 바로 귀가하

여 안정함(p.115)

(라) 오늘밤은 秤을 생각한다. 내가 죽을 것만 같다.(p.113)

폐병을 앓고 있었음과 격렬성의 증가가 비례하는 것일까. 그러한 짐작은 너무 안일한 것이리라. 실상 (C)에서처럼 격렬성은 <스스로 고통을 조작할 줄 아는 습성>에서 말미암지 않았을까. 동인지 《산호》(부산대학생 중심의 동인지) 제2집을 내고 난 뒤의 허전함과 이 사정이 관련없을까. 그의 일기의 중단된 부분은, 대학입학 직전과 동인지 활동이 활발해진 시점에 각각 일치한다. 사색하여 일기에 담아 소화할 여유가 없을 때 그의 일기는 중단되었고, 설사 부분적으로 씌어지더라도 격렬해지기 마련이었다. 속이 허했음을 위장하고자 하는 버릇이 습관화된 장면이라고나 할까.

(D)에 이르면 김용호, 장만영, 천상병, 송영택, 김재섭, 홍기종 등의 이름이 나오며 만 22세 청년의 늠름한 모습이 드러난다. 사랑이 그것. 두고 온 秤에 대한 죄의식과 새로운 <경>이라는 여인의 등장이 그것. 실상 秤이라는 연인은 당초 없거나 있었더라도 그처럼 그리움의 대상일 이치가 없다. 다만 스스로 지어내어 그녀를 사랑하고 또 죄짓는 대상으로 삼은 <헛것>이 아니었겠는가. 그러기에 현실적인 여인 <경(璟)>의 등장을 합리화할 방도를 찾아내어야 했다. "나는 과거가

허위였다는 것! 반응 없는 사색은 허위였다는 것을 명심하였다."(p.176)
에 이르게 된 것이 아닐까.

> 밤에 璟이 왔다. 평범한 詩語가 나올 뜻밖에도 다른 상태로 이끌
> 지 못하였다. 나는 겨냥을 생각하고 <비애의 원칙>을 안으로 뒤집
> 어 보았을 뿐이다. (p.181)

그의 일기는 여기서 대략 멈춘다. 현실이 일기 속으로 침투해 들어
왔을 때 그 일기는 무효화되기 때문이다. 누구보다도 그가 이 사실을
직감하고 있었다.

지금까지 나는 청년 고석규의 일기를 처음 대하고 시종 비판만 일
삼았을까. 그렇지 않다. 지드와 릴케의 일기를 표준으로 하여 그가 그
러한 흉내를 내고자 했다손치더라도 소중한 것이라 하지 않을 수 없
다. 그렇지 않았던들 그의 열정을 스스로 감당해낼 수 없었을 터이다.
시적인 것을 보존하고, 그것에서 몇 개의 붉은 알맹이를 건져내기 위
한 방편으로 일기가 씌어진 것이기보다는 그 자신의 실존을 드러내기
위한 방편이었던 것으로 보이기에 소중스럽다. <열정의 방패>가 바
로 이 일기쓰기인 셈이다. <열정의 방패>로 시를, 비평을, 직접 쓸
때가 도래했을 때 그가 어김없이 일기를 중단했음이 움직일 수 없는
증거이다. 이를 두고 시원에의 그리움이라 부를 것이다.

7. 고석규 일기에 등장하는 사유의 매개들

고석규의 일기에는 고석규의 사유를 이어간 다양한 매개들은 등장

한다. 작가나 시인뿐만 아니라 음악과 미술 등 전방위적인 영역으로 펼쳐져 있다. 그 주요한 매개들을 정리해 보면 다음과 같다.

쇼팽의「즉흥환상곡」, 차이코프스키의 「안단테 칸타빌레」, 살로메의「고통」, 슬라브의 「옛시」, 춘원의『이차돈의 사』,『흙』, ≪타임지≫,『정치론집』, 휘트맨의『투명한 유리창』,『고전구전만요집』, 콕도의『신도의 기록』, 월트 위트맨의『시집』, 에드윈 아놀드 경의『The Light of Asia or the Great Renun － ciation』, 스탕달의『적과 흑』, 카로사의『닥터 기온』, E.A 포우의『큰 까마귀』, 발레리의『바다를 바라보며』,『젊은 시첩』, 지드의『좁은 문』,『에루 하디』, 퓨슈킨의『에프게니 오네긴』, 지드의 일기『괴테와 대화』, A. C 브래드리의 논문「헤겔 비극론」, 小林秀雄 평론가를 소설화한 大岡昇平의『사상』,『유리방 여행기』, 여행기『아밍따스』, 보들레르의『악의 꽃』, 스티븐슨의『청춘남녀를 위하여』, 영화『잃어버린 짐』, 김종한의 시「그늘」, 지드의『감추어 둔 일기』, 카뮈의『자유의 증인』, 랭보의『지옥의 계절』, 역전 전시의 집 주관『미협주최 동양화전』, 국제구락부의『종군화전』, 반고오그의『영혼의 편지』, 화가 단테 가브리엘 로세티, 화가 레핀, 사옹 작품『크레오레나스』, 일본의『신조(新潮)』, 여류작가 眞杉瀞枝의『小鼓銅羅』, 렘케의『인간의 정신』, 서정주의『귀촉도』, 사르트르의『악마와 신』, 콕토의『산사 토마』, 전선위 원작『조국상실』, 미시마(三島)의『금색(禁色)』, 라이나 마리아 릴케의『사랑과 죽음의 기도』,『순백의 행복』,『말테의 수기』등 이들 중 화가 몇 사람을 살펴보면 고석규가 관심을 가지고 있던 당시의 정신적 지향점을 유추해볼 수 있다.

1) 일리야 예피모비치 레핀(Илья́ Ефи́мович Ре́пин)

레핀은 1844년 우크라이나의 작은 도시 츄구예프에서 한 하급군인의 아들로 태어났다. 미술에 재능을 보여 상트 페테르부르크 미술아카데미에서 이반 크람스코이에게 교육을 받았다. 1871년 성서를 주제로 한 「야이로 딸의 부활」로 바실리 플레노프와 공동으로 아카데미 졸업작품전에서 금상을 받았다. 그는 이것으로 일급 공식화가 자격을 취득했고 우수 연수생으로 6년간 해외 유학의 기회를 잡았다.

1873년 5월 유럽여행을 떠났다가 1876년 예정보다 일찍 귀국하여 「볼가 강의 배 끄는 인부들」, 「성직자」, 「황녀 소피아 알렉세예브나」, 「쿠르스크 현의 십자가 행렬」 등을 발표하였다. 19세기 후반 러시아 미술은 로맨틱, 네오클래식적 접근을 털어내고 리얼리즘을 중시하는 경향을 보이고 있었다. 레핀은 바실리 페로프. 바실리 수리코프 등과 함께 <이동전람파>를 구성해 러시아 사회가 안고 있는 정치적, 사회적 모순들을 사실주의적인 묘사를 통하여 민중들에게 알리기 위해 러시아 전역을 순회하며 대부분 궁핍하고 고통을 받으면서도 인내하며 사는 민중들의 모습과 도시 노동자들과 민중들을 계몽하는 인텔리들의 모습을 주로 그렸다.

초상화에도 일가견이 있었는데, 톨스토이, 고골, 투르게네프 등의 저명한 러시아 문학가들은 물론이고 왕족과 귀족, 우아한 상류사회 여성 등 문화계의 거의 모든 유명 인사들이 레핀의 모델이 되었다. 1894년 레핀은 상트페테르부르크 미술 아카데미의 교수로 임명되어 1907년 교수직에서 은퇴할 때까지 학생지도에 전념했다. 1901년에는 러시아 국가 의회 100주년을 기념하여 대형 프로젝트를 의뢰받아.

「1901년 5월 7일 국가의회 100주년 기념회의」를 그렸다. 그 후 오른손 관절의 통증으로 인해 왼손으로 그리려고 노력했지만 이전의 명성에 걸맞는 작품에는 미치지 못했다는 평을 받았다. 54세 나이인 1898년, 러시아령 핀란드의 쿠오칼라(Kuokkala)로 이주한 레핀은 이후의 생애 대부분을 쿠오칼라에서 보냈고 1930년 9월 29일 그곳에서 86세의 나이로 사망했다.

레핀 본인은 사회주의 운동에는 큰 관여를 하지 않았지만 이후 소련 정권에서 레핀은 상당한 위치를 차지했다. 레핀의 화풍을 이어받은 인사들이 이미 소련 미술계의 주요 인사로 활동하였고, 무엇보다 레핀의 리얼리즘(사실주의) 화풍은 이후 소련의 사회주의 리얼리즘으로 잘 이어지면서 소련 미술가들 사이에서 견본으로 다만 레핀 본인의 정치적 성향은 소련의 사회주의와는 거리가 멀었는데 차르제가 무너지고 공화정이 들어선 러시아 혁명 당시 2월 혁명에는 지지를 보냈으나 볼셰비키의 10월 혁명은 회의적으로 보았고 핀란드가 독립하고 소련 정권이 수립된 이후 소비에트 당국자들이 수차례 귀국을 권유했지만 이를 거절하고 사망할 때까지 핀란드에 남았다. 다만 소련 당국이 자신에게 성의를 보여준 점을 감안해서 모스크바와 레닌그라드에 작품전시회를 여는 것은 허용했고 작품 몇 점도 기증하기는 했다.

볼가 강에서 강을 거슬러 올라가는 배를 인력으로 끌고 가는 농민들의 고된 모습을 사실적으로 그린 작품이 레핀의 리얼리즘 대표작으로 알려져 있다. 이반 4세가 자신의 황태자인 이반을 지팡이로 폭행해서 죽인 장면을 상상해서 그린 작품이다. 제목의 '1581년 11월 16일'은 이반 4세가 이 일을 저지른 날짜이다. 이 그림을 그리기 전 알렉산드르 2세가 폭탄 테러로 사망하는 사건이 벌어졌다. 이 일로 러시아 사회는 큰 충격에 빠졌고 레핀도 예외가 아니었다. 레핀은 여기서 영감을 얻어서 이 이반 4세의 일화를 통해 그 광기와 공포의 감정을 비판적으로 묘사한 것이다. 이반 4세의 모델은 시장에서 허드렛일을 하던 어느 노인의 얼굴을 레핀이 발견해서 따왔고, 황태자 이반의 모델은 당시 레핀이 매우 아꼈던 작가인 프세블로드 가르쉰(Всеволод Гаршин)의 얼굴에서 따왔다.

그런데 레핀의 의도와는 다르게, 이 그림은 러시아에서 이반 4세를 재평가하게 된 계기가 되었다. 이전까지 이반 4세는 단순히 난폭한 폭군이란 평가만 받았었다. 그러나 이 그림에서는 이반 4세를 대단히 역동적이고 생생하게 묘사해서 '인간미'를 느끼게 할 정도였다. 이 때문에 사람들은 이반 4세의 또다른 모습을 바라보게 되었고, 그가 단순한 폭군이 아닌 입체적인 면모를 가진 군주라는 재평가를 내리게 된 계기가 되었다.

2) 반 고흐(Vincent van Gogh) 『영혼의 편지』

내가 미치지 않았다면, 그림을 시작할 때부터 약속해온 그림을 너에게 보낼 수 있는 날이 올 것이다. 나중에는 하나의 연작으로 보여야 할 그림이 여기저기 흩어지게 될지도 모른다. 그렇다 해도, 너 하나만이라도 내가 원하는 전체 그림을 보게 된다면, 그래서 그 그림 속에서 마음을 달래주는 느낌을 받게 된다면... 나를 먹여 살리느라 너는 늘 가난하게 지내겠지. 돈은 꼭 갚겠다. 안 되면 내 영혼을 주겠다... 1889년 1월 테오에게 보낸 편지 中 ...

1853년 네덜란드의 작은 마을에서 태어난 고흐는 37년의 짧은 생애 동안 지독한 가난과 고독 그리고 예술에 대한 끝없는 집착으로 고통스러운 삶을 살면서, 1890년 권총으로 자살할 때까지 모두 879점의 그림을 남겼다. 이런 그에게 친구이며 후원자였고 또 동반자인 네살 터울의 동생 테오가 있었으니 둘은 세상을 떠날 때까지 편지를 주고받았으며, 고흐가 테오에게 보낸 편지는 668통이나 된다. 형의 죽음 이후 테오는 갑자기 건강이 악화되며 6개월 후, 33세의 나이로 형의 무덤 옆에 안치되었다.

3) 단테 가브리엘 로세티(Dante Gabriel Rossetti)

단테 가브리엘 로세티(Dante Gabriel Rossetti, 1828~1882)는 영국의 화가인데, 그의 작품에 나타나는 거의 모든 여성들은 대단히 중성적인 인상이고, 마치 동일한 사람을 이름만 달리하여 작품화한 인상이다. 그는 그의 이름에 걸맞게 단테가 취급한 소재를 되풀이하여 그린다. 그의 이름은 단테를 동경하여 개명한 것이다. 그의 여동생인 크리스티나 로세티도 탁월한 시인이고, 그 자신도 시인이었다. 그는 이탈리아 서사시인 단테에게 한없는 동경을 느끼고 있었던 듯하다. 그의 아버지의 백그라운드 역시 이탈리아를 근간으로 한다. 아버지는 이탈리아에서 영국으로 망명한 시인이며, 이에 영향을 받아 로세티 역시 어릴 때부터 단테의 시를 탐독한다.

그는 1850년에 결혼하는데, 부인인 시달은 신혼생활 2년 만에 아편 중독으로 죽는다. 하지만, 사실은 오랜 기간의 약혼기와 결혼 생활 동안의 로세티의 끊임없는 바람기(동료 화가의 약혼녀와 밀회를 나누고, 사창가를 전전하기도 하고...)에 진저리가 난 자살에 가까웠던 듯하고, 로세티는 이 일로 엄청난 충격을 받는다. 아마도 죄책감 때문이 었을 것이다. 그로 인해 한동안 부인의 죽음을 받아들이지 못한다. 부인의 모습은 로세티의 작품에 언제나 여성의 理想적인 전형으로 애수에 젖은 모습으로 표현된다. 그의 부인 시달은 여러 화가들이 그 모습에서 뮤즈의 모습을 발견하고 그림으로 남긴 모델이기도 하다.

즉, 라파엘 전파(Pre Raphaelite Brotherhood)의 가장 유명한 모델이자 뮤즈로 역사에 이름을 남긴 사람이 그의 부인 엘리자베스 시달이다. "리치"라는 애칭으로 불린 그녀는 풍성한 빨간 곱슬머리에 짙은 눈꺼풀을 가진, 키가 크고 인상적인 이목구비의 소유자로 본래 모자가게 점원으로 일하던 노동계급의 딸이었다. 밀레가 리치를 모델로 그린 <오필리어의 죽음>은 세익스피어의 오필리어 캐릭터를 밀레의 그림에 그려진 오필리어와 동일시할 정도로 대단한 작품으로 평가받고 있다.

로세티는 아내가 죽자 그의 시집을 관 속에 같이 묻었으나 친구들의 간곡한 부탁으로 7년 후에 시집을 펴내어 간행한다. 로세티는 단테에 대한 동경을 그대로 理想化하여, 그것을 시나 문학에 등장하는 별개의 세계로 묘사한다. 그는 유파상으로는 라파엘전파에 속하는데, "라파엘로 이전의 순수했던 시대로 돌아가자"는 목적의 유파이다. 중세의 신비, 서정성, 낭만의 문학에서 가져온 이야기를 그림으로 묘사한다.

부인이 죽은 후 로세티는 괴로움을 달래기 위해 은둔생활을 하면서 그 자신도 마약과 알콜중독에 빠진다. 그 와중에 그는 친구이자 동료였던 월리엄 모리스의 아내 제인을 사랑하게 된다. 하층계급 모델 출신인 제인은 부유층인 모리스와의 결혼했지만 두 사람은 행복하지 않았던 듯하다. 예술적 재능이 뛰어났던 그녀는 남편이 운영하는 디자인 회사 모리스 상회를 도울 정도로 외양상 완벽한 부부였지만, 그녀는 외로움에 시달렸다고 한다.

제인과 사랑에 빠진 로제티는 그녀를 모델로 작품을 열성적으로 제작한다. 제인을 그린 작품들은 그의 전성기를 대표하는데, 로제티의 뛰어난 예술적 감각이 마음껏 발휘된다. 로제티가 남편과 사랑이 없는 결혼생활을 지속하고 있는 제인의 마음을 표현한 작품이 <톨로메의 라 피아>이다. 이 작품은 단테의 『신곡』 중의 한 장면을 묘사한 것이다.

「톨로메의 라 피아」 작품 인물인 라 피아의 남편은 결혼 후 사랑이 식자, 아내를 죽이기 위해 요새 꼭대기에 가둬 서서히 죽게 만든다. 남편이 라 피아를 죽게 만들면 결혼의 의무에서 벗어날 수 있기 때문이다. 이 작품에서 왼손에 끼워진 결혼반지를 만지고 있는 것은 그 반지를 끼워준 사람이 죽음으로 몰아넣은 장본인이라는 것을 표현한 것이다. 기도서 위의 묵주와 머리 위의 무화과나무는 종교적 의무를 상징한다. 의자에 힘없이 기대어 앉아 있는 자세와 창백한 피부는 죽음의 길에 가까워졌음을 상징한다.

여인의 오른쪽 끝에 있는 담쟁이는 "나는 내가 붙은 곳에 죽을 것"이라는 꽃말을 가지고 있는 식물로서 전통적으로 부부간의 정절을 상징하지만, 이 작품에서는 남편을 따르는 것은 죽음이 된다는 의미로 쓰인다. 로세티에게 있어 묘사되는 여성들은 당시 유럽에서 진행되던 변혁의 시대에 걸맞지 않게 다소 수동적이다. 남편 또는 남성에 의해 좌우되는 여성의 모습이 대부분이고, 여성 스스로의 힘에 의한 독립적인 묘사는 드물다. 그러나 아이러니한 것은 그림의 내용상으로는 수동성을 묘사하나, 표현되는 여성의 이미지는 대단히 팜므파탈적이고 중성적이며 독립적으로 표현된다는 점이다.

「로세티의 페르세포네」는 바로 제인을 그린 것이다. 대지의 여신 데메테르의 딸인 페르세포네의 아름다움에 반한 하데스가 그녀를 꾀어 지옥으로 데리고 들어간다. 데메테르는 딸을 찾기 위해 세상을 떠돌다 대지를 돌보지 않으니 대지가 황폐해진다. 어머니에게 보내달라고 하는 페르세포네에게 석류를 먹으면 보내 주겠다고 하니, 세상에 나가기 전에 지옥의 음식을 먹은 페르세포네는 끝내 하데스의 아내가 되어 1년 중에 3개월은 지옥에서 살게 된다. 그 후 페르세포네가 지상에 올라와 어머니와 있을 때는 곡식이 무르익고 페르세포네가 지하로 내려가는 3개월은 차가운 겨울이 된다. 페르세포네의 모습은 로세티의 작품 속에서 보기 드물게, 여리고 순한 아름다운 여신의 우아함보다는, 팜므파탈의 자신을 송두리째 던질 수 있는 강한 아름다움으로 묘사된다. 굵은 목덜미와 벌어진 어깨가 덩치가 큰 여인으로 꼭 다문 입이 무엇인가 비밀스러움이 보이는데, 역시 중성적인 이미지이다. 이 그림에서는 최소한 남편과 애인 사이에서 갈등하고 있는 제인의 모습으로 보이지는 않는다.

로세티와 제인, 두 사람의 사랑은 제인이 로세티의 작품에 자주 등장하게 되면서 세상에 알려지게 되는데, 두 사람의 부적절한 관계가 비난을 받자 친구인 모리스는 로세티에게 제인과의 관계를 청산하기를 부탁한다. 그러나 두 사람은 모리스의 간청에도 불구하고 동거에 들어간다. 제인을 사랑했던 모리스는 불륜을 인정하고 그들을 자신의 영지 켐스코트로 불러들인다. 두 사람은 한때 공개적으로 행복한 생활을 하지만, 영원할 것 같았던 제인과의 관계는 로세티가 마약과 술에 중독되면서 끝이 난다. 이미 로제티는 부인이 죽은 이후로 술과 마약에 쩔은 상태였고, 중독으로 인해 불면증에 시달리는 생활을 계속하고 있었다. 결국 그는 자살하기 위해 아내 시달과 같은 방법으로 마약을 통째로 들이켰으나, 죽지 못한다. 말년에 정신병 증세까지 보이면서 외로움과 은둔 속에서 생을 마치게 된다.

세 사람의 화가가 보여주는 삶과 작품의 세계는 독특하고도 유별난 색깔을 띠고 있다. 약간의 편차는 있지만 세 화가는 순탄치 못한 생애 속에서 자신의 고유한 작품 세계를 남기고 있다. 이러한 화가들의 삶과 작품에 대해 고석규는 관심함으로써 그의 창의적 사유를 더욱 심화시켜 나가고 있었음을 확인할 수 있다.

8. 고석규의 신앙생활

고석규는 자라면서 종교에 대한 관심은 어떠했을까? 이 점은 그가 지향했던 문학세계와 그가 추구했던 사유의 길을 해명하기 위해서는 관심을 가져볼 필요가 있는 영역이다. 1951년에 쓴 그의 「녹원의 길」 중 <기톨릭의 밤>에는 고석규가 고향에서 성당을 찾아가서 참회했던 때를 기억하고 있다

파스카 첨례의 전날 밤 내가 자라온 북방에서도 이 때면 먼 산에 녹아 흐르는 봄눈과 함께 집집 울타리마다 황금빛 개나리가 만발한다. 나는 그러한 개나리꽃의 눈부신 황혼에 처음으로 찾아왔던 십자탑의 흩날리는 밤의 행복을 이제도 버릴 수 없다. 나는 온 예법과 성사(聖事)를 거역하면서도 곧잘 성단 앞에서 무릎을 꿇고 참회에 성

심을 받쳤었다.

　로자리오의 매끄러운 기도가 잊혀질 수 없다. 그러나 오늘 나는 경건한 울분으로 이 성당에 찾아왔다. 나는 모든 것을 수락한 현재를 조금도 뉘우쳐 본 일이 있는 것 같지 않다.

　성수예절이 시작하자 이 순간만은 아직도 옛날과 다름없는 결백으로 십자를 그었다.

　미사 수건에 가리운대로 고개를 들지 않는 여인들이 앞으로 나간다.

　면변을 받아 먹을려는 순간이다. 종이 세 번 울리고 세 번 가슴을 친다. 마지막 고해를 일러바치는 것이다.

　모든 가슴 속에 성 마리아의 눈부신 빛이 흘러 스민다. 성총을 가득히 입으신 마리아여―앞으로 거꾸러져서 울어도 말 없다. 합장을 하고 로자리오를 훑어가고 성호를 놓고 가장 경건한 순간에 마음은 흰 눈같이 순화하여간다.

　모든 것을 의탁하려는 신도들의 초랑한 눈자위 위에 뜨거운 것이 감돈다. 보호를 느끼며 구원을 외치는 그러한 절정에 이를 것이었다. 말 없는 순간에 앞으로 나가고 뒤로 돌아오는 행렬이 쉴 새 없다.

　엘리야, 엘리야가 보였다

　가장 엄숙한 대전에 엘리야의 흐린 눈이 보였다. 울분하여 엘리야는 우는 것 같았다. 엘리야는 베일의 깃을 입술에 가져가면서 그 쓰라린 고역에서 피할려는 젊은 성녀와 같다. 엘리야의 하얀 손끝이 이마 위로부터 조용히 십자를 놓는다. 한 손에는 조그만 성경이 닫힌 대로 잡혀 있다.

　정확한 날짜는 기록해 두고 있지 않지만, 고석규는 성장 시절에 고향에서 성당 미사에 참례한 사실을 고백하고 있다. 파스카 첨례(부활절 축전)의 전날 밤 성당 미사에 참여하여 성단 앞에서 참회의 성심을 받쳤다고 회상하고 있다. 그리고 로자리오의 매끄러운 기도가 잊혀질 수 없다고 회상한다. 여기서 잠시 고석규가 참례했던 파스카 첨례와 로자리오의 기도는 확인하고 가는 것이 좋을 상 싶다.

빠스카(pascha)란 말은 과월절(過越節) 축제를 가리키기도 하고, 이 때 봉헌되거나 먹게 되는 희생 제물을 가리키기도 한다. 교회는 이것을 곧 "거르다. 지나다"의 뜻으로 보고 있다. 이 축제가 야훼께서 이집트 땅을 치실 때 어린 양의 피를 보고 이스라엘인을 죽이지 않은 채 그냥 "거르고 지나갔다"는 사실을 연상케 하기 때문이다. 그리하여 그리스도교에서도 "거르고 지나간다"의 의미가 가장 유력한 것으로 본다.

빠스카(과월절) 예식은 니산달 14일 밤에 어린 양을 잡는 예식으로 시작하여, 성대한 만찬을 나누며 이집트 파라오의 종살이로부터 탈출하는 과정에 이스라엘 백성들은 홍해바다를 건너게해 주셨다. 사막을 걸을 때 밤에는 불기둥으로 보살피고, 낮에는 구름기둥으로 덮어주시며 보호해 주셨다. 이 민족은 죽음의 사자로부터 맏아들을 지켜 주셨고 홍해바다를 건너 죽음에서 생명으로 옮겨졌던 이 사건을 기념하는 것으로 절정을 이룬다.

이 예식의 기원은 홍해 바다를 건너기 이전 사건으로 올라간다. 처음 난 모든 것을 죽이는 재앙이 있던 그 날밤 양의 피를 문설주에 바름으로써 죽음을 면하였던 첫 번째(지나다. 건너다.)의 빠스카와 홍해바다를 건널 수 있게 해 주신 하느님의 은총(지나다, 건너다) 두 번째의 빠스카 즉 구원을 기억하면서 자기 민족에게 베푸신 하느님의 은혜에 감사하면서 친교의 잔치를 하였다. 이러한 역사적 사건에 대한 기념으로 이 민족은 승화되었다. 이 역사적 사건이 곧 출애굽이며, 하느님께서 자기들을 종살이에서 자유로, 죽음에서 생명의 삶으로 건너가게 하는 구원을 베푸셨다고 기억하면서 이 예식을 행하는 것이다.

신약에 이르러서는 과월절의 어린 양이 예수 그리스도로 해석되고,

그분의 희생적 죽음으로 인하여 우리가 죄로부터 해방되고 죽음에서 생명으로 건너가게 되었음을 기념한다. 이것이 곧 새로운 빠스카이다. 그리고 우리가 드리는 미사는 구약의 빠스카 예식의 완전한 성취요, 완성이라고 할 수 있다.

그래서 파스카 축제와 부활절의 의미는 동일선상에 놓인다. 즉 파스카 축제의 의미는, 어린양의 피흘림으로 인해 노예에서 해방된 자유인이 되는 것에 있고, 부활절의 의미는 이 파스카 축제의 의미가 그대로 이어지면서 보다 풍부해진다는 것이다. 파스카의 어린양이 되신 예수님의 피 흘리심으로 죄의 종살이에서 해방되고 자유로이 하느님의 자녀가 된다는 것이다. 거기에 더하여, 죽음이라는 무서운 노예살이에서 부활 즉 영원한 삶이라는 자유의 삶을 얻게 된다는 것이다.

이렇게 구약의 이 파스카 사건을 제대로 이해할 때 신약(예수님)의 부활절의 의미를 보다 잘 이해하게 되기 때문에 파스카 사건은 매우 중요하다. 그래서 요한 복음 1장 29절 이하에서 세례자 요한은 예수를 '하느님의 어린양'이라고 칭하고 있다. 여기서 예수를 가리키는 칭호인 '어린양'은 파스카의 어린 양을 모르면 이해하기가 힘들다.

예수의 일생이 우리에게 자유와 해방을 주기 위함이라고도 할 수 있는데, 그 자유와 해방의 원정신이 파스카에서 비롯되었다고도 할 수 있다. 물론 예수는 구약의 파스카가 주는 자유와 해방에 머물지 않고, 보다 더 영적이고 보다 완전한 자유와 해방을 준다.

다음은 로자리오의 기도(묵주 기도)에 대해 살펴본다.

묵주(默珠, 라틴어: rosarium) 또는 로사리오는 라틴어로 장미 화관을 뜻하는 '로사리우스'(Rosarius)에서 유래한 말로, 가장 보편적이며 전통적인 천주교의 성물이다. 구슬이나 나무 알 등을 열 개씩 구분하여 다섯 마디로 엮은 환(環)으로 끝에 십자가가 달린 모습을 하고 있다. 이 묵주를 이용하여 기도를 하는 신앙 예절은 묵주 기도라고 일컫는다. 넓은 의미에서 묵주와, 묵주를 갖고 소리 내며(또는 조용히) 기도문을 암송하며 묵상하는 행위 모두 로사리오라고 부르기도 한다. 기도는 주님의 기도를 암송하고 그 다음에 성모송 열 번 암송 그리고 영광송을 한 번 암송하는 식의 순서를 되풀이하는 것으로 이루어져 있다. 이때 암송할 때마다 예수 그리스도와 그의 어머니인 성모 마리아의 행적과 관련된 묵상과 신비의 회상을 덧붙인다.

전통적인 15단의 묵주 기도의 신비는 16세기에 완성되었다. 신비는 환희의 신비, 영광의 신비, 고통의 신비 세 가지로 분류되었다. 2002년에 교황 요한 바오로 2세가 기존의 신비에 빛의 신비를 새로 추가함으로써 묵주 기도는 총 20단의 신비를 지니게 되었다.

로마 가톨릭교회에서는 마리아론에 관한 중점의 일부인 묵주 기도를 강조하고 있으며, 교황 요한 바오로 2세의 교황 교서 ≪동정 마리아의 묵주 기도≫(Rosarium Virginis Mariae)와 몽포르의 성 루도비코 마리아가 개척하여 확립시킨 '성모 신심'이 좋은 예가 되고 있다. 로마 가톨릭교회에서는 교회력으로 10월 7일을 '묵주 기도의 복되신 동정 마리아 기념일'로 지내고 있다.

이 묵주 기도가 지니는 의미는 다음과 같다.

반복되는 기도를 통해서 그리스도와 깊은 내적 일치를 체험할 수 있게 해주는 묵주 기도는 성모 신심을 특성으로 지니고 있지만, 본질적으로 그리스도를 지향하고 있다. 이 기도는 복음 메시지의 핵심을 집약하고 있으며, 그리스도와 동행하셨던 성모를 따라 예수의 전 생애를 묵상하고 관상하는 데 탁월한 방법이다. 묵주 기도는 대중 신심의 단순성을 지니고 있으면서도 더욱 깊은 관상의 필요를 느끼는 사람들에게 적합한 신학적 깊이도 갖추고 있다. 또한 반복하며 묵상하는 특징은 개인적으로는 내적인 평화를 얻어 일상의 어려운 문제들을 직시하게 해주며, 공동체로 바쳐짐으로써 구성원들 간의 평화와 화합을 촉진하게 한다. 교회의 역사는 묵주 기도의 이러한 특성을 강조하고, 그 효과에 대해서 끊임없이 체험해왔다.

고석규가 가톨릭에 어느 정도 깊이 빠져 있었는지는 정확하게 알 수 없지만, 부산대학에 입학하고 부산에서 생활하는 중에도 성당을 찾은 기록은 계속 나타나고 있다. 1952년 7월 22일 일기에는 그의 신앙생활이 이어지고 있는 면모를 볼 수 있는 장면이 기록되어 있다.

> 깊은 밤이 새어갑니다. 나는 다시 십자가 있는 앞으로 가슴을 안은 대로 무릎을 꿇고 있습니다. 나의 상처가 아픕니다. 벌써 죄악을 범하였나 봅니다. 나는 무엇을 고해받으며 속죄의 눈물을 씻어야 합니까. 흑주(黑珠)를 헤아리는 마음들이 이 밤이 새도록 머리를 숙인 채로 제단 앞에 엎드려 있을 것입니다.
>
> 칠순주일(七旬主日) 때였습니다. 가시지 않는 상처를 무릅쓰고 중앙성당의 미사에 참석하였던 날 영성체(領聖體)하고 돌아서 나오는 눈같이 하얀 마음의 빛이 고스란히 내린 베일 아래서 내 마음을 거뜬히 황홀케 하여 나와 나의 생각을 가릴 수 없는 설움과 환희의 설레이는 영원한 인상을 받아 새겼던 것입니다. 내가 따르지 못할 온갖 세상의 일을 생각할 수 없게 되었습니다.

이어서 8월 17일 일기에는 미사에 참여하지 못한 사실을 안타깝게 고백하고 있다

오늘도 미사에 못 나가는 나에게 하나의 안도를 맛볼 시간이 없게 되었으니 영 멀어진 나의 마음에 위안이 별로 없다. 청신한 마음으로 단정하고 싶은 비교적 말 없는 충동이 가득 차 있음을 느낄 수 있다. 나는 확실히 신의 사도임을 자처하기에 거북스럽긴 하지만 그를 보지 않고 나는 마땅히 살아나갈 수 없으리라 본다. 그러하므로 나는 그의 가까운 곳으로 이제는 주저 없이 찾아가야 한다. '주여! 다시는 욕보는 일 없게 하소서'(시편 71 : 1)

(성경 원문/ "주님, 내가 주님께 피합니다. 보호하여 주시고 수치를 당하는 일이 없게 해주십시오."

그렇다고 고석규가 지닌 신앙이 견고하지만은 않은 것으로 보인다. 신앙에 대한 회의가 엿보이기도 하기 때문이다.

어제 주일 나는 성당에 안 가기로 하였소, 나의 이단(異端)은 나에게 죄악에 대한 자욕(自辱)보다 용기 있는 저항을 가질 수 있도록 강제하는 까닭이오.

나는 신도로서 아무런 소위(所爲)도 갖추지 못하오. 나는 막연한 경문(經文)의 찰나적인 승화만 열심히 매혹되었던가 하오.

성찰은 나 자신을 위하여 오히려 강하고 진실하다 하오. 이성의 강요는 이성을 연약하게 굽혀버릴 수 있는 허다한 기간을 주어버리오.

'참혹' 위선을 버리려는 것이오.

위선에 반항한 슬픔이오. 진정히 울어보지 않았소. 진정히 울지 않았던 사람은 성문(聖文)과 기도를 진실히 드릴 수 없는 것이라 보아지오.

하직이 아니요, 무서운 채찍질이요.

현실과 싸울 나의 핏덩이리 같은 살기였는지도 모르오, 그러나 선량한 진심을 위해 가톨릭은 나의 신앙이오.

나와 내 세계의 보호문이요. 정다운 음성의 진정한 스승이요, 향토가 거치러운 것이 외람된 일이었소, 그밖엔 탄생을 탓할 아무 변명도 말기로 하였소.

나는 명명(命名)을 지키오. 그리고 가능한 행동을 위해 나는 싸워야겠소.

생명이란 현실적 운명인 것을 고백할 뿐이오. 정다운 음성은 성가(聖歌)의 합창에만 들을 수 있다 하겠소.

심령을 율동하는 천국이 다가오는 날이 계산되지 않았던가 보오. 떠다니는 구름이란 공상의 무더기였던가 보아지오. 가장 혼란한 애정의 부름이었던가 보아지오.

가장 혼란한 애정의 부름이었던가 하오. 나는 그것이 싫어졌소.

공고한 양심과 나의 혼의 귀화(歸化)를 진심으로 체험 못할 바엔 영원히 거짓되는 나의 신앙을 태만할 수 있었던가도 알 수 없소.

'십자가'

그것을 나는 지녀야겠다고 생각하오.

나는 고독과 반주와 오열(嗚咽)이 여기에 머물러 있는 까닭이오. 구원을 바라지 않는 단 하나인 기원이었는지도 모르오. 영생(永生)의 희구가 아니라 영생에 대한 나의 비명(悲鳴)이었던 것을 기억하오.

죽음의 잔영을 버리고 그 광야에 홀로 횃불 등지고 방황하는 종언(終焉)의 빛이요 다시 영광이었던 것이오.

구원이 아니라 귀향이었던가 하오.

타다남은 영혼의 터전에 말없이 내리는 가느다란 빗소리였다 보았소.

그리고 귀향의 오열이었던가 보오.

나는 이상의 글을 다시 되풀이하지는 않겠노라 하오. 그것뿐이오. 날 위해서.(1952년 10월 26일 일기 중)

고석규는 지금까지 자신이 지니고 있던 신앙에 대한 자기 성찰을 매섭게 하고 있다. 자신의 신앙이 위선이었다는 것, 공고한 양심과 혼의 귀화를 진심으로 체험해야 한다는 것, 이를 위해 십자가를 지녀야겠다는 결의를 한다. 영생(永生)의 희구가 아니라 영생에 대한 나의 비명(悲鳴)이었다고 단언함으로써 단순한 신에의 귀의가 아니라 죄에 저항하는 인간의 의지를 드러내고 있다. 여기서 우리는 그가 지녀야겠다고 생각한 십자가의 의미를 다시 짚어볼 필요가 있다. 기독교 신앙의 핵심은 십자가를 빼고는 생각할 수 없기 때문이다.

『종교개혁시대의 영성』(박규태 譯 Alister McGrath, Roots That Refresh, 좋은 씨앗, 2005)에서 제시하고 있는 「루터의 십자가 신학」이 유용한 참조 사항이 될 수 있을 것 같다.

오직 십자가만이 우리의 신학이다(Crux sola est nostra theologia). 마르틴 루터가 했던 이 말을 처음 접했을 그때를 결코 잊지 못할 것이다. 옥스퍼드에서 신학 공부를 마치자마자 나(저자)는 곧바로 1978년에 캠브리지에 도착하여 종교개혁 시대의 신학 문헌들을 철저하게 파고들기 시작했다. 더 젊은 시절, 칼 바르트(Karl Barth)의 신학에 익숙하였던 나는, 근대 종교사상의 토대가 되었던 두 원천, 곧 루터(Martin Luther)와 칼빈(Jean Calvin)을 더 깊이 알아가기로 마음먹었다. 내가 루터의 말을 우연히 알게 된 것은 1979년 봄이었다. 책에서 금방이라도 뛰쳐나올 것만 같았다. '오직 십자가만이 우리의 신학이다.' 나는 쓰던 것을 멈추고 생각에 잠겼다. 힘, 가능성 그리고 도전으로 가득 차 있던 루터의 선언은 전류가 흐르는 말처럼 보였다.

그 말은 또 한편 터무니없는 말처럼 보였다. 어떻게 단지 과거에 불과한 한 사건이 현재와 그런 연관성을 가질 수 있단 말인가? 또 하필 왜 이 사건, 곧 그리스도의 십자가 사건이어야만 하는가? 무슨 논리로 그 십자가에 이처럼 집중하는 것이 정당하다고 이해시킬 수 있을까? 루터의 신학과 영성 안에서 그 초점이 어떻게 떠오르는지 잘 보여주는 것이 하나의 과제였다. 하지만 계몽주의의 통찰들이 압도하던 시대에 과연 십자가가 기독교 신학의 핵심으로 어떤 역할을 할 수 있을까? 당시 내가 비록 영국 자유주의 신학 전통의 틀 속에 있긴 했지만, 나는 결국 루터의 접근법을 시대에 뒤떨어진 진부한 것으로, 오로지 교리사가(敎理史家)들과 종교개혁 초기의 신학을 연구하는 역사가들이나 관심을 보일만한 것으로 여겨, 깨끗이 잊어버렸다. 루터가 선언한 그 말은 현대의 기독교 사상에서는 자리를 차지할 수 없었다. 나는 다시 필기를 계속하였다.

그럼에도 불구하고 그의 말은 내 마음에 남아 있었다. 그 말은, 당시 나의 정체성을 구성했던 관대한 자유주의 신학에만 존재한다고 스스로 막연히 직감하면서도, 정작 딱 부러지게 집어낼 수 없었던 잘못된 무언가를 확실하게 포착하고 있는 것 같았다. 그 뒤로 내 생각이 발전해온 궤적(軌跡)을 뒤돌아보면 루터가 던진 짧은 한 마디는 바로 나의 자유주의가 무너져 내렸던 반석임이 증명되었다. '십자가 신학', 바로 그것을 통하여 루터는 자신이 살던 시대에 도전장을 내밀면서 그리스도의 십자가가 중앙 무대를 차지하도록 만들었다. 또한 그 신학은 현대에도 도전장을 내밀 수 있는 것임이 증명되었다.

이 주목할 만한 신학을 역사적인 정황과 함께 이야기해 보자. 1517년과 1519년은 종교개혁에서 대단히 중요한 시기로 간주된다. 1517년, 루터는 면죄부의 잘못을 지적한 95개조의 반박문으로 신학의 세계에 맹렬한 폭풍을 일으켰다. 1519년에 이르자 그는, 라이프치히

(Leipzig)에서 벌어진 토론에서 자신의 강력한 행동으로 말미암아 일약 유명한 인물이 되고 만다. 요한 엑크(Johann Eck)에 맞서 맹렬한 싸움을 벌이면서 루터는 중세 가톨릭교회가 고수하던 많은 전통 사상들에 이의를 제기하였으며, 특별히 교황의 권위에 도전하였다. 그가 불을 붙였던 그 토론은 종교개혁을 일으키는 매개 역할을 했음이 증명되었다.

이와 반대로 1518년은 조용한 시기였다. 그러기에 자칫하면 그 해를 지나치기 쉽다. 하지만 그해 4월, 아우구스티누스 수도회의 전통이던 공개 토론이 하이델베르크(Heidelberg)에서 열리게 되면서, 루터는 그 토론회의 사회자로 초청받게 되었다. 거기는 자신이 속한 수도회였고 그도 수도회의 수사들 중 하나였다. 바로 이 토론이 진행되는 동안, 루터는 '십자가 신학'을 내놓게 된다. 루터가 말한 가장 중요한 대목을 인용해 본다.

> 눈으로 볼 수 없는 하나님의 일들을 피조물 속에서 보이는 것으로 여기는 이들은 그 누구든지 신학자라고 불릴 자격이 없다. 고난과 십자가에서처럼, 눈으로 볼 수 있는 하나님의 뒷모습을 본 사람은 그 누구든지 신학자라고 불릴 자격이 있는 사람이다.

루터에게, 십자가는 기독교 신앙의 핵심이다. 우리의 뇌리를 떠나지 않는, 십자가에 못 박히신 그리스도의 모습은 하나님에 대한 우리의 모든 생각이 담금질되는 도가니이다. 루터는 '오직 십자가만이 우리의 신학이다' 그리고 '십자가는 만물의 시금석이다'와 같은 말에서처럼, 간결하면서도 단호한 말로 잇달아 십자가가 곧 핵심임을 설파하였다. 그는 이제는 유명해진 한가지의 구분을 보여준다. 곧 하나님을 예수 그리스도로부터 떼어 놓으려는 '영광의 신학자'와, 그리스도의 십자가 안에서와 십자가를 통하여 하나님이 자신을 드러내신다는 것을 아는 '십자가의 신학자' 사이의 구분이다.

그러면 어떤 방식으로 하나님은 십자가 속에서 자신을 계시하시는가? 이 질문에 대답하면서 루터는 그리스도인의 삶에서 이성이 하는 역할에 대하여 한 가지를 비판한다. 기독교 영성과 신학은 이성이라는 자원에 의존할 수 없다. 루터가 천명한 '복음주의에 기초한 비합리주의'는 십자가야말로 인간 이성에 놓여진 한계를 폭로하는 것이라는 그의 옹골찬 주장으로부터 비롯된다. 그의 주장을 이해하려면 '하나님께서 십자가 속에 숨어 자신을 계시하신다는 관념을 살펴보아야만 한다.' 이것은 어려운 개념이다. 그렇지만 일단 이를 이해하게 되면, 그리스도인의 실존과 경험 속에 마치 수수께끼처럼 자리하고 있는 많은 측면을 이해하는 데 큰 도움이 된다. 그 개념에 접근하는 한 가지 길은 루터가 사용한 '눈으로 볼 수 있는 하나님의 뒷모습'이라는 관념을 채택하는 것이다. 이는 출애굽기 33장 23절에서 따왔다. 당신은 그 구절의 정황을 기억할 것이다. 모세에게는 하나님의 얼굴을 보는 것이 허락되지 않았다. 그는 다만 하나님이 지나가실 때 등 뒤로 보이는 그분의 모습을 힐끗, 그것도 직접 보지 못한 채, 바라보게 된다. 모세가 보았던 이는 실제로 하나님이다. 하지만 그에게는 하나님의 얼굴을 직접 바라보는 것이 허용되지 않았다.

그것은 우리도 마찬가지라고 루터는 주장한다. 십자가는 하나님이 자신을 모세에게 드러내신 것과 같은 것이다. 그것은 진정 하나님이 당신을 계시하신 것이다. 그렇지만 동시에 이는 하나님께서 당신을 계시한 것으로 인식될 수 없다. 그렇다 할지라도 일단 우리가 십자가를 되새겨 보면, 우리는 하나님께서 하신 일들의 경이로움을 깨닫기 시작한다. 바울의 말처럼, 바로 여기에서, 현명한 자의 지혜를 웃음거리로 만드시고 자신의 힘을 자랑하는 인간의 생각을 허망한 것으로 만드시는 하나님께서 일하고 계신다. 하나님께서는 그 자신을 지극히 어리석고 연약한 광경 속에서 드러내심으로써 인간의 지혜라는 것이 사실은 지극히 빈약한 것임을 보여주셨다. 이성은 말한다. 하나님이 이런 모습으로 자신을 드러내실 수 있다는 것은 결코 있을 수 없는 일이다! 그런 점에서 이성은 그 자신이 신학의 자원으로 얼마나 적절치 못한지를 보여준다. 이런 방식으로 자신을 계시하심으로써, 하나님 자신에 대하여 우리에게 말해주는 상식에 자연스럽게 의존하려고 하는 우리의 경향에 하나님은 온유한 모습으로 의문을 제기하신다.

다시 말하거니와, 상식적으로 우리는 위대한 영광과 권능으로 충만한 상황 속에서 하나님께서 자신을 계시하시는 것을 기대한다. 하나님께서는 수치스럽고 연약하기 이를 데 없는 십자가 속에서 자신을 계시하시기로 하셨음을 그 십자가가 우리에게 증거하고 있다. 거듭 말하거니와 우리의 이성은 신뢰할 수 없다. 우리는 기독교 신학에서 가장 힘든 교훈 ─ 우리는 겸비해야 할 필요가 있다는 것, 나아가 우리가 바라는 모습대로 하나님을 받아들이는 것이 아니라, 하나님께서 자신을 계시하신 대로 그분을 받아들여야 한다는 것 ─ 을 배우도록 요구받고 있다. 루터는 이 점을 상당히 날카롭게 말하고 있다.

이것은 분명하다. 그리스도를 모르는 사람은 그 누구든지 고난 속에 감추어진 하나님을 알지 못하는 사람이다. 그러기에 그는 고난보다는 업적들을, 십자가보다는 영광을, 약함보다는 강함을, 어리석음보다는 지혜를 더 좋아한다. … … 이런 사람들이야말로 바울이 '십자가를 대적하는 자들이라고 불렀던 사람들'인 즉, 곧 그들은 십자가를 증오하고 업적들을 내세우기 좋아하며 그 업적에 따른 영광을 사랑하는 사람들이기 때문이다.

따라서 '십자가 신학'의 중심 주제는, 세상이 연약하고 어리석으며 나아가 비천한 것으로 여기는 것들을 동일하게 낮게 평가하는 인간 내면의 경향이야말로 하나님의 뜻과 모순된다는 것이다. 왜냐하면 정확히 이런 것들을 통하여 하나님이 일하시기로 하셨기 때문이다.

그런 점에서 십자가 신학은, 그리스도인의 삶에서 이성이 담당하는 역할에 대한 루터의 비판에 하나의 기초를 제공하고 있다. 중세라는 시대에 대학 교수의 한 사람으로서 루터 역시, 비단 학문 영역뿐만 아니라 사실상 그리스도인의 삶의 모든 영역에서 인간 이성의 중요성과 가치를 인정하였음에도 불구하고, 그는 주장하기를, 만일 우리가 하나님을 아는 일에서도 이성에 의존한다면 잘못된 길로 나아가게 될 것이라고 말한다. 하나님이 갈보리에서 자신을 계시하신 것은 순전히 이성에 의존하여 신학에 접근하는 것을 경계하신 것이다. 이성은 말하기를, 하나님은 반드시 이 세계가 위대하고 장엄하며 영광스럽고 권능이 충만한 것으로 받아들일 수 있는 상황들 속에서 자신을 계시하셔야 한다고 주장한다. 그러나 사실 하나님은 그와 정반대로 비극, 슬픔, 절망 그리고 연약함 그 자체인 상황 속에서 자신을 드러내는 길을 택하셨다. 그리하심으로써 하나님은 온유한 모습으로 이성이 가진 한계를 지적하신다고 루터는 논증한다. 우리는 자신이 원하는 하나님의 모습을 담아 이런저런 생각을 꾸며낼 것이 아니라, 실제 그분의 모습 그대로 계신 하나님께 귀를 기울여야만 한다.

하나님의 자기 계시에 대해 우선적으로 힘써 강조함으로써 그리스도인의 삶 속에서 십자가가 가지는 역할을 이해하는 기초를 제공한다. 하나님의 자기 계시는 신학자의 입장에서 보면 자신을 낮추도록 요구하는 것이다. 우리는 하나님께 대답할 수 있어야 한다. 나아가 하나님은, 모름지기 신(神)이란 이래야만 한다는 우리의 말쑥한 선입견 아래에 놓여 있던 양탄자를 잡아당기시면서 우리로부터 주도권을 취해 가셨다. 어떤 부분에서 신앙이란, 하나님께서 자신을 알리기 원하는 그 모습대로 기꺼이 하나님을 이해하고 기꺼이 그 하나님께 응답하려는 마음이다. 이는 자신의 어떠한 신령한 모습들이 효과가 있음을 강조하기보다(이것들이 그 어디에서 나왔든지), 도리어 하나님께 기꺼이 복종하려는 마음에 이르게 된다는 점에서, 겸손의 한 양식(form)이다. 참 영성은 인간의 발명품이 아니라, 도리어 하나님을 향한 응답인 것이다.

십자가가 이성에 대한 하나의 비판을 대변하는 것이라면, 다른 한편으로 그 십자가는, 특별히 근대 서구 사상 속에서, 영성과 관련하여 종종 너무나 많은 비중을 차지하였던 또 하나의 인간 중심의 자원을 강력하게 공격한다. 개인의 경험이 계시와 같은 권위를 가진 것으로 여겨졌던 것이다. '내가 경험하는 것은 옳은 것이다.' '나는 그런 방식으로 그것을 경험하지 않는다.' 루터는 신앙 문제들에 대한 지침으로 개인의 경험은 심각할 정도로 자주 신뢰할 수 없다고 했다. 우리가 무언가를 경험하는 방식은 실제로 그것이 존재하는 방식과 반드시 일치하지는 않는다.

십자가를 통하여 우리에게 주어진 하나님의 모습은 버림받고 상처 투성이인 데다가 피 흘리며 죽어가는 하나님의 모습이지만, 바로 그 하나님이 몸소 십자가의 그림자를 걸어 지나가심으로써 인간의 고난에 새로운 의미와 영예를 부여하셨다. 하나님께서는 인간이 강할 때보다 연약할 때, 오만할 때보다 굴욕을 당하며 괴로워하는 바로 그 순간에, 이 세상으로 들어오신다. 그 어떤 순간보다 암담하면서도 결코 피할 수 없는 삶의 영역들에서조차 하나님은 결코 배제되지 않았으며 오히려 하나님 스스로 진지하게 그 영역들에 몸을 담그셨던 것이다. 신앙과 삶에 드리워진 어두운 그늘 속에서도 하나님이 계시다는 것은 루터가 했던 다음의 유명한 말 속에서 멋지게 표현됐다. '아브라함은 눈을 감은 채 신앙에 드리워진 어두운 그늘 속에 자신을 숨겼지만, 바로 그 그늘 속에서 영원한 빛을 발견하였다.' 하나님께서는 몸소 이 길―어두운 절망 가운데 버림받은 채 죽음을 맞이해야만 했던 길―을 택하사, 우리를 이 마지막 대적들로부터 구원하셨다. '그 첫 번째 금요일 이후에, 인간은 소망 속에서 고난을 감내하기 시작하였다(레옹 블로이[Leon Bloy).' '인간이 당하는 고난과 고통이 어떠함을 아시면서, 그 고난으로 인해 연약하고 부서지기 쉬우며 나아가 죽을 수밖에 없음을 몸소 이해하시는 하나님의 이미지는 예수 그리스도의 십자가를 통하여 정당한 것'으로 인정받고 있다.

루터는 그런 통찰들을 우리 자신의 상황에 적용해야 한다고 말한다. 하나님이 살아 계셔서 일하심을 받아들이기 어려운 경우들이 모든 사람들에게 존재한다. 고난이 그 적절한 예이다. 만일 우리가 이런 경우들을 그 첫 번째 금요일에 비추어 생각하려고 노력한다면, 우리는 그 같은 생각과 두려움들이 그때에도 표출되었음을 알 수 있다. 그러나 그리스도의 부활은 그런 생각과 두려움들을 뒤집어 버렸으며, 이런 문제들에서 인간의 경험이 얼마나 신뢰할 수 없는지 우리에게 보여주었다. 우리의 현재 경험은 그 첫 번째 금요일의 것과 같아 보인다. 하나님은 분명히 계시지도 아니하고 일하시지도 않는 분처럼 보일 수도 있다. 그러나 사실은 하나님이 모습을 감추셨을 뿐 변함없이 거기에 서 계시는 것이다.

이것은 루터가 신앙을 이해하는 데 중요한 결과를 낳았다. 신앙은 이 세상 속에, 나아가 우리 자신의 경험 속에 하나님이 존재하시며 일하고 계심을 아는 힘이다. 신앙은 겉에 나타난 모습과 경험이 낳은 그릇된 인상들의 뒷면을 바라본다. 신앙은 당신이 계시겠다고 약속하셨던 그곳에, 심지어 우리 경험에 거기 계시지 않는다고 여겨질 경우에도, 열린 마음으로 기꺼이 하나님을 발견하려는 것이다. 루터는 이 점을 분명히 표현하기 위해 '믿음의 흑암(the darkness of faith)'이라는 문구를 사용하고 있다. 이것은 루터가 의심의 본질을 이해하는데 중요한 결과를 가져왔다.

의심은 우리가 내리는 판단의 기초를 신앙에 두기보다 오히려 경험에 두는 우리의 자연적인 성향을 보여준다. 신앙과 경험이 서로 그 발걸음을 맞추지 못하는 것처럼 보일 때, 정작 우리는 신앙보다도 경험을 신뢰하곤 한다. 그렇지만 루터가 지적하는 것처럼, 경험이 얼마나 믿고 따를 수 없는 안내자인지 드러나지 않았는가! 그 첫 번째 금요일에 경험을 신뢰했던 이들은 부활의 빛에 비추어 볼 때 너무나 어리석은 사람들로 보였다. 루터가 보기에 그리스도의 부활은 하나님께서 약속하신 것들을 믿는 것이 경험이나 이성을 압도한다는 것을 잘 보여주는 경우였다. 우리는 한정되고 적절치 못한 우리의 인식보다는,

하나님을 하나님으로 인정하고 그분의 약속들을 신뢰해야만 한다.

그런 점에서 십자가는 하나님이 어떤 분이실거라는 우리의 확신을 무너뜨린다. 십자가는 이성과 경험을 향한 우리의 그릇된 신뢰를 산산조각내고, 우리로 하여금 하나님이 누구시며 그분이 어떠한지 알게 한다. 십자가는 우리로 하여금 하나님이 어떠하다는 것을 미리 결정하기보다, 패배를 자인하고 우리가 하나님에 대하여 들어야 한다는 것을 인정하게 한다. 십자가의 고난, 연약함 그리고 수욕(shame)을 통해 자신을 드러내심으로써 하나님은 그분에 대하여 갖고 있던 선입견들을 포기하도록 강력히 요구하신다. 하나님은 그분에 대한 우리의 선입견들을 산산이 부수시지만, 그럼으로써 우리는 더 기꺼이 하나님을 배우게 된다. 우리가 갈보리에서 일하셨던 하나님을 알고 나아가 그 지식을 더 깊게 하려 한다면, 겸비함이야말로 꼭 필요한 덕목이다.

'우리가 그리스도와 함께 고난받지 않는다면 우리는 그리스도인이 아닐 것이다.' 그리스도인이 되는 것에는 고난 없는 편안한 삶의 행로가 포함되어 있다고 외치는 이들을 철저히 부인하면서 십자가는 우뚝 서 있다. 예수의 부활을 둘러싸고 한참 행복감에 도취되어 있던 바로 그때에 그리스도인의 신앙과 실존이 저 천국을 향해 올라가려고만 할 뿐, 이 세상에서 만나는 삶의 현실과 어떤 접촉도 갖지 않으려 했던 위험한 모습이 실제로 존재하였다. 신자들은 부활하신 그리스도를 경험한 것을 내세우면서, 바로 지금 여기에 서 있는 그들을 향하여 신앙이 요구하고 있는 것들을 결코 외면해서는 안 된다. 예수를 따르라는 외침은 그와 더불어 고난을 함께 하라는 부르짖음이기도 하다(막 8:31－38). 신자들이 자신의 실존에 삼게 된 모범은 바로 고난, 배척당함 그리고 죽음의 길을 지나 영생과 부활하신 그리스도의 영광이라는 최종 목적지로 여행을 떠나는 것이다. 다른 길로 돌아 이 목적지에 도달하는 방도는 없다. 고난, 배척 그리고 죽음이야말로 그리스도인의 영성을 드러내는 순수한 증거들이다.

이런 통찰들은 십자가 신학이 각각의 신자가 경험한 것과 관련을 맺으면서, 그 신학에 무게를 더해준다 고난, 겸비함 그리고 배척당함이야말로 신앙의 순전함을 보증하는 증명서(hallmark)다. 그것들은 신자들이 참 제자임을 보여주며, 그들이 부활하신 그리스도의 영광에 참여하게 될 것을 보증한다. 그런 점에서 십자가는 인간의 고난에 새로운 의미를 부여하고 있다. 신자들이 하나님의 자녀들임을 나타내는 증표인 십자가로 세례받는 것처럼, 모든 하나님의 자녀들의 삶은 예수 그리스도의 고난과 십자가로 말미암아 빚어지고 그것으로부터 영향을 받는다. '그리스도가 고난당하신 일이 실제로 그리고 진정으로 한 일은 우리로 하여금 그리스도를 따르게 한 것이다.' 세례는 단순히 그리스도인의 삶이 시작되었음을 보여주는 것이 아니다. 오히려 그것은 그리스도인의 삶 전체가 그리스도와 더불어 끊임없이 죽고 사는 것을 상징하는 것이다. 그리스도가 고난의 길에 '넘겨지셨던 것'처럼, 그리스도인들도 마찬가지로 그 손길에 '넘겨진' 이들이다. 신자 자신의 삶 속에서 십자가가 담고 있는 원형(pattern) ─ 고난을 통하여 영광으로 나아간다 ─ 을 깨닫게 됨으로써 그들은, 자신들이 하나님께서 약속하신 것들 안에 서 있고 부활의 신비를 공유하고 있다는 것을, 나아가 자신들이야말로 그리스도의 풍성한 유업을 이어 받은 상속자들이라는 것을 알게 된다.

루터가 그리스도인의 삶에서 십자가라는 본보기를 강조하면서 심각한 오해가 나타나게 된다. 다음 글을 곰곰이 살펴보라. '십자가에 못

박힌 사람(crucianus)이 아니라면, 그 누구라도 그리스도인(Christianus)이 아니다. 바꾸어 말하면 누구든지 자기 십자가를 지지 않는 사람은 결코 그리스도인이 아니니, 그 까닭은 그가 자신의 주인인 예수그리스도를 전혀 닮지 않았기 때문이다.' 이 말은 자칫 어떤 모방의 영성, 곧 예수라는 본보기를 인간이 닮아가는 영성을 가리킨다고 받아들일 수도 있다. 사실 이런 영성은 토마스 아 켐피스의 글에서 그 견고한 기초를 찾아볼 수 있는, 너무나 중세의 냄새가 나는 개념이라 할 수 있다.

하지만 사실 루터가 말하려 했던 것은 그것과는 너무나 다른 것이었다. 그의 말의 핵심은 곧, 진정한 그리스도인이란 그리스도의 형상과 같은 모습으로 만들어진(이 말이 능동이 아니라 수동의 의미임을 유념하라) 사람이라는 뜻이었다. 신앙이란 겉으로 드러나는 방식을 통하여 그리스도를 닮으려고 발버둥치는 인간의 행위가 아니다. 오히려 신앙은 하나님께서 그것을 통하여 우리를 그리스도와 같은 모습으로 만드시는 수단일 뿐이다. 루터가 생각하였던 '그리스도와 같은 모습으로 만들어진다'는 말의 뜻은 우리 안에서 하나님이 주체로서 일하심을 강조한 것이지, 인간이 스스로 자신을 떠받치며 그리스도를 닮아간다는 것을 강조한 것이 아니다. "'그리스도와 같은 모습으로 만들어진다'는 것은 우리 자신의 힘으로 우리가 얻을 수 있는 성질의 것이 아니다. 그것은 어디까지나 하나님이 우리에게 주신 선물일 뿐이지, 우리 자신의 작품은 아닌 것이다." 루터가 강조하였듯이 그리스도인이 된다는 것은 고난을 당하려고 몸부림치는 것도 아니요. 자신이 주체가 되어 그리스도의 고난을 흉내 내는 것도 아니다. 그것은 도리어 하나님께서 우리를 그리스도와 같은 모양으로 빚어 가시도록 해드리는 것이며, 그리스도의 고난에 참여하는 자가 되는 것이다.

바로 이런 이유 때문에 루터는, 어쩌면 자신과 같은 시대를 살던 사람들에겐 놀라울 수도 있지만, 고난이 영성에서 갖고 있는 긍정할 만한 측면들을 강조하고 있다. 다른 신학자들이 하나님의 영광을 옹호하거나 이 세상을 좋은 세상으로 만드는 데 고난이 필요함을 논증하는 곳에서, 루터는 영적인 방황과 고통받는 자들의 고뇌를 직접적으로 토로한다. 다음 글은 고난당하는 자들에게 직접 건네는 말이다.

> 십자가의 신학자(곧 십자가에 못 박히시고 그 안에 모습을 감추신 하나님을 말하는 사람)라면, 고난, 십자가 그리고 죽음이야말로 그 어떤 것보다도 가장 귀중한 보배이며, 가장 거룩한 유물들이라고 가르친다. 이는 이 신학의 주(主) 되시는 분이 거룩한 당신의 살로 만지실 뿐 아니라, 거룩하고 신성한 자신의 의지로 품으심으로써 스스로 성별(聖別)하시고 복 주셨기 때문이다. 아울러 그는 이 유물들을 바로 여기에 두심으로써, 우리가 거기에 입 맞추고 추구하며 품을 수 있도록 하셨다. 이런 그리스도의 보배들을 받을 만한 자로 하나님이 인정하시는 사람은 얼마나 큰 행운아이며 복 받은 사람들인가!

고난과 신앙은 한 몸이며 그 강도와 질(質)을 놓고 볼 때 서로 직접 관련되어 있다. 그러나 이것이 루터가 자기 학대의 영성을 추구했던 인물이었음은 말하지 않는다. 오히려 신자들이, 문자 그대로 또는 비유라 할지라도, 자기 자신을 채찍질해야 한다는 것이다. '만일 우리가 고난받고자 한다면, 그것은 하나님이 우리에게 안겨주신 것이 되게 하고, 결코 우리가 자신에게 지우는 고난이 되게 하지 말자. 어떤 고난이 우리에게 도움을 주며 기여할지를 하나님이 가장 잘 아시기 때문이다.' 달리 말하면 그리스도인이란 모름지기 하나님을 섬겨야 하며 고난이 자신에게 찾아올지, 그것이 어떤 모습을 띠게 될지 분별해야만 한다. (우연의 일치일 수도 있으나 이 인용문에서 'passio'가 갖고 있는 두 가지 의미, 곧 '고난과 다른 이의 영향을 받다'는 뜻 사이에 긴밀한 연계가 이루어지고 있음을 주목하라.) 고난은 우리가 추구해야 할 필요가 있는 것, 또는 우리가 우리 자신에게 지워야 할 어떤 짐 같은 게 아니다. 진정한 그리스도인은 신앙의 삶 속에서 십자가를 지는 고통이 반드시 필요함을 깨닫는 사람이며 하나님께 그 고난이 일어날 곳과 시간 그리고 그 본질을 맡기는 것으로 만족하는 사람이다.

루터가 보기에 신자와 그리스도는 믿음으로 말미암아 긴밀한 연합으로 결합되었으며, 신자는 그리스도의 생명에 참여하고 그리스도는 신자의 삶을 함께 소유하신다. 신앙은 마치 혼인 계약과 같은 것이어서 신자와 그리스도 사이에 함께 소유할 물건들을 정하게 된다. 우리가 가진 것들(죄와 사망)이 그의 것이 되고, 그가 가진 것(구원과 생명)이 우리의 것들이 된다. 그리스도의 생명은 신자의 생명 속으로 뚫고 들어와, 이처럼 '찬탄할 만한 거래(commercium admirabile)'를 만들어 낸다. 그리스도께서 우리에게 주신 풍성함의 특권은 그와 함께 고난 당하는 것이며, 이는 그와 더불어 우리가 다시 일으켜지도록 한다. 즉 그리스도가 전에 밟고 지나갔던 길, 먼저는 십자가를 향하여 그 다음에는 영광을 향하여 걸어갔던 것과 같은 길을 우리가 걸어가게 하는 특권인 것이다.

바로 여기서 신앙이 시험대에 오른다. 진정 영광이 십자가 너머 저편에 자리 잡고 있는가? 십자가는 삶의 종착점을 가리키는가 아니면 출발점을 가리키는가? 십자가야말로 영광으로 나아가는 유일한 출구이고 새 예루살렘으로 들어가는 유일한 문이다. 나아가 신자로 살아가는 우리 여정에 찾아온 고난과 고통 그리고 반대들은 소멸되어 새롭게 바뀔 것이라는 견고하고 줄기찬 확신을 갖고 사는 삶이 바로 믿음의 삶이다. 마치 그리스도께서 십자가에 못 박히셨던 그 첫 번째 금요일이 부활의 날로 나아가는 길을 만들었던 것처럼 말이다. 지금 당장은 다소 어둡고 불투명한 안경을 쓴 것처럼 뚜렷하지 못할 수도 있다. 하지만 마지막 날이 이르면 우리는 모든 것을 있는 그대로 명명백백하게 볼 수 있게 될 것이다.

부활이 없었다면 십자가의 길은 금욕주의자의 자기 부인과 별반 다르지 않았을 것이며, 기껏해야 인간 실존의 무익함에 자신의 몸을 내맡기는 한 방편이거나, 심지어 절망과 망상 정도로 그칠 것이다. 예수 그리스도의 부활을 믿고 그 부활이 우리의 실존에 암시하는 바를 인식함으로써, 비로소 십자가는 현실 감각과 목적의식을 갖게 된다. 이 길은 고난, 고통, 배척의 길이다. 그러나 이미 우리보다 앞서 그의 길을 걸어가신 뒤 저편에서 우리를 기다리시는 분을 만나기 위해 걷는 길이기도 하다.

현대에 와서 이것이 영성과 관련하여 암시하는 것은 무엇인가? 위르겐 몰트만(Jurgen Moltmann)과 같은 저술가들이 보여주는 것처럼, 루터가 제시한 생각들은 억압당하고 가난하며 고난의 길을 걷는 사람들에게 힘을 주면서 그들과 긴밀한 관련을 맺는다. 몰트만이 쓴 책들 가운데 가장 중요한 책인 『십자가에 달리신 하나님』(1972)도 사실은, 루터의 말을 직접 인용한 것이다. 루터의 십자가 신학은 하나님이 억압받는 사람들, 고난받는 사람들과 함께 하고 계심을 말하고 있다. 사실 하나님은 세상의 약한 사람, 어리석은 사람, 따돌림을 당한 모든 사람들과 함께 하신다. 십자가는 우리가 배척했던 그것을 하나님은 받아들이셨다는 것을 확증하는 것이며, 우리가 내세우는 판단 척도들에 강력하게 이의를 제기하는 것이다. 루터가 이 점에 대하여 마지막으로 던진 말을 읽어보자.

가난한 사람들과 고난당하는 사람들이야말로 그리스도의 나라에 속한 이들이다. 바로 그들을 위하여 이 왕이 하늘로부터 땅으로 강림하셨다. 따라서 그의 나라는 두려움, 슬픔 그리고 비참함 속에서 살아가는 이들을 위한 것이다. 마치 천사들이 가난하고 깜짝 놀라며 두려워하던 목자들에게 말하였던 것처럼, 이제 내가 그런 사람들에게 선포하노니 '보라, 내가 너희에게 큰 기쁨의 좋은 소식을 전하노라!'

이러한 십자가의 사상을 고석규가 어느 정도 체화하고 있었는지는 알 수 없다. 1956년 5월에 추영수 시인에게 보낸 <제 3일>의 편지 속에는 이에 상반되는 사유를 남겨놓고 있기 때문이다.

언젠가 K 시인은 나더러 이런 말을 했다고 기억한다.
"고형 나는 이상합니다. 나이가 좀 더 지나면 기독교 신자나 다른 무슨 신자가 될 것 같습니다."
추여! 나는 그의 '기(旗)'가 떨고 있는 것을 이미 보았고, 이제 그의 '기'가 수지워 흐느끼는 것을 예감했다.
그러나 나의 심리엔 이런 예감될 신자의 희망이 바라지지 않던 것이다. 나는 내가 신이 된다는 참으로 '이상한' 순간의 자만(自慢)을 느끼곤 한다. 나는 어느 묘리를 파헤치고 어느 신비에 탐닉할 때 어김없이 나는 신이 되고, 나의 서지(書誌)연구도 이러한 신념을 굳게 하는 데에 손대지 않는다고 본다. 나는 참으로 신이 되고 싶은 것이다.
휠다린은 이르되 "사람을 생각할 제 걸인이 되고 꿈을 꿀 제 신이 된다."

추(秋)여! 이것은 나의 꿈일까, 나를 흥분시키는 꿈이란 것일까.

이렇게 고석규가 신이 되고자 하는 순간의 자만은 분명 십자가의 사상과 그의 내면에서 충돌할 수밖에 없었을 것이다. 그러나 신앙에 입문하고 난 뒤 그가 십자가의 의미를 중요한 그의 신앙적 사유로 삼았다는 점은 새겨둘 필요가 있다.

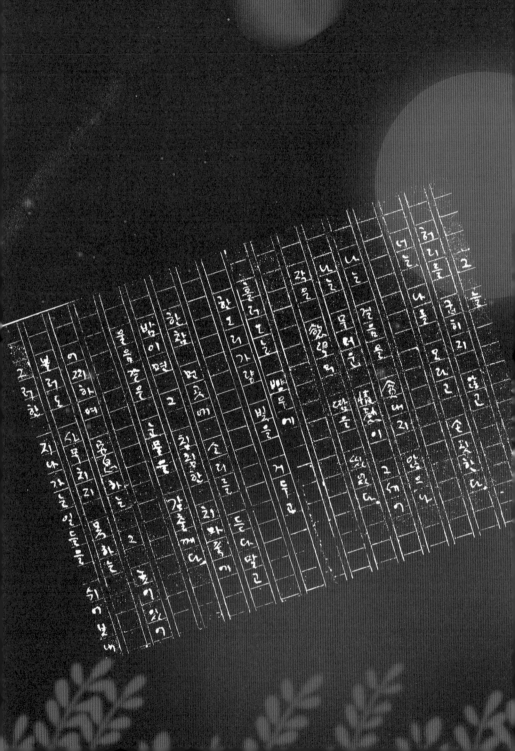

제7장

결혼과 새로운 꿈을 향해서

고석규는 북한에 있을 때 만났던 첫 여성인 영(玲)과 헤어지고 난 이후, 그 여성에 대한 상념에서 쉽게 벗어나지 못하고 오랫동안 그 여성에 사로 잡히게 된다. 이는 처음 만난 여성과의 약속을 지키지 못한 일종의 죄의식에서 비롯된 부분도 있지만, 글쓰기에 집착한 고석규에게는 일종의 뮤즈로 대상화된 측면을 무시할 수 없다. 그래서 그의 일기에 등장하는 여성들의 모습을 산견해 보고 그가 결국 한 몸을 이룬 결혼 대상자를 어떻게 만나게 되었는지를 살펴본다.

그의 일기에 먼저 등장하는 인물은 그가 후방 병원 생활을 할 당시 나타나는 <누님>으로 호칭되는 대상이다

누님! 오늘은 쓸쓸한 날이외다. 하늘이 이처럼 흐리고 해풍이 다
사로운 것은 필시 밤중에 폭풍이라도 지날 것만 같으니, 나는 가슴

을 자리에 붙인 대로 이 소란스런 천기의 이슥한 밤을 지금 죽음처럼 헤어가고 있나이다.

마침내 홀연히 켜져 있는 등불마저 깜박거리고 한참 정전되고 사방은 캄캄한 어둠이 치몰아옵니다.

아, 나는 저물어가는 내 감각의 마지막 몸부림을 치면서 남창을 뚫고 나가려니 나는 반항하고 있으며 나는 눈물을 뿌리면서 그 창밖에 휘어져 있는 나뭇가지에 매어 달리리다. 불어오는 지옥불의 바다에서 나는 그 준엄한 교향악의 연주를 놓칠까 두려하는 것이외다.

누님! 나는 갇혀 있는 죄수와 같은 심리에 있으며 내가 살피는 그 소란한 현실은 선악을 분별치 못한 이향(異鄕)과 같은 것이외다. 나는 오로지 그곳에 가고자 하는 것이외다.

나는 광상(狂想)을 굽히고 사랑을 깎아버려야겠고 옷을 벗어야겠고 소리를 낮추어야겠고 숨을 죽이고 있어야 할 것이외다.

자아를 불태워버리는 것이외다.

그러나 어젯날 눈물과 같은 많은 사람이 황홀하여 푸른 바다의 물결과 같이 밀려가는 시원한 삶의 호흡이 이처럼도 믿음직한 것을 어찌하오리까.

밝은 곳으로 앞으로 하여 수그렸던 의지의 문을 박차고 해후의 고궁으로 찾아가려는 것이외다.

그곳에서 옛날 묻어두었던 혼의 유품을 찾아가며 그 빛나는 비수(悲愁)를 얻으려는 것이외다. 아름다움을 고전(古典) 가운데서 찾아내며 슬기로운 과거는 현대가 지나는 고통 속에서 치르려는 것이외다.

누님! 그 사이엔 텅 비인 곳이 가로지나 남남거리는 나의 비밀스런 말과 그 토막을 헤아릴 수 없을 것이어니 붉은 핏방울은 그 역시 죽음을 충동하는 것이외다.

살로메 여사가 니체에게 보낸 <고통>이라는 글에 아래와 같은 구절이 있다.

"한번 당신에게 손잡히면 누가 거기에서 빠져날 수 있으리오.

나는 생각하느니 당신이 뭇 지상의 존재를 스쳐 지날 것임이오. 거기서 땅에는 어느 하나 당신이 건드리지 않는 것이 있지 않음을…"

(1951년 10월 28일 일기 중)

어제 입동이 지났다. 무척 겨울다운 바람이 회오리치며 빠알갛게 물들어 시드는 나뭇잎들이 조락에 앞서 울고 있는 듯하다. 쓸쓸한 계절은 예상을 금할 수 없게 한다. 이렇듯 날씨가 차오며 바람이 부는 날이면 여러 가지 궁상(窮想)이 불현듯 일어나 아침 저녁으로 찬물에 손을 담가야 할 정순의 고통이 내 괴로움인 것 같이 뼈저린 것이다.

가을이 가는 지난 9월 하순의 어느 날, 일 년이 넘도록 소식을 몰라 애궁절절하던 우리가 서로 손을 맞잡고 울어야 할지 웃어야 좋을 것인지 어리둥절하던 기억이 참뜻으로 다시 살아오는 오늘, 나는 남몰래 박힌 움직일 수 없는 자매의 사랑이 자긍스럽다.

이제 새삼스레 그와 나와의 성장을 이야기하고 나머지 생애에서 내가 극히 기대하는 그의 존재를 막상 높이어 적는다 하더라도, 거의 날마다 찾아오는 그에게 내가 품는 새롭고 아쉬운 감정이 어두워지지 않는 한에서 나는 처음과 같이 이 두터운 사랑을 의지하며 감사하는 것으로 행복한 것이다.

누나야, 오늘은 큰 누님(복희 어멈)이 보내준 김치찌개와 통조림으로 입맛 서툰 식사를 정말 맛있게 지냈다. 서로 감사할 따름이다. 저녁에는 또 약간한 흉열(胸熱)이 느끼어졌으나 그다지 오래 가지 않았다. 안심하고 잠에 들었더니 아침 될 때까지 꼬박 한 번도 깨지 않았다.

약속한 대로 사단에 보내는 편지를 적으려다 그만두다. 내일은 꼭 써야겠다.

누나야! 어제는 감쪽같이 놀랐을 것이다. 한참이나 뒷짐지고 서서 바라보았더니 그 자식 눈을 찌푸리며 통과시키는 것이 아니겠나. 우스운 장난인 것으로 알았다. 오늘은 일기가 좀 풀린 것 같았으나, 갖다준 잡지를 읽어 마치노라 종일 자리를 떠나지 않았다. 부드러운 생각이 더 많은 편이다. 아버님의 고생이 절로 헤아려져 여러 가지

번뇌를 하였다. 내일에 또 너를 만나볼 것으로 오늘 하루가 바빠 저물었으면 한다. 정해놓고 바람도 잦을 것이요, 밝은 햇볕이 비칠 것이다. 내가 곧잘 말하는 얼마나 행복스런 자연의 찬미이야. "의지와 내 삶의 권태는 물러가라."

(1951년 11월 8일 일기 중)

기후가 베풀어주는 운명의 아름다운 웃음을 오늘 다시 맛볼 수 있었다. 누나야. 나는 무엇을 받아줘고도 형용없는 대답으로만 끝나는 것일까? 한갓 못난 설움이 아닐까. 누나야! 언제나 물샐틈없이 나를 위하여 온갖 주선일에 그처럼도 열렬히 몰심하여주시는 사람을 나도 저버릴 수 없다고 본다. B 누님이 보내신 부식물을 받고도 아무 대꾸도 못하는 나로다. 모든 것은 그대가 대신하여 전갈하여주면 나는 안심하겠다. 학질약을 도로 보낸다.

(1951년 11월 10일 일기 중)

누나야, 어제는 오침(午寢)하고 나서 거대한 걸작을 썼다. 단시 애곡(哀曲)이라 하는 시제인데, 주제로는 눈먼 아가씨의 슬픔을 상징화하려고 애쓴 것이다. 나는 어느 시보다도 이것만은 안심하고 읽을 수 있다고 본다. 훗날에 보여드리겠다. 그리고 또 그날 밤에 두 개의 개작에 실패하였다. 하나는 서정시 <별>이라고 하는 것인데 근 1주일째 써보고 하였는데 신통하지 못하고, 또 하나는 <돌촌(乭村)의 밤과 나와>라고 제명하였다가 <돌촌(乭村)의 슬픔>이라고 개제(改題)한 것인데 이것 역시 시원치 못하여 아직도 답답하다. 뒤에 것은 아주 영감적인 것이었고 신비스런 사랑의 슬픔으로 형상하려 하였는데 지극히 선명치 못하였다.

글 이야기는 그만하고 누나가 말하던 음악을 한다는 고향 여자의 글씨엔 어지간히 놀랐다. 그러나 어찌할 수 없는 것이 오늘이 지워준 운명이니 심각히 캐일 것을 그만두더라도 그의 삶 속에서 지극히 우울과 권태를 발견하지 못한다면 나는 오히려 안전한 편이라고 말하고 싶다. 다음 일본 가는 불교 할머니의 소식은 참으로 크나큰 충동에 가까운 동경심을 일으키게 한다. 떠나기 전에 만나보지 못하는 서운함을 전하여다오.

(1951년, 11월 13일 일기 중)

누나야! 그런데 나는 기이한 선물을 받고 있다. 그것은 현간(現刊) 서적들 가운데서도 특히 춘원 선생의 『이차돈의 사』와 『흙』그리고 ≪타임지≫, 『정치론집』같은 걸 받은 것이다. 나는 한 마디로 유익한 책들을 받아들인 것 같은 기쁨이 있다.

그것은 우리 문학의 거장인 춘원의 저작을 이르는 것이라겠지만 어쨌든 우리나라와 겨레의 여러 가지 진실한 감동에 돌아간다는 것이, 또 그것은 다시보고 음미하는 것이 무엇보다 귀중한 일이다. 또한 이와같은 저작물을 선택하여 보내주시는 김 선생님 한 사람에 대한 인간적 고찰에 놀라운 차이와 수그러지는 경배심이 스스로 우러나오는 것이었다.

(1951년 11월 14일 일기 중)

오늘 「혈습기」를 보냈던 사(社)로부터의 답신을 받았더니 뜻밖에 공중인(孔仲仁) 씨의 글이어서 한결 기꺼웠고 나의 어리석은 독단에 실망하였던 빛이 벗겨졌다.

누나냐, 오늘은 해맑은 날이요 돌아갈 날을 앞두고 보름을 넘지 않을 것 같다.

김 선생님이 보내주신 소설들은 거의 다 읽어 마쳤다. 춘원(春園)의 수법은 자기 홍몽 외에는 별로 이렇다 할 힘든 것을 발견하기 어려웠다. 역사소설인 것에 비하면 그런 것은 범사로운 멤소드일는지도 모른다. 인스피레션이 이분에게는 너무나 약한 것인가 생각한다.

(1951년 11월 16일 일기 중)

입원 중인 고석규를 찾아와서 보살펴주고 있는 자로 생각되는 이 누님은 구체적으로 그 이름이나 신상이 밝혀지지는 않았으나 고석규에게는 소중한 대상으로 여겨진다. 추측컨대 월남할 때 부친과 동행한 6촌 누님이 아닐까 한다. 국군병원에 입원해 있는 고석규를 정기적으로 찾아올 수 있는 자는 혈연관계가 아닌 자를 상상하기 힘들기 때문이다. 그의 여성에 대한 편지는 미스 손(孫)으로 이어진다.

> 미스 손(孫)!
> 깊은 밤이 새어갑니다. 나는 다시 십자가 있는 앞으로 가슴을 안은대로 무릎을 꿇고 있습니다.
> 나의 상처가 아픕니다. 벌써 죄악을 범하였나 봅니다. 나는 무엇을 고해받으며 속죄의 눈물을 씻어야 합니까.
> 흑주(黑珠)를 헤아리는 마음들이 이 밤이 새도록 머리를 숙인 채로 제단에 엎드려 있을 것입니다.
>
> (1952년 7월 22일 일기 중)

> 미스 손! 어찌 내가 그대를 찾지 않을 수 있었으리오. 별장에는 커튼이 내렸는데 사라센에는 그대가 지키고 앉았습니다. 손님이 한두 분 구석 자리에 남아 있고 빈 카운터의 복판에 재킷 실밥을 풀고 앉은 그대를 다시 바라보았을 때, 그대의 약간한 미소가 나의 눈을 다시 떴다 감을 수 없게 끔 만들어 나는 제일 가까운 좌석에 가서 앉았습니다.
> '난나'에 대하여 물으시는데 그대는 처음으로 '빌러'하고 별장을 가리키는 외래어를 말하였습니다.
> 퍽 전보다 수척한 편이었는데 그대는 아직 양태 머리를 땋아 내리고 얼굴에는 아무런 화장도 하지 않았습니다.
> 아메티스트 십자가를 지닌 그대였기 때문입니다. 그대는 그리하

여 소팽의 즉흥환상곡을 골라 들려주었습니다.

미스 손! 그대는 지극히 영리한 존재입니다. 먼 전날에 서울에서 살아오던 그대의 지난 일이 지금 새삼스레 기억에 떠오를 것입니다.

내일 다시 오면 <솔베이지>와 <성모의 보석>을 찾아다 들려주겠다는 그대의 호의를 받아들이지도 못하고 나는 지금 37도 8부의 미열이 계속하여 꼼짝 못하고 있습니다. 그대는 나를 어떻게 생각할 것입니까, 나는 아무래도 그대의 가까운 곳으로 찾아가는 것이 괴로운 일이라 생각됩니다.

(1952년 7월 29일 일기 중)

그리고 다시 고석규는 <엘리아>란 대상을 향해 떠올리고 있다.

계절을 안고 이 계단을 찾아왔던 날 나는 엘리아를 사랑하게 된 부끄러움을 깨달았다. 열아홉 살 난 엘리아! 아니 그보다 더 젊고 어리광부리는 엘리아!

엘리아는 튤립의 봉우리를 노리고 앉았다. 엘리아의 얼굴이 일류네이숀에 울리어 보랏빛으로 연하다. 자리에 말없이 가 앉는다. 가방의 지퍼를 풀고 있다.

언제 간직하였던 것인지 알지도 못할 하얀 봉투를 가방 안에서 손으로 만져본다. 지나친다는 수치감과 또 이것에 멋지 않을만한 욕망이 퍼붓는다. 엘리야 있는 곳에 머리를 돌린다.

유리창 옆으로 상반신을 일군 채 그는 또렷한 눈을 감지도 않고 나 있는 곳을 바로 이때까지 바라보고 있는 것을 알게 되었다. 손을 옆으로 젖는다. 엘리야가 앉고 나도 머리를 돌린다.

나는 재떨이 있는 앞에 올려진 하얀 봉투를 이제 찢고야 말았다. 그렇다 제일 처음 눈에 띄는 것은 '환율(幻律)'이란 시의 제목이다. 그러나 지금은 엘리아가 이따위 시를 이해할 수 없다. 단념하고 찢어버릴 수가 있는 것이다.

엘리야는 생애에서 크게 감탄받을 수 있었던 기적에서 완전히 면해버렸다. 그와 함께 엘리야의 마음에는 표통스런 웃음이 물거품처럼 헤어진다.

엘리야는 아무 영문도 모르는 잔에 커피를 따른다. 노란 우유빛깔이 정직하지 못하다. 여기에서는 탁갈색이 제일이다. 그것은 겨울에 입는 자켓이나 잠바 또는 본넷에 적당한 빛이다. 제일 좋은 커피는 그러한 빛깔 속에 뜨거운 심장과 쓰린 사랑을 마셔도 좋다.

거지에게 새파란 지폐 한 장을 넌지시 주고 달래는 엘리야가 카운터에 돌아온다.

나는 다시 눈짓한다. 엘리야는 고개를 끄덕인다. 찢긴 봉투 나부랭이를 포켓에 걸어 넣는다. 자리를 털고 일어나서 계단을 내려온다. 입구에서 아까 젊은 거지와 함께 밖으로 나오게 되었다. 애트랑제의 뽀얀 불빛이 어느새 환율(換率)이라는 제목으로 저물어버렸다.

엘리야, 나는 그대를 사랑하오.

그러나 이렇듯이 하얀 환율이 찢어버린 것이오. 알고만 있으시오.

(녹원의 길 2, 하얀봉투 중)

그리고는 이 글의 마지막에는 다음과 같이 한 편의 시로 그의 첫 사랑의 대상이었던 영(羚)을 다시 떠올리고 있다.

예를 줄이옵고
나의 처애로운 기억이 나를
울리고 있습니다. 다만 그대의
확실한 문방을 고대할 뿐입니다
나의 존재와 나의 헌신은 그대가
적어둔 한 여인의 이름 세 자
끊어집니다

1950년 10월 17일 밤까지 분명히
하얀 그의 얼굴이 나를 바라보고
눈물 지은 것입니다. 그리고는
이날까지 바이 생사조차 막연합니다

그대를 받아들일 용의가 있습니다
어떤 불행이 나를 다시 놀라게 하여도
하루 바삐 만나고 싶습니다.

이렇게 현실적인 여성에 대한 사랑의 감정을 느끼면서도 고석규의
사유는 그가 북에 두고 온 영(怜)에게로 언제나 향하고 있다.

촛불과 수상

여자는 창백하여 몸부림 떨고 혹 별똥이 그 검은 밤하늘을 스쳐
가는 그리하여 영원히 사라져버리는 그러한 무렵에 "다챠-냐"는
황망하여 그 별들이 아직도 머무를 곳으로 한가슴의 ○함을 그 별을
좇아 가만히 속삭여 보는 것이었다.-第5장 6

－어찌 할 것인지?
슬프고 가슴아린 불길한 생각에 지배되어 온몸을 부둥켜안은 채
초연히 다가오는 不幸을 기다리는 것이었다.－

이상은 뿌쉬킨의 『엘게니 · 오네긴』에서 <다챠-나>의 묘사이
다. 詩律을 버리고 간단히 적어본 抄譯에 불과하다. 그보다도 나의
手帖엔 "렌스키-"의 마지막 적은 글 가운데서 <窓을 분필가루로
새하얗게 칠하니 主人은 마침내 눈감고 보이지 않았다->하는 구
절이 남아 있다.
오늘 밤은 어찌하여 北國의 한 시인을 모상(慕想)하며 그 "역관

지기"의 作者와 "차이콥스키ー"의 天才를 더듬고 있는가?

눈물이 지고 펄펄 날리는 白雪이 아직도 멈추지 않았는가? "트로이카ー"를 몰던 "야사 處女"의 야무진 행복과 둥실하던 꿈속에 입다물고 있는 沈默안에 광활한 벌판으로 달음박질한 "칼신"의 붉은 심장이 그리웠음인가?

과거를 잊은 北滿의 영풍(嶺風)은 아직도 흙내음새를 잊지 않았으나 빙금(氷衿)에 굶주린 낭군(狼群)을 생각하여 뾰족한 나무 끝에 걸린 또 "파이칼"村의 "크리스마스"를 버릴 수 없다.

이렇듯 북으로 뻗어가는 길섶에는 내 지난 生涯의 부르짖음이 아쉰 純情으로 피어와서ー

영(羚)을 부르는 애설핀 목청가에는 이제도 저제도 흐리지 않는 정이 고인대로 남아 있다. 운명을 絶斷하고만 억울한 生存이 오늘은 그 얼음속에 떨고 있는 영혼을 찾으려하나 영(羚)은 나를 보는가.영은 나를 보는가.

강직한 슬픔! 내가 다시 告할 수 없는 그런 슬픔이 이 紛紛하는 눈속에 남았거늘 銀ー色 한계에 닿지 못할 원한이ー

江山에는 흰눈이 덮이고
언덕가에는 송장들이 널렸고
뜯어먹는 짐승조차 남지 않았도다

죽음이 물결치는 높은 산 구름마다
영(羚)은 피거늘 영(羚)은 살아 있어도…

적요한 이 밤에 영은 또 이와같이 작은 촛불 아래서 눈물을 고름으로 문지르고 있거니 하면서 두 생명이 그대로 바랄 수 있는 무척 가까운 곳의 힘이란 이런 순간인 것을! 밤이었다는 것을 생각하련다.

영의 이야긴 끊이지 않았다. 비극은 종장을 감추는 것 같고 우리는 똑같이 살아있으면서도 어쩌나 죽어버린 까닭으로 한없이 외롭거나 한없이 적적하고 원한이 맺혀 있는 까닭으로 해서 끝끝내 영의 이야기는 멎은 것이 아니다.

나의 아직도 철부지인 생명가에는 영의 발작소리, 음성이 부질없음을 느낀다. 영이 하늘로 땅으로라도 날으며 새어가는 그 마디마디 음성이 내 귓가로 살아오는 것이 또렷하다.

목숨과 젊음어린, 언제나 그 한가지, 구하려는 영혼에 정직하도록 뭉쳐 있어 떠나지 않는 것임을 알았다.

사랑으로 말미암아 나는 보다 깊은 슬픔에 사로 잡혔다.—

— 쯔알토스토라

나에게선 이것만이 영혼의 가치인 것이며 神킷의 그릇이었다. 나의 청초한 울음 속에는 이 티없는 물감이 그 전부를 차지하고 있다.

내가 일어서서 과거에 쓸려가느니보다 허무한 생존의 기둥불 아래서 먼 곳을 향하여 물을 수 있는 감사한 울림과 대답은 영을 모질게 사랑함에 있다. 영은 예술로 태어났고 마침내 그 사랑은 예술이 되어 불살라진다. 영의 생령에는 나의 숨김없는 향연을 올릴 수 있고 이제도 거룩한 태고의 뭇 선율이 여기로부터 태어나는 것이다.

영은 우상 이전에 세계를 이루며 존재할 수 있다. 영은 동서양양(東西兩洋)에 찾을 수 있으며 온갖 탄생과 더불어 죽음을 향하지도 않는다.

영의 마른 눈물을 훔치는 것은 이제 내 즐거움이 아니라 영을 재생하는 나의 피땀으로 된 정열과 광분 속에 남아 있다.

지존한 세계의 가치는 그 생명으로 하여금 으뜸한 슬픔과 기쁨의 틀림없는 탄생을 지어줌에 있다고 보아지며는 영은 발로 나에게서 이 세계를 이루는 것이다.

영은 먼 곳에서부터 종종 나에게로 가까이 오는 것이 보이며 눈물로 알려진다. 투철한 젊음은 이 모면할 수 없는 분기점의 운명을 이제는 통탄할 것을 저주하련다.

차라리 나와 한가지로 태어났다가 나와 더불어 사라지는 오롯한

형용은 너 영 하나만인 것은 어쩔 수 없노라. ─ 영을 부르는 노래

　이 노래를 부를 때 온전한 시상을 바라며 무명지마냥 어지름 없는
내 글들이 새어질 것을─나는 형상리(形像裡)에 숨기며 때때로 영이
있어 나를 돕기도 하고 진정으로 사랑하여 주는 것을 믿어도 좋다.

(청동일기 II 중)

　그런데 1952년 8월 3일 자 일기에는 <또 한 여인에 대한 서술을 위
하여>라는 전제에 그의 사유는 계속되고 있는데. 그 여인은 글 속에
서 자연스럽게 "뮤즈여!"로 환치되고 있다.

　　"뮤즈여! 나는 권리있는 희망을 위하여 이것을 적었다. 나의 백합
같은 벗은 경멸과 웃음을 지워버릴 것이다.
　　예지와 사량(邪量)의 두려운 묘사는 생애에 대한 이미지가 여러
가지 우연과 일크러진 무렵에 나는 계절과 같은 결별의 밤을 상상한
다. 어찌할 수 없는 거리는 나를 생각만 하는 화병처럼 앉게만 한다.
　　뮤즈여! 나는 어머니가 그립다. 진한 포도주와 향기가 죽음과 삶
을 다시 마실 수 없게 하였으니, 아무도 아닌 자제(姊弟)의 순위에
따르고 싶은 하얀 인상의 밀물에 발벗고 들어서고 싶은 마음이 있
다. 순한 관념이 있어 이것을 적게 하였습니다. 나의 어머니 같은 분
이여! 나는 애완(愛玩)과 자극의 중함을 모르며 다만 나 어린 참상의
고독이 두려워서 당신 뒤에 서 있습니다. 나에게 뮤즈와 기원을 가
득 입혀줄 수 있는 당신 뒤에!"

　한 여인에 대한 사유와 글쓰기가 뮤즈로 그 대상이 바뀌고, 다시 그
뮤즈는 어머니로 변하고 있다.

　　"어머니시여!

당신은 나의 어머니가 되어야 합니다. 순한 마음이 이처럼 꺾이지 않을테면 무엇보다도 당신이 나의 가장 무궁한 어머니로 기억되어야 합니다. 이 밤이 새면 우리는 한 동안 적어도 내가 품었던 모정 이상의 신비로운 미련이 얼마나 처참하게 무너져갈 것입니까. 마지막 적는 글이 나에겐 이 이상의 감격을 주지 말도록 가만히 빌 것입니다. 전부터 적은 봉투 속에 나는 무엇을 이야기하였는지 다시 펼쳐볼 수 없게 되었으니, 지금은 그 지나친 감정들을 지워버리고 다만 나의 어머니 같은 분 앞에서 사과를 올려야 할 것입니다.

그러나 나의 마음엔 이 몇 장의 봉투를 전할 수 있는 방법이 염려됩니다. 나는 그러면 기어코 몇 마디의 이야기를 하여야 할 것입니다. 그런 일이 나에게 일찍부터 상상되면 이런 글을 적을 수 없었을 것이 분명합니다. 다만 '어머니, 어머니. 하고 따르던 하나의 서생(書生)을 생각하여 주면 그만입니다."

그리고 글의 마지막은 다시 뮤즈로 맺고 있다.

"뮤즈여! 너는 오랜 동안 나의 기쁨이었다, 노래였다. 정신이었다. 나는 발전하고 지금은 헤어져 간다. 지금은 네가 나의 괴로움이 되었다. 그러나 뮤즈여! 너는 나의 노래며 어찌하여 나의 생명의 어머니가 되었느냐."

(1952년 8월 3일 일기 중)

이렇게 고석규에게 글쓰기 대상으로 환치되어 뮤즈의 역할을 해온 여성들에 대한 사념은 현실적인 한 여성과 만나면서 그를 향한 사랑의 편지로 전환된다. 그 대상은 동란 중에 연세대학교 교육학과에 적을 두었다가 부산대학 교육학과로 전과한 추영수 시인이다. 추영수 시인의 증언에 의하면, 그가 고석규를 처음 만난 것은 고석규의 국문과 후배인 정상옥의 소개를 받고서이다. 정상옥은 고석규와 이웃해 살고 있었는데, 친구인 추영수가 하루는 자기 집에 놀려왔다가 고석규 집에 같이 들렀다고 한다. 이때 처음 추영수 시인을 보고 고석규는 한눈에 반해 뒷날 정상옥을 통해 사랑을 고백하는 편지를 전했다고 한다. 첫 편지의 내용은 황홀하기는 했지만, 추영수 시인은 첫 편지에서 당장 어떻게 하겠다는 마음을 먹을 정도는 아니었다고 한다. 이 편지를 전한 정상옥은 사실 처음에 이 편지가 자기에게 주는 편지인 줄 알았다고 한다. 이후로 추영수 시인은 두 사람이 따로 만나는 시간은 거의 없었다고 한다. 학교에서 문학활동이 있을 때, 멀리서 한 번씩 바라보는 위치에 있었다고 한다. 그런데 고석규가 너무 자주 편지를 보내와서 결국은 추영수 시인은 자신의 어머니에게 이야기를 하고 의논했다고 한다. 추영수 어머니는 그러면 한번 집에 오라고 해서 내가 한 번 만나보겠다고 해서 집으로 초청했다고 한다. 추영수 시인의 집에 온 고석규는 몇 시간의 이야기 중에도 꼿꼿한 자세로 앉아 이야기를 나누었다고 한다. 추영수 어머니의 날카롭고도 심도있는 유도심문을 잘 통과했다고 한다. 추영수 어머니의 판단은 몸이 약한 것이 흠이기는 하지만 남다른 역량을 가진 신랑감으로 인정을 한 셈이다. 이런 과정 속에서 추영수 시인 역시 고석규가 지닌 천재적인 품성에 끌려 결혼에 이르게 되었다고 한다. 그러나 고석규가 1956년 4월 27일 이후 추영수 시인에게 보낸 편지를 읽어보면 그의 사랑의 화살에 넘어지지 않을 수 없었다.

고석규는 추영수 시인에게 보낸 편지를 또 하나의 『청동일기』로 기록하면서, 첫 머리에 다음과 같은 머리글을 얹어두고 있다.

머리에 붙임

거의 두 해나 되나 보다. 『청동일기(靑銅日記)』 첫 권을 맡았던 한 여인은 이미 여기에서 떠나고 없다. 그 여인이 즐겨 보내주던 동백도 금년은 볼 나위 없이 져버렸고, 실상 나는 다시 꽃들이 어느 땅에 피겠는지 모른다. 눈을 감고 있다. 『없는 청동일기(靑銅日記)』의 나날이었다. 어찌하여 나는 나의 공백을 메우지 못했던가. 생각하면 나도 모를 일이다. 그러나 그것보다도 내가 다시 속권(續卷)을 쓰겠노라고 붓을 들어보는 용기는 어디서 왔을까. 용기의 주인은 어디서 왔을까. 그의 이름과 그의 음성은? 어쨌든 나는 이 몇 가지의 실음을 솔직히 기록해야만 하겠다. 그리고 이 모든 용기의 산물은 그대로 고스란히 용기의 주인에 의하여 묻혀도 좋을 것이다. 나의 뭇 용기는 전혀 그의 것이란 말이다.

-1956. 4. 27.

추영수 시인이 40여 년을 간직하고 있던 이 편지의 양이 상당하기는 하나 고석규가 내보인 한 인간으로서의 사랑의 의미와 고석규의 성정과 그의 인간으로서의 진면목을 어느 정도는 살펴볼 수 있다는 점에서 중요한 몇 편을 살펴보고자 한다.

제1일

추(秋)여! 너는 웃고 있었다. 4월이 흐려가는 오후의 마당가에서 어쩐지 너는 웃고만 있었다. 너의 연푸른 저고리 빛같이 나에게로 울렁이는 파도결처럼 착각된 것은 오히려 진실이 아니었던가. 너는 웃고 있었다. "노래와 같군요!"하면서 추여! 너는 무엇을 웃었다는 것인가. 그러고는 갔었다. 웃으면서 갔었다. 4월은 너의 고향을 가르쳐주지 않는다. '향원(鄕園)'이란 곳에 종내 앉아 있었다. 우리는 혹인 음악에 귀를 기울이면서 서로의 이야기를 놓칠세라 붙어 앉았었다. '인간'을 그리고 '시'를 말한 것 같다. 나는 나의 프랜을 지적하며 상대인 K 시인(추어, 당신도 잘 아는)은 그것을 믿어주었다. 단행본 이야기다. 여러 모가 한 모로 나타나는 재주를 드러내보자는 심보가 아니라, 모든 과정은 아무리 크고 엄청난 것이라 할지라도 작고 보잘것없는 하나의 과정과 매한가지라는 데 대하여서 다시 말하면 현대시의 온 모를 들어 이야기하는 것은 한 편의 시를 이야기하는데 그쳐버린다는 이치이다. 나의 <현대시의 전개>는 따라서 한 편의 시를 이야기하는 것과 다름없는 단행본이 되고 말 것이다. 그것이 시에선 동시성(同時性)의 조건으로, 철학에선 동일화의 원칙으로 믿어진다는 것뿐이다. '시적 체험'·'영감'·'상상'·'비유'·'의미'·'상징'······ 하는 모와 '정경'·'반어'·'역설'·'반복'·'여백'·'신화'하는 따위의 모를 들 수 있다.

　나의 머리는 이것들의 태반을 이미 머릿속에 작성하고 있다. 그 다음 우리는 '문학사'의 소재 편중을 지적하였다. '문학사'는 일단 '사(史)'의 개념을 멀리해볼 필요가 있다고 나는 주장하는 것이었다. 문학사는 시평적(時評的)인 객체 표현만으로 이루어질 수 없다는 견해다. 대체로 '사(史)'의 이름을 덧붙이지 않은 문학비평이 은근한 문학사가 될 수 있잖은가 하고······. 우리는 T. S. 엘리엇의 시와 비평과의 간격을 말하였다. 엘리엇의 이념과 생활이 커다란 간격에 의하여 물리어 있다는 것이다. 엘리엇의 윤리와 심미는 격렬된 채가 아닌가. 엘리엇은 슈바이첼에 있어서의 '자기 형성'과 '자기 희생'의 두 가지 면에 당해낼 수 있었던가. 릴케나 사르트르나 키에르케고르의 학문과는 역으로 걸어가는 T. S. 엘리엇의 비극, 우리는 그런 비슷한 전형을 중세나 그 이전의 희랍 어느 쯤에서 찾아볼 수 있을 것 같다. 이것은 시를 형성하는 일과 시를 인용하는 일과의 두 가지를 동시에 요청하려는 요즈음 논단인(論壇人)들의 분설(사실 그들은 현실의 대결이니 어쩌니 하여 시비함)이 얼마나 얼토당토않은가를 좋게 밝혀 준다고 믿었다. T. S. 엘리엇의 '현대정신'이 가지고 있는 이 합리적 고전의 말로를 바라보면서……. K 시인 왈, 담배를 연거푸 태우고 나는 누구와도 같이 시무룩 웃고 있었던 것이다.

추(秋)여! 이런 이야기는 지극히 어려운 이야기며 우리도 딱하게 알 수 없는 이야기들이다. 그러나 나와 K 시인은 여태껏 만나서 한 번도 쉬지 않고 이런 따위의 이야기를 두서없이 주고 받았던 것이다. 그때그때 나는 기록하는 것을 게을리했다. 우리는 더 좋고 나은 우리들의 의견일치를 오직 잃은 것이 되겠다. 아까운 일이고 통분할 일이다. 그러나 이제부터 이 버릇은 안개처럼 사라져갈 것을 믿어 의심치 않는다.

우리는 또 이어서 '문법'과 '문법의식'을 이야기했으며 나는 '문장론'이나 '통사론'을 방관시하고 '품어론'에만 급급한 이 나라의 선배들을 대뜸 나무랐다. 더욱이 나는 문장의 심리적 추구란 표현심리의 추구일 뿐 사고심리의 추구에까지 미치지 못하고 있다는 것을 말하면서 사고심리는 '사고'와 '심리'와의 기연을 발굴해주는 키 포인트가 된다고 믿었다. 거기서 심리는 사고, 즉 논리에 의존케 되는 것이다. '사고심리'란 '논리심리'가 아닐까. 좀 어색하지만 문장의 심리적 해부는 문장 내의 성격을 규정하는 뿐이나, 문장의 논리적 추구는 문장 내의 사고성(思考性) 즉 의식면을 규정할 수 있지 않을까. '문장논리학'이 바야흐로 성립되고 말 터인데……. 이것은 끝내 무리가 아닐 것이다. 나의 문체론을 이러한 실마리에 불꽃을 달고 싶다.

시극(詩劇) K 시인은 말한다. 우리나라의 시조는 대개 한자의 기승전결에 쫓아서 한 편 전체가 그러하고 각장 전체가 또 그러하다는 것인데 K 시인의 근작(≪문학예술≫에 발표예정) 「꽃의 소묘」는 전혀 '기(紀)'와 '승전(承轉)'과 '결'의 한시(漢詩) 아니면 우리 시조의 방법을 그냥 형태상으로 시도했을 뿐만 아니라 내용 면에까지 추구하였다는 소감이었다. 그러고 보면 이것은 일종의 대화 즉 독백이면서도 대화성 있는 귀결을 지어주게 된다. 이의 필연성은 무엇일까. 시를 드라마로 쓰기 위하여 몸부림치는 한 시인의 과도기적인 고백을 나는 듣고 앉은 셈이었다.

또다시 나는 <생산> 못하면 죽을 것과 같이 울적하다 하니 그것은 인간에 대한 집주(集注)를 뜻하는 것이지만, 우리는 훈화학자들보다는 부지런 하며(00의 00가 아닌) 그래도 집주(集注)하면 할수록 인간은 다른 데로 미끄럽게 빠져간다는 그의 이야기였다.

"나는 어느 때 불교나 기독교에 귀의할 것 같습니다." 어젠 그의 생일이었다.

다원 '귀원'에서 이한직 시인과 추연근 화백를 만남. 『인간실격』의 작자인 大宰治의 말······"한 번 본 영사막을 다시 보는 것과 같은 인생이라"고. 그는 죽음에 대한 서른 가지의 조목을 이야기했으며, 독점 피탈 당한 목숨이었다. 그러나 우리나라의 이상은 감옥에서 더 고결하지 않았을까. 이상(李霜)이 '자기 문'을 열자고 차비하니 감옥 문은 뒤에서 닫히고 만 것이었다.

추(秋)여! 아무 말도 없이 총총히 사라져간 황혼의 그림자여! 바다 결의 위인이여! 나는 한사코 나의 마음 뜰에 나무를 심고 물을 들이고 싶다.

제2일

추(秋)여! 오늘은 너를 무척 기다렸구나. 하지만 너는 나타나질 않고 나는 실없는 장난들을 뜻 없는 여인들과 함께 지냈구나. 오후는 수원지 등성이에 새로 지은 벽돌 건물의 강당에서 '향가의 종교적 배경'에 대한 김 교수의 연구발표를 들었다. 교수는 향가 작가들의 대부분이 승려며 낭도임을 지적하고 전자는 후자와 철두철미 별개의 계급도 작자도 아니라는 것을 전제하였다. 말인즉 승려적이면서 낭도적인 전일(全一)의 인간이 향가를 지었다. 이것은 신라인들이 가졌던 생의 형식과 내용이 언제나 통일되면서 '자리(自利)'하고 '타리(他利)'하는 인간성을 잃지 않았다는 점이다. '자리(自利)'하고 '타리(他利)'하는 인간성의 훈련이 그대로 드러날 때 '문화'는 있게 되는 것이다.

김 교수는 '문화'양식과 '문화'정신의 기반 위에 서면서 '향가문학'

을 보려고 하였다. 하니 문학을 비문학적인 양식 면에서 연역하려는 방법이겠다.

다음, 교수는 「서동요」·「풍요」·「헌화사」를 예거하면서 그의 상징성을 불교신화에서 끌어오려 하였다. 문학 작품을, 그것도 고대의 작품들을 '작품성'에서 해석하려는 새로운 태도였다. 적어도 <파직 · 1>를 초월하려는 단적인 시도가 그의 유머러스한 논조 속에서 엿보이는가 싶었다. 경쾌한 발표회였다.

A. C. 브래드리의 논문 중 「헤겔 비극론」을 읽었더니 헤겔의 비극관과 작자의 근대 비극관과의 차이는 모랄적 비극관과 역설적(개성투기하는) 비극관과의 차이였다. 그는 선과 악과의 대립을 인정한 헤겔에 반격하면서 선과 선, 또는 악과 악의 대립을 '넓은 의미'의 선과 '넓은 의미'의 악으로 용인해야 한다고 보았으니, '악'이 아니라 '악성' 즉 다시 말하면 '악의 존재'를 시인하려는 입장이며, 이것이야말로 <맥베스>나 <햄릿>의 근대적 비극성이라는 것이다. 긍정적인 것들의 파국을 비극적이라고 보는 헤겔에 대립하여 그는 부정적 것들의 파국을 오히려 건전한 비극의 성공으로 보아버린 것 같다.

'역설'의 문제로 이러한 '비극론'의 추구에서 더욱 명백해질 것이라고 나는 믿는다.

추(秋)여! 어쩐지 나는 너의 이름이 부르고 싶다. 그리고 너와 같은 장소에 쉬며 너를 한사코 바라보고 싶었을 따름이다. 수원지 부근의 숲들은 바람에 들먹거리고 있었다. 그들의 어깻죽지에 기우는 햇살들을 바라보며, 추여! 나는 언젠가 딴 곳으로, 아니면 딴 이름의 사람 곁으로 가고야 말 너의 그림자 같은 것이 홀연히도 가슴 안에 떠왔구나. 산에는 바다가 있겠지. 그 바다에서 배를 타고 싶은 나의 소복한 어머님과 같은 영상이…… 뵈었다.

다장(茶莊)은 유림(幽林)에서 귀원으로. 노랗게 물들인 자극 센 커튼이 눈으로 담뿍 들어찼다. 나의 혼미하던 시력의 저녁. 밖에서 선거풍이 통인들의 귓장을 쨌다. K 신문사의 접수에 앉아 있는 상이 청년이 우연히도 귀로하는 버스 속에서 만나 저 이상한 누구의 이 존재 선에 관한 이야기를 끄집어내면서 내일은 일요일이지만 쉴 수 없노라고 투덜거렸다. 묵호에서 배 타고 내릴 자기 형을 마중하러 부두에 나갔더니 배는 벌써 닿아 있고 형은 보이지 않더라는 이야기다.

범내골까지 가는 그의 앉은 자세 위에서 중절모는 뉘엿거리는 석양빛을 받으며 차창 너머로 이상한 윤빛을 내고 있었다. 2층 내가 앉을 자리 옆에서 지금 골골이 잠들어버린 영숙이의 어깨 위에 담요를 덮고 난 뒤다. 전차 소리. 그리고 가까운 '정거장'에서 닿을 적마다 외치는 "서면 가요"라는 차장들의 목쉰 소리가 밤공기 속에 청청히 울려온다. 열 시 가깝다. 추(秋)여! 너는 벌써 자리에 들었겠지. 나의 어린 이름이여!

제3일

추(秋)여! 오늘이 사흘째다. 너의 앓는 친구가 막 다녀간 이 시간에 앉아서 너에게 대하여 이름을 불러본다는 것은 사람의 심리에 어떤 그림자가 있어서일까? 그렇다, 혼자서. 그것도 어둠이 싸주는 밤에 들어서야 나는 너의 이름이 부르고 싶다. 네가 다닌다는 교회, 그 마당도 수목도 제의도 향료도 없는…… 말하자면 시(詩)가 없는 부근에 이르러 무릎 꿇고 참회 기도할 네가 실상은 나에게 있어서 딱하구나. 무엇을 소원하며 너는 시를 양식하려 하는가. 내가 모르는 창과 문을 너는 앞서 열고 두드린다는 것인가. 언젠가. K 시인은 나더러 이런 말을 했다고 기억한다.

"고형 나는 이상합니다. 나이가 좀 더 지나면 기독교 신자나 다른 무슨 신자가 될 것 같습니다."

추여! 나는 그의 '기(旗)'가 떨고 있는 것을 이미 보았고, 이제 그의 '기'가 수지워 흐느끼는 것을 예감했다. 그러나 나의 심리엔 이런 예감될 신자의 희망이 바라지지 않던 것이다. 나는 내가 신이 된다는 참으로 '이상한' 순간의 자만(自慢)을 느끼곤 한다. 나는 어느 묘리를 파헤치고 어느 신비에 탐닉할 때 어김없이 나는 신이 되고, 나의 서지(書誌) 연구도 이러한 신념을 굳게 하는 데에 손대지 않는다고 본다. 나는 참으로 신이 되고 싶은 것이다. 횔다린은 이르되 "사람을 생각할 제 걸인이 되고 꿈을 꿀 제 신이 된다"고.

추(秋)여! 이것은 나의 꿈일까. 나를 흥분시키는 꿈이란 것일까. '귀원', '태백'의 순례. 일요일이 되어 부산한 시가였다. 내일은 영송군의 혼례가 있겠으므로 친지들은 저들이 모르는 흥분된 어조로서 내일 일들에 대하여 지껄인다.

추여! 문득 나는 너를 빼앗고 싶다. 그리고 나의 곁으로 너의 혼령과 몸의 무게도 받아오고 싶다. '이상한' 나의 비밀이란 것일까. 한 평론가(小林秀雄)를 소설화한 소설가(大岡昇平平)의 『사상』(신조 1956.5)의 통찰.

제4일

외우(畏友)의 결혼식이었다. 추(秋)여! 너는 K 시인의 축시를 대송하고 손들은 모두 깊은 감회에 흔들리는 것 같았다. 스튜디오에서 너와 나는 한 1분간을 선 채로 마주 섰다. 나는 너의 음성을 듣고 있는 것이 아니라 너의 음성과 한 가지로 울리는 듯한 너의 온 용모를 울음결이 바라보고 있는 것이다. 추(秋)여! 여기에서도 너는 가고야 말았다. 나는 너에게 사실상 거짓말이라도 하고 싶은 나대로의 감상에 젖는다. 나는 약한 것이다. 나의 힘을 빼앗아가는 너의 존재의 힘을 나는 ○○○ 헤아릴 수 없구나.

추(秋)여! 저녁엔 신혼부부와 동반하여 송도로 나갔다. 골프장에서 얼마 안 떨어진 둔덕진 방림풍 사이에서 그들 내외가 처음으로 맹약을 하며 울었다는 바로 솔나무 그늘 옆에서 우리는 모두 같이 기념사진을 찍었다. 추(秋)여! 나도 이런 일이 하루빨리 있었으면 좋겠다. 출입금지에서 속삭이는 그들을 보고 아무 말없이 지나가버렸다는 순경에 대하여 나는 '휴머니스트'라고 빈정대었지만……. 물결이 좀 일고 석양빛이 뉘엿 뉘엿거렸다.

다원 '망해'에서 뜨거운 코코아 잔을 기울이며 나는 그들과 함께 「오마이 파파」를 들었다고 생각한다. 그밖에 재즈곡 같은 것도. 추(秋)여! 나는 너에게로 가는 붓을 들다 말았다. 그렇지만 언젠가 한 번 이 용기는 나아질 것이라고 나는 나 자신을 알려둔다. 꼭이나 너는 딴 데로 허둥치지 말 것을 나는 빈다. 나의 윤이여. ≪현대문학≫(5월호)의 평론들을 읽고 쓴웃음. ≪시 연구≫의 출간이 고대스럽다. 전약의 섭이로부터 편지. 남편을 미국으로 보내는 한 여사의 병상 소식. 어쩐지 엷은 산도화 가지 같다. 그런 기운이다. 쓸물.

제5일

오후 도서 열람실에 앉아서 앉은대로 몇 그루 전나무 사이로 나는 너를 내다보고 있었다. 추(秋)여! 너는 몇몇 벗들과 함께 담벼락진 그늘 밑에서 몸피도 웃고 칭얼거리는 것이었다. 나는 어느 누구의 평론집을 읽는다고 하였다. 옆자리가 텅 비고 난 그 자그마한 실내에서 추(秋)여, 참말이지 나는 너의 가장 자그마한 한 시야에서부터 가장 너른 시야에 미쳐가면서 열심히 눈을 쉬지 않는 것이었다.

너의 벗 중에 한 사람이 너의 머리를 빗어주고 있었으며 너는 한쪽 팔을 들어 나무 허리에 짚고 있었다. 나에게로 자꾸 흐려지던 너의 자태가 교실 내로 사라져버린 뒤 비가 뚝뚝 나뭇잎을 두들기기 시작했다. 먼 데 구덕고개를 넘은 외길이 점점 는개 속으로 묻히어 가고 있었다. 어젯날은 결혼식에서 신부의 서늘한 눈매가 '숙명'을 가르쳐주더라는 정형의 이야기. 낙숫물이 잦아올수록 나는 혼자라는 생각이 깊어졌고 어느덧 두서넛 시간을 지났을 법 했는데도, 추여! 너는 다시 보이지 않았다.

T. S. 엘리엇은 전통을 말하며…… 비를 처벅처벅 맞으면서 초량까지 간 영철이의 피로연 취기에선 도무지 추(秋)여! 너를 생각할 수 없었구나. 자정이 되었을 무렵 잊은 듯 하늘이 벗기고 달이 떴다. 나는 잠을 부르며 항진(亢進)해 있은 것이다.

제1일에서 5일까지의 편지에서 고석규는 그날 하루하루의 일상과 자신의 사유를 아주 객관적으로 전달하고 있다. 그러다 보니 본인이 현재 흥미를 갖고 공부하고 있는 내용과 문학적 관심사를 상당히 객관적으로 전달하고 있는 서신이다. 추영수에 대한 감정은 상당히 내밀하지만, 그 감정을 조심스럽게 표현할 뿐 강한 호소력으로 다가가지는 않고 있다. 남다른 애정은 가지고 있지만, 일정한 거리를 지니고 있는 심리적 상태를 엿볼 수 있다. 그런데 이후의 편지에서는 그 감정의 상태가 미묘하게 변하고 있음을 감지하게 된다.

돌과 나무
－추(秋)에게
그날 밤 '돌과 나무'는 비어 홀의 좁은 벽을 차지하고 있었다. 친구가 수주(壽酒)를 따르며 스승과 함께 그렸다는 7년 전의 그 그림을 울음 먹어 손짓하며는 우리들은 또 조용히 앵두나무의 잎 푸른 투명을 바라보며 앉았었다. 우리들은 마로니에에서 얻은, 성냥불을 그어가며 가까운 항만의 뱃고동 소리에 또는 나지막한 샹송 곡에 우슬우슬한 제 속들을 건지곤 하였다. '돌과 나무.' 주제의 과거가 연속 커튼의 그림자를 몇 번이고 스쳐 보내는 동안 나는 내 친구의 스승이 바로 추(秋)라고 불리우는 호활한 사람이었다는 이전의 인상을 되풀이하며 한없이 가을 아닌 가을에 잠겨가는 것이었다. 그러나 실상 나의 가을은 '돌과 나무'가 저렇게도 숨 막혀 있는 공간을 떠나 더 먼 하늘 아래 마구 낙엽인 양 휩쓸려 가는지도 모를 일이다. 하나의 소녀상을 보는 일이었다.

추(秋)에게
이것이 제3신입니다. 내일 아침으로 이곳을 떠납니다. 무릇 머지 않아 돌아올 작정인데도 한시라도 떠난다는 것은 마음 쓰라린 일입니다. 오늘 하루 종일 그러니 아침부터라고 해둡시다. 나는 당신의 곁

방에서 바로잡을 수 없는 마음의 헛갈림을 몹시나 참고 지내었습니다. 가끔씩 당신이 배우고 있는 방 쪽으로 눈을 팔며 비스듬히 창 유리를 건너 울음 겹도록 바라본 것이었습니다. 당신의 얼굴은 한 번도 돌아보지 않았습니다만 나는 당신의 귀밑머리만을 쉬지 않고 지켜보았다는 것을 고백합니다. 그리고 당신이 일어서서 밖으로 나갈 때는 주춤거리고 말았습니다. 나에겐 아직도 용기가 모자랐던가 봅니다.

추(秋)여! 참으로 요즈음의 나는 어린애가 되어가는 것 같고 수줍은 시골 색시가 되어가는 것 같습니다. 그러나 연 몇 시간을 당신의 뒤에서 쉼없이 지켜본 나의 눈동자 위에 언제나 안개 같은 것이 서려 있었다는 것을 당신은 상상할 수 있습니까? 당신에게 의무적인 명령을 하고 나는 곧 슬퍼지더군요. 밖에는 쉬지 않고 가랑비가 내렸습니다. 오늘과 같이 침울하고 고된 시간은 처음이나 드문 일이었습니다. 전번에는 나를 대신하여 친구가 당신이 거처하는 집 뜰 안에까지 발걸음을 옮겼으니 여간 당신은 불쾌하게 생각할 것이 이치일 성싶은데……. 당신은 일언반구도 나에게 대한 이야기도 없고 하니 보내드린 사진과 책에 대하여 이제부터 전해지지 않은 것으로 믿어버리는 것이 차라리 나을지도 모르겠습니다. 나의 비밀은 기실 나 혼자만이 간직해야 될 재산이었을 터인데 이미 당신에게 고백했으며 친구의 한 사람에게 실토했으니 세상엔 세 사람 정도로 알 뿐인데 나에겐 웬일인지 지금 당신과 당신의 주변에 대한 이상한 불안감이 자꾸 생기는구려. 이름 부를 수는 없지만 사람과 사람과의 상대 관계를 어떻게 밑 속까지 캐어낼 수 없는 만큼 나는 이러한 이상한 불안감에 쌓인 채로 이 밤 잠자리 속으로 들어야 할 게고 내일도 그냥 불안한 대로 이곳을 떠나야 할 판입니다. 그러나 이것은 나의 신념에 비하면 엷은 먼지결에 불과합니다.

추(秋)! 당신은 이미 1년의 시간을 나와 더불어 혹은 나의 곁에서 지낸 것으로 나는 기억하며 또한 오해하고 있습니다. 그러나 지금의 나로선 이러한 아름다운 오해를 잠시라도 저버릴 순 없습니다. 아름다운 오해? 그렇습니다. 당신은 이 오해 속에서만 나의 벗이 되어야 합니다. 그러나 또다시 이 오해 속에서 영영 돌아오지 않고 물러서 가는 당신의 모습을 내가 처음부터 생각지 않으려는 것도 아니었습니다.

당신은 나에게서 떠나가는 먼 존재처럼 언제나 나의 가장 가까운 곳에 있다면 이것은 나 혼자만의 고집이 될는지도 알 순 없지만, 하여간 당신은 나의 생각 속에서 변하지 않으면 그만일 것 같습니다. 아무리 당신이 먼 곳으로 사라져가고 멀어져간다 해도 나의 머리와 심장에 인(印) 찍힌 당신의 그림자는 그대로 생생한 입상이 되고 나의 보람이 될 것을 생각할 제 나에겐 그지없는 울적이 복받쳐옵니다.

추(秋)! 당신은 오늘 나와 나의 가까운 사우(詞友)들이 앉은 쪽의 문을 열다 말고 웬 그런 냉랭한 표정으로 한참 서 있었던 것입니까? 그러했던 순간을 기억하는지? 내가 "이쪽으로 들어오시오"하였을 때도 멍멍히 서 있다가 그냥 다른 쪽 문으로 뒤쳐 돌아들어 갔던 것을…… 그때 당신의 퍽 초조하면서도 피로하던 표정과 바람 같은 인상을 나는 어느 때 어느 인상보다도 강하게 받은 것으로 느낍니다. 당신의 초조와 불안, 그리고 당신의 무언(無言). 이런 것을 지금 생각하니 나는 또다시 치밀어오르는 나의 안의 것을 어쩔 수가 없습니다. 나는 요저번 나의 대개의 설계를 한 일이 있었습니다. 나의 생활, 그리고 나의 연구 같은 여러 가지 일들에 걸쳐서…… 그때. 추(秋)! 당신 한 사람의 결단으로 말미암아 나의 설계의 태반이 결정되어야만 할 것이라는 굳은 신념도 함께 하였던 것을 이제 진술합니다. 그러나 나는 이 설계가 나의 전 생애에 관계되는 심히 중대한 저울질이 된다는 것도 잊지는 않았습니다. 거기서 나는 당신과의 표면적인 접촉을 시작해야 된다고 꼭 필요로 느꼈던 것입니다. 그러나 아직껏 나는 당신의 어떠한 믿음도 결정도 알고 있지 못합니다. 당신이 싫어하는 거리를 피하여 나는 나의 방에 혼자 칩거하는 저녁들을 보내곤 하였습니다. 나는 허전해졌습니다. 나는 나의 고배라는 것도 예상하면서 당신에 대한 나의 민망한 짓을 얼마나 후회한 것인지도 모릅니다. 하여간 나는 당신이 나의 주재자가 되기를 원했고(그렇다고 당신을 우상인 듯 맹숭한 것은 아닙니다) 또 그렇게 됨으로써 나의 모든 설계가 순서 있게 밟아질 것을 믿었었습니다. 하나 이것이 참으로 나의 혼자만인 허망한 설계며 억측이 되고 말 적에 나는 이 땅을 떠날 것을 맘먹었습니다. 나는 나의 심리와 나의 애정을 쏟을 만한 땅 빛이 이 나라엔 보이지 않는다는 것을 결단할 수 있게 되며, 그 어지러운 땅빛을 버리고 바다나 너른 육지를 공로(空路)나 수로(水路)로서 떠날 것을 준비하기로 하였습니다.

추(秋)! 이것은 모두가 거짓 아닌 참말이올시다. 그러나 당신의 불안과 당신의 초조는 나로 하여금 설계의 두 번째 것을 택하게 할는지도 모르겠습니다. 예전과 같은 당신이나 당신의 벗들에 대해서 나는 무엇이라도 느낄 수 없게 되는지도 알 수 없잖습니까. 이 모든 것을 한 번이라도 당신에게 알리고 나면 오늘 밤은 내가 편히 잘 수 있을 것 같아서 붓을 들었던 뿐입니다. 공부하는 당신의 주변에 나는 자꾸만 이상한 빛깔의 돌을 팔매질하는 격입니다. 용서하십시오. 내일 차를 타고 이 거리를 몇십 리쯤 떠나서 달리고 보면 오늘 밤의 이 장황한 글월을 나는 혼자 부끄러워할 것을 짐작하게 됩니다. 그래서 되읽지도 않고 봉투에 넣을랍니다. 당신과의 오붓한 대화 시간도 나는 어쩐 일인지 바래어질 것 같지 않습니다. 그래서 그 대강을 이렇게 적습니다. 다만 당신에 대한 나의 두서없는 글 조각들이 요 며칠간의 희롱이 아니라는 것과 거기엔 이러한 얕지 않은 연유가 숨어져 있다는 것을 어울러 이야기해 드립니다.

나의 혼령을 지배하는 단 한 사람인 당신에게

추(秋)여! 나의 있는 감정의 모두가 마구 무너져가는 것만 같군. 모든 것은 당신의 자유; 그 자유의 어느 쪽에 나는 앉아서 저울질 될 것인지…… 그러나 나에게는 이렇다 한 비침도 내가 찾지 못하고 말 때 나에게는 더 굳은 무엇이 굳어져 갈 것을 다짐해둡니다. 오랜 날을 나의 방을 차지할 수 있는 주인이 되라고 내가 불렀던 단 한 사람인 누구에게…… 설사 어떤 뜻으로 그이가 이것을 받아 읽는다 하더라도 이것은 날아가 사위어지는 연기가 되어도 좋으련만. 실로 가벼운 남의 이야기나 다름없겠지요?

─5월 23일 밤 자정, 규

추에게

홀륭한 낭독이었습니다. 지레 돌아간 데 있어선 신랑 신부를 비롯하여 다들 섭섭히 여겼습니다. 어제 춘수(春洙) 시인을 만나서 이야기 드렸더니 퍽 반가워하더군. 이 사진은 별로 잘 된 것이라곤 우기지 않습니다. 기념으로 간직하십시오. 두 장 중의 한 장을 내가 간직하기로 하고. 모든 의미는 후일에 이르러서야 밝혀진다는 소월(素月)의 시정(詩情)을 나는 믿고자 합니다. 혹시 못 만날까 싶어 사연했으니 양해하십시오.

─5월 4일, 규

저번에는 어렵지 않게 용기가 생겨……. 그것도 한 친구의 힘을 입어서 그대에게. 나도 모를 파문을 던지고 난 뒤. ○은 또다시 대할 만한 구실도 힘도 수그러지고 말았습니다. 그리하면 나에게로 가까워오는 무서움 같은 것을 느꼈습니다. 1년, 아니 더 긴 시간을 나는 다만 한 사람인 누구에게 묶이다시피 되어 왔는가 봅니다. 나의 날카로워진 머리와 뜨거워진 심장을 이미 앗아간 그대는 계속해서 나를 지배할는지도 모릅니다. 어쩐지 삶의 초조와 문학의 불안이 겹쳐 오고 있습니다.

추(秋)! 나에게 대한 무제한한 길을 끝내 막아버리고 나를 묶었던 밧줄의 한 끝을 계속해 그대가 부여잡고 놓지 않는다 할 것 같으면……. 이 글은 나의 마지막 글이 되어도 무방할 것 같습니다. 무엇이라도 기다려야 하겠습니다. 일찍이 나의 오랜 주인이 되라고 불렀던 한 사람인 그 누구로 말미암아 푸솜처럼 나는 감상해졌습니다. 늦봄은 쓸쓸만 하고.

─변변치 않은 책을 보내는 날에, 규

추에게

또다시 붓을 들었습니다. 지난날 이곳을 떠나 어느 인근 도시에
까지 다녀오기 이전에도 당신을 향한 나의 마음은 몇 번씩이나 두툼
한 사연들을 공들여 적곤 하였던 것입니다. 영여 갈 길이 없는 글들
이 나의 서가와 서랍 속에서 괴로워하고 있습니다. 새삼스레 이런
것들을 당신 앞에 던진다는 것에 나는 얼마나 두려워하며 전율하는
것입니까?

그런데 오늘 말입니다. 나는 당신의 입상(立像)을 들고 있었습니
다. 나의 쾌감이 아니었습니다. 당신의 어쩌면 신음하는 무게를 내
가 손에 받들고 있은 것입니다. 나는 당신의 역정을 헤아려보았습니
다. 당신의 건강이 퍽 고루지 못하다는 것도 직감했습니다. 그러나
당신은 무언지 웃고 있었습니다. 나도 따라서 웃어보였습니다. 그러
나 추(秋)! 나는 당신을 위하여 끓어 넘치는 나의 졸도 같은 순간의
울적에 참을 수 없었던 것입니다. 참으로 당신의 시는 무엇을 고백
하고 있는 것입니까. 당신의 시상(詩想)과 좋은 길벗인 이웃 친구의
작품도 결코 순쾌한 건강은 아니었다고 짐작합니다.

추(秋)여! 당신과 함께 식당 문을 나온 뒤에도 나는 웃으며 괴로워
하였던 것을 당신은 아십니까? 당신이 걸어가는 역정과 얼마 안 떨
어진 거리를 두고 나도 나의 입상을 걸어가도록 한다면…….

추(秋)여! 이 허망한 욕구는 막상 나를 또다시 울리고 맙니다. 오
후가 되어서야 나는 바다가 보이는 가로수 싱싱한 언덕길을 내려오
고 있었습니다. 소녀를 서울로 보내고 난 한 친구와 나란히…… 무
언으로 걸으면서 서울 장충공원에서 만나자던 소녀를 그 친구는 생
각했을 것이고 나는 온통 사석(死石)을 밟는다는 당신의 생각으로
눈녁이 시큰거릴 정도였습니다.

추(秋)여! 당신은 몹시나 기침을 하는 것 같았습니다. 나는 그 기
침소리가 하늘 속에서 들리는 것만 같은 착각 속에 걸었습니다. 그
러나 추(秋)여! 옛날 노상 고(古) 서적상들이 즐비했던 그 바로 언덕

도로의 저만침한 곳에서 하늘빛 당신이 나타나질 않겠습니까? 어디로 가십니까? 집으로? 왜놀러 안 오십니까? 한 번 와요? ……하는 대화뿐이었다고 기억합니다. 나는 당신이 무슨 바쁜 일거리나 아니면 누구와의 약속으로 그 언덕을 오르는 것이라고 바로 믿어버린 것입니다. 나는 당신과의 해후 시간을 약속도 못하고 멀어져가는 당신을 아니 당신의 입상을 그 언덕 쪽으로 그냥 보내고야 말았습니다. 나는 '코스모스'라는 다방이 문득 생각나서 거기로 부를까 하여 발길을 돌렸으나 곧 앞에 적은 당신의 사사(私事)를 방해놓는 것만 같아 곧 단념하고야만 것입니다.

추(秋)여! 오늘 당신은 나에게 어떠한 힘도 여유도 주지를 않았습니다. 당신은 나의 전부를 점령하고 나를 포로한 것입니다. 추여! 나의 생각엔 덮쳐올 그늘 같은 것을 만일 내가 가상해야 한다면 나의 모든 나날에는 무엇이 남겠습니까? 이렇게 당신은 나의 속에서 살고 있습니다. ……. "사랑하는 것은 사랑을 받는 이보다 행복하느리라."(청마(靑馬) ㅡ<행복>) 나는 어린아이처럼 울고 앉았습니다. 나에게로 오지 않으려는(?) 당신의 '입상(立像)'이여!

ㅡ5월 25일 규

사슬과 같은 억눌림에서 일시 해방된 뒤. 나는 퍽이나 달아오르는 심장의 변화를 느꼈습니다. 그러나 여전히 당신은 말이 없군. 나의 굽히지 못할 신념을 무슨 의미에서인지 멀리쯤 떨어져 바라보려는 심사라고나 할까. 그래서 당신은 매우 쌀쌀한 편이고 외로웠던 모양이죠? 누구를 거쳐서 당신에게 보내드린 나의 이야기는 거의 틀림없는 사실이 되고 보니 새삼 적어둘 사연이 엷어집니다. 나는 급격히 당신에게 호소했었습니다. 먼저 당신의 정신을 요청했고 따라서 다음 것은 자연스럽게 여기 따르는 것으로 굳이 믿었습니다. 나는 당신과의 애정적 상관에 대하여 피 터지게 안으로 품고 왔었습니다. 필경은 이것이 가장 으뜸가는 터전이 되리라고 언제까지나 믿으렵니다. 그만큼 나는 지성(知性) 있는 당신의 자유로운 판단과 수

락의 여부를 기대하지 않을 수 없었던 것이 아니겠습니까.

추(秋)여! 생각해 보십시오. 그리고 용기 있게 나의 앞으로 한 번 다가와 보십시오. 나에게도 용기가 뜨다 사위어질 뻔합니다. 그것은 당신의 용기를 내가 직접 미처 받아보지 못한 까닭입니다. 어쩌나 나는 생각합니다. 우리에겐 하나가 되어야만 할 두 가지의 용기가 필요합니다. 구태여 당신이 소극할 의무는 조금도 없는 것이라고 생각합니다. 줄창 나에게 대한 당신의 토의를 나는 기다리고 있습니다. 나와 내 주변에는 아무런 변화도 이상도 생겨나지 않았으며 앞으로도 생겨날 수 없을 것입니다. 참으로 당신에겐 필요합니다. 당신이 지녀온 내성(內省)의 벽을 박차고 당신이 일어설 그 순간의 용기가 지금은 당신 혼자만을 위한 것이 아니라는 것을 명심해주십시오.

추! 어젯날 나더러 당신은 살아서 불행하였던 독일 악성(樂聖)의 「운명」을 연방 들려주었습니다. 당신이 돌아간 뒤에도 나는 역시나 「운명」과 같은 악장의 은은함 속에 하염없이 풀려가는 자신을 울고 있는 것인지도 모릅니다. 나에 대한 당신의 지배는 이 「운명」과 조금도 다름없다고 생각합니다.

당신은 나를 떠나선 안 됩니다. 죽음에까지라도 당신은 나를 지배하여야 합니다.

추! 나는 운명을 지키고 운명에 살으렵니다. 그것이 곧 지대한 우리의 애정이 되고 우리의 예술이 된다고 할진대……. 당신이 만일 당신 스스로를 납득할 수 있다면 어떤 곤란이라도 당신은 물리칠 수가 있지 않습니까? 당신과 당신 주변에 대한 최선의 노력은 실로 아낌없이 다하여만 할 테지만 부족한 것은 역시 당신의 용기라고 생각합니다. 추! 참으로 당신이 나에게 대하여 벙어리를 지킬 수 있는 것과 같은 용기를 왜 당신은 더욱 발휘하지 못합니까? 나에게 잠을 주지 않고 꿈을 주지 않고 매질만 계속하는 당신이여! 우선 당신의 용기를 재촉하는 것입니다.

—6월 7일, 규

추여

숙명의 꽃이여, 너의 체구는 지금 나와 함께 나의 잠자리 속에까
지 옮아와 있다. 그런데도 너는 울고 있구나. 울고 섰는 갈대, 그리고
갈대로 자처하는 너! 나는 묘막한 우주를 느끼는 것 같았으나 더 지
독한 용기가 솟구쳐났다. 이미 우리 사이엔 피할 수 없는 장벽들이
다투어 가며 가로지르고 있다. 다시 말하면 우리들의 숙명적인 인연
을 토막토막 가위질하는 소리가 사방에서 들려오는 것이다. 어쩐 일
일까?

추(秋)여! 그러나 너는 적어도 나의 앞으로 다가와 나에게로 너의
전 영혼을 던져 맡겨버린 것이 아니었던가 한다. 나는 너를 저버릴
수 없다. 그리고 이 신념엔 변함이 없다. 우리들은 차차로 비정하여
질 것이니 이것이 바로 우리가 생각해야 할 운명의 전주인가 싶다.
너는 나에게로 다가올 때 한 송이 꽃가지도 손에 들고 있지 않았다.
오히려 너는 그 싸늘히 굳어질 뻔한 너의 전신을 그냥 가지고 온 것
이 아닌가. 그러했다 너는 아무런 가식도 표징도 더불고 있지 않았
다. 너의 모두, 너의 모두가 나의 앞으로 다가온 것이었다. 지금 너는
나의 가장 은밀한 육신의 제일 깊은 밑 속에까지 잊힐 수 없는 향기
처럼 넘어 번지고 있는 것이다.

추(秋)여! 이것은 나의 그냥 느낌 그대로다.

<추에게>라는 제목으로 씌어진 편지는 이전의 편지에 비하면, 고
석규의 추영수에 대한 감정은 많이 진전된 모습을 보인다. 추를 이제
는 자신과 운명을 같이 할 수밖에 없는 관계로 인식하고 있다. 그래서
그 운명에 다가올 여러 가지 고난과 문제들에 대한 극복의지를 분명
히 보여주면서 둘은 하나가 되어야 함을 역설하고 있다. 이후의 편지
는 수신인이 성인 <추>에서 이름인 <영수에게>로 바뀐다.

영수에게

벌써 새날이군. 한 점이니까. 그리고 오랜만에 총총한 밤하늘을
나 혼자처럼 처다보고 있으니까. 멀리서 개 짖는 소리. 교회의 그림
자만이 우뚝하고…… 그런데 자리에 들려던 순간 어쩐지 당신을 한
번 불러보지 않곤 배길 수 없을 것 같아서……. 그래 붓을 들었지. 그
런데도 할 말은 없는 듯하고. 다만 째근거리며 잠결에 빠져 있을 당
신의 연한 모습이 자꾸 되살아오는 걸……. 이제 나에게 아무런 격
정도 마다하여버린 그 갸륵한 당신의 믿음, 지금 막 북상하는 열차
의 기적은 얼마나 남모르는 밤을 저렇도록 뽑아갈 것인지……. 자꾸
뒤설레는 맘, 영수! 우리들의 약속은 언제나 만나질까? 보채이는 나
의 어린 비둘기, 가슴아!

—7월 6일 새벽 1시, 규

영수

오늘은 이상하다고나 할 만치 피로감에 사로잡혀 있습니다. 통
말해볼 기력도 없어지고 하루 종일 방에 도사려 앉았습니다. 안개는
쉼 없이 짙어만 오는데 당신의 '밤'을 생각하며 피가 돈다는 석상(石
像)을 나대로 그려보기도 했습니다. 그러나 어쩐지 '밤'의 시상(詩想)
은 나 이상으로 피로로운 같았으니 어느덧 나는 <밤>이 주는 압박
같은 것에 마저 눌려지는 것이라고 생각했습니다. 그러나 영수! 조
금도 나는 당신을 그리고 당신의 시작(詩作)을 나무라는 것이 아니
올시다. 나의 지난날 과민했던 신경이 마침내 이런 엉뚱한 생각까지
에 미친 것이라고…… 다만 그렇게 생각하렵니다. 저녁 무렵에 어슬
렁거리며 당신의 집 근처로 발을 옮겼는데 실은 나와 계약했던 출판
인이 벌써 받아야 할 인세를 이제 준다는 것이어서 엉겁결에 뒤따라
갔습니다. 얼마 되지 않는 돈을 몽땅 신간들과 바꾸고 나서 두서너
짐 되는 책들을 둘러메고 나의 노동의 보상이 이렇구나 하면서 이제

막 돌아왔던 것입니다. 나는 티끌만도 슬기롭지 않습니다. 웬일인지 쑥스러움에 가까운 감정이랄까 하는 것이 나에게 가라앉고 있는 것입니다. 언젠가 약속한 것처럼 헤세의 선집 네 권과 작가 도스토예프스키의 『가난한 애인』들을 우선 보내드리겠습니다. 전혀 이것은 나의 노력의 보상에서 얻은 것이라고 생각하면 그런 것을 당신에게 전할 수 있다고만 떠드는 평소보다는 좀 흥분다운 느낌도 이는 것 같습니다. 아무튼 이것들은 모두 서툰 중역(重譯)임에 퍽 군색한 데가 많을 것으로 믿으나, 어쩔 도리가 없는 바에는 무릅쓰고 그냥 보내드리겠습니다. 당신의 책상머리에 이것들이 소복이 놓여 앉아서 당신의 밤낮을 돌봐드리리라 생각하니 나는 참말 감격 많은 소년같이 즐거운 것입니다. 반드시 이 책들 속에는 영수! 당신이 이제껏 헤집으려 하면서도 헤집지 못한 그 무엇이 되살아올지도 모를 일이 아닙니까. 원컨대 아무것도 당신을 위하여 해드리지 못하는 내가 무슨 대견한 것 같이 늘어놓은 이 넋두리 같은 이야길랑 귀밑에 그만 씻어버리십시오. 하나하나에 서명하는 것을 생략했습니다. 이 두서없는 글이 이것들에 대한 나의 유일한 서명이 되어지라고 나는 그렇게 빌 따름이올시다. 그리고 언젠가 밤늦게야 적어두었던 짤막한 내 소신의 일단을 여기 함께 보내렵니다. 안심하고 읽어주십시오. 당신의 가장 깊고 청청한 별 밤에 마음을 모두며…….

—7월 12일, 규

영수에게

이것이 몇 번만의 글이 되는지……. 그래도 노상 처음과 같이 나의 마음은 뒤설레는 것입니다. 당신에게 어려운 부탁을 드린 나는 얼마나 나 스스로가 당돌하여졌는가 하고 뉘우쳐봅니다. 영수! 참으로 가까우면서도 멀리 있는 듯한 마음만이 살아 피어야 하지 않겠습니까? 그런데도 나는 당신에게 턱없는 부탁까지를 함부로 드리고 말았습니다. 나는 속마음이 불편해지기도 합니다. 그러나 나의 험악한 죄악은 아닐 테지 하고 자위하려고 드는 것은 또 얼마나 당돌한 자기 속임이 되는 것입니까? 하여간 그런데도 나의 마음은 당신을 좇고 있습니다. 좇고 있는 나의 마음은 어리광치고 있습니다. 나는 더 가까운 거리에 서서 당신을 불러보고 싶어졌습니다. 그리고 당신의 훈짐 같은 것도…… 나는 행복한 것 같아졌습니다. 이것이 행복일는지는 딱히 알 수 없지만 나는 그렇게라도 믿으렵니다. 그러면서도 영수! 나는 당신이 무척 알고 싶어집니다. 내가 당신을 몰랐다는 것이 나의 커다란 설움이 되어 나의 용기를 숨지게 하였던 것과 같이, 지금에라도 당신을 몰라버린다면 앞으로의 나날에 있어서 또한 나의 용기는 밑도 없이 새어질 것 같습니다. 꼭 그렇게만 느껴집니다. 그때야 당신은 나를 두려워할는지도 모르겠습니다. 당신의 나에 대한 말할 수 없는 겸양(謙讓)이 가끔 나에 대한 두려움으로도 발현되리라는 나의 억측이올시다. 그러나 영수! 생각해 보십시오. 나는 당신더러 바라는 것이 무엇이며, 당신이 또한 이제 와서 나더러 바라는 것이 무엇입니까? 서로 바라며 바랄 수 있는 그 무엇만이 지금의 우리들에 요긴한 것이 아닙니까. 그렇다면 당신은 나에게 대하여 이미 품었던 그 무엇을 실토해주고 나 또한 당신에게 품고 있던 그 무엇을 사정없이 터뜨려놓는다면 이미 우리들이 알아야 할 일들은 모두 알려진 것이 되고 말 것입니다. 당신의 순수, 나는 그것이 알고 싶다기보다 그것을 독점하고 싶어졌습니다. 다른 누구에게도 헛보내기 싫은 내 심중의 곧은 빛줄을 고스란히 당신의 그 순수를 독차지하는 데에 기울이고 싶었을 뿐입니다. 그러니 영수! 내가 당신을 알고 싶다는 것은 다름 아니라 당신에 대한 나의 전부를 내가 죄다 전달해야만 마음 놓이리라는 나의 허울이었다고 믿어주십시오. 당신은 나에게 무엇을 알린단 말입니까? 이미 헛갈릴 수 없는 마음의 교차를 서로가 잃지 않는다면 알아야 할 다른 무엇은 이미 존재치 않는 것입니다.

영수! 정말 당신이 그리워졌습니다. 당신의 저어하는 바 갖가지 일들에 대하여 나의 믿음은 결코 좁다란 것이 아닙니다. 있는 것 다

버리더라도 당신만이 왔으면 하는 나의 독점의식, 차라리 나는 요즈음 그런 것에 사로잡혀 있습니다. 그리고 그것이 행복이란 것입니다. 당신의 <석상(石像)>에 피가 돌 듯…… 나는 어리광치는 것이나 아닌지. 그리고 당신이 버릴 수 없이 지니었다는 불행의 생각! 그런 것은 사실 자그만 일에 지나지 않았다는 것을 거듭 나는 말하고 싶고, 이제사 당신은 그런 생각의 꼬투리까지도 버려야만 하겠다는 나의 이야기올시다. 왜? 불행의 생각은 나의 경우에 있어서 더 크고 더 깊은 것이었기 때문에 나는 그렇게 자부하는 것입니다.

영수! 우리는 서로 불행하여도 불행을 말할 수 없는 현재와 그리고 앞날에 살아야 하지 않겠습니까? '그늘진 꽃밭' 이것은 누구의 소설 제목이긴 합니다만…… 세상의 모두가 그늘진 바에야 우리는 이것을 크게 그늘졌다고 외칠 수 없는 것이 아닙니까. 촛불 밑에서 대단히 속필로 적었습니다. 그러나 순간이라도 당신의 머리와 마음 속에 어떤 뜻할 수 없는 그늘과 그림자가 아직도 짙게 서려 있다면……

영수! 나는 참으로 견디지 못할 것입니다. 나는 적어도 나의 의무 같은 것을 느낌과 아울러 그것이 우리의 앞날에 조그마한 이윤도 될 수 없다고 새삼 굳건히 믿는 까닭이올시다. 당신의 편안한 밤을…… 빌며.

—7월 16일, 규

영수에게

오늘 바닷가에서 혼자 뒹굴다가 여기 자그마한 선물을 주웠습니다. 그런데도 당신을 만나 뵐 염두가 없어서 그냥 지나쳐버렸습니다. 어젯날도 그렇게까지 기다렸다는 줄을 뻔히 알면서 나는 또 한번 나 스스로와 당신 스스로를 견디어내는 쓰라린 단련을 마련한 것이었습니다. 가까울수록 나는 멀어지고 싶었습니다. 막상 빠져버린 일이라 할지라도 나는 이 길이 퍽 온단하고 믿음직하다는 것을 벌써

부터 알고 있습니다. 참고 견딘다는 것이올시다. 영수, 당신에겐 이 것이 이해될는지 의심스럽기도 합니다만…… 우리들의 걸음은 지 나치게 서두를 필요는 없을 것이고 조급한 눈에는 언제나 휘황한 무 지개만이 비쳐올 것이므로 그 너머 산과 구름과 또 바람의 시늉 같 은 것도 상상해 본다는 것입니다.

그러나 영수! 일각이라도 나는 떠나기 싫었습니다. 그리고 당신 과 가까이 있는 시간일수록 날개 돋친 듯 얼마나 쏜살같이 흘러가던 지…… 좀체 꿈 같기만 하였습니다. 나는 시간이라는 괴물을 저주합 니다. 그리고 거기 떠오르는 당신의 엷으레한 모습을 어쩔 수가 없 습니다. 어떤 순간에도 당신이 꼭 필요하다는 것도 느껴봅니다. 그 러나 당신은 나에게 대하여 보이지 않는 불길만으로써 다가올 것입 니까? 나는 아니라고 굳이 대답하렵니다. 서운한 바람결과 꽃향기 와 그밖에 이야기 같은 흰눈이라도 싣고 당신은 나에게로 와야 하지 않겠습니까?

영수! 실상은 그것이 탈이올시다. 그 두 가지의 틈바구니에서 나 는 허덕이는 것입니다. 어쩌지도 못하면서 연연한 불길과 냉랭한 강 물을 함께 불러오는 나의 현재를…… 그리고 그러한 밤을 당신은 나 와 더불어 견디어 새겠지요. 당신의 건강, 그리고 당신의 성장. 이런 것이 지금 나의 또 하나의 꿈이 되렵니다.

−8월 8일, 규

영수에게

밤새도록 우리들의 주변에선 비둘기의 구구 울음소리와 그리고 또 꽃밭에 내리는 부드러운 깃소리가 끊일 줄 몰랐다. 영수! 나는 울 고 있었다. 나는 생사가 불명하신 어머님을 생각했다. 출렁이는 바 다, 바다는 우리 곁에 있었건만 돌아갈 나의 물길은 어디든지 보이 질 않는 것이었다. 꼭 나는 쓰러지고 싶었다. 어느 다리 가에 이르러 문득 네가 진창을 디딜까 염려해서 나를 옆으로 밀어주었을 때 순간

나는 나의 꿈에서 깨인 것과 같았다.

영수! 너는 나를 이렇게 보살펴주려는 것이다. 점점한 온천지의 전등불들을 바라보며 거니는 나는 기쁘기 한량없었다. 그러나 이 모든 것이 나의 뜻 모르는 눈시울 속의 뜨거워진 무엇으로 표현된다며는 그것은 분명 울음이었을 것이다. 나는 눈물의 참다운 감지(感知)를 겪고 있었다. 그러나 나는 서럽지가 않았다. 어머니에게서와 같은 아늑함이 지금 나이 어린 너에게서 풍겨졌을 때. 내가 나를 낳아 길러주신 어머님에게로 향하는 마음과 다시 너에게로 향하는 마음에는 그다지 다른 것이 없겠다. 따라서 어머님도 기뻐하실 것이라고 나는 그렇게 믿었다. 내가 한 대여섯 살 적에(물론 왜정 시절이었다) 어머니가 나에게 가르쳐준 노래가 있으니 당신이 소학교 시절에 유희로서 춤추었다는 「물새 발자국」의 노래다. 이상하게도 너는 그 노래를 바로 나의 곁에서 나지막하게 불러주었다. 나는 가슴이 막히어 차마 그 자리에서 이 사연을 말할 수가 없었던 것이다. 세상에는 우연 일치라는 것이 하도 많은가 본데 그런 것들 중에서 이것만은 으뜸가는 것이라고 생각한다. 이 바닷가에서처럼 서로 대하고 의지하고 싶은 감정이 나를 사로잡았다. 그러나 영수! 서러운 것만이 아닐 것이다. 나에겐 크나큰 욕망이 불길처럼 치오르고 있는 것을 어찌할까? 나를 굽어볼 너의 청초한 눈동자만을 나는 별처럼 믿어야겠다. 이것이 제일 찬란한 나의 위안이라고 한다면 나는 그 별 아래에서 나의 길을 가야겠다. 나의 욕망이란 이 길을 계속해서 불길처럼 내닫는 것만이다. 너는 이것을 미리미리 예지했을 것으로서 나는 믿는다. 다시 「산유화」를 부르던 오빠의 심정도 헤아릴 수 있는 것이다. 그러나 그 모든 것이 도도한 강물처럼 한 곳으로 광퍼짐해 흐를 날을 생각한다면. 오빠는 기쁜 일을 그렇게 애상(哀傷)으로 표현했을 것임에 틀림없다. 우리 모두가 기쁨을 한갓 애상처럼 표현하며 공명하던 이 밤의 기억을 잊지 말자. 다시 나는 행복이 무언지 몰라도 이 모르는 것이 아마 행복인가도 생각해보는 것이다. 다시 눈물짓는 것이다.

영수! 선생님이라고 불러주던 너의 마음 깊디깊은 숲으로 지금 나는 백마처럼 환한 빛깔로 지나가고 있는 것인지도 모른다. 조용히 너에게서 손목을 빌리며 눈 감은 내 얼굴을 너에게 맡기련다. 처음인 나의 고백, 너는 그것이 울음이라는 것만 상기해다오. 안녕, 안녕!

－8월 30일 밤, 규

<영수에게>란 제목으로 보내진 편지의 양이 전체 편지 양으로 보면 제일 많다. 그 기간이 길기도 하고, 그 내용도 두 사람 사이의 사랑의 밀도가 높다. 단순한 영수가 아니라, 편지 속의 명칭은 <나의 아내>로 바뀌고 있다. 그리고 편지 속에서 확인되는 두 사람의 관계는 이미 한 몸을 이룬 상태나 마찬가지로 몸과 마음이 하나임을 알 수 있다. 고석규의 영수를 향한 다짐은 거의 절대적이다. 한시도 영수를 홀로 둘 수 없는 마음의 상태다. 그래서 결국 이들은 청첩장을 인쇄하며, 결혼식을 준비하는 단계에 이르고 있다. 남은 편지는 <수아에게>로 그 명칭이 다시 바뀌고 있다.

이렇게 보면 고석규가 추영수 시인에게 보낸 편지는 수신자에 대한 이름이 없는 데서부터 시작해서 <추에게>, <영수에게>, <수아에게>로 변용되면서 마무리되고 있다.

수아(秀兒)에게

어젯날 서울 형댁 내외분이 하부하셨단 소식을 듣고서도 찾아뵙지 못하여 죄송하다고 여쭈어주게. 몸은 어쩐지? 자꾸 걱정되는구나. 나는 능히 선 채로 예식 할만하니 그리 알고 있어라. 축사는 두 사람으로 제한키로 하였으니 추삼득 선생께 사유(신랑의 건강 상황으로서 단축함)를 밝히고 양해구하도록. 음악은 이중창으로 정하였는데 별 기대할만한 것은 안 된다. 그리고 물을 것은 상객으로 오실 분이 몇 분이나 되는지 알려다오. 조금도 사양치 마시고 방래하길 고대하고 있다. 그리고 예식 후 집으로 와서 '큰상'을 받을 때, 수(秀)는 흰 예복을 다른 색복으로서 갈아입어야겠다고 보는데 만일 그렇다면 이 가방 속에 지참하는 것이 어떨까? 어머님과 잘 상의해서 정하여라. 그리고 나의 모자는 아무래도 아침 출발 시 꼭 필요할 것 같으니 손에 있으면 이 사람에게 보내주도록. 민골로써 출도할 수는 없지 않겠나? 여기 출발비로 나의 주머니에 있는 것을 삼천 환 보낸다. 나의 뜻만이다. 받아주게. 수(秀)야, 용기를 내라. 그리고 침착하게. 빈다.

　　　　　　　　　　　　　　　　　　　　　　　－4월 14일, 규

　수아(秀兒)에게

　도착 후 편지한다는 것이 심리적인 혼란으로 늦어졌습니다. 아버지께 보낸 글에서 짐작하는 바와 같이 매일 수십 리는 도보하는 편입니다. 그러나 문제는 단순히 체결될 수 없는 것이고, 하여 피로에 파도가 겹치고 조용히 마음을 가라앉힐 수 없습니다. 어떻습니까. 쇠약한 몸이 자꾸 걱정됩니다. 제때에 복약하고 휴양해야 할 당신이 그렇게 분망해야 한다는 것은 뼈가 저리는 일입니다. 아버지는 금일 창당대회 하는 통일당의 중앙문화부장직에 당하게 되었습니다. 신문에도 나왔을 것입니다. 자금과 정당을 배경 삼지 않곤 아무 일도 안 됩니다. 현재 두 분은 광화문 근처의 조그마한 하숙집에 계시고 홍순 아저씨가 서대문으로부터 매일 왕래하고 있습니다. 상당한 곤경에 있으나 제가 극력 처리할 결심이며 약간 전도에도 희망의 빛이 보입니다. 명년 선거에까지는 이 정당이 존속할 것 같습니다. 자세한 것은 뒤에 말하지요.

　오늘 최종적인 가옥 매매에 관한 협의가 있을 것 같습니다. 다소 무리지만 '허바허바 사장'으로 결정될까 합니다. 그러니 나의 귀가

는 또 수일 늦어지는구려. 내 몸의 이상으로 아끼고 싶은 당신과 나
란히 걸을 수 없는 서울의 거리가 차라리 민망합니다. 너무 상심마
시고 조용한 시간들을 보내도록 하십시오. 잠을 많이 자십시오.

－당신의 석규로부터

고석규가 추영수 시인에게 보낸 편지는 총 52편이다. 이 중 처음 보
내는 편지는 편지 제목이 제1일로 시작한다. 그리고 제5일까지 계속
되다가 다음부터는 <추에게>라는 제목으로 바뀐다. 그것도 처음에
는 <돌과 나무>라는 제목 아래 <추에게>라는 작은 제목을 붙였다.
이때까지의 편지에는 날짜가 기록되어 있지 않다. 이는 고석규가 편
지를 일기로 기록하고 있지는 않았다는 것이다. 그러다가 편지 제목
이 본격적으로 <추에게>라고 바뀌면서 날짜가 기록된다. 날짜가 기
록된 첫 편지는 <5월 23일 밤 자정, 규>라고 적혀 있다. 이후 지속적
으로 수신자는 <추에게>라는 제목으로 편지가 이어진다. 이 제목의
편지는 전부 13편이다. 그러다가 7월 6일 자 편지부터는 제목이 <영
수에게>로 바뀐다. <영수에게>란 제목으로 씌어진 편지는 전부 32
편인데, 제목의 수식이 간혹 바뀐다. <그리운 영수에게>, <병들어
누워있는 영수에게>, <귀여운 영수에게>, <사랑스런 영수에게>,
<눈물에 젖었던 영수에게> 등으로 변화고 있다. 그리고 마지막 편지
는 다시 제목이 <수아(秀兒)에게>로 바뀌고 있다. <수아(秀兒)에
게>란 제목으로 보낸 처음 편지는 1957년 4월 14일로 결혼하기 바로
하루 전이다. 거기에는 결혼식 당일 날에 대한 준비와 마음의 부탁을
하고 있다. 다음날 결혼식을 축하하는 박봉우, 김성욱, 김재섭 세 편의
시가 인상적으로 남겨져 있다.

드리고 싶은 노래

－석규 존형 결혼축전에

박봉우

이 나라의 가시밭길 평당에 진실로
고운 빛과 눈을 뜨게 하려는
멀리 형아 …

언제 한 번 무등 안에서
뵙게 된 것이
오래토록 못 잊고 이런
그리움인 줄이야

오늘 기다리던 그 소식 읽고
4월의 시보다도 아름다운 영이와 더불어
오색의 비둘기를 수없이 띄울
나의 형제에게
저 먼－하늘의 무지개가
부서지는 갈채를
눈물겹도록 전하고 싶은 날

창(窓)들은 환히 열리고
모든 산새들도 노래 부른다
그리운 형과 형의 거울 앞에 오신
영(英)이 님과
축복과 영광이
빛발처럼 뿌리어라

흘러가

형에게 서 있고 싶은 날

끝없이 사랑하라고…
끝없이 사랑하라고…

빈 화병에도 이제 꽃이
눈부시게 피었네

"더러는 옥토 위에 떨어지는 눈물"
멀리 형아…

−1957년 4월

사색가 석규에게

김성욱

부디 부디 찬란하고 신의 축복 받는 혼례식이기를
회심으로 희원
하나님이 규와 사랑하는 어부인에서 지극한 은총으로
베푸시기를 간절히 기도하는 바입니다.
그럴 규가 인간적인 깊은 폭을 가지고 대성 있기를
기대 그리고 확신!

안녕! 다시

긴 가람이 다하랴
−석규와 영수에게

김재섭

시(詩)를 쓰려는 어려움과 같이
사랑을 하려는 어려움도 트다

먼저 생각해야 하고 그 다음엔
그 석에 들어가 젖어봐야 하는
이 시(詩)와 사랑의 세계(世界)

그 다음 다음엔
무엇을 할 것인가
시(詩)를 써보듯이
사랑을 그려보고
사랑을 만져 만드는…

이 모든 것을 다한 후엔
알았다는 것은
한 송이 꽃이 햇빛에 열리듯 한
그 원만(圓滿)하고 충만한 테두리

한 편의 시를 가지듯이
한 사람의 사랑의 소유

우리들이 시를 이루어놓은 기쁨과 같이
언제 읽어도 내가 할려던
그 테두리와 희망이 숨어 있는
그것을 찾아볼 수 있듯이
맺어놓은 우리들의 사랑이여라고

둘이서 시와 같은 사랑을 안고 뒹굴 때
나의 축복도

그런 것이었으면

사랑이여
우정이여
긴 가람이 다하랴

　세 사람의 축시처럼 많은 친구들과 친척들의 축복 속에 고석규와 추영수 시인은 이렇게 결혼을 통해 인생의 새로운 길을 걷기 시작했다. 그런데 고석규에게 주어진 현실적인 과제는 산더미처럼 쌓여 있었다. 우산 당장 석사과정을 수료하면서 마무리해야 할 석사학위 논문이 제일 급한 과제였다. 추영수 시인에 의하면 고석규는 거의 밤을 새워가며 원고를 썼다고 한다. 문제는 고석규의 건강이었다. 결혼식 때도 오래 서 있기가 불편하여 예식의 식순을 가능한 한 줄여야 했던 당시의 상황을 감안하면, 그의 건강상태가 어느 정도였는지 추정할 수 있다. 추영수 시인은 이때의 상황을 회고하며 속 깊은 후회를 술회했다. "그가 밤을 새워 읽고 쓸 때에 자주 방문을 열고 들어가 좀 쉬도록 했어야 하는데"...그때 추영수 시인은 공부에 방해가 된다고 하여, 그의 방문을 제대로 열어보지도 못했다고 한다. 생각하면 그때 자주 자주 방문을 열어젖히고 쉬면서 공부를 하도록 해야 했었는데 하고 추영수 시인은 후회만 했다.
　이러한 열정으로 고석규는 학위 논문「시적 상상력」을 완성하고 1958년 3월 24일 대학원을 졸업하게 된다. 이 논문은 부산대학 국어국문학과 석사 제1호 논문이 되었다. 졸업과 동시에 일주일에 네 시간(두 강좌)을 맡게 되는 시간강사가 되었다. 당시에 대학원을 졸업한

20명 중 유일하게 시간강사로 위촉을 받았다고 한다. 여기에는 당시 학과장이었던 김정한 교수의 역할도 있었지만, 학생들의 빗발치는 강의 요청이 더 크게 작용했다고 한다. 당시 시론 전공자가 없는 학과로서는 학생들의 요구를 외면할 수는 없었던 것이다.

1958년 3월 29일 자로 서울에 있는 처가의 형님에게 보낸 편지에는 당시의 기대에 부푼 고석규의 마음의 상태를 감지할 수 있다.

> 배복(拜復)
> 보내주신 혜신은 내외 같이 읽었습니다. 지난 24일은 양가 친척들을 모신 가운데 결혼식 못지않은 졸업식을 열었습니다. 여러분의 염려지덕으로 제(弟)는 금년 대학원 졸업자 20여 명 중에서 혼자 학교에 남기로 되었고, 영수는 중태이면서도 교육과 중 최고 득점을 하여 의기양양했습니다. 주일에 네 시간(두 강의) 맡기로 되었는데 서툰 출발이어서 궁금하게 기다리고 있습니다. 영수의 순산을 앞으로 20일 내지 30일 정도라고 보며 그새 제는 한 번 상경할 생각으로 있습니다. 동래의 양친은 건강하시며 조모님은 하향하고 계신 줄 압니다. 부친님의 귀경은 좀 지연되는 모양입니다. 듣자니 은아와 희아의 복교 기타에 퍽 심노하시는 형님의 처지에 미력이나마 도웁지 못하는 제들의 불찰을 부끄러워 마지않습니다. 미래의 광명을 위해서 진통하고 또 진통하는 현재를 극복해야 할 따름입니다.
> 5월호부터 《현대문학》지에 연재물을 싣기로 하였으며 같은 호인 《사상계》에도 졸고가 발표될 터이니 지나는 점두에서나마 제의 발자국을 항시 남려하며 고무해주시길 바라겠습니다. 예정이 어찌될지 확언할 수 없으나 일차 상경하면 길게 이야기하기로 하고 오늘은 이만 우리들의 근황을 알릴 뿐입니다.
> 　　　　　　　　　　　　　　　　　　　　　　　　　−3월 29일, 석규

봄 학기부터 강의가 예정되어 있고, 결혼한 지 일 년 가까이 지나 추영수 시인은 출산을 한 달 정도 앞두고 있는 상황, 그의 앞날은 희망으로 가득 찬 시간이라고 할 수도 있었다. 그러나 봄학기가 시작되고 두 번의 강의를 마친 1958년 4월 19일 그는 살별처럼 사라졌다.

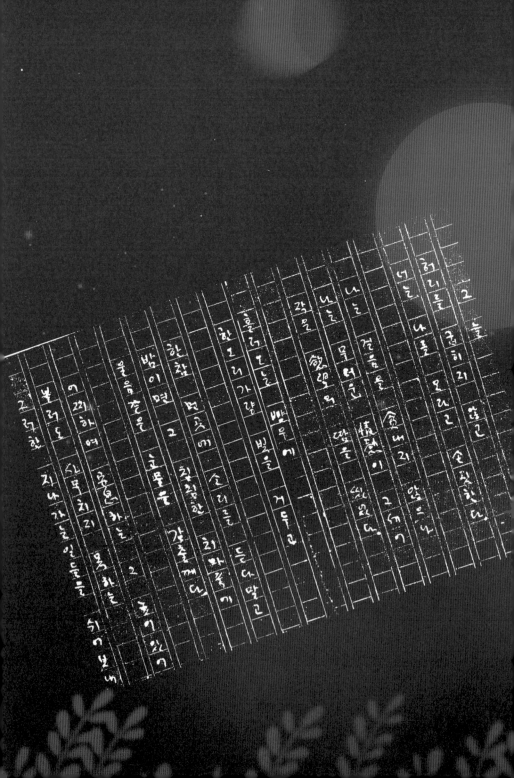

제8장

두 번의 대학 강의와 요절

고석규의 요절과 관련해서 많은 이야기들이 오갔지만, 죽기 전 4월 17일 행사를 다시 이야기하지 않을 수 없다. 그가 죽기 전 공식적으로 얼굴을 내민 것이 부산에서 젊은 불문학도들이 주최한 '보들레르의 밤' 행사였다. 그날은 비가 내리고 있었고, 서울대 문리대 불문과 출신이 중심이 되고 강상구 등 재부 시인들이 찬조하는 모임이었다.

이날 모임에서 사회는 김규태 시인이 맡았고, 몇 편의 보들레르 시가 낭송되었다. 이 자리에는 동아대 불문과 교수 이신철과 한인석, 김상략, 강계순 등이 참석하여 시를 낭송하고 보들레르에 대한 논의를 했다.

이 자리에는 당시 부산일보의 편집국장이던 황룡주, 부산대학의 젊은 강사들 그리고 재부 시인들이 백 명 정도 참석하여 큰 성황을 이루었다고 한다. 이 행사를 준비하면서 주최 측에서는 고석규에게 '보들레르가 한국 시에 미친 영향'이란 제목의 문학 강연을 주문했다. 그는 처음에 주제가 너무 광범위하다고 했고, 그렇다고 그것을 아주 사양하지는 않았다. 이날의 프로그램도 그와 같은 제목이 인쇄되어 있었다. 고석규는 그 무렵 ≪문학예술≫ 지에 「시인의 역설」을 연재함으로써 그야말로 혜성같이 나타난 문단의 돌연변이 같은 존재였다. 보들레르의 밤이 열린 광복동의 미화당 5층은 이 색다른 모임으로 호기심에 모여든 사람들로 가득 찼다고 한다.

그때 그 자리에는 초창기 국산 위스키가 나눠졌고 모인 사람들은 그 독한 술잔들을 비웠다. 김규태 시인은 고석규에게 한 잔을 권했는데, 그는 벌써 두 잔째라며 조금만 받겠다고 했다. 그러면서 그는 사실은 요즘 일체 술을 마시지 않는다고 했다. 몸이 좋지 않기 때문이라 했다. 이렇게 독한 술을 마시게 된 것은 보들레르 때문이라고 애써 강조하는 분위기였다. 고석규는 그 자리에서 사실은 이 같은 큰 제목으로 얘기를 한다는 것은 무리라는 것을 솔직히 털어놓고는 오늘 같은 모임이 갖는 의미에 대해서 나름대로 소견을 피력하는 것으로 강연을 대신했다.

당시 국제신문 1958년 4월 20일 자 기사에는 다음과 같이 보도되고 있다.

청중에 깊은 감명, 보들레르의 밤 성황이란 제하에 재부 불문학 동호회 주최로 이룩된 제1회 보들레르의 밤은 17일 밤 7시 30분부터 시내 미화당 문화회관 다실에서 자못 그 문학적인 의의를 높였다.

먼저 인사말과 헌시낭독에 이어 파란 많은 보들레르의 생애를 소개하고 <독자에게 주는 서시>, <비승>, <적>, <여어인>, <고양이> 등의 원시와 번역시 낭독이 있었으며 그가 가진 문학사적인 위치와 아울러 그가 현대시에 미친 영향 등을 재검토하였는데 시종 조용하고 엄숙한 분위기 가운데 진행되어 10시 20분경 청중에게 깊은 감명을 주고 산회하였다

행사는 그렇게 끝이 났고, 고석규는 당분간 마시지 않아야 할 독주에 취해서 약간 흔들리면서 집으로 돌아갔다고 한다. 다음날 김규태 시인은 고석규의 안부가 궁금하여 전화를 했다고 한다. 그의 목소리는 깊이 가라앉아 있었고, "실은 나 좀 아픕니다.…"였다고 한다. 몸이 불편하다는 분위기가 전신에 감전해 오는 분위기였다고 한다. 김규태 시인이 고석규와 나눈 마지막 대화였다. 그 다음 날 김규태 시인은 고석규의 부음기사를 신문에서 보았다고 한다.

고석규의 죽음 소식을 친정에서 듣고 달려온 추영수 시인은 그의 몸을 만지며 아직 몸이 따뜻하다며 울부짖었다. 산달을 맞아 친정에 가 있던 그녀에게는 청천벽력이었다. 결혼한 지 1년여 시간이 그녀에게 남긴 것은 아직은 배 속에서 자라나고 있는 유복녀뿐이었다. 그 슬픔을 누가 알아주었을까? 이후 많은 지인들이 그를 추모하는 글들을 남겼다.

천재는 요절한다던가! 지금까지 살았으면, 아니 십 년만 더 살았어도 우리 문학사는 좀 달라지지 않았을까. 그 왕성하던 독서열과 글쓰는 끈기가 아깝기 짝이 없다. 며칠 전 그의 묘지에 가봤다. 옛날은 후미진 산자락이었는데 이제는 묘지 앞까지 포장이 되어 있었다. 온천장 입구에서 그가 누운 꽃상여를 메고 서투른 상두노래를 목메어 부르며 오르던 것이 어제 같은데 벌써 30여 년의 시간이 흘렀다. 그 유복녀 명진이도 십 년 전에 시집을 갔으니 이제는 어엿한 한 어

머니로 살아가고 있을 것이다.

장관진/ 전 부산대 국문과 교수

얼마나 살고 싶었겠는가. 전날 밤에 미래를 설계하면서 얘기하던 상황이 꿈처럼 사라진 것이다. 그가 늘 실존철학이나 문학을 얘기하면서 말하던 '부조리'가 바로 그에게 적용되어버린 것이다.

인명은 재천이라 하지만 너무나 안타까운 그의 수명이라 하지 않을 수 없다. 그가 살았더라면 얼마나 많은 업적을 쌓았겠는가를 생각할 때, 덧없이 마령(馬齡)만 더해온 내 자신의 무위가 새삼 부끄럽다.

김일곤/ 전 부산대 경제학과 교수

영원히 당신은 갔어도 당신의 평론은 더 한층 빛나는 이름으로 우리 문학사에 길이 남을 것입니다. 당신이 생존시 주신 『릴케의 최후의 우정』은 나의 초라한 서가를 한층 울려주고 있습니다. 당신이 나에게 주신 최후의 말을 생각합니다.

"공감(共感)하는 달밤엔 음악이 있습니다."

다정한 당신, 너무나도 겸손했던 당신 꾸준히 자기의 길을 착실히 걸었던 고독한 당신… 무엇을 적어도 눈물뿐입니다. 나의 젊은 흥분이, 당신을 여윈 서러움의 흥분이 가실 때 또 나는 당신을 위해서 쓸 것입니다.

박봉우/ 시인

장례식 때는 국문과의 특별배려로 영구차가 캠퍼스를 일주하고 장지로 향하기도 하였다.

몇 개월이 지나서 가족(부친과 부인)의 뜻에 따라 묘비를 세우기로 하였다. 비명을 무엇으로 할까 고민하던 끝에 석규가 쓴 「돌의 사상」의 첫 글귀를 내가 골랐다. "신이 나를 녹이는 것은 신의 필연이며 내가 신의 열을 빼앗는 것은 나의 행위이다"

글씨는 고 향파 이주홍 선생이 쓰셨다. 묘비 제막식 날 부산대학교 초대 총장 고 윤인구 박사가 직접 나와서 고인을 추모하셨는데, 그때 읊은 Tennyson의 시구는 너무나 인상적이었다.

> I hold it true, whateer befall;
> I feel it, when I sorrow most;
> 'Tis better to have loved and lost
> Than never to have loved at all.

홍기종/ 전 부산대 영문과 교수

결국 사람은 가고 남은 것은 그가 밤새워 메워두었던 원고지 위의 피 같은 문자들이다. 그 피 같은 문자들이 아직은 살아서 움직이고 있다. 살아서 움직이는 것을 보기 위해서는 고석규가 남겨놓은 '지금은 없는 것을' 보는 눈이 필요하다.

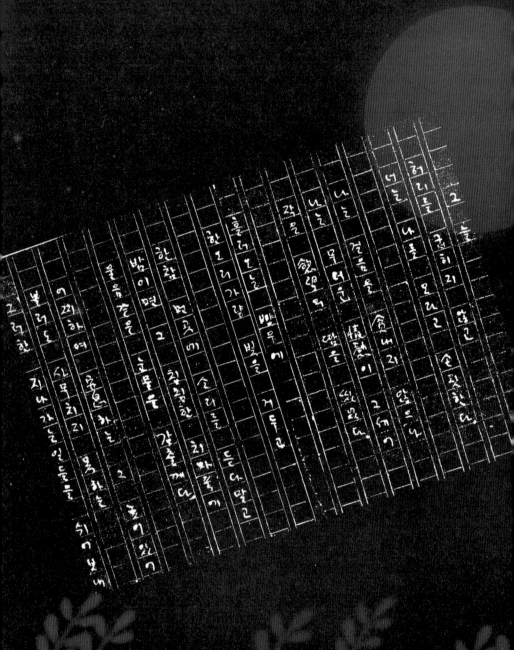

| 제9장 |

묻혀진 유고들이 빛을 보다

갑자기 사라진 고석규, 그의 뒤에 남겨진 것이라고는 밤새워 썼던 원고 뭉치들, 그리고 4천여 권이 넘는 책으로 쌓았던 성채, 미망인, 그리고 사후 한 달도 채 되지 않은 상태에서 태어난 유복녀뿐이었다. 그의 삶을 송두리째 쏟아놓았던 원고지 위에 남겨진 짧은 생의 흔적들을 정리해야 할 책무는 미망인에게 주어졌다. 미망인 추영수 시인은 힘들게 산후조리가 마무리되면서, 그의 암담한 미래에 대해 운명과 더불어 싸우지 않으면 안 되었다. 우선은 고석규의 유고를 정리하여 유고집을 내는 일이 급선무였다. 이를 위해 추영수 시인은 남겨진 원고들을 수습하고, 여러 매체에 발표된 고석규 원고들을 정리하기 시작했다. 시와 평론만 하더라도 상당한 분량이 되었다. 고석규의 부친과 홍기종 교수의 도움으로 유고집 출간에 대한 준비가 진행되었다. 그런데 세월은 이를 허락하지 않았다.

오랜 고민 끝에 추영수 시인은 유복녀 고명진을 안고 서울로 처소를 옮겼다. 새로운 삶을 위한 홀로서기였다. 그때 고석규의 분신과 같은 그 책들을 서울 친척집 창고에 보관하고 일부는 숙명여대에 기증했다고 한다. 그런데 그 많은 책을 어느 날 책 도적이 들어 다 들고 가버렸다고 한다. 그때의 상황을 추영수 시인은 한 마디로 '허망하고 망망대해에 홀로 서 있는 심정이었다'고 말했다. 지금 같으면 경찰을 동원해서 수소문이라도 해보았겠지만, 당시에는 그런 여력도 여유도 없었다고 한다. 생활도 힘들고 건강도 좋지 않았던 추영수 시인은 이생의 삶이 너무 힘들어 한번은 작심을 하고 유복녀를 업고 한강 다리로 걸어나갔다고 한다. 가는 도중 등에 업힌 딸아이가 "엄마! 어디로 가는 거야?"라고 몇 번이나 물었다고 한다. 이 물음에 제대로 답을 할 수가 없어 하는 수 없이 아이를 업고 다시 집으로 돌아왔다고 했다.

이후 30년 이상을 고석규의 원고 뭉치와 그의 이름은 한국 문학사에서 사라졌다. 오직 유고집 출간을 위해 정리해두었던 원고 뭉치가 일부는 고석규의 친구인 김재섭 씨의 집과 홍기종 교수의 연구실에서 무상한 세월의 먼지만 둘러쓰고 묻혀 있었다. 이를 수습한 것은 1980년대 후반 모임을 시작한 <오늘의 문예비평> 동인이었다. 부산에서 활동했던 이들에게 일찍 요절한 고석규 비평가의 복원은 제1 과제가 되었다.

1. 고석규 비평가의 첫 유고 평론집 『여백의 존재성』을 펴내면서

1980년대 초에 무크지 운동을 벌이면서 우리는 부산지역 문학이 어떻게 한국문학에 기여할 수 있을 것인가에 대해 고민해 왔다. 그 방향은 대체로 두 가지였다. 하나는 현재 활동하고 있는 문인들의 작품 활동에 대해 적극적으로 비평을 해나감으로써 지역 문인으로 묻히지 않고 한국문단에서 제대로 평가받을 수 있게 한다는 것이었다. 그리고 또 다른 하나는 이미 작고한 문인이나 원로문인들의 작품을 재평가하고 체계적으로 정리하여 한국문학사를 새롭게 해간다는 것이었다.

이러한 우리의 조그마한 뜻을 구체화 시키는데 그 첫 대상이 된 인물이 고석규였다. 비평을 공부하면서 가지게 된 동류의식이 크게 작용했는지도 모르지만 그가 남긴 비평문들을 읽으면서 그의 폭넓은 독서를 통한 문학에 대한, 당시로서는 새로운 식견과 예지 그리고 남다른 문학적 열정을 실감할 수 있었기 때문이다. 그리하여 그가 남긴 비평문들을 1차로 정리하여 유고집으로 묶어내어 50년대 비평의 한 모습을 복원시켜야 한다는 의무감을 느꼈다.

그래서 이곳 저곳을 수소문하여 당시의 동인지나 문예지에서 산견되는 그의 작품들을 수집하였다. 그러나 이 일은 그렇게 수월치가 않았다. 자료를 수집하던 중 당시 고석규와 절친한 친구였던 홍기종 교수를 만난 것이 우리의 유고정리 작업에 큰 힘이 되었다. 홍기종 교수를 만나 고석규 유고평론집 발간에 대한 우리의 뜻을 전달했을 때, 그는 누렇게 색이 바랜 한 보따리의 원고를 우리 앞에 펼쳐놓았기 때문이다. 자료수집에 난감해하던 우리는 기쁨과 함께 놀라움을 감출 수 없었다. 자료를 새롭게 얻을 수 있다는 점에서 기뻤지만, 이렇게 오랫동안 원고가 보관되어 있었다는 점에서는 놀랐다.

누렇게 변색된 원고는 고석규가 요절한 다음 해에 유고집으로 발행하기 위해서 그의 미망인과 홍기종 교수가 일일이 정리한 것이었다. 책으로 묶어내는 일이 제대로 이루어지지 않아 그 후 30년 가까이 홍기종 교수의 손에 의해 보관되어 왔던 것이다. 원고를 검토해 보니 이미 수집한 원고와 중복된 것도 있었지만 새로운 원고들도 많았다. 좋은 책을 만들어 달라는 홍기종 교수의 간절한 바람을 무거운 짐으로 안고 우리는 지난 여름의 무더위와 함께 그 원고들을 검토하였다. 가능한 한 원문을 그대로 살리되 한자를 한글로 바꾸고 의미를 다치지 않는 범위내에서 쉽게 읽혀질 수 있는 문장으로 바꾸었다. 그리고 내용편집은 원론 부분과 실제비평 그리고 외국문학에 대한 관심과 번역문들로 각각 나누어 그의 평문을 짜 맞추었다.

이러한 작업을 하면서 그와 관련된 모습을 복원하기 위해서 고석규가 활동하던 당시의 문인들과 친구들을 만났다. 그분들을 통하여 자료도 많이 보충하였고 격려와 정보를 더욱 얻게 되었다. 김일곤 교수, 장관진 교수, 손경하 교장, 특히 구하기 힘든 사진을 제공해주신 한봉옥 교수 등의 도움이 없었다면 이 책을 만들기는 힘들었을 것이다. 그리고 그 동안 모아온 고석규에 대한 자료를 이 책을 엮는데 내어준 류종렬 교수, 박태일 교수의 도움도 잊을 수 없다. 그리고 유고집의 출판을 위해 필요한 출판비의 일부를 부산시로부터 지원받을 수 있게 해주신 김준오 교수님과 곁에서 지켜보시며 격려해 주신 김중하 교수, 어려운 출판사정 중에서도 흔쾌히 출판을 맡아준 황성일 사장에게 감사의 뜻을 전한다.

고석규에 대한 회고글 중에서 김정한, 김춘수 두 분의 글은 30여 년 전 처음 유고집 간행을 추진했을 때 받았던 글을 그대로 실은 것임을 밝혀두며, 이 책을 통해 50년대 한국비평의 한 경향을 이해하는 데 도움이 되길 바란다.

1990. 10.

책임편집 : 구모룡, 남송우, 박남훈, 이상금, 정해조, 정형철, 황국명

2. 고석규 전집을 다시 펴내며

고석규 평론가가 요절한 지 33년만인 1991년에, 그의 유고 평론을 모은 『여백의 존재성』이 세상에 나왔다. 2년 뒤인 1993년에 그가 남긴 시·일기·번역 등의 원고들을 정리하여 전집을 펴내었다. 이 전집 발간을 통해 그가 추구했던 문학세계가 어느 정도 객관적으로 정리되었고, 1950년대 한국문예비평사의 한 맥을 고쳐 세우는데 기여할 수 있게 되었다.

그의 첫 유고평론집이 나온 지 20년이 지나고 있다. 이 시점에서 고석규 전집을 다시 펴내게 되는 데는 특별한 사연이 있다. 짧은 삶이지만, 함께 삶을 나누었던 추영수 시인에게 보낸 고석규 평론가의 편지가 아직까지 빛바랜 편지지에 그대로 남아 있었다는 사실이다. 추영수 시인의 오랜 고민 끝에, 이 원고를 세상에 드러냄으로써 고석규 평론가의 진면모를 후세대들에게 그대로 전해주는 것이 고석규 평론가를 위하는 길이라고 생각하여, 일기와 함께 편지글을 전집 속에 묶어 다시 펴내게 되었다. 일기를 통해 그의 내밀한 사유의 오솔길을 만날 수도 있지만, 사랑하는 사람을 향한 그의 편지에 담긴 순수한 열정은 그의 평론과 시 작품을 이해하는 데에 더 많은 시사점을 안겨주리라고 본다.

전집 작업을 다시 하면서 기존 전집의 체제를 크게 손상하지 않는

선에서 5권으로 묶었으며, 미래 연구자들을 위해 한자를 한글로 바꾸어 가독율을 높이고, 가능한 한 현행 표기법에 준하여 편집하였다. 이번 전집은 지난번 나온 고석규 전집을 대본으로 삼았기에 거기에 실린 고석규 관련 평문과 논문들, 그리고 새로 발굴된 평문을 다시 편집해서 재수록했다. 재수록을 허락해준 필자들에게 고마움을 전한다.

그리고 고석규 전집 작업을 위해 꼼꼼하게 편집 작업을 손수 오래동안 해오신 성춘복 시인과 마을 출판사 실무자 여러분께 머리 숙여 감사를 드린다. 또한 이 전집 발간에 큰 힘이 되어준 유복녀 고명진 님의 따뜻한 마음을 함께 전한다. 새로 마련된 전집이 고석규의 삶과 문학을 또 다른 차원으로 열어가는 계기가 되길 기대해본다.

2012년 1월
편자 남송우

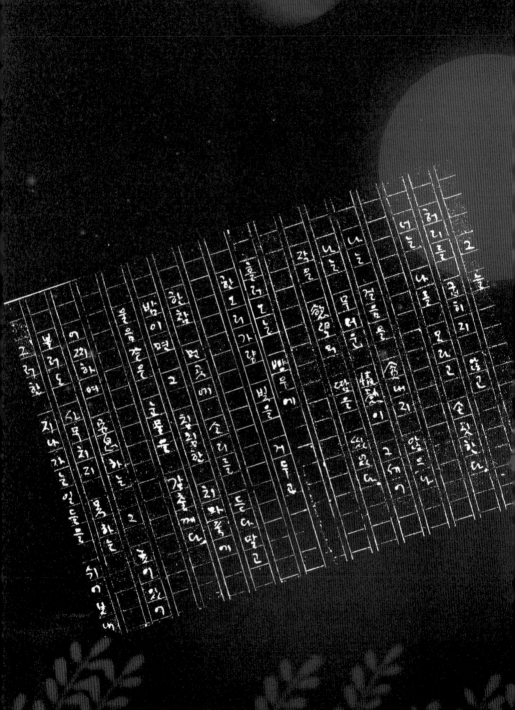

┃ 제10장 ┃

1950년대
한국비평문학사에 한 맥을 이루다

고석규의 유고집이 나오자 한국문단은 묻혔던 이름을 다시 흔들어 깨우고 그의 자취를 되돌아보기 시작했다. 여기에 불을 붙인 비평가가 김윤식 교수였다. 그는 고석규의 유고집들을 누구보다 먼저 접하고, 고석규가 지닌 1950년대 비평의 자리를 새롭게 복원했다. 김윤식 비평가의 눈에 비친 고석규의 면모를 그는 「고석규의 정신적 소묘」(≪시와 시학≫, 1991.12.~1992.3.),「전후문학의 원점－6·25와 릴케·로댕·윤동주·고석규」(≪문학사상≫, 1992.7.), 「「청동의 계절」에서 「청동의 관」까지」(≪외국문학≫, 1992, 가을), 「한국전후문학과 실존주의」(≪오늘의 문예비평≫, 1993, 겨울) 등에서 논하고 있다. 이 중 처음의 글인 김윤식 교수의 「고석규의 정신적 소묘」를 먼저 살펴본다.

1. 성채의 비밀 ─ '또 다른 고향'이 놓인 자리

한국전쟁이 끝난 지 채 두 달이 지나지 못한 시점에서 씌어진 「윤동주의 정신적 소묘」(1953.9.16.)만큼 고석규의 정신적 소묘에 해당되는 글은 달리 없다. 윤동주의 정신을 소묘함이 어째서 자기 자신의 정신적 소묘에 해당되는가? 이 물음이 이른바 고석규 본론에 관련되는 것인 만큼 그가 많이 흩어놓은 상상력에 관한 논술이라든가 모더니티와 연관된 여러 시인론은 이에 비할 때 일종의 부록이 아닐 수 없다. 어째서 그러한가. 이 물음에는 「윤동주의 정신적 소묘」가 역설의 비롯됨이자 그 종점이라는 것으로 일단 설명될 수 있다. 김소월이나 이육사 그리고 이상의 정신적 소묘란 물론 역설의 한 범주이며 또한 뚜렷한 것이기도 하지만 윤동주의 역설과는 차원이 달랐는데, 릴케가 거기 관여되고 있었기 때문이다. 릴케란 누구인가. 시적변용 그러니까 형상화의 의미를 그에게 막 바로 가르친 한 고유명사였던 것이다. 그것은 '마음 드디어 견딜 수 없음'으로 말미암아 겨우할 수 있는 삶의 방식, 그러니까 스스로 눈 감고 귀 막는 나르키시소의 운명에 해당되었던 것. 보이는 것을 보이지 않는 것으로 변용하는 기술이야말로 여백의 존재성이었던 것. 미가 존재할 수 있게끔 조건(공간)을 만들어주는 일이었던 것. 릴케란 그러한 것에 관련된 고유명사였다. 스스로 귀 막고 눈멀었을 때 저 올포이우스의 피리가 가장 선명히 들렸고 아프로디테의 모습이 뚜렷하다는 역설을 그 고유명사가 가르쳐주었다. 구덕산의 한 대학생이 4천여 권의 형이상학의 성채에 유폐되어 숨도 내쉴 수 없을 때 그를 구출해준 것이 바로 윤동주였다. 그 성채란 스스로가 만든 것이며 스스로 눈 감고 귀 막는 방법론이었던 것. 마침내 그것이 그를 유폐시켰을 때 그는 올포이우스의 피리를 가장 잘 들을 수가 있었다. 그렇지만 거기란 하도 희박한 공기여서 숨 쉴 수가 없었다. 그를 유혹한 릴케가 이 순간에 그를 또한 구출해주지 않을 것인가. 윤동주가 저만치 손짓하고 있었다. 성채에 유폐된 고석규의 자화상이 바로 윤동주의 50여 편의 유고시『하늘과 바람과 별과 시』였다.

고향에 돌아온 날 밤에
내 백골에 따라와 한방에 누웠다
어둔 방은 우주로 통하고
하늘에선가 소리처럼 바람이 불어온다
어둠 속에 곱게 풍화작용하는
백골을 들여다 보며
눈물짓는 것이 내가 우는 것이냐
백골이 우는 것이냐
아름다운 혼이 우는 것이냐
지조 높은 개는
밤을 새워 어둠을 짖는다
어둠을 짖는 개는
나를 쫓는 것일게다
가자 가자
쫓기우는 사람처럼 가자
백골 몰래
아름다운 또 다른 고향에 가자

물론 시「또 다른 고향」의 역사적 상황은 개인적이자 민족적일 것이다. 중학 시절부터 하숙으로 일관해온 윤동주에겐 방학으로 귀향했을 때의 고향 체험이 개인적인 것이라면, 식민지 백성으로서의 고향

상실이란 민족적인 의미층일 수도 있다. 그러나 군대 체험을 거쳐
<허무의 늪>을 보아버린 구덕산 기슭의 대학생에 있어서 위의 시란,
선명하고도 확실한 실존의 장면이었던 것. 4천여 권의 판잣집 벽을 에
워싼 형이상학의 성채에 유폐된 이 대학생에 있어 윤동주의 「또 다른
고향」은 그대로 그의 자화상이었던 것. <마음 드디어 견딜 수 없음>
이 4천여 권의 형이상학으로 성채를 쌓았지만 그 성채가 바야흐로 그
를 숨 막히게 하였는데, 그것은 윤동주가 일찍이 선명한 역사적 형식
으로 경험해놓았던 것. 그가 소월을 논하면서 "아하 삼수갑산이 날 가
둡네 / 아하 삼수갑산 못 벗어난다"(<차안서 선생 삼수갑산운>)의 한
대목에 유독 감동한 것도 이러한 사실을 새삼 일깨우는 터이다. 4천여
권의 형이상학으로 에워싸인 성채에서 그는 윤동주의 은밀한 목소리
를 듣고 있었다. 우주로 통하는 정적이 거기 있었다. 윤동주가 정적 속
에서 꿈꾸는 '아름다운 혼'의 세계란 무엇인가. 일목요연한 해답이 주
어진다. 윤동주의 그 아름다운 혼의 탐구란 고석규 자신의 정신의 탐
구였던 것이다.

　고석규란 무엇인가. 윤동주의 정신을 탐구하면 그 해답이 저절로
주어진다. 윤동주를 유폐한 것이 역사공간이지만 고석규를 유폐한 것
은 형이상학이었다. 이 차이점은 다만 시대적인 조건에 지나지 않는
만큼 본질적인 것일 수 없다. 「윤동주의 정신적 소묘」에서 시대적 조
건만 제거하고 남는 부분 전체가 바로 고석규 본론이 되는 셈이다. 그
러므로 '윤동주의 정신적 소묘'란 나르키소스의 행적이 아닐 수 없다.
자기가 자기를 분석하는 일인 만큼 자의식에 충만하지 않을 수 없으
며 자기를 분석하는 일인 만큼 유려할 수밖에 없고, 자기를 분석하는
일인 만큼 열정적이 아닐 수 없는 것. 이를 두고 그는 '시인의 역설'이

라 이름 붙였다. 소월이나 육사·이상 또는 윤동주의 시정신이 역설 탐구가 아니라 그 자신의 탐구의 성격을 규정하는 창조적 용어를 두고 '시인의 역설'이라 규정했던 것이다. 그렇다. 윤동주의 정신적 소묘에서 무엇이 문제였던가. 항목별로 정리한다면 다음과 같다.

① 초기 동요의 세계가 보여주는 비실재에 대한 황홀. 곧 소박한 서정의 관조. 종점이 시작되는 역설.

② <나한테는 병이 없다>(「병원」)라는 명제를 명상하기. 병이 없다는 의사의 진단을 부정함으로써 병을 확실히 존재케 하기. 이 부재자가 존재로 되는 것을 그는 혼약적 시종이라 불렀다.

③ 병과 무명의 한 쌍의 부재자의 존재 형태가 '혼약적 시종'이라면, 이러한 존재 형태 중 가장 전형적인 것이 '밤과 낮', '어둠과 밝음'이었다. 이는 '삶과 죽음'의 한 쌍보다 일층 원초적이다.

> "이제 창을 열어 공기를 바꾸어 들여야 할 텐데 밖을 가만히 내다 보아야 방 안과 같이 어두워 꼭 세상 같은데 비를 맞고 오던 길이 그대로 비 속에 젖어 있습니다"
> ─「돌아와 보는 밤」의 일부

이를 두고 그는 윤동주가 밤의 향도(嚮導)를 전폭으로 수태한 최초의 시인이라 명명한다. 밤이란 무엇인가 다만 어둠이다. 어둠의 빛깔인데, 이를 잉태한 최초의 시인이 윤동주라 할 때 그것은 죽음조차 내포한 그러한 내면 공간이자 산실이 아닐 수 없다.

④ 어둠 속에 잉태된 것이 삶과 죽음의 공존이라는 점. 죽은 자에 검은 옷 입히고, 산 자에 흰 옷 입히기, '그리고 한 침대에 가지런히 잠

재우기'(「새벽이 올 때까지」의 일부)가 그것.

⑤ 「별 헤는 밤」이 보여주는 천체 미학. 곧 어둠이야말로 우주와의 교감, 부재자와의 응시가 가능한 것.

⑥ 「또 다른 고향」에의 도주염원. 밤이 우주와의 교감을 가능케 하는 자리이자 비로소 부재자를 잉태하는 장소라면, 어째서 지조 높은 개가 '나'를 향해 짖어야 하는 것일까. 윤동주, 그는 이 수수께끼를 풀수 없었는데 실상, 이러한 상황은 4천여 권의 책으로 축조된 북간도 자기 생가의 성채에 유폐된 윤동주 자신의 것이 아니면 안 되었던 때문. 그가 다음과 같은 말로 이 윤동주의 정신적 소묘의 결론을 삼았음이 그 증거이다.

> "윤동주 그는 희박적 우주에의 부단한 대결로 말미암아 끝내 제명된 젊은 시인이다. 우리들은 아무런 체계도 수립도 없이 무한행렬을 기피하지 않았던, 그의 무자비한 내전을 어떤 정신적 의미에서 이야기할 더 많은 자리를 사양치 말 것이다. 나는 단숨에 적어버린 나의 소묘가 더욱 충실한 앞날에 이르기를 몇 번이나 생각하며 이 장의 끝을 내린다"
>
> —『초극』p.63.

아무런 체계도 수립 없이 무한행렬을 기피하지 않았던 장본인이 고석규 자신이었다. 이를 그는 '무자비한 내전'이라 불렀고, 이를 또 '아주 캄캄한 시간 속에서 무한 내전(內戰)을 피할 수 없을 때 의식은 한층 절대적 반항에 가까운 것'(R. D. Reneville)이라는 명제에다 접속시켰다. 이에 대하여 할 말이 아주 많다는 것을 그는 공언해놓았는데, 「시인의 역설」(1957)이 바로 그것이다. 그러니까 정확히 말해, 이 장문의 연재물이란 다만 「윤동주의 정신적 소묘」의 보유편 또는 속편에 해당되는 것. 소월의 부정의 세계도, 육사의 죽음도, 이상의 아이러니도 오직 윤동주의 어둠을 위한 장식음이자 들러리였다.

2. 자기 황홀증의 계보─릴케 · 윤동주 · 고석규

「시인의 역설」은 전후세대가 쓴 뛰어난 산문이지만 동시에 그것이 우리 시론사에서는 고전적 성격을 띤다. 이러한 진술은 전후세대라는 개념과는 어울리지 않는데, 고석규의 존재가 다른 전후세대와 구별되는, 기본항이 '파아란 상화(傷花)'에 있기 때문이다. 우상 파괴를 내세워 기성세대를 무조건 부정함으로써 자기 세대의 존재 이유를 삼는 전후세대의 일군과 구별되는 고석규의 자리란 어떻게 해서 가능했던 것일까. 무엇보다 고석규에겐 부정할 기성세대가 없다고 판단되었음과 이 문제가 깊이 관련된다. 그가 파악한 바에 따르면 현대시란 현대성과 전통성 또는 주지적인 것과 정서적인 것의 두 갈래 기류(氣流) 밖에 없고 따라서 이 두 기류가 빚어내는 종합이 있을 뿐이다. 그런데 불행하게도 우리 현대시 속에서 그는 그러한 두 기류의 심화를 전혀 볼 수가 없었다. 주지적인 것도 정서적인 것도 없을 뿐만 아니라 이 둘의 종합(그는 사고적인 것의 감각화와 그 감각화된 것이 다시 사고에로 작용하는 순화 과정을 두고, 17세기 영시의 규정법을 흉내 내어 형이상학적이라 불렀다. 「현대시의 형이상성」 참조)은 더구나 몽상도 할 수 없었음을 발견했을 때 그의 절망감은 걷잡을 수 없었음에 틀림없다. 부정할 대상이 없다는 사실을 발견할 만큼 그가 민감했는데, 이는 응당 그의 명민성에 다름 아니다. 부정할 대상이 없는 마당에 신인이 해야 될 일은 무엇인가. 이 물음은 릴케를 두고 '궁핍한 시대의 시인의 사명은 무엇인가'라는 저 하이데거의 물음에 비유된다. 부정할 대상을 창조하기가 그 한 가지 해답이다. 부정할 대상을 먼저 창조해놓고 그것을 비로소 부정하기가 그것. 현대시의 기본항이 주지적인 것(모더니티)과 정서적인 것(전통성)이라면 이를 먼저 창조하고 체계화하고 논리화하여 세워놓아야 하는 것. 이 작업을 위해서는 불가피하게 4천여 권의 외국 서적이 요청되었다. 4천여 권의 외국 서적으로 만들어진 성채에 유폐된 수인으로서 그는 혼신의 힘으로 모더니티와 전통 창조에 몰두하였다. 엘리엇와 리차즈와 T. E. 흄이 그에게 모더니티를 열심히 가르쳤다. 발레리와 릴케가 열심히 그에게 전통을 가르쳤다. '모더니티를 엑스타시(희열)'라 외친 김기림이 얼마나 천박한 것인가를 영시의 형이상학파들이 가르쳐주었다. 시에 있어 주지적이란, 그러니까 지성의 관여형태란 지적 방법론에 해당된다는 사실을 그는 비로소 알아차렸던 것이다. 그가 엘리엇에게 배운 것은 '지성적인 전통주의'였는데, 엘리엇 자신이 그러한 존재였기 때문이다. 그가 창조해낸 주지적인 것과 정서적인 것의 종합이 바로 '지성적 전통주의'였는데 그는 이를 그냥 모더니티라 불렀다. 그러니까 현대시란 모더니티의 시인 것이다. 이 '지성적 전통주의'를 잣대로 하여 그는 우리 현대를 철저히 점검하는 방식을 취했는데 이 방식이 고전적 성격을 띠는 것은 이것이 전례 없는 긍정적 행위이기도 했음에서 말미암았다. 부정하는 일과 창조하는 일이 동시적인 행위였던 것. 그것은 그 잣대 자체의 성격에서 필연적으로 도출되었던 것. "에스프리 느우보의 가장 전형적이었던 지용과 인간적 극복에 시종한 서정주·유치환 제씨와 동양적 반문으로 나타난 청록파 시인들은 사실 이 기간을 대표한 것이었다. 나는 이들 시인에게 발견되는 존재적 구속과 또는 조응을 무엇보다 중시하는 동시에 그것이 도피적 정관적 리리시즘에서 반발적 적극적 리리시즘으로 전환하기 위한 전통적 노력이었다고 보는 것이다. 그러므로 비약을 위주로 하는 소위 모더니스트들이 생각하는 바 이 시간적 공간을 오히려 부정할 수 있는 것이면 우리의 시사의 두드러진 명맥을 여기서 발견할 수 있는 것이다."(「모더니티에 대하여」, 고석규 유고평론집, 『여백의 존재성』, 지평, 1990. p. 90. 이하, 유고집이라 함)

엘리엇이 그에게 조지훈의 '시는 생명의 종합성'이라는 명제조차 모더니티라 우기게 했다고는 볼 수 없지만 요컨대 그에 있어 '지성적 전통주의'란 일종의 신념처럼 그를 야기시켰음엔 틀림없다. 비약을 위주로 하는, 그러니까 부정을 위주로 하는 김기림 투의 모더니즘을 배격하게끔 그를 가르친 엘리엇은 옳았겠지만, 거기에는 물론 한계가 있었다. 엘리엇이 말하는 역사적 감각으로서의 전통이란, 창작을 가능케 하는 새로움의 다른 표현에 지나지 않았던 것인데, 그 때문에 그것을 떠받들고 있는 것은 반휴머니즘이고 귀족주의이며 왕당파적 고전주의적인 체질이었다. 질서 감각의 존중이 이를 한마디로 요약해준다. 말을 바꾸면 거기엔 실존적 과제인 위기의식이 송두리째 빠져 있었던 것, 조지훈의 시론을 두고 그가 모더니티라 우기는 것도 이런 결함에서 왔다.

엘리엇의 가르침의 한계를 돌파케 한 것이 바로 릴케이다. 4천여 권의 형이상학을 대표하는 존재가 릴케였는데, 그것은 '마음 드디어 견딜 수 없음'을 예비하고 있는 모든 실존적 위기의식의 경험의 형식인 까닭이다. 전쟁에서 죽지 않고 살아남은 자로서의 그에게는 이러한, 릴케가 찾아올 수 있는 자리(공간) 또는 조건이 당초부터 마련되어 있었던 것. '허무의 늪', '끝의 끝'을 보아버린 자에게 4천여 권으로 둘러싸인 성채란 릴케만이 진정한 말을 걸어오는 공간이었다. 신처럼, 미(美) 그것처럼 릴케가 군림할 수 있었다. 그러니까 온통 릴케를 모셔오기 위한 조건(자리) 마련의 성채였던 셈이다. 그 성채에서 릴케가 그에게 말을 걸어왔는데, 그 첫 줄은 이러하다. "고향에 돌아온 날 밤에 / 내 백골이 따라와 한 방에 누웠다"(윤동주, 「다른 고향」)라고, 릴케가 윤동주의 목소리를 내고 있었던 것. 이 순간 참으로 놀라운 일이 벌어지지 않겠는가. 릴케와 윤동주의 목소리가 섞여, 제3의 목소리를 내는 것이었다.

> 내 마음의 깊은 산골
> 아침도 해 비치지 않는 파아란 어둠 속에는
> 뼈마다 아슬한 무엇을 쪼아내는
> 은밀한 소리가 있다
> (중략)
> 아, 깊은 산골의 어디메서
> 강한 연기가 아득차 밀리고
> 연연(年年) 아픔 없이 찍힌 내가
> 혼자 취하여 잠이 든다
> 새는 날아가고
> 밤은 더욱 밝아오는데
> 파아란 상화(傷花)가 꿈처럼 피어 있다.
>
> — 「침윤(浸潤)」 전문

'파아란 상화(傷花)'란 무엇인가. 그것은 영락없는 릴케의 장미이며 반고흐의 해바라기이며, 윤동주의 별이었던 것. 엘리엇의 모더니티가 감히 미치지 못하는 실존적 영역, 그러니까 그의 출발점이었던 「여백의 존재성」이란 잘 따져보면 릴케와 윤동주가 머무는 성채였음이 이로써 판명된다. 그렇다면 어째서 그는 '파아란 상화'를 계속 꿈꾸며 또 피워내지 못하였을까. 그것이 「올포이우스에 바치는 쏘네트」, 「두이노의 비가」에로, 고흐의 삼나무에로, 파아란 녹이 낀 구리로 된 거울(윤동주)에로 나아가지 못한 까닭은 무엇인가. 「시인의 역설」이 그 해답이다. 그가 릴케와 윤동주의 도움으로 시작에 나아가 이른 곳이 '파아란 상화'였는데, 이는 엄밀히는 자기 황홀증(동성애적 경지)이라 규정된다. 자기(릴케)가 윤동주에게, 윤동주가 고석규에게 말을 걸고 있음이란 자기가 자기에 언급하는(self-referential) 행위가 아닐 수 없는데, 이는 예술을 위한 예술의 자리가 아닐 수 없다. 동성애적 황홀증(실상 고석규에 여성 이미지란 없다)이란 예술지상주의에 혈맥이 닿은 것인데, 잘 따져보면 이 역시 이데올로기의 일종임을 알아차릴 수 있다. 니체는 이 점을 꿰뚫어보고 있었다. "예술을 위한 예술ㅡ예술이 목적을 갖는 것을 반대하는 투쟁은 어김없이 예술의 도덕화 경향을 반대하고 도덕에 대한 예술의 종속을 반대하는 투쟁이다. 그러나 이러한 적개심이야말로 여전히 도덕적 편견이 지배하고 있다는 사실을 드러내주고 있다. 예술로부터 도덕적 설교와 인간 향상의 목적을 배제해버렸다고 해서 결코 예술이 완전히 무목적·무목표·무의미한 것, 즉 예술을 위한 예술이 되었다고는 할 수 없다. 제 꼬리를 무는 뱀이 될 수는 없는 것이다. 도덕적 목적을 갖기보다 차라리 아무런 목적도 갖지 말자고 말하는 건 흥분의 외침에 지나지 않는다. 그와는 달리

심리학자는 다음과 같이 묻는다. 모든 예술이 하는 일은 무엇인가. 예술은 칭송하지 않는가. 찬미하지 않는가. 선택하지 않는가. 집중조명을 하지 않는가 라고. 그 모든 것을 함으로써 예술은 어떤 특정한 가치 평가를 '강화시키기도 하고 약화시키기도 한다."(『우상의 황혼』, 청하, p. 85~86) 릴케와 윤동주의 도움으로 가까스로 '파아란 상화'를 피워올리긴 했지만 그것은 자기 황홀증의 일종이었다. 창작의 현장이란 이 자기 황홀증에서 결코 벗어날 수 없다는 것. 예술을 위한 예술에로 치닫지 않을 수 없었던 것. 여기서 한 발자국 물러서는 일이 요청되지 않을 수 없었는데, '파아란 상화'란 너무도 여리기 때문이다. 릴케·윤동주의 입김이 사라지기만 하면 금방 사그라져버릴 꽃이었던 것이다. 니체가 이런 내면 사정을 잘 알고 있었다. 예술을 위한 예술이 근본적으로 성립될 수 없다는 것. 도덕적 목적을 전면 거부함으로써 비로소 성립된 '예술을 위한 예술'도 끝내 도덕적 판단에서 자유로울 수 없는 것. 고석규는 자기의 시 창작에서의 후퇴를 두고 매우 우회적 방법으로 말해놓았다. "마치나 한 편의 시가 착상되어 집필되고 다시 추고되는 과정이 우리의 '현대시' 걸음을 온통 대변해줄 것 같아서, 이를테면 '방법'과 '시간'과의 합치를 꾀하였더니, 요행히도 식물의 체험이 토양의 변화와 다름없이 되고 따라서 시작 체험과 시작 발달이 서로 같은 것으로 느껴져 이 방향에의 나의 흥미는 끊일 새 없었다."(<시인의 역설>, 유고집 p. 191).

여기서 말하는 시작 체험이란 이중적이다. 릴케의 시적 변용 개념의 도입이 그 하나. 다른 하나는 그 자신의 시 창작 체험이다. '기괴한 식물'이라든가 '시적 토양'이란 개념 자체가 릴케로 대표되는 낭만주의적 유기체론에서 유래한 것이지만, '방법'으로서의 시 창작(착상·

집필·추고)이란 릴케의 시적 변용(보이는 것을 보이지 않는 것으로 바꿈이 대지 die Erde의 사상이다)을 그 자신이 실제로 체험했음을 가리키고 있다. 그러나 이러한 체험이 자기 활홀증임을 깨닫게 되자 한 발자국 물러서지 않으면 안 되었는데, 윤동주로 향하는 길이 그것. 곧 '시간'에로 향하는 길이 그것. 시간이란 바로 '우리 현대시사'였다. 릴케가 그에게 윤동주를 눈짓해주었다. 릴케와 윤동주가 그에게 '파아란 상화'를 만들게끔 해주었다. 그 순간 그는 현기증에서 자유로울 수가 없었다. 한 발자국 물러서는 길, 그것이 '방법'과 '시간의 합치를 꾀하기'였으며, 이때 하나의 요행이 그를 찾아왔다. '시작 체험과 시작발달' 행복한 일치가 그것. 이를 두고 그는 '시인의 역설'이라 불렀던 것이다.

3. 성채의 입주자들―소월·육사·이상

릴케와 윤동주의 도움으로 <꽃 한 송이>를 얻고자 했던 구덕산 기슭의 한 대학생의 염원은 좌절되지 않을 수 없었는데, 그들의 도움으로도 끝내 그의 꽃은 '파아란 상화'에 지나지 못했기 때문이다. 숨이 겨우 붙어 있는 이런 꽃으로는 결코 대지에 뿌리를 내릴 수 없는 법. 그렇다면 박토나마 대지에 뿌리를 내린 것으로 판단된 시인들의 정신적 소묘를 철저히 알아보는 길이 요청되지 않으면 안 되었다. 장차 자기의 '파아란 상화'도 이 박토의 대지에 뿌리내릴 수 있는가의 사전 점검을 위해서도 이 작업은 불가피한 길이었던 셈이다. 나무와 토양의 관계, 시인과 시적 환경을 철저히 점검하는 일이란 결국 무엇이었던

가. 릴케가 먼저였다.

그러나 그에게 릴케란 너무 아득하여, 나무로서의 릴케는 커녕 토양으로서의 서구의 시적 환경 접근엔 생심도 할 수 없었다. 릴케가 불러낸 윤동주(정확히는 윤동주가 불러낸 릴케이지만)라는 나무와 그 나무가 뿌리내린 토양 점검이 그에게 겨우 가능한 영역이었다. 이를 위해 그는 소월·육사·이상을 들러리로 내세웠는데, 그로서는 이 길이 최선이라 믿었기 때문이다. 물론 그가 토양 점검의 방법론으로 내세운 도구란 역설(페라독스)이었는데, 모순(contradition) 변이(anomaly) 반어(irony)를 함께 포함한 이 도구란 물론 엄격한 수사학적 개념으로 설정한 것이 아니다. 역설보다는 역설의 가능성, 그러니까 역설정신(정신의 가열성·치열성)에 해당되는 것일 따름. 좀 더 우리말에 가까운 표현으로 하면, 임시 수도인 항도 부산에서 자결한 시인이 사용한 '마음 드디어 견딜 수 없음'에 해당된다.

1) 소월 시의 토양 점검

그는 소월시의 시적 상황의 가열성을 부정 또는 금지를 요하는 문장 구조 '결코 …… 않는다' '조금도 …… 못하다'의 용법에 찾고 있다. 이러한 전치된 부사들은 분명 부정과 금지를 뜻하지만 매우 완곡하게 사용하는 주최 측의 겸허함이랄까 소박함으로 말미암아 오히려 긍정과 허여의 의미를 낳는다는 것. 이를 두고 그는 『우리말본』(최현배)의 규정어를 들어 수식의 상응이라 불렀다. 이러한 현상은 '설마 …… 하랴' '어찌 …… ,쏘냐' '하물며 …… 이냐'에서도 그대로 적용된다.

이러한 부정의 논리구조를 먼저 지적한 것은 김동리의 <청산과의

거리>에서였다. 김동리가 '아니', '못'의 부정부사의 호응관계를 직접적으로 지적하지 않았지만 소월의 '임'을 '삶의 구경적 형식'으로 파악한 바 있다. 그러나 김동리 김춘수를 포함한 당시의 그 누구도 소월 시의 부정화가 현실(시단 경향)과 서정주의(한국 시가의 원래적 성격)라는 모순에서가 아니라 서정주의 자체 내의 모순에 의하여 야기되었음을 간과한 논자는 없었다. 다시 말해, 소월 시에 있어 '임'이란 결국 자기 자신이었다는 사실의 발견이야말로 그의 천재적 직관이 아닐 수 없다. '진달래꽃'이란, '소월 자신의 자기 사랑'에 버림받은 역설이라는 것, 이를 그는 다음처럼 요약해 보였다.

"이별을 이별일반으로 번지기 위하여 소월은 이별을 부정했고 다시 최대한으로 부정된 이별이 온통 소월 자신에의 체념이었다고 볼 때, 「진달래꽃」 속으로 은둔하여 간 '임'이야말로 소월 자신이라는 판단까지 내릴 수 있다."(≪유고집≫ p. 200). 그 자신은 이러한 논의방식이 골프의 <인간주의와 낭만주의>에서 차용된 것이라 밝히고 있다. 곧 <원파우스트>가 지닌 본래의 비극성의 체현이 그레첸(유린된 처녀)에서가 아니라, 자기 사랑에 버림받은 파우스트 자신이라는 것. 이와 꼭 같은 논법이 소월 시에도 그대로 적용된다는 것이었다. 그러나, 이러한 고석규의 자기 고백은 한갓 단서이지 그 이상의 의미는 없다. 그 자신이 발견해낸 독창적 사상이 아닐 수 없는데, 서정주의 내에서의 자기 부정임을 이미 그가 예감하고 있었던 까닭이다. 자기가 자기를 사랑하기, 그것이 황홀중이었고 예술을 위한 예술이었으며, 이러한 기묘한 사랑의 형태를 4천여 권의 형이상학으로 둘러싸인 성채 안에 유폐되어 있을 때 릴케와 윤동주가 그에게 은밀히 전수해준 비법이 아니었던가. 자기 언급적인 세계의 주민에겐 조금도 낯설지 않는 논법이 아닐 수 없는 것. 파우스트도 소월도 릴케도 윤동주도 그러한 세계의 주민들이었다. 이제 그는 소월을 그 주민의 하나로 입주시켰을 따름이다.(그가 서정주에 지대한 관심을 가졌음도 이와 무관하지 않는데, 소월처럼 서정주가 이 황홀경의 성채에 입주되지 않은 어떤 원형을 갖고 있었기 때문이다. 그가 보기엔 서정주 시는 한국 서정의 원형에 맥락되어진 건강한 체질이었다. 소월이 부정한 한국 서정의 원형이란 과연 무엇인가를 그가 체계화하지 못한 것은 그의 생명의 짧음과 무관하지 않을 것이다.)

2) 육사 시와 시적 상황의 가열성

과연 육사 시도 소월 시처럼 성채의 주민이 될 수 있을까. 이 물음은 소월 시의 경우보다 훨씬 단정적인데 그만큼 육사 시가 단순하기 때문이다. 설사 기상(conceit)이 있고, 상(喪)이라는 동양적 특수 감정으로 인한 심미감각이 스며 있다 해도 육사 시의 기본구조란 단순 명쾌한데, '차라리…… 말아라', '아예 …… 아니라', '차마 …… 못해라'로 요약할 수 있을 정도이다. '차라리 봄도 꽃피진 말아라'에서 드러나는 문제란 무엇인가. 작품 「교목」을 해석함에 있어 반어적 수식을 통해 드러나는 정황은 명쾌하다. 교목의 생장을 거절함과 아울러 호수 속의 그림자를 투시한 끝에 교목의 죽음을 풍자한 것이다. 이를 그는 스폰타니티(spontaniety)라는 용어로 설명한다. 이 용어가 자발성(자연성)을 의미하는 것이지만, 그는 유독 '유기성'이라 우기면서, (출진을 밝히지 않은 채) 교목의 죽음을 유기성의 폐기로 보고, 이를 통해 대상(교목)의 비존재(부정성)를 확인하고자 한다.

동방은 하늘도 다 끝나고
비 한 방울 내리잖는 그때에도
오히려 꽃은 빨갛게 피지 않는가
내 목숨을 꾸며 쉬임없는 날이여

                                                        － <꽃> 부분

　이를 두고 그는 "스폰타니어스한 꽃이 오히려 스폰타니티를 폐기한
스스로의 상황을 반문하고 있다고 주장한다. 피지 말아야 할 꽃이 피
었다는 것은 피어야 할 꽃이 피지 못했음에 해당되는 것인 만큼 이를
두고 그는 스폰타니티의 폐기를 스폰타니티 그 속에까지 내섭시켜 직
관했다"(p.205)고 보았다. 이러한 파악방법이 소월 시를 두고 서정주
의 속에서의 부정성이라 한 것과 전혀 동일한 것임은 금방 알아차릴
수가 있다. 그렇지만 육사 시는 자기 언급의 황홀증을 수미일관하게
구현하지 못하는데, 왜냐면 동양적 '상'이라든가 '기상'으로 말해지는
형이상학적 성격 때문이다. 이를 그는 심미적인 것이라 하여, 이 때문
에 육사가 현실에 당황했듯 그는 육사 시에 당황하고 있는 형국이다.
그렇지만, 스폰타니티의 폐기를 스폰타니티 그 속에 내섭시켰다는 점
에서 이 성채의 주민이 될 수 있다고 판단되었다.

3) 이상 시와 아이러니

　이상 시를 두고, 주피터(김기림) · 나르시스(이어령) 또는 자의식의
범람(임종국) 등의 진단이 있었다. 이로써 한동안 전후세대의 원점을
이룬 바 있다. 고석규 역시 이상 시에 관해 다른 어느 시인보다 많은
지면을 할애하여 종횡무진으로 설파하고 있다. 그러나 그의 이상론은

아이러니라는 한마디로 요약될 뿐 공허하기 짝이 없는 장면을 보여줄 따름인데, 그 이유는 무엇인가. 일목요연한 해답이 주어진다. 그의 진단의 기본방법이 '주지적 전통주의'인 까닭이다. 그가 애써 이상을 성채의 주민으로 입주시키고자 하지만 이상은 좀처럼 응하지 않는 형국을 빚게 된 것이다. "오직 두 가지 '정말'과 두 가지 '비밀' 두 가지 '텐스'와 두 가지 '나 자신' 그리고 두 가지 '세기'가 서로 요동하며 쉼 없는 허공의 정적만이 떨어져간 그의 사해를 물끄러미 부감하고 있었다. 돌아보건대 무모한 모험이며 그리고 결렬된 실재란 무엇이겠는가. 나는 아직도 명석한 답안을 작성한 것이 아니다"(≪유고집≫ p. 254)

그는 이상의 성실성을 승화되지 못한 아니이로니컬한 비극으로 파악한다. 이른바 키에르케고르가 말하는 '지배된 아이러니' 개념이 이상 시엔 없다는 것이다. 만일 상징과 알레고리를 문제 삼는다면 지배된 아이러니 같은 레벨에 놓이는 것인데, 이상 시는 '피곤한 정신'으로서의 알레고리에 속하고, 두 가지 평면에 대한 동시적 방법인 상징(지배된 아이러니) 축에 들지 못한다는 것. 그가 이러한 어려운 철학 문제에다 이상 시를 몰아넣고 있음은 이상 시가 만만하게 정리되지 않았음의 반증이 아닐 수 없다. 성채의 주민 되기에는 너무나 억센 이상을 통해 알아낼 수 있는 것은 이 성채의 핵심인 주지적 전통주의가 말하는 전통이 얼마나 정서중심주의에 침윤되어 있는가를 새삼 확인케 할 것이다. 아이러니가 역설의 범주에 들지만, 이 성채의 역설이란 소박하게 말해 역설 정신에 다름 아니었음이 새삼 드러난 셈이다.

4) 윤동주의 역설정신

주지적 전통주의가 그 최대의 항일점에 놓인 존재가 윤동주이다. 이를 오직 '어둠'이라는 한마디에 집약시킬 수 있다. 그것은 사상이 능금처럼 익어가게끔 하는 시적 상황은 자체를 가리킴이다. 사상을 능금처럼 익게하는 어둠(「돌아오는 밤」)을 가장 안심하고 논의할 수 있는 성채가 있고 그 터줏대감이 릴케였고 그 수제자가 윤동주였다. 그 수제자의 수제자가 고석규 그인 만큼 이 삼위일체의 신전은 철저한 혈연관계요 자기 언급적이며, 황홀경의 산실이며 예술을 위한 예술의 동성애스런 경지가 아닐 수 없다. '어둠'의 참뜻이 여기에 있었던 것. 독일 낭만파 시인 노발리스의 「밤의 찬가」의 어둠 그것으로 상통하는 이 어둠은 「또 다른 고향」에 대한 상세한 주석의 원동력을 이룬다. 릴케의 「시체 수용소」(Morgue)와 윤동주의 「새벽이 올 때까지」를 비교하기만큼 쉬운 일이 따로 있을까. 그러한 비교가 기쁨인 까닭이다. 릴케가 죽음과 삶을 동시 포용하며, 죽음을 사랑에까지 변용시켜 감이라면, 윤동주는 오히려 새벽이 올 때까지 기다려 보자고 한다. 지조 높은 개의 경우는 어떠한가. 그는 릴케의 시 「어떤 해후」와 소설 「말테의 수기」 그리고 데구르오빼의 「라이나 마리아 릴케」를 검토하고, 릴케의 개가 어둠의 의지였으며, 죽음에의 실행 곧 "어둠으로서의 존재가 아니라 존재로서의 어둠"(p. 263)이라 규정한다.

한편 윤동주의 개는 어떠했던가. "어둠으로서의 존재였던 '나'가 역설적으로 존재로서의 어둠으로 의지해가며 어둠에 대하여 도전하고 저항하는 '나'의 변용을 끝내 허락하지 않았던 것"(p. 263)이라 파악한다. 릴케의 수제자 윤동주가 스승 릴케에 미치지 못함이 자못 심하지만 그럼에도 불구하고 그는 윤동주의 「또 다른 고향」이 "완전히 릴케와 동시대적인 불안을 빚어내고 있다"(p. 264)라 단언한다. 물론 어둠과 밝음, 죽음과 삶의 둥근 원을 겨냥한 릴케에 비해 오직 어둠에만 투철하고, 어둠(죽음)과 맞닥뜨려 어둠(죽음)을 밝음으로 변용시키지 못했음이 윤동주 시의 한계임엔 틀림없다만, 적어도 어둠 한 가지만을 두고 볼 때 윤동주만 릴케 수준에 올랐다고 판단했기 때문이다. 이 아쉬움을 그는 우나무노의 입을 빌어 다음처럼 요약한다. "보다 많은 빛에 보다 많은 일이 있다는 것은 아니며, 우리가 추위로 말미암아 죽는 것이지 어둠 때문에 죽지 않는다"라고. 이런 이해는, 동시대의 비평가 김열규가 10년 뒤에 쓴 「윤동주론」(「국어문학」26호, 1964) 보다 얼마나 이질적이자 본질적인가. 그만이 '파아란 상화'가 피고 있는 구덕산 기슭의 한 대학생이 만든 <예술의 성채>(E. 윌슨, Axle's Castle)에의 주민 후보자물색 과정이 '시인의 역설'이었음이 판명된다. 워낙 이 성채에는 어둠이 짙고 또 공기가 희박하기 때문에 좀처럼 입주하고자 하는 지원자를 구하기 어렵다는 점이 또한 잘 드러난 셈이다. 그 중에서도 소월의 입주가 유력했는데, 소박한 전통주의에 무방비로 노출되었던 것이다. 이 성채의 주민이란 그 자체가 황홀경이었고 자족적이었던 만큼 자기 언급적인 자폐증에서 결코 벗어날 수 없었는데, 만일 이를 벗어나고자 할 땐 그들은 유례없는 빛을 뿜는 존재가 될 것이다. 어둠(역설) 한 가지만은 철저히 경험한 까닭이다.

그가 '시적 상상력'을 향해 돌파해 나가기, 그로부터 또 다른 성채를 향해 질주하기가 바로 그러한 형식인데, 하늘은 그를 용납하지 않고 앗아갔다. 만 26(1932~1958)세였으니 이상보다 먼저이고 키츠 이가(李賀)와는 다만 같았다.

4. 감수성의 한계 – '파아란 상화'의 소멸

지금껏 나는 구덕산 기슭 한 대학생이 4천여 권의 철학 서적으로 만든 성채와 그 속에서 은밀히 피어난 '파아란 상화'의 뿌리를 확인하고 그 꽃을 누가 피웠는가를 추적해온 셈이다. 그 성채의 진짜 주인이 릴케였다는 것, 그 수제자가 윤동주였다는 것을 발견하기란 결코 어려운 일이 아니었다. 그 성채에서 씌어진 것이 윤동주의 「또 다른 고향」이었다는 사실도. 고석규 그는 그 성채 속에서 릴케의 지도를 받고 있는 교토의 도리샤(同志社) 대학생 윤동주를 보고 있었다. 「또 다른 고향」이 '완전히 릴케와의 동시대적 불안을 빚어내고 있는 것'이라 말해지는 것은 바로 이 장면을 가리킴이다. 그렇다면 '파아란 상화'를 피우게끔 그를 야기시킨 자는 누구인가. 바로 릴케·윤동주 두 사람이었다. 이 '파아란 상화'의 성채에서 무엇이 그를 이끌어 내어줄 것인가. 「또 다른 고향」에서는 '지조 높은 개'가 그 역할을 맡아주지 않았던가. 개보다 먼저 짖는 것이 죽음일진대 개의 짖음으로 말미암아 윤동주는 죽음을 삶으로 변용시키기에 실패하지 않으면 안 되었다. '파아란 상화'에서 그를 이끌어낸 진짜 장본인은 그를 이 성채에 유폐시켰고, 또 '파아란 상화'를 낳게 만든 릴케 그였다.

소월의 임이 소월 자신이었던 것처럼 릴케란 그 자신이었다. 그가 이 성채의 주민으로 여러 시인을 추천했고 이들을 입주케 해보았으나, 모두가 허사에 지나지 않았다. 모두가 릴케의 수준에 미달했기 때문이다. 그 중에서 가장 접근된 입주자가 윤동주였다. 그런데 그가 윤동주의 수제자 노릇하기에는 한계가 있었다. '파아란 상화'의 상태에서 빠져나올 수가 없었기 때문이다. 이러한 현상은 윤동주의 한계(밝음·온도에 대한 맹목성)에서 말미암았던 것이다.

두 가지 탈출구가 엿보였다. 하나는 릴케의 수제자가 되는 길. 어둠과 밝음을 동시에 포용하는 릴케적 세계에로 나아가는 길이 그 하나. 어째서 릴케인가를 묻는 일은 한국 현대시사의 한 과제가 아닐 수 없다. 그가 서정주에서 그 실마리를 찾고자 한 것은 단연 시사적 물음이자 그 개입현상이 아닐 수 없다. 그가 "릴케의 죽음에 대립되는 사랑처럼 어둠에 대립되는 밝음을 저버리지 않았다. 서정주 시의 '볕 마르고도 구석진 이해'란 릴케의 양면을 직술한데 불과할 것이다"(p. 267)라고 하고, 「윤동주의 정신적 소묘」와 함께 「서정주 언어 서설」을 「청동의 계절」(≪초극≫, 1954) 속에 배열했음은 결코 우연이 아니었다. 그러나 불행히도 이러한 그의 의도는 결국 빗나가고 마는데, 서정주의 언어가 공허한 신라의 하늘로 치달았기 때문이다. 그렇지만 『화사집』을 표준으로 할 때 고석규의 판단은 충분히 가능한 것이었는데, 우리 현대시사의 무게가 『화사집』에 실려있었음과 이 사실이 관련된다. 물론 「서정주 언어 서설」을 쓰고 '미완'이라는 표찰을 달았음에 상도할 때 그 역시 다만 그것을 잠정적이자 희망사항으로 바라보았던 때문이 아니겠는가.

다른 하나의 탈출구란 무엇이었던가. 앞에서 이미 지적했듯, '주지적 전통주의'를 체계화하기가 그것. 그 첫 번째 작업이 「시적 상상력」이었다. 이 작업은 그의 감수성을 단련시키는 몫을 했을 터이며, 그로 말미암아 아마도 그의 감성의 촉수는 매우 거칠어졌거나 적어도 조만간 그러한 상태에 빠지게 되었을 것이다. 그 결과란 교활함을 몸에 두르는 일이 아니겠는가.

이 두 가지 길 어느 것도 그에겐 바람직한 것이 못되었다. 그의 죽음의 의미가 바로 이 속에 있었다. '마음 드디어 견딜 수 없음'의 한 구덕산 기슭의 대학생이 그 때문에 4천여 권의 서적으로 성채를 만들고 그 속에서 마침내 '파아란 상화' 한 송이를 피워내었다. 그는 열심히 그 성채의 입주자를 구하려 나섰고, 성심껏 설득전을 펼쳤는데 그 무기가 '역설'이었다. 그는 좀처럼 성공하지 못했는데, 그것은 그의 한계이자 한국현대문학사의 한계에 다름 아니었다. 우리는 추위 때문에 죽지만 어둠 때문에도 죽는 것, 그렇지만 어둠도 너무 깊으면 어둠일 수 없음을 그도 누구도 아직 알지 못했다. 전후세대의 감수성의 한계가 바로 이것이 아니었겠는가.

5. 전후세대 비평감수성의 기원

전후세대 감수성의 전개의 역사를 묻는 일이 마지막으로 남게 된다. 무엇이 고석규로 하여금 성채 속에 스스로를 유폐케 만들었는가. 이에 대해서는 많은 설명이 이미 주어졌다. 다시 요약한다면, 그가 '끝의 끝'을 보아버렸다는 것, '절망의 끝'을 보아버렸다는 것이 바로 그의 출발점이었다는 사실.

막연한 형이상학을 절대적인 것(문학)이라 믿었던 김동리가 임시수도 부산에 닿으면서 '마음 드디어 견딜 수 없음'을 이 문학(형이상학) 쪽이 아닌 현실 쪽에서 인식했다면, 고석규는 정반대의 길을 걸었던 것. 그는 현실(전쟁 참여)에서 '마음 드디어 견딜 수 없음'을 본 연후에 문학 '형이상학'이라는 막연한 절대인 성채 속으로 들어온 것이었다. 소월이 한국의 서정주의 자체 속에서의 부정을 노래했던 것처럼 임시

수도인 항도 부산을 에워싼 정신적 분위기란 형이상학으로 만들어진 성채가 아니면 안 되었다.

살육과 유엔군과 전쟁포로와 철조망과 탱크의 캐터필라의 굉음 속에 포위된 민달팽이 같은 존재로서의 대학생들이 스스로를 지키는 방식으로 고안해낸 가장 기묘하고도 확실한 방법이 형이상학의 성채 쌓기였다. 릴케가 그 방법론을 귀띔해주었고, 윤동주가 먼저 실천하고 있었다. 전후세대의 가장 민감한 부류가 이를 알아차렸던 것. 장용학의 『요한 시집』과 고석규의 성채란 이 점에서 완전 쌍형이 아닐 수 없다. 그들로 하여금 타자 또는 외부를 보지 못하게 한 것이 6·25전쟁이었지만 실상 따지고 보면 그것은 한갓 핑계에 지나지 않는다. 카프 문학(소설의 별칭)을 또는 파시즘 문학을 보지 못했기에 그들 눈엔 윤동주·소월·육사·이상만 보였던 것이 아니다. 그들은 아예 외부를, 타자를 볼 방도를 몰랐다. 눈 감고 귀 막아 내면에로만 치달았던 것이다. 나르키소스의 운명이었다. 그들이 이 성채에 몸을 사려 '파아란 상화'에 머무는 한 동성애적 황홀증에서 벗어나지 못한다. 실상 이 꽃이 지상의 대낮에 노출되면 색깔도 꽃 형체도 흔적 없이 시들거나 소멸되지 않을 것인가. 이 두려움이 그들의 성채를 더욱 굳게 하였을 뿐이다. 이것이 자기의 주체적 자발적 선택이라 우기는 한 그들은 갈 데 없는 낭만주의가 아닐 것인가. 글들이 모더니티를 내세워 이 성채에서 언젠가 벗어나야 한다면 그 형식은 과연 어떠할까. 전쟁 속으로 다시 뛰어드는 일이며, 카프 문학 속으로 정면 돌파하는 일이 아닐까. 자기 황홀증의 동성애적 방향성이 예술을 위한 예술이었다. 토마스 만이 그의 형 하인릿히 만에게 고백했듯 예술을 향한 길의 끝엔 죽음이 놓여 있으리라. 내면의 길에는 죽음의 환각이 걸려 있으며 인간은 이 기묘한 환각의 매력에서 자유로울 수 없다. 이를 알아차렸든 못했든, 외부로, 타자로 향한 길이 또한 놓여 있었다. 예컨대 카프 문학(산문계 소설)과 같은, 인류의 구원이라는, 위대한 인류의 망집(도스토예프스키, 『악령』중 스따브로긴의 고백)에로 아득히 뻗은 길이 있다.

이 위대한 환각 속에는, 자기 황홀증과 같은 동성애적 죽음의 형태는 없다. 인류의 형언할 수 없는 환각(황금시대)이 있고 이 역시 죽음에로 닿아있는 것이다. 전후문학의 제2단계가 바로 이 인류의 망집에로 향한 죽음의 형식이었다. 전후문학의 제2단계가 사르트르·카뮈의 부조리에 연결되고, 자주 참여문학의 표정을 띤 것(이어령 등의 초기 평론들)이 이에 해당된다. 이 점에서 전후문학 비평은 고석규의 '파아란 상화'를 조심스럽게 비켜가지 않으면 안 되었다. 말을 바꾸면, 한국의 50년대 전후문학 비평 감수성의 발견과 그 전개의 역사는 고석규를 기점으로 하고 있는 것이다. 이 점에서 그의 비평 작업은 기념비적이라 할 것이다.

김윤식 교수는 고석규 비평이 1950년대 비평 감수성의 발견과 전개라는 점에서 그 기점을 삼아야 한다고 결론을 내리고 있다. 이러한 고석규 비평에 대한 평가는 1950년대의 한국비평사에서 고석규가 차지하는 자리가 결코 가볍지 않음을 분명하게 규정하고 있는 대목이다.

이후에 고석규에 대한 논의는 지속적으로 이루어져 왔고, 학위논문의 대상으로까지 고석규에 대한 연구가 나아갔다. 그 동안의 고석규에 대한 연구목록을 살펴보면 다음과 같다.

　　<학위논문>
　　정원숙, 고석규의 공포와 죽음의 시학, 강원대학교 대학원 박사학위

논문, 2016.

박현익, 고석규 비평의 역설 및 상징 연구, 고려대학교 대학원 석사
학위 논문, 2016.

박슬기, 한국 전후시의 그로테스크 시학연구 : 박인환, 고석규, 전봉
건을 중심으로, 서울대학 교 대학원 석사학위 논문, 2004.

심동수, 1950년대 비평 연구, 한신대학교 대학원 석사학위 논문,
2003.

심중수, 고석규 詩 연구, 서경대학교 대학원 석사학위 논문, 2001.

하상일, 1950년대 고석규 문학의 근대성 연구, 부산대학교 대학원
석사학위 논문, 1999.

임태우, 고석규 문학 비평연구, 서울대학교 대학원 석사학위 논문,
1993.

<일반논문>

남송우, 왜 고석규 비평문학관인가?―김해<고석규 비평 문학관>
개관, ≪오늘의 문예비평≫, 2021.

오주리, 고석규 시에 관한 존재론적 연구―마르틴 하이데거 의 존재
론적 관점으로 (Martin Heidegger),『한국시학연구』65, 2021.2.

최호빈, 전후의 비평 방법론에 대한 반성과 모색―고석규를 중심으
로, 한성어문학 제53권, 한성대학교 한성어문학회, 2020.

홍래성, 전후세대 비평(가)의 독특한 한 유형―고석규 비평의 형성
과정 및 성격, 특질에 관하여,『어문론집』80, 2019.12.

임경섭, 전후시론의 '여백'과 '부재'―고석규 시론의 시적 적용양상
을 중심으로, 국제어문 77권, 2018.

오주리, 고석규(高錫珪) 비평의 존재론에 대한 연구 : 마르틴 하이데
거(Martin Heidegger) 존재론의 영향을 중심으로, 한국현대문학
연구 49, 2016.08.

정원숙, 고석규의 죽음의 세계와 여백의 사상, 한국문학논총 71,
2015.

정원숙, 고석규 시의 고향상실의식 연구, 한국문예창작 통권 제14권 제1호 통권 33호, 2015.04.

이진영, 전후문학의 실존주의 고찰-부정과 참여의식을 중심으로, 한국문예비평연구 47권, 2015.

오형엽, 고석규 비평의 수사학적 연구 : 문체론(stylistics)을 중심으로, 수사학 16, 2012.03.

이숭원, 폐허 위의 불꽃-고석규의 「윤동주의 정신적 소묘」, 시, 비평을 만나다, 2012.09.

김예리, 고석규의 에세이적 글쓰기와 '바깥'의 사유, 한국근대문학연구 26, 2012.10.

남송우, 고석규, 그 미완의 문학적 행보, 고석규 문학전집 1권, 마을, 2012.

박태일, 전쟁 속에 얼어붙은 꽃봉오리, 고석규 문학전집 1권, 마을, 2012.

조해옥, 이상 연구 1세대-임종국, 이어령, 고석규의 이상론 연구, 한국현대문학회 학술발표회 자료집, 2010.10.

박슬기, 1950년대 시론에서 '서정' 개념의 논의와 '새로운 서정'의 가능성 : 고석규의 부정성의 시학을 중심으로, 한국현대문학연구 28, 2009.08.

박찬효, 무(無) 개념에 기반한 고석규 비평의 변모양상과 그 의미, 한국문화연구 11권, 2006.

이미순, 고석규 비평연구-수사학을 중심으로, 어문연구 33권 4호, 2005.

하상일, 1950년대 고석규 시 연구, 한국문학이론과 비평 23, 2004. 06.

하상일, 1950년대 고석규 비평의 근대성 연구, 비평문학 19, 2004. 11.

임영봉, 전후문학과 고석규 비평, 한국현대문학비평사론, 2000.

이미순, 고석규의 비평과 수사학, 한국현대문학과 수사학, 2000.

강경화, 실존적 기획의 존재론적 지평과 에세이적 비평, 한국문학비평의 인식과 담론의 실현 화 연구, 1999.

하상일, 1950년대 고석규 비평의 근대성 연구, 문창어문논집 35권, 1998.

하상일, 1950년대 고석규 시와 시론의 근대성 연구, 문창어문논집 33권, 1996.

남송우, 1950년대 고석규 비평의 해석학적 연구, 한국문학논총, 1996.

김윤식, 고석규와 더불어 범어사에 가다 : 팔푼이가 본 동백꽃, 오늘의 문예비평, 1996.09.

임영봉, 전후문학과 고석규 비평의 의미, 중앙어문학회 어문론집 24, 1995.08.

김동환, 이분법적 사유구조와 영웅 지향성, 한국전후문학연구, 1995.

조영복, 공포 체험의 시적 변용과 그로테스크의 시-고석규 론-, 한국현대문학연구 3, 1994.02.

김경복, 자폐와 심연에서의 빛 찾기 : 고석규의 시세계, 오늘의 문예비평 1993.12.

김윤식, 한국 전후문학과 실존주의 : 고석규와 관련하여, 오늘의 문예비평, 1993.12.

문혜원, 역설을 주제로 한 고석규 비평연구, 고석규 전집 5권, 1993.

남송우, 고석규, 짧은 삶과 미완의 시학, 고석규 유고시집『청동의 관』시집해설, 1992.04.

김윤식, 1950년대 한국문예비평의 3가지 양상 : 고석규의 정신적 소묘(2), 오늘의 문예비평, 1992.06.

김윤식, 청동의 계절에서 청동의 관까지-고석규의 정신적 소묘(4), 외국문학 32, 1992.09.

구모룡, 고석규, 혹은 역설의 비평가, 현대시학, 1991.03.

남송우, 고석규, 그 역설의 진원지를 찾아, 현대시학, 1991.03.

박홍배, 『재부 작고 시인연구-별은 아직 빛나는데』, 아성출판사, 1988.

이 논의들 중 몇 편을 정리해봄으로써 고석규의 비평세계의 의미를 재구성해보고자 한다.

홍래성은 「전후세대 비평(가)의 독특한 한 유형 – 고석규 비평의 형성과정 및 성격, 특질에 관하여」(『어문론집』80, 2019.12)에서 전후세대 비평가로서 독특한 면모를 보여준 고석규를 분석의 대상으로 삼았다. 구체적으로, 홍래성은 고석규가 산출한 비평의 형성과정에서부터 성격, 특질까지를 두루 살펴보고 있다. 고석규는 이북 출신으로 월남한 이력의 소유자이자 6·25전쟁 때는 국군(남한군)으로 참전한 이력의 소유자이고, 부상으로 의병제대를 했고, 그 이후, 부산대 문리대 국문과에 입학해 본격적으로 문학의 길을 밟아나갔다고 이력을 살핀다. 이와 같은 삶의 체험은 다른 전후세대 비평가와 고석규를 구분케하는 요인이 되었거니와, 고석규가 쓴 글 전반에서 고스란히 묻어나고 있다고 보았다.

고석규는 일기, 시 쓰기를 활발히 수행했는데, 여기서는 삶의 체험을 바탕으로 형성된 고향에 대한 그리움, 전장에서의 공포감 등이 손쉽게 발견되며, 고석규의 일기, 시는 비평 쓰기의 앞선 단계에 해당하므로 중요성을 지닌다고 평가한다. 특히, 고석규의 시는 상당히 에세이와 닮은 면모를 내보이는 바이며, 이는 '자외선의 글쓰기', '에세이적 글쓰기'라고 불리는 고석규 비평과 직접적으로 호응하는 요소가 된다는 것이다. 곧, '시 – 에세이 – 비평'의 도식이 성립한다고 보았다.

고석규 비평은 『초극』에서 본격적으로 시작된다고 보고 있으며, 『초극』이 어떠한 성격을 지니는가를 두고서 논자들은 '형이상학적 지향', '환각적인 세계로의 도피' 등의 어사로 설명하는 경우가 많았으나, 『초극』을 이런 식으로만 간주하는 태도는 재고되어야 한다고 주장한다. 『초극』은 좀 더 적극으로 해석될 수 있다고 본다. 즉, 『초극』은 고석규가 내보인 세계 인식—세계 대응의 결과물로 파악될 수 있다는 것이다. 그래서 『초극』에 담긴 글 중에서는 다른 것보다 「餘白의 存在性」에 주목하고 있다. 「餘白의 存在性」은 고석규 비평이 지닌 원형질을 잘 보여준다는 것이다. 「餘白의 存在性」은 '있는 것'(물상)은 '없는 것'(여백(심연))의 동시 공존을 주장한다고 보았다. 이유인즉, 그래야만 새로운 인식이 열릴 수 있기 때문이다. 곧, 유(有)와 무(無)가 한자리에서 함께 어우러져야 한다는 사유가 펼쳐진 것인데, 이를 한마디로 표현한다면, 다름 아닌 '역설'이 된다고 해석하고 있다.

그리고, 이와 같은 '역설'을 기반으로 고석규 비평은 실제적인 영역으로까지 뻗어 나간다고 보았다. 시(인)론이 개진되는데, 여기서 '변용'이 함께 도입되고 활용된다는 것이다. '변용'을 설명하고자 고석규는 박용철의 논의를 빌려오는데, 박용철은 '일상적 체험 → 시적 체험 → 시'의 매커니즘을 '변용'이라고 규정했다. 고석규는 박용철의 논의를 그대로 차용하지 않고 한발 더 나아가는 모습을 보여주었다는 것으로 해석한다. 상기의 매커니즘에서 마지막 종착점을 '시'가 아닌 '시인'으로 설정했다는 것이다. 이는 고석규가 시적 체험이 시로 표출되는 과정상에서 발생할 수 있는 문제점을 경계했기 때문으로 보고 있다. 다시 말해, 고석규는 시적 체험이 시로 표출될 때, 그것은 단순히 기교의 활용에 그치면 안 되고, 시인 자신의 변화가 담겨야 한다고 생각했기 때문이라는 것이다.

이렇게 '역설'에 '변용'을 더해서 두 개의 축을 확보한 고석규는 「詩人의 逆說」이라는 시(인)론을 개진했다고 보았다. 「詩人의 逆說」은 네 명의 시인이 보여준 '역설'의 성격이 어떠한지를 살피고, 또, '역설'

의 시도가 성공했는지를 살핀 글이라는 것이다. 결과적으로, 네 명의 시인은 모두가 한계를 가진다는 게 고석규의 판단이라고 평가한다. 그러나, 그럼에도 불구하고, 네 명의 시인은 모두가 '역설'을 기반으로 일제강점기에 대항하는 모습을 보여주었다는 점에서 비록 각자마다 정도는 다를지언정 충분히 전범으로 삼아질 수 있다는 게 또한 고석규의 판단이라고 규정하고 있다.

차후에도 고석규는 시(인)론을 계속해서 이어가고자 했으리라고 추측하고, 더불어, 고석규는 비평가의 자세에 대한 논의도 발전시켜 나가고자 했으리라고 보고 있다. 그러나, 고석규는 잘 알려졌다시피 1958년 4월 19일 심장마비로 급작스럽게 사망함으로써, 고석규는 유의미한 '여백'으로 남겨지게 되었다고 아쉬움을 토로하고 있다.

오주리는 「고석규(高錫珪) 비평의 존재론에 대한 연구─마르틴 하이데거(Martin Heidegger) 존재론의 영향을 중심으로」(『한국현대문학연구』 49, 2016)에서 1950년대 전후문학에서 실존주의 문학의 계보에 해당되는 고석규의 존재론적 비평이 어떻게 하이데거의 철학의 영향을 받았는지 밝히는 것을 목표로 삼고 있다. 이를 위해 우선 존재 개념, 시간 개념, 무개념으로 나누어 그 양상을 분석해 보고 있다. 그 결과, 고석규가 존재와 관련된 개념에서는 현존재, 실존, 개존, 명존, 세계야, 귀향, 존재망각, 피투성, 기획투사, 탈아 등의 하이데거의 철학적 용어를 전유하여 사용하고 있는 것을 확인했다. 그리고 고석규가 시간과 관련된 개념에서는 배려, 시부 가능성, 공개시간, 세계 시간, 지금 시간, 지금 연속, 전시간성 등의 하이데거의 철학적 용어를 전유하여 사용하고 있다는 것도 확인하였다. 또한 고석규와 무와 관련된 개념에서는 무, 불안, 허무, 죽음 등의 하이데거의 철학적 용어를 전유하여 사용하고 있는 것도 확인하였다.

요컨대, 고석규는 하이데거의 철학 전반에 대해 상당한 이해 수준을 보여주고 있음과 동시에 하이데거의 철학적 용어를 자신의 언어로 완전히 전유하여 시적인 경지의 문장으로 보여주고 있는 것을 검토하였다. 고석규는 역사적으로는 한국전쟁의 체험으로 인한 죽음의식과 개인적으로는 각혈의 체험으로 인한 죽음의식을 가지고 있었다. 그러한 이유에서 고석규에게서 죽음의식의 문제는 그의 문학 전반을 관통하고 있다는 것이다. 그러한 가운데 고석규는 인간에 대한 존재론적 물음에 천착하였는데, 그의 당대에 죽음과 관련하여 존재론적으로 가장 높은 경지에 도달해 있던 철학자는 바로 하이데거였다는 것이다. 하이데거의 존재와 시간의 인간 현존재에 대한 규정으로서의 죽음을 향한 존재라는 개념은 궁핍한 시인의 시대에서 규정하는 것과 같이 신들이 죽은 시대로서의 세계의 밤에 인간이 자기 본연의 존재의 진리를 찾도록 지탱해주는, 핵심적인 개념이었다는 것이다. 죽음의식에 예민하였던 고석규는 그런 이유에서 실존주의 철학자들 가운데서도 하이데거에 상당히 경도되어 있었던 것으로 보았다. 고석규는 죽음을 넘어 초월적인 아름다움의 이데를 만들고자 할 수밖에 없는 정신적 지향성을 가진 문학가였는데, 그러한 그가 자신과 동시대에 존재의 진리를 추구하는 것이 곧 본질적으로 시를 쓰는 것과 같은 것으로 본 하이데거의 철학과 만날 수밖에 없었던 것은 하나의 필연이었을 것으로 보고 있다.

고석규는 죽음의식을 넘고자 하는 치열한 고투에서 자신의 시에 넘쳐나는 그로테스크한 이미지들을 극복하고자 하는 것처럼 자신의 비평 등의 산문에서는 대담한 관념세계의 추구를 보여주었다고 해석한다. 그러한 증거로 고석규의 비평을 비롯한 산문에는 철학사 전체를 자유롭게 넘나드는 사유가 펼쳐지고 있다는 것이다. 그는 고대의 플라톤부터 현대의 사르트르까지 여러 철학자를 자유로이 다루지만, 그 가운데서도 하이데거의 비중이 가장 높은 편으로 드러나는 것은 고석규의 지향점과 하이데거의 지향점 사이에 분명한 유사점이 있었기 때문인 것으로 판단하고 있다. 고석규가 다루고 있는 철학에 대한 논의들은 한국비평사의 높이를 가늠하는 차원에서 전반적으로 철저한 검증을 거쳐야 한다고 본다. 그러한 연구 과정의 일환으로 이 논문은 하이데거를 기점으로 삼아 그러한 논증을 펼쳐보였다는 것이다. 결론에 이르기 위하여, 고석규가 하이데거를 전유한 바의 중요성을 당대의 문학의 맥락에서 살펴보자면, 그 당시의 한국 문단의 사상적 지평을 대표하는 사상계(思想界) 등은 실존주의 사상에 대한 평문 및 번역문을 대거 게재하는데, 이러한 평문과 번역문은 한국의 사상계가 실존주의를 수용 또는 비판하며 전유하는 현장을 보여주고 있다는 것이다.

이러한 글들 가운데서 하이데거가 자주 언급되고 있는데, 1950년대를 전후하여 본격적으로 하이데거를 논의의 중심에 둔 글들이 등장한다고 평가한다. 그중 일제강점기에 이미 하이데거에 대한 대안까지 제시한 박종홍의 글은 선구적이며, 하이데거의 존재론을 체계적으로 제시한 안병욱의 글은 입문서 격이다. 그렇지만, 이러한 글들은 대체로 하이데거의 철학에 대한 단문에 불과하다. 하이데거에 대한 단행본 또는 논문이 본격적으로 나오기 시작한 것은 1970년대로 보고 있다. 이러한 근거들로 보건대, 고석규는 당대의 글들 가운데 가장 높은 수준과 넓은 범위에서 하이데거를 수용하고 있으며, 나아가 그것을 자신의 존재론적 문학의 언어로 전유하는 수준에까지 도달해 있다는 점에 문학사적 의의가 있다고 평가한다.

　다시 결론에 이르기 위하여 또 한 가지 살펴보아야 할 점은 고석규의 비평체계 안에서 하이데거 존재론의 전유가 중요한 의미를 갖는다는 것이다. 먼저 고석규의 비평문들을 이론비평(theoretical criticism)과 실천비평(practical criticism)으로 분류해 보면, 그가 실천비평으로 다룬 작가는 김소월, 이상, 윤동주, 서정주 등으로 나타난다. 이 작가론들은 연구서에 준할 만큼 상당한 무게감이 있다고 고평될 수 있다고 보았다. 그렇지만, 고석규의 비평 전체에서의 비중을 보았을 때, 그는 이론비평이 강한 비평가라고 할 수 있다는 것이다. 그의 이론비평은 신비평과 실존철학이 주요 기조인데, 그는 신비평에 대해서도 예컨대 1930년대의 김기림이 과학에 주목했던 것을 비판하며 존재론에 주목하고 있다고 보았다. 이러한 근거들을 보건대, 고석규의 가장 첨예한 의식은 존재론을 지향하고 있었다고 판단한다. 실존철학 자체가 철학에서 존재론의 영역이긴 하지만, 그 가운데서도 기초존재론의 근간을 세운 것은 하이데거이다. 고석규의 구체적인 비평의 지향점을 고려해 보아도, 그가 하이데거의 존재론을 자신의 이론비평을 세우는 과정에서 경유할 수밖에 없었을 것으로 사료된다는 것이다. 만약 고석규가 요절하지 않았다면, 그만의 독자적인 존재론이 나올 수 있었을 것이라는 아쉬움은 후대가 계승해야 할 문제이고, 그러한 차원에서 앞으로 남은 연구의 과제로는 그가 번역한 실존주의와 그가 비평에서 다룬 실존주의 철학자들에 대한 검증이어야 할 것으로 보고 있다. 그러한 연구가 완수되면 고석규의 문학이 고유하게 남긴 실존주의적 철학이 무엇인지 보다 적확하게 해명할 수 있을 것이라고 보고 있다.

김예리는「고석규의 에세이적 글쓰기와 '바깥'의 사유」(『한국근대문학연구』 26, 2012)에서 고석규는 '바깥'의 사유와 탈근대성을 추구한 비평가로 평가하고 있다.

1950년대 비평담론이 주로 역사적 연속성의 층위에서 새로운 주체성의 확립이라는 명제에 몰두하고 있었다면, 고석규는 이례적으로 근대적 주체성의 '바깥'을 사유하고, 이를 통해 '여백'의 존재 자체를 탐색하는 비평가였다는 것이다. 고석규의 '여백의 존재'란 담론의 공백 속에서 와해되어버린 주체성 그 자체이며, 근대적인 주체성이 정립될 수 있는 토대이자 바탕이라 할 수 있다고 평가한다. 존재의 심연이라고도 할 수 있는 고석규의 '여백'은 필연적인 사태를 다시금 우연적인 사태로 환원시키는 고석규 특유의 죽음의 경험을 통해 그 존재성을 드러내고 있다는 것이다. 즉, 당대의 대부분의 비평가들이 폐허와 같은 세계에서 와해되어버린 주체성을 어떻게 새롭게 구성할 것인가에 초점을 맞추었다면, 고석규는 폐허 자체를 응시하며 폐허 자체를 사유하고자 시도했다는 것이다.

고석규의 이와 같은 사유는 근대적 주체에게 영원한 타자일 수밖에 없는 죽음을 극복하거나 넘어서려하는 것이 아니라 '나'라고 하는 근대적 주체의 내적 체계를 와해시킴으로써, 다시 말해 근대적 주체인 '나'를 무(無)로 돌리면서 죽음 그 자체를 생의 원천으로 돌려놓은 것이라고 해석한다. 이런 점에서 '죽음'에 관한 한, 고석규의 사유는 하이데거적인 실존철학의 체계에서 살짝 빗겨 선다고 본다. '세계-나-존재'라는 말처럼 유한한 존재자의 시간성에서 출발하는 하이데거의 존재론에서 죽음은 삶의 연속이며, 삶은 죽어가는 과정에 다름 아니다. 즉, 하이데거에게 죽음의 문제는 결국 '나'의 문제이고, 현존재로서의 자아의 완성을 위한 도정이다. 「지평선의 전달」에서 읽을 수 있는 고석규의 실존에 대한 사유 역시 이와 같은 하이데거의 실존철학에 강력하게 영향을 받고 있다는 점을 간과할 수 없으나, 고석규에게 중요한 것은 자아의 현존성의 획득을 통한 자아의 완성에 놓여있다기보다, 하이데거적 용어로 "개존(Eksistenz)"46)이라 할 수 있을 "나로 인하여 지평선상에 수상한 빛발로 묻힌 저들의 공지(Waldichtung)"를 여는 것, 다시 말해 "지평선의 열림"이라는 사태 자체라 할 수 있다고 규정하고 있다. 고석규는 이 사태 속에서 인간을 다리(橋)로 규정한 니체의 사유를 떠올리며 인간을 "중간자(Medium)"로 명명하고 있다는 것이다. 다시 말하면 인간은 매개라는 것, 연결이라는 것, 전달이라는 것이다. 나아가 그는 이와 같은 중간 영역을 "지평선 상의 공지"이며 바로 이것이 시(詩)라고 말한다.

즉, 고석규의 실존은 자아가 아니라 바로 '시'이고, 통상적 시간 속에서 살아가는 나의 '죽음'이자 '사라짐'이며, 이 '나의 사라짐'으로부터 이웃을 끌어안을 수 있게 된 '존재의 심연'이란 것이다. 고석규의 이와 같은 사유는 근대적 주체가 성립하기 위해 배제할 수밖에 없었던 타자를 근대적 주체로 성립된 주체성을 와해시키며 끌어안는 것이라는 점에서 탈근대성을 지향하는 것이라 평가하고 있다. 특히 고석규 스스로는 의식적으로 의도치 않았다하더라도 그의 사유는 저자의 죽음을 선언하며 '읽기로서의 글쓰기'를 주장한 바르트적인 텍스트성이 내재해있다고 할 수 있다고 보았다. "지평선의 열림"이라는 것은 결국 글쓰기의 열린 장으로서 가능성으로서의 다채로운 해석의 장이라 할 수 있기 때문이란 것이다.

그런 점에서 고석규가 소월의 부정성을 통해 도달하고자 한 현대의 서정이란 "홀로가 되지 말기 위하여 다시 나의 개성을 벗어나는 것"이며, "나의 이웃이 흘리는 피를 씻어주기 위하여 적어도 그러한 피를 바라보려, 그러한 강물로 달음치기 위하여, 지금인 여기에서 일어서는 것"이라고 말한다. 예술의 권위가 완전히 사라져버린 이러한 근대적 사태를 두고 헤겔은 '예술의 죽음'이라 말했고, 보들레르 이후의 근대예술은 '죽음' 이후의 예술이라는 일종의 자의식을 갖고 출발한다고 했을 때, 고석규의 이와 같은 사유는 이러한 근대적 예술관을 넘어서고 있는 셈이라는 것이다. 이것은 물론 '바깥'을 사유하는 고석규의 힘이자 고석규가 읽어낸 시의 가능성이라고 평가하고 있다.

박슬기는 「1950년대 시론에서 '서정' 개념의 논의와 '새로운 서정'의 가능성: 고석규의 부정성의 시학을 중심으로」(『한국현대문학연구』 28, 2009)에서 고석규의 시론으로서 1950년대의 새로운 서정을 논의하고 있다.

1950년대 이봉래가 제기했던 문제, '서정의 변혁'의 문제는 고석규에 의해 '서정의 순화'라는 차원으로 전이되어 전혀 다른 지점에서 돌파구를 찾게 된다고 보았다. 고석규는 「서정의 순화」라는 글에서 '서정'과 '주지'의 대립이라는 이분법에 대해 둘 다 비판적으로 접근한다. 이들은 모두 "서정이 변혁되어 서정이 아닌 것으로 전화"한다는 주지파의 견해나 "서정의 본질은 무한한 것"이라는 서정파의 견해가 둘 다 "주지의 외면만을 핥고 있을 적에 연발되는 오류"이며, 이는 "시인의 존재방식, 즉 시에 나타난 의미로서의 본질"을 살피지 못한 결과라는 것이다. 매우 짧은 문제제기로 되어 있는 이 글에서, 고석규가 생각하는 '서정'이 무엇인지 정확하게 알기는 어려우나, "시인의 존재방식"을 문제삼고 있다는 점에서 이는 세계와의 거리와 대응방식을 문제삼는 주체의 차원으로 되돌려 놓고 있다는 점을 알 수 있다는 것이다.

그런 한에서, 그는 오히려 '주지'를 서정적 주체에 대립되는 주체적 위치로 보는 것이 아니라, 방법론적인 개념으로 사용하고 있다는 것이다. 그에 의하면, 서정의 순화는 "가장 주지적인 방법의 결과"로서 가능하다고 본다. 이는 문자의 반복이라는 의미론적 음악성에 의해 가능하다는 것이다. 이를 통해 '부정'은 두 번째 단계이자 궁극적인 단계에 도달하는데, 그것은 오직 부정을 통해 산출되는 임의 부정성에 관한 것으로 보고 있다. 이 '임'은 원래 존재하는 것이 아니라 주체의 부정을 통해서 산출되며, 또한 부재하는 임의 존재에 반복적으로 매달리고 있는 주체를 만들어 낸다는 것이다.

즉, 이때의 주체는 세계를 객관으로서 인지하는 상식적인 의미에서의 주체가 아니라 객관을 부정함으로써 존재하게 되는 주체이다. 이러한 주체는 기존에 운위되었던 서정적 주체가 아니라는 것이다. 왜냐하면, 근본적으로 자기의 근원을 외부에 두고 있는 주체이며, 오직 대상의 출현으로 인해 비로소 출현하는 주체이기 때문이다.

그러므로, 고석규가 "소월시에서 발견하는 가장 중요한 의의는 실로 여기에 있습니다. 소월시엔 울고 싶어 하면서도 울지 못하며, 웃고 싶어 하면서도 웃지 못하는 '님'이 있었으니 이러한 '님'이 바로 소월 자신이었다는 것입니다." 라고 말할 때, 그는 이 지점을 가리킨 것이라는 것이다. 이 주체의 유일한 대상인 '임'이 순수부정성으로만 존재하게 된다면, 시적 주체와 대상은 궁극적으로 결코 구분할 수 없는 차원에 이르게 되나, 대상의 절대적 부정성 속에서 함몰됨으로써 자신을 부정하게 되는 주체가 성립한다는 것이다.

그리하여, "부르는 소리는 비켜가지만 하늘과 땅 사이가 너무 넓구나!"라는 김소월의 초혼의 한 구절을 인용해 놓고 시작하는 「지평선의 전달」에서 그는 나와 나의 분열에 대해 자각적이라고 본다. "또 다시 지금에 있는 나란 지금에만 있고 지금 밖에는 있지 아니하는 것일까. 무릇 지금이 가고 말면 나는 나와의 해후를 영영 포기하지 않을 수 없으며 그 오랜 분열 속에 살아가며 들리지 않는 목소리만으로 부를 것인가. 아닐 것이다."라고 말하는 나, 현재가 산출하는 이 분열을 거부하고, 통합적인 주체를 향한 강렬한 열망을 가진 주체가 생겨나는 것이며, 그가 말하는 '저항'이란 이 분열에 대한 저항이 아닐 수 없다고 해석한다.

서정의 본래적 의미가 주관과 객관의 통일성이라고 말할 때, 이 서정적 주체의 통일성은 세계를 자기화한다는 점에서 기실 기만적이나, 고석규가 말하는 서정은, 객관 속에서 주관을 발견하고, 또한 주관을 통해서 객관을 산출하는 끊임없는 투쟁을 계속해 나간다는 점에서 끝없는 저항과 대결의식이란 것이다. 그리고, 이는 부정의 반복을 통해서 이루어지며, 이때 그 부정은 결코 지양되지 못하고 끝없이 반복된다는 점에서 속류 헤겔주의에서 말하는 변증법적 통일을 이루지 못하고, 부정성으로서 존재하는 서정성이라고 명명한다. 이는 "잊다"와 "잊지 않다"의 투쟁, "한사코 긍정하려는 인간과 부정하려는 두 가지 인간 타입"의 투쟁이며, 이는 결국 대상과 주체의 투쟁일 뿐 아니라, 결코 통합될 수 없는 주체의 투쟁으로서 존재하는 것이다.

이를 통해, 고석규는 한낱 방법 논쟁에 불과했던 '서정'의 논의를 '주체'의 차원으로 돌려 놓았다고 평가한다. 그래서 그가 "시의 기교적인 디폴메숑(－deformation; 인용자)가 아니라 시인 자신의 메타모 포오즈(－metamorphose변용; 인용자)"를 통해 대결이 가능하다고 주장할 때, 이는 방법/형태와 의식을 시인의 내면을 통해 통합시키는 시인의 위치를 언급하고 있는 것으로 본다. 이러한 시인의 존재에서 '서정'은 기원한다는 것이다. 그가 서정을 "시인의 존재함(Sein)을 증거하기 위한 오직 저류로서 동시에 칠칠한 침윤의 반향인 까닭으로 그의 명확한 실재를 방불케 하고 있다."라고 말할 때, 정확히 이 지점을 겨냥하고 있다는 것이다. 이러한 서정은 그대로 "현대정신"이며, 그런 한에서 서정은 현대시의 본령으로 재소환되고 있다는 것이다.

이렇게 방법론적 차이에 불과한 1950년대 시에서의 '서정성'에 대한 논의를 고석규의 '서정' 개념은 혁신적으로 돌파하고 있다는 것이다. 이는 어떠한 역사의식도 갖지 못한 채 과거의 시간으로 돌아가 무의미한 영원성으로 초월해버리는 과거적 '서정'도 아니며, 동시에 시간의 전면 부정을 통해 대결하려는 대상 자체를 잃어버린 모더니즘적 '주지'도 아니다. 고석규의 시론이 지향하는 바가 '서정과 지성의 통일'이라고 할 수 있다면, 이는 속류 헤겔주의에서 말하는 양자의 부정을 통한 종합이 아니라, 문자성 자체에 집중함으로써 그것을 넘어서는 지점을 열어놓은 것이라고 할 수 있다는 것이다. 그래서 고석규는 시인의 존재론을 통해, 부정의식으로서의 현대적 서정 탄생의 계기를 마련하고 있다고 평가한다.

오형엽은 「고석규 비평의 수사학적 연구: 문체론을 중심으로」(『수사학』16, 2012)에서 고석규 비평을 수사학적 관점으로 고찰하여 그 중요한 문제의식 및 특성을 해명하고자 했다. 이를 위해 이 글은 특히 고석규의 비평 중에서 문체론에 해당하는 텍스트를 심층적으로 분석했다. 고석규의 비평은 크게 문체론, 비평 원리론, 실제 비평이라는 세 영역으로 분류될 수 있는데, 이 글은 선행 연구들이 크게 관심을 기울이지 않은 「문체의 방향」, 「현대시와 비유」, 「비평가의 문체」, 「비평가의 교양」, 「비평적 '모랄'과 방법」 등의 문체론을 텍스트로 선택하고, 이에 대한 수사학적 고찰을 통해 고석규 비평의 중요한 문제의식과 특성을 규명하고자 했다.

「문체의 방향」은 '문체 일반론'에 해당된다. 문체에 대한 고석규의 관점은 스타일(style)의 어원을 살피면서 그것이 인상과 표현의 상호 매개를 통해 행해진다는 사실에서 출발하고 있다. 이것은 '문체가 인식론과 표현론의 종합'이라는 관점으로 요약될 수 있다. 그는 계속하여 문체를 생리학과 심리학의 관점으로 해명하고자 하는데, 이러한 사유는 문체를 성격화된 생리이며 개성으로 파악하는 관점을 보여준다고 정리하고 있다. 고석규는 이러한 관점을 더 밀고나가 시간과 공간의 분열을 해결하기 위한 방법으로서 문체상의 심리주의 경향에 대해 논의한다는 것이다. 그리고 게슈탈트(Gestalt) 심리학에 대해 논의한 후, 문체를 시제(時制), 상(相), 법(法), 태(態) 등의 문법적 차원과 연관시킨다. 이처럼 문체를 문법적 차원과 연관시키는 고석규의 이론은 현대문법의 시간의식을 천착하면서 언어학과 문체론을 결합시키는 독특한 관점을 보여준다고 평가한다.

「현대시와 비유」는 '시적 문체론'에 해당되는데, 고석규는 '있는 말'로써 꾸며지는 '기술(statement)'과 '있음직한 말'로써 꾸며지는 '의 기술(pseudo-statement)'을 구분하고, 의기술은 유추어로써 그 비슷한 상상을 돕는다고 지적한다. 그는 '유추'와 '직관'을 비교하면서 '유추' 보다 '직관'에 시적 특권을 부여한다. 고석규는 '직유'를 '유추'와 연관시키면서 '기술'의 차원으로 해석하는 반면, '은유'를 '직관'과 연관시키면서 '의기술'의 차원으로 해석한다. 그는 김기림, 정지용의 시와 비교하여 서정주의 시를 높이 평가하는 데, 그 이유로 서정주의 시가 보조형용하는 직유를 떠나 시은유에의 출구를 열었다는 점을 든다. 고석규는 즉물에 언어를 유추시키는 기술적 직유를 온전한 비유로서 취급하지 않고, 의인 및 의태를 통해 변신을 추구하거나 사물을 유정화하여 의기술하는 은유를 온전한 비유로 간주한다고 보았다. 그리고 그는 변신하는 비유에의 관심과 비유에 대한 투철함을 형이상학적 노력과 연결시킨다. 상징이 현실의 대상을 비유를 통해 초월적 대상으로 강화시키는 중요한 시적 방법론으로 간주하는 것이다.

지금까지의 분석을 통해 우리는 고석규가 시적 문체론으로 강조하는 관점을 '의기술 직관 은유와 상징 형이상학'이라고 요약할 수 있다고 규정한다. 「비평가의 문체」, 「비평가의 교양」, 「비평적 '모랄'과 방법」 등은 '비평적 문체론'에 해당된다고 보았고, 고석규는 '어떻게'의 방법을 질적으로 확대하여 '무엇'과의 동시동화를 실현할 수 있는 '비평가의 문체'를 요청하는데, 여기서 동시동화된 기능은 내용(보편)과 형식(개체)을 통일하는 문체를 의미한다는 것이다. 또한 그는 비평가의 문체에 '자기 투입'이 요청된다고 언급하고, 그 구상력을 과거와 현재를 통한 미래적인 '동경'으로 제시한다. 내용과 방법, 자기 투입과 동경이라는 개념으로 요약될 수 있는 고석규의 비평적 문체관은, 문학 텍스트의 내용과 형식뿐만 아니라 그것을 분석하는 비평가의 인간상으로서 자기 투입과 동경까지 고려하는 종합적 관점을 보여준다는 것이다. 시적 진실과 시적 미, 사상적 요소와 정서적 요소, 사상과 표현, 의미와 언어라는 양면을 유기적으로 매개하고 종합하려는 고석규의 비평관은, 모랄과 방법의 차원을 넘어 작용과 효용의 차원까지도 흡수하면서 전개되고 있다는 것이다. 결국 고석규의 비평적 문체론은 문학 텍스트의 내용과 형식뿐만 아니라 그것을 분석하는 비평가의 인간상으로서 자기 투입과 동경까지 고려하고, 사상과 표현, 의미와 언어라는 양면을 함께 주목하며, 비평적 모랄과 방법, 작용의 측면과 효용의 측면을 동시에 주목하는 복합적이고 종합적인 관점을 확보하고 있다고 평가하고 있다.

이미순 역시 「고석규의 비평과 수사학」(『한국현대문학비평과 수사학』, 월인, 2000)에서 고석규의 수사학 논의를 비유론과 역설론을 중심으로 고찰하고 있다. 고석규는 시어의 특수성을 비유에 있다고 보았다. 「현대시와 비유」에서 이 문제를 논하고 있는데, 고석규의 비유론에서 특이한 것은 은유를 직관과 관련시킨 점과 대상의 존재방식을 새롭게 구성하는 것으로 상징을 내세웠다는 점을 지적한다. 그리고 고석규는 비유에 대한 원론적인 고찰에 이어 우리 시사에서 나타나는 비유의 양상에 대해서도 살피고 있는데, 그 대상 시인으로 윤곤강, 김기림, 정지용, 서정주, 조지훈과 1950년대의 모더니즘 시인들의 시와 시론을 다루고 있음을 밝힌다. 이 논의에서 고석규는 서정주 시를 높이 평가하고 다른 시인들의 시에 대해서는 대체적으로 비판적인 태도를 보였는데, 그것은 서정주의 시가 가지는 직관의 힘, 은유에 연유하였다고 본다.

그리고 역설을 정의하면서 고석규는 그것이 반어와 밀접한 관계가 있다고 보았다. 역설과 반어를 같은 차원에서 파악하면서도 역설에 대해서는 그것의 정신적인 측면을, 반어에 대해서는 그것의 기능적 측면을 강조하였다고 본다. 또한 고석규는 키에르케고르의 아이러니 개념에 기초하여 아이러니를 일종의 종합상태를 지향하는 상징으로 해석하였다고 판단한다. 그의 실제비평인 「시인의 역설」에서 반어는 광범위하게 원용되었는데, 특히 이상의 작품을 분석할 때 가장 구체적으로 적용되었다는 것이다. 고석규는 이상의 작품을 분석하면서 '방법적 아이러니와 '성격적 아이러니' 두 범주를 설정하였는데, 그가 말하는 방법적 아이러니는 형태상의 변혁과 같은 기교 차원에서의 아이러니이며 성격적 아이러니는 내면의 이중성, 즉 이중적 자아에서 비롯되는 아이러니였다는 것이다.

또한 고석규 비평에서 수사학은 시인의 정신작용과 긴밀히 연결되어 있는데, 그는 은유를 직유와 구별하면서도 은유가 가지는 직관의 작용에 유의하였다고 판단한다. 「시인의 역설」에서의 역설은 어디까지나 역설의 가능성으로서, 역설의 정신에 해당하였고, 알레고리는 비평정신으로, 아이러니는 절대적 부정성으로 파악하고 있다. 그래서 고석규의 수사학은 은유와 상징중심의 수사학이라고 할 수 있는데, 이것은 주지적 전통주의를 지향하는 그의 미학과 긴밀하게 대응하였다고 해석한다.

그런데 고석규의 비평에서 은유와 상징, 역설과 아이러니 개념은 서로 깊은 관련을 지닌다는 점이다. 이미순은 여기에서 이를 키에르케고르의 수사학을 살펴보면서 해명하고 있다. 그런데 고석규는 자신의 수사학을 여러 이론가들의 이론을 빌려와 전개하였기에 앞으로 그의 수사학에 미친 여러 이론들의 영향관계와 적용양상을 구체적으로 밝혀 그의 비평을 보다 심층적으로 파악하는 일이 필요하다고 남은 과제를 덧붙이고 있다.

하상일은 「1950년대 고석규 비평의 근대성 연구」(부산대학대학원 석사논문, 1999)에서 고석규의 비평은 한국전쟁이라는 '근대성의 파산' 앞에서 격앙된 감정을 쏟아버리기에 급급했던 전후시에 대한 반성과 극복으로부터 시작된다고 보았다. 다시 말해 전쟁체험과 폐허의 식, 유폐된 자아와 상실의식에 젖어든 전후시의 감성적 차원을 논리적이고 지성적인 태도로 극복함으로써 하나의 새로운 방향성을 제시하는데, 이것이 '근대성의 초극'으로 설명되는 고석규 비평의 지향점이라는 것이다.

이러한 고석규 비평의 지향점은 1950년대 비평의 정신사적 흐름 속에서 크게 세 가지 관점에서 논의될 수 있다고 보았다. 이는 그의 대표적 비평인 『초극』 소재 5편의 작품, 「시인의 역설」, 그리고 「시적 상상력」에 대응되는데, 첫째는 폐허로 얼룩진 외적 현실을 벗어나기 위해 새로운 사상을 모색하고 객관세계의 부정과 자아중심의 철학적 울타리로 들어가는 '형이상학적 세계인식', 둘째는 부정, 반어, 죽음, 어둠 등으로 50년대의 폐허를 뛰어 넘음으로써 근대성을 획득하려는 '부정정신' 그리고 셋째는 지성과 감성을 하나로 종합하는 체험의 가능성, 즉 종합적 체험의 추구를 현대시의 방향으로 설정하는 '질서의 문학'으로 규정하고 있다.

전후 현실에 대한 복구와 새로운 사회에 대한 의지는 감성적 차원의 호소력 짙은 목소리도 물론 필요하지만, 무엇보다도 논리적 해석과 이해 속에서 접근해야 그 명확한 해답을 찾을 수 있다는 것이다. 따라서 1950년대 고석규 비평은 바로 이러한 몫을 담당함으로써, '근대성의 파산'이라는 전후 현실을 뛰어넘는 '근대성의 초극'을 뚜렷하게 지향하고 있다고 해석한다.

그런데 고석규의 시와 비평은 '근대성의 파산'과 '근대성의 초극'에 대응되는 변별성을 뚜렷하게 드러내고 있지만, 그의 비평이 폐허를 노래하는 50년대 전후시에 대한 초극으로 질서의 문학 공간을 창출하고 있다는 점에서, 양자는 정신사적 상관성을 지니고 있다는 점을 간과해서는 안 된다고 지적한다. 초극은 항상 '무엇'에 대한 것임을 인식하고 있을 때 충분한 의의를 발현할 수 있는데, 고석규 비평에서의 초극은 근대성의 파산, 즉 시문학에 대한 초극이라는 뚜렷한 지향점을 지니고 있다는 점에서 50년대 시문학을 계기적으로 완성해 나가려는 의지가 역력히 드러난다는 것이다. 그의 이러한 문학적 노력은 결코 개인사적 문제에만 머무는 것이 아니라, 1950년대 한국문학의 정신사적 흐름을 그대로 감싸 안는 중요한 의미를 지니고 있다고 평가한다. 이러한 고석규 문학은 1950년대 한국문학의 정신사적 흐름을 읽어내는 주요한 지표가 된다는 점에서 커다란 의미가 있다고 본다. 덧붙여 10년도 채 안 되는 짧은 문학적 이력을 통해 5권 분량의 문학 전집을 묶어낼 수 있을 만큼, 그의 문학 활동은 왕성했고 문학적 역량 또한 우리들에게 시사하는 바가 크다고 평가하며, 그의 요절에 대한 안타까움을 토로하고 있다.

남송우는 「1950년대 고석규 비평의 해석학적 연구」(『한국문학논총』 제19집, 1996)를 통해 고석규 비평의 특징을 다음과 같이 해명하고 있다.

1950년대 한국비평사를 개관해 보면, 평단의 새로운 세 얼굴이 유난히 뚜렷한 개성적인 몸짓을 하고 있다. 그들이 유종호, 이어령, 고석규이다. 유종호, 이어령은 이후 지속적으로 현재까지 비평활동을 계속해옴으로써 한국 평단의 한 맥을 형성해왔다. 그래서 이들의 존재는 비평가로서의 자기 위상을 분명히 지니고 있다. 이해 비해 고석규는 1958년에 요절함으로써 이후 한국 평단에서는 잊혀진 존재가 되었다. 한 인간으로서 고석규는 일찍 사라졌지만, 1950년대 비평을 살피게 되면, 그는 언제나 살아있는 존재로 부각된다. 여기에 고석규 비평을 논의해야 하는 당위성이 제기된다.

고석규의 문학활동 기간을 시와 산문이 보이는 1952년 이후로 잡는다면, 1958년까지 6~7년에 해당되는 짧은 시간이다.[1] 짧은 시간에 비해 그가 남겨 놓은 글들은 쉽게 건너뛰기 힘든 무게를 지니고 있기에, 50년대 한국비평사를 다룰 때는 간과할 수 없는 대상이 되고 있는 것이다. 그러나 1990년대가 다가올 때까지 고석규는 한국비평사의 논의 대상에서 제외되어 있었다. 그런 중에 1990년대에 고석규의 유고 평론집 『여백의 존재성』(지평, 1990)이 나오면서, 고석규의 평가는 새로운 국면을 맞게 되었다. 유고집 발간 이후 고석규 비평에 대한 논의가 시작되었기 때문이다. 그러면 우선 고석규 비평 연구는 지금 어느 수준에 와 있는가를 간략히 살펴본다.

고석규에 대한 실질적 논의는 고석규의 유고 평론집 『여백의 존재성』이 나오고 난 뒤, 김윤식 교수가 『고석규의 정신적 소묘-50년대 비평 감수성의 기원』을 발표하면서부터라고 할 수 있다. 그는 이 글에서 『초극』에 실린 고석규의 평문들의 전반적 성격을 6·25 이후 50년대의 시대적 상황과 관련지어 그 의미를 문학사적, 정신사적 흐름 속에서 파악하고 있다. 『여백의 존재성』이 지닌 릴케의 변용개념에서부터 윤동주, 이육사, 이상, 김소월의 시세계를 통해 고석규가 추구한 정신적 내전을 밝혀냄으로써, 그의 내면적 흔적을 엿보고 있다. 김윤식 교수가 내린 정신사적 재구의 결론은 고석규가 한국의 50년대 전후문

---

1) 고석규는 1932년 함남생이며 1952년 부산대학국문과에 입학하였다. 이후 『신작품』, 『시조』, 『시연구』, 등의 동인활동을 활발히 하였으며, 1957년 김재섭과 함께 『조국』을 간행하였고 『문학예술』지에 「시인의 역설」을 연재하였다.

학비평 감수성의 발견과 그 전개의 기점이 되고 있다2)는 점이다.

이러한 김윤식의 고석규에 대한 관심은 『1950년대 한국문예비평 3 가지 양상』에로 이어진다. 이 글에서 김윤식은 1950년대 비평양상을 이어령의 화전민의식, 유종호의 토착어 의식, 고석규의 근대성의 파탄과 죽음의 형이상학으로 3분화하여 파악함으로써 고석규 비평의 특징을 구체화3)하고 있다.

또한 「전후 문학의 원점」에서는 고석규의 정신사를 릴케, 로댕, 윤동주와 연결시켜 파악해 내어4) 이를 <청동의 계절>과 <청동의 관>이 지닌 의미로 전이시켜가고 있다. 이러한 김윤식의 정신사적 탐색은 다시 「청동의 계절에서 청동의 관까지」로 다시 이어진다. 여기에서 김윤식은 고석규의 비평적 글쓰기를 <자외선으로서의 글쓰기>로 명명하고, 이를 벤야민의 글쓰기와 대비시키고 있다. 또한 <청동의 관>이란 <청동의 계절>이란 이름의 산문 즉 자외선으로써의 글쓰기에 대한 밑그림에 해당하는 관계로 파악하고 있다. 즉 고석규의 시집인 『청동의 관』의 바탕 위에 <청동의 계절>인 자외선의 글쓰기가 가능했다5)는 것이다.

이러한 지속적이고 열정적인 김윤식의 고석규의 정신사적 탐색은 「전후문학과 실존주의」, 「고석규와 더불어 범어사에 가다」 등으로 이어진다. 전자는 실존주의적 측면에서 후자는 고석규의 일기와 관련해서 그의 정신사를 재구성하고 있는 내용이다. 김윤식 교수의 고석규에 대한 6편이나 되는 남다른 관심과 탐색은 고석규의 면모를 총체

---

2) 김윤식, 「고석규의 정신적 소묘」, 고석규 전집 5, 책읽는 사람, 1993, p. 90.
3) 김윤식, 「1950년대 한국문예비평 3가지 양상」, 고석규 전집 5, 책읽는 사람, 1993, p. 94.
4) 김윤식, 「전후 문학의 원점」, 고석규 전집 5, 책읽는 사람, 1993, p. 108.
5) 김윤식, 「청동의 계절에서 청동의 관까지」, 고석규 전집 5, 책읽는 사람, 1993, p. 127.

화하는 데 상당한 기여를 했을 뿐만 아니라, 50년대 한국비평사에서 고석규가 차지하는 위상을 제대로 회복시킨 작업으로 평가된다. 그러나 고석규의 정신사적 탐구는 이제 다양한 측면으로의 접근에 의해서 보완되어야 할 여지를 남겨놓고 있는 것도 사실이다.

이런 측면에서 임태우의 『고석규 비평문학 연구』는 김윤식의 고석규 연구를 바탕으로 한 또 다른 진전으로 볼 수 있다. 고석규 비평에 대한 본격 연구 중의 하나가 임태우의 『고석규 비평문학 연구』이기 때문이다. 그는 이 논문에서 50년대 실존주의 비평 논의의 한 대상으로서 고석규의 실제비평을 통해 그 특징을 분석하고 있다. 그가 고석규 비평을 다루면서 사용한 비평의 인식소는 '부정성 사유'인데, 이 부정성이 고석규 비평에서의 두 가지 양상으로 나타나고 있다고 본다. 첫째는 존재론적 차원에서 전개되는 부정성이다. 이는 릴케의 미학을 수용하면서 이루어진 것으로 죽음의 테마를 통해 새로운 삶의 내용을 획득하고자 하는 시도로 나타난다고 보았다. 그리고 이러한 부정성은 죽음을 배제하는 것이 아니라, 그것을 규정적으로 부정하여 삶의 원리를 발견하려고 하고 있기 때문에 죽음의 테마를 변증법적으로 인식하고 있는 것으로 파악한다. 또한 이러한 부정성 사유를 고석규는 이육사와 윤동주의 작품을 분석하고 규명하는 자리에서 전형적으로 보여주고 있다[6]고 평가한다.

둘째의 부정성 사유는 부정 내지 저항의 개념을 자유로 파악하는 실존주의의 사유방식에 접근하면서 그것 자체의 가치를 절대화한 경우로 분석한다. 이때의 부정성 사유의 태도로서의 부정을 말한다고

---

6) 임태우, 「고석규 문학비평 연구」, 고석규 전집 5, 책읽는 사람, 1993, p. 213.

밝힌다. 그리고 이런 부정정신은 소월과 이상에 대한 분석과 해석 속에서 발견된다[7]는 것이다. 그런데 고석규는 이 두 가지 차원의 부정성 사유를 통합적 시각 속에서 전개해 내시 못하고 병립적으로 진개해 나가고 있다고 보았다. 그러한 한계를 고석규는 사랑의 개념을 설정하여 이를 실제비평에서 논함으로써 실존주의적 사유방식이 새롭게 전이될 수 있는 계기를 마련해 주고 있다고[8]평가한다.

이러한 고석규의 실존주의적 비평 체계의 분석과 함께 임태우의 관심은 비평적 글쓰기의 특징을 해명하는 데 있다. 즉 임태우는 고석규의 에세이적 글쓰기를 비지시적 언어관을 통해 해명하고 있는데, 이러한 에세이적 글쓰기는 보편적 가치관과 이념적 지향점이 그 설득력을 상실하게 되는 위기의 시대에 나타나는 글쓰기라는 점에서 일단 그 의미를 발견할 수 있다고 본다. 위기의 시대에는 가치관이 혼란되고 언어와 대상 사이의 괴리 즉, 개념의 외연이 불투명해지게 되는데 고석규는 에세이적 글쓰기를 통하여 당대의 위기를 문학 속에 반영하고 또 그에 대응해 나간 것으로 파악하고 있다.

이러한 임태우의 고석규 비평문학 연구는 고석규의 평문 중 「시인의 역설」을 중심으로 그의 실존주의적 비평양상을 해명한 본격 논문이란 점에서 의의를 지닌다. 그러나 「시인의 역설」 외의 평문 즉 「시적 상상력」이나 그의 시작품과 관련된 비평적 글쓰기와의 관계성 해명 등은 앞으로 해명되어야 할 과제로 남겨 놓고 있다.

임태우와 같은 선상에서 「시인의 역설」을 중심으로 고석규 비평을 논한 글이 문혜원의 「역설을 주제로 한 고석규 비평 연구」이다. 문혜

---

7) 임태우, 앞의 논문, p. 213.
8) 임태우, 앞의 논문, p. 252.

원은 이 글에서 고석규는 역설이란 개념을 내세워 이육사, 이상, 윤동주, 김소월 등을 논하고 있는데, 여기서 그는 역설이 문학 내적인 것에 그치지 않고 개인의 실존의 모습까지 아우르는 개념으로 사용되고 있다고 본다.

이러한 역설개념은 실존의 상황 자체가 역설적이라는 키에르케고르의 입장을 수용하고 있는 것으로 이해하고 있으며, 예시한 시인들은 실존의 각 단계에 위치하며, 그 중 가장 높은 단계에 올라 있는 대상이 윤동주라고 판단한다.9)

그리고 이러한 고석규의 실제비평은 시인의 개인적 측면과 작품상의 주인공 또는 화자를 동일시하는 오류를 지니고 있다는 비판을 받을 수는 있지만 전후공간에서 작품을 면밀히 분석하는 일례를 보여주고 있다는 점에서 문학사적 의의를 획득한다고 평가한다. 그러나 문혜원의 고석규 비평론 역시 「시인의 역설」한 편에만 국한된 아쉬움을 남기고 있다.

지금까지의 고석규 비평의 연구현황개관 가운데서도 드러났듯이 고석규 연구는 90년대 초반에서 시작되어, 이제 그 초기 단계라고 할 수 있다.10) 그러므로 고석규 비평은 여러 가지 측면에서 해명되어야 할 여지를 많이 남겨 놓고 있는 것이다. 그래서 본고에서는 고석규의 비평을 해석학적 입장에서 접근해 보려고 한다. 해석학이란 근본적으

---

9) 문혜원, 「역설을 주제로 한 고석규 비평 연구」, 고석규 전집 5, 책읽는 사람, 1993, p. 194.
10) 고석규에 대한 지금까지의 글들은 크게 세 가지 유형으로 나누어 볼 수 있다. 첫째는 김춘수의 「고석규의 비평세계」, 김정한의 「고석규에의 추억」과 같은 회고록, 둘째는 고석규 비평의 중요성을 환기시키는 남송우 「고석규, 그 미완의 비평적 행로」, 구모룡의 「고석규 혹은 역설의 비평가」같은 평문, 셋째는 김윤식 「고석규의 정신적 소묘」, 임태우의 「고석규 비평문학 연구」 등과 같은 본격 연구 글이다.

로 이 세계에 대한 이해 방식이며, 그 이해의 결과를 드러내는 하나의
삶의 방식이기도 하기 때문이다. 그러므로 해석학적 입장에서 고석규
의 평문을 읽어보면, 좀 더 넓은 시야 속에서 드러나는 고석규 비평의
특징을 짚어낼 수 있으리라 기대하기 때문이다.

이 연구의 목적은 고석규의 문학비평을 선이해의 측면과 실존론적
인 측면에서의 이해와 세계해석의 통합적 시선을 해석학적 측면에서
해명함으로써 고석규의 정신사에 접근해 보고자 한다.

6. 고석규의 선이해

고석규의 선이해는 참으로 다양한 요소들로 채워져 있다고 할 수
있다. 그는 4천여 권에 해당하는 국내외 저서들에 언제나 둘러싸여 있
었기 때문이다. 다양한 독서체험의 결과들이 다양한 선이해를 이루고
있음을 쉽게 찾아낼 수 있다. 그래서 그의 선이해는 복잡하게 헝크러
진 형국을 하고 있다. 그러나 크게는 철학과 문학 두 영역으로 나누어
고석규의 선이해를 정리할 수 있을 것 같다. 그가 남긴 글들 속에서 그
의 이러한 독서경향을 찾아볼 수 있기 때문이다.

1) 철학적 사유와 관련된 선이해

고석규의 비평에서 가장 흔하게 만나는 단어는 실존주의이다. 고석
규가 접하게 된 실존주의 양상은 다양하지만 키에르케고르, 하이데
거, 사르트르 등이 중요한 선이해의 바탕을 이루는 대상들이다.

먼저 키에르케고르의 사유에 대한 고석규의 선이해를 살펴본다. 고

석규는 「불안과 실존주의」에서 무를 불안과 원죄의 근원으로 이해하고 있다. 그래서 고석규는 키에르케고르의 불안을 2단계로 보았다. 그런데 이러한 불안은 인간의 자유와 밀접한 관계를 지니고 있으며, 이 자유는 어지러움으로 나타난다는 것이다. 즉 우리가 깊은 심연에 이르렀을 때, 아슬아슬한 심연의 깊이와 동시에 느끼는 것은 그 심연에 직면한 우리들 자신의 위기위식이다. 심연을 바라보고 싶었던 우리들의 자유가 하나의 어지러움으로 되살아오는 까닭이다. 그래서 불안은 자유의 어지러움이란 정의로 바뀌게 되고, 인간의 자유는 언제나 결핍상태에 놓이며 그러한 결핍상태가 극도에 다다랐을 때, 비로소 인간은 절망을 느낀다는 것이 키에르케고르의 논리라는 것이다. 그런데 발전된 불안의 마지막 형태인 절망에서 인간이 어떻게 구제될 수 있는가 하는 점에서 키에르케고르는 신의 능력을 믿었다는 것이다. 이리하여 키에르케고르는 신 앞에서 무릎을 꿇을 수 있는 외로운 인간을 실존이라 불렀으니 불안은 실존하려는 실존의식에 있어서 가장 두드러진 심리현상이라[11] 보았다.

이렇게 고석규는 키에르케고르의 불안개념을 통해 실존주의의 특징을 이해하고 있다. 그런데 이러한 인간 실존의 양태는 키에르케고르에게 있어서는 아이러니로 해명되기도 한다. 그래서 고석규는 「문학적 아이러니」[12]에서, 키에르케고르의 극적인 부정성으로서의 아이러니를 그대로 수용하고 있다.

이렇게 고석규의 키에르케고르에 대한 이해는 그가 「시인의 역설」을 논하는 자리에서 이상 시를 분석하는 하나의 참조틀이 되고 있다.

---

11) 고석규, 「불안과 실존주의」, 고석규 전집 1, 책읽는 사람, 1993, p. 40.
12) 고석규, 「문학적 아이러니」, 고석규 전집 1, 책읽는 사람, 1993, p. 120.

이상 시에 나타나는 절망은 고석규가 볼 때는 표현하는 절망으로서, 아니면 절망의 형태로 나타난다는 것인데, 이를 그는 최초의 절망 나아가 방법적 아이러니로 본다. 즉 이상이 시에서 소설을 쓰기까지 시에 있어서의 반산문적인 요소를 차츰 산문화 해내는 과정이나 반대로 반시적 충동을 애써 시화한 그 잠재적 노력이 분명히 최초의 절망이 지닐 바 방법적 아이러니라고 보는 것이다.[13]

또한 이상에게 있어 방법적 아이러니는 결국 이상의 성격적 아이러니와 더욱 깊이 연속된 것으로 보고, 고석규는 「오감도」 일부와 그보다 뒤진 후기 시들을 대상으로 이상의 성격적 아이러니를 파악하고 있다. 이는 이상의 인간적인 측면에 맞추어 이상 시를 분석해보려는 의도의 결과로, 이상은 자아와 대상 간의 갈등에서 오는 절망을 작품으로 표현하고, 다시 작품 안의 절망에 빠져듦으로써 절망을 객관화시키지 못하고 있다고 보았다. 이는 바로 이상의 성격적 아이러니는 실패로 끝났다는 판단이다. 이러한 고석규의 이상 시 분석은 아이러니를 다분히 수사학적 차원에서 바라본 것이 아니라, 실존의 한 과정으로 보고, 아이러니를 통해 인간 이상의 존재론적 역설을 밝히려는 한 결과로 볼 수 있다.[14] 즉 문학적 차원의 역설과 인간 존재의 역설을 동시에 설명하고자 하는 오류를 범하고 있는 부분이다.

다음은 하이데거에 대한 고석규의 선이해의 정도를 살펴본다. 하이데거에 대한 이해의 출발은 <불안이란 무를 시현하는 것이다>라는 무에 대한 인식에서부터이다. 어둠 속의 촛불과도 같이 자기존재를

---

13) 고석규, 「시인의 역설」, 고석규 전집 1, 책읽는 사람, 1993, p. 198.
14) 문혜원, 「역설을 주제로 한 고석규 비평 연구」, 고석규 전집 5, 책읽는 사람, 1993, p. 188.

제외한 모두를 온통 <무>로 돌리는 부정력에 충실함으로써 자기 존재를 더욱 눈부시며 환한 것으로 비치려는 것이 이른바 하이데거의 실존주의라는 것이다.

비록 던져진 자기존재일망정 세계의 필연성에 대항하는 초월적인 가능성을 저버리지 않기 위해서 인간은 언제나 <무>를 시현하려는 불안에 싸이며 은근히 자기존재와 불안과의 일치를 바라고 있는데, 하이데거는 이러한 근원적 불안에 투철함으로써 자기존재는 실존하게 되는 것이며, 근원적 불안을 캐는 일이 형이상학의 목적이라고 피력한 바를 고석규는 긍정적으로 수용하고 있다.15) 그래서 하이데거의 <불안에의 용기>를 긍정적으로 나아가 현대인의 감추어진 신앙으로 인식한다. 이러한 고석규의 하이데거의 실존주의에 대한 이해는 그의 「지평선의 전달」속에서 우선 용해되어 나타난다.

"무의 적극화는 무의 부정화일 것이며 나아가선 무의 수동성을 초월함일 것이다. 던져짐에서 던져감으로 역승하려는 나의 현존은 던져짐의, 즉 있었던 바를 새삼 부정타게 하는 데서만 가능할 줄 안다. 이리하여 나의 피투는 나의 투기로 나의 수동은 다시 나의 능동으로 각각 전기된다.
모든 나의 탈아, 그리고 저물어가는 형상의 노을들, 지금에 있는 나란 어디까지나 무에 걸려 있는 무로 돌아오는 아니 무로 장래하는 시간성 그것이 되어야 한다. 하이데거에 의하면 그러한 시간은 있는 것이 아니라 익어가는 것이다.16)"

---

15) 고석규, 「여백의 존재성」, 고석규 전집 1, 책읽는 사람, 1993, p. 41.
16) 고석규, 「지평선의 전달」, 고석규 전집 1, 책읽는 사람, 1993, p. 53.

고석규는 하이데거의 실존적 시간의식에 바탕을 두고, 자신의 지평선을 위해 중간자의 고민을 과거성과 미래성에 대한 고민으로 드러내고 있다. 또한 「시인의 역설」에서, 고석규는 부정의식에 투철한 시인으로 김소월을 지목하고 그의 시 「먼 후일」에 나타나는 믿기지 않아서 잊었다는 언어내용이란 긍정될 수 없는 바이며, 오늘도 어제도 아닌 먼 후일에 그렇게 잊었다는 미래적 과거는 부정의식의 소산으로 보고 있다. 이런 부정의식은 믿음의 약속을 부정하고 있지 않음의 기억을 부정하고 다시 요즈음 현재를 부정하는 그 모든 부정을 통해 무의 개념을 재촉함으로써 하이데거의 무개념을 떠올리고 있다.

고석규의 실존주의 철학에 대한 이해는 키에르케고르, 하이데거 뿐만 아니라, 사르트르에게로 나아가고 있다. 고석규가 사르트르의 실존주의에서 관심을 가진 것은 무의 존재인 나를 인식함으로써 실존하는 인간의 책임의식이다. 이 책임의식은 바로 행동으로서, 나에 대한 반성을 촉구하는 불안 속의 행동이며 실존의 행동이다. 충만되어 있기 때문에 변해갈 수도 없고, 행동하지 않는 즉자적 존재와는 달리 대자적 존재는 끊임없이 행동하고 부정하면서, 무를 세계에 끌어들이는 존재로 이해하고 있다. 이러한 사르트르의 실존사상의 이해는 고석규의 「불안과 실존주의」에서 잘 드러나고 있다.[17]

이렇게 선이해 된 사르트르의 실존적 행위의 강조는 고석규가 「민족문학의 반성」을 논하면서 그대로 차용하고 있음을 다음에서 확인할 수 있다.

---

17) 고석규, 「불안과 실존주의」, 고석규 전집 1, 책읽는 사람, 1993, p. 42.

전후의 사르트르가 소유의 문학을 실행의 문학으로 대치시킨 것은 그만큼 의식적 행동성을 자극하려는 목적에서였다고 보는데 참된 민족문학엔 참된 민족적 행동성이 발로되어야 하며 그것은 또한 자유라고 불리우는 현존적인 의식으로서 구축되어야 함은 의론할 여지가 없다[18].

고석규의 참된 민족문학이 나아가야 할 방향을 설정하는 데 있어 민족적 행동성을 요청함으로써 사르트르의 실존적 행위의 강조라는 측면에서 이해된다. 뿐만 아니라 고석규는 「시인의 역설」에서, 이육 사의 시를 논하면서, 사르트르의 「존재와 허무」속에서의 부정의 기원을 소개하며 논의의 준거를 마련하고 있어 사르트르에 대한 선이해가 엿보인다.

사르트르에 따르면, 존재 밖에서 존재조건으로 널려있는 실재가 바로 허무인 부정이며 동시에 존재에 의하여 받침되어 있는 것도 역시 부정 그것이라는 것이다. 그런데 허무엔 불안 공포라는 것이 가장 중요한 모티브로 되어 있으며 인간은 언제나 이 허무에 질려 있다고 본다[19]. 그리고 죽음이란 상황이 가장 두드러진 부조리로서 나타나며, 이 문제를 육사의 시에서 확인하고 있다.

이상에서 살펴본 것처럼 고석규의 철학적 이해는 키에르케고르부터 사르트르에 이르는 실존주의자들에게 기울어져 있었음을 확인할 수 있다. 이러한 고석규의 실존주의에 대한 관심은 1955년에 그가 번역한 P.프울께의 『실존주의』에서도 그대로 드러나고 있다[20].

---

18) 고석규, 「민족문학의 반성」, 고석규 전집 1, 책읽는 사람, 1993, p. 133.
19) 고석규, 「시인의 역설」, 고석규 전집 1, 책읽는 사람, 1993, p. 181.
20) 고석규는 실존주의 소설 따위 읽었어도 실존주의 논쟁은 엿들을 만한 기회가 없었 다고 말하면서, 이러한 형편을 타개할 만한 P.프울께의 실존주의를 영역판으로 번

2) 문학적 사유와 관련된 선이해

문학하는 작가로서 고석규의 비평적 사유에 깊이 관련되어 있는 자들은 국내외적으로 많다. 그러나 이들 중 대표적인 몇 사람을 든다면, 릴케, 엘리어트, 까뮈 등을 먼저 그 대상으로 떠올릴 수 있다. 먼저 릴케의 경우를 살펴본다.

릴케의 사상 중 고석규의 산문에서 엿보이는 부분은 미의 사상과 변용개념이다. 릴케는 예술에 있어서 미란 무엇인가를 그의 「로댕론」에서 다음과 같이 펼치고 있다.

> 누구 하나 여태껏 미를 만들어낸 사람은 없습니다. 우리는 오로지 때때로 우리한테 머물고 싶어하는 것에 대해서 친밀하거나 또는 숭고한 경우, 가령 제단이나 과실 또는 불꽃을 만들 수가 있을 뿐입니다. 그 밖의 것은 우리 힘이 미치지 못합니다.
> ─전광진 역, 『로댕』, 여원교양신서, 1960, p. 90

릴케가 로댕의 조각품 「청동시대」를 바라보며 사유한 미적 개념의 특징은 미를 만든다는 것은 불가능한 일이며, 따라서 아무도 미를 만든 바가 없다는 점이다. 그래서 다만 사람이 할 수 있는 것은 자기가 만든 물건에는 어쩌면 미가 찾아오게 되리라는 어떤 조건이란 것이 존재하고 있음을 알고 있을 뿐이라는 것이다. 그래서 시인의 사명이란 이 조건에 능통하는 일이며 또 이 조건을 만들어 낼 수 있는 능력 기르기에 있다고 본다. 고석규는 릴케의 「로댕론」에 나타나는 이러한 미개념을 그의 「여백의 존재성」에서 그대로 담아내고 있다.

L여! 이것은 릴케가 나에게 알린 사상이올시다. 나는 릴케의 존재

─────────

역한다고 역자 후기에서 밝히고 있다.

성이 얼마나 이 <들리지 않는 소리>를 위하여 괴로워하였는가를 먼저 알게 되었습니다. 그는 이렇게 말하고 있습니다. 어디에 아름 다움이 따로 있다고 남과 같이 말할 순 없습니다. 스스로를 넘으려 는 유용의 힘을 위한 충동에 따라 자기작품에 아름다움이 걸어올 수 있는 어떤 조건의 존재를 믿을 따름입니다. 나의 사명이란 이 조건 을 밝히는 것과 그러한 조건을 내기 위한 힘을 기르는 데 있습니다.

—고석규, 『초극』, pp. 25~26

다음은 릴케의 변용개념을 살펴본다. 릴케의 변용이란 눈에 보이는 세계를 또 다른 눈에 보이는 세계로 모습을 바꿔 놓는다는 뜻이 아니 라, 눈에 보이는 세계(삶)를 눈에 보이지 않는 세계(죽음)로 바꿔 놓는 다는 뜻이다. 이것은 인간이 자신의 죽음의 가능성을 즉 자신이 소멸 해간다는 것을 극도의 인내 속에서 승인하는 것, 그리하여 죽음이란 공포의 공간을 긍정적인 삶의 공간으로 전이시키는 것이다.

그러므로 릴케의 변용개념은 죽음의 내면화를 통해 어두운 긍정의 세계를 여는 사고과정이다. 이러한 변용개념은 고석규에게 있어서는, 부재의 존재성[21]을 말하고 있는 「여백의 존재성」에서 다음과 같이 서 술되고 있다.

나는 보노라 지금에 없는 것을
나는 아노라 일찍이 없는 것을
나는 만드노라 또 잊어지는 것을[22]

지금에 없는 것을 보는 것, 일찍이 없었던 것을 아는 것, 장차 있을

21) 김윤식, 「고석규의 정신적 소묘」, 고석규 전집 5, 책읽는 사람, 1993, p. 72.
22) 고석규, 「여백의 존재성」, 고석규 전집 1, 책읽는 사람, 1993, p. 19.

것을 만드는 것, 이것이 고석규에게는 여백의 존재성인데, 이는 바로 부재의 존재성을 말한다.

이렇게 고석규는 릴케의 사유를 자신의 사색의 한 터전으로 삼고 있음과 동시에 그의 실제 비평 「시인의 역설」에서 윤동주를 논할 때 릴케와의 대비를 통해 윤동주의 정신사를 드러냄으로써 그의 릴케에 대한 선이해를 보여주고 있다. 그래서 고석규는 「R.M 릴케의 영향」을 논하는 자리에서도 1940년대의 진공에 홀로 떨어져간 시인 윤동주를 지목하고 있다. 그를 릴케적 불안과 공포에서 불태워진 싸늘한 희생으로 바라보고 있으며, 윤동주의 「또 다른 고향」은 완전히 릴케와의 동시대적인 불안을 빚어내고 있다23)고 보았다. 이런 연유로 김윤식 교수가 릴케와 윤동주 그리고 고석규를 이어지는 하나의 맥으로 파악하고자 한 점24)을 이해할 수 있다.

다음은 까뮈에 대한 고석규의 이해를 살펴본다. 고석규의 까뮈에 대한 관심은 그가 번역한 「탐색적 인간주의자」, 「알베르·까뮈의 문체론」에서 확인된다. 전자에서는 까뮈의 인간과 삶 그리고 사상에 대한 전반적 소개와 함께 그의 부정적 사고력과 끊임없는 탐색적 인간주의를 고귀한 서구라파의 고귀한 유산으로 평가하고 있는 글이며, 후자는 까뮈의 문체적 특징을 부조리를 추론하는 산문적 자기와 부조리를 창조하는 시적 자기와의 격렬한 전장이 까뮈의 문체 영역이라고 해명하고 있는 내용이다.

이러한 까뮈의 인간의 부조리성에 대한 부단한 추구는 고석규가 이상의 작품을 논하는 「문학적 아이러니」에서 그대로 인용되고 있다.

---

23) 고석규, 「R.M 릴케의 영향」, 고석규 전집 1, 책읽는 사람, 1993, pp. 243~244.
24) 김윤식, 「고석규의 정신적 소묘」, 고석규 전집 5, 책읽는 사람, 1993, p. 80.

이상의 산문은 동작 아닌 동태를 그리는 데 집중되었다. 「보이스」
(태)의 기능을 시에 이르러 「무우드」(법)의 활용으로 다시 전기되었
다. 이상은 철저히 언문일치를 배격했던 것이다. 즉 이상의 「에고」
는 하나의 「에고」을 다른 「에고」로 소통하기 위한 작품양식에 구애
될 수 없었다.

까뮈가 동사의 시제를 은폐하고 지주인 인과 관계를 제거하는 문
체를 수립한 것은 그다지 이국정취가 아닐 터이다. 까뮈의 「에고」이
그대로 이상의 「에고」와 어느 면에서 동일한데 그들이 호응하며 제
약당한 세계와 정신성은 대치없는 무덤이었겠다. 즉 반어적인 충동
이며 희생일 것이다. 까뮈 자신 「부조리의 창조」속에서 「악령」의
「끼리로브」이 저승의 영생을 믿느냐는 답변으로 아니 여기의 영생
을 믿는다는 실존을 얼마나 구가하였던가[25].

이상의 「지주회시」를 고석규가 평하면서, 이상이 지닌 반산문적인
산문가이며 반시적인 시인임을 해설하면서 제기하고 있는 위의 인용
문은 바로 까뮈가 지닌 문체적 특징인 부조리를 추론하는 산문적 자
기와 부조리를 창조하는 시적 자기와의 결렬한 결전장이란 표현과 동
일한 선에서 이해될 수 있는 부분이다. 까뮈에 대한 고석규의 선이해
는 사상적 측면도 무시할 수 없지만, 까뮈의 사상적 측면은 주로 사르
트르에 의존하고 있는 듯 보이며, 문체적인 측면을 통한 부조리(아이
러니)의 이해가 부각되어 나타나고 있다.

다음은 엘리어트에 대한 고석규의 이해를 살펴보고자 한다.

고석규의 엘리어트에 대한 이해는 그의 비평전반에 걸쳐 나타나고
있지만, 특히 현대시 혹은 모더니즘을 논하는 자리에서는 언제나 등장
하는 대상이 되고 있다. 번역 「T.S 엘리어트의 인간적 경위」, 「신뢰적

---

25) 고석규, 「문학적 아이로니」, 고석규 전집 1, 책읽는 사람, 1993, pp. 121~122.

극작가 T.S 엘리어트」, 「T.S 엘리어트 관견」, 「모던이스트운동은 종식되다」 등에서 보이듯이 고석규의 엘리어트에 대한 관심은 남다른 것으로 나타난다. 그러나 이런 고석규의 엘리어트에 대한 관심은 「현대시의 형이상성」을 논하면서[26], 어느 정도 자기화된 목소리로 전달된다.

이글은 현대시의 한 성격을 형이상성적 측면 즉 사고에 의하여 변화된 감수성이 다시 사고와 결합되는 영원한 운동이 <불일치의 일치>라는 시적 모습을 지니고 있다는 사실을 밝히는 글이다. 여기서 고석규는 현대시의 난해성을 엘리어트의 「형이상학적 시인론」에 의존해서 풀어내고 있으며, 「시와 비평의 효용」을 통해 현대시의 주지적 경향을 해명함으로써 현대시의 불일치의 일치성이 지닌 특성을 드러내고 있다.

고석규의 엘리어트에 대한 이해는 「시의 기능적 발전」에 이어지고 있다. 여기서 고석규는 엘리어트가 말한 훌륭한 시가 있으면 훌륭한 비평이 부진하고 많은 비평이 있으면 시의 질이 저하된다는 명제를 수용하면서, 이런 입장은 시의 기능을 비평의 기능과 일치시켰다고 해석하고 있다. 또한 시는 쓰는 경험과 시를 들려주는 경험의 이중적 경험을 내포하고 있는데, 엘리어트에 있어서 시극의 가능성은 이 두 가지 경험을 상관 통일하는 정신의 방법[27]으로 보고 있다.

또한 「비평가의 문체」을 논하면서도, 고석규는 엘리어트의 「비평가의 기능」 중 "실제로 한 작품을 적는 일의 태반은 비평하는 일이며 음미, 조합, 구성, 삭제, 퇴고, 검토하는 노력이란 창조적이라기보다 오

---

26) 고석규, 「현대시의 형이상학성」, 고석규 전집 1, 책읽는 사람, 1993, p. 76.
27) 고석규, 「시의 기능적 발전」, 고석규 전집 1, 책읽는 사람, 1993, p. 83.

히려 비평적인 것이다"라는 한 부분을 통해, 이는 무엇을 어떻게 적느냐의 기능을 말한 것28)이라고 해석함으로써 비평가의 문체가 지향해야 할 방향성을 설정하는데 필요한 토대로 삼고 있다.

그리고 「비평가의 교양」29)에서 현대비평의 모습을 진단하면서, 엘리어트가 말한 "나는 현대의 비평을 검토할 때 우리들은 여전히 아놀드의 시대에 머물러 있다는 것을 믿지 않을 수 없다"고 한 부분을 인용함으로써 고석규는 현대비평의 준거들을 상당부분 엘리어트에 의존하고 있음을 확인할 수 있다.

이상은 고석규가 펼친 현대시 혹은 모더니즘과 관련된 원론적 비평 논의에서 확인되는 고석규의 엘리어트에 대한 이해의 양상이다. 그런데 고석규의 엘리어트에 대한 이해는 그의 실제비평인 「시인의 역설」에서도 나타난다. 고석규는 「시인의 역설」에서 이육사 시에 나타난 죽음의 이미지를 평하면서, 그는 엘리어트의 「황무지」의 초장인 「시체의 매장」을 인용하며, 여기에 나타나는 죽음의 양상과 이육사 시에 나타나는 죽음의 이미지를 대비시키고 있다. 엘리어트의 계절과 스폰타니티(spontanity)에 대한 평가는 죽음에 대한 상태를 의식적으로 선택하려는 실존적인 방법이며, 고도한 비평작용으로 이는 심미와 고뇌를 함께 지지한 부정력으로 평가하며, 이를 역설로 보고 있다30).

이러한 고석규의 엘리어트에 대한 이해는 그의 학위논문인 「시적 상상력」에서 공상과 상상력을 정리하면서도 나타난다. 엘리어트가 「시의 효용과 비평의 효용」에서 밝히고 있는 상상력과 공상과의 차이점

---

28) 고석규, 「비평가의 문체」, 고석규 전집 1, 책읽는 사람, 1993, p. 103.
29) 고석규, 「비평가의 교양」, 고석규 전집 1, 책읽는 사람, 1993, p. 105.
30) 고석규, 「시인의 역설」, 고석규 전집 1, 책읽는 사람, 1993, p. 186.

과 이를 지양하여 실현되는 상상력의 성취가 한 시대와 그 시대를 지배하는 비평정신과 상호일치된다는 사실을 중시하고 있다. 즉 엘리어트는 상상력의 종합적인 균형과 조화를 강조함으로써 코울리지의 상대적 우위론을 극복할 수 있었다고 본다.

이렇게 엘리어트는 고석규가 관심을 가지고 있던 현대시의 해명과 그 방향성의 정립이란 과제를 푸는데 상당한 토대로 작용하고 있음을 확인할 수 있다. 그러나 그의 엘리어트에 대한 관심의 폭이 넓은 만큼 그의 시론과 비평론 자체의 종합적인 체계화를 통한 자기화는 힘들었던 것 같다. 이는 엘리어트의 비평론의 적용이 산발적이고 단편적인 선에 머물고 있기 때문이다. 이는 바로 50년대 당시 고석규 자신에게 는 실존주의에 대한 관심과 이해가 더 절실했기 때문이 아니었나 하는 추정을 할 수 있을 것이다.

3) 실존주의적 존재해석

고석규의 실제비평에서 특징적으로 드러나는 양상 중의 하나는 실존주의적 존재 이해이다. 이는 그의 「여백의 존재성」에서부터 드러난다. 고석규의 「여백의 존재성」은 L에게라는 불특정 대상을 향한 편지형식의 글이다. 이 편지형식의 에세이는 그의 초기의 비평의식 뿐만 아니라, 당시의 고석규의 면모와 의식을 잘 보여주는 글이다. 그런데 이 글에서 고석규는 <여백의 존재성>이라는 명제를 통해 부재의 존재성을 드러내고 있다. 이는 바로 현 존재 및 존재의 가능태들을 탈은 폐시키는 존재의 해석학[31]을 보여주고 있다[32]는 말이다. 고석규가 이

---

31) 하이데거는 존재의 해석학을 현 존재의 본래적인 가능성들에 대한 분석이며, 이는

글에서 내린 다음과 같은 결론은 이러한 존재의 근원적 문제를 제기하고 있다.

> 여백은 존재를 증명하기 위한 부재의 표현에 지나지 않습니다. 우리들 부정 속에 내재되는 새로운 긍정을 위하여 L여! 우리는 다만 진실한 우리들의 작업을 멈추지 않아야 할 것입니다.
> 나의 이글은 내가 생각하였던 단편에 불과합니다. 나는 나의 여백을 한 동안 믿어야 할 것입니다. 그것이 이 절박한 시간을 극복하는 나의 안정이라 할 것 같으면 나는 나의 불투명한 여백과 부재의 사고에서 새로운 투명과 새로운 존재를 다시 발견할 것이 아닙니까[33].

여백은 존재를 증명하기 위한 부재의 표현에 지나지 않는다는 것은 비존재와 존재 사이의 관계를 드러내면서 비존재(부재)가 어떻게 존재로 나타나게 되는지를 인식케 하는 대목이다. 즉 여백 자체가 하나의 존재성을 분명 지니고 있는 가능태라는 사실을 통해 존재의 실존성을 의식케 한다는 것이다. 이러한 고석규의 의식은 부정 속에 내재되는 새로운 긍정을 위하여 우리들의 작업을 멈추지 않아야 한다는 선언을 통해 그의 존재 의식은 부정성에 맞물려 있음을 발견하게 된다. 그래서 고석규의 여백은 부재만을 상징하는 것이 아니라 죽음으로까지 그 의미가 확대된다. 그가 절박한 시간을 극복하는 안정으로 여백을 믿고 수용하고 있는 것은 여백이 지닌 이런 상징성을 뒷받침해주는 문맥이다.

바로 실존의 실존성에 대한 분석이라고 본다.
32) 리챠드 E. 팔머/이한우 역, 『해석학이란 무엇인가』, 문예출판사, 1988, p. 194.
33) 고석규, 「여백의 존재성」, 고석규 전집 5, 책읽는 사람, 1993, pp. 19~20.

그런데 중요한 것은 부정 속에 내재되는 새로운 긍정을 위하여 작업을 멈추지 않음으로써 여백과 부재에서 투명과 존재로의 새로운 발견을 추구하고 있다는 점이다.

이러한 존재성 자체에의 관심과 그 존재성을 드러내는 작업은 단순히 어떠한 하나의 텍스트(작품)에 대한 해석이나 평가가 아니라, 사상(事象)을 은폐로부터 벗겨내는 근원적 해석행위[34]라는 점에서, 고석규는 존재의 근원적 해석에 먼저 관심이 가 있다. 즉 사물들이 존재 및 현재의 존재의 가능태들을 탈은폐시킴으로써 존재론적 해석력을 보여주고 있는 것이다. 그런데 고석규의 관심은 사상(事象)의 존재론적 해석에만 머물지 않고 있다. 그는 여백의 존재성 자체의 해명을 통해 결국은 <나의 여백>성을 끌어들이고 있기 때문이다.

여백의 존재성 일반에서, <나의 여백>이란 구체적인 사실로 존재를 자기화 함으로써 고석규의 「여백의 존재성」은 존재론에서 실존성의 차원으로의 이행을 보여주고 있다는 것이다. 존재의 본질을 여백의 존재성을 통해 해석해내고는 이 존재를 현존재의 상황성과 결부시킴으로써 존재의 실존성을 부각시키고 있다. 이는 바로 고석규 자신의 실존에 대해 자기에게 물음을 던지고 있다는 말이다. 실존을 자기화함으로써 자신에게 부과된 실존적 상황을 능동적으로 기투하고 고석규는 탈아를 시도하고 있다.

실상 나는 던져진 것이다. 하이데거의 가슴을 해치지 않아도 던져진 의식에서 나는 안타까운 종말에의 눈을 뜬다. 그것이 다가오는 내일만을 뜻함이 아니라 지난 어젯날과 더더욱 지금의 오늘이라는

34) 리챠드 E. 팔머/이한우 역, 『해석학이란 무엇인가』, 문예출판사, 1988, p. 191.

울뇌(鬱惱)에 집중되었을 때 나는 지금에 나를, 즉 현존(Dasein)인 나를 저버리지 못한다……

그러나 어찌할 것인가. 던져진 나는 저 하강의 거센 압력에 대하여 설사 반항할 수 있었던가. 지낼수록 휘감기는 어둠의 질펀거림에서 던져짐을 회복하려는 나의 역승은 오히려 던져짐을 선택하는 계기적 심정으로 스스로를 벗는 것이 아니었던가……

무의 적극화는 무의 부정화일 것이며 나아가선 무의 수동성을 초월함일 것이다. 던져짐에서 던져감으로 역승하려는 나의 현존은 던져짐의, 즉 잊었던 바를 새삼 부정 타개하는 데서만 가능할 줄 안다. 이리하여 나의 피투는 나의 투기로 나의 수동은 다시 나의 능동으로 각각 전기 된다[35].

자신의 존재가 던져진 존재라는 실존적 인식은, 이를 넘어서야 한다는 새로운 자의식을 수반할 수밖에 없다. 그것은 던져진 현존을 무화하는 부정정신으로 나타나며, 이 정신이 결국은 새로운 존재의 탄생을 가능하게 한다는 하이데거적인 존재인식으로 나타난다. 시간이 지남에 따라 무화될 수밖에 없는 현존재를 그대로 수용하는 것이 아니라, 피투를 투기로 능동화 함으로써 나를 탈아(脫我)시켜간다는 것이다. 이것이 고석규가 자기 존재성을 실존주의적 토대 위에서 인식하고 난 이후의 사유 방식이다.

전쟁을 통해 죽음을 체험한 고석규에게 있어, 전쟁은 존재를 무화시키는 현실적 상황이다. 이러한 실존적 상황 속에서 자기존재성을 여백의 존재성으로 확인한 고석규는 여백과 부재성을 넘어설 사유의 방향성을 실존주의에서 찾고 있는 것이다. 그 방향성의 하나가 실존

---

35) 고석규, 「지평선의 전달」, 고석규 전집 1, 책읽는 사람, 1993, pp. 50~53.

적 상황을 여백의 존재성이란 역설로 받아들이는 일이며, 다른 하나는 실존의 기투적 성격이었다고 본다. 이러한 역설성과 기투성이 함께 잘 나타나고 있는 평문이 「시인의 역설」이다. 임태우는 「시인의 역설」에 나타나는 역설을 부정성 사유로 파악하여, 이육사와 윤동주에게서 존재론적 차원의 부정성을, 소월과 이상에게서 부정내지는 저항의 개념의 부정성 사유를 밝혀내고 있는데36), 이러한 역설성의 토대는 이미 그의 「여백의 존재성」과 「지평선의 전달」 속에서 나타난 존재의 실존성과 실존의 기투적 성향에 뿌리를 두고 있었다고 할 수 있다.

4) 통합적 해석력

고석규는 「비평가의 문체」에서 우리 신문학사는 <무엇>을 담았느냐에 주로 관심을 둠으로써, 글쓰기에 있어 문체적 측면에 대한 관심과 노력이 부족했음을 지적하고 있다. 그리고 <무엇>을 <어떻게> 읊고 적었는가에 관심을 가져야 한다는 입장을 피력하고 있다. 특히 비평에 있어서도, 실제 작품은 내용과 형식면에서, 많은 변화가 있어왔는데, 비평가의 관심은 주로 <무엇>에만 기울어져 있었음을 문제로 지적한다. 그래서 고석규는 <무엇>을 적는 비평보다는 <어떻게>적는 비평가를, 나아가선 <무엇을 어떻게> 적는 비평가를 요청하고 있다37). 이러한 고석규의 비평문 쓰기에 대한 관심은 <무엇>보다는 <어떻게>에 더 관심을 가지고 있음을 보여주는 부분이다. 그

---

36) 임태우, 「고석규 문학비평 연구」, 고석규 전집 5, 책읽는 사람, 1993, p. 213.
37) 고석규, 「비평가의 문체」, 고석규 전집 1, 책읽는 사람, 1993, p.102.

러나 그는 어느 한쪽에 비중을 더 두려는 입장보다는 <어떻게>의 방법을 질적으로 확대하여 <무엇>과의 동시동화를 실현할 수 있는 비평가의 문체를 요청하고 있다[38].

여기서 고석규가 말하고 있는 <무엇>과 <어떻게>의 동시동화란 비평적 글쓰기에 있어서 내용과 형식을 함께 통일하는 것을 말한다. 고석규의 이러한 시선은 하나의 문체를 두고, 무엇과 어떻게로 나누어 보는 양면적 시선 나아가 세계를 양가적으로 바라보는 시선이 나타나기도 하지만, 그는 이 양가적 측면을 하나로 통일하려는 종합적 시선도 지니고 있음을 동시에 확인할 수 있다.

그리고 고석규는 비평을 구체화하는 과정 속에서 <무엇>과 <어떻게>를 비평의 텍스트와 비평가 자신으로 각각 대체시켜 논의를 진전시킴으로써 비평행위 자체가 본질적으로 지니는 양면적 구조로 논의를 끌어가고 있다. 사실 비평이 갖는 형식과 내용을 통해 비평의 문체를 논하다가 비평의 주체와 비평의 대상인 비평자체의 구조적 두 요소를 중심으로 비평문체를 논한다는 것은 논의 대상의 초점이 분명 달라지고 있다고도 볼 수 있다.

그러나 이런 논의 과정을 따라가면서 놓칠 수 없는 부분은 이 양면적 요소를 통일해야 하며, 그 통일을 촉발하는 요소로 동경을 제시하고 있다는 점이다. 고석규의 생각에 따르면, 동경은 파토스와 로고스의 절정에 위치한 것으로서 이 두 요소를 통일하는 힘이며, 문학과 인간의 절대한 가능성을 의미하는 요소로 보고 있다. 두 요소를 하나로 묶는 힘임을 말한다. 즉 통합력이라고 할 수 있다.

---

38) 고석규, 위와 같은 책, 같은 곳.

이는 또한 비평대상에 대해 비평가 자신이 그 작품에 자신을 투영시키고 자기화하는 자기투입력으로 명명되고 있기도 한다. 이러한 자기 투입력은 작품해석 단계에 있어, 의의 추구의 단계로 볼 수 있다. 주어진 작품에 대한 단순한 의미의 재구성 단계가 아니라, 주어진 작품이 지니는 의미를 자신과 관련시켜 의의를 확충해냄으로써 비평문체는 개성을 지닐 수 있고, 역동적인 새로운 형상과 가치를 창조해낼 수 있다는 것이다. 이런 측면에서 비평가의 문체는 비평가 자신이 지닌 주관적 세계와 비평대상인 작품이 지닌 객관적 대상이 만나 빚어내는 제 3의 새로운 세계를 드러내는 모습을 보여야 한다는 말이다. 주객의 합일 또는 주객이 통일됨으로써 빚어내는 가능성의 세계를 나타내 보여야 한다는 말이다. 이런 측면에서도 고석규의 논지에서 드러나는 두 세계의 통합적 시선을 만나게 된다.

이러한 통합적 시선은 그의 평문 「비평적 모랄과 방법」에서도 그대로 이어지고 있다. 이 글은 이무영의 「애정 비평시론」에 대한 고석규의 비평적 입장을 피력하고 있는 글인데, 여기에서 고석규는 이 글이 기성이나 신진들 모두가 지니고 있는 모순을 지적하고 있는 글임을 밝히고, 이를 지양해 나갈 가능성을 발견하고 있다.

즉 양 세대 간의 모순은 한 마디로 모랄과 방법의 대립이라고 할 수 있는데, 이무영씨는 그의 「애정 비평론」에서 이러한 세대 간의 대립을 해소할 동기에서 애정으로 대표되는 모랄과 방법문제를 동시에 제기하고 있다고 보았다. 이렇게 고석규가 이무영의 「애정 비평론」을 신진과 기성문인 양쪽의 문제제기로 인식함과 동시에 양 세대 간에 지니고 있는 모순을 모랄과 방법으로 나누고, 이를 다시 해소하는 논리를 바라보고 있다[39]는 사실에서 그의 통합적 시선을 확인할 수 있다.

고석규의 이런 시선은 그가 「비평적 모랄과 방법」에서, 새롭게 제기하고 있는 <선택>의 논리에서도 드러난다. 그는 비평가에게 독자적인 권위가 부여된다면, 그것은 <선택>의 자유라고 본다. 그런데 <선택>에는 자유와 더불어 엄중한 책임이 있다고 본다. 즉, 선택의 자유라고도 할 비평의 목적이 <선택>의 책임이라고도 할 비평의 방법과 동시에 결부되게 될 때, 비로소 우리는 자유와 책임을 겸한 <선택>이며 목적과 방법을 겸한 비평의 권위를 옹호할 수 있게 된다고 본다.

그런데 이런 <선택>의 자유가 <작용>면에 더욱 치우칠 때, 그 비평가는 과학자가 되는 것이며, 선택의 책임이 <효용>의 면에 더욱 치우칠 때, 그는 모랄리스트가 된다는 것이다. 그리고 비평에 있어서, 모랄과 방법은 오직 <선택>이라는 비평가 자신의 매개적이며 조화적인 체험에 의하여 하나로 논하여져야 한다는 입장을 보인다. 즉 비평가의 <선택>이 자유와 책임, 방법과 모랄, 그리고 작용과 효용이라는 양극단에 동시적으로 움직임으로써 하나의 질서감을 누려볼 수 있다는 것이다[40]. 여기서 우리는 다시 고석규의 대상 인식 방법이나 사유방식이 대립된 두 세계의 상정과 이의 하나로의 통합을 지향하고 있음을 발견한다.

고석규의 통합적 해석력은 그가 공들여 정리한 「시적 상상력」에서도 그대로 드러나고 있다. 그는 여기서 현대시를 현대의 상황을 반영하며 비판하기 위한 시인 자신들의 언어활동으로 정의하고 있는데, 이 정의에서 <반영>하는 기능과 <비판>하는 기능을 서로 대위적

39) 고석규, 「비평적 모랄과 방법」, 고석규 전집 1, 책읽는 사람, 1993, p. 114.
40) 고석규, 위와 같은 글, p. 117.

인 입장에서 파악한다41). 이 대위는 곧장 지양되며 온전한 종합적 체험으로 동시에 발전될 수 있으리라고 보고, 이 종합적 체험을 이룩하는 것이 바로 시적 상상력임을 밝히고 있다. 나아가 그는 <반영>하는 기능이 보다 유동적인 <감성>에 의하여 지배되는 대신에 <비판>하는 기능은 보다 고정적인 <지성>에 의하여 지배된다는 대위적인 입장으로 양자를 파악하여 시인들의 개별적인 언어활동에 있어서 <반영>하며 <비판>하는 두 가지 기능인 감성과 지성의 작용들을 하나에로 종합할 수 있는 체험의 가능성42)을 <시적 상상력>을 통해 실현해 보고자 한다.

이렇게 고석규가 현대시의 양상을 반영과 비판이란 특성으로 파악하고, 이를 인간이 지닌 감성과 이성의 작용으로 대체해서 둘을 하나로 종합하려는 논리를 세우고 있는 것은, 앞서 「비평가의 문체」나 「비평적 모랄과 방법」에서 확인한 것처럼 논의 대상을 대립된 양자로 인식하고, 그 양자를 통합하는 새로운 논의를 내세우는 사유방식과 동일한 모습을 보여주고 있다. 그러면 현대시의 특성을 해명하기 위해 체계화한 시적 상상력의 이론은 구체적으로 어떠한 통합적 시선으로 정리되고 있는가.

먼저 고석규는 <지각과 기억>에서, 아리스토텔레스의 「시학」과 학슬리의 「시력의 방법」을 중심으로 <지각과 기억>의 개념적 특징을 정리하고, 베르그송의 「물질과 기억」을 통해 <지각과 기억>을 종합하는 상상력의 기능을 자유에서 도출해 내고 있다. 베르그송에 의하면, 기억과 지각은 서로 대각으로 교착되는 두 개의 직선과도 같

---

41) 고석규, 시적 상상력, 고석규 전집 1, 책읽는 사람, 1993, p. 246.
42) 고석규, 위와 같은 글, p. 247.

은 것이나, 순수지속이란 운동개념에 의해 이 직선들은 휘어져 서로 방향과 위치를 한 줄기로 연장함으로써 온전한 운동도식인 원을 가상할 수 있게 된다[43]는 것이다. 이것이 상상력의 결과라는 것이다. 그러므로 상상력은 <지각과 기억>을 통합하는 힘이라고 본다.

다음 <고정상상과 자유상상>에서는, 리챠즈의 『문예비평원리』에서 제시된 고정상상과 자유상상을 통해 상상적 사고 즉 시적 상상력의 역할을 설명한다. 즉 고정상상이란 기호화된 악보나 문자를 통해 직접적으로 전달되는 상상인데 반해, 자유상상은 보다 시각적인 현상에 가까운 것으로서 악보나 문자의 여러 가지 경과에 있어서 이해되는 간접적인 상상을 말하는데, 상상적 사고가 이 두 가지 상상을 하나로 종합할 수 있는 상호작용이란 것이다.

베르그송과 리챠즈를 중심으로 상상력의 본질을 종합 혹은 통합이라는 측면에서 논한 후에, 고석규는 이들의 두 요소가 어떻게 대립되어 있으며, 그 대립을 넘어서는 방향에서 시적 상상력의 힘을 논하고 있다.

즉 <공상과 상상력>의 문제에는 지성과 감성, 고전주의 대 낭만주의, 합리주의와 비합리주의, 신과 인간과의 대위가 언제나 놓여 있다고 보았다. 이 두 개의 대립적 요소는 두 개의 가치체계와 두 개의 문학적 태도를 낳았으며 계속적인 갈등을 반복하였다는 것이다.

고석규의 관심은 이 양자의 조화와 통일을 위해 현대시가 어떠한 방향으로 나아가야 할 것인가 하는 점이었다. 그가 내린 결론은 현대시의 난해성이며 현대시의 효용가치도 결국은 종합적 체험인 상상력

---

43) 고석규, 위와 같은 글, p. 254.

으로 말미암아 결정되는 것이라고 본다. 그래서 이 종합적 체험을 위해서 시인 각자들의 전체적 인격(whole personality)이 준비되고 발전되어야 한다[44]는 제안을 부기하고 있다.

이러한 고석규의 시적 상상력의 논의는 결국 대립적인 두 측면 혹은 두 가치 체계를 종합하고 통합하는 시선의 견지에서 비롯되고 있음을 알 수 있다. 이는 결국 고석규가 두 세계를 하나로 통합하려는 통합적 세계 해석력의 결과라고 할 수 있다.

---

44) 고석규, 위와 같은 글, p. 296.

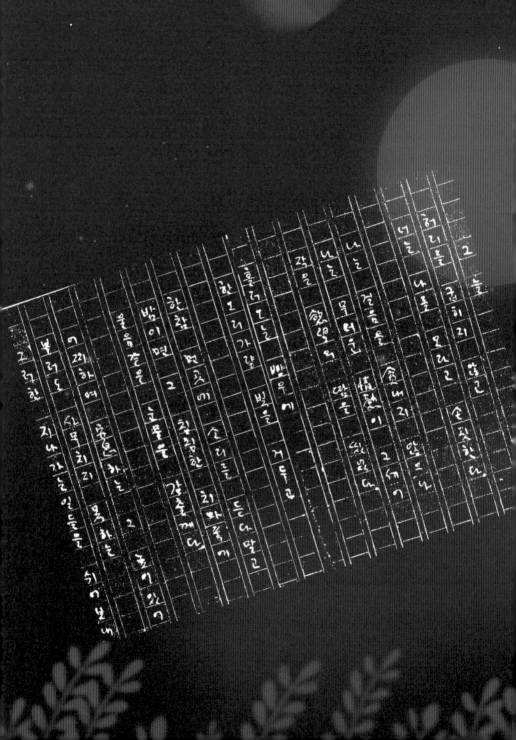

그리하여 지나가는 이들을 쉬이 보는

복되는 이경하여 산무지기 몽흔지하는 그 몸에 있었니

맴을은 출으 그라듭은 그 막에 비

밤이면 그 라듭은

한참 먹으며 힘찬한 감춰졌다

흩어지 가 닿 빛을 들다 막다

훍더드는 발우에 거두라

각목

나는 愛慾의

나는 몸 더듬어 맞닿을

나는 절음은 소리 그 누가

너는 나를 오르고 얼비는

허리들 구비의 리 발그 오 손잡았다

그늘

┃ 제11장 ┃

고석규 비평정신 이어갈
고석규 비평문학관

1. 왜 고석규 비평문학인가?

지역자치 시대로 바뀌면서 곳곳에 문학관이 우후죽순처럼 세워졌다. 국내에 산재해 있는 문학관 수만 하더라도 87개가 된다. 이는 현재 한국문학관 협회에 가입된 숫자이다. 국립 한국문학관도 건립 중에 있다. 개인 혹은 지자체가 앞다투어 마련하고 있는 문학관의 수는 계속 늘어날 전망이다. 지역의 홍보와 관광을 위한 문화콘텐츠의 하나로 문학관이 좋은 대상이기 때문이다. 그러나 대부분의 문학관은 지역과 연관이 있는 특정한 작가나 작품을 전시하는 공간 정도에 그쳐 있는 것이 사실이다. 게다가 그 중에서 운영이 제대로 되고 있고, 관람객들에게 많은 관심을 받는 곳은 손에 꼽을 정도이고, 이외 나머지 문학관의 경우는 정부나 지방자치단체의 지원이 미비하고 관람객

수도 많지 않아 운영상 여러 어려움을 겪고 있다.

여전히 많은 문학관이 설립의 당위성만을 고려한 채 뚜렷한 운영 방안을 마련하지 못한 상황에서 사용자보다는 설립자를 위한 시설로 남아 있고 제대로 된 운영프로그램 없이 방치되거나 다른 용도로 사용되고 있는 실정이다. 설립 당시에는 국비와 지방비 등 많은 예산지원을 받았지만, 일단 설립되고 난 후에는 효율적인 운영프로그램을 마련하지 못하거나 충분한 예산지원을 받지 못해 제대로 된 기능을 하지 못하게 된 것이다. 이는 다양한 성격의 설립 주체들이 일단 설립부터 하고 보자는 생각을 앞세워 뚜렷한 운영 모델을 설정하지 못한 결과다. 이런 경우 문학관은 지역주민과 동떨어진 상황에서 박제된 문학 유물의 전시 공간으로 전락하고 만다.1) 이런 상황에서 왜 고석규비평문학관까지 굳이 생겨나야 하는가? 이 글은 이를 해명하기 위해 마련되었다. 지역에 소재한 비평문학관이 단순히 지역을 넘어서 한 국문학관에 새로운 방향을 제시해줄 수는 없을까? 이 과제를 풀어내 보고자 함이다. 이를 위해 현재 문학관의 정체성과 방향성을 먼저 알아보고, 고석규 비평문학관이 지향해야 할 지점을 가늠해보고자 한다.

2. 문학관의 정체성

1) 문학관 유형과 개념

일반적으로 문학관은 설립과 운영 주체의 성격에 따라 세 가지 부

---

1) 김종우, 「문화복합공간으로서의 문학관운영방안에 관한 연구—대구문학관을 중심으로」, 『문화정책논총』 28(1), 2014, 258쪽

류로 나누고 있다. 첫 번째로 종합문학관이 있는데, 이는 '전국 규모로 고전부터 현대까지를 포함하여 한국어로 된 모든 문학작품을 보관·전시·분류한 문학관'으로, 주로 문학박물관 기능을 수행하는 데 만족하고 있다. 한국현대문학관, 한국근대문학관 등이 이에 속한다. 두 번째로 도(시·군)립 문학관이 있는데, 이는 '지방이 배출한 문인이나 작품의 배경이 된 지역의 특성을 기리며, 지역 주민이나 학생들에게 고장 출신 문인이나 작품의 소재를 알게 하는 문학관'이다. 목포문학관, 경남문학관의 경우가 그렇다. 마지막으로 우리나라 문학관 중에서 다수를 점하는 개인 기념관이 있는데, 이는 '그 지방 출신 중 특별히 문학적 가치와 후세에 이름이 회자되는 작가를 기리려는 지방자치단체, 후학·후손들이 문학관을 세우는 경우'다.

현재 한국에서 '문학관'의 개념은 명확히 정립되지 않았다. 문학의 집, 문학촌, 문학공원, 문학기념관 등이나 House of Literature, Literary Gallery, Literary Village, Museum of Literature 등의 표현이 나타내듯, 문학관의 개념 정의가 확정된 것은 아니다. 하지만 특정 문학자를 대상으로 하는 개인 문학관이든, 해당 지역의 대표적인 문학자들을 대상으로 하는 지역 문학관이든, 문학작품 및 관련 자료를 수집하여 보존·전시한다는 점에서는 공통적이다. 물론 문학관이 단순히 '문학박물관'으로서의 기능에만 충실한 것은 아니다. 그곳은 낭송회나 강연회, 문학콘서트 등 문학 관련 행사나 지방축제 및 문화재 등과 연계된 각종 문화행사를 실시하는 곳이기도 하다. 또한, 문학·문화 콘텐츠에 기초해 지역 주민들을 대상으로 시민 교육의 장으로 기능하기도 한다. 이에 따라 문학유산의 보존과 향유, 문학 아카이브 구축과 활용, 문학연구와 대중화, 문학생산을 위한 창조의 창, 문학교육의 공간으로 문학관의 기능을 강조하게 되었다. 세계적으로도 복합공간에 대한 논의가 활발하다. 2008년에 미국 텍사스대학의 메건 윈젯(Megan Winget)은 '라키비움(Larchiveum)'을 최초로 제안했다. '라키비움'은 도서관(Library), 기록관(Archives), 박물관(Museum)을 합한 신조어이다.[2]

또한, 시민이나 관람객들에게 문학과 문화, 교육 그리고 휴식과 정서적 힐링을 제공하는 복합 공간으로서의 역할을 수행할 것을 요구하거나, "문학 활동과 더불어 그 기능을 지역관광거점, 보조교육기관, 주민문화시설, 연구지원공간, 문학박물관 등으로 확장해야 한다"[3]고 주장하기도 한다. 어찌 되었든, 문학관은 "문학과 관련된 자료를 수집 · 보존 · 전시하며 이를 바탕으로 한 다양한 교육/교양 프로그램을 운영하여 이용자들이 문학에 대한 교양 습득은 물론 재미까지 느낄 수 있는 공간인 동시에 문학과 관련된 모든 문화활동이 이루어지는 복합문화공간"[4]으로서의 위상과 역할을 부여받고 있다.

특히 1995년 지방자치제의 실시 이후 지역정체성 확립과 지역문화 활성화를 목적으로 문학관 건립이 활발하게 이루어지면서[5], 복합문화공간으로서의 문학관의 기능과 역할을 전면에 내세우게 되었다. 한국에서 문학관 건립은 문학의 대중화와 지역 이미지 제고라는 이중의 관심에서 출발했지만, 주로 후자의 측면이 강하게 작용하였다.[6] 연고

---

2) 오창은, 「국립 근대문학관 건립 방안에 관한 연구: 국립 근대문학관의 '의미구성'과 '공간구성'을 중심으로」, 『어문론집』 56, 중앙어문학회, 2013. 339쪽.

3) 김종우, 앞의 논문, 253쪽.

4) 함태영, 「문학관의 현황 및 인천문화재단이 만드는 한국근대문학관」, 『민족문학사연구』 제47권, 민족문학사연구소, 2011, 33쪽.

5) 이민호, 「근대문학관 건립을 위한 공간 스토리텔링연구」, 『국제어문』 제58집, 국제어문학회, 2013, 589쪽.

6) 김종우, 「이육사문학관 운영 활성화 방안 연구」, 『문화정책논총』 제26집 2호, 한국문화관광연구원, 2012, 207쪽.

주의에 기초한 지역의 인물들은 다른 지역과의 차이를 드러내는 기호가 되고, 이 기호는 로컬리티(locality)의 이미지를 제고하는 작업에 배치되었다. 이러한 틀 속에서 각 지역에서는 기념관, 문학관, 지역축제 등을 통해 지역의 정체성을 재구성하는 이른바 '상징적 재구성(symbolic reformation)' 작업을 활발하게 진행하였다.[7] 지자체에 의한 문학관의 건립은 이러한 작업의 일환이었다. 사실 "경관, 토산품, 공간, 인물, 유적 등을 통해서 문화적 연속성을 창안하고 이를 통해 특정한 지리적 공간을 토대로 한 공동체성을 창출하는 이른바 '지방 만들기'와 전통 창안의 작업은 근대 국민국가 형성 이래 지속된 작업이다. 또한 기념의 정치는 이러한 국민 국가의 지방 만들기와 전통 창안의 프로젝트와도 연결되면서 국민국가의 공식적 제의 형성과 이에 대한 저항과 이탈의 역학 속에서 창안된다."[8]

1990년대 중반 이래 20여 년 동안 활발하게 진행되어오고 있는 문학관 건립을 '지방 만들기'와 '전통 창안의 작업'으로 이해할 수 있다면, 한편으로 그것은 근대 국민국가의 자기 정체성 구축을 위한 프로젝트의 일환이라고 할 수 있다. 문학관 건립이 지역정체성 확립과 지역문화 활성화를 기치로 내걸고 있지만, 결국 그것은 국민국가의 자기 완결성으로 회수되어버리기 때문이다. 그럼에도 국민국가의 중심/주변, 중앙/지방이라는 이분법적 위계 체제로부터 소외되었다고 여겨졌던 주변 지방(지역)이 자신들만의 새로운 정체성을 구축하기 위해 현재까지 문학관을 비롯해 다양한 문화시설을 건설하고, 문화행사를

---

7) 문재원, 「지역문학관의 재현과 로컬리티-박경리문학관을 중심으로」, 『인문과학 연구』 제36집, 강원대학교 인문과학연구소, 2013, 32쪽.
8) 권명아, 「식민지 이후를 사유하다: 탈식민화와 재식민화의 경계」, 책세상, 2009, 93쪽.

실시해오고 있다는 지역문화사의 새로운 장을 열어나가는 과정으로
볼 수 있다.

2) 문학관광으로서의 문학관

허버트(David Herbert)는 문학관광을 "관광객이 그들의 실제 삶 속
에 존재하는 작가/작품과 관련된 장소를 경험하는 것"으로 정의한
다.9) 또 문학관광에 대한 학술적 논의를 최초로 시작한 왓슨의 경우
도 문학관광을 "작가와 작품과 관련된 장소를 방문하고 흔적을 남기
는 상호작용의 결과"라고 정의한다.10) 스미스는 두 연구자의 주장에
근거하여 문학관광을 "작가/작품, 문학적 묘사 및 창조적인 문학작품
과 관련된 장소 및 이벤트성이 있는 여행과 관련된 것"으로 확장하여
살펴보고 있다.11)

이에 따르면 '문학관광자원'으로 문학관을 접근할 땐 관광객/여행
객이 문학관 내 작가/작품과 상호작용하는 경험과정을 중심으로 살펴
보아야 한다. 그런데 이러한 경험과정은 문학관 내의 전시를 통해서
만 이루어지는 것이 아니다. 스미스가 문학관광을 4가지로 분류하고
있듯이 문학관과 문학관의 운영프로그램, 주변환경 및 경관 또한 관

---

9) David Herbert, "Literary places, Tourism and the heritage experience", Annals of
Tourism Researc, Vol.28(2), A Social Sciences Journal, 2001, p.8. 전윤경, 「문학광자
원으로 본 문학관의 활성화 방안 연구」, 문화콘텐츠연구 (13), 2018, 145쪽, 재인용.

10) Yvonne smith, Literary tourism as a developing genge: South Africa's potential,
Department of Historical and Heritage Studies Faculty of Humanities, University of
Pretoria, 2012, p.19. 전윤경, 「문학관광자원으로 본 문학관의 활성화 방안 연구」,
문화콘텐츠연구 (13), 2018, 145쪽, 재인용.

11) Ibid, p.8, 전윤경, 「문학관광자원으로 본 문학관의 활성화 방안 연구」, 문화콘텐츠
연구 (13), 2018, 145쪽, 재인용.

람객의 경험과 긴밀하게 연결되어있다. 스미스에 따르면 문학관광은 크게 4가지의 형태로 분류된다.

첫 번째는 작가의 탄생지역이나 성장한 장소를 방문하여 작가가 창작자로서 성장해온 배경을 감상하는 다소 역사와 연관된 교육목적의 문학관광, 두 번째는 작품의 배경이 되는 문학 장소(literary space) 를 견학하거나 산책하면서 작품의 주인공이 되어 보는 노스텔지어적인 경험을 하기 위한 관광과 세 번째는 창조적 글쓰기 워크숍 등으로 대표되는 다각적인 학습경험을 위한 관광, 마지막으로 네 번째는 문학 장소와 연관된 경관을 통해 작품을 기억하고 주인공을 기억해내는 과정 속에서 관람객에게 창의력이나 상상력 즉 영감을 받는 기회를 제공하는 관광으로 나누고 있다.12)

이처럼 문학관광으로 본 문학관은 관광객/여행객의 상호작용 경험을 유도하는 프로그램과 주변 환경과 경관과의 '어울림' 또한 반드시 고려해야 할 대상이다. 하지만 중요한 것은 이 모든 경험이 작가/작품과 관광객/여행객이 만나는 접점을 중심으로 한다는 것이다. 그렇다면 이러한 접점을 만들기 위해 어떤 방식이 필요할까. 이는 허버트가 구분한 일반적인 문학 장소와 특별한 문학 장소의 조건을 비교한 논의를 통해 방법을 찾을 수 있다. 허버트는 일반적인 문학 장소와 특별한 문학 장소의 조건을 다음과 같이 비교한다. 허버트는 일반적인 문학 장소는 매력적인 시설 및 서비스, 문학관광 장소로서의 위치적인 조건을 더해 정책적으로 관광객의 접근성을 위한 개발이 바탕이 된다고 표현한다. 국내문학관의 경우 일반적인 문학 장소의 조건은 갖추

---

12) Ibid, p. 9. 전윤경, 「문학관광자원으로 본 문학관의 활성화 방안 연구」, 문화콘텐츠 연구 (13), 2018, 146쪽, 재인용.

고 있다.

그런데 허버트는 특별한 문학 장소의 조건으로 이에 더해 다음과 같은 조건이 더 필요하다고 주장한다. 첫 번째, 문학 작가와 연결되고 개연성의 확보를 위한 이야기 구성이 필요하다. 두 번째, 관람객의 기억과 노스탤지어를 자극하여 문학 장소의 상징성과 연결하는 과정이 필요하다. 세 번째, 정책적 지원으로 문학 장소의 개발 및 보전에 대한 중요성을 다루어야 한다. 즉 작가/작품과 관람객이 상호 연결할 수 있는 기회가 확대되어야 한다. 허버트의 이러한 논의는 문학 장소가 더 이상 역사적이고 작가가 태어나고 죽은 곳에 그치는 것이 아니라 문학 장소 자체가 하나의 사회건축물이며 창조되고 관광객을 유치하기 위해 홍보되는 장소라는 의미를 확인하는 것이다. 그러므로 문학 장소의 일부인 문학관 또한 문학 작가와 관광객/여행객이 연결될 수 있는 이야기 구성을 만들고 관광객/여행객의 감성을 자극하여 문학관의 상징성과 연결시키려는 노력이 필요하다. 이를 위해 문학관의 주변 환경과 연결하려는 노력과 장소에 대한 은유적 표현이 요구된다. 또 전시를 통해서는 작가나 작품의 주인공과 정서적 연결을 느낄 수 있도록 유도하는 기획방식이 고려되어야 할 것이다.13)

3) 라키비움(Larchiveum) 관점에서 본 문학관

일찍이 인류는 다양한 형태의 기록물을 만들어왔고 도서관 박물관 미술관 등의 문화시설은 도서자료 유물자료 미술품에 대한 보존 기능

---

13) Ibid, p. 9. 전윤경, 「문학관광자원으로 본 문학관의 활성화 방안 연구」, 문화콘텐츠 연구 (13), 2018, 146쪽, 재인용.

및 사회 구성원에게 제공하는 커뮤니케이션 기능을 수행해왔다. 20세기 들어 기술의 발전은 디지털 정보자원의 양적 증가 및 영역, IT 확대로 이어졌고 디지털정보에 대한 상호호환성이 확대되면서 정보 간 경계가 무너지게 되었다. 이용자들은 도서 문서 영상물과 같은 다양한 유형의 정보를 하나의 공간에서 복합적으로 체험할 수 있기를 원하고 있다. 사회 통합의 관점에서도 정부의 지원과 관심이 증대되면서 박물관 및 도서관 아카이브 영역은 지금까지 수행해 온 전통적인 역할은 물론 새로운 사회적 역할을 부여받게 되었다. 통합의 관점에서 시작된 복합공간에 대한 논의는 기관 자체의 서비스의 질을 높이고자 하는 시도로 발전하였다.

유럽 및 아메리카의 대표적인 국가에서는 세기 후반부터 복합공간의 형태를 모색하였는데 대표적으로 캐나다의 영국의, LAC(Library and Archives Center), MLA(Museums, Libraries and Archives) (2009, 1 − 6), (Media Center)가 있고 국립중앙도서관 미디어센터라이브러리 파크 또한 이러한 형태의 종류이다. 2008 (Megan Winget) (Larchiveum) 년에 메간 윈젯 이 제시한 라키비움은 도서관(Library) (Archives), (Museum)과 기록관 박물관을 통합한 복합적인 개념으로 각 문화 기관 간의 협업이 나타나는 계기가 되었다. 무엇보다 기관의 특정 자료가 아닌 주제에 대한 정보를 요구하는 이용자가 나타남으로써 복합적 공간에 대한 요구가 증가 (Marcum 2014, 74) 하였다는 점이 라키비움이 출현한 주된 이유로 볼 수 있다. 국내에서도 외국에 비해서는 다소 늦게 진행되기는 하였으나 1990년대에 이르러 기록관, 도서관, 박물관, 문예회관 등의 복합, 문화시설 설립을 위한 협력 논의가 이루어졌다.14)

문학관은 소장된 자료의 종류가 아니라 이용자들에게 어떠한 서비

스를 제공하느냐에 따라 의미가 달라지며 이용자의 관점에서는 문학
자료를 자유롭게 열람할 수 있고, 전문적으로 구축된 아카이브 자료
를 활용할 수 있고, 문학에 대한 연구와 교육이 이루어지고, 문학과 관
련된 체험이 가능한 복합공간으로서의 문학관을 기대하고 있다.

문학관의 정체성 여부 및 운영의 성패가 소장 자료의 충실성에 있
다는 점은 더 말할 나위도 없다. 그러나 앞으로 세워질 새로운 문학관
은 중요한 자료의 소장처로서의 박물관형 문학관을 기저로 하면서도
방문객과 지역사회의 능동적인 체험과 문화적 상상력을 자극하는 공
간이 되어야 21세기형 문학관으로서의 의미를 지닐 수 있다는 것이
다. 이것이 라키비움(Larchiveum) 관점에서 지향하는 문학관의 정체
성이다.

이렇게 문학관이 복합공간의 형태인 라키비움으로 운영됨으로써
얻을 수 있는 기대효과는 상당히 많다. 첫째 다양한 자료를 원하는 이
용자의 요구를 충족시킬 수 있다. 독립적인 문화공간이 아닌 복합공
간으로서의 문학관은 다양한 자료 및 서비스에 대한 이용자의 요구를
더 다각적으로 수용할 수 있다. 둘째 자료의 효율적인 관리가 가능하
다. 디지털화된 자료를 서로 공유함으로써 전국적인 네트워크망으로
다양한 프로그램을 기획하고 이용자에게 제공할 수 있다. 디지털화와
희귀본 관리는 도서관과 기록관이 가진 전문적 영역으로 협업을 통해
효과를 극대화할 수 있다. 셋째 전시 기획에 있어서도 박물관과 미술
관의 노하우를 바탕으로 특색있는 전시 기획이 가능하며, 궁극적으로

---

14) 이명호, 오삼균, 도슬기, 「라키비움(Larchiveum) 관점에서 본 국내 문학관의 운영실
   태와 과제 국내 문학관의 기능적 요소를 중심으로」, 『한국도서관정보학회지』
   46(4), 2015, 139~159쪽.

는 전시의 질과 이용자의 만족도를 높일 수 있다. 넷째 프로그램 구성 및 운영에 있어 타 기관과의 유사점이 발견되며 질적인 측면 강화를 위한 문학관 간의 협업 도서관 박물관 미술관 같은 타기관 간의 협업을 도모할 수 있다. 마지막으로 인력 및 예산 문제는 문학관이 아닌 모든 문화 기관에서 겪는 문제로, 협력으로 인해 예산 및 공간의 낭비를 어느 정도는 해소 가능하며 탄력적 운영을 기대할 수 있다.

3. 문학관 운영의 방향성

이상에서 살펴보았던 것처럼, 1995년 지방자치제의 실시 이후 지역정체성 확립과 지역문화 활성화를 기치로 내걸고 문학관 건립이 활발하게 진행되어오면서 문학관의 역할과 위상에 변화가 발생했다. 문학관은 문학자와 그의 문학작품을 전시하고 기념하는 문학박물관에서 복합문화공간으로서의 기능을 충실히 수행할 것을 요청받게 되었기 때문이다. 그에 따라 문학관 및 그곳을 중심으로 한 문학마을이 새로운 문화공간으로서 자신의 위상을 재정립해나가고 있다. 하지만 문학자와 그의 작품을 현창하는 기념관에 머물러 있는 한계를 보이기도 하였다. 그동안 지역 문학관 활성화 방안에 대한 나름의 제언이 이어졌지만, 문학자와 문학작품에 대한 고답적 인식이 문학관을 '열린 공간'이 아니라 '닫힌 공간'으로 만들었으며, 그로 인해 많은 문학관이 사람들로부터 외면받는 결과를 낳았다. 이와 관련하여 기존 문학관 운영의 실태를 조사하고 문제점을 도출한 뒤 그에 대한 개선방안을 모색하는 가운데 지역문학관 활성화 방안을 제안하는 것이 무엇보다도 시급한 과제로 떠올랐다. 그 논의 중 문학관이 관람객들의 신체를 어떻게 재구성하는 한편, 관광객들로 하여금 문학관이 위치한 문학마을을 감각적으로 소비하게 하는가, 그리고 이때 관람객이자 관광객들은 자신의 신체를 통해 어떠한 수행성을 발휘하는가에 논의의 초점을 맞춘 연구도 제기되었다.15). 이는 무엇보다도 문학관의 공간성이나 문학마을의 문화지리적 성격에 대한 면밀한 탐색이 이루어진 뒤에야, 특히 그곳을 보거나 소비하는 신체의 수행성에 대한 고찰이 이루어진 뒤에야, 수용자 중심의 소위 지역문학관 활성화 방안을 마련할 수 있다고 판단했기 때문이다.

따라서 상황이 이러하다면 문학관과 문학마을을 문학 기념사업의 장으로서만 위치시키는 것은 근시안적 태도이다. 특히 문학 기념사업을 통해 문학 텍스트, 문학 장의 범위를 확장하여 문학 자체의 발전을 도모16)하고자 하는 데 골몰하는 순간 문학관과 문학마을은 '박제된 문학 유물의 전시 공간'이 되기 십상이다. 따라서 관심을 가져야 할 것은 문학관과 문학마을을 통해 어떻게 문학적 유산을 현창하고 그것의 의미와 가치를 전파할 것인가에 있는 것이 아니라, 수용자들이 문학관과 문학마을을 어떻게 감각하고 소비하는가, 그리고 그곳에서 어떠한 신체적 변화의 과정을 겪는가, 나아가 그러한 신체적 변화가 어떠한 수행적 행위로 연결되는가에 있다. 무엇보다 중요한 것은 수용자의 문학관과 문학마을에 대한 관점과 입장, 태도와 감각에 대한 면밀한 고찰이 이루어져야 한다는 점이다.

---

15) 오태영, 「문학관의 공간조직화와 수행적 신체」, 『한국문학과 예술』 20집, 2016, 150~151쪽 참조.
16) 권정희, 「지역의 문학기념사업을 통한 문학 확장의 의미 연구—이효석과 봉평을 예로—」, 『지방사와 지방문화』 제12권 1호, 역사문화학회, 2009, 489~523쪽.

사업의 일부로 진행되는 정책의 집적화와 공간의 수직화, 전형적인 공간기획에 그쳐 결국 관람객을 수동적인 구경꾼으로 만드는 동선설계로 관람객의 재방문율이 급격히 낮아지고 있다고 설명한다.17) 또 김정우는 문학관이 설립자 중심의 시설로 관람자의 요구에 맞춘 프로그램이 부재하고 '유사하고 획일적인 프로그램'으로만 운영된다면서 제대로 된 운영프로그램이 개발되지 않아 사실상 문학관이 방치되는 경우도 있다고 밝힌다.18) 하지만 이러한 문제점에 대한 지적이 있음에도 문학관은 여전히 이전과 유사한 방식으로 건립되고 있다. 즉 21세기 사람들이 어떻게 소통하는지, 그들이 어떤 경험을 원하는지에 대한 고려 없이 단순히 작가 혹은 작품을 기념하기 위한 목적으로 문학관이 건립되고 있는 것이다. 그러므로 문학관 또한 21세기의 관람객 요구의 변화와 그 특성에 따르는 방식에 대한 고민이 필요하다.

이와 관련해 "축제가 일상의 지위나 규칙보다는 향유자의 개성과 자아를 표출하는 장소"19)여야 한다는 지적을 참조할 수 있다. 개별 문학관 주최의 문학제가 해당 작가의 문학성 회고나 학술적 평가 위주로 진행되어 '작가' 중심으로 환원되는 등 대다수 참석자들을 타자화시키고 있다는 점을 감안한다면, 그러한 한계를 극복하기 위해 '향유자의 개성과 자아 표출'의 장소로서 문학관과 문학마을의 공간성을 마련할 필요가 있다. 즉, 문학관 관람객의 신체의 수행성을 균질화하여 통합하는 것이 아닌 이질적인 것들이 산포하는 방향으로 공간성을

---

17) 안숭범, 최혜실, 「문학관 유형에 따른 공간 스토리텔링 활용 연구―홍사용 문학관을 중심으로」, 『石堂論叢』 51집, 동아대학교 석당학술원, 2011, 69쪽.
18) 김종우, 앞의 논문, 254쪽.
19) 정지훈, 「문학축제의 미학―'블룸스데이'와 '김유정문학제'의 비교고찰」, 『동서비교문학저널』 제30호, 한국동서비교문학학회, 2014, 259쪽.

조직하는 한편, 문학마을을 소비의 대상으로서 고착시키는 것이 아닌 관광객이 자신의 신체를 향유하는 장소로 조성해나갈 필요가 있을 것이다. 요컨대 지방자치단체와 운영자에 의해 기획된 단일하고 균질적인 문학관과 문학마을이 아니라, 다채롭고 이질적인 요소들이 뒤엉켜 서로 충돌하고 경합하는 가운데 의도치 않는 '사건'이 발생하는 문화적 실천의 장으로서의 문학관과 문학마을이 공간적 기능을 발휘할 수 있는 방안을 모색할 필요가 있다. 그리하여 세대, 계층, 지역, 젠더 등 사회 구성원들의 위계화된 관계를 고착화하는 것이 아니라 그것들의 혼성적인 상태를 지향하는 카니발적 문화공간의 창출을 기대할 수 있을 것[20]으로 본다.

4. 고석규 비평문학관의 궁극적 지향점

현재 전국에는 87개의 문학관이 설립되어 있다. 여기에 고석규 비평문학관이 더해졌다. 굳이 또 하나의 문학관이 필요한 이유가 있었을까? 고석규 비평가의 정신을 기리기 위해서다. 문인의 정신을 기리지 않는 문학관도 있는가? 모든 문학관들이 기릴 가치가 있는 문인을 대상으로 설립된다는 점에서 이 질문은 우문이기도 하다. 그런데 한국 문학관의 현실은 그렇지만은 않다. 소위 지자체들이 지역문화 콘텐츠로서 가장 매력있는 것으로 문학관을 인식하기 시작하자, 우후죽순격으로 이곳 저곳에서 문학관이 세워졌다. 사립문학관이 상당수이지만, 관 주도로 세워진 문학관도 많다. 그런데 관 주도의 문학관은 그

---

20) 오태영, 앞의 논문, 168쪽.

정체성과 방향성이 오직 지역 문화관광에 초점이 맞추어져 있다. 찾아오는 사람들이 스스로 체험하고 참여하는 문학관 프로그램보다는 보여주기식에 급급한 실정이다. 한 문인의 정신에 더 가까이 다가서기 위해서는 겉으로 드러난 것을 보는 것으로는 부족하다. 찾는 자들이 스스로 찾아 나서서 체험할 수 있게 해야 한다. 수동적인 접근보다는 능동적인 참여를 통해서 문학관의 중심인 기리는 문인의 정신에 가닿을 수 있는 기획이 필요하다.

그러나 관 주도의 문학관 대부분은 이 정신을 기리고 전수하는 일은 부차적이다. 오직 사람들이 많이 몰려오기만 하면 성공이라 생각한다. 그래서 어떻게 하면 사람들의 이목을 끌 수 있을지에 급급하다. 관립문학관 운영의 성공을 문학관을 찾는 관람자 수에 달려있다고 보는 이유이기도 하다. 이런 차원에서 지금의 문학관들은 그 문학관이 내세우는 문인의 정신을 어떤 차원에서든 제대로 기릴 것인가를 고민해야 하는 지점에 놓여 있다.

사립문학관인 경우도 운영상의 어려움 때문에 문학관의 중심인 문인의 정신을 기리는 다양한 행사를 제대로 펼치지 못하는 한계를 보이고 있다. 지역에서 여러 단체나 개인이 힘을 모아 시작은 거창하게 했지만, 시간이 지날수록 문학관 운영이 힘들어져 문인의 정신을 제대로 기리지 못하고 있는 곳들이 많다. 결국 많은 문학관들이 문학관의 주체인 문인의 정신을 제대로 기리지 못하고 있다는 말이다. 이는 달리 말하면 새롭게 세워지는 문학관은 그 문학관의 중심인 문인을 제대로 기리는 문학관이 되어야 한다는 말이다.

고석규 비평문학관은 이 점에서 많은 고민을 했다. 그가 26살에 요절했고, 짧은 비평활동 기간 중에 남긴 많지 않은 비평문과 시, 일기,

번역 등의 자료로서는 박물관적 성격의 문학관을 마련하기에는 남겨진 유품들이 그렇게 풍족하지 않았기 때문이다. 그가 1950년대 당시에 소장했던 4천 권이 넘는 책들도 다 사라지고 없는 현실 속에서 고석규의 분신처럼 남아 있는 그의 몇 원고와 유고집들만으로 문학관을 세워나가야 했다. 이렇게 기성의 문학관에 비하면, 토대가 취약한 현실 속에서 고석규 비평가만이 지니고 있는 문학정신을 우선 내세우기로 했다. 그 정신은 남다른 비평정신이었다. 그의 문학적 이력과 생애는 짧았지만, 그 짧은 기간에 남겨놓은 고석규의 비평문들은 1950년대 당시 한국문학 비평을 새롭게 추동하는 흔적을 남겨놓았기 때문이다. 그 구체적인 흔적이 1953년에 썼던 「윤동주의 정신적 소묘」와 1957년 ≪문학예술≫에 연재된 「시인의 역설」이다.

고석규가 『초극』에 발표한 「윤동주의 정신적 소묘」는 윤동주 시인 연구사로 보면, 최초의 본격 윤동주론이다. 윤동주의 시를 거의 다 외우고 다닐 정도로 윤동주에 심취했던 고석규는 윤동주 시인을 "그는 희박한 우주에의 부단한 대결로 말미암아 끝내 제명된 젊은 수인(囚人)이다"라고 규정했다. 시인이 겪었을 정신적 내전을 소묘해낸 글이다. 그리고 그는 "단숨에 적어버린 나의 소묘가 더욱 충실한 앞날에 이르기를 몇 번이나 생각하며 이 장의 끝을 내린다"라고 약속하고 있다. 이 약속을 1957년 ≪문학예술≫에 연재된 「시인의 역설」에서 실행하고 있다. 여기에서 김소월, 이육사, 이상과 함께 윤동주의 시를 역설이라는 관점에서 다시 논함으로써 살별처럼 나타난 비평가로서의 면모를 확실하게 보여주었다.

이어서 1958년에 나온 그의 석사학위 논문인 『시적 상상력』은 그의 문학공부가 당시로서는 최고의 수준이었음을 보여주고 있다. 그와 교류했던 많은 문인들의 전언에 의하면 그는 언제나 읽고 쓰는 일을 한 순간도 놓치지 않았다고 한다. 오직 문학을 위해 태어난 사람처럼 살았다. 미망인인 추영수 시인의 증언에 의하면 결혼 이후에도 고석규는 거의 매일 밤을 새워 글을 썼다고 한다. 그래서 추영수 시인은 고석규가 그렇게 글만 쓰도록 간섭하지 않고 밤새 혼자 둔 것을 가장 후회스런 일로 여긴다고 필자에게 말했다. 한국에 많은 문인들이 생몰했지만, 고석규 비평가만큼 일상의 삶을 거의 포기하고 문학에 미친 자를 찾기는 쉽지 않다. 이 점이 고석규 비평문학관을 마련하게 된 가장 큰 이유이다. 문학을 하려면 고석규처럼 하라고 공언할 수 있는 이력을 가진 자이기 때문이다. 그래서 국내에서는 유일한 사설 비평문학관을 개관하게 된 것이다.

현재 한국문학판은 문학을 위한 문학정신은 사라지고, 문학이 자본의 논리에 휩쓸리면서 문학이 수단화된 지 오래 되었다. 비평문학은 더 심각한 수준이다. 비평은 온당한 문학적 가치평가를 포기하고 현상만 추수하고 있다. 허물어진 비평의 정신을 새롭게 하여 한국문학을 고쳐세우는 일을 시작해야 한다. 이러한 발단의 계기를 고석규 비평문학관을 통해 시작하려 한다. 그 첫 기획으로 비평학교를 연다.

고석규 비평문학관에서 시작하는 비평학교는 국내 유일의 비평학교이다. 비평학교에서는 지금까지 시도되어본 적이 없는, 우선 초등학생에서부터 시작한다. 나아가 중, 고, 대학생, 그리고 청장년, 어르신에게 이르기까지 비평수업을 통해 21세기를 살아갈 새로운 비평적 인간형을 육성시키고자 한다. 비평이 지닌 옳고 그름을 제대로 이해하고 평가할 수 있는 가치판단력을 교육하고 훈련함으로써 모든 사물에 대해 온당한 이해와 해석을 가능하게 하는 비평능력을 지닌 인간으로 키워나가고자 한다. 이 정신을 제대로 갖지 않으면 앞으로 인간은 인공지능시대의 하수인으로 살아갈 수밖에 없다. 이렇게 비평의 대중화를 실현함으로써 인간이 인간다운 삶을 살아갈 수 있는 근본적인 토대를 만들어 나가고자 함이다. 물론 이는 생각만큼 쉬운 일은 분명 아닐 것이다.

그러나 이를 실천함으로써 궁극적으로는 온당한 비평정신을 상실하고 개인적 욕망실현에만 도취되어가고 있는 한국사회의 불건강성을 치유하고자 함이다. 이 점이 현재 일상화되고 있는 한국 사회의 인문학 공부와 변별되는 지향점이다. 인간은 태어나면서부터 약간의 편차와 시차는 있지만, 누구나 자신에게 주어지는 모든 환경과 조건을 이해하고 평가하면서 자기 세계를 만들어 나간다. 그 과정이 구체적으로 잘 드러나지 아니함으로 인간의 사고 속에 작동하는 비평적 능력을 제대로 인식하지 못하고 있을 뿐이다. 비평학교를 통해 이 잠재된 역량을 활성화하고 극대화함으로써 온당한 비평적 삶의 토대를 마련해주고자 한다. 문제는 이러한 비평교육의 토대는 유년시절의 비평교육에서부터 시작되어야 한다는 점에서, 어린이 비평학교의 비평교육 프로그램을 철저히 기획해서 실행해 나가고자 한다. 여기서 비평공부를 시작한 학생들이 지속적인 다음 단계의 비평공부를 통해 다양한 영역의 비평가로도 성장해나갈 수 있는 과정으로 체계화시켜 나가고자 한다. 이는 고석규 비평문학관이 한국문학비평의 미래를 위해 새롭게 시도할 수 있는 지역문학관의 유일한 정체성이다.

이렇게 일반인을 대상으로 한 비평의 대중화를 위한 비평학교의 개설과 함께 전문 비평가들을 위한 공간으로도 그 활용도를 극대화해 나갈 것이다. 특히 젊은 비평학도들이 비평공부를 하는데 필요한 자료와 공간을 제공함으로써 미래에 한국문학비평의 산실로 자리할 수 있는 여건을 마련해 나가고자 한다. 이러한 산실이 되기 위해서는 일차적으로 모든 한국비평문학 자료를 이곳에 아카이빙 할 수 있어야 한다. 그래서 한국문학 비평 자료의 검색은 고석규 비평문학관을 통하면 다 해결할 수 있는 시스템을 완성해 나가야 한다. 이는 시간과 인력과 비용이 필수불가결한 조건이기는 하지만, 적절한 준비 시간표를 통해 실행해 나갈 것이다. 이것이 혼신을 다해 문학에 전력했다가 요절한 고석규의 비평문학 정신을 현재화하는 일이기 때문이다.

고석규 비평문학관은 이러한 방향과 지향점을 제대로 실행함으로써 단순히 관광을 위한 공간을 넘어, 고석규 비평가의 정신이 살아 숨쉬는 공간으로 만들어 나갈 것이며 이것이 고석규비평문학관이 한국문학비평의 발전을 위해 내놓을 수 있는 미래의 좌표이다.

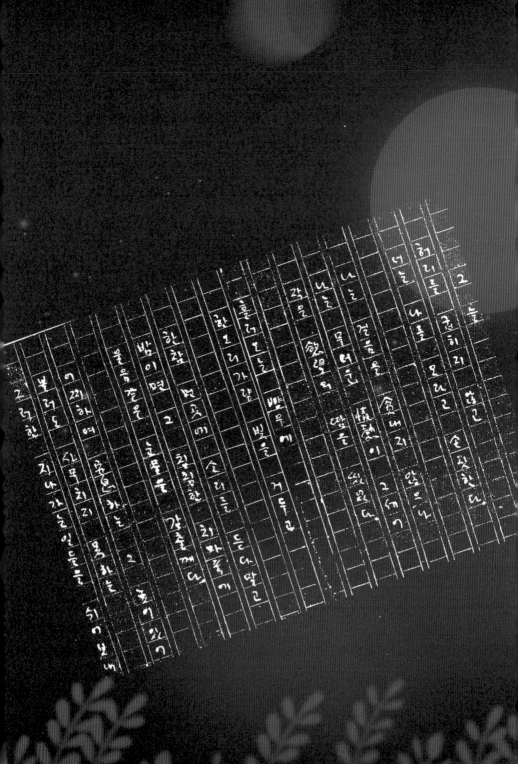

| 부록 |

생애 · 작품연보

해적이

- 1932년 9월 7일 함경남도 함흥시에서 고원식 씨의 장남으로 출생
- 1948년 북에서 반공지하 운동으로 감화원 생활
- 1950년 부친 고원식 씨는 6·25 전쟁 중 남하
- 1950년 6·25 중에 단신으로 월남
- 1951년 6·25 전쟁으로 자원입대, 부상으로 제대. 전쟁의 참화 속에서 부친(군의관)과 극적으로 상봉
- 1952년 4월 부산대학교 국어국문학과에 입학
- 1952년 11월 <부대문학회>를 결성
- 1953년 1월 『부대문학』 발간
- 1953년 6월 제1회 시낭독회 개최
- 1953년 10월 동인지 『시조(詩潮)』 발간
- 1954년 동인지 『산호(珊瑚)』 간행. 동인지 『신작품』에 가입
- 1954년 김재섭 시인과 함께 『초극(超劇)』 발간
- 1956년 3월 부산대학교 국문학과 졸업(졸업논문: 「문체에 관하여」). 동인지 『시연구』 간행. 한국현대평론가협회 가입
- 1956년 4월 부산대학교 대학원 국어국문학과 입학
- 1957년 4월 15일 추영수 시인과 결혼
- 1957년 6월 부산예술비평회 조직, 평론 「시인의 역설」을 《문학예술》에 연재, 「비평으로서의 문체론」을 《한국문예》에 게재
- 1958년 3월 부산대학교 대학원 수료(석사학위 논문: 「시적 상상력」)
- 1958년 4월 부산대학교 강사
- 1958년 4월 19일 심장병으로 세상을 떠남(부산시 금정구 명륜동 산 100번지에 안장되어있다가 현재는 경기도 남양주시 월산리 606-1 모란 공원묘지 1-98에 이장됨)

○ 1958년 5월 8일 유복녀 고명진(高明辰) 태어남

○ 1958년 6월 「시적 상상력」이 ≪현대문학≫에 게재

○ 1980년 유복녀 고명진 결혼(남편 이건(李建), 한동대 교수, 전산학)

○ 1984년 손자 이재호(李裁皓) 출생(현재 미국거주, 손자며느리 석유니)

○ 1990년 유고평론집 『여백의 존재성』(지평) 출간

○ 1992년 유고시집 『청동의 관』(지평) 출간

○ 1993년 8월 25일 고석규 전집 『여백의 존재성』(제1권), 『청동의 관』(제2권), 『청동일기』(제3권), 『실존주의』(제4권), 『고석규의 면모』(제5권)를 출판사 <책 읽는 사람>에서 발간함

○ 2012년 1월 25일 고석규 전집 『시집 청동의 관 · 시인론』(제1권)『평론집 여백의 존재성 외』(제2권)『청동일기 · 서한 · 속청동일기』(제3권)『사진 · 연보 · 실존주의 · 추모문』(제4권)『작가연구』(제5권)을 남송우 비평가의 편찬 감수로 출판사 <마을>에서 발행

작품 연보

1957. 9. 18	비평적 모럴과 방법 문제(상), ≪부산일보≫,
1957. 9. 21	비평적 모럴과 방법 문제(하), ≪부산일보≫,
1957. 11. 25	부조리와 시의 경계(상), ≪부산일보≫,
1957. 11. 26	부조리와 시의 경계(상), ≪부산일보≫,
1957. 12. 7	현대시의 형이상성 – discordia concors를 중심으로, ≪부대학보≫
1957.	방황하는 현대시, (1957년을 넘기는 마당에서)
1958.	현실과 문학인의 자각 – 플레처 여사의 한국기행을 읽고, ≪부산일보≫
1958. 3. 9	시와 산문, ≪부산일보≫,
1958.	시적 상상력, ≪현대문학≫, 6 – 11월호
1958. 7	비평가의 교양 – 모더니티의 탐색을 위한, ≪사상계≫,
1958.	민족문학의 반성 – 8 · 15와 사상의 문학, ≪국제신문≫,
1958.	R. M. 릴케의 영향, ≪국제신문≫,
1990. 12. 29	유고평론집『여백의 존재성』, 도서출판 지평,
1992.	유고시집『청동의 관』, 도서출판 지평,
1993.	고석규 전집『여백의 존재성』(제1권)『청동의 관』(제2권)『청동일기』(제3권)『실존주의 (제4권)』을 기획, 발간함(책읽는 사람),
2012. 1. 25	남송우 편찬 감수 고석규 전집『시집 청동의 관 · 시인론』(제1권)『평론집 여백의 존재성 외』(제2권)『청동일기 · 서한 · 속청동일기』(제3권) 『사진 · 연보 · 실존주의 · 추모문』(제4권) 『작가연구』(제5권), 출판사 <마을>
2012. 5. 15	하상일 엮음『고석규 시선』, 지식을 만드는 지식,
2015. 7. 6	남송우 엮음『고석규 평론선집』, 지식을 만드는 지식,
	시의 기능적 발전, (미완성)
	시의 히로이즘 – 히로이즘과 사랑, ?
	소월 시 해설, 제4회 부산대 시낭송회 강연
	이상과 모더니즘,『시연구』

고석규 평전

초판 1쇄 인쇄일	2022년 1월 5일
초판 1쇄 발행일	2022년 1월 10일

지은이	남송우
펴낸이	한선희
편집/디자인	우정민 우민지
마케팅	정찬용 정구형
영업관리	정진이 김보선
책임편집	김보선
인쇄처	신도인쇄
펴낸곳	국학자료원 새미(주)
	등록일 2005 03 15 제25100-2005-000008호
	경기도 고양시 일산동구 중앙로 1261번길 79 하이베라스 405호
	Tel 442-4623 Fax 6499-3082
	www.kookhak.co.kr
	kookhak2001@hanmail.net

ISBN	979-11-6797-032-9 *03800
가격	30,000원